Die Würfel sind gefallen

Das Buch

Die Römische Republik – hervorgegangen aus einer kleinen Gemeinschaft von Siedlern – wuchs in zwei Jahrhunderten von der Herrscherin Italiens zur globalen Supermacht. Tom Holland erzählt die Geschichte ihres Niedergangs: Er porträtiert Julius Cäsar, der aus Machtgier den Rubicon überschritt und einen Weltkrieg in Kauf nahm; Cicero, den glänzenden Redner und Verfechter des freien Staates; den Sklavenführer Spartakus und Cleopatra, Geliebte Cäsars und Mark Antons, die gegen Rom kämpfte. Zugleich charakterisiert er Roms Bürger in all ihren Facetten: ehrgeizig, blutrünstig, getragen von Selbstaufopferung und Sehnsucht, fremdartig und doch häufig ein Spiegel unserer eigenen Gesellschaft.

Der Autor

Tom Holland studierte in Cambridge und Oxford Geschichte. Der Autor und Journalist hat sich mit BBC-Sendungen über Herodot, Homer, Thukydides und Vergil einen Namen gemacht. Holland lebt mit Frau und zwei Kindern in London. Bei Econ erschienen bisher seine historischen Romane.

Tom Holland

Die Würfel sind gefallen

Der Untergang der Römischen Republik

Aus dem Englischen
von Andreas Wittenberg

List Taschenbuch

Anmerkung:
Die im Text verwendeten Übersetzungen der lateinischen Zitate wurden den Regeln der neuen deutschen Rechtschreibung angeglichen.

Besuchen Sie uns im Internet:
www.list-taschenbuch.de

FSC
Mix
Produktgruppe aus vorbildlich bewirtschafteten Wäldern und anderen kontrollierten Herkünften
www.fsc.org Zert.-Nr. GFA-COC-1223

Dieses Taschenbuch wurde auf FSC-zertifiziertem Papier gedruckt.
FSC (Forest Stewardship Council) ist eine nichtstaatliche, gemeinnützige Organisation, die sich für eine ökologische und sozialverantwortliche Nutzung der Wälder unserer Erde einsetzt.

Ungekürzte Ausgabe im List Taschenbuch
List ist ein Verlag der Ullstein Buchverlage GmbH, Berlin
1. Auflage Juli 2006

Die englische Originalausgabe erschien 2003 unter dem Titel
Rubicon. The Triumph and Tragedy of the Roman Republic
bei Little, Brown, London.
Umschlagkonzept: RME – Roland Eschlbeck
Umschlaggestaltung: Hauptmann und Kompanie Werbeagentur,
München – Zürich.
Titelabbildung: © corbis (Hintergrund); Umschlagabbildung: © getty (Kranz)
Satz: hanseatenSatz-Bremen
Gesetzt aus der Janson
Papier: Munken Print von Arctic Paper Munkedals AB, Schweden
Druck und Bindearbeiten: Clausen & Bosse, Leck
Printed in Germany
ISBN-13: 978-3-548-60643-9
ISBN-10: 3-548-60643-1

Für Eliza.
Willkommen auf der Welt.

INHALT

VORWORT

Es war am 10. Januar im siebenhundertfünften Jahr nach der Gründung Roms und im neunundvierzigsten vor Christi Geburt. Die Sonne war längst hinter dem Appenin untergegangen. In geschlossener Marschkolonne standen Soldaten der 13. Legion im Dunkeln beisammen. Die Nacht wird bitterkalt gewesen sein, aber sie waren an extreme Bedingungen gewöhnt. Acht Jahre lang waren sie dem Statthalter Galliens auf seiner blutigen Kampagne gefolgt, Schlacht auf Schlacht, durch Eis und Schnee oder die Sommerhitze, bis ans Ende der Welt.

Doch jetzt, nach ihrer Rückkehr aus der barbarischen Wildnis des Nordens, sahen sie sich mit einer ganz anderen Aufgabe konfrontiert. Vor ihnen lag ein schmaler Fluss. Auf der Seite, wo die Legionäre standen, war Gallien; auf der anderen lagen Italien und der Weg nach Rom. Überschritten sie diesen Fluss, würden die Soldaten der 13. Legion ein kapitales Verbrechen begehen. Sie würden nicht einfach die Grenze zu Italien überschreiten, sondern sich über die strengste aller Regeln des römischen Volkes hinwegsetzen. Mit ihrem Vorgehen würden sie den Bürgerkrieg auslösen – eine Katastrophe, zu der sich die Legionäre mit ihrem Vorrücken bis dorthin bereit und gestählt gezeigt hatten. Während sie gegen die Kälte anstampften, warteten sie auf das Signal der Trompeten, die zum Vormarsch blasen sollten: *Schultert die Waffen, rückt vor und überschreitet den Rubikon.*

Aber wann würde das Signal ertönen? Leise plätschernd konnte man den Fluss hören, der durch die Schneeschmelze in den Bergen angeschwollen war, doch die Trompeten waren noch immer nicht zu hören. Die Soldaten der 13. Legion spitzten die Ohren. Sie waren es nicht gewohnt zu warten. Normalerweise, würde eine Schlacht bevorstehen, wären sie bereits vorgerückt und hätten wie ein Blitz eingeschlagen. Ihr General, der Statthalter von Gallien, war ein Mann, den man im Allgemeinen für seinen Tatendrang, seine Überraschungstaktik und Schnelligkeit feierte. Aber dies war nicht nur eine kurze Verzögerung. Er hatte ihnen den Befehl zum Überschreiten des Rubikons bereits am Nachmittag gegeben. Warum also hatte man ihnen plötzlich den Stillstand befohlen, wo sie doch endlich an der Grenze angekommen waren? Nur wenige konnten ihren General dort in der Dunkelheit sehen, aber den Offizieren seines Stabes, die in seiner Nähe waren, schien er sich in quälender Unentschlossenheit zu befinden. Statt seine Männer vorrücken zu lassen, hatte er in die trüben Wasser des Rubikons gestarrt und kein Wort gesagt. Und seine Gedanken hatten in der Stille gearbeitet.

Bei den Römern gab es ein Wort für eine derartige Situation: *Discrimen* – ein Augenblick gefahrvoller und marternder Spannung, in dem die Errungenschaften eines ganzen Lebens auf dem Spiel stehen. Die Karriere Caesars war wie die eines jeden Römers, der nach persönlicher Größe strebte, eine stetige Folge solch kritischer Momente gewesen. Immer wieder hatte er seine Zukunft aufs Spiel gesetzt und immer wieder war er als Sieger hervorgegangen. In den Augen der Römer war es das, was einen echten Mann ausmachte. Doch das Dilemma, dem sich Caesar am Ufer des Rubikons gegenübersah, war auf einzigartige Weise quälend, umso mehr, als es die Konsequenz seiner vorausgegangenen Erfolge war. In weniger als zehn Jahren hatte er achthundert Städte, dreihundert Stämme und ganz Gallien unterworfen, doch übergroßer Erfolg konnte bei den Römern ebenso Anlass zu Bewunderung wie zu Besorgnis sein. Sie waren schließlich Bürger einer Republik, und keinem Einzelnen war es erlaubt, seine Mitbürger auf Dauer in den Schatten zu stellen. Caesars Gegner hatten seit langem aus Neid und Furcht alles unternommen, um ihm sein Kommando zu entziehen. Jetzt, im Winter 49 v. Chr., war es ihnen endlich gelungen, ihn in Bedrängnis zu bringen. Der Augenblick der Wahrheit war für Caesar gekommen. Er konnte entweder dem Gesetz gehorchen, sein Kommando abgeben und sich mit dem Ende seiner Karriere abfinden, oder er überschritt den Rubikon.

»Die Würfel sind gefallen.«* Nur als Spieler und in Spielleidenschaft war Caesar schließlich in der Lage, seinen Legionären den Vormarsch zu befehlen. Für ein rationales Kalkül war das Wagnis zu

* Der Ausspruch wird im Allgemeinen auf Lateinisch zitiert – *alea iacta est* –, aber tatsächlich stammt die Formulierung von dem athenischen Bühnenautor Menander und Caesar sagte die Worte deshalb auf Griechisch. Vgl. dazu Plutarch, Pompeius 60 und Caesar 32.

hoch und der Ausgang zu ungewiss. Caesar wusste, dass er einen Weltkrieg riskierte, wenn er in Italien einmarschierte, denn das hatte er seinen Weggefährten gegenüber zugegeben, und ihm hatte bei der Aussicht geschaudert. Doch so hellsichtig er auch war, selbst er konnte die volle Konsequenz seiner Entscheidung nicht voraussehen. Außer »Wendepunkt« hatte *discrimen* noch eine andere Bedeutung: Trennlinie. Und als solche sollte sich der Rubikon in jeder Hinsicht erweisen. Mit seiner Überschreitung stürzte Caesar tatsächlich die Welt in den Krieg, aber er trug auch zur Zerstörung der althergebrachten Freiheiten Roms bei und zur darauf folgenden Errichtung einer Monarchie. All das waren entscheidende Ereignisse für die Geschichte des Okzidents. Lange nach dem Zusammenbruch des Römischen Reiches sollten die durch den Rubikon geteilten Gegensätze – Freiheit und Despotismus, Ordnung und Anarchie, Republik und Gewaltherrschaft – die Vorstellungen der Erben Roms beherrschen. Der Fluss war so schmal und unbedeutend, dass man am Ende sogar vergessen hatte, wo er überhaupt lag, aber sein Name ist bis heute in Erinnerung geblieben. Das ist nicht verwunderlich. Caesars Überschreiten des Rubikons war so schicksalhaft, dass es für jeden schicksalhaften Schritt steht, den man seither unternommen hat.

Mit Caesars Befehl ging eine Epoche der Geschichte zu Ende. Einst hatte es freie Städte gegeben, die sich über den gesamten Mittelmeerraum verteilten. In der griechischen Welt und auch in Italien wurden diese Städte von Menschen bewohnt, die sich nicht als Untertanen eines Pharaos oder eines Königs der Könige verstanden, sondern als Bürger. Menschen, die sich stolz auf jene Werte beriefen, die sie von Sklaven unterschieden: Redefreiheit, Privatbesitz, Zugang zum Rechtsweg. Doch mit dem Aufstieg neuer Reiche, zuerst dem Alexanderreich und denen seiner Nachfolger und dann dem Römischen Reich, war die Unabhängigkeit dieser Bürger überall unterdrückt worden. Im 1. Jahrhundert v. Chr. war nur noch eine einzige freie Stadt übrig – Rom. Und dann überschritt Caesar den Rubikon, die Republik fiel in sich zusammen und es gab gar keine mehr.

Das Ergebnis war, dass tausend Jahre bürgerlicher Selbstverwaltung ihr Ende fanden, und für weitere tausend Jahre oder mehr sollte diese Regierungsform nicht von neuem Realität werden. Seit der Renaissance hat es viele Versuche gegeben, den Rubikon wieder in anderer Richtung zu überschreiten, zu seinem anderen fernen Ufer zu gelangen und die Gewaltherrschaft hinter sich zu lassen. Die englische, amerikanische und Französische Revolution beriefen sich ausdrücklich auf das Vorbild der Römischen Republik. »Was die Rebellionen gegen die Monarchie im Besonderen betrifft, so ist eine ihrer häufigsten Ursachen die Lektüre der politischen und historischen Schriften der alten Griechen und Römer«, beklagte sich Thomas Hobbes.[1] Natürlich war der Wunsch nach einer freien Republik nicht die einzige Lehre, die man aus den dramatischen Ereignissen der Geschichte der Römischen Republik ziehen konnte. Es war schließlich kein geringerer als Napoleon, der sich erst Konsul und dann Kaiser nannte, und die am meisten verwendete Bezeichnung für das bonapartistische Regime war im ganzen 19. Jahrhundert der »Cäsarismus«. In den zwanziger und dreißiger Jahren des 20. Jahrhunderts, als die Republiken überall zusammenzubrechen schienen, waren alle, die über ihr Ende jubelten, schnell bereit, auf die Parallelen zum Todeskampf des antiken Vorbilds hinzuweisen. Im Jahr 1922 ließ Mussolini gezielt den Mythos eines heroischen und dem Vorgehen Caesars vergleichbaren Marsches auf Rom verbreiten. Und er war nicht der Einzige, der tatsächlich glaubte, dass ein neuer Rubikon überschritten worden war. »Das Braunhemd wäre vielleicht nicht entstanden ohne das Schwarzhemd«, räumte Hitler später ein. »Der Marsch auf Rom 1922 war einer der Wendepunkte der Geschichte.«[2]

Mit dem Faschismus erreichte eine lange Tradition abendländischer Politik ihren abstoßenden Höhepunkt und fand dann ihr Ende. Mussolini war der letzte führende Politiker, der sich auf das Beispiel des antiken Roms berief. Die Faschisten schlug Roms Grausamkeit, sein prahlerischer Stolz und sein Waffengeklirr in den Bann, aber heute sind selbst Roms höchste Ideale wie die aktive Bürgerbeteiligung, die Thomas Jefferson einst so begeisterte, aus der Mode gekommen. Sie sind zu streng und zu ernsthaft. Kaum etwas in unserer militant postmodernen Welt könnte stärkeres Missfallen erregen als das Beispiel des klassischen Roms. Die Römer als Helden zu verehren ist völlig veraltet und gehört ins 19. Jahrhundert. Wir haben uns, wie John Updike vor einigen Jahren sagte, »von der Unterdrückung durch all diese alten römischen Werte« befreit.[3] Sie werden nicht mehr wie in den vorangegangenen Jahrhunderten als wichtigste Quelle unserer modernen Bürgerrechte angesehen. Nur wenige stellen sich heute noch die Frage, weshalb eigentlich auf einem den Römern unbekannten Kontinent ein zweiter Senat auf einem zweiten Kapitol tagt. Der Parthenon mag in unserer Vorstellung noch hell leuchten, doch das Forum zeigt allenfalls einen schwachen Glanz.

Und dennoch machen wir uns etwas vor in den westlichen Demokratien, wenn wir unsere Wurzeln allein auf Athen zurückführen. Im Guten wie im Bösen sind wir gleichermaßen Erben der Römischen Republik. Wäre der Titel nicht bereits vergeben, hätte ich dieses Buch *Bürger* genannt, denn sie sind die Hauptdarsteller, und der Zusammenbruch der Römischen Republik ist ihre Tragödie. Auch das römische Volk war am Ende seiner alten Tugenden müde und zog es vor, fortan die Bequemlichkeiten der Sklaverei und des Friedens zu genießen. Man wollte lieber Brot und Spiele, als sich in endlosen Kriegen gegenseitig umzubringen. Wie die Römer selbst erkannten, trug ihre Freiheit die Saat ihres eigenen Untergangs in sich, und dieser Gedanke gab hinreichenden Anlass zu manch trüben moralisierenden Gedanken unter der Herrschaft Neros und Domitians. Und in den nachfolgenden Jahrhunderten hat diese Art von Überlegungen niemals ihre beunruhigende Wirkung verloren.

Wenn man behauptet, dass römische Freiheit einst mehr war als nur ein hochtrabender Schwindel, so soll das natürlich nicht heißen, dass die Römische Republik je ein Paradies sozialer Demokratie und Gerechtigkeit gewesen sei. Das war sie sicher nicht. Freiheit und Gleichheit waren für die Römer verschiedene Dinge. Nur unter aneinander geketteten Sklaven gab es echte Gleichheit. Für einen Bürger stellte der Wettbewerb sein Lebenselixier dar; Reichtum und Wählerstimmen waren der Maßstab für Erfolg. Im Übrigen war die Republik natürlich eine Supermacht mit einer Reichweite und Überlegenheit, die in der Geschichte des Okzidents neu waren. Tatsachen, die die Bedeutung der Republik für unsere heutige Zeit entscheidend prägen.

In der Zeit, seit ich begonnen habe, dieses Buch zu schreiben, ist der Vergleich zwischen Rom und den Vereinigten Staaten von Amerika eine Art Klischee geworden. Die Erfahrung, vom Zeitgeschehen überholt zu werden, ist für den Historiker alltäglicher, als man meinen sollte. Es kommt häufig vor, dass Epochen, die zunächst fremd und fern erscheinen, plötzlich und in Besorgnis erregender Weise in den Mittelpunkt der Aufmerksamkeit rücken. Die Welt der klassischen Antike, die unserer Epoche zugleich so ähnlich und so völlig anders erscheint, hat zu allen Zeiten diese Qualität eines Kaleidoskops gehabt. Vor mehreren Jahrzehnten, am Ende der dreißiger Jahre des 20. Jahrhunderts, sah der große Ronald Syme, Historiker in Oxford, im Aufstieg der Caesaren eine »Römische Revolution« und ein Modell für das Zeitalter der faschistischen und kommunistischen Diktatoren. Rom ist immer wieder in derartiger Weise im Licht der weltgeschichtlichen Erschütterungen verstanden und neu interpretiert worden. Syme war der Erbe einer langen und ruhmreichen Tradition: Sie reicht zurück bis auf Macchiavelli, der aus der Geschichte der Römischen Republik Lehren für seine Heimatstadt Florenz zog und auch im Hinblick auf Cesare Borgia, jenen Namensvetter des Totengräbers der Republik. »Nicht unüberlegt noch ohne Grund pflegen kluge Männer zu sagen, dass um vorauszusehen, was sein wird, man betrachten müsse, was gewesen ist; denn alle Begebenheiten sind jederzeit nur die Gegenstücke zu irgendeinem Ereignis der Vergangenheit.«[4] Es gibt wohl Zeiten, denen diese Sicht der Dinge fern liegen mag, und andere, denen sie zutreffend erscheint, und unsere heutige gehört sicher zu letzteren. Rom war die erste und bis vor kurzem einzige Republik, die zur Stellung einer Weltmacht gelangte, und es ist in der Tat schwierig, eine andere Episode der Geschichte zu finden, die unserer eigenen Zeit fesselnder einen Spiegel vorhält. Es sind nicht allein die groben geopolitischen Umrisse oder die Globalisierung und die *Pax Americana,* die man, wenn auch in schwachen und verzerrten Konturen, in diesem Spiegel erblicken kann. Auch unsere eigenen Marotten und fixen Ideen, von den japanischen Zierkarpfen über den Jargon künstlicher Vulgärsprache bis zu den Meisterköchen, werden dem Historiker der Römischen Republik zu einer Art *Déjà vu.*

Aber Parallelen zu ziehen kann trügerisch sein. Es versteht sich von selbst, dass die Römer unter physischen, emotionalen und intellektuellen Bedingungen lebten, die sich grundlegend von den unseren unterscheiden. Nicht immer sind die Aspekte ihrer Zivilisation mit unseren vergleichbar. Und tatsächlich können die Römer uns dann am fernsten stehen, wenn sie uns am vertrautesten erscheinen. Ein antiker Dichter, der die Grausamkeit seiner Geliebten beklagt, oder ein römischer Vater, der seine Tochter betrauert, sprechen uns heute direkt an und scheinen ewig dauernde menschliche Gefühle zum Ausdruck zu bringen. Wie völlig fremd erscheinen uns demgegenüber die Ansichten eines Römers über sexuelle Beziehungen oder das Familienleben! Dasselbe gilt für die Ideale, welche die Republik erfüllten, und für die Wünsche der Bürger oder die Rituale und Regeln ihres täglichen Lebens. Wenn wir diese Aspekte begreifen, kann vieles, was uns an den Taten der Römer abschreckt und in unseren Augen ganz offensichtliche *Verbrechen* darstellt, zwar nicht vergeben, aber doch besser verstanden werden. Das Blutvergießen in der Arena, die Vernichtung einer großen Stadt, die Eroberung der Welt – all diese Taten können in den Augen der Römer als rühmliche Erfolge gelten. Nur wenn wir ihre Gründe dafür begreifen, können wir hoffen, die Republik selbst zu verstehen.

In die Gedankengänge einer längst vergangenen Epoche einzudringen, ist natürlich ein gewagtes und verzweifeltes Unternehmen. Nun sind die letzten zwanzig Jahre der Republik die am besten überlieferte Epoche der römischen Geschichte mit einem wahren Schatz an Quellen für den Althistoriker – Reden, Memoiren und sogar Privatkorrespondenz. Doch selbst diese Vielzahl an Quellen ist nur ein schwach schimmernder Reichtum in immenser Dunkelheit. Eines Tages, wenn die Quellen für das 20. Jahrhundert so lückenhaft geworden sind wie die des antiken Roms, wird man vielleicht eine Geschichte des Zweiten Weltkriegs schreiben, die nur auf den Rundfunkansprachen Hitlers und den Memoiren Churchills beruht. Diese Geschichte wird dann von allen Erfahrungsebenen abgeschnitten sein: keine Briefe von der Front, keine Tagebücher der Soldaten. Das Schweigen ist etwas, mit dem der Historiker der Antike nur allzu vertraut ist, denn, um die Worte Fluellens in Shakespeares *König Heinrich der Fünfte* hier in negativem Sinn aufzufassen, man kann sagen, »dass im Lager des Pompeius kein Schnickschnack und kein Wischewasche ist«.[5] Und auch aus der Bauernkate ist nichts zu hören, ebenso wenig aus der Hütte im Armenviertel oder der Baracke der Sklaven, die auf dem Feld arbeiteten. Zwar kann man die Stimmen der Frauen gelegentlich vernehmen, aber nur die der ganz vornehmen, und auch das immer nur dann, wenn sie von Männern zitiert oder falsch wiedergegeben werden. Wenn man in der römischen Geschichte nach Einzelheiten über Menschen außerhalb der regierenden Oberschicht sucht, fühlt man sich wie ein Goldgräber.

Selbst die Berichte über große Ereignisse und herausragende

Männer, so großartig sie auch erscheinen mögen, sind in Wahrheit verstümmelte Fragmente, vergleichbar einem Aquädukt in der römischen Campagna: weit gespannte Bögen und daneben plötzlich ein leeres Stoppelfeld. Die Römer selbst hatten immer befürchtet, dass sie eben dieses Schicksal ereilen würde. Sallust, ihr erster großer Historiker, sagte dazu: »Aber wirklich, in allem herrscht das Glück; alle Dinge macht es berühmt oder verdunkelt es mehr nach Willkür als aus Gerechtigkeit.«[6] Ironischerweise sollte das Schicksal seiner eigenen Werke diese bittere Feststellung untermauern. Sallust war Gefolgsmann Caesars und schrieb eine Geschichte der Jahre unmittelbar vor der Machtergreifung seines Gönners. Das Werk wurde von seinen Lesern einstimmig als gültige Darstellung gefeiert. Wäre es erhalten geblieben, besäßen wir einen zeitgenössischen Bericht über das Jahrzehnt von 78 bis 67 v. Chr., das reich an entscheidenden und dramatischen Ereignissen war. Aber leider sind von seinem Meisterwerk nur wenige verstreute Fragmente tradiert. Aus ihnen und aus anderen bruchstückhaften Informationen kann man noch heute einen Bericht rekonstruieren, der Rest ist wohl für immer verloren.

Es ist kein Wunder, dass Althistoriker zu der Befürchtung neigen, sie könnten allzu dogmatisch wirken. Schreibt man auch nur einen einzigen Satz über die Antike, läuft man schon Gefahr, eine Bewertung vorzunehmen. Selbst wenn ausführliche Quellen vorliegen, tauchen überall Unsicherheiten und Widersprüche auf. Nehmen Sie zum Beispiel die Überschreitung des Rubikons. Dass diese so stattgefunden hat, wie ich es anfangs beschrieben habe, ist wahrscheinlich, aber keineswegs sicher. Eine Quelle berichtet uns, dass der Fluss nach Sonnenaufgang überschritten wurde. Andere sagen, dass zu dem Zeitpunkt, als Caesar am Flussufer ankam, eine Vorhut bereits nach Italien vorgedrungen war. Selbst das genaue Datum kann nur anhand anderer Ereignisse erschlossen werden. In der Forschung hat man sich auf den 10. Januar 49 v. Chr. geeinigt, aber es wurden auch alle folgenden Tage bis zum 14. Januar als Datum vertreten, und im Übrigen ist das, was die Römer Januar nannten – dank der Launen des vorjulianischen Kalenders – nach unserer Zeitrechnung November.

Kurz gesagt sollte der Leser dieses Buches sich an die Faustregel halten, dass vielen der dargelegten Tatsachen mit gutem Grund durch eine gegensätzliche Interpretation widersprochen werden könnte.

Aber ich will doch unmittelbar hinzufügen, dass das keine Aufforderung sein soll, die Flinte ins Korn zu werfen. Es handelt sich vielmehr um eine notwendige Vorbemerkung zu einem Bericht, der aus den Scherben der Überlieferung zusammengesetzt ist und versucht, einige der auffälligeren Bruchstellen und Löcher zu überdecken. Dass es überhaupt möglich ist, das zu tun, und dass man tatsächlich aus den Ereignissen am Ende der Republik eine zusammenhängende Erzählung formen kann, war immer einer der großen Reize dieser Epoche für den Althistoriker. Ich sehe nicht den geringsten Grund, mich für mein Vorgehen entschuldigen zu müssen.

Nach einer langen Periode der Ungnade ist das Erzählen von Geschichte heute wieder groß in Mode gekommen. Selbst wenn die Erzählung, wie viele betont haben, nur möglich ist, wenn man den verstreuten Ereignissen der Vergangenheit ein erfundenes Muster aufdrückt, muss das an sich noch keinen Nachteil bedeuten. Sie kann vielmehr helfen, uns das Denken der Römer näher zu bringen. Es kam nämlich selten vor, dass ein Bürger sich nicht als Held seiner eigenen Geschichte sah. Das war zwar eine Einstellung, die viel dazu beitrug, Rom ins Verderben zu stürzen, aber sie verlieh dem Epos vom Untergang der Republik auch sein leuchtendes und heroisches Kolorit. Gerade mal eine Generation danach schüttelte man bereits verwundert den Kopf und war erstaunt, dass es eine solche Zeit und solche Giganten überhaupt gegeben haben konnte. Ein halbes Jahrhundert später ließ Velleius Paterculus, der den Kaiser Tiberius rühmte, sich dazu hinreißen auszurufen, es möge »fast überflüssig erscheinen, an die Zeiten so außerordentlicher Männer zu erinnern«[7] – und anschließend tat er genau das. Er wusste wie alle Römer, dass sich das Genie ihres Volkes am rühmlichsten durch große Taten und bemerkenswerte Leistungen entfaltet hatte. Deshalb war es die Erzählung, die dieses Genie am besten verständlich machte.

Mehr als zwei Jahrtausende nach dem Zusammenbruch der Republik erregt der »außerordentliche Charakter« der Männer (und Frauen), die in diesem Drama eine Rolle spielten, noch immer Erstaunen. Aber das gilt auch für die Römische Republik selbst, die zwar der Allgemeinheit weniger gut bekannt ist als ein Cäsar, ein Cicero oder eine Kleopatra, die aber doch bemerkenswerter ist als jede dieser Persönlichkeiten. Obgleich es vieles an ihr gibt, was wir niemals in Erfahrung bringen werden, gibt es doch anderes, was wieder lebendig werden kann. Ihre Bürger kommen hinter dem antiken Marmor zum Vorschein, die Gesichter durch einen Hintergrund von Gold und Feuer erleuchtet – der Glanz einer fremden und manchmal doch beklemmend vertrauten Welt.

Alle Menschen lieben von Natur aus die Freiheit
und hassen die Sklaverei.

Caesar, *Gallischer Krieg* 3, 10, 3

Denn nur wenige Menschen wollen die Freiheit,
ein großer Teil aber gerechte Herren.

Sallust, *Historien* (Brief des Mithridates 18)

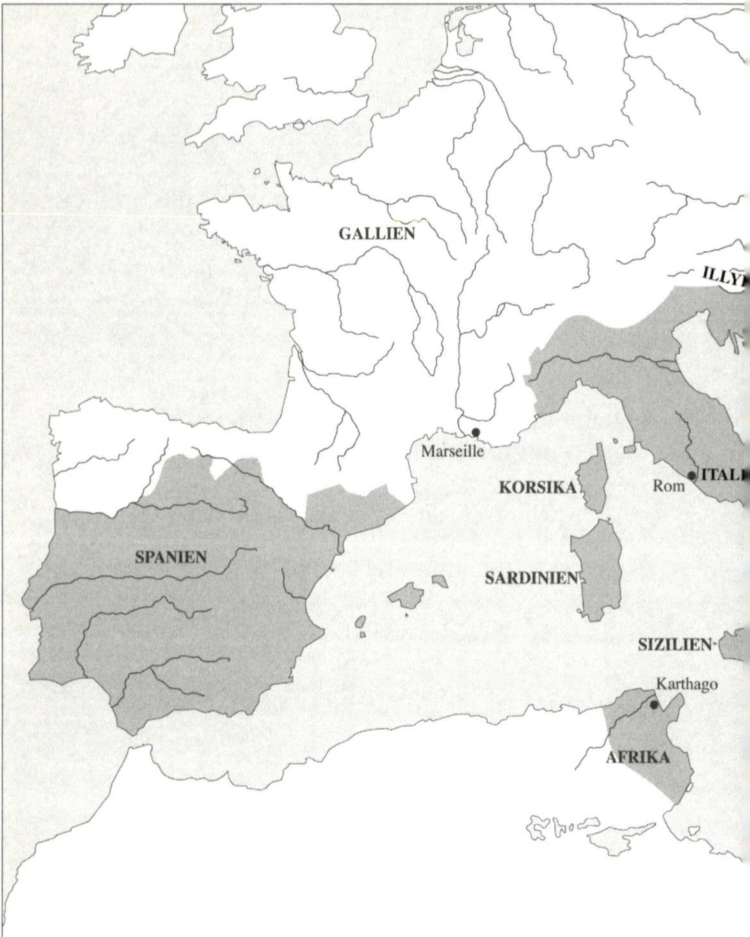

Das Römische Reich 140 v. Chr.

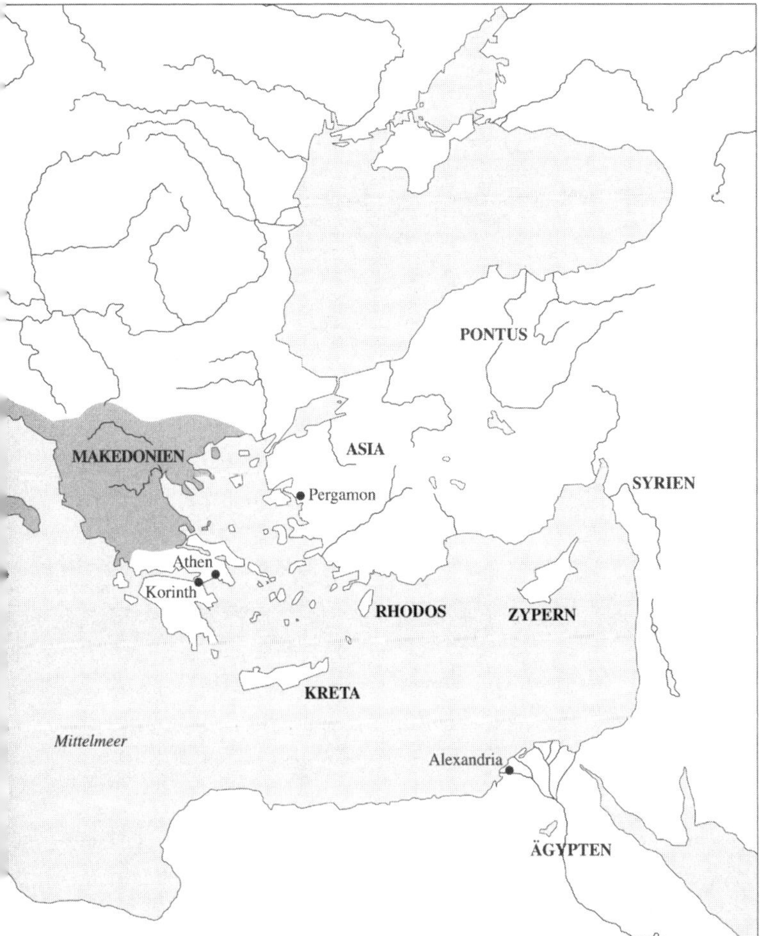

Dunkel gezeichnete Gebiete
wurden direkt von den
Römern verwaltet

1 DIE WIDERSPRÜCHLICHE REPUBLIK

Stimmen der Vorfahren

Anfangs, vor Beginn der Republik, wurde Rom von Königen regiert. Über einen dieser Könige, den anmaßenden Tyrannen Tarquinius, erzählte man folgende düstere Geschichte: Eines Tages ist eine alte Frau zu ihm in seinen Palast gekommen. Sie hatte neun Bücher bei sich. Als sie sie Tarquinius zum Kauf anbot, lachte der sie aus, weil der geforderte Preis so exorbitant sei. Die alte Frau machte nicht den geringsten Versuch, mit ihm zu handeln, sondern drehte sich um und ging. Sie verbrannte drei der Bücher, erschien dann von neuem vor dem König und bot ihm die sechs übrig gebliebenen Bücher zum selben Preis an. Der König war zwar inzwischen unsicher geworden, lehnte das Angebot aber ein zweites Mal ab, und die alte Frau kehrte ihm wieder den Rücken und ging. Tarquinius war jetzt unruhig geworden, weil er nicht wusste, was er abgelehnt hatte, und als das geheimnisvolle alte Weib noch einmal auftauchte und diesmal nur drei Bücher bei sich hatte, kaufte er sie sofort, obwohl er den Preis zahlen musste, den sie zu Beginn für alle neun gefordert hatte. Die alte Frau nahm ihr Geld und verschwand auf Nimmerwiedersehen. Wer war sie? Ihre Bücher enthielten Weissagungen von solcher Kraft, dass die Römer bald erkannten, dass nur eine sie verfasst haben konnte: die Sibylle. Doch aus dieser Feststellung ergaben sich nur weitere Fragen, denn die Geschichten, die man über die Sibylle erzählte, waren sonderbar und verwirrend. Man ging davon aus, dass sie den Trojanischen Krieg vorausgesagt hatte, und diskutierte darüber, ob sich hinter ihrem Namen zehn Wahrsagerinnen verbargen oder ob sie unsterblich sei oder tausend Jahre lebe. Einige weniger Gutgläubige fragten sich sogar, ob es sie überhaupt gegeben habe. In der Tat konnte man nur zwei Dinge wirklich mit gutem Gewissen sagen: dass ihre unbeholfen und in altertümlichem Griechisch geschriebenen Bücher tatsächlich existierten und dass man aus ihnen die Umrisse zukünftiger Ereignisse herauslesen konnte. Durch Tarquinius' Glückskauf fanden sich die Römer im Besitz eines Fensters, durch das sie die Zukunft der Welt erblicken konnten. Allerdings hat dies Tarquinius auch nicht viel geholfen: Im Jahr 509 v. Chr. fiel er einer Palastverschwörung zum Opfer. Über zweihundert Jahre lang, seit der Gründung der Stadt, hatten Könige über Rom geherrscht, und Tarquinius, der siebte König, sollte der letzte sein.* Mit seiner Vertreibung wurde auch die Monarchie beseitigt und an ihrer Stelle eine freie Republik errichtet. Von diesem Zeitpunkt an war der Königstitel bei den Römern mit fast krankhaftem Hass belegt. Freiheit war die Parole bei der Verschwörung gegen Tarquinius gewesen, und Freiheit, das heißt die Freiheit einer Stadt, die keinen Herren hatte, wurde fortan zum angestammten Recht und Maßstab für jeden Bürger. Um diese Freiheit vor den Ambitionen aller zukünftigen Tyrannenanwärter zu schützen, einigten sich die Gründerväter der Republik auf eine bemerkenswerte Formel. Mit Bedacht teilten sie die Macht des vertriebenen Tarquiniers unter zwei Beamten auf, die beide durch Wahl bestimmt wurden und von denen keiner länger als ein Jahr im Amt bleiben durfte. Das waren die Konsuln.** Ihre Stellung an der Spitze ihrer Mitbürger und die Wachsamkeit des einen gegen die Ambitionen des anderen waren aktiver Ausdruck des Grundprinzips der Republik: Nie wieder sollte es einem einzelnen Mann erlaubt sein, an höchster Stelle und allein in Rom zu regieren. So frappant die Neuartigkeit des Amtes der Konsuln auch erscheinen mag, der Bruch war nicht so radikal, dass die Römer gänzlich von ihrer Tradition abgeschnitten worden wären. Zwar war die Monarchie abgeschafft, aber sonst änderte sich sehr wenig. Die Wurzeln der neuen Republik reichten weit in die Vergangenheit zurück – häufig sogar sehr weit. Die Konsuln selbst trugen als Zeichen ihres Amtes eine Toga mit einem purpurnen Rand – die Farbe der Könige. Wenn sie die Auspizien einholten, taten sie das nach einem Ritual, das noch aus der Zeit vor der Gründung Roms stammte. Und dann gab es als größtes Wunder die Bücher, die der vertriebene Tarquinius zurückgelassen hatte; jene drei geheimnisvollen Buchrollen mit

* Nach Aussage Varros, des großen Universalgelehrten der späten Republik, war allerdings Tarquinius Priscus, der fünfte König Roms, jener Tarquinier, den die Sibylle aufsuchte.

** Ursprünglich hießen die Konsuln allerdings Prätoren. Die dunkle Frühzeit der römischen Geschichte ist reich an solchen Verwirrspielen.

Weissagungen, die Schriften der aus ältester Zeit stammenden oder wahrscheinlich zeitlosen Sibylle. Die Erkenntnisse, die diese Bücher vermittelten, waren von derartiger Bedeutung, dass der Zugang streng geregelt war. Sie stellten ein Staatsgeheimnis dar. Bürger, die man dabei ertappte, dass sie sie abschrieben, wurden in einen Sack genäht und ins Meer geworfen. Nur unter ganz kritischen Umständen, wenn Furcht erregende Vorzeichen die Republik vor einer nahenden Katastrophe warnten, durften die Bücher überhaupt konsultiert werden. In diesen Fällen, wenn alle anderen Quellen ausgeschöpft waren, wurden besonders dazu berufene Beamte beauftragt, zum Tempel des Jupiter hinaufzugehen, wo die Bücher unter strengsten Sicherheitsvorkehrungen aufbewahrt wurden. Man öffnete die Rollen und folgte den verblassten Zeilen des griechischen Textes. Weissagungen wurden entziffert und man suchte Rat, wie die erzürnten Götter am besten zu besänftigen seien. Und man fand immer Rat.

Die Römer waren ein Volk von ebenso großer praktischer Veranlagung wie Frömmigkeit und hatten keinen Hang zu Duldsamkeit und Fatalismus. Sie waren nur so weit an der Voraussage der Zukunft interessiert, wie sie glaubten, sie so besser meistern zu können. Roter Blutregen, Feuer speiende Krater oder Mäuse, die an Gold nagten, waren Furcht erregende Vorzeichen und galten als eine Art letzter Mahnung an das römische Volk, dass es mit seiner Schuld an die Götter im Rückstand war. Um wieder ein Guthaben aufzubauen, konnte es notwendig sein, einen neuen Kult für eine bisher unbekannte Gottheit in der Stadt einzuführen. Häufiger konnte eine solche Situation dazu führen, dass man sich abwartend verschanzte, während die Beamten verzweifelt herauszufinden versuchten, welche Traditionen man wohl vernachlässigt haben könnte. Hatte man die Vergangenheit und ihre Verhältnisse so wiederhergestellt, wie sie immer gewesen waren, war die Sicherheit der Republik gerettet. Das war ein tief in jedem Römer verankerter Glaube.

Im Jahrhundert nach ihrer Gründung wurde die Republik mehrmals durch soziale Auseinandersetzungen erschüttert, durch die Forderung der großen Unterschicht nach mehr Bürgerrechten und durch fortlaufende Verfassungsreformen. Und doch ließ das römische Volk diese ganze turbulente Zeit hindurch nicht von seiner festen Abneigung gegenüber der Veränderung ab. Neuerungen hatten für die

Bürger der Republik eine unheilvolle Bedeutung. Pragmatisch, wie sie waren, mochten sie sie akzeptieren, wenn sie als Wille der Götter oder alter Brauch hingestellt wurden; aber nicht, wenn sie um der Neuerung selbst willen geschahen. Gleichermaßen konservativ und flexibel hielten die Römer an dem fest, was funktionierte; passten an, was versagt hatte; und bewahrten als ehrwürdiges Gerümpel, was überflüssig geworden war. Die Republik war Baustelle und Rumpelkammer in einem. Ihre Zukunft wurde mitten im Ramsch der Vergangenheit errichtet. Die Römer sahen in diesem Umstand durchaus keinen Widerspruch, sondern fanden das normal. Wie konnten sie sich anders für ihre Stadt engagieren als durch das Festhalten an den Bräuchen ihrer Vorfahren? Fremde Beobachter, die dazu neigten, die römische Frömmigkeit *(pietas)* für Aberglauben *(superstitio)* anzusehen,[1] und das Ganze als ein Mittel zum Zweck betrachteten, den eine zynische Führungsschicht gegenüber den Massen einsetzte, missverstanden ihr Wesen. Die Republik war nicht wie andere Staaten. Während die Städte der Griechen regelmäßig von Bürgerkriegen und Umstürzen erschüttert wurden, erwies sich Rom als gefeit gegen solche Katastrophen. Trotz aller sozialen Unruhen innerhalb der Republik im Verlauf des ersten Jahrhunderts ihrer Existenz war das Blut ihrer Bürger kein einziges Mal in ihren Straßen geflossen. Wie typisch war es doch für die Griechen, das Ideal des gemeinsamen Bürgerrechts zu einem einfachen sophistischen Argument zu machen! Für einen Römer gab es nichts Heiligeres und Kostbareres. Es war schließlich das, was ihn ausmachte. Und das öffentliche Interesse – *res publica* – war es, das der Republik ihren Namen gab. Nur wenn sich sein Ansehen im Blick seiner Mitbürger spiegelte, konnte ein Römer sich als wahrer Mann fühlen. Und wenn er hörte, dass sein Name in aller Munde war.

Ein guter Bürger war in der Republik der Bürger, der für gut angesehen wurde. Für die Römer gab es keinen erkennbaren Unterschied zwischen moralischer Qualität und Ruf, und für beides hatten sie dasselbe Wort: *honestas*. Die Zustimmung der gesamten Stadt war der höchste und einzige Beweis des eigenen Wertes. Aus diesem Grund war auch das Einzige, was protestierende Bürger auf die Straße gehen ließ, die Forderung nach Zugang zu noch mehr Ehren und Ruhm. Bürgerunruhen führten unausweichlich zur Schaffung neuer Ämter: das der Ädilen und Volkstribunen im Jahr 494 v. Chr., das der

Quästoren 447 v. Chr. oder der Prätoren 367 v. Chr. Je mehr Posten es gab, umso breiter wurde der Bereich der Verantwortlichkeiten, und je breiter der Bereich der Verantwortlichkeiten, desto zahlreicher die Gelegenheiten, sich durch Leistungen auszuzeichnen und Anerkennung zu finden. Ruhm war das, was jeder Bürger am meisten ersehnte, so wie öffentliche Schande seine größte Befürchtung war. Es waren nicht Gesetze, sondern das Bewusstsein, ständig beobachtet zu werden, das verhinderte, dass der Konkurrenzwille eines Römers zu eigensüchtiger Ambition verkam. So heiß und unerbittlich der Kampf um Ruhm auch stets war, es war darin kein Platz für undisziplinierten Ehrgeiz. Persönlichen Ruhm über das Gemeinwohl der Bürger zu stellen war das Verhalten eines Barbaren oder – schlimmer noch – eines Königs. Im Verkehr miteinander waren die Bürger der Republik es also gewohnt, ihren Konkurrenzinstinkt im Interesse des Gemeinwohls zu zügeln. In ihren auswärtigen Beziehungen hingegen behinderten sie keine derartigen Skrupel: »Ihr habt immer mehr als alle anderen Nationen nach Ruhm gestrebt und wart gierig auf lobende Anerkennung«, sagte Cicero.[2] Dieses große Verlangen nach Ruhm hatte immer wieder verheerende Folgen für Roms Nachbarn. Die Kombination von Schlagkraft und Rücksichtslosigkeit der Legionen war ein Umstand, auf den nur wenige Gegner vorbereitet waren. Wenn die Römer bei hartnäckigem Widerstand gezwungen waren, eine Stadt im Sturm zu nehmen, war es ihr Brauch, jedes lebende Wesen, das sie fanden, abzuschlachten. Von den Legionären zurückgelassenen Schutt konnte man immer daran erkennen, dass abgeschlagene Köpfe von Hunden oder abgetrennte Glieder von Vieh verstreut zwischen Menschenleichen herumlagen.[3] Die Römer töteten, um Furcht zu verbreiten, aber nicht in einem wilden Blutrausch, sondern als disziplinierte Soldaten einer Kampfmaschine. Der Mut der Legionäre war durch den Stolz auf ihre Stadt und den Glauben an ihre Zukunft gestählt, und das war ein Gefühl, das zu teilen jeder Bürger erzogen war. Eine tödliche und für die Römer ruhmreiche Spur markierte den Weg ihrer Kriege.

Trotz allem verging Zeit, bis die übrigen Völker Italiens der rücksichtslosen Natur des Räubers in ihrer Mitte gewahr wurden. In den ersten hundert Jahren der Republik hatten die Römer hart zu kämpfen, um ihre Herrschaft über Städte zu errichten, die kaum zehn Meilen vor ihren Toren lagen. Selbst das tödlichste Raubtier muss seine Kindheitstage durchleben, und während die Römer Vieh stahlen und mit obskuren Bergstämmen Scharmützel ausfochten, entwickelten sie ihren Instinkt für Herrschaft und Mord. In den 360er Jahren v. Chr. hatten sie Rom zur Herrin Mittelitaliens gemacht. In den darauf folgenden Jahrzehnten rückten sie weiter nach Norden und Süden vor und erstickten jeden Widerstand, auf den sie stießen. Um 260 v. Chr. hatten die Römer mit erstaunlicher Geschwindigkeit die gesamte Halbinsel unterworfen. Ihre Ehre hatte freilich nichts Geringeres gefordert. Den Staaten, die ihre Überlegenheit unterwürfig anerkannten, gewährten die Römer Vergünstigungen, wie sie ein Herr und Patron seinen Gefolgsleuten und Klienten zu gewähren beliebte, aber denen, die sie herausforderten, erwuchs daraus nur unentwegter Kampf. Kein Römer konnte die Aussicht ertragen, dass seine Stadt ihr Gesicht verlor. Er hätte eher jedes Maß an Leid ertragen und jede Anstrengung unternommen, als das zuzulassen.

Bald sollte die Zeit kommen, in der die Republik das in einem Kampf auf Leben und Tod unter Beweis stellen musste: Die Kriege gegen Karthago waren die furchtbarsten, die Rom je auszufechten hatte. Karthago war eine Stadt mit einer semitischen Bevölkerung, die sich an der nordafrikanischen Küste niedergelassen hatte und die Handelswege des westlichen Mittelmeers beherrschte. Die Stadt verfügte daher über fast ebenso große Mittel wie Rom. Obwohl Karthago in erster Linie Seemacht war, war es über Jahrhunderte in gelegentliche Kämpfe mit den Griechenstädten Siziliens verwickelt. Die Römer, die nun jenseits der Straße von Messina lauerten, stellten einen bedrohlichen, wenn auch interessanten neuen Faktor im militärischen Gleichgewicht Siziliens dar. Wie vorauszusehen war, konnten die Griechen auf Sizilien nicht der Versuchung widerstehen, die Republik in ihre ewigen Scharmützel mit Karthago zu verwickeln. Und ebenso vorauszusehen war, dass die Römer sich nicht an die Spielregeln halten würden, sobald sie einmal auf den Plan gerufen waren.

Im Jahr 264 v. Chr. machte Rom aus einem geringfügigen Streit um die Auslegung eines Vertrags einen totalen Krieg. Trotz jeden Mangels an Erfahrung in der Seekriegführung und dem Verlust einer Flotte nach der anderen durch feindliche Angriffe oder Sturm überdauerten die Römer zwei Jahrzehnte furchtbarer Niederlagen, um ihren Feind schließlich zu besiegen. Nach den Bestimmungen des Friedensvertrags, der ihnen aufgezwungen wurde, zogen sich die Karthager vollständig aus Sizilien zurück. Ohne jede ursprüngliche Absicht verfügte Rom plötzlich über den Kern eines auswärtigen Reiches. Im Jahr 227 v. Chr. wurde Sizilien als erste römische Provinz eingerichtet. Der Schauplatz der republikanischen Kriegführung sollte sich bald noch mehr ausweiten. Karthago war besiegt, aber noch nicht vernichtet. Nach dem Verlust Siziliens wandte es seine nächsten Herrschaftsambitionen Spanien zu. Die Karthager trotzten den mörderischen Stämmen überall in den Bergen des Landes und begannen die Suche nach Edelmetallen. Der Strom der reichen Erträge aus den Minen versetzte sie bald in die Lage, die Kampfhandlungen mit Rom wieder aufzunehmen. Die besten Feldherren Karthagos machten sich inzwischen keinerlei Illusionen mehr über den Feind, dem sie sich gegenübersahen. Der totale Krieg musste mit gleicher Münze heimgezahlt werden, und der Sieg war nicht erreicht, bevor die römische Macht nicht vollständig zerstört war. Mit diesem Ziel führte Hannibal im Jahr 218 v. Chr. ein karthagisches Heer von Spanien aus durch das südliche Gallien und über die Alpen nach Italien. Seine meisterhafte Strategie und Taktik übertrafen die seiner Gegner bei weitem und er fügte drei römischen Heeren spektakuläre Niederlagen zu. Bei seinem dritten Sieg bei Cannae vernichtete Hannibal acht Legionen – die schlimmste militärische Katastrophe in der Geschichte der Republik. Nach allen Regeln und Erwartungen damaliger Kriegführung hätte Rom die Konsequenzen ziehen müssen, indem es Hannibals Triumph anerkannte und um Frieden nachsuchte. Aber im Angesicht der Katastrophe zeigte es nur gesteigerten Widerstandswillen.

In einem solchen Augenblick suchten die Römer naturgemäß Rat bei den Weissagungen der Sibylle. Die Bücher schrieben vor, dass man zwei Gallier und zwei Griechen lebendig auf dem Forum der Stadt begraben solle. Die Beamten befolgten diese Anweisungen aufs Genaueste. Mit diesem grausamen Akt von Barbarei stellte das römische Volk unter Beweis, dass es nichts gab, was es nicht unternehmen würde, um die Freiheit seiner Stadt zu bewahren. Es blieb, wie es immer gewesen war: Die einzige Alternative zur Freiheit war der Tod. Und mit zusammengebissenen Zähnen schleppte sich die Republik von Jahr zu Jahr weiter vom Abgrund fort. Zusätzliche Heere wurden ausgehoben; Sizilien konnte gehalten werden; die Legionen eroberten das karthagische Reich in Spanien. Eineinhalb Jahrzehnte nach Cannae sah sich Hannibal wieder einem römischen Heer gegenüber, aber diesmal auf afrikanischem Boden. Er wurde geschlagen. Karthago verfügte nicht mehr über genügend Soldaten, um den Kampf fortzusetzen, und als der Sieger seine Bedingungen übermittelte, riet Hannibal seinen Landsleuten, sie anzunehmen. Im Gegensatz zu Rom zog er es vor, die Vernichtung seiner Stadt nicht zu riskieren. Trotzdem vergaßen die Römer nie, dass sie im Ausmaß seiner Anstrengungen und im Ziel seines Ehrgeizes mit Hannibal den Feind gefunden hatten, der ihnen am ähnlichsten war. Noch Jahrhunderte später waren Statuen von ihm in Rom zu sehen. Und selbst nachdem sie Karthago zu einem machtlosen Rumpfstaat gemacht und seine Provinzen, seine Flotte und seine gefeierten Kriegselefanten konfisziert hatten, fürchteten die Römer noch immer einen Wiederaufstieg der Punier. Derartiger Hass war das größte Kompliment, das sie einem fremden Staat machen konnten. Man konnte Karthago auch nach seiner Unterwerfung nicht trauen. Die Römer blickten in ihre eigenen Herzen und schrieben ihrem größten Gegner dieselbe Unnachgiebigkeit zu, die sie dort fanden. Niemals wieder sollten die Römer die Existenz einer Macht dulden, die ihr eigenes Überleben bedrohen konnte. Bevor sie das riskierten, fühlten sie sich voll und ganz berechtigt, gegen jeden, der sich zur Bedrohung auswuchs, einen Präventivschlag zu führen. Solche Gegner fand man leicht – allzu leicht. Selbst vor dem Krieg gegen Hannibal hatte die Republik es sich zur Gewohnheit werden lassen, gelegentlich Truppen auf den Balkan zu schicken, wo ihre Beamten dann Kurzweil hatten, lokale Fürsten einzuschüchtern und Grenzen neu zu ziehen. Wie die Bewohner Italiens bestätigen konnten, hatten die Römer eine eingefleischte Vorliebe für diese Art der Einflussnahme, weil sie ein klares Zeichen für die allseits bekannte Entschlossenheit der Republik setzte, mangelnden Respekt nicht zu dulden. Die unzuverlässigen und zwanghaft zänkischen Staaten Griechenlands lernten diese Lektion nur mit einiger Mühe. Ihre Verwirrung war verständlich, denn in den frühen Jahren ihrer Begegnung mit Rom hatte sich die Republik keineswegs wie ein »normaler« Eroberer verhalten. Die Legionen schlugen wie ein Blitz aus heiterem Himmel mit vernichtender Kraft zu und verschwanden dann ebenso schnell wieder von der Bildfläche. So gewalttätig diese unregelmäßigen Angriffe auch waren, zwischen ihnen lagen doch lange Zeiträume, in denen Rom jedes Interesse an den Angelegenheiten in Griechenland verloren zu haben schien. Selbst wenn Rom intervenierte, wurden diese Überfälle jenseits der Adria stets als friedensbewahrende Aktionen hingestellt. Diese hatten noch nicht die Eroberung des Territoriums zum Ziel, sondern sollten Macht und Geltung der Republik deutlich machen und alle anmaßenden lokalen Kräfte entmutigen.

In den frühen Jahren des römischen Engagements auf dem Balkan hatte sich dieses Vorgehen hauptsächlich gegen Makedonien gerichtet. Das Königreich im Norden Griechenlands hatte die Halbinsel zweihundert Jahre lang beherrscht. Als Erbe Alexanders des Großen hatte der König des Landes immer geglaubt, dass er so anmaßend sein könne, wie er wolle. Trotz wiederholter Strafexpeditionen der römischen Heere ging dieser Glaube niemals ganz verloren, und im Jahr 168 v. Chr. war die Geduld der Römer schließlich zu Ende. Rom schaffte die Monarchie vollends ab und unterteilte Makedonien zunächst in vier Marionettenrepubliken, um dann im Jahr 148 v. Chr. den Übergang von der Friedensaktion zur Besatzung zu vollenden und seine direkte Herrschaft zu errichten. Wie in Italien, wo Straßen die Landschaft mit einem dichten Netz überzogen, besiegelte kühne Bautätigkeit, was als militärische Eroberung begonnen hatte. Die Via Egnatia, eine gewaltige Schneise aus Stein und Kies, wurde durch die Wildnis des Balkans vorangetrieben. Diese Überlandstraße, die von der Adria bis an die Ägäis führte, wurde zur lebenswichtigen Ader der engen Verzahnung zwischen Griechenland und Rom. Sie eröffnete auch den Zugang zu Horizonten jenseits der blauen Ägäis, wo in Gold und Marmor glänzende und vor Kunstwerken strotzende Städte mit dekadenten Speisezetteln die strenge Aufmerksamkeit der Republik geradezu einzuladen schienen. Bereits im Jahr 190 v. Chr. war ein römisches Heer in Asien eingefallen, hatte die Kriegsmaschinerie des lokalen Herrschers völlig vernichtet und ihn vor den Augen des gesamten Vorderen Orients gedemütigt. Sowohl Syrien als auch Ägypten, die beiden Großmächte der Region, schluckten ihren Stolz schnell herunter, lernten, die Einmischung römischer Gesandter zu ertragen, und erkannten die Vorherrschaft der Republik unterwürfig an.

Verwaltungsmäßig war das Römische Reich noch klein und beschränkte sich im Wesentlichen auf Makedonien, Sizilien und Teile

Spaniens, aber sein Einfluss reichte gegen 140 v. Chr. bis in ferne Länder, von denen zu Hause in Rom nur wenige auch nur gehört hatten. Das Ausmaß und die Schnelligkeit dieses Aufstiegs zur Macht war so erstaunlich, dass niemand – und die Römer selbst als Letzte – glauben konnte, dass er Realität war. Auch wenn der Erfolg ihres Landes sie begeisterte, fühlten doch viele Bürger ein Unbehagen. Moralprediger, die taten, was römische Moralisten immer getan hatten, und einen negativen Vergleich der Gegenwart mit der Vergangenheit anstellten, brauchten nicht lange nach Beweisen für die verderblichen Auswirkungen der Herrschaft zu suchen. Die alten Sitten wurden durch den Überfluss an Gold offensichtlich verdorben. Mit der Beute kamen auch fremde Bräuche und philosophische Gedanken. Die Präsentation der Schätze aus dem Orient auf den öffentlichen Plätzen Roms und das Schnattern fremder Zungen in den Straßen der Stadt riefen sowohl Beunruhigung wie Stolz hervor. Nie erschienen die harten bäuerlichen Werte, mit denen die Römer ihre Herrschaft errungen hatten, bewundernswerter als zu jenen Zeiten, zu denen sie am empfindlichsten ignoriert wurden. »Sitte und Männer von alter Art bauen römische Macht auf«,[4] hatte man nach dem Sieg über Hannibal triumphierend ausgerufen. Aber was sollte werden, wenn diese Grundfesten zu bröckeln begannen? Würde die Republik straucheln und fallen? Die Schwindel erregende Entwicklung ihrer Stadt von einem Provinznest zur Weltmacht versetzte die Römer in Verwirrung und ließ sie den Neid der Götter befürchten. In beunruhigender Widersprüchlichkeit schien ihr Eintritt in die Weltgeschichte das Maß sowohl ihres Erfolgs wie ihres Niedergangs zu sein. Denn so bedeutend Rom auch geworden war, es fehlte nicht an schlimmen Anzeichen für seinen zukünftigen Niedergang. Monströse Missgeburten und Unheil verkündender Vogelflug oder ähnlich erstaunliche Dinge beunruhigten das römische Volk fortwährend und erforderten, wenn die Vorzeichen besonders drohend erschienen, die Konsultation der Sibyllinischen Bücher mit ihren Prophezeiungen. Wie immer wurden prompt Vorschriften gefunden und Heilmittel angewendet. Die seit alter Zeit geltenden Verhaltensregeln, die Sitten und Gebräuche der Vorfahren, wurden wiederhergestellt oder bekräftigt. Die Katastrophe war abgewendet. Die Republik blieb erhalten. Aber die Welt drehte sich doch schneller und veränderte sich, und mit ihr auch die Republik. Einige Zeichen der Krise widerstanden aller Macht der alten Rituale, die sie heilen sollten. So gewaltige Veränderungen, wie sie das römische Volk ausgelöst hatte, konnten nicht leicht aufgehalten werden, noch nicht einmal mit den Ratschlägen der Sibylle. Um das zu erkennen, brauchte man keine Vorzeichen, sondern man musste nur durch die Stadt spazieren: In den brodelnden Straßen stand nicht alles zum Besten.

Hauptstadt der Welt

Eine Stadt, das heißt eine freie Stadt, war der Ort, wo ein Mann sich am meisten als solcher fühlen konnte. Für die Römer war das eine Grundvoraussetzung. Das Bürgerrecht – *civitas* – zu besitzen, hieß zivilisiert zu sein, und das ist eine Vorstellung, die sich noch heute in unserem Sprachgebrauch niederschlägt. Ohne jenen Rahmen, den nur eine unabhängige Stadt geben konnte, hatte das Leben keinen Wert. Ein Bürger definierte sich über die Gemeinsamkeit mit seinen Mitbürgern, mit denen er Freud und Leid, Hoffnungen und Befürchtungen, Feste, Wahlen und Kriegsdisziplin teilte. Wie ein Schrein durch die Gegenwart eines Gottes mit Leben erfüllt war, so wurde das Gewebe einer Stadt durch das Leben der Bürgergemeinde geheiligt, das sich in ihren Mauern abspielte. Eine Stadtlandschaft war daher für die Bürger etwas Heiliges. Sie legte Zeugnis ab von dem Erbe, das die Bevölkerung zu dem gemacht hatte, was sie war. Sie machte den Geist eines Staates sichtbar. Wenn fremde Mächte zum ersten Mal mit Rom in Verbindung traten, fühlten sie sich angesichts solcher Überlegungen oft sicherer. Im Vergleich mit den prachtvollen Städten der griechischen Welt machte Rom eher den Eindruck eines rückständigen und baufälligen Ortes.

Die Männer bei Hofe in Makedonien kicherten jedes Mal überheblich, wenn sie eine Beschreibung der Stadt hörten.[5] Sie sollten sich noch wundern. Aber selbst als die Welt gelernt hatte, ihren Kotau vor der Republik zu machen, blieb ein Hauch von Provinzialität an Rom haften. Man unternahm gelegentlich Versuche, es herauszuputzen, aber das nützte nicht viel. Sogar die Römer selbst, denen die ordentlichen und wohlgeplanten Städte der Griechen allmählich vertraut wurden, dürften sich manchmal ein wenig geschämt haben. »Rom ist auf Hügeln und in engen Tälern erbaut, die Stockwerke streben und drängen dort in die Höhe, die Straßen sind nicht gut, die Gassen äußerst schmal; die Capuaner werden unsere Stadt verhöhnen und verachten, wenn sie auf ihr Capua blicken, das sich auf einer gänzlich ebenen Fläche ausbreitet und herrlich gelegen ist.«[6] Solche Sorgen wurden gelegentlich geäußert. Dennoch war Rom am Ende nach allem Wortwechsel und allen Taten noch immer eine freie Stadt – und Capua nicht. Natürlich vergaß das kein Römer auch nur einen Moment. Er konnte manchmal über seine Stadt stöhnen, aber er blieb doch unbeirrbar in seinem Stolz auf sie. Es erschien ihm überdeutlich, dass Rom, die Herrin der Welt, von den Göttern gesegnet und zur Herrschaft vorbestimmt war. Gelehrte wiesen mit ausführlichen Argumenten darauf hin, dass die Lage der Stadt keine übertriebene Hitze zuließ, die den Verstand beeinträchtigte, und auch keine allzu große Kälte, die das Hirn gefrieren ließ; es war daher nach Auffassung Vitruvs schlicht eine geografische Tatsache, dass Rom der beste Platz zum Leben sei, wo »das vollkommenste Mischungsverhältnis« bestehe, und »innerhalb des gesamten Erdkreises und seiner Länder besitzt das römische Volk sein ursprüngliches Gebiet in der Mitte der Welt«.[7] Nicht dass ein gemäßigtes Klima der einzige Vorteil war, den die Götter dem römischen Volk rücksichtsvollerweise geschenkt hatten. Es lag auch auf Hügeln, die leicht verteidigt werden konnten; es gab einen Fluss, der Zugang zum Meer bot; und Quellen und frische Winde, die die Täler zu gesunden Orten machten. Wenn man römische Autoren liest, die ihre Stadt preisen,[8] würde man nie darauf kommen, dass ihre Errichtung auf sieben Hügeln ganz im Widerspruch zu Roms eigenen Grundsätzen der Stadtplanung stand, dass der Tiber dazu neigte, gefährlich über die Ufer zu treten, und dass in den Niederungen der Stadt die Malaria grassierte.[9] Die Liebe, die die Römer ihrer Stadt entgegenbrachten, war die eines Liebhabers, der auch in den offenkundigen Fehlern der Geliebten noch eine Tugend sah. Diese idealisierende Sicht der Stadt verdeckte die armselige Realität immer wieder. Sie half, ein verblüffendes Gemisch aus Widersprüchen und Ansprüchen zu schaffen, in dem nichts je wirklich so war, wie es schien. Trotz »Qualm und Getümmel und Pracht«[10] in ihrer Stadt ließen die Römer niemals davon ab, von jenem schlichten Idyll zu schwärmen, das sie sich so gern vorstellten.

Während Rom unter den Anstrengungen seiner Ausbreitung ächzte und stöhnte, konnte man hinter der zu engen modernen Metropole, manchmal nur schwach und dann wieder deutlicher, das blanke Skelett eines alten Stadtstaats hervorleuchten sehen. In Rom spielte die Erinnerung eine große Rolle. Die Gegenwart befand sich in einem ständigen Dialog mit der Vergangenheit, die rastlose Veränderung mit der Ehrfurcht vor Tradition und die Nüchternheit mit dem Glauben an den Mythos. Je überfüllter und dekadenter die Stadt wurde, desto mehr verspürten ihre Bürger ein Verlangen nach der Versicherung, dass Rom noch immer Rom war. Aus diesem Grund stieg der Rauch der Opfer für die Götter weiter über den sieben Hügeln auf wie in jenen fernen Zeiten, als Bäume jeder Art einen der Hügel, den Aventin, noch vollständig bedeckt hatten.[11] Wälder gab es schon lange nicht mehr in Rom, und kräuselnder Rauch stieg nicht nur von den Altären zum Himmel auf, sondern auch von einer Unzahl von Herdfeuern, Brennöfen und Werkstätten. Schon lange bevor man die Stadt sehen konnte, sollte eine braune Kappe den Reisenden aus der Ferne vorwarnen, dass er sich ihr näherte. Und der Smog war nicht das einzige Zeichen. Nahe bei Rom gelegene Städte mit berühmten Namen, die in der archaischen Vorzeit Rivalen der Republik gewesen waren, standen nun verlassen da und waren auf wenige verstreute Gasthäuser zusammengeschrumpft, denn Roms Anziehungskraft hatte sie völlig geleert. Sobald der Reisende auf seinem Weg fortfuhr, sollte er neuere Siedlungen am Wegesrand finden. Da es nicht in der Lage war, eine stetig wachsende Bevölkerung aufzunehmen, begann Rom an den Rändern aufzuplatzen. Barackenstädte bildeten sich entlang aller großen Zugangsstraßen. Hier waren auch die Toten begraben; und die Nekropolen, die sich gegen die Küste und entlang der großen Via Appia nach Süden hin erstreckten, waren der Wegelagerer und billigen Huren wegen berüchtigt. Doch nicht jedes Grab war dem Verfall preisgegeben. Während sich der Reisende den Toren Roms näherte, konnte er gelegentlich wahrnehmen, dass der üble von der Stadt kommende Geruch durch Myrrhe und Weihrauch gelindert wurde, das Parfum des Todes, das der Wind ihm von einem von Zypressen überschatteten Grab herübertrug. Ein solcher Moment mit seinem Gefühl der Vereinigung von Gegenwart und Vergangenheit war typisch für Rom. Aber ganz so wie die Stille eines Friedhofs Gewalt und Prostitution verbarg, waren selbst die heiligsten und der Ewigkeit bestimmten Plätze nicht vor Entweihung sicher. An den Gräbern wurden mahnende Schilder mit dem Verbot von Wahlpropaganda angebracht, aber trotzdem fand man überall Graffiti. In Rom, dem Sitz der Republik, war die Politik wie eine ansteckende Krankheit. Nur in unterworfenen Städten hatten Wahlen keine Bedeutung. Nachdem Rom das politische Leben in anderen Gesellschaften erstickt hatte, war es nun die letzte Arena der Welt für den Kampf um Ehrgeiz und Träume. Aber selbst die mit Graffiti beschmierten Gräber konnten den Reisenden nicht hinreichend auf das Tollhaus vorbereiten, das er hinter den Stadttoren vorfand. Die Straßen Roms waren niemals dem geringsten Zwang zur Planung unterworfen worden. Dazu hätte es der Absicht und der gezielten Vorstellungen eines Despoten bedurft, und die römischen Beamten blieben doch selten mehr als ein Jahr im Amt. Infolgedessen war das Wachstum der Stadt chaotisch verlaufen und den Launen unkontrollierbarer Triebe und Bedürfnisse gefolgt.

Sobald er von einer der beiden großen Durchgangsstraßen Roms abbog, der Via Sacra oder der Via Nova, trug der Fremde bald zu der hoffnungslosen Verstopfung bei. »In rücksichtsloser Hast kommt ein Bauführer und hetzt seine Maultiere und Träger; ein Kran windet bald Blöcke, bald Riesenbalken in die Höhe; düstere Leichenzüge verwickeln sich mit Lastfuhrwerken; hier flüchtet ein tollwütiger Hund, dort rennt ein Kot spritzendes Schwein.«[12] Von diesem Strudel erfasst, verirrte sich ein Reisender fast mit Sicherheit hoffnungslos. Selbst Bürger fanden ihre Stadt verwirrend. Der einzige Weg, sich zurechtzufinden, war, sich besondere Orientierungspunkte einzuprägen: einen Feigenbaum vielleicht oder den Säulengang eines Marktes oder am besten einen Tempel, der groß genug war, dass er sich über das Labyrinth der engen Straßen erhob. Glücklicherweise war Rom eine fromme Stadt und es gab viele Tempel. Die Verehrung der Römer für die Vergangenheit bedeutete auch, dass alte Gebäude fast nie abgerissen wurden, selbst dann nicht, wenn die freien Plätze, auf denen sie einst gestanden hatten, längst verschwunden und von Bauten überflutet waren. Tempel ragten über Elendsquartieren oder Fleischmärkten auf, beherbergten verhüllte Statuen, deren Identität man völlig vergessen hatte, und doch war man niemals auf den Gedanken gekommen, sie zu zerstören. Diese steinernen Fragmente einer archaischen Vergangenheit, Fossilien aus den frühesten Tagen der Stadt, gaben den Römern ein dringend benötigtes Gefühl der Orientierung. Ewig wie die Götter, deren Geist sie durchdrang, waren die archaischen Reste wie ein Anker im Sturm. Gleichzeitig wurde die Stadt mitten im dröhnenden Gehämmer, dem Rumpeln der Wagenräder und dem Krachen einstürzender Gebäude überall und unaufhörlich wiederaufgebaut, abgerissen und von neuem wiederaufgebaut. Bauunternehmer suchten nach immer weiteren Möglichkeiten, in der Enge noch mehr Platz und noch mehr Profit zu finden. Baracken sprossen wie Unkraut empor, wo Brände Trümmerflächen hinterlassen hatten. Trotz aller Anstrengungen verantwortungsbewusster Beamten, die Straßen frei zu halten, wurden sie immer wieder durch Marktbuden oder die Schuppen Obdachloser verstopft. Den größten Gewinn machten die Bauunternehmer in einer Stadt, die lange Zeit durch ihre alten Stadtmauern eingeengt wurde, als sie begannen, in die Höhe zu streben. Überall schossen Wohnblocks auf. Im ganzen zweiten und ersten Jahrhundert v. Chr. sollten Hausbesitzer miteinander wetteifern, immer höhere Gebäude zu errichten. Diese Entwicklung war dem Gesetzgeber ein Dorn im Auge, denn die Mietshäuser waren als unsolide gebaute Bruchbuden berüchtigt. Im Allgemeinen wurde die Einhaltung der Sicherheitsvorschriften jedoch zu wenig kontrolliert, um die großartigen Möglichkeiten zu übermäßigem Gewinn behindern zu können, die ein Slum mit mehrstöckigen Mietshäusern bot. Auf sechs Etagen oder mehr konnten die Mieter in kleinen, dünnwandigen Zimmern zusammengepfercht werden, bis das Gebäude unausweichlich einstürzte, um nur noch höher wiederaufgebaut zu werden. Auf Lateinisch hießen diese Wohnblocks *insulae*, Inseln – das ist eine suggestive Bezeichnung, denn sie bringt zum Ausdruck, wie sie in dem Meer des sich unten abspielenden Lebens wie Inseln dastanden. Hier empfand man die durch die immense Größe der Stadt hervorgerufene Verfremdung am schlimmsten. Für die, die in den *insulae* hausten, war Entwurzelung mehr als nur eine Metapher. Selbst im Parterre gab es normalerweise keine Abwasserversorgung oder fließendes Wasser. Und dabei waren doch Kanalisation und Aquädukte genau die Errungenschaften, deren sich die Römer rühmten, wenn sie ihre Stadt loben wollten und dabei die Nützlichkeit ihrer öffentlichen Einrichtungen den überflüssigen Extravaganzen der Griechen gegenüberstellten. Die Cloaca Maxima, Roms gewaltiger zentraler Entwässerungskanal, hatte bereits vor der Gründung der Republik die Abwasserversorgung übernommen. Die Aquädukte, die aus den Mitteln der im Osten gemachten Beute errichtet worden waren, waren ein ebenso bemerkenswerter Ausdruck des Engagements der Römer für die gemeinschaftlichen Lebensbedingungen. Sie erstreckten sich über mehr als fünfzig Kilometer und brachten kühles Gebirgswasser bis ins Zentrum. Selbst Griechen gaben gelegentlich zu, dass sie beeindruckt waren. »Die Wasserzufuhr über die Aquädukte ist so bedeutend«, schrieb ein Geograf, »dass ganze Flüsse durch die Stadt und die Abwasserkanäle fließen, und fast jedes Haus verfügt reichlich über Zisternen, Wasserleitungen oder Quellen.«[13] Offenbar standen die Elendsquartiere nicht auf seiner Besuchsliste. In Wahrheit gab es keine bessere Demonstration der Widersprüchlichkeiten Roms als den Umstand, dass es zugleich die sauberste und die schmutzigste aller Städte war. Jauche und Wasser flossen in seinen Straßen. Während die edelsten und dauerhaftesten Tugenden der Republik im Rauschen eines öffentlichen Brunnens ihren Ausdruck fanden, repräsentierte der Schmutz ihre schreckliche Seite. Bürger, die sich nicht mehr an dem Hindernislauf beteiligen wollten, den das Leben eines jeden Römers bedeutete, liefen Gefahr, dass im wahrsten Sinn des Wortes Kot auf ihren Köpfen landete. *Plebs sordida* hießen sie – die ungewaschene Masse. Von Zeit zu Zeit wurde der Abfall aus den *insulae* in Fässern hinausgekarrt, um Gärten vor den Toren der Stadt zu düngen, aber es gab immer zu viel davon, die Bottiche der Walker flossen vor Urin über und Berge von Exkrementen bedeckten die Straßen. Wenn sie starben, wurden die Armen selbst zu Abfall. Für sie gab es kein würdiges Grab am Rande der Via Appia. Stattdessen wurden ihre Überreste mit all dem übrigen Abfall auf gewaltige Müllhalden vor dem östlichen Stadttor am Esquilin gekippt. Reisende, die sich Rom auf diesem Weg näherten, sahen Knochen im Straßengraben liegen. Das war ein fluchbeladener und furchtbarer Ort, an dem Hexen hausten, die angeblich das Fleisch von den Körpern rissen und die nackten Gespenster der Toten aus ihren Massengräbern herbeiriefen. Der Fluch des Versagens konnte in Rom weit über den Tod hinausreichen.

Einen so kompletten Verfall hatte es zuvor nirgendwo auf der Welt gegeben. Das Leiden der Armen in der Stadt war umso schrecklicher, als es sie jeden Trostes der Gemeinschaft beraubte, denn ihnen war alles versagt, was den Römer ausmachte. Die Einsamkeit des Lebens auf der letzten Etage eines Wohnblocks war das Gegenteil all dessen, was der Bürger am meisten schätzte. Von den Ritualen und dem Lebensrhythmus der Gesellschaft abgeschnitten zu sein, bedeutete, dass man auf das Niveau eines Barbaren abgesunken war. Die

Republik war gegenüber ihren eigenen Bürgern ebenso unnachgiebig wie gegenüber ihren Feinden. Wer als Bürger aufgab, den gab auch sie auf. Und nachdem die Republik sie im Stich gelassen hatte, kehrte sie sie am Ende mit dem Müll fort. Es war kein Wunder, dass das Leben in Rom ein verzweifelter Kampf sein sollte, dessen Ziel war, ein solches Schicksal zu vermeiden.

Gemeinsamkeit war willkommen, wo immer man sie finden konnte. Die potenzielle Anonymität des Lebens in der Großstadt drang nicht überall durch. Auch wenn die Metropole riesig und unförmig zu sein schien, gab es bestimmte Ordnungsmuster zur Überwindung des Chaos. Tempel waren nicht die einzigen Heimstätten der Götter. Auch Wegkreuzungen waren, wie man glaubte, Orte, an denen göttliche Kräfte wirkten. Schützende Gottheiten, die Laren, wachten über alle Kreuzungen der Hauptstraßen der Stadt. Diese Straßen, die *vici,* waren so wesentlich als Brennpunkte des gemeinschaftlichen Lebens, dass die Römer dasselbe Wort auch zur Bezeichnung eines ganzen Stadtviertels verwendeten. Jedes Jahr im Januar zum Fest der Compitalia feierten die Bewohner eines *vicus* ein großes Volksfest. Wollpuppen wurden neben den Kapellen der Laren aufgehängt, eine für jeden freien Mann und jede freie Frau des Viertels, und ein Wollball für jeden Sklaven. Diese relative Gleichstellung herrschte auch in den Vereinen, die ebenfalls im Rahmen des Vicus organisiert wurden und jedem offen standen – Bürgern, Freigelassenen und Sklaven. Es war eher in diesen Vereinen, den *collegia,* als auf der höheren Ebene der ganzen Stadt, wo die meisten Bürger jenes große hauptsächliche Ziel eines Römers zu erringen suchten: Ansehen und Geltung. In seinem Vicus konnte ein Bürger seine Mitbürger kennen lernen, sich mit ihnen zum Abendessen zusammensetzen, das ganze Jahr über an Festlichkeiten teilnehmen und im Vertrauen darauf leben, dass Trauergäste an seinem Begräbnis teilnehmen würden. In den wie auf einem Flickenteppich über die Metropole verteilten Gemeinden überlebte die Vertrautheit des traditionellen Kleinstadtlebens. All das konnte das Unbehagen des Fremden nicht besänftigen. Ging man auf einer Hauptstraße entlang, konnte der drohende Schlund der winkeligen Seitengassen voll dunkler Gefahren erscheinen, die Luft schwer vom üblen Geruch ungewaschener Körper und der Marktstände. Für eine empfindliche Nase war beides gleichermaßen unerträglich.

Befürchtungen, dass die *collegia* als Deckmantel für organisierte Kriminalität dienen könnten, verbanden sich mit der instinktiven Geringschätzung der Oberschicht für jeden, der sich seinen Lebensunterhalt verdienen musste. Jeder Gedanke an bezahlte Arbeit löste krampfhafte Anfälle von Überheblichkeit aus, und wurde als Beleidigung all jener biederen bäuerlichen Tugenden empfunden, an die reiche Moralisten so gern glauben mochten, während sie sich auf ihrem bequemen Sofa in ihrer Villa ausstreckten. Ihre Verachtung für »den Pöbel« war unabänderlich. Sie bezog sich nicht allein auf die Ärmsten der Armen, die auf der Straße verhungerten oder in den *insulae* zusammengepfercht waren, sondern auch auf die Händler, Krämer und Handwerker. »Die Not macht aus dem Bedürftigen einen Bettler«[14] – davon war man überzeugt. Wie zu erwarten, nahmen die Betroffenen diese Verachtung sehr übel. *Plebs* war ein Wort, das ein Angehöriger der Nobilität niemals aussprach, ohne die Nase zu rümpfen, aber die *plebs* selbst war stolz auf ihren Namen. Ein einst als Beleidigung hingeworfener Schimpfname war zur Kennmarke geworden, und solche schätzte man in Rom besonders. Wie andere Grundzüge des römischen Lebens waren auch Klassenunterschiede und Statusfragen tief in den Mythen über die ältesten Ursprünge der Stadt verankert. Auf der entlegenen Seite des südlichen Tales der Stadt erstreckte sich der Aventin. Dort stiegen gerade Angekommene unausweichlich ab, dort war die Anlaufstelle, die es in jeder Großstadt gibt; der Ort, an dem die Neuankömmlinge sich instinktiv zusammenfanden, um sich in der allgemeinen Verwirrung gegenseitig Gesellschaft zu leisten. Gegenüber dem Aventin lag ein zweiter Hügel. Auf dem Palatin waren indes keine Elendsquartiere zu finden, denn die meisten Hügel waren exklusive Orte. Über dem Talgrund war die Luft kühler und weniger verpestet, und daher war es teurer, sie zu atmen. Doch von all den sieben Hügeln Roms war der Palatin der bei weitem exklusivste. Hier scharte sich die Elite der Stadt, denn nur die Reichsten der Reichen konnten die dortigen Preise bezahlen. Aber ganz unpassend stand da auf dem teuersten Grund eine aus Schilf errichtete Schäferhütte. Das Schilf trocknete bisweilen aus und fiel ab, aber es wurde stets erneuert, sodass die Hütte niemals zu verfallen schien. Sie war der höchste Triumph römischer konservativer Gesinnung: Dort hatten Romulus, der erste König Roms, und sein Zwillingsbruder Remus als Kinder gelebt.

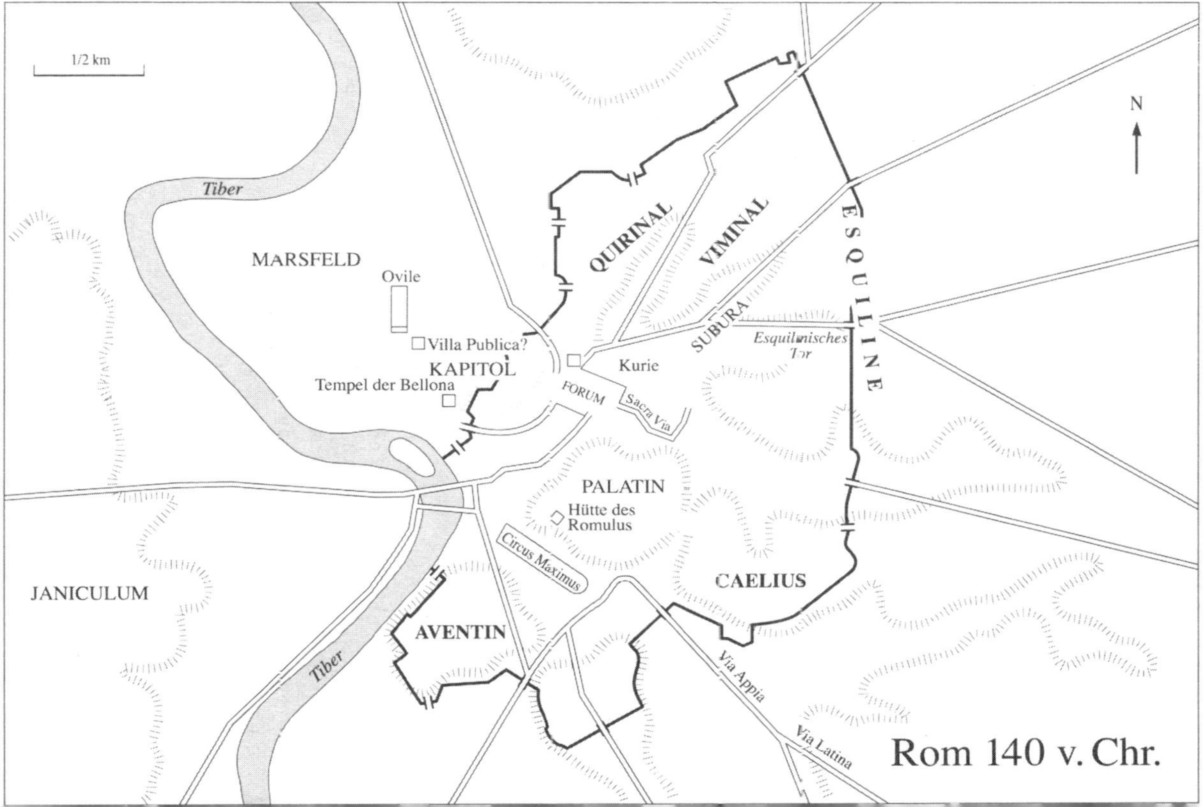
Rom 140 v. Chr.
1/2 km
N
Tiber
Tiber
MARSFELD
Ovile
Villa Publica?
KAPITOL
Tempel der Bellona
FORUM
Kurie
Sacra Via
QUIRINAL
VIMINAL
SUBURA
Esquilinisches Tor
ESQUILINE
PALATIN
Hütte des Romulus
Circus Maximus
CAELIUS
AVENTIN
JANICULUM
Via Appia
Via Latina

Nach der Legende hatten beide Brüder gemeinsam den Entschluss gefasst, eine Stadt zu gründen, aber sie konnten sich weder auf den Ort noch auf ihren zukünftigen Namen einigen. Romulus hatte sich auf dem Palatin aufgestellt, Remus auf dem Aventin, und beide warteten auf ein Zeichen der Götter. Remus hatte sechs Geier über sich fliegen sehen, Romulus zwölf. Romulus hatte darin ein unmissverständliches Zeichen der Gunst der Götter gesehen, umgab den Palatin sogleich mit einer Mauer und benannte die Stadt nach seinem eigenen Namen. Remus wütete in Eifersucht und Hass und wurde am Ende im Streit von seinem Bruder erschlagen. Damit war das Schicksal der beiden Hügel unwiderruflich besiegelt. Von diesem Zeitpunkt an war der Palatin der Hügel der Gewinner und der Aventin der der Verlierer. Erfolg oder Scheitern und Ansehen oder Schande kamen so in der Geografie der Stadt zum Ausdruck und waren zwillingshaft die beiden Pole, um die das römische Leben kreiste. So, wie sich ein Tal breit zwischen den Hügeln des Romulus und des Remus erstreckte, so lag ein Abgrund sozialen Unterschieds zwischen dem Senator in seiner Villa und dem Tagelöhner in seiner armseligen Behausung. Feine Abstufungen des Reichtums und eine annähernd der modernen Mittelklasse vergleichbare Bevölkerungsschicht gab es in Rom nicht. In diesem Sinn waren der Palatin und der Aventin tatsächlich *insulae,* weit auseinander liegende Inseln.

Doch das Tal, das die beiden trennte, verband sie auch durch einen symbolischen Brauch, der fast ebenso alt war wie Romulus selbst. Im Circus Maximus wurden seit der Königszeit Wagenrennen veranstaltet. Der Circus erstreckte sich über die ganze Länge des Tales und war der deutlich größte öffentliche Platz Roms. Auf der einen Seite wurde er durch armselige Hütten und auf der anderen durch prachtvolle Villen eingerahmt. An diesem Ort kam die Stadt zu Festlichkeiten zusammen. Bis zu zweihunderttausend Bürger konnten sich hier versammeln. Dieses Fassungsvermögen, das noch heute von keiner Sportarena übertroffen wird, machte aus dem Circus eine zugleich gefürchtete und begehrte Bühne. Hier konnte ein Bürger in aller Öffentlichkeit bewertet werden, indem man ihn durch zustimmende Akklamation feierte oder durch Spott und Hohn schmähte. Jeder Senator, der von seiner Villa auf den Circus hinrabblickte, wurde daran erinnert, und ebenso jeder Tagelöhner, der von seiner Hütte aus dorthin sah. Trotz des breiten Grabens, der sich zwischen ihnen auftat, hatte das Ideal der gemeinsamen Bürgerschaft doch immer noch Gültigkeit – für den Millionär wie für den Bettler. Beide waren Bürger derselben Republik. Und weder der Palatin noch der Aventin waren am Ende tatsächlich eine Insel.

Blut im Labyrinth

Der zentrale Widerspruch der römischen Gesellschaft, dass schreiende Klassenunterschiede und ein fast religiöses Gemeinschaftsgefühl nebeneinander bestehen konnten, hatte sich im Lauf ihrer Geschichte entwickelt. Die Auflehnung gegen einen entartenden Missbrauch von Autorität hatte zwar zur Gründung der Republik geführt, doch nach der Vertreibung der Tarquinier und dem Ende der Monarchie sahen sich die Plebejer immer noch in demselben Zustand der Unterdrückung durch die alteingesessene Aristokratie der römischen Patrizier wie zuvor durch die Könige. Die Patrizier waren unübertreffliche Snobs. Sie hatten das Recht, besondere Schuhe zu tragen. Sie sagten, sie stünden mit den Göttern auf Du und Du. Manche von ihnen behaupteten sogar, von den Göttern abzustammen. Der Klan der Gens Iulia zum Beispiel führte seinen Stammbaum bis auf Äneas zurück, einen Prinzen aus dem trojanischen Königshaus, der seinerseits Enkel der Göttin Venus gewesen sei. Mit einer solchen Abstammung war man geradezu verpflichtet, hochnäsig zu sein. In den frühen Jahren der Geschichte der Republik war die römische Gesellschaft in der Tat gefährlich nahe daran, völlig zu erstarren. Doch die Plebejer mochten nicht akzeptieren, dass sie einer geringeren Kaste angehörten, und hatten sich auf die ihnen einzig mögliche Weise gewehrt, indem sie in Streik traten. Der Ort ihrer Proteste war natürlich der Aventin.* Dort sollten sie in periodischen Abständen drohen, die ursprünglichen Absichten des Remus zu erfüllen und eine völlig neue Stadt zu gründen. Die Patrizier auf den Höhen jenseits des Tales schmorten in ihrem eigenen Saft und machten dann einige missmutige Zugeständnisse. Schritt für Schritt

* Piso und Livius sind sich über den Zielort des ersten Auszugs der Plebejer nicht einig. Piso behauptete, dass es der Aventin war, Livius nennt den nahe gelegenen Heiligen Berg, den Monte Sacro.

war das Klassensystem so über die Jahre stetig durchlässiger geworden. Die starre alte Unterteilung in Patrizier und Plebejer begann aufzubrechen. »Wenn ein römischer Bürger aus dem einfachen Volk stammt, solle er in der Hoffnung auf das Konsulat beschnitten sein?«,[15] hatten die Plebejer gefragt. Schließlich einigte man sich darauf, dass das keineswegs gerecht war. Im Jahr 367 v. Chr. wurde ein Gesetz verabschiedet, das es jedem Bürger erlaubte, sich für eines der wichtigen Staatsämter zur Wahl zu stellen, was vorher allein das Privileg der Patrizier gewesen war. Unter Anerkennung ihrer traditionellen Nähe zu den Göttern blieben einige weniger bedeutende Priesterämter ausschließlich den Patriziern vorbehalten. Den reinrassigen Familien, die durch die Konkurrenz der Plebejer erdrückt wurden, muss das aber als geringer Trost erschienen sein. Über die Jahrhunderte waren viele Familienklans fast ganz verschwunden. Die Julier zum Beispiel mussten feststellen, dass die Abstammung von Venus nur wenig dabei half, das Amt eines Konsuls zu erlangen: Nur zwei Mal in zweihundert Jahren gewannen sie diesen höchsten Preis. Und es waren nicht nur ihre Aktien in der Politik, die nicht hoch im Kurs standen. Weit entfernt von den trefflichen Höhen des Palatin saßen sie in einem jener Täler fest, in denen die Armen hausten und stanken, und hatten zusehen müssen, wie ihre Umgebung allmählich zu einem Elendsviertel wurde. Was einst das kleine Dorf der Subura gewesen war, war zu einem der berüchtigtsten Stadtteile Roms geworden. Wie ein stolzes, leckgeschlagenes Schiff waren die Umrisse des stattlichen Hauses der Julier hinter Bordellen, Tavernen und sogar, was am schockierendsten war, hinter einer Synagoge untergegangen.

Hohe Geburt und damit verbundene Privilegien waren also in Rom keine Garantie. Wenn es vorkommen konnte, dass die Nachkommen einer Göttin am Ende in einem Rotlichtviertel lebten, zeigte das deutlich, dass es nicht nur die wirklich Armen waren, die die Folgen des Versagens fürchteten. Auf jeder sozialen Ebene war das Leben eines Bürgers ein verzweifelter Kampf, den Errungenschaften seiner Vorfahren nachzueifern und sie möglichst zu übertreffen. Die Republik war im täglichen Leben und prinzipiell erbarmungslos auf das persönliche Verdienst ausgerichtet. Das war es, was Freiheit für die Römer eigentlich meinte. Für sie verstand es sich von selbst, dass ihre Geschichte in ihrem gesamten Verlauf eine

Entwicklung fort von der Sklaverei und hin zu einer Freiheit war, die sich auf die Dynamik ständigen Wettbewerbs gründete. Die Probe für die Überlegenheit dieses gesellschaftlichen Modells bestand darin, dass sie jede vorstellbare Alternative in den Schatten stellte. Die Römer wussten, dass sie niemals in der Lage gewesen wären, die Welt zu erobern, wenn sie Sklaven eines Königs oder einer ewigen Clique von Aristokraten geblieben wären. »Unglaublich aber ist es zu berichten, wie gewaltig der Staat nach Erlangung der Freiheit in Kürze emporwuchs. So mächtige Begierde nach Ruhm hatte ihren Einzug gehalten.«[16] Selbst der eingefleischteste Patrizier musste das zugeben. Die Oberschicht rümpfte vielleicht die Nase über die *plebs* als ungewaschenes Pack, aber sie war doch zugleich noch in der Lage, die Idealvorstellung eines abstrakten und daher zuverlässig geruchsfreien römischen Volkes zu haben. Derartige Heuchelei war das Markenzeichen der Republik und nicht etwa ein Nebenprodukt ihrer Verfassung, sondern deren eigentliches Wesen. Die Römer beurteilten ihr politisches System nicht, indem sie sich fragten, ob es einen Sinn machte, sondern danach, ob es funktionierte. Nur wenn ein Element ihrer staatlichen Organisation sich als ineffizient erwiesen hatte, schafften sie es ab. War das nicht der Fall, wäre ihnen eine Vereinfachung ihrer Verfassung ebenso wenig in den Sinn gekommen wie der Gedanke, Rom einzuebnen und es von Grund auf neu aufzubauen. Das Ergebnis war, dass die Republik ebenso voller Zwiespalt und Widersprüche war wie das Geflecht der Stadt mit ihrem Durcheinander von Erweiterungen, die man über die Jahrhunderte angestückelt hatte. So verwirrend wie das Labyrinth der Straßen Roms waren die Wege und Umwege, die ein Bürger während seines ganzen Lebens finden musste und die häufig verstopft waren oder in einer Sackgasse endeten. Dennoch musste man diese Wege gehen.

Bei aller Härte des Wettbewerbs in der Republik war sie doch von Regeln durchdrungen, die ebenso umfassend und fließend wie unverletzlich waren. Sie zu beherrschen war eine lebenslange Aufgabe. Neben Talent und Einsatz erforderte das Verbindungen, Geld und freie Zeit. Daraus ergab sich ein weiterer Widerspruch: So grundsätzlich und unnachgiebig die zentrale Rolle des persönlichen Verdienstes war, diente sie doch nichtsdestoweniger dazu, den ewigen Fortbestand einer Gesellschaft zu garantieren, in der nur die Reichen es sich leisten konnten, sich einer politischen Karriere zu widmen. Einzelne Männer mochten zu Bedeutung und Größe gelangen, alte Familien mochten einen Abstieg erleben, doch trotz allem blieb der unwandelbare Glaube an die Hierarchie erhalten. Für jene, die am unteren Ende der sozialen Leiter standen, hatte das schmerzliche und zwiespältige Konsequenzen. Nach dem Gesetz war die Macht des römischen Volkes nahezu unbegrenzt, über verschiedene Institutionen konnten die Bürger Beamten wählen, Gesetze beschließen und Rom in den Krieg schicken. Aber die Verfassung war ein Spiegelkabinett. Änderte man den Blickwinkel, konnte die Volkssouveränität schnell eine ganz andere Gestalt annehmen. Nicht nur Fremde fühlten sich durch diese wandelbare Gestalt der Republik verunsichert: »Auch von den Einheimischen«, bemerkte ein griechischer Beobachter, »hätte niemand mit Bestimmtheit sagen können, ob die ganze Verfassung aristokratisch, demokratisch oder monarchisch war.«[17] Es war nicht etwa so, dass die Macht des Volkes illusorisch war: Selbst die bedeutendsten Kandidaten für ein Amt unternahmen Anstrengungen, die Wähler für sich zu gewinnen, und empfanden nicht die geringste Scheu dabei. Wahlkämpfe waren unverzichtbar für das Selbstbewusstsein und das Funktionieren der Republik. »Dies ist ja das Vorrecht freier Völker und besonders unseres Volkes, der Vormacht, des Herrn und Siegers über alle Staaten: dass es durch Wahlen einem jeden gewähren oder vorenthalten kann, was es will. Doch unsere Sache ist es, ja die unsre, die wir von diesem Sturm der Volksmeinung und ihren Fluten hin und her geworfen werden, die Launen des Volkes gelassen zu ertragen, seine Ungunst umzustimmen, seine Gunst zu erhalten, seine Aufwallungen zu beruhigen und nur dann, wenn wir nicht auf Ämter erpicht sind, dem Volk aus dem Weg zu gehen, uns hingegen, wenn wir danach gieren, durch unermüdliche Bitten darum zu bemühen.«[18] Das Volk war wichtig und, mehr noch, es wusste, dass es wichtig war. Wie jede Wählerschaft liebten die Römer es, die Kandidaten für ihre Gunst fiebern zu lassen. In der Republik ist »nichts unsicherer als die Menge, nichts undurchdringlicher als der Wille der Leute, nichts trügerischer als der ganze Hergang der Wahlen«.[19] Aber selbst wenn vieles in der römischen Politik unvorhersehbar war, überwog doch das, was man weitgehend vorausberechnen konnte. Zwar verfügte das Volk über seine Stimmen, aber nur die reichen Bürger konnten hoffen, ein Amt zu erringen.* Aber Reichtum allein war noch keine ausreichende Garantie für den Erfolg eines Kandidaten. Im Grunde ihres Herzens waren die Römer Snobs: Die Bürger stimmten am liebsten für Familien von ausgeprägtem Status, und indem sie den Sohn wie vorher schon den Vater und den Großvater in die wichtigsten Staatsämter wählten, gaben sie den dynastischen Ansprüchen des Adels mit dumpfer Regelmäßigkeit nach. Ein Römer brauchte keineswegs Mitglied der Führungsschicht zu sein, um deren Vorurteile zu teilen. Selbst die ärmsten Bürger hatten nicht das Ziel, die Gesellschaft zu ändern, sondern aus ihr mehr für sich herauszuholen.

Mangelnde Gleichheit war der Preis, den die Bürger für die Existenz ihres Gemeinschaftssinns zahlten. Der Aufruhr, der den Plebejern ihre Gleichstellung mit den Patriziern gebracht hatte, war Vergangenheit und kaum mehr vorstellbar. Dass das so war, war Ausdruck einer Ironie, die typisch für die Republik war. Im Moment ihres Triumphes hatten die Plebejer ihre Kraft als revolutionäre Bewegung zerstört. Mit der Abschaffung gesetzlicher Hürden für ihren Aufstieg im Jahr 367 v. Chr. hatten wohlhabende Plebejer jeden Ansporn verloren, sich auf die Seite der armen Bürger zu stellen. Erfolgreiche plebejische Familien hatten sich vielmehr lohnenderen Beschäftigungen zugewandt wie der Monopolisierung des Konsulats oder dem Aufkauf des Palatin. Nach zweieinhalb Jahrhunderten der Machtausübung war es ihnen wie den Schweinen in Orwells *Farm der Tiere* ergangen: Sie waren von ihren früheren Unterdrückern nicht mehr zu unterscheiden. In mancher Hinsicht waren sie es sogar, die nun alles in ihrer Gewalt hatten. Ämter, die den Patriziern ursprünglich im Rahmen des Ständekampfes entrungen worden waren, dienten nun als Steigbügel für den Aufstieg ehrgeiziger plebejischer Adliger. Ein Amt im Besonderen, das des Volkstribunen, bot weit gehende Möglichkeiten, sich hervorzutun. Die Tribunen besaßen nicht nur das berühmte Vetorecht gegen Gesetze, die sie nicht billigten, sondern sie hatten auch die Möglichkeit, Versammlungen einzuberufen, um eigene Gesetze beschließen zu lassen. Die Patrizier, denen es nicht erlaubt war, sich um plebejische Ämter zu bewerben, konnten nur mit einer Mischung aus Entrüstung und Verachtung zuse-

* Auch wenn ausdrückliche Beweise fehlen, ist es fast sicher, dass es eine Mindestgrenze an Vermögen für ein öffentliches Amt gab.

hen. Natürlich konnte es für einen Tribunen gefährlich werden, wenn er sein Spiel überzog. Wie bei den meisten Ämtern in der Republik gab es auch für ihn Fallstricke. Doch selbst nach den Maßstäben des römischen politischen Lebens zeigten die ungeschriebenen Gesetze, die halfen, das richtige Verhalten eines Tribunen zu bestimmen, auffällige Widersprüche. Ein Amt, das fast unbeschränkte Möglichkeiten für ein schmutziges Spiel bot, war zugleich von einer Aura der Heiligkeit umgeben. Seit ältester Zeit war es so gewesen, dass die Person eines Tribunen unverletzlich war, und jeder, der dieses heilige Gesetz missachtete, hatte nach allgemeiner Auffassung Hand an die Götter selbst gelegt. Dafür durfte ein Tribun mit seinem sakrosankten Status Rom für die Dauer seines Amtes nicht verlassen und sein Haus musste immer offen stehen. Er war gehalten, den Nöten und Klagen des Volkes strenge Aufmerksamkeit zu widmen, den Leuten stets Gehör zu schenken, wenn sie ihn auf der Straße anhielten, und die Graffiti zu lesen, die sie auf öffentliche Gebäude und Denkmäler kritzelten, um ihn zu ermutigten, neue Verordnungen vorzuschlagen oder zu verhindern. Ein Angehöriger des Adels, der sich der Wahl zum Volkstribunen stellte, durfte es sich trotz allem Übermaß an persönlicher Eigensucht keinesfalls leisten, hochmütig zu erscheinen. Manchmal konnte er sogar so weit gehen, den Tonfall eines Plebejers aus den Armutsvierteln nachzuahmen. *Populares* nannten die Römer solche Männer: Politiker, die auf den Anschein der Volksnähe bauten. Doch während er die Interessen des Volkes vertrat, musste ein *popularis* zugleich die Empfindlichkeiten seiner eigenen Klasse berücksichtigen. Das war ein Balanceakt, der enorme Geschicklichkeit verlangte. Wenn das Volkstribunat von den eher konservativen Teilen der Nobilität stets mit Argwohn betrachtet wurde, so war der Grund dafür weitgehend die Vielzahl einzigartiger Versuchungen, die dieses Amt seinen Trägern bot. Es bestand immer das Risiko, dass ein Tribun am Ende zu weit ging, der Verlockung leicht zu erringender Popularität bei den Massen nachgab und sie durch radikale, unrömische Reformen bestach. Und je mehr die Armenviertel sich bis zum Platzen füllten und die Lebensbedingungen sich verschlechterten, desto größer wurde dieses Risiko.

Zwei Brüder aus erstklassiger Familie, Tiberius und Gaius Gracchus, waren es, die am Ende den schicksalhaften Anschlag unternahmen. Zunächst Tiberius im Jahr 133 v. Chr. und danach Gaius zehn

Jahre später benutzten ihre Stellung als Volkstribun, um auf Reformen zugunsten der armen Bürger zu drängen. Sie stellten den Antrag, dass Land, das in öffentlichem Besitz stand, in Landlose aufgestückelt und an die Massen verteilt werden solle; dass man ihnen Getreide unter Marktpreis verkaufen solle; dass die Republik gar – welch schockierender Vorschlag – die ärmsten ihrer Soldaten mit Kleidung versorgen solle. Das waren in der Tat radikale Maßnahmen, und es war nicht überraschend, dass der Adel entsetzt war. In den Augen der meisten Adligen war die Hingabe der Gracchen an das Volk unannehmbar und unheilvoll. Zwar war Tiberius Gracchus nicht der Erste seiner Klasse, der sich um Landreformen bemühte, aber seine väterliche Sorge war nach dem Empfinden der Mitangehörigen seiner eigenen Klasse zu weitgehend und sein Vorgehen zu schnell.

Gaius, und das war noch alarmierender, hatte eine ausdrücklich revolutionäre Vision der Republik, die von den Werten der griechischen Demokratie erfüllt war und in der das Gleichgewicht der Kräfte zwischen den Klassen völlig umgekrempelt worden wäre: Das Volk und nicht der Adel hätte in Zukunft in Rom den Ausschlag gegeben. Wie, so fragten sich die Mitangehörigen seiner Klasse, konnte ein Angehöriger der Nobilität für so etwas eintreten, sofern er sich nicht selbst zum Tyrannen machen wollte? Was ihnen als besonders Unheil verkündend erschien, war der Umstand, dass Tiberius Gracchus gleich nach dem Ende seiner Amtszeit eine Wiederwahl angestrebt hatte und dass es Gaius Gracchus im Jahr 122 v. Chr. tatsächlich gelungen war, ein zweites unmittelbar folgendes Volkstribunat zu erringen. Wohin mochten ungesetzliche Handlungen wie diese noch führen? So geheiligt die Person eines Volkstribunen auch war, sie war nicht so heilig wie die Erhaltung der Republik selbst. Zweimal erging ein Aufschrei zur Rettung der Republik, und zweimal fand er ein Echo. Zwölf Jahre nachdem man Tiberius Gracchus in gewalttätigen Auseinandersetzungen mit einem Stuhlbein totgeschlagen hatte, wurde auch sein Bruder Gaius Gracchus im Jahr 121 v. Chr. von Handlangern des Adels getötet. Seine Leiche enthauptete man, um flüssiges Blei in seinen Schädel zu gießen. Unmittelbar nach diesem Mord wurden dreitausend seiner Anhänger ohne Prozess hingerichtet. Diese Ausbrüche bürgerkriegsartiger Gewalt waren die ersten Gelegenheiten seit der Vertreibung der Könige, bei denen in den Straßen Roms Blut vergossen wurde. Ihre grotesk anmutenden Züge spiegelten deutlich das Ausmaß aristokratischen Wahnes wider. Und die Tyrannei war nicht das einzige Gespenst, das die Gracchen aus der fernen Vergangenheit Roms ans Licht gezerrt hatten. So war es zum Beispiel kein Zufall, dass Gaius Gracchus gerade auf dem Aventin als dem wichtigsten, für die Anliegen der Plebejer geheiligten Platz zu Tode kam. Als sie dort Zuflucht suchten, hatten er und seine Anhänger absichtlich versucht, ihren Kampf mit dem der früheren Widerständler zu identifizieren. Auch wenn die Armen sich nicht erhoben, um ihn zu unterstützen, erschien doch der Versuch des Gaius Gracchus, lange ruhende Ständekämpfe wiederzubeleben, den meisten Angehörigen der Nobilität als ein geradezu erschreckender Akt von Verantwortungslosigkeit. Aber auch die Gegenschläge erfüllten sie mit Unbehagen. Kopfjäger waren kaum zivilisierte Leute. Der bleibeschwerte Schädel des Gaius Gracchus vermochte einen düsteren Vorausblick auf das zu eröffnen, was geschehen konnte, wenn die Gebräuche der Republik durchbrochen und ihre Grundmauern hinweggespült werden würden. Das war eine Warnung, dass es den Römern mehr als angeraten war, Mäßigung zu üben. Was war die Republik denn schließlich anderes als eine Gemeinschaft, die durch geteilte Voraussetzungen, Erlebnisse und ihre Vergangenheit zusammengeschweißt war? Dieses Erbe infrage zu stellen hieß, in einen Abgrund zu blicken. Sollte die Republik fallen, waren Tyrannei oder Barbarei die Alternativen. Hier lag ein letzter Widerspruch. Ein System, das bei seinen Bürgern einen quälenden Hunger nach Ansehen verursachte, das vor ihren prahlerischen Rivalitäten brodelte, das so viel aggressiven Tatendrang erzeugte, um alles zu überwältigen, was sich ihm in den Weg stellte, rief zugleich lähmenden Stillstand hervor. Das war die wahre Tragödie der Gracchen. Ja, sie waren auf eigenen Ruhm aus gewesen – sie waren ja schließlich Römer –, aber sie hatten in ihrem glühenden Wunsch, das Los ihrer Mitbürger zu erleichtern, auch wahre Leidenschaft verspürt. Die Laufbahnen beider Brüder waren verwegene Versuche gewesen, mit Roms vielfältigen und offenkundigen Problemen fertig zu werden. Insoweit waren die Gracchen als Märtyrer und für ihre Ideale gestorben. Und dennoch gab es nur wenige ihrer adligen Standesgenossen, die das für einen beruhigenden Gedanken gehalten hätten.

In der Republik gab es keinen Unterschied zwischen persönlichem Ehrgeiz und politischen Zielen. Einfluss war das Ergebnis von Macht, und Macht das Ergebnis von Einfluss. Das Schicksal der Gracchen hatte endgültig bewiesen, dass jeder Versuch, die Republik umfassend zu reformieren, als Tyrannei verstanden würde. Jedes Vorhaben radikaler Reformen, wie idealistisch es in seinen Absichten auch war, würde unausweichlich in tödliche Rivalität ausarten. Die Gracchen hatten das bis zur letzten Konsequenz der Zerstörung gezeigt und so endgültig jene Reformen verhindert, für die sie gestorben waren. Die nachfolgenden Volkstribunen sollten bei den Anliegen, derer sie sich annahmen, größere Vorsicht walten lassen. Eine soziale Revolution sollte auf ewig versperrt sein. Wie die Stadt erweckte auch die Republik den Eindruck, dass sie aufgrund der im Inneren aufbrechenden Spannungen kurz vor einer Explosion stand. Aber so, wie Rom nicht nur standhielt, sondern noch weiter anschwoll, so schien die Verfassung aus jeder Krise gestärkt hervorzugehen. Und warum sollten die Römer eigentlich nicht an einer Ordnung festhalten, die ihnen derartigen Erfolg beschert hatte? Sie mochte unvollkommen, vielgestaltig und komplex sein, doch das waren genau die Qualitäten, die es ihr erlaubten, Stöße abzufangen sowie Umwälzungen zu verdauen und sich nach jeder Katastrophe zu erholen. Die Römer, die die ganze Welt auf den Kopf gestellt hatten, konnten sich in der Sicherheit wiegen, dass die Form ihrer Republik weiter unverändert fortdauerte. Dieselbe gemeinschaftliche Vertrautheit verband ihre Bürger, derselbe Kreislauf des Wettbewerbs untereinander bestimmte ihr Jahr, dasselbe Netz von Institutionen prägte das Gefüge ihrer Angelegenheiten. Und selbst das Blut, das auf den Straßen vergossen wurde, konnte schnell wieder fortgewaschen werden.

2 DER FLUCH DER SIBYLLE

Die Ausplünderung von Städten

Die Sibylle hatte alles lange vor dem Mord an den Gracchen und ihren Gefolgsleuten vorausgesehen. Römer würden sich gegen Römer wenden. Und die Gewalt würde sich nach ihren düsteren Prophezeiungen nicht auf einfache Auseinandersetzungen in der Hauptstadt beschränken. Ihre Vision der Zukunft war viel schrecklicher und unerhörter: »Aber Italien, dir kommt nicht von außen die bittere Kriegsnot, sondern verwandtes Geblüt, furchtbar, nicht leicht zu bezwingen, weltberühmt, dies wird dich, du Unverschämte, verwüsten. Auch wirst du selber dahin bei heißer Asche gestrecket, wirst zerfleischt durch nimmer vorhergesehenes Unheil, wirst keine Heldenmutter mehr sein, eine Amme der Wildnis.«[1] Das war kaum eine Aussicht, die die abergläubischen Römer erfreuen konnte. Zum Glück für ihren Seelenfrieden stammten diese besonderen Verse indes nicht aus ihren eigenen Büchern der Weissagungen, die weiterhin im Tempel des Jupiter unter Verschluss lagen und vor jeder Indiskretion sicher waren. Die Prophezeiung, die das Blut in den Adern gefrieren ließ, war vielmehr zuerst fern von Rom in den Königreichen des östlichen Mittelmeers verbreitet worden. Die Römer waren, wie es schien, nicht die Einzigen gewesen, die die Sibylle aufgesucht hatte. In Rom mochten ihre Prophezeiungen ein wohlbehütetes Geheimnis geblieben sein, aber jene Voraussagungen, die sie den Griechen und Juden erteilt hatte, hatten weite Verbreitung gefunden. Viele bezogen sich eindeutig auf die Römische Republik: »Aber dann wird die Herrschaft eines anderen Reiches vom Westen des Meeres her kommen, weiß und mit zahlreichen Häuptern; es wird über viele Länder herrschen, wird viele erschüttern und dann allen Königen Furcht einflößen, wird aus vielen Städten reichlich Gold und Silber rauben.«[2] Die Römer mochten durch drohende Vorzeichen beunruhigt sein, aber in den Augen der übrigen Welt war ihre Existenz selbst ein bedrohendes Vorzeichen. Nach den Warnungen der Sibylle wenigstens waren sie die tödlichste aller Bedrohungen. Ihre Vision vom Aufstieg der Republik zu einsamer Größe war in der Tat düster. Seit ältester Zeit bestehende Städte, bedeutende Monarchien, berühmte Reiche würden alle hinweggefegt werden. Die ganze Menschheit würde eine einzige Ordnung anerkennen. Eine Supermacht würde alles beherrschen. Aber das würde nicht den Beginn eines weltweiten Friedens mit sich bringen. Ganz im Gegenteil. Das Schicksal der Römer würde es vielmehr sein, über ihre eigene Größe zu stolpern. »Sofort wird bei ihnen die Not des Frevels herrschen: Der Mann wird dem Manne beiwohnen, sie werden Knaben in schändlichen Bordellen prostituieren, und unter jenen Menschen wird große Bedrängnis herrschen und alles wird durcheinander gebracht sein, alles wird zerstört und von Übeln erfüllt sein.«[3] Experten haben diese Verse in die Jahre um 140 v. Chr. datiert. Roms Übermacht war zu diesem Zeitpunkt so fest etabliert, dass eine derartige Beschreibung kaum die seherischen Kräfte einer echten Sibylle erfordert hätte. Im Gegensatz zu den in Händen der Republik befindlichen Weissagungsbüchern gaben jene, die im Osten umliefen, niemals zu verstehen, dass man die Zukunft ändern könne. Angesichts ihrer Vision von einer Reihe großer Reiche, die im Lauf der Geschichte aufeinander folgten und unter denen das Römische das größte und verderblichste von allen war, erschienen gewöhnliche Sterbliche als machtlos. Da war es kein Wunder, dass die Dichter, die in die Zukunft blicken wollten und sich dabei hinter dem Pseudonym der Sibylle verbargen, das Bild von der Republik als einer Mutter »rasender Bestien« zeichneten, die von ihren eigenen Kindern in Stücke gerissen wurde. Das war eine Prophezeiung, die ebenso von dem Wunsch wie der Verzweiflung inspiriert war und von der Unfähigkeit zeugte, sich vorzustellen, dass die unwiderstehliche Gewalt Roms je aufgehalten werden könne. »Sie werden die Menschheit durcheinander bringen; diese Männer werden einen schrecklichen Untergang erleben, sobald sie einmal von ihrem übermäßigen Frevel überwältigt sind.«[4] In den Jahren um 140 v. Chr. konnte kein Zweifel daran bestehen, was die Sibylle meinte, wenn sie von der grausamen Härte und dem Stolz der Römer sprach. Es war das Jahrzehnt, in dem die brutale Wahrheit ihrer Macht der ganzen Welt unzweifelhaft vor Augen geführt wurde. Zerstörung überschattete den Mittelmeerraum. Zuerst beschloss die Republik, eine offene Rechnung zu begleichen und der gespenstischen Existenz Karthagos, das zwischen Leben und Tod schwebte, ein Ende zu bereiten. Sogar in Rom gab es Leute, die das missbilligten. Viele waren der Meinung, dass die Republik einen Rivalen brauchte, der diesen Namen verdiente. Wie, so fragten sie, könnte Roms Größe ohne Rivalität je aufrechterhalten werden? Eine derartige Frage konnte man sich natürlich nur in einem Staat stellen, in dem rücksichtsloser Wettbewerb für die Grundlage aller Bürgertugenden angesehen wurde. Aber es kann kaum überraschen, dass eine Mehrheit der Bürger nicht bereit war, die Konsequenzen daraus zu ziehen. Über ein Jahrhundert lang hatten sie die Grausamkeit und Treulosigkeit der Karthager gebrandmarkt. Warum sollten die Maßstäbe römischen Lebens für den Schutz eines solchen Feindes gelten, fragten sich die meisten Bürger. Die Frage fand ihre gebührende Antwort in einem Beschluss, der Karthago in den Krieg trieb. Indem sie auf die völlige Vernichtung des Gegners abzielte, offenbarte die Republik, was die logische Folge ihrer Erfolgsvorstellungen sein konnte. In dieser Art von Brutalität, die durch keine Bande der Gemeinsamkeit oder Menschenpflicht gemildert wurde, zeigten sich die extremen Folgen des römischen Willens, die Besten zu sein.

Im Jahr 149 v. Chr. wurde den glücklosen Karthagern der rachsüchtige Befehl erteilt, ihre Stadt aufzugeben. Statt einer solchen Forderung nachzukommen, bereiteten sie sich jedoch lieber darauf vor, ihre Heime und heiligen Stätten bis zum letzten Atemzug zu verteidigen. Das war natürlich genau das Verhalten, das die Falken in Rom sich von ihnen erhofft hatten. Die Legionen machten sich auf, Karthago zu vernichten. Drei Jahre lang hielten die Karthager der gewaltigen Übermacht und, in der Endphase der Belagerung, auch dem militärischen Geschick des besten römischen Feldherrn Scipio Aemilianus stand. Schließlich, im Jahr 146 v. Chr., wurde die Stadt eingenommen, ihrer Schätze beraubt und in Brand gesteckt. Das Inferno dauerte siebzehn Tage. Das rauchende Trümmerfeld belegten die Römer mit einem vernichtenden Interdikt, indem sie jedem und auf ewig untersagten, an dieser Stelle Bauten zu errichten. Siebenhundert Jahre Geschichte wurden vom Erdboden getilgt.* Inzwischen und für den Fall, dass jemand die Lektion noch nicht verstanden ha-

* Die häufig wiederholte Legende, dass die Römer die Grundmauern Karthagos umpflügten und Salz säten, ist eben das: eine Legende. Keine einzige antike Quelle berichtet davon.

ben sollte, beschäftigte sich ein römisches Heer im selben Frühjahr damit, sie den Griechen einzubläuen. Im vorangegangenen Winter hatte eine zusammengewürfelte Gruppe von Städten im Süden Griechenlands es für notwendig erachtet, das politische Gleichgewicht zu stören, das Rom in der Region errichtet hatte. Eine derartige Majestätsbeleidigung durfte man nicht ungestraft geschehen lassen. In einem Krieg, der fast schon zu Ende war, bevor er begonnen hatte, wurde das griechische Heer wie eine lästige Fliege zerdrückt und die altehrwürdige Stadt Korinth in einen rauchenden Trümmerhaufen verwandelt. Da Korinth seit langem besonders für zwei Dinge gefeiert wurde, nämlich die hohe Qualität seiner Prostituierten und die Pracht seiner Kunst, gab man sich mit Begeisterung der Gelegenheit zur Plünderung hin. Die Frauen der getöteten Bürger wurden zu Sklavinnen, während Soldaten am Hafenkai um unschätzbare Gemälde würfelten. Um sie herum stand ein Durcheinander von aufgestapelten Statuen bereit, um im Ganzen versteigert oder nach Rom verfrachtet zu werden. Die Auslöschung nicht einer, sondern zwei der bedeutendsten Städte des Mittelmeers war ein unglaublicher Gewaltakt. Es war kaum erstaunlich, dass die Sibylle angesichts dessen auf den Gedanken kam, es liege ein Fluch auf Rom, der aus dem Rauch der doppelten Szene der Vernichtung aufsteige. Sogar die Römer selbst fühlten sich ein wenig unbehaglich. Sie konnten nicht länger behaupten, dass sie die Welt zur Selbstverteidigung eroberten. Die Erinnerung an die Brandschatzung Korinths sollte die Römer stets mit Scham erfüllen. Ihre Schuld gegenüber Karthago rief indes viel weiter gehende Gefühle bei ihnen hervor. Es wurde sogar berichtet, dass Scipio in Tränen ausgebrochen sein soll, als er die Flammen an den einstürzenden Mauern hochzüngeln sah. In der Zerstörung des gefährlichsten Feindes Roms konnte er, wie die Sibylle, die verderbliche Macht des Schicksals walten sehen. Im selben Augenblick, in dem es keinen einzigen Feind mehr gab, der hoffen konnte, sich Rom entgegenzustellen, und Rom die Plünderung der ganzen Welt offen stand, sah Scipio seinen Niedergang voraus. Einige Verse von Homer kamen ihm in den Sinn: *Kommen wird einst der Tag, da hinsinkt die heilige Ilios, Priamos selbst und das Volk des lanzenkundigen Königs.*[5] Aber anders als die Sibylle sagte Scipio nicht, was es war, das nach seiner Vorahnung der Republik Blutvergießen und Zerstörung bringen würde.

Vor den Katastrophen des Jahres 146 v. Chr. hatte es bei den Griechen einige Verwirrung darüber gegeben, was bei den Römern die genaue Definition von »Freiheit« sei. Was sollte es heißen, wenn die Römer behaupteten, sie schützten die Freiheit? Bei Barbaren konnte man sich natürlich niemals sicher sein. Ihr Verständnis der Bedeutung der Worte war ja so beklagenswert unzureichend! Trotz allem musste man kein Philosoph sein, um darauf hinzuweisen, dass Worte verräterisch und gefährlich abhängig vom jeweiligen Standpunkt sein konnten. Und so war es auch gewesen. Das römische und das griechische Verständnis von Freiheit waren tatsächlich unterschiedlich. Für die Römer, die dazu neigten, die Griechen als zänkische Kinder zu sehen, die die feste Hand eines *pater familias* brauchten, meinte sie eine willkommene Gelegenheit für die griechischen Stadtstaaten, jenen Regeln zu folgen, die römische Kommissare festgelegt hatten. Für die Griechen war sie eine Gelegenheit, sich gegenseitig zu bekämpfen. Es war diese Unvereinbarkeit der Standpunkte, die auf direktem Weg zur Tragödie der Zerstörung Korinths geführt hatte. Nach 146 v. Chr. konnte es keine Wortklauberei über diplomatisches Sprachverständnis mehr geben. Die Freundschaftsverträge, die die Beziehungen zwischen der Republik und ihren Verbündeten bestimmten, waren in ihrer Brutalität jetzt eindeutig. Sie gewährten der Republik freie Hand und gaben ihren Verbündeten nicht die geringste Handlungsfreiheit. Wenn den Griechenstädten noch eine nominelle Autonomie zugestanden wurde, so geschah das nur, weil Rom in den Genuss der Vorteile der Beherrschung kommen wollte, ohne die Lasten direkter Verwaltung zu tragen. Entmutigt und unterwürfig verdoppelten auch Staaten fern der Ufer Griechenlands ihre Anstrengungen, dem Willen der Republik gehorsam vorauszueilen. Im gesamten Bereich der östlichen Monarchien sollten die verschiedensten Herrscher wie dressierte Hunde springen, wenn die Römer auch nur mit den Fingern schnippten, weil sie genau wussten, dass jeder schwache Versuch von Unabhängigkeit zur Abschlachtung ihrer Kriegselefanten oder der plötzlichen Einsetzung eines Rivalen auf ihrem Thron führen konnte. Es war der letzte König von Pergamon, einer griechischen Stadt, die den Großteil der heutigen westlichen Türkei beherrschte, der die Bereitschaft zur

Zusammenarbeit auf ihre logische Spitze trieb. Im Jahr 133 v. Chr. hinterließ er sein gesamtes Reich testamentarisch der Republik – der spektakulärste Erbfall in der Geschichte. Pergamon war für die fabelhafte, übermäßige Pracht seiner Bauten und Kunstwerke und den Reichtum der von ihm beherrschten Städte bekannt und eröffnete die Aussicht auf Reichtümer, die sogar die kühnsten Träume der durch Plünderungen verwöhnten Römer überstiegen. Doch was sollte man mit dem Erbe anstellen? Die Verantwortung für eine Entscheidung lag beim Senat, das heißt einer Versammlung von mehr als dreihundert bedeutenden und angesehenen Männern, die selbst von denen, die ihm nicht angehörten, für das Gewissen und den führenden Geist der Republik gehalten wurden. Die Mitgliedschaft in dieser Elite fiel einem Römer nicht automatisch durch Geburt zu, sondern aufgrund von Leistung und Ansehen. Solange er seine weiße Weste nicht zu skandalös befleckt hatte, konnte jeder Bürger, der ein hohes Staatsamt innegehabt hatte, damit rechnen, im Lauf der Jahre dazuzugehören. All das verlieh den Senatsbeschlüssen unermessliches moralisches Gewicht, und auch wenn seine Dekrete in technischem Sinne keine Gesetzeskraft erlangten, musste man ein mutiger oder eher tollkühner Beamter sein, um sie zu missachten. Was war die Republik am Ende anderes als die Gemeinschaft von Senat und Volk – *Senatus Populusque Romanus* nach der bekannten Formel? Sie stand auf den kleinsten Münzen und auf den Fassaden der größten Tempel, und überall konnte man sie als großartiges Kürzel für die Erhabenheit des römischen Staates sehen: »SPQR«. Aber wie in jeder Partnerschaft gab es nichts Besseres, um Spannungen zu erzeugen, als einen Streit ums Geld. Die Neuigkeit von dem unerwarteten Geldsegen aus Pergamon gelangte gerade zum richtigen Zeitpunkt für jenen tüchtigen Volkshelden Tiberius Gracchus nach Rom, dass er vorschlagen konnte, ihn zur Finanzierung seiner ambitiösen Reformen heranzuziehen. Selbstverständlich war das Volk selbst damit einverstanden. Die meisten von Tiberius' Senatskollegen waren das aber nicht und leisteten heftigen Widerstand. Teilweise handelte es sich dabei um die Folge ihrer Abscheu gegenüber seiner Demagogie und ihrer Entrüstung, dass er es wagen sollte, dem Senat auf die erhabenen Füße zu treten. Aber es war mehr an ihrem Widerstand als nur ein Anfall von Wut. Die Aussicht, ein ganzes Königreich zu erben, stand in der Tat im Widerspruch zu den althergebrachten römischen Prinzipien. Vorrangig befanden sich darunter die Gleichsetzung von Gold mit moralischer Verderbnis sowie ein gesundes Misstrauen gegenüber den Bewohnern Asiens. Senatoren konnten es sich natürlich auch leisten, solche traditionellen Werte zu unterstützen, aber es gab ebenfalls einen praktischeren Grund, warum sie die Erbschaft Pergamons als eine Schwächung ansehen sollten. Man war der Auffassung, dass es eine Last war, Provinzen zu verwalten. Es gab raffiniertere Methoden, fremde Bevölkerungen zu rupfen, als sie direkter Herrschaft zu unterwerfen. Die bevorzugte Politik des Senats, die er im ganzen Osten praktizierte, war es immer gewesen, ein empfindliches Gleichgewicht zwischen Ausbeutung und geringem eigenen Einsatz zu halten. Dieses war jetzt, wie es schien, in Gefahr zu kippen. So unternahm der Senat zunächst einmal gar nichts, abgesehen von seinem verdeckten Beitrag zum Mord an Tiberius. Erst als das Königreich in Anarchie verfiel und die Stabilität der gesamten Region bedroht war, wurde schließlich ein Heer nach Pergamon geschickt, und selbst dann brauchte es mehrere Jahre zaghafter Kriegführung, bis die neuen Untertanen der Republik zur Raison gebracht waren. Noch immer sah der Senat davon ab, Roms erste Provinz in Asien einzurichten. Stattdessen wurden die zur Verwaltung des Königreiches entsendeten Kommissare ausdrücklich angewiesen, die von den Königen geschaffene Ordnung aufrechtzuerhalten. Wie immer bei den Römern lag die Betonung darauf, dass sich eigentlich nicht sehr viel geändert habe. So zeigte sich, dass eine Führungsschicht, der es gelungen war, ihrer Stadt zu einer nie da gewesenen Weltmachtstellung zu verhelfen, den gesamten Mittelmeerraum unter ihre faktische Kontrolle zu bringen und alle aus dem Weg zu räumen, die es wagten, sich ihr entgegenzustellen, doch noch immer ihrem instinktiven Isolationismus nachhing. Was römische Beamte anging, so blieb das Ausland das, was es immer gewesen war: ein weites Feld für den Gewinn von Ruhm. Auch wenn Beute nie zu verachten war, blieb doch Ruhm der wahre Maßstab für die Qualität der Stadt und eines Mannes. Indem sie an diesem Ideal festhielten, konnten die Angehörigen der römischen Aristokratie sicher sein, dass sie der Tradition ihrer rauen Vorfahren treu blieben, selbst wenn sie in der Übermacht ihrer Gewalt schwelgten. Solange die schwachen Könige Asiens ihre unterwürfigen Gesandtschaften schickten, um jede Laune des Senats zu erkunden, solange die Nomaden Afrikas vor einfachen Drohgebärden eines Legionsgenerals ihre Wildheit zügelten und solange die wilden Barbaren Galliens sich scheuten, die unbezwingbare Macht der Republik herauszufordern, war Rom ruhig und zufrieden. Respekt war der einzige Tribut, den es forderte und brauchte. Aber während die senatorische Elite es sich im Vertrauen auf ihren bereits vorhandenen Reichtum und Status leisten konnte, so zu denken, hatten Kaufleute und Geschäftemacher und mehr noch die große Masse der Armen ganz andere Ansichten. Die Römer hatten den Osten immer mit Reichtum an Gold verbunden. Jetzt, mit der Erbschaft von Pergamon, war die Gelegenheit gekommen, sich systematisch daran zu bedienen. Ironischerweise war es das Beharren des Senats, die traditionellen Herrschaftsformen Pergamons zu respektieren, das den Weg dazu wies. Herrschaft hatte für die Könige von Pergamon bedeutet, so viel Steuern wie möglich aus ihren Untertanen herauszuholen. Das war ein Beispiel, aus dem die Römer noch viel zu lernen hatten. Obgleich es ein beständiges Prinzip der Römer war, dass Krieg Gewinn bringen sollte, hatte Gewinn für die Römer doch meist Beute bedeutet. Im barbarischen Westen war auf die Eroberung zwar meist Besteuerung gefolgt, aber doch nur deshalb, weil es sonst gar keine Verwaltung gegeben hätte. Im Osten hatte es lange vor den Römern eine Verwaltung gegeben. Aus diesem Grund war es immer billiger und sehr viel müheloser erschienen, zu plündern und wieder abzuziehen, um dann die Finanzen mit ein oder zwei Entschädigungsforderungen aufzubessern. Das Beispiel Pergamons zeigte indes, dass sich Besteuerung tatsächlich auszahlen konnte und eher eine verlockende Gelegenheit war als eine Last. Schon sehr bald schwammen die Beamten, die man zur Verwaltung des Königreichs entsandt hatte, im Geld ihrer Unterschlagungen. Übertriebene Gerüchte über ihre Aktivitäten begannen nach Rom zu gelangen. Entrüstung war die Folge: Pergamon war das Eigentum des römischen Volkes, und wenn es Gewinn zu machen gab, wollte das Volk seinen vollen Anteil daran. Sprachrohr dieser Empörung war kein anderer als Gaius Gracchus, der als Volkstribun und Nachfolger seines toten Bruders ebenso begierig war wie dieser, Zugriff auf den Schatz von Pergamon zu bekommen. Auch er schlug ehrgeizige soziale Reformen vor; auch er brauchte schnell entsprechende Mittel. So gelang es Gaius Gracchus schließlich im Jahr 123 v. Chr., nach zehn Jahren der Agitation, ein schicksalsschweres Gesetz durchzubringen. Nach seinen Bestimmungen wurde Pergamon endlich einer geregelten Besteuerung unterworfen. Der Deckel war nun endgültig von den Fleischtöpfen herunter.[6]

Das neue Steuersystem war ebenso pragmatisch wie zynisch und setzte auf eine aktive Nutzung der Gier. Da ihr der gewaltige bürokratische Apparat fehlte, auf den die Monarchien des Ostens sich bei der Ausbeutung ihrer Untertanen stützen konnten, wandte sich die Republik stattdessen an den privaten Sektor, damit er die notwendige fachmännische Erfahrung lieferte. Steuerpachtverträge wurden öffentlich versteigert, wobei diejenigen, die den Zuschlag erhielten, die dem Staat geschuldeten Abgaben voll vorstreckten. Da die geforderten Beträge von astronomischer Höhe waren, waren nur die Allerreichsten in der Lage, sie zu zahlen, und selbst dann nicht als einzelne Vertragspartner. Stattdessen wurden die Mittel von mehreren gemeinsam aufgebracht, und die entsprechenden Gesellschaften wurden, wie es großen Finanzkonzernen gebührt, mit äußerster Sorgfalt verwaltet. Anteile konnten angeboten werden, Generalversammlungen wurden abgehalten, Direktoren in die Geschäftsführung gewählt. In den Provinzen selbst zählten neben dem Stab der Steuereintreiber Soldaten, Matrosen und Kuriere zum Personal der Konsortien. Der Name, mit dem man die Geschäftsleute bezeichnete, die diese Kartelle führten, war *publicani* und ging auf ihre frühere Tätigkeit als Agenten des Staates zurück, aber es gab keinerlei Interesse für das Gemeinwohl in der Dienstleistung, die sie verrichteten. Ihr Ziel war es nicht allein, die dem Staat geschuldeten offiziellen Abgaben einzutreiben, sondern die Bewohner der Provinz auch dazu zu pressen, noch mehr zu zahlen für das Privileg, dass man sie schröpfte. In Notfällen wurde der Raub noch durch kommerzielles Geschick ergänzt. Einem Schuldner konnte man zu Wucherzinsen Kredite anbieten und ihn dann, sobald man ihn um seinen gesamten Besitz erleichtert hatte, in die Sklaverei verkaufen. Was kümmerte die Anteilseigner im fernen Rom das Leid, das sie verbreiteten? Städte wurden nicht mehr geplündert, man blutete sie lieber aus. Formal gesehen hatten Roms Untertanen durchaus Mittel zum Widerspruch gegen die Ausplünderung durch ihre Peiniger. Das Steuersystem mochte privatisiert worden sein, aber die Provinzverwaltung blieb in Händen der senatorischen Elite als der Klasse, die noch am stärksten von den Idealen der Republik erfüllt war. Diese

Ideale verpflichteten die Statthalter dazu, ihren Untertanen die Wohltaten des Friedens und der Gerechtigkeit zukommen zu lassen. In der Realität aber waren die angebotenen Bestechungsgelder so einträglich, dass gewöhnlich selbst die stärksten Prinzipien ins Wanken gerieten und zerbröselten. Der Anspruch römischer Rechtschaffenheit war bald ein schlechter Witz. Den erbarmungswürdigen Bewohnern der Provinzen schien es wenig Unterschied zwischen den *publicani* und den Senatoren zu geben, die ausgesandt wurden, sie zu regieren. Beide fraßen aus demselben Trog. Als Demonstration der Gier war die Ausplünderung Pergamons gewiss ein abstoßendes Beispiel. Die große Kraft und Macht der Republik, die im Namen der Ehre Roms gewonnen war, stand nackt da und entpuppte sich als eine Lizenz, Geld zu machen. Der folgende Goldrausch wurde bald zur Massenbewegung. Straßen, die ursprünglich für militärische Zwecke gebaut worden waren, dienten nun dazu, den Steuereintreiber schneller zu seinen Opfern gelangen zu lassen; Packesel brachen fast unter der Last der Tribute zusammen und klapperten auf den Straßen den Legionären hinterher. Über das Mittelmeer, das zunehmend zum römischen Binnenmeer wurde, segelten Schiffe nach Italien, voll beladen mit den Früchten kolonialer Ausbeutung. Die Adern des Reiches waren mit Gold verstopft, und je mehr Gold sie verstopfte, umso mehr presste Rom noch hervor.

Als Roms Griff immer fester wurde, begann auch das Erscheinungsbild der Provinzen sich zu verändern, so als ob gewaltige Finger sich tief in die Landschaft bohrten. Im Osten wurden bedeutende Städte nach ihren Schätzen durchstöbert, im Westen indes war es der Boden. Das Ergebnis war Bergbau in einem Ausmaß, wie es die Welt vor der Industriellen Revolution nicht wieder gesehen hat. Nirgendwo war die Verwüstung auffälliger als in Spanien. Ein Beobachter nach dem anderen zeigte sein Erstaunen über das, was er sah. Selbst im fernen Judäa berichteten Leute »von ihren Taten in Spanien: Dort hatten sie die Silber- und Goldbergwerke erobert und durch ihre Klugheit und Ausdauer das ganze Land an sich gebracht«.[7] Die Bergwerke, die Rom vor mehr als einem Jahrhundert von Karthago erobert hatte, waren den *publicani* überantwortet worden, die darangegangen waren, sie mit ihrem üblichen Appetit auszubeuten. Ein einziges Netzwerk von Stollen erstreckte sich über vielleicht mehr als zweihundertfünfzig Quadratkilometer und ließ mehr als vierzigtausend Sklaven lebendig begraben ihr Dasein fristen. Über der wie mit Pockennarben bedeckten Landschaft hing stets eine Wolke von Smog, der von den Schmelzöfen durch gewaltige Schlote ausgespuckt wurde und so voller chemischer Reste war, dass er auf der nackten Haut brannte und sie bleich werden ließ. Vögel, die diesen Nebel durchflogen, waren todgeweiht. Sobald die römische Macht sich weiter ausbreitete, folgten ihr die Gaswolken bald nach. Zu Beginn galten weite Teile Spaniens als zu entlegen und gefährlich, um ausgebeutet zu werden, und man betrachtete sie als Schlupfwinkel von Stämmen, die so hoffnungslos wild waren, dass sie es als ehrenhaft ansahen, berufsmäßige Banditen zu sein, und Urin benutzten, um sich die Zähne zu putzen.* Ganz gegen Ende des 2. Jahrhunderts v. Chr. war indes die gesamte Halbinsel mit Ausnahme des Nordens zur Ausbeutung freigemacht worden.** Gewaltige neue Bergwerke wurden überall im Zentrum und im Südwesten Spaniens niedergebracht. Messungen des Bleigehalts in den Gletschern Grönlands, die eine verblüffende Erhöhung der Konzentration in diesem Zeitraum zeigen, sind Belege für das Ausmaß, in dem dieser Bergbau giftigen Rauch ausgestoßen hat.[8] Es war Silbererz, das ausgeschmolzen wurde: Schätzungen haben ergeben, dass für jede Tonne ausgeschmolzenes Silber mehr als zehntausend Tonnen Gestein abgebaut werden mussten. Eine andere Schätzung vermutet, dass die Münze in Rom am Anfang des 1. Jahrhunderts v. Chr. jedes Jahr fünfzig Tonnen Silber benötigte.[9] Wie in Asien waren auch in Spanien Operationen solchen Ausmaßes nicht ohne das Zusammenwirken des öffentlichen und privaten Sektors möglich. Zunehmend begannen die römischen Verwalter in den Provinzen als Belohnung dafür, dass sie die Investoren im fernen Rom mit gelehrigen Eingeborenen, zugänglichen Häfen und guten Straßen versorgten, kleine Geschenke zu fordern. Die Korruption, die sich in der Folge entwickelte, war umso verhängnisvoller, als sie niemals zugegeben werden konnte. Selbst als sie schon Bares zusammenrafften, täuschten die Senatoren noch eine hochnäsige Verachtung für Geldgeschäfte vor. Die Geringschätzung

* So jedenfalls nach Aussage Catulls (37 und 39). Das war vermutlich ein Scherz, aber doch einer, der mit den römischen Vorurteilen über die Hygiene der Iberer spielte.

** Völlig unter römische Kontrolle wurde die Iberische Halbinsel erst im Jahr 23 v. Chr. gebracht.

des Gewinns war sogar im Gesetz niedergeschrieben: Kein *publicanus* durfte in den Senat aufgenommen werden, so wie es keinem Senatoren erlaubt war, sich mit so etwas Niederem wie dem Fernhandel zu beschäftigen. Hinter den Kulissen indes bewirkte eine entsprechende Gesetzgebung wenig. Wenn sie überhaupt zu etwas nütze war, dann diente sie durch ihre Vorschriften über die Art der Zusammenarbeit zwischen Statthalter und Unternehmer eher dazu, die beiden einander näher zu bringen: Der eine brauchte den anderen, wenn sie beide reich werden wollten. Das Ergebnis war, dass die römische Herrschaft sich zunehmend in etwas zu verwandeln begann, das man vielleicht am besten als einen miltärisch-fiskalen Komplex bezeichnen könnte. In den Jahren nach der Hinterlassenschaft Pergamons verwischten sich die Begriffe von Gewinn und Prestige immer mehr. Die traditionelle Politik des Isolationismus war zunehmend bedroht. Und während sich all das vollzog, wurden die Bewohner der Provinzen immer weiter ausgebeutet. Es war nun nicht etwa so, dass alle Ideale der Republik tot waren. Es gab einige Verwalter, die so entsetzt waren über das, was geschah, dass sie versuchten, sich dagegen aufzulehnen. Das war ein gefährliches Unterfangen, denn sobald die Kartelle der Geschäftemacher herausfanden, dass ihre Interessen ernsthaft bedroht waren, zeigten sie schnell ihre Muskeln. Ihr bekanntestes Opfer war Rutilius Rufus, ein Provinzialverwalter, der seiner Redlichkeit halber gefeiert wurde und versucht hatte, seine Untertanen gegen die Steuereintreiber zu schützen. Diese brachten ihn 92 v. Chr. vor ein Geschworenengericht, das hauptsächlich aus Anhängern der *publicani* bestand. Die großen Geschäftemacher hatten die Angehörigen des Gerichts ausgiebig geschmiert: Die Anklage, die man in provokanter Absicht formuliert hatte, lautete auf gewaltsame Erpressung. Nach seiner Verurteilung wählte Rufus in ebenso provokanter Absicht gerade jene Provinz für sein Exil, die er angeblich ausgeplündert haben sollte. Dort wurde er mit Pomp und in allen Ehren willkommen geheißen und mit Blumen überschüttet. Es handelte sich um Asien: Das frühere Pergamenische Reich war auch vierzig Jahre nach seiner Vererbung die liebste Milchkuh der Römer. Den Bewohnern der Provinz musste die Verurteilung des Rutilius Rufus als das Ende ihrer letzten Hoffnung erscheinen und als Beweis, wenn es denn eines solchen noch bedurft hätte, dass die Gier der Römer nie eine Grenze kennen würde. Doch was konnte man dagegen tun? Niemand wagte den Aufstand. Die verkohlten Reste Korinths waren ein beredtes Zeugnis für die Gefahren, die sich daraus ergaben. Verzweiflung und Steuern bedrückten die Griechen der Provinz Asien. Wie konnten sie je hoffen, die Republik mit ihren räuberischen Geldeintreibern und unbesiegbaren Legionen loszuwerden?

Drei Jahre nach der Verurteilung des Rutilius Rufus trieben die Provinzbeamten ihre Geldgier schließlich zu weit. Auf der Suche nach einer Ausweitung ihrer Tätigkeit hatten die Geschäftsleute Roms ein begehrliches Auge auf das Königreich Pontus geworfen, ein Gebiet an der Küste des Schwarzen Meeres in der heutigen nördlichen Türkei. Im Sommer des Jahres 89 v. Chr. erfand der römische Gesandte in Asien, Manius Aquillius, den Vorwand für einen Einmarsch. Statt das Leben seiner eigenen Truppen zu riskieren, befahl er lieber einem Vasallenkönig, den Kampf für ihn zu führen, da er in fataler Fehleinschätzung annahm, dass jeder Rückschlag einer solchen Provokation leicht eingedämmt werden könnte. Aber der König von Pontus, Mithridates, war kein gewöhnlicher Gegner. Seine Biografie hatte er mit großer Begabung für blütenreiche Propaganda ausgefeilt und sie las sich wie ein Märchen. In seiner Kindheit war er gezwungen, sich vor der Verfolgung durch seine böse Mutter in einem Wald zu verstecken. Dort hatte er sieben Jahre lang gelebt und war schneller als ein Hirsch und stärker als ein Löwe geworden. Da er befürchtete, dass seine Mutter ihn möglicherweise immer noch ermorden lassen wollte, hatte Mithridates auch ein überspanntes Interesse für Gifte entwickelt und mehrere Gegenmittel eingenommen, um immun zu werden. Er war mit anderen Worten nicht der Jüngling, der es zuließ, dass sich seine Familie zwischen ihn und den Thron stellte. Als er erwartungsgemäß an der Spitze eines erfolgreichen Heeres in seine Hauptstadt zurückgekehrt war, hatte er seine Mutter und dann, nur als Vorsichtsmaßnahme, auch seinen Bruder und seine Schwester ermorden lassen. Mehr als zwanzig Jahre danach war Mithridates noch ebenso machthungrig und rücksichtslos wie eh und je – und jedenfalls viel zu sehr, um den widerstrebenden Schoßhund der Römer zu spielen. Der Angriff wurde mit Geringschätzung abgeschlagen. Als Nächstes folgte indes ein verhängnisvollerer Schritt. Mithridates musste sich entscheiden, ob er nun selbst Rom angreifen sollte. Man legte sich nicht so ohne weiteres mit Großmächten an, aber ein Krieg mit der Römischen Republik war eine Herausforderung, auf die Mithridates schon während seiner ganzen Regierungszeit gewartet hatte. Wie jeder ehrgeizige Herrscher hatte er sich sorgfältig darum bemüht, seine Angriffskraft zu stärken, und seine Armee war neu und im wahrsten Sinne auf Hochglanz poliert, denn ihre Waffen waren vergoldet und die Rüstungen mit glänzenden Edelsteinen verziert. Aber wenn Mithridates einerseits auffälligen Pomp liebte, so gefiel es ihm doch auch, im Geheimen zu wirken: Er hatte Kleinasien inkognito bereist und genug gesehen, um den Hass der Provinzbewohner auf Rom zu kennen. Dieser Umstand überzeugte ihn mehr als alles andere, den Angriff zu wagen. Als er in die Provinz Asien einmarschierte, traf er auf dürftige und schlecht vorbereitete Truppen und auf griechische Städte, die ihn bereitwillig als Befreier begrüßten. In nur wenigen Wochen war die römische Gewalt in der Provinz völlig zusammengebrochen und Mithridates stand plötzlich am Ufer der Ägäis. Als Muttermörder und Barbar war er kaum die Art von Held, den die Griechen normalerweise in ihr Herz geschlossen hätten. Aber besser ein Muttermörder und Barbar als die *publicani* – das Verlangen nach Freiheit war so verzweifelt und der Hass auf Rom so tief, dass die Provinzbewohner zu allem bereit waren, um nur ihre Unterdrücker loszuwerden. Im Sommer 88 v. Chr., als sie die römischen Ketten bereits abgeschüttelt hatten, sollten sie das in einem Gräuel erregenden Ausbruch von Gewalt unter Beweis stellen. In seinem Bestreben, die Griechenstädte unwiderruflich an sich zu binden, schrieb ihnen Mithridates und befahl ihnen ein Massaker an allen Römern und Italikern, die sich noch in Asien befanden. Die Griechen leisteten seiner Aufforderung mit unbarmherzigem Vergnügen Folge. Die Gräueltaten waren umso schauriger, als man sie unter äußerster Geheimhaltung vorbereitet hatte und die Anschläge perfekt koordiniert waren. Die Opfer wurden zusammengetrieben und von gedungenen Mördern abgeschlachtet: Man hackte sie in Stücke, während sie sich an heiligen Standbildern festklammerten, oder man tötete sie mit Geschossen, während sie sich ins Meer warfen, um zu fliehen. Ihre Leichen blieben unbestattet vor den Stadtmauern liegen und wurden der Verwesung überlassen. Achtzigtausend Männer, Frauen und Kinder sollen in einer einzigen todbringenden Nacht ermordet worden sein.[10] Der Schock für die römische Wirtschaft war vorhersehbar und vernichtend, aber der Schaden für das Ansehen Roms war viel schlimmer. Mithridates hatte sich bereits als ein Meister der Propaganda erwiesen, indem er einigen der sibyllinischen Prophezeiungen neues Leben eingehaucht und Eigenes hinzugefügt hatte, um ihnen stärker den Anschein zu geben, dass sie auf ihn zugeschnitten seien. Der Grundgedanke war das Erscheinen eines großen Königs aus dem Osten, der als Instrument der göttlichen Vergeltung ausgesandt war, um die hochmütige und habgierige Großmacht zu demütigen. Der massenhafte Mord an Geschäftsleuten war nur einer der Wege, wie Mithridates diese Vergeltung in Szene setzte. Noch stärker auf ihre Wirkung abgezielt war die Hinrichtung des römischen Gesandten Manius Aquillius, der Mithridates ursprünglich in den Krieg getrieben hatte. Der unselige Manius, der gerade zum ungünstigsten Zeitpunkt krank geworden war, wurde gefangen genommen und, die ganze Zeit an einen fast zwei Meter großen Barbaren gekettet, nach Pergamon geschleift. Nachdem man ihn einem Esel auf den Rücken gebunden und diesen durch die johlende Menge getrieben hatte, befahl Mithridates, einen Goldschatz einzuschmelzen. Als alles vorbereitet war, wurde der Kopf des Aquillius nach hinten gerissen und das geschmolzene Metall wurde ihm in den Schlund gegossen. »Denn die Römer kennen den einen ewigen Grund dafür, Krieg mit allen Nationen, Völkern und Königen zu führen: ihre tief sitzende Gier nach Herrschaft und Reichtümern.«[11] Das war das Urteil, das Mithridates über die Republik gesprochen hatte, und jetzt übte er symbolische Justiz an ihr in der Person ihres Gesandten in Asien. Manius Aquillius erstickte an Gold.

Die Posaunen des Himmels

Wenn ein Schiff, beladen mit dem Raubgut der Herrschaft, nach Italien segelte, war sein Ziel am ehesten der kahle Kegel des Vesuvs. Die Matrosen suchten den Horizont nach dem vertrauten abgeflachten Umriss des Vulkans ab und sandten, sobald sie ihn erblickten, ein Dankgebet an die Götter empor, die sie sicher durch die Gefahren ihrer Reise geführt hatten. Das Ziel lag vor ihren Augen. Am Rand der in der Sonne schimmernden blauen Bucht sahen die Seeleute an dieser italienischen Küste zahlreiche Städte, die malerisch verteilt an Griechenland erinnerten und vor Jahrhunderten von griechischen

Siedlern als Kolonien gegründet worden waren: Der Golf von Neapel war seit eh und je ein internationaler Handelsplatz gewesen, auch wenn in diesen alten Häfen jetzt nicht mehr viele Güter ausgeladen wurden. Das sonnenverwöhnte Neapel zum Beispiel verdiente sich seinen Lebensunterhalt mit einem ganz anderen Geschäft. Nur zwei Tagesreisen von Rom gelegen, füllten sich seine Straßen seit jüngster Zeit zunehmend mit Touristen, die alle griechische Lebensart kosten wollten, sei es indem sie sich in philosophischen Erörterungen ergingen, Ärzten ihr Leid klagten oder sich in eine geistreiche und in Literatur bewanderte Kurtisane verliebten. Die großen Frachtschiffe fuhren inzwischen vor der Küste weiter. Ihr Ankunftshafen lag jetzt einige Meilen weiter entfernt. In Puteoli hatten die römischen Kaufleute schon längst alle Spuren des griechischen Erbes getilgt. An großen gemauerten Kaianlagen machten Schiffe aus dem ganzen Mittelmeerraum fest, die mit Korn beladen waren, um den riesigen Hunger Roms zu stillen, oder mit Sklaven für die Fabriken, aber auch mit besonderen Gütern, die aus dem entfernteren Herrschaftsbereich kamen: Statuen und Gewürze oder Gemälde und seltene Pflanzen. Natürlich konnten sich nur die ganz Reichen solche Luxusgüter leisten, aber mit den Villen, die sich jetzt an der ganzen Küste zu beiden Seiten von Puteoli ausbreiteten, bot sich ein wachsender Markt für diese Waren, die als solche die neueste Errungenschaft des Konsumismus waren. Wie alle Superreichen wollte auch die römische Aristokratie ihr bevorzugtes Ferienziel exklusiv halten und hatte daher begonnen, die ganze Gegend aufzukaufen. Der Aufschwung des Immobilienmarkts in der Region war in den neunziger Jahren von geschickten Unternehmern gefördert worden, darunter ganz besonders von einem Austernzüchter namens Sergius Orata. Orata hatte versucht, aus dem unersättlichen Hunger der Römer nach Meeresfrüchten Gewinn zu schlagen und die örtlichen Austernbänke in bisher unerhörtem Ausmaß erweitert. Er hatte Kanäle und Dämme gebaut, um die Meeresströmung zu regulieren, über dem Zufluss des benachbarten Lucriner Sees offene Loggien errichtet und den Ort dann zur Heimat der wohlschmeckendsten Austern der Welt erklärt. Manche Zeitgenossen waren von Oratas unglaublichen Leistungen derart beeindruckt, dass sie meinten, er hätte auch auf seinem Dach Austern züchten können, wenn er es nur versucht hätte. Aber es war eine weitere technische Erfindung, die

Oratas Namen wirklich berühmt machte: Nachdem er den Austernmarkt erobert hatte, erfand er das beheizte Schwimmbad. Das wenigstens scheint die wahrscheinlichste Bedeutung eines unklaren lateinischen Begriffs zu sein: Es ist die Rede von *balneae pensiles,* was hängende Bäder bedeutet.* Es wird gesagt, dass diese Bäder den Fluss warmer Wassermassen erforderten und wunderbar entspannend seien, was dazu beitrug, dass Orata seine Erfindung ebenso erfolgreich vertreiben konnte wie seine Austern. Schon bald konnte kein Landhaus als voll ausgestattet bezeichnet werden, in das kein »hängendes Bad« eingebaut war. Natürlich war es Orata selbst, der den Einbau übernahm – er kaufte Villen auf, baute die Schwimmbäder ein und verkaufte die Landhäuser dann wieder. Nach kurzer Zeit wurde der Golf von Neapel durch seine Immobilienspekulationen zum Inbegriff von Reichtum und Eleganz. Und dieser plötzliche Aufschwung beschränkte sich nicht allein auf die Küste. Auch im Landesinneren, in Städten wie Capua, wo der Duft der Parfumproduktion die Straßen erfüllte, oder Nola, seit zwei Jahrhunderten bevorzugter Bundesgenosse Roms, waren die Zeichen des Friedens und der Annehmlichkeit überall sichtbar. Vor ihren Mauern erstreckten sich Felder mit Apfelbäumen und Weinreben sowie Olivenhaine voller Feldblumen zum Vesuv und zur Küste hin. Das war Kampanien, das Juwel Italiens, der Spielplatz der Reichen, fruchtbar, blühend und üppig.

Aber nicht überall ging es so gut. Jenseits von Nola stiegen gewundene Täler von der Ebene in eine ganz andere Welt auf. In Samnium war das ganze Land bergig und karg. So wie die spitzen Umrisse der Landschaft in brutalem Kontrast zu der tiefer gelegenen Ebene standen, so war auch der Charakter der Menschen ein ganz anderer, mussten sie doch ihren Lebensunterhalt einem steinigen und kargen Boden abtrotzen. In Samnium gab es weder Austern noch beheizte Schwimmbäder, sondern nur schwerfällige Bauern, die mit lächerli-

* Was die »hängenden Bäder« Oratas wirklich waren, darüber ist viel spekuliert worden. Manche meinen, dass es sich um heiße Duschen gehandelt habe, andere, dass Orata die Hypokaustheizung erfunden habe, also die Unterbodenheizung, die in luxuriöse Villen eingebaut wurde. Aber wenn es Duschen waren, warum bezeichnete man sie dann als Bäder? Und wenn es eine Hypokaustheizung war, warum erfand man dann einen neuen Begriff? Für die beste Untersuchung der verschiedenen Lösungen s. Fagan, Sergius Orata.

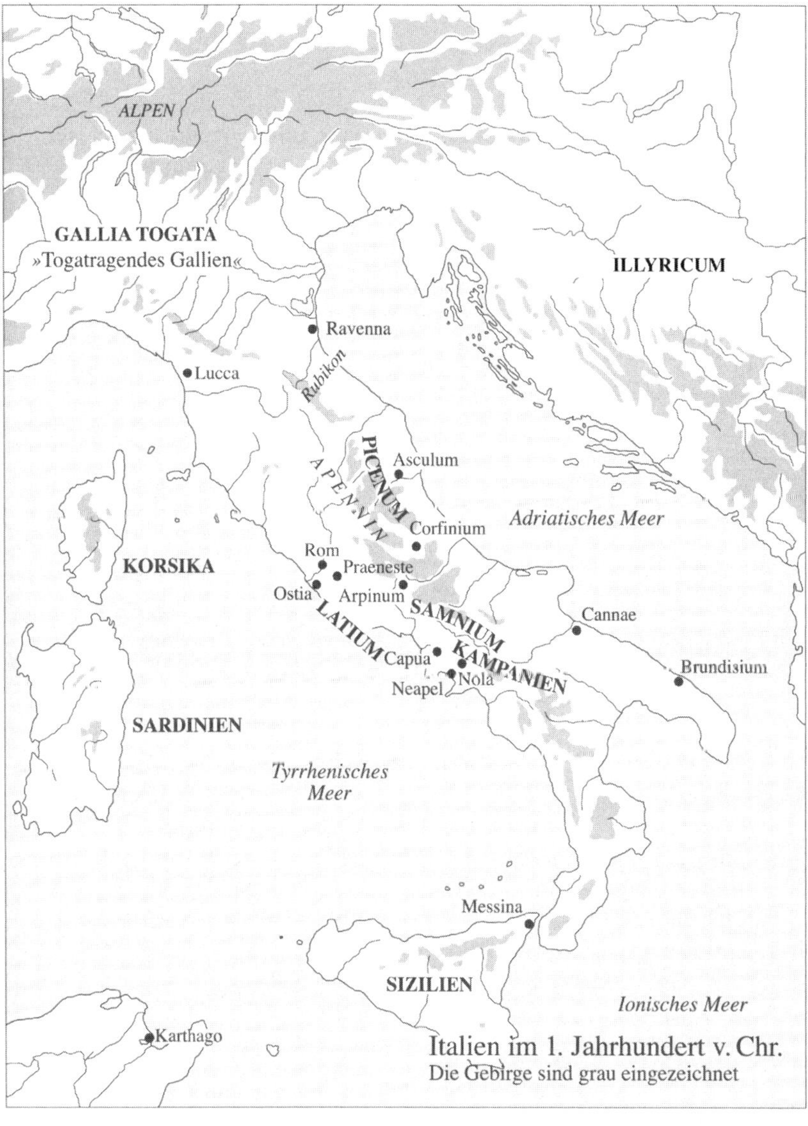

Italien im 1. Jahrhundert v. Chr.
Die Gebirge sind grau eingezeichnet

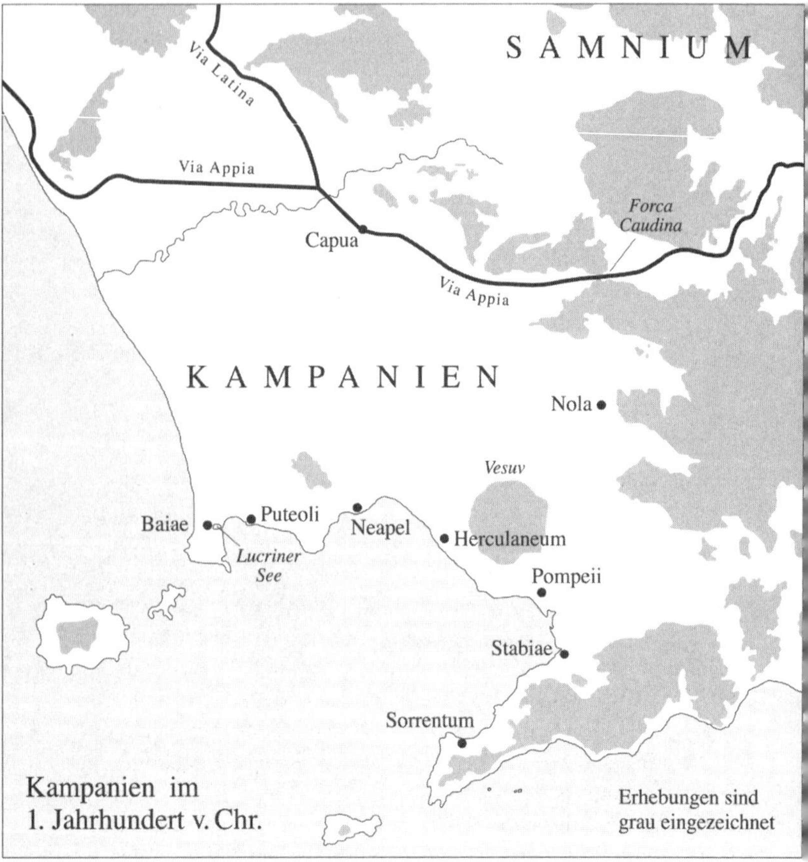

Kampanien im 1. Jahrhundert v. Chr.

chem ländlichen Akzent sprachen. Sie praktizierten den Hexenglauben, trugen hässliche Eisenringe um ihren Hals und – welch ein Skandal! – erlaubten Barbieren, ihr Schamhaar in der Öffentlichkeit abzurasieren. Unnötig zu sagen, dass die Römer sie mit äußerster Verachtung betrachteten. Dennoch konnten sie nie ganz vergessen, dass diese Wilden der letzte italische Stamm gewesen waren, der mit ihnen um die Vorherrschaft auf der Halbinsel gekämpft hatte. Kaum zehn Meilen von Nola entfernt, an einem Bergpass mit Namen Forca Caudina, hatten die Samniten ihnen eine der empfindlichsten Niederlagen der römischen Geschichte beigebracht. Im Jahr 321 v. Chr. war ein ganzes Heer in der Schlucht eingeschlossen und zur Aufgabe gezwungen worden. Statt ihre Gefangenen abzuschlachten, hatten die Samniten es vorgezogen, sie bis auf ihre Tunika zu entkleiden und sie unter einem aus Speeren geformten Joch durchzutreiben, während die Sieger in ihrer glänzenden Rüstung danebenstanden und triumphierend zusahen. Indem sie sie auf diese Weise demütigten, hatten die Samniten einen fatalen Mangel an Verständnis ihrer Gegner gezeigt. Jedweder Frieden war den Römern unerträglich, sofern er nicht von ihnen selbst diktiert war. Trotz ihrer Annahme der Bedingungen und des darauf geleisteten Schwures hatten sie bald einen Vorwand gefunden, um den Vertrag zu brechen, und griffen von neuem an. Samnium war darauf pflichtschuldig erobert worden. Man errichtete Kolonien auf entlegenen Hügeln und baute in den Tälern Straßen, und die wilde Zerklüftung des Landes wurde so bezähmt. Jemandem, der sich neben Oratas Schwimmbädern ausstreckte, musste die Zeit, als die Samniten von den Bergen herabgestürmt und Kampanien verwüstet hatten, wirklich als weit entfernte alte Geschichte vorkommen. Aber dann passierte 91 v. Chr. plötzlich das Unglaubliche. Seit langer Zeit bestehender und niemals erloschener Groll entzündete sich erneut. Der Krieg bemächtigte sich wieder der samnitischen Berge. Die Bergbewohner griffen neuerlich zu ihren Waffen, als ob die langen Jahre der Besatzung von ihnen abgefallen seien. Mit überschäumender Bereitschaft taten sie das, was ihre Vorfahren schon immer getan hatten: Sie fielen in die Ebene ein. Die Römer hatten keine Ahnung von dem hereinbrechenden Sturm, nur ein Minimum an Schutztruppen war in Kampanien stationiert und sie befanden sich in einer hoffnungslos unterlegenen Situation. Entlang der Küste des Golfes von Neapel, die gerade noch der

Schauplatz so großer Muße und des Friedens gewesen war, fielen überall Städte wie Sorrent, Stabiae und Herculaneum den Rebellen wie reife Früchte in den Schoß. Aber die wichtigste Beute von allen war seiner strategischen Lage wegen das weiter inlands gelegene Nola. Nach ganz kurzer Belagerung fiel die Stadt durch Verrat an die Samniten. Die Besatzung auf der Burg wurde aufgefordert, sich den Rebellen anzuschließen, und als der Kommandant und die ranghöheren Offiziere sich weigerten, hungerte man sie aus. Nola wurde stärker befestigt und versorgt. Schon bald war die Stadt zu einem mächtigen Widerstandszentrum der Rebellen geworden. Dieser Widerstand beschränkte sich nicht allein auf Samnium. Der Verrat, durch den Nola in die Hände der Rebellen gefallen war, war durchaus kein Einzelfall: Pompeji zum Beispiel, wenige Meilen von Neapel entfernt an den Hängen des Vesuvs gelegen, hatte sich von Anfang an dem Aufstand angeschlossen. Anderswo in Italien hatten weitere Stämme und Städte ebenfalls wieder zu den Waffen gegriffen, deren frühere Kriegführung gegen Rom in eine schon fast ganz vergessene und legendäre Zeit gehörte. Der besondere Schwerpunkt des Aufstands lag in bergigen und entlegenen Gebieten entlang des Appenin wie Samnium. Die Bauern dort hatten seit langem unter der Armut zu leiden, weshalb ihre Einfälle in die Ebenen mit ihren Städten einen so brutalen Charakter hatten. Als die Rebellen Asculum als erste der von ihnen eroberten Städte einnahmen, schlachteten sie jeden Römer ab, den sie finden konnten. Die Frauen von übrigen Bewohnern, die die Gefolgschaft verweigerten, wurden gefoltert und skalpiert. Die Berichte solcher abscheulichen Gräueltaten mochten auf nichts anderes als rachsüchtige und primitive Barbarei schließen lassen. Doch der Hass der Bauern wäre ohne Bedeutung gewesen, wenn die Oligarchen, die die verschiedenen italischen Staaten führten, nicht ihre eigenen Gründe gehabt hätten, sie aufzustacheln. Es war immer römische Praxis gewesen, den Führungsschichten ihrer Verbündeten zu schmeicheln und sie zu bestechen. Und es war in der Tat diese Politik, die mehr als alles andere dazu beigetragen hatte, die Loyalität der Italiker in der Vergangenheit zu sichern. Aber diese Leute mit ihrer Macht und ihrem Einfluss – die Reichen, die Landbesitzer und die Gebildeten – hatten begonnen, sich Rom zu entfremden. Ihre Verstimmung hatte viele Gründe: Die Bürde des Militärdienstes in den Kriegen Roms lastete übermäßig auf ihren Schultern und sie hatten minderen Status im Bereich des römischen Rechtes. Aber am beunruhigendsten war vielleicht, dass man ihnen die Augen geöffnet hatte und sie eine Welt der Möglichkeiten und der Macht sahen, von der ihre Vorfahren nicht einmal hätten träumen können. Die Bewohner Italiens hatten Rom nicht allein geholfen, sein Reich zu erobern, sondern hatten auch mit Begeisterung dazu beigetragen, es auszubeuten. Wo immer die römischen Waffen den Weg bereitet hatten, folgten mit Sicherheit italische Geschäftsleute. In den Provinzen wurden den italischen Bundesgenossen Privilegien gewährt, die sich kaum von denen für römische Bürger unterschieden, und die erbärmlichen Provinzbewohner hatten sicher Schwierigkeiten, zwischen den beiden Gruppen zu unterscheiden, denn sie beschimpften sie gleichermaßen als *romaioi*.

Die Erfahrung dieses Lebens als »Herrenrasse« in der Fremde scheint die Italiker aber keineswegs verweichlicht, sondern nur in ihrer Entschlossenheit bekräftigt zu haben, zu Hause ähnlichen Status zu teilen. In einer Zeit, in der die römische Macht so weltumspannend geworden war, kann es kaum überraschen, dass die begrenzten Rechte auf Selbstverwaltung, die Rom der politischen Klasse in Italien immer zugestanden hatte, nur als hingeworfene Brocken erscheinen konnten. Denn was war das Recht, den einen oder anderen Grenzstreit entscheiden zu dürfen, gegen die Herrschaft über die Welt? So wie die blühenden Werften von Puteoli oder das Raffinement der nahe gelegenen Villen Ausdruck einer enger zusammenruckenden Welt waren, so war auch der Aufstand der Italiker auf seine Art Ausdruck dieses Umstands. Die Masse ihrer Soldaten mag im Namen eines vage verspürten lokalen Gemeinschaftsgefühls gekämpft haben, aber ihre Führer hatten mit Sicherheit keinerlei Absicht, zum vorrömischen Gemeindepatriotismus zurückzukehren. Sie waren weit davon entfernt, ihre Gemeinwesen aus dem Griff eines zentralisierten und übergeordneten Staates befreien zu wollen, und konnten sich keine andere Abhilfe vorstellen, als einen neuen, eigenen Staat dieser Art zu schaffen. Am Anfang des Bundesgenossenkriegs hatten die Führer des Aufstands Corfinium im Herzen Italiens als neue Hauptstadt gewählt, »eine Stadt, die alle Bewohner Italiens anstelle Roms miteinander teilen konnten«.[12] Damit auch niemand den symbolischen Wert dieser

Entscheidung missverstehen konnte, hatte man danach Corfinium und dem neuen Staat selbst den Namen »Italia« gegeben. Es wurden pflichtschuldig Münzen geprägt und eine erste provisorische Regierung eingesetzt. Bis zum 19. Jahrhundert und Garibaldi sollte es keinen weiteren vergleichbaren Versuch geben, einen unabhängigen »italienischen« Staat zu bilden. Aber wenn Nachahmung die echteste Form der Schmeichelei ist, dann legt die Gründung von Italia nahe, dass zumindest für die überwiegende Mehrheit der italischen Führer der Aufstand gegen Rom weniger eine Geste der Herausforderung als der frustrierten Bewunderung war. Von der Verfassung bis zur Münzprägung war alles nach dem Vorbild der Römer gestaltet. Die ganze Zeit über ist der auf schwachen Füßen stehende neue Staat nie etwas anderes gewesen als zweite Wahl gegenüber der eigentlichen Ambition der Italiker, nämlich römische Bürger zu werden. Selbst unter den gewöhnlichen Soldaten, denen das römische Bürgerrecht wenig Vorteile gebracht hätte, gab es Anzeichen dafür, dass der Empörung gegen die Republik manchmal eine Art von Gemeinschaftsgefühl gegenüberstand. Zu Beginn des Krieges nach der Niederlage des Hauptteils der römischen Armee in Mittelitalien befanden sich die Überlebenden in einem verzweifelten Durchhaltekampf gegen Männer, die ebenso gut gedrillt und bewaffnet waren wie sie selbst. Den ganzen Sommer des Jahres 90 v. Chr. hindurch fochten sie einen aktiven Grabenkampf und drängten die Front der Aufständischen Schritt für Schritt zurück, bis sie mit Näherkommen der Erntezeit und daher am Ende der Kriegssaison einen letzten Angriff gegen den Feind vorbereiteten. Aber als die zwei Heere einander gegenüber Aufstellung nahmen, begann auf beiden Seiten der eine oder andere Soldat Freunde zu erkennen, man rief sich gegenseitig Worte zu und legte dann die Waffen nieder. »Die ganze Begegnung bekam statt eines kriegerischen einen festlichen Charakter.« Während ihre Truppen sich miteinander verbrüderten, trafen auch der römische General und sein Gegenpart zusammen, um »über den Frieden und das begehrte Bürgerrecht« zu verhandeln.[13] Die Verhandlungen scheiterten natürlich. Wie konnte ein Römer einem Feind im Feld je Zugeständnisse machen? Dennoch schien der einfache Umstand, dass Verhandlungen überhaupt möglich waren, zu zeigen, dass es auf beiden Seiten Bedauern gab. Von besonderer Bedeutung war die Identität des römischen Generals. Gaius Marius war der gefeiertste Soldat der Republik. Obwohl er inzwischen über sechzig Jahre alt war und nicht mehr ganz so fest im Sattel saß wie früher, war er noch ein Star. Die Aufständischen kannten und bewunderten ihn, viele hatten in Schlachten unter seinem Kommando gestanden. Marius' souveräne Gewohnheit, ganzen Kohorten von italischen Bundesgenossen als Belohnung für hervorragende Tapferkeit das Bürgerrecht zu verleihen, war in dankbarer Erinnerung geblieben. Dasselbe galt für den Umstand, dass Marius nicht aus Rom stammte: Er war in Arpinum aufgewachsen, einer kleinen Bergstadt, die drei Tagesreisen von der Hauptstadt entfernt lag und neben ihrer Armut und Abgelegenheit für nichts weiter bekannt war. In ältester Zeit war Arpinum der befestigte Platz von Stämmen gewesen, die ihrerseits gegen die Römer gekämpft hatten, aber auf die Niederlage waren allmähliche Angleichung und am Ende Eingliederung gefolgt. Dieser letzte Schritt war indes nur weniger als ein Jahrhundert vor dem Zeitpunkt erfolgt, zu dem die übrigen italischen Bundesgenossen ihren eigenen verzweifelten Anspruch auf das Bürgerrecht erhoben hatten. Die Laufbahn eines Mannes wie Marius, der von so wenig versprechenden Anfängen zu so außerordentlichen Höhen gelangt war, konnte den Rebellen also nur als Anregung dienen. Und nicht nur den Rebellen. Es gab viele Römer, die mit den Forderungen der Italiker sympathisierten. Als was sonst war Rom schließlich gegründet worden, wenn nicht als Stadt von Einwanderern? Die ersten Frauen der Römer waren in der Zeit des Romulus die geraubten Sabinerinnen gewesen, die sich zwischen ihre Väter und ihre neuen Männer geworfen und sie angefleht hatten, nicht miteinander zu kämpfen, sondern als Bürger eines einheitlichen Staates zusammenzuleben. Der Appell hatte gefruchtet und Römer und Sabiner hatten sich gemeinsam auf den sieben Hügeln niedergelassen. Die Legende spiegelte die Tatsache wider, dass keine Stadt je so großzügig mit der Gewährung ihres Bürgerrechts war wie Rom. Männer von verschiedenster Herkunft und Geburt hatten immer Römer werden und römische Werte und Überzeugungen teilen dürfen. Andererseits war es natürlich eine Ironie, wenn nicht überhaupt paradox, dass eine der stärksten unter diesen Überzeugungen die unüberwindliche Verachtung gegenüber Nichtrömern war. Doch in den Jahren, die zum Bundesgenossenkrieg in Italien geführt hatten, war die Auseinandersetzung um Offenheit oder Exklusivität gefährlich kontrovers geworden. Vielen erschien ein gravierender Unterschied dazwischen zu bestehen, ob man gelegentlich einem Einzelnen oder einer Gemeinde das Bürgerrecht gewährte oder ganz Italien eingliederte. Römische Politiker mussten nicht ganz und gar von Chauvinismus oder Arroganz erfüllt sein – obwohl viele das natürlich waren –, um zu befürchten, dass ihre Stadt überschwemmt würde. Wie sollten die altehrwürdigen Institutionen Roms mit der plötzlichen Aufnahme von Millionen neuer Bürger fertig werden, die sich auf ganz Italien verteilten? Konservativen Römern war die Bedrohung so ungeheuerlich erschienen, dass auch ihre Anstrengungen des Widerstands sich ins Ungeheuerliche gesteigert hatten. Gesetze waren beschlossen worden, die alle Nichtbürger aus Rom verbannten. Noch unheilvoller war, dass man gegen anders Denkende, die ihrerseits Gesetzentwürfe eingebracht hatten, zunehmend mit Gewalt vorgegangen war. Im Jahr 91 v. Chr. war ein Gesetz zur Verleihung des Bürgerrechts an die Bewohner Italiens unter Aufruhr und gewalttätigen Demonstrationen gescheitert, und der Antragsteller, der sich grollend in sein Haus zurückgezogen hatte, war im Halbdunkel seines Säulenhofs erstochen worden. Der Mörder wurde nie gefunden, aber die Führer der italischen Bundesgenossen waren sich sicher gewesen, bei wem sie die Schuld zu suchen hatten. Nur wenige Tage nach dem Attentat riefen sie ihre Bergvölker zum Krieg zusammen. Als die Neuigkeit von den Massakern und Skalpierungen in Asculum nach Rom gedrungen war, waren die rivalisierenden Gruppen, deren Streit die Krise ursprünglich herbeigeführt hatte, durch den Schock zu überstürzter Einigkeit gebracht worden. Selbst diejenigen, die sich am meisten mit dem Anliegen der Italiker identifiziert hatten, bereiteten sich zum Kampf. Die grimmige Entschlossenheit der Strategie des Marius setzte sich am Ende durch und fand Nacheiferung, wo immer die Legionen bei ihren langen und blutigen Versuchen, die Reihe der vernichtenden Niederlagen zu unterbrechen, auf ihre früheren Verbündeten trafen. Zu dem Zeitpunkt, als Marius sich mit den italischen Gegnern zu Verhandlungen über die Friedensbedingungen zusammensetzte, war die Stellung Roms in ganz Norditalien wieder gefestigt, und wenige Wochen später begann die Sache der Aufständischen vollends ins Wanken zu geraten. Das Massaker von Asculum hatte den

Aufstand eingeläutet, und es waren wiederum Neuigkeiten aus Asculum, die den Römern ihren ersten entscheidenden Sieg in diesem Krieg bescherten. Der siegreiche General war Gnaeus Pompeius Strabo, der vermutlich der bestgehasste Mann in Rom war, ebenso berüchtigt seines düsteren Charakters wegen wie für das Schielen, das ihm seinen Beinamen Strabo eingebracht hatte. Pompeius Strabo gehörten riesige Ländereien in Picenum an der Ostküste Italiens, und er war dort seit Anfang des Krieges eingeschlossen worden. Zu Herbstbeginn aber hatte er verständlicherweise nicht die geringste Lust verspürt, den Winter über Hunger zu leiden, und hatte zwei Ausfälle unternommen, die den Gegner erfolgreich in eine Zange nahmen. Die Reste des Aufständischenheeres waren nach Asculum geflohen, und in seiner Absicht, die Wendung des Kriegsglücks zu vollenden, hatte Pompeius Strabo dort Aufstellung genommen, um die Stadt auszuhungern und so zur Aufgabe zu zwingen. Mit der wachsenden Aussicht auf einen sicheren Sieg unternahm es der Senat nun seinerseits, den Gegner in einer Zangenbewegung anzugreifen. Auf dem einen Flügel wurde der Angriff mit Aktionen über die Kriegssaison hinaus vorangetragen, man bedrängte die Aufständischen im gesamten mittelitalischen Raum und trieb ihre zunehmend zerrütteten Heere zum Rückzug in die Berge, wo der Schnee am höchsten lag. Der zweite Flügel des Zangenangriffs wurde von jenen Politikern geführt, die schon immer die Verleihung des Bürgerrechts an die Bewohner Italiens befürwortet hatten. In ihrer Zuversicht, dass der militärische Erfolg es Rom jetzt erlauben konnte, großzügig zu sein, gelang es ihnen, selbst die hartnäckigsten Konservativen davon zu überzeugen, dass es auf Dauer gesehen keine andere Lösung gab als die Verleihung des Bürgerrechts an die Bundesgenossen. Ein entsprechendes Gesetz wurde im Oktober 90 v. Chr. eingebracht und verabschiedet. Nach seinen Bestimmungen erhielten alle Gemeinwesen Italiens, die loyal geblieben waren, sofort das römische Bürgerrecht, und den Aufständischen wurde es für die unmittelbare Zukunft versprochen, sofern sie nur die Waffen niederlegten. Für viele war das ein Angebot, dem sie nicht widerstehen konnten. Im Sommer 89 v. Chr. war der größte Teil Nord- und Mittelitaliens zum Frieden zurückgekehrt. Nur in Samnium, wo der Kampf seine tiefen Wurzeln in jahrhundertelanger Abneigung hatte, konnte man keine so schnelle Lösung finden.

Gerade zu diesem Zeitpunkt, als die Republik erschöpft war und sich noch um den Krieg in ihrem eigenen Hinterhof Sorgen machte, begannen alarmierende Nachrichten aus Asien durchzusickern. Ein Abgrund der Unterschiede mochte die verlorenen Bergdörfer der Samniten von den großen Städten des Ostens mit ihrem Kosmopolitismus und ihrem Schmuck an marmornen und goldenen Monumenten trennen, aber die Herrschaft Roms hatte sie einander näher gebracht. Mit Sicherheit hatte es unter den Horden italischer Kaufleute und Steuereintreiber, die nach Asien geströmt waren, nicht an Samniten gefehlt. Dort hatten sie bedenkenlos zu eben jenem Verdruss an Rom beigetragen, der ihre Landsleute zu Hause in Samnium zum Aufstand getrieben hatte. Trotz des Krieges, der in Italien wütete, waren die Römer und Italiker in Asien allzu sehr damit beschäftigt gewesen, Geld aus den Bewohnern der Provinz zu pressen, um sich darum zu kümmern, einander oder überhaupt jemanden zu bekämpfen. Dann kam Mithridates.

Als die römische Herrschaft in Asien 89 v. Chr. zusammenbrach, verbreiteten sich die Schockwellen schnell in der Wirtschaft des Mittelmeerraums. Italien stürzte in einen katastrophalen Abschwung. Ironischerweise hatten die Anführer des Widerstands gegen Rom die Geschäftsverbindungen ihrer Landsleute im Osten benutzt, um Mithridates nahe zu bringen, er solle sich ihrem Aufstand anschließen, aber jetzt, nachdem er ihrer Aufforderung endlich Folge geleistet hatte, entdeckten sie, dass es italische Kaufleute waren, die es am schlimmsten traf. In Rom hingegen begrüßten senatorische Kreise die Aussicht auf einen Krieg gegen Mithridates mit offener Freude. Jeder wusste doch, dass die Männer des Orients verweichlicht waren und wie Frauen kämpften. Und noch einladender war der Grund dafür: Im Orient war man geradezu obszön reich. Kein Wunder, dass die Aristokraten vor Begeisterung mit der Zunge schnalzten und sich die Lippen leckten. Ein Mann sah das Kommando in diesem Krieg als etwas an, was ihm von Rechts wegen zustand: Marius hatte es seit langem auf einen Krieg mit Mithridates abgesehen. Zehn Jahre zuvor war er nach Asien gereist und hatte den König mit der Schroffheit eines kampfbereiten Mannes aufgefordert, sich entweder stärker als Rom zu zeigen oder seinen Befehlen Folge zu leisten. Damals war Mithridates bereit gewesen, seinen Stolz herunterzuschlucken und einen Krieg zu vermeiden. Aber als er endlich anbiss, mag es doch kein Zufall gewesen sein, dass es gerade ein enger Vertrauter des Marius war, der ihn dazu angetrieben hatte. Manius Aquillius, der Gesandte, der den lokalen Marionettenkönig Roms dazu brachte, das Pontische Reich anzugreifen, hatte zuvor als militärischer Stellvertreter des Marius und als sein Kollege im Konsulat gedient, und Marius seinerseits hatte geholfen, den Freispruch des Aquillius von einer Anklage auf Erpressung zu erwirken. Die Ereignisse und Quellen sind unklar, aber es ist denkbar, dass hier eine Erklärung für die sonst eher leichtfertige Einstellung des Aquillius zur Sicherheit Roms im Osten liegt, zumal in einer Zeit, als die Republik um ihr Überleben rang.[14] Aber der geheime Plan, wenn es denn einer war, sollte fatale Konsequenzen für Aquillius selbst, für Marius und die ganze Republik haben. Zu der Geißel des inneren Parteienstreits, die Rom seit Jahrzehnten befallen und zuerst in den Straßen der Stadt und dann in ganz Italien gewütet hatte, sollte nun eine neue und tödliche Gefahr dazukommen. Das Kommando im Osten war ein so einträgliches Geschäft, dass keiner, noch nicht einmal Marius, es ohne weiteres für sich beanspruchen konnte. Es gab andere, die gierig und ehrgeizig waren und auch danach verlangten. Wie sehr, sollte bald deutlich werden. In jenem Herbst des Jahres 89 v. Chr. befand sich das römische Volk bei seiner Vorausschau der Zukunft in einer Phase des kollektiven Wahnsinns. Ein furchtbarer Krieg näherte sich seinem Ende, aber trotz des Sieges herrschte ein Klima böser Vorahnungen. Ein weiteres Mal schienen die Götter durch seltsame Vorzeichen den Untergang der Republik anzukündigen. Das geheimnisvollste dieser Zeichen war der Schall einer Posaune, der aus heiterem, wolkenlosem Himmel erklang. Ihr Klang war so markerschütternd, dass alle, die ihn hörten, halbverrückt vor Furcht wurden. Die Auguren konsultierten hastig ihre Bücher. Sie fanden dabei zu ihrem Entsetzen heraus, dass die Bedeutung eines solchen Wunders wenig Raum für Zweifel ließ: Eine große Erschütterung der Ordnung der Dinge stand bevor. Ein Zeitalter würde vorübergehen, ein neues würde heranbrechen, und in dieser schicksalhaften Revolution sollte die Welt vergehen.

3 GLÜCK BEI DEN FRAUEN

Die Rivalen

In den neunziger Jahren war Marius gegangen und hatte Grundbesitz an der Küste bei Neapel erworben. Das hatten natürlich die meisten der ganz reichen Römer schon vorher getan, aber die Investition von Marius in einer Gegend, die für ihre Trägheit und Verweichlichung bekannt war, hatte besonderes Kopfschütteln hervorgerufen. Der große Feldherr hatte sich einen Spitzenplatz direkt am Südufer des Lucrinischen Sees ausgesucht, wo seine Villa nicht nur in bequemer Nähe der Austernbänke des Orata lag, sondern auch unweit der Schwefelbäder von Baiae. Der perfekte Altersruhesitz mit anderen Worten, und als solcher eine Katastrophe in Sachen Public Relations. Meeresfrüchte und Badeorte waren keine Attribute, die die Römer gern mit ihren Kriegshelden in Verbindung brachten. Die Satiriker hatten Hochkonjunktur. Der Mann aus Stahl, spotteten sie, war weich geworden ... und dick und behäbig. Aber dieser Spott war unangebracht. Erst einmal waren die Gewichtsprobleme des Marius gewöhnlicher Klatsch, denn der alte General war weit davon entfernt, sich an seinem Schwimmbad auszuruhen, sondern er wollte sehr wohl weiter im öffentlichen Blickfeld bleiben. Rom war die einzig denkbare Bühne für einen Mann seines Ruhmes, und Marius hegte nicht die geringste Absicht, sich zurückzuziehen. Ironischerweise konnte man das an der Architektur der infrage stehenden Villa selbst ablesen. Sie war auf einem natürlichen Vorgebirge errichtet und in Grundriss und Lage einem Legionslager nachempfunden, wodurch sie große Begeisterung für hartnäckige Verteidigung verriet – schon immer das Markenzeichen der Kriegführung des Hausherrn. Indem sie militärische Tugenden mit überwältigender Pracht verband, war diese Architektur in der Tat der vollkommene Ausdruck der Selbstauffassung des großen Feldherrn. Einer seiner früheren Offiziere, der die Villa besichtigte, konnte nur mit bedauernder Zustimmung erklären, dass alle anderen im Vergleich zu seinem früheren Befehlshaber blind seien. Im Sommer des Jahres 89 v. Chr. hatte dieser Offizier allen Grund, die Eigenschaften zu schätzen, die ein erstklassiges Militärlager ausmachten. Weiter unterhalb der Villa des Marius an der Küste standen Rauchschwaden über den Obstgärten und Weinbergen Kampaniens, als Lucius Cornelius Sulla, der an der Spitze eines gewaltigen Heeres von dreizehn Legionen stand, die von den Rebellen besetzten Städte in der Ebene einschloss und eine nach der anderen zur Aufgabe zwang. Das war keine Anfängerarbeit mehr für Sulla. Eine Karriere, die von dem Bemühen gekennzeichnet war, aus dem Schatten des Marius herauszutreten, hatte ihm vielmehr bereits den Ruf eines der fähigsten Offiziere in diesem Krieg eingebracht. Doch obwohl die Rivalität zwischen den beiden Männern, dem alten General und dem ehrgeizigen Schützling, längst in bittere Gegnerschaft umgeschlagen war, beging Sulla niemals den Fehler, seinen früheren Befehlshaber zu unterschätzen. Wo andere in der Villa des Marius Anzeichen für kraftlose Entartung sahen, fand Sulla Anregung. Es war nicht allein der Umstand, dass die Lage der Villa als eine Lektion in der Kunst der Verteidigung dienen konnte. An einem Küstenstrich, an dem sich die Erholungsstätten der Oberschicht eine nach der anderen aufreihten, stach die Großartigkeit von Marius' Besitz hervor.

Die traditionelle römische Moral mochte gegen derart luxuriösen Aufwand stehen, aber sie förderte doch auch den Wettbewerb als das wesentliche Element des Lebens. Schließlich war es das verzweifelte Streben seiner Klienten nach Statussymbolen, das Orata einen so durchschlagenden Erfolg verschafft hatte. Kein Römer konnte es sich leisten, das Gesicht zu verlieren, noch nicht einmal wenn es darum ging, ein Schwimmbad einbauen zu lassen. Für die Nobilität war eine Villa nicht so sehr als Feriendomizil von Bedeutung, sondern vor allem als öffentliche Demonstration der Großartigkeit und hohen Geburt ihres Eigentümers. Und doch war Marius ein Mann aus der Provinz. Seine Familie hatte keinen langen Stammbaum, seine Manieren waren nicht geschliffen. Er hatte sein Ansehen allein durch handfeste Fähigkeit erworben. Wenn seine Villa hoch über jenen der Aristokratie stand, war sie ein umso deutlicheres Symbol für den Status, den ein Außenseiter in der Römischen Republik gewinnen konnte.

Und der Status des Marius war unbestreitbar. Er hatte nicht nur die Wahlen für fast jedes mögliche Amt gewonnen, und das in vielen Fällen mehrmals hintereinander, sondern er hatte sich sogar mit einer echten Angehörigen der Familie der Julier verheiratet – einer Patrizierin, die trotz des Abstiegs ihrer Familie noch immer stolz darauf war, es zu sein. So kam es, dass ein Niemand aus Arpinum von sich sagen konnte, dass er das Bett mit einer Frau teilte, die von der Göttin der Liebe abstammte. Natürlich trug nichts von alldem dazu bei, die Popularität des Mannes beim Establishment zu erhöhen. Dennoch war Marius ein Vorbild, dem Sulla, der doch selbst Patrizier war, bereitwillig oder sogar mit größtem Eifer nachahmen sollte. Denn auch Sullas Karriere war ein Kampf gegen die Umstände seiner Herkunft gewesen. Trotz seiner hohen Geburt hatte ihm sein Vater fast nichts hinterlassen, und seine ganze Jugend hindurch waren Sullas Mittel im Vergleich zu seinen Ansprüchen geradezu erniedrigend unangemessen gewesen. Er war nach und nach in einer Welt schäbiger Unterkünfte und noch schäbigerer Gesellschaft versunken: Seine Gefährten waren Schauspieler, Prostituierte und Transvestiten, denen er sein ganzes Leben hindurch zum höchsten Entsetzen seiner Standesgenossen eine rührende Treue bewahrte.

Sulla schätzte die Halbwelt selbst dann noch, als er ihr wieder zu entrinnen suchte; und er sollte seine Vorliebe für diesen Sumpf niemals verlieren. Er war ein hartgesottener Trinker und Zotenreißer und vereinte in sich die Widerstandskraft eines Nachtschwärmers mit dem natürlichen Talent eines Gigolos. Sulla war ebenso attraktiv wie charmant, mit stechenden blauen Augen und blondem Haar, das fast schon rötlich war. Am Ende war es tatsächlich sein Sexappeal, der ihn aus dem Sumpf der Unterwelt befreit hatte, denn eine der bestbezahlten Kurtisanen Roms war so von ihm besessen, dass sie ihm testamentarisch ihren gesamten Besitz vermachte. Ungefähr zur selben Zeit war auch Sullas Stiefmutter gestorben, die ihn ebenfalls als Alleinerben eingesetzt hatte. Erst mit dreißig, als die meisten Angehörigen der Nobilität bereits Jahre darauf verwendet hatten, die rutschige Karriereleiter zu erklimmen, hatte Sulla endlich die notwendigen Mittel zur Verfügung, um seine politische Laufbahn zu beginnen. Von diesem Zeitpunkt an hatte er mit seltenem Geschick Prestige gesucht und gefunden. Seine Begabung war vielleicht ungewöhnlich, aber nicht sein Ehrgeiz, denn in Rom galt ein Mann schließlich wenig ohne den Ruhm, der von glorreichen Taten herrührte. Ob er nun im Krieg oder durch politische Tätigkeit gewonnen war, die Belohnung war stets die Möglichkeit, immer größere Leistungen zu vollbringen und immer größere Bekanntheit zu erlangen. Und am Ende dieses unaufhörlichen Rennens stand als Höhepunkt ein Ziel, dem sich Sulla nun näherte: Ihm winkte der höchste Preis – das Konsulat, das noch vier Jahrhunderte nach seiner Einführung ein Amt von königlichem Zuschnitt war. Wenn Sulla nur die Wahl in dieses Amt gewinnen konnte, würde seine Autorität durch den äußeren Pomp und die Macht der einstigen Könige bestätigt werden. Er würde nicht nur die mit dem königlichen Purpur verzierte Toga und einen besonderen Thron bekommen; er würde auch von den Liktoren begleitet, einer Leibwache von zwölf Männern, die jeder das Rutenbündel der *fasces* geschultert hatten, das am meisten gefürchtete aller Attribute der Monarchie. Die Liktoren waren mit anderen Worten eine Eskorte, die jedermann hinreichend davon überzeugte, dass man an der Spitze angekommen war. Nur sollte ein Konsul nicht sehr lange dort verweilen, schließlich war er kein Tyrann. Seine *fasces* sollten nicht ein Zeichen der Unterdrückung sein, sondern einer in Freiheit vom Volk übertragenen Autorität. Die Magistrate der Römischen Republik waren den Launen der Wähler unterworfen, ihre Macht beschränkte sich auf den Zeitraum eines Jahres und ihnen standen im Amt gleichberechtigte Kollegen zur Seite. Damit hatten sie kaum eine andere Möglichkeit, als im Amt aufs Peinlichste die Regeln angemessenen Verhaltens zu beachten. Wie brennend der Ehrgeiz eines Bürgers auch war, nur selten brach einer aus und überschritt die Grenzen des Respekts für die Tradition.

Was die Republik einerseits förderte, suchte sie andererseits auch zu hemmen. Und so war es immer gewesen. Selten gab es jemanden, der hoch hinausgekommen war und nicht gleichzeitig vom Sinn für Zurückhaltung gebremst wurde. Die Ideale der Republik dienten dazu, den von ihr selbst entfachten Appetit zu zügeln. Als Folge konnte das Schicksal eines Römers, der die Süße des Ruhmes gekostet hatte, häufig in einer verzehrenden Ruhelosigkeit und der nagenden, unstillbaren Gier eines Süchtigen enden. So war es möglich, dass Marius sogar noch im Alter von über sechzig Jahren und mit zahllosen Ehrentiteln davon träumte, seine Konkurrenten um das Kommando im Krieg gegen Mithridates aus dem Feld zu schlagen. Und so war es auch möglich, dass Sulla, selbst wenn er das Konsulat gewinnen sollte, doch immer weiter von dem Vorbild seines alten Befehlshabers verfolgt wurde.

So wie die Villa des Marius alle anderen an der Küste Kampaniens in den Schatten stellte, so übertraf sein Prestige das jedes anderen gewesenen Konsuls. Die meisten Männer wurden durch Tradition und persönliche Möglichkeiten darauf beschränkt, einmal in ihrem Leben das Konsulat zu bekleiden. Marius hatte das Amt beispiellose sechs Mal innegehabt. Er erzählte gern, dass ein Wahrsager ihm ein siebentes Konsulat versprochen hatte. Da war es kein Wunder, dass Sulla ihn aufs Tiefste verabscheute. Er hasste ihn und träumte davon, dieselbe Größe zu erringen wie er.

Das Undenkbare denken

Spätherbst des Jahres 89 v. Chr.: Es war die Zeit der Wahlen. Sulla verließ sein Heer und machte sich in den Norden nach Rom auf. Der frisch glänzende Ruhm seiner letzten Taten begleitete ihn. Zunächst hatte Sulla die Kapitulation aller von den Rebellen gehaltenen Städte Kampaniens erzwungen, bis nur noch Nola mit seinen verstärkten Befestigungen trotzte. Ohne Rücksicht auf die Bedrohung, die er in seinem Rücken auslöste, hatte Sulla als Nächstes einen Dolchstoß direkt in das Herz des Hinterlands der Rebellen unternommen. Als er in Samnium einfiel, konnte er späte Rache für die Forca Caudina nehmen, indem er das samnitische Heer in einer Bergschlucht einschloss. Nachdem Sulla die Gegner völlig vernichtet hatte, marschierte er auf die Hauptstadt der Rebellen und stürmte in einem brutalen dreistündigen Angriff gegen ihre Mauern. Auch wenn sich in Nola und einigen anderen vereinzelten Orten der Widerstand noch hielt, hatte Sulla den Aufstand doch erfolgreich und auf Dauer beendet. Die Leistung sprach für sich und sie kam umso gelegener, als im selben Jahr die Konkurrenz bei den Wahlen besonders hart war. Das Konsulat galt zwar bereits als höchste Ehre, aber es wurde allen doch zunehmend klar, dass es im Jahr 88 v. Chr. als Sprungbrett für einen noch verlockenderen Posten dienen konnte: das Kommando im Krieg gegen Mithridates – eine Aufgabe, die nicht nur Ehre, sondern auch fantastischen Gewinn versprach; ganz abgesehen von dem Vergnügen, Marius abgeschlagen hinter sich zu lassen. Es war kein Wunder, dass Sulla diesen Posten so verzweifelt für sich anstrebte. Und was er für sich wollte, bekam er zunehmend auch: Zuerst verhalf ihm seine Aura des Eroberers von Samnium zum Konsulat; dann, nur wenige Wochen später, die noch süßere Genugtuung: Sulla wurde im Kommando gegen Mithridates bestätigt. Das war ein Triumph für ihn und eine Niederlage für Marius. Die Öffentlichkeit zeigte wenig Sympathie für ihren früheren Favoriten – nur einer der grausamen Widersprüche der römischen Gesellschaft: Dieselben Moralprediger, die alte Männer davor warnten, das Alter müsse »sich vor nichts mehr hüten, als sich der Lässigkeit und der Untätigkeit zu ergeben«[1], sollten sich auch heftig über sie lustig machen, wenn sie nicht in Würden alt werden wollten. Als der neu gewählte Konsul in seinem Drang, den Krieg in Italien zu beenden, bevor er sich in den Osten begab, eilends zur Belagerung Nolas zurückkehrte, riet man Marius, doch auch nach Kampanien zu gehen. Schließlich war es für ihn, wie die Satiriker bemerkten, dank Sullas nun völlig sicher, sich in seiner Villa aufzuhalten. Statt sich in Rom zum Gespött zu machen – warum beugte sich Marius nicht einfach dem Unvermeidlichen, zog sich an den Golf von Neapel zurück und schlürfte dort so viele Austern, wie er mochte? Marius antwortete auf diese Frage mit dem Beginn eines in aller Öffentlichkeit abgehaltenen Trainings. Jeden Tag übte er sich bis an die Grenze seiner Leistungskraft im Laufen, Reiten, Speerwerfen und Fechten. Es dauerte nicht lange, bis die Menschen zusammenliefen, um ihm zuzusehen, ihn anzufeuern und zu bestaunen. Zugleich begann Marius auch nach politischer Unterstützung Ausschau zu halten. Was er brauchte, war natürlich ein Mann, der dem Volk ein Gesetz vorschlagen konnte, das das Kommando Sullas gegen Mithridates auf ihn selbst übertrug. Das hieß im Klartext, dass er einen Volkstribunen brauchte. Er fand ihn in Publius Sulpicius Rufus, einem Mann, der von der späteren Propaganda als »voll Grausamkeit, Frechheit und von einer Habsucht, die vor keiner Schlechtigkeit und Gemeinheit zurückschreckte«[2], geschildert wurde. Das ist eine ausführliche Beschreibung, von der man meinen sollte, dass sie sehr wahrscheinlich von Sulla selbst stammt. Was immer er sonst noch gewesen sein mag, Sulpicius war jedenfalls kein Mann ohne Prinzipien. Echte Anliegen bedeuteten ihm etwas, selbst wenn sie zu zerstörerischen Konflikten führten. In keinem Bereich hatte sich sein persönlicher Einsatz besser gezeigt als in seinem lebenslangen Eintreten für die Rechte der Italiker, die selbst nach der Gewährung des vollen Bürgerrechts noch einer kraftvollen Verteidigung bedurften. In der Befürchtung, dass konservative Senatsmitglieder insgeheim planten, die Gewährung des Bürgerrechts zu verwässern, hatte Sulpicius ein Gesetzeswerk entworfen, um ein faires Vorgehen zu sichern, hatte um die Zustimmung der Konsuln geworben und seinen Gesetzentwurf dann dem Volk vorgelegt.

Zu seiner Wut hatten die beiden Konsuln Sulla und Pompeius Rufus, die sich nach Meinung von Sulpicius unterstützend für seinen Vorschlag geäußert hatten, es dennoch vorgezogen, sich gegen das Gesetz auszusprechen und damit seine Ablehnung zu besiegeln. Sulpicius blieb ein bitterer Nachgeschmack von Verrat. Bis zu diesem Vorfall hatte er Rufus für seinen intimen Freund gehalten; jetzt schwor er Rache und suchte nach neuen Allianzen.

Genau zu diesem Zeitpunkt kam Marius auf ihn zu. Der General und der Volkstribun schlossen schnell einen diskreten Pakt miteinander. Marius erklärte sich bereit, die Gesetzesvorlage des Sulpicius zu unterstützen, während Sulpicius versprach, die Übertragung von Sullas Kommando auf Marius vorzuschlagen. Derart gestärkt ging Sulpicius daran, sein Gesetz erneut vorzulegen. Zugleich gingen seine Anhänger auf die Straße und die Stadt war in Aufruhr. Die Nachricht von den Unruhen wurde Sulla in seinem Lager vor Nola überbracht. Er war alarmiert und begab sich in aller Eile zurück nach Rom. Nach seiner Ankunft hielt er geheimen Kriegsrat mit Pompeius Rufus, aber Sulpicius bekam Wind davon und rückte mit einer Bande Schwergewichtler an, um das Zusammentreffen zu stören. In der folgenden Auseinandersetzung wurde der Sohn des Rufus ermordet, Rufus selbst entkam nur knapp lebend und Sulla war zu seiner eigenen Schande gezwungen, im Haus des Marius Zuflucht vor der wütenden Volksmenge zu suchen. Schlimmere Demütigungen sollten folgen.

Obwohl er Konsul war, stand Sulla den Forderungen des Sulpicius nun machtlos gegenüber, denn es waren die Banden des Volkstribunen, die Rom beherrschten, und nicht die *fasces.* Er war gezwungen zuzustimmen, dass die pro-italischen Gesetze verabschiedet wurden und dass Rufus als Strafe für seinen Verrat das Konsulat verlor. Man scheint Sulla dafür nichts weiter angeboten zu haben als das Zugeständnis, im Amt bleiben und zur Belagerung Nolas zurückkehren zu dürfen. Zu diesem Zeitpunkt war von dem Kommando gegen Mithridates nicht die Rede. Sulla hatte keinen Grund, daran zu zweifeln, dass wenigstens seine diesbezügliche Bestallung unangetastet blieb.

Nach der Rückkehr in sein Lager, wo seine Amtsinsignien doch weiter mit prachtvollem und Furcht erregendem Pomp zur Schau gestellt waren, konnte er dennoch kaum umhin, bittere Überlegungen darüber anzustellen, wie weit und mit welch Besorgnis erregender Schnelligkeit sich ein Graben zwischen der Zurschaustellung und der Substanz seiner Macht aufgetan hatte. So groß war der Schaden, den Sullas Prestige erlitten hatte, dass nur ein triumphaler Sieg im Osten ihn wettmachen konnte. Andernfalls drohte sein Konsulat zum Ende seiner Karriere zu werden, statt ihn mit Ruhm zu bedecken. Für Sulla war also das Risiko wie schon für Marius gefährlich angewachsen, nur dass Sulla, anders als Marius, noch nicht wusste, wie hoch der Einsatz noch werden sollte.

Dann ritt auf der Straße nach Nola ein weiterer Bote in gestrecktem Galopp und staubbedeckt aus Rom heran. Als er bei den Belagerungsgräben angekommen war, führte man ihn vor den Konsul. Es war einer von Marius' Stabsoffizieren, und Sulla brauchte ihn nur zu sehen, um zu wissen, dass er schlechte Nachrichten brachte. Aber es war dann doch ein Schock, wie schlecht diese Nachrichten waren. Es habe einen Volksbeschluss gegeben, teilte man Sulla mit. Sulpicius habe den Antrag gestellt, der vom Volk gebilligt worden sei und Gesetzeskraft erlangt habe. Nach den Bestimmungen sei Sulla seines Kommandos gegen Mithridates enthoben. An seine Stelle sei natürlich Marius getreten. Der Stabsoffizier war gekommen, um das Kommando von Sulla zu übernehmen. Sulpicius hatte seine Schuld eingelöst. Sulla zog sich zunächst völlig entgeistert und dann mit wachsender Wut in sein Zelt zurück. Dort stellte er schnell eine Rechnung auf. Er hatte sechs Legionen bei sich in Nola. Fünf davon waren für den Krieg gegen Mithridates bestimmt und eine für die Fortsetzung der Belagerung – alles in allem dreißigtausend Mann. Das war zwar eine wesentlich geringere Zahl an Soldaten als die, die er im letzten Sommer befehligt hatte, aber sie stellten doch immer noch eine bedrohliche Konzentration an Kampfkraft dar. Nur die Legionen des Pompeius Strabo, die damit beschäftigt waren, am anderen Ende Italiens unter den Rebellen aufzuräumen, konnten hoffen, gegen sie aufzukommen. Marius in Rom hingegen hatte keine einzige Legion unter sich. Die Rechnung war einfach. Warum also hatte Marius sie nicht aufgemacht, und wie konnte ein so bewährter Stratege darauf verfallen sein, seinen großen Rivalen in die Ecke zu drängen, wenn der dort sechs kampferfahrene Legionen zur direkten Verfügung hatte? Offenbar war Marius die Möglichkeit, dass Sulla kämpfend ausbrechen würde, nicht einmal im Entferntesten in den Sinn gekommen. Weil es schlicht undenkbar war. Ein römisches Heer war schließlich keine private Miliz im Dienst des Generals, der es kommandierte, sondern die Verkörperung der Republik im Krieg. Es schuldete demjenigen Loyalität, der aufgrund des geordneten und verfassungsgemäßen Verfahrens zu seinem Kommandeur bestellt worden war. So war es immer gewesen, solange die Bürger der Republik in den Krieg gezogen waren, und Marius hatte nicht den geringsten Grund zu meinen, dass die Dinge sich vielleicht geändert hatten. Aber Sulla hatte Grund: Der Hass auf seinen Rivalen und die Wut über die Enttäuschung seiner ehrgeizigen Hoffnungen sowie der tiefe Glaube an die Berechtigung seines Anliegens halfen ihm, eine einzigartig kühne und schreckliche Möglichkeit zu erwägen. Kein Bürger hatte je Legionen gegen die eigene Stadt geführt. Als Erster einen so unerhörten Schritt zu wagen und eine so lange Tradition gröblich zu verletzen, hätte eigentlich eine Verantwortung sein sollen, die jenseits aller Fassungskraft eines Römers lag. Dennoch scheint Sulla nicht gezögert und nicht die leiseste Hemmung gezeigt zu haben. Die erfolgreichsten seiner Unternehmungen, sollte er später behaupten, seien nicht das Ergebnis einer sorgfältigen Abwägung der Chancen gewesen, sondern plötzliche Eingebungen. Solche Eingebungen waren nach Auffassung Sullas von den Göttern gesandt. Zwar war er ein skrupelloser Zyniker, aber doch genauso ein ungewöhnlich religiöser Mensch. Sulla glaubte mit unerschütterlicher Überzeugung, dass eine Göttin ihn beschütze; sie sei eine große Göttin und mächtiger als alle anderen Götter, die sich durch seine Taten beleidigt fühlen mochten. Was immer er tat, so hoch er auch hinauswollte, Sulla konnte sich immer des Schutzes der Göttin Venus sicher sein – sie, die ihren Schützlingen Attraktivität und Glück gewährte. Wie sonst sollte man schließlich seinen außerordentlichen Aufstieg erklären? Als ein Mann, der großen Wert auf Loyalität legte, hatte er nie vergessen, dass er all seinen Erfolg den zwei Frauen schuldete, die ihm ihr Vermögen hinterlassen hatten. Hatte das Einfluss darauf, wie er seine Verbindung mit Venus sah? Sah er in ihr eine andere Frau, die verführt und verehrt werden musste zum Ausgleich für all das, was sie geben konnte? Mit Sicherheit hat Sulla stets seinen Charme als Waffe eingesetzt, um Politiker und Soldaten oder auch Huren zu beeindrucken. Ganz besonders begabt war er dafür, die gewöhnlichen Legionäre auf seine Seite zu ziehen. Er sprach ihre Sprache und lachte über ihre Witze, und er erwarb sich schnell den Ruf eines Offiziers, der bereit war, seinen Männern einen Gefallen zu tun. Wenn man dazu noch seinen entsprechenden Ruf besonderen Glücks in Betracht zog, der sich über die Jahre durch eine Folge militärischer Siege und gewagter persönlicher Eskapaden aufgebaut hatte, konnte seine Popularität bei seinen Truppen kaum überraschen. Doch vielen war an Sullas Charme etwas unheimlich. Man konnte es an seiner Physiognomie ablesen. Denn so gut aussehend er auch war, er hatte eine hektisch gerötete Gesichtsfarbe, und wurde er zornig, zeigten sich dort überall mysteriöse weiße Flecken. Die medizinische Fachmeinung erklärte diese entstellende Erscheinung als Folge sexueller Perversion, und das war eine Diagnose, die man auch für eine Bestätigung des hartnäckigen Gerüchts ansah, dass Sulla ein Hoden fehlte.

Die zweifelhafte Qualität solcher Gerüchte hatte ihn immer geärgert. Als Sulla in seinen ersten Feldzug geschickt wurde, hatte sich Marius, sein Befehlshaber, mit Missbilligung über den unseriösen Ruf seines neuen Offiziers geäußert. Sehr viel später, als Sulla längst seine militärischen Fähigkeiten unter Beweis gestellt hatte und sich einem Angehörigen der Nobilität gegenüber mit geringeren Leistungen, aber einer besseren Abstammung brüstete, sollte sein Gesprächspartner nur entgegnen, dass irgendetwas wohl nicht stimmen könne mit einem Mann, der so großen Reichtum angehäuft habe, obwohl ihm sein Vater nichts hinterlassen hatte.

Derartige Besorgnisse über die Triumphe Sullas wurden zu beharrlich zum Ausdruck gebracht, als dass man sie als einfachen Snobismus oder nur als Eifersucht hätte abtun können. Seine großen Siege gegen die Samniten etwa hatten es erfordert, dass er Legionen der Kontrolle ihrer legitimen Befehlshaber entzog und in einem berüchtigten Fall sogar vor einer Mordtat die Augen verschloss.* Wenigstens scheint es, dass Sullas Truppen, nachdem sie erst einmal einen Offizier totgeschlagen hatten, Gefallen daran fanden, aufmüpfige Legaten ins Jenseits zu befördern. Als Sulla sie zu einer Versammlung auf dem Exerzierplatz zusammenrief und ihnen die Nachricht mitteilte, die er aus Rom erhalten hatte, wandten sie sich sofort gegen den Abgesandten des Marius und steinigten ihn zu Tode. Unaufgefordert verlangten sie dann lautstark, Sulla solle sie gegen die Hauptstadt führen, und der gab ihrem Wunsch bereitwilligst nach. Seine Offiziere waren über dieses Vorhaben so entsetzt, dass alle bis auf einen ihren Abschied einreichten, aber Sulla wusste, dass er die Grenzen bereits überschritten hatte und dass es kein Zurück mehr gab. Er ließ eine einzige Legion zurück, um die Belagerung Nolas fortzusetzen, und zog in Richtung Norden. Die Nachricht von seinem Anmarsch stieß in Rom auf Unglauben. Einige, wie der abgesetzte Konsul Pompeius Rufus, begrüßten die Neuigkeit und eilten ihm entgegen, um sich ihm anzuschließen, aber die meisten reagierten mit Entsetzen und Verzweiflung. Hastig wurden Gesandtschaften ausgeschickt, die versuchen sollten, Sulla zur Umkehr zu bewegen, aber er sollte auf jede Vorhaltung nur gelassen entgegnen, er marschiere auf Rom, weil er die Römer »von ihren Tyrannen befreien« wolle.[3] Marius und Sulpicius, die nur zu genau wussten, gegen wen sich diese Drohungen richteten, suchten verzweifelt Zeit zu gewinnen. Als Sulla sich der Umgebung Roms näherte, schickten sie eine letzte Gesandtschaft mit dem Versprechen, dass der Senat zusammentreten werde, um den Gegenstand seiner Klagen zu erörtern, und dass sie selbst an der Sitzung teilnehmen und sich durch die gefällten Entscheidungen gebunden fühlen würden. Als einzige Gegenleistung verlangten sie, dass Sulla sein Lager fünf Meilen vor

* In den ersten Monaten des Jahres 89 v. Chr. hatte der besonders hartnäckige Widerstand während der Belagerung Pompejis die Truppen dazu veranlasst, ihren Kommandeur des Verrats zu verdächtigen und an ihm Justiz zu üben. Als Sulla heraneilte, um nach dem Mord an dem Offizier die Kontrolle über die Belagerung zu übernehmen, vermied er es in auffälliger Weise, die Meuterer zu bestrafen, und es lief sogar das Gerücht um, er habe das Verbrechen selbst inspiriert. Es ist bezeichnend für Sullas zweifelhaften Ruf, dass eine solche Geschichte nicht nur Glauben finden konnte, sondern offenbar auch seine Beliebtheit noch erhöhte.

der heiligen Grenze der Stadt Rom aufschlagen solle. Jedermann wusste, dass die Überschreitung dieser Grenze eine Geste von beängstigender und schrecklicher Bedeutung sein würde. Rom war von der Gegenwart der Götter durchdrungen, aber es gab nur wenige Räume, die heiliger waren als das *pomerium*, die alte Grenze der von Romulus mit dem Pflug gezogenen Furche, die seit der Zeit der Könige nicht angetastet worden war. Sie bewaffnet zu überschreiten war jedem Bürger strengstens verboten: Innerhalb des Pomeriums herrschte Jupiter, der Beschützer der Stadt und Garant ihres inneren Friedens. Er war ein Gott, den zu erzürnen Verderben brachte, und so mochten die Abgesandten des Marius dem Sulla tatsächlich geglaubt haben, als er sagte, dass er dessen Bedingungen annahm.

Aber Sulla hatte sie getäuscht: Sobald die Gesandten sich auf den Rückweg nach Rom machten, befahl er seinen Legionen, ihnen zu folgen und in getrennten Gruppen vorzurücken, um drei der Stadttore zu besetzen. So mächtig Jupiter auch war, Sulla verließ sich weiter auf die Glücksgöttin Venus, die, wie er meinte, ebenso mächtig war. Als die Legionäre das Pomerium überschritten und durch die engen Straßen vorrückten, hießen ihre Mitbürger sie mit einem Hagel von Dachziegeln willkommen. Die Gewalt dieses Gegenangriffs war so groß, dass die Soldaten für einen Augenblick zurückwichen, bis Sulla den Befehl gab, brennende Pfeile auf die Dächer zu schießen. Während die Flammen züngelten und sich entlang der Hauptstraßen ausbreiteten, ritt Sulla selbst über die wichtigste Straße, die Via Sacra, direkt in das Zentrum Roms. Marius und Sulpicius waren nach einem vergeblichen Versuch, die Sklaven der Stadt zu mobilisieren, bereits geflohen. Überall besetzten gepanzerte Soldaten neue Wachposten. Man trug Schwert und Rüstung auf den Stufen des Senats. Das Undenkbare war geschehen. Ein General hatte sich zum Herren Roms gemacht. Das war ein bedrohlicher und unheilschwangerer Moment. Spätere Generationen sollten aus der Rückschau darin jenen großen Wendepunkt erkennen, vor dem die Auguren gewarnt hatten: das Ende einer alten und der Beginn einer neuen Zeit. Sicherlich war man mit dem Marsch eines römischen Heeres auf Rom an einem Scheideweg angelangt. Die Republik hatte in gewisser Weise ihre Unschuld verloren. Ihr Lebenselixier war immer der Wettbewerb um Ehre und Anerkennung gewesen, aber jetzt machte sich ein tödliches Element breit, und die Existenz dieses schleichenden Giftes konnte man nicht ohne weiteres übersehen. Die Niederlagen bei Wahlen oder in einem Prozess vor Gericht oder auch in einer Senatsdebatte waren bis dahin das Schlimmste gewesen, was ein Bürger allenfalls zu befürchten hatte. Aber Sulla trieb in seiner Verfolgung des Marius Rivalität und persönlichen Hass auf einen neuen und extremen Höhepunkt. Von nun an sollte der Gedanke an dieses Beispiel jeden ehrgeizigen Bürger verfolgen und sowohl als Versuchung wie als Befürchtung quälen. Natürlich war Sulla, nachdem er diesen schicksalhaften Schritt nun einmal gewagt hatte, aufs Äußerste erpicht, seinen Vorteil auszunutzen. Er rief den Senat zusammen und forderte, seine Gegner als Staatsfeinde zu brandmarken. Dieser starrte mit einem Auge gebannt auf Sullas Wachen und gehorchte in aller Eile. So wurde die Ächtung über Marius, Sulpicius und zehn ihrer Anhänger ausgesprochen, darunter der junge Sohn des Marius. Sulpicius wurde von einem Sklaven verraten, aufgespürt und ermordet, die anderen Verurteilten entkamen. Marius selbst erreichte nach einer Reihe von haarsträubenden Abenteuern, bei denen er sich in einem Flussbett versteckte und gedungenen Mördern trotzte, die relative Sicherheit Afrikas.

In dieser Hinsicht war das Spiel Sullas fehlgeschlagen: Die Schlange war nur bewegungsunfähig. Marius hatte überlebt, um eines Tages wieder zum Kampf anzutreten. Aber obwohl Sulla enttäuscht war, war er doch nicht beunruhigt. Die Verurteilung seines Erzrivalen war mehr gewesen als nur die Befriedigung persönlicher Rache. Er hatte beabsichtigt, damit auch eine andere Botschaft zu vermitteln: Indem er sein eigenes Anliegen mit dem Interesse der Republik gleichsetzte, hoffte er, seinen Marsch auf Rom in einen Akt zu dessen Verteidigung zu verwandeln. Auch wenn er fünf Legionen hinter sich hatte, blieb doch Legitimität für Sulla wichtiger als jeder Einsatz nackter Gewalt. Als ein ehrwürdiger Senator ihm während der Debatte über die Ächtung ins Gesicht sagte, dass ein bedeutender Mann wie Marius niemals zum Staatsfeind erklärt werden dürfe, akzeptierte Sulla das Recht des alten Mannes auf eine abweichende Meinung ohne Murren. Wann immer er konnte, zeigte er denselben Respekt vor den Empfindlichkeiten seiner Mitbürger. Er war weit davon entfernt, den militärischen Despoten spielen zu wollen, und zog es vor, sich als Verteidiger der Verfassung zu zeigen. Das war nicht einfach Verstellung. Wenn Sulla ein Revolutionär war, so war er das doch überwiegend im Interesse des status quo. In seiner Abneigung gegen jeden Versuch der Erneuerung ließ er die gesamte Gesetzgebung des Sulpicius für ungültig erklären. An ihrer Stelle brachte er eigene Gesetze ein, die darauf abzielten, die traditionelle Vorherrschaft des Senats zu verteidigen. Trotz seiner Abneigung gegenüber seinem, wie man sagen könnte, Starverteidiger konnte der Senat kaum gegen derartige Maßnahmen sein. Dennoch befand sich Sulla in einem Dilemma. Er brannte darauf, Italien zum Krieg gegen Mithridates zu verlassen, hatte aber doch Angst davor, was in seiner Abwesenheit geschehen könnte, und wusste, dass es überlebenswichtig für ihn war, Anhänger an den Schaltstellen der Macht zurückzulassen. Einerseits zu offensichtlich in die Wahlen des Jahres einzugreifen und andererseits ernsthaft den Anspruch zu erheben, die Vorherrschaft des Rechtes zu verkörpern, wäre indes lächerlich erschienen. Nach Lage der Dinge musste er die Demütigung auf sich nehmen, dass seine Gefolgsleute keines der beiden Konsulate erringen konnten. Zwar war einer der beiden erfolgreichen Kandidaten, Gnaeus Octavius, ein eingefleischter Konservativer wie er selbst, aber der andere, Cornelius Cinna, war so weit gegangen, ihn mit gerichtlicher Verfolgung zu bedrohen. Unter den herrschenden Umständen trug Sulla seine Niederlage mit so viel Anstand, wie er aufzubieten in der Lage war.

Doch bevor er den Amtsantritt der neuen Konsuln zuließ, verlangte er von ihnen, auf dem heiligen Hügel des Kapitols einen öffentlichen Eid zu schwören, dass sie seine Gesetzgebung nie rückgängig machen würden. Octavius und Cinna wollten natürlich ihr Glück nicht auf die Probe stellen und stimmten zu. Als er den Eid schwor, nahm Cinna einen Stein vom Boden auf und warf ihn fort, und dabei erklärte er vor der Öffentlichkeit, dass er genauso aus Rom herausgeworfen werden sollte, wenn er sein Versprechen gegenüber Sulla nicht halten würde. Und damit musste Sulla sich zufrieden geben. Doch bevor er von Italien nach Griechenland übersetzte, traf er noch eine letzte Maßnahme. In dem Bestreben, zugleich einen treuen Gefolgsmann zu belohnen und seine eigene Sicherheit zu gewährleisten, veranlasste er die Übertragung des Kommandos über Strabos Legionen an Pompeius Rufus, seinen Kollegen im Konsulat des Jahres 88 v. Chr. Doch diese Maßnahme war keineswegs geeignet, die Sicherheit seines Freundes zu garantieren, sondern zeigte nur, wie blind Sulla im Hinblick auf die

Folgerungen war, die aus der Bereitschaft seiner Truppen, mit ihm gegen Rom zu marschieren, zu ziehen waren. Genau wie der Legat des Marius kam Rufus im Lager seines neuen Heeres mit einem Gesetzesbeschluss und sonst nichts in Händen an. Strabo hieß den Mann, der gekommen war, um seinen Platz einzunehmen, mit einer Höflichkeit willkommen, die nichts Gutes versprach. Er stellte Rufus den Truppen vor und verließ dann selbst das Lager, aus Dienstgründen, wie er sagte. Am nächsten Tag wollte Rufus den Antritt seines Kommandos durch die Abhaltung eines Opfers feiern. Eine Gruppe von Soldaten scharte sich am Altar um ihn, und als er das Opfermesser erhob, griffen sie ihn und streckten ihn nieder »wie ein Opfertier«.[4] Strabo, der Entsetzen vortäuschte, eilte ins Lager zurück, unternahm aber nichts gegen seine mörderischen Truppen. Es war unvermeidlich, dass dieselben Gerüchte, die Sulla unter ähnlichen Umständen einst hartnäckig verfolgt hatten, nun Strabo anhafteten. Nur wenige Leute hatten Zweifel daran, dass er selbst den Mord an seinem Nachfolger angeordnet hatte. Ein Konsul, der von seinen eigenen Soldaten abgeschlachtet wurde: Das Schicksal des Rufus mag als eine Bestätigung des düsteren Urteils einer späteren Generation erscheinen, dass nach dem Staatsstreich Sullas »die Gewalttäter nichts mehr hemmte, was Ehrfurcht vor Gesetzen, Verfassung oder Vaterland betraf«.[5] In Wahrheit belegte das Geschehen das Gegenteil. Weit davon entfernt, dem Mord an Rufus einen eigenen Staatsstreich folgen zu lassen, vermied es Strabo, sich durch ein wie auch immer geartetes Vorgehen festzulegen. Im Bewusstsein, dass das Gleichgewicht der Kräfte nach Sullas Abreise aus Italien nun von ihm abhing, verbrachte er das Jahr 87 v. Chr. damit, von einer Partei zur anderen zu gehen und seine Unterstützung meistbietend zu versteigern, wobei er immer überspanntere Forderungen stellte. So viel Gier und Winkelzüge dienten lediglich dazu, Strabos bereits verbreitete Unbeliebtheit zu erhöhen. Dann, gegen Jahresende, schlug die Rachegöttin zu. Strabo erlitt einen Aufsehen erregenden Tod, als ein Blitz in das Zelt einschlug, in dem er, an der Pest erkrankt, im Sterben lag. Später griff eine wütende Menge seinen Trauerzug an, zerrte seinen Leichnam aus dem Sarg und zog ihn durch den Schlamm. Ohne das Eingreifen eines Tribuns wäre er in Stücke gerissen worden. In einer Gesellschaft, in der das persönliche Ansehen das wichtigste Maß für den Wert eines Mannes war, bedeutete das Schicksal Strabos nach seinem Tod eine düstere

Warnung für jeden, der mit den Interessen des Staates spielen wollte. Aber noch nicht einmal Strabo, so habgierig er auch war und welch gute Gelegenheit sich ihm dafür auch bot, hatte je daran gedacht, eine Militärdiktatur anzustreben. Sullas Staatsstreich war ein Frevel, aber er war nicht, wie es scheint, tödlich für die Republik. Ihre Gesetze und Institutionen und die Liebe zu Rom hielten noch stand.

Und das war nur natürlich. Die Republik war in den Augen ihrer Bürger viel mehr als nur eine einfache Verfassung oder politische Ordnung, die man umstürzen oder abschaffen konnte. Durch die Tradition als die erhabenste aller römischen Wertvorstellungen geheiligt, hatte sie vielmehr einen geordneten Lebensrahmen für alle geliefert, die ihr angehörten. Bürger zu sein hieß zu wissen, dass man frei war: »Das römische Volk in Knechtschaft: das ist unerhört; die unsterblichen Götter haben ihm aufgetragen, über alle Länder zu gebieten.«* Diese Überzeugung durchdrang das Selbstverständnis eines jeden Bürgers. Der Respekt für die Gesetze und Institutionen der Republik war mit Sullas Marsch auf Rom keineswegs erloschen. Er lebte weiter, weil er Ausdruck des tiefen Bewusstseins der Römer war, das sie von ihrer eigenen Identität hatten. Gewiss, ein General hatte sich gegen seine eigene Stadt gewandt, aber selbst dieser hatte den Anspruch erhoben, es zur Verteidigung der traditionellen Ordnung getan zu haben. Es hatte keineswegs eine Revolution stattgefunden. Wie groß das Trauma von Sullas Marsch auf Rom auch war, niemand konnte sich vorstellen, dass man die Republik selbst stürzen könne, weil niemand sich vorstellen konnte, was möglicherweise an ihre Stelle treten würde. Aus diesem Grund ging das Leben auch nach den Erschütterungen des Jahres 88 v. Chr. weiter. Das neue Jahr zog mit dem Anschein von Normalität herauf. Zwei vom römischen Volk gewählte Konsuln nahmen auf ihrem Staatssitz Platz. Der Senat trat zusammen, um mit ihnen Rat zu halten. In den Straßen waren keine Soldaten. Währenddessen landete der Mann, der es gewagt hatte, auf Rom zu marschieren, in Griechenland. Sein wildes Talent wandte sich nicht länger gegen seine eigenen Landsleute, sondern

* Das ist ein Anspruch, der zu jedem Zeitpunkt in der langen Geschichte der Republik erhoben worden sein könnte. Tatsächlich stammt das Zitat aus einer Zeit, als die Republik nur noch wenige Monate zu leben hatte, aus der 6. Philippika des Cicero (Cicero, *Philippika* 6, 19).

fand endlich ein geeignetes Betätigungsfeld. Es galt einen Krieg zu gewinnen, und das war eine der hartnäckigsten Traditionen der Römer. Feinde der Republik mussten überwunden und gezüchtigt werden. Sulla marschierte gegen den Osten.

Ein schlechter Witz

Sechs Jahre zuvor, 93 v. Chr., hatte ein römischer Gesandter auf seinem Weg in den Osten in Athen Halt gemacht. Gellius Publicola war ein Mann, der eine Vorliebe für griechische Kultur mit Sinn für Humor verband. Da er gern die Philosophen kennen lernen wollte, für die Athen noch immer berühmt war, hatte er die verschiedenen Vertreter der ständig miteinander im Streit liegenden Philosophenschulen zu sich gerufen und forderte sie mit durchaus ernster Miene auf, eine Lösung für ihre Streitigkeiten zu finden. Wenn sie dazu nicht in der Lage seien, fügte er hinzu, dann wäre er in seiner Gnade bereit, einzugreifen und ihre Differenzen für sie zu regeln. Noch vierzig Jahre später sollten sich seine Freunde an den Vorschlag des Gellius als ein meisterhaftes Beispiel für seinen Humor erinnern. »Von vielen wurde oft darüber gelacht.«[6] Wann genau die Philosophen merkten, dass Gellius einen Witz machte, wird nicht berichtet. Auch ist nicht überliefert, ob sie den Witz ebenso unglaublich komisch fanden wie anscheinend Gellius. Man kann aber den Verdacht hegen, dass das nicht der Fall war. Die Philosophie war in Athen noch immer eine ernste Angelegenheit. Allein der Gedanke, von einem aufgeblasenen römischen Possenreißer Lehren erteilt zu bekommen, muss den Erben des Sokrates als eine erniedrigende Beleidigung erschienen sein. Dennoch haben sie sicherlich höflich, wenn auch etwas hohl gelacht: Angebote der Römer, Streitigkeiten zu schlichten, hatten eine gewisse unheimliche Bedeutung in Griechenland. Jedenfalls waren in Athen Unterwürfigkeit und Arroganz schon lange zwei Seiten ein und derselben Medaille. Mehr als irgendwo anders in Griechenland haftete Athen die Erhabenheit der Geschichte an. Seine Bewohner vergaßen niemals – und ließen niemanden vergessen –, dass sie allein Griechenland in der Schlacht von Marathon gerettet hatten und dass sie einst die größte Seemacht des Mittelmeers gewesen waren. Noch immer stand der Parthenon leuchtend in seinem

Glanz über der Akropolis als ewiges Denkmal für die Jahre der athenischen Vorherrschaft.

Aber das war alles vorbei, seit langem vorbei. Auf der Liste der Sieben Weltwunder, die im Jahrhundert nach dem Tod Alexanders aufgestellt wurde, glänzte der Parthenon allenfalls durch Abwesenheit. Er war zu klein und zu altmodisch, um den anmaßenden Ansprüchen einer Zeit gerecht zu werden, in der Reiche und Bauwerke zu gigantischer Größe angewachsen waren. Verglichen mit der Supermacht Rom war Athen ein Provinznest. Seine Erinnerungen an ein Reich waren Nostalgie, weiter nichts. Jeder Anspruch der Athener, der über ihre tatsächliche Stellung hinausging, und jede Andeutung, dass sie sich noch immer für eine Großmacht hielten, wurde von den Römern mit Heiterkeit begrüßt. Als die Republik gegen Makedonien ins Feld zog, hatte Athen Anstalten gemacht, sie zu unterstützen, und Makedonien in einem Meisterwerk rhetorischer Angriffe den Krieg erklärt. Die Römer waren davon wenig beeindruckt. »So führten denn die Athener«, rümpften sie die Nase, »mit Schriften und Worten, dem Einzigen, worin sie stark sind, Krieg gegen Philipp.«[7] Der Scherz des Gellius war deshalb so grausam, weil er deutlich machte, dass ihnen selbst diese letzte Waffe aus der Hand genommen werden könnte. Und in Wahrheit war dies längst geschehen. Ob sie es nun zugeben mochten oder nicht, Philosophen waren wie jedes andere Erbe der goldenen Zeit Athens zu einem einfachen Anhängsel des Dienstleistungsgewerbes geworden. Diejenigen, denen es aufgrund römischer Kundschaft besonders gut ging, hatten seit langem gelernt, das Fähnchen ihrer philosophischen Spekulationen in den Wind zu hängen.

Ein typischer Fall war der berühmteste Universalgelehrte der Zeit, Poseidonios. Obwohl er in Athen studiert hatte, war Poseidonios weit herumgekommen und machte in seiner Theorie aus dem, was er in den Provinzen des Römischen Reiches gesehen hatte, mit ziemlich viel Optimismus ein Weltbürgertum. Er war ein enger Gefolgsmann von Rutilius Rufus, jenem aufrichtigen Verteidiger der Interessen seiner Provinz, und glaubte offenbar, dass sein Freund eher das wahre Gesicht Roms zeigte als die *publicani,* die ihn zugrunde gerichtet hatten. In der neuen Ordnung, die die Republik der Welt gab, gelang es Poseidonios irgendwie, das Bild einer Weltordnung zu erhaschen. Er vertrat die Meinung, dass es die moralische Pflicht der

Untertanen Roms sei, eine solche Schicksalsfügung anzuerkennen. Kulturelle und geografische Unterschiede würden bald verschwinden. Die Geschichte komme zu einem Ende. Auch wenn Poseidonios sich in hochfliegenden Worten ausdrückte, verlieh er damit doch nur einer Erkenntnis Glanz, die ohnehin deutlich geworden war: Die Ausbreitung Roms hatte die Welt in der Tat verändert und enger werden lassen. Man brauchte kein Philosoph zu sein, um das zu erkennen oder daraus Gewinn zu ziehen. Die Oberschicht Athens mag insgeheim ihre römischen Herren für grobschlächtige Spießbürger gehalten haben, aber sie vermied es doch tunlichst, eine solche Meinung öffentlich zu äußern. Während die Römer wenig Hemmungen hatten, ihre besiegten Feinde zu Bettlern zu machen, hatten sie doch immer darauf geachtet, ihre Freunde zu belohnen, und Athen hatte dementsprechend profitiert. Die größte Belohnung hatten sie im Jahr 165 v. Chr. nach dem Ende des abschließenden Krieges gegen Makedonien erhalten, in dessen Verlauf sich der Inselstaat Rhodos in seiner Unterstützung Roms mehr als halbherzig gezeigt hatte. Der Senat hatte das sehr wohl wahrgenommen.

Rhodos war lange Zeit der wichtigste Umschlagplatz im östlichen Mittelmeer gewesen, und indem sie es bestraften, hatten die Römer unter Beweis gestellt, dass sie auf der wirtschaftlichen Ebene mit ebenso vernichtenden Folgen spielen konnten, wie sie auf dem Schlachtfeld kämpften. Sie hatten einen Freihafen auf der Insel Delos eröffnet und sie den Athenern zum Geschenk gemacht. Rhodos hatte dadurch einen Einbruch seiner Einkünfte hinnehmen müssen, und Athen war reich geworden. Zu Anfang des ersten vorchristlichen Jahrhunderts waren die Athener so wohlhabend, dass ihre Währung sich mit Ermutigung durch die Römer in der ganzen griechischen Welt als Zahlungsmittel durchgesetzt hatte. Parallel dazu wurden die unterschiedlichen Gewichtssysteme in Italien und Athen durch gezielte Maßnahmen miteinander in Einklang gebracht. Nicht allein Rom profitierte von dem sich daraus ergebenden Handelsaufschwung. Schiffe, die bis an den Rand mit Gütern aus Italien beladen waren, begannen sich in den Häfen von Athen und Delos zu drängen. Die athenische Oberschicht wandte ihre Aufmerksamkeit nun der Welt jenseits ihrer Stadt zu und konzentrierte sich auf das einzige Ziel, das ihr noch blieb – Millionäre zu werden. Freilich stand diese Möglichkeit nicht jedem Athener offen. In einer Wirtschaft, die von den Superreichen und in ihrem Interesse geführt wurde, stieg die Unzufriedenheit der Mehrheit in Proportion mit dem Reichtum einer Minderheit der Bürger. Diese Beobachtung traf auf jede Gesellschaft der antiken Welt zu, aber vielleicht ganz besonders auf Athen, die Geburtsstätte der Demokratie. Bei den armen Athenern waren Träume von Unabhängigkeit unauflösbar mit der Erinnerung an eine Zeit verbunden, als die Macht des Volkes mehr als nur ein leeres Schlagwort war. Es gab natürlich nichts, was eher dazu geeignet war, bei den großen Geschäftsleuten Befürchtungen zu wecken. Als diese ihren Zugriff auf die Führung zunehmend ausbauten, hatte man zugelassen, dass die Institutionen, die einst die athenische Demokratie ausgemacht hatten, allmählich verfielen. Aber sie wurden nicht gänzlich abgeschafft, denn abgesehen von allen anderen Erwägungen waren sie gut für den Tourismus. Römische Besucher erfreuten sich an dem amüsanten Spektakel einer funktionierenden Demokratie. Bisweilen bot Athen weniger die Annehmlichkeiten eines Museums als die eines Zoos. Dann, im Jahr 88 v. Chr., wurde die ganze Situation plötzlich auf den Kopf gestellt. Während die Elite der athenischen Geschäftsleute mit Schrecken darauf starrte, wie die Heere des Mithridates triumphierend auf den gegenüberliegenden Ufern der Ägäis Stellung bezogen, schrien ihre verarmten Landsleute vor Begeisterung. Das alte verzweifelte Verlangen nach Freiheit, das so lange unterdrückt worden war, erschütterte die Stadt. Eine Gesandtschaft wurde zu Mithridates geschickt, der sie mit offenen Armen empfing. Man wurde sich schnell einig: Wenn Athen ihm einen Hafen bot, würde die Demokratie wieder eingerichtet. Die auf Seiten Roms stehenden Geschäftsleute merkten, woher der Wind wehte, und begannen, aus der Stadt zu fliehen. Die Demokratie wurde offiziell wieder eingeführt und mit einem wilden Freudenfest und einem noch wilderen Schlachtfest gefeiert. Aus dem entfesselten Klassenkampf ging eine neue Regierung hervor, die gelobte, die alte Ordnung und die Traditionen der Stadt zu verteidigen. Athen blieb Athen, und die Revolution wurde von einem Philosophen angeführt, einem gewissen Aristion, der ein alter Diskussionspartner des Poseidonios war, aber die positive Einschätzung seines Rivalen, was Rom betraf, nicht teilte. Da Italien vom Krieg geschüttelt wurde und er ein Bündnis mit dem unwiderstehlichen Eroberer Mithridates in der Tasche hatte, erwartete sich Aristion nicht allzu viel Ärger von den

Römern. Den maßlos begeisterten Athenern schien Unabhängigkeit und Demokratie zugleich gesichert.

Dann, im Frühjahr 87 v. Chr., landete Sulla in Griechenland. Er marschierte direkt nach Athen. Fast bevor sie wussten, wie ihnen geschah, sahen sich die Athener fünf rachsüchtigen Legionen gegenüber, die vom rücksichtslosesten aller römischen Generäle befehligt wurden und vor den Toren der Stadt lagerten. Aristions einzige Taktik angesichts dieses Albtraums war, Spottlieder über das Aussehen Sullas zu verfassen, dessen Gesicht er mit einer mit Hafer bestreuten Maulbeere verglich. Man sang sie auf den Stadtmauern, während Aristion selbst obszöne Scherze über Sulla und seine Frau herabschrie und dazu übertriebene Gesten vollführte. Das zeigte, wie Poseidonios sarkastisch bemerkte, dass man »niemals einem Kind ein Messer« in die Hand geben solle.[8] Sulla, dessen Freude an Komödianten doch ihre Grenzen hatte, antwortete Aristion seinerseits mit einigen gezielten Beleidigungen. Er ließ die Haine, in denen Platon und Aristoteles gelehrt hatten, abholzen und benutzte das Holz zum Bau von Belagerungsmaschinen. Als eine athenische Friedensgesandtschaft zu tun begann, was athenische Friedensgesandtschaften immer taten, nämlich weitschweifig über die rühmliche Vergangenheit ihrer Stadt zu reden, unterbrach Sulla ihren Vortrag mit einer Handbewegung. »Ich bin von den Römern nicht nach Athen geschickt worden, um zu studieren.«[9] Mit dieser Zurechtweisung schickte er die Gesandten zurück in ihre Stadt, damit sie dort verhungern konnten. Das kulturelle Kapital Athens war erschöpft. Als die Stadt schließlich gestürmt wurde und Sulla seinen Truppen freie Hand ließ zu plündern und zu morden, begingen viele Menschen Selbstmord. Sie wussten nur allzu genau, was das Schicksal Korinths gewesen war, und sie fürchteten mit Entsetzen die völlige Vernichtung ihrer Stadt. Die Zerstörung war in der Tat furchtbar: Der Hafen wurde ausradiert und die Akropolis geplündert; jeder, der in der demokratischen Führung gedient hatte, wurde hingerichtet; die Unterstützer der Demokratie verloren ihr Wahlrecht. Die Stadt selbst jedoch wurde nicht bis auf die Grundmauern niedergebrannt. Sulla, der doch so viel Verachtung für die Geschichte zum Ausdruck gebracht hatte, verkündete mit großen rhetorischen Floskeln, dass er die Lebenden aus Respekt vor den Toten schonen wolle. Selbst während er sprach, wurde überall in der Stadt und den umliegenden Orten Blut vergossen. Die Trümmer wurden von einer Führung aus Geschäftsleuten übernommen, die zu Beginn der Unruhen zu Sulla geflohen waren. Sie schlichen sich in eine Stadt zurück, die jedes Feigenblatt der Unabhängigkeit und des Reichtums verloren hatte. Die Herrschaft Roms wurde bald unmissverständlich bestätigt, als Sulla von Athen aus nach Norden vorrückte, dort auf zwei von Mithridates nach Griechenland geschickte Heere traf und sie vernichtete. Bald darauf traf er Mithridates selbst zu Verhandlungen auf höchster Ebene. Beide Männer hatten gute Gründe, eine Übereinkunft zu suchen. Mithridates wusste, dass das Spiel aus war, und versuchte verzweifelt, sein Königreich zu retten. Sulla war seiner Feinde in Italien wegen beunruhigt und wollte unbedingt dorthin zurück. Im Austausch dafür, dass er Kontrollen über seine Angriffskapazität akzeptierte und das gesamte von ihm eroberte Gebiet zurückgab, wurde der Mörder an achtzigtausend italischen Kaufleuten von Sulla mit einem leichten Schulterklopfen belohnt. Niemand war je so leicht aus einem Krieg mit der Republik herausgekommen. Mithridates war zwar geschlagen, aber er saß noch immer auf dem Thron von Pontus. Es sollte noch eine Zeit kommen, wo Rom es bereuen würde, ihn nicht auf Dauer unschädlich gemacht zu haben.

Nach Lage der Dinge waren die bedauernswerten Griechen die unmittelbare Zielscheibe für Sullas Rache. In der Provinz Asien wurde die römische Herrschaft schnell wiederhergestellt. Sulla schwang sich zum Rächer seiner ermordeten Landsleute auf, auch wenn er Mithridates verschont hatte, und er zog die Daumenschrauben mit Vergnügen an. Die Städte wurden nicht nur verpflichtet, den Steuerrückstand der letzten fünf Jahre nachzuzahlen, sondern man erwartete von ihnen auch, dass sie die vollen Kriegskosten übernahmen und die Garnisonen unterhielten, die man zu ihrer Kontrolle schickte. Sulla, der gern betonte, dass seine Bedingungen großzügig gewesen seien, schöpfte den Tribut ab und kehrte 84 v. Chr. nach Griechenland zurück. Da Athen nun nicht mehr die Waffen gegen ihn erhob, konnte er seine Achtung vor dem kulturellen Erbe der Stadt in der für siegreiche römische Generäle üblichen Weise zeigen – durch Diebstahl. Die Säulen des Zeustempels wurden abgetragen und für den Transport nach Rom bereitgemacht. Athleten wurden zusammengetrieben, um als Attraktion für Sullas Triumphzug zu dienen, und für die Olympischen Spiele blieben so wenige Spitzensportler übrig, dass man nur den Wettbewerb im Laufen durchführen konnte. Am meisten stellte Sulla in seinem Humor die vollständige Plünderung der athenischen Bibliotheken zufrieden, deren gesamte Bestände geraubt wurden. Wenn jemand Aristoteles studieren wollte, musste er fortan nach Rom kommen. Süß war die Rache, die Sulla an der athenischen Philosophie nahm. Doch das war erst der Anfang. Wie er in einem Brief an den Senat stolz hervorhob, hatte er in kaum drei Jahren alle Gebiete zurückgewonnen, die Mithridates zuvor erobert hatte. Griechenland und Asien zollten der Herrschaft Roms wieder Anerkennung. Das war es wenigstens, was Sulla glauben machen wollte. In Wahrheit repräsentierte er die Republik längst nicht mehr. Die Führung, die er in Rom zurückgelassen hatte, war zusammengebrochen. Sulla selbst war in Abwesenheit zum Tode verurteilt, sein Besitz niedergebrannt und seine Familie zur Flucht gezwungen worden. Es gab niemanden im ganzen kriegsgeschüttelten Osten, der daran zweifeln konnte, was Sullas Antwort darauf sein würde. Nachdem Griechenland gezähmt war, war alles für seine Rückkehr nach Hause bereit. Er vertraute immer noch auf sein Glück und den Schutz der Göttin Venus und begann, seine Truppen einzuschiffen und sich in seinem Rachedurst von neuem seiner Heimatstadt zuzuwenden. Ein weiteres Mal würde Rom mit Schaudern auf Sullas Ankunft warten müssen.

4 RÜCKKEHR IN DIE HEIMAT

Sulla Redux

Am 6. Juli 83 v. Chr. wurde das größte und heiligste aller Gebäude in Rom vom Blitz getroffen. Der altehrwürdige Tempel des Jupiter stand hoch oben auf dem Kapitol. Hier hatte der Schutzgott Roms unter einem reich mit Gold verzierten Himmel seinen Schrein. Vor langer Zeit, in den weit zurückliegenden Tagen der Könige, hatten Arbeiter bei der Aushebung der Fundamente des Tempels ein menschliches Haupt gefunden. Auguren, die man zur Interpretation des Wunders herbeigerufen hatte, hatten erklärt, dass der Fund auf die zukünftige Rolle Roms als Haupt der Welt vorausdeute. Wer konnte danach Zweifel daran hegen, dass es Jupiter gewesen war, der Rom zu seiner Größe geführt hatte? Es war nicht verwunderlich, dass der Senat das Heiligtum des Gottes jedes Jahr zum Ort seiner ersten Versammlung machte. Dies war der Ort, an dem die Macht Roms am engsten mit dem Göttlichen in Verbindung stand.

Aber jetzt hatte Jupiter beschlossen, seinen eigenen Tempel durch einen Blitz zu zerstören. Das war nicht gerade ein viel versprechendes Vorzeichen. Man brauchte kaum die Sibyllinischen Bücher zu befragen, um zu dieser Erkenntnis zu gelangen, und das wäre ohnehin nicht gegangen, denn auch die Bücher gingen in Flammen auf. Aber was war der Grund für den Zorn des Gottes? Während die Menge zusammenlief, um dem Unheil zuzusehen, trieben die Flammen Funken und Rauch über das Forum. Hier war das Herz Roms, das sich zwischen dem Hügel der Götter, dem Kapitol, und dem Palatin, dem Hügel der Mächtigen, erstreckte. Das Forum war neben dem Circus einer der beiden freien Plätze innerhalb der Stadtmauern, auf dem die Bürger Roms zwanglos zusammenkommen konnten. In den letzten Jahren war es zunehmend pompös geworden, die Marktstände waren verschwunden und rundherum waren Luxusgeschäfte eingerichtet worden, aber dennoch war das Forum mehr als jeder andere Ort in der Stadt ein Symbol der Einheit des römischen

Volkes. Das war seit ältester Zeit so gewesen. Man hatte es auf einem trockengelegten Sumpfgebiet errichtet, um einen Platz der Zusammenkunft für die streitenden Bewohner der umliegenden Hügel zu schaffen. Als solcher war es der Ort, wo die Römer zuerst gelernt hatten, ihr Leben als Bürger zu organisieren. Wie die Stadt selbst war das Forum ein Durcheinander verschiedenster Bauten und zugleich ein Museum der Geschichte der Republik sowie das Zentrum des städtischen Lebens. Anwälte verteidigten ihre Mandanten, Bankiers verhandelten über Kredite, vestalische Jungfrauen hegten das Herdfeuer ihrer Göttin und jeder kam, um sich zu unterhalten oder gesehen zu werden. Doch es war die Politik, die das Forum beherrschte. Die Menge, die der Zerstörung des Jupitertempels zusah, war es gewohnt, sich am Fuß des Kapitols zu versammeln. Hier lag das Comitium, wo die Bürger zusammenkamen, um den Rednern zuzuhören, die von der Rostra herab zu ihnen sprachen; einer bogenförmigen Rednertribüne, die aus den Schnäbeln von vor langer Zeit erbeuteten Schiffen gefertigt war. Unmittelbar daneben lag die Kurie, in der der Senat zusammentrat, und ein wenig südlich davon der Tempel des Castor und Pollux, vor dem die Volkstribunen die Versammlungen einberiefen, um Gesetze zu erörtern und zu beschließen. Entlang einer Achse von Gebäuden und freien Räumen lag der eindrucksvolle Schauplatz des politischen Lebens der Republik als machtvollster Ausdruck der freiheitlichen Rechte und Werte ihrer Bürger. Umso unheilverkündender war deshalb, dass das Feuer auf dem Kapitol das darunter liegende Forum vermutlich in aggressives Rot getaucht hatte: die Farbe des Kriegsgottes Mars und des Blutvergießens.

Sulla sollte später behaupten, dass Bellona, das weibliche Gegenstück zu Mars, ihm eine Vorwarnung der Katastrophe hatte zukommen lassen. Kurz nach seiner Landung in Italien war einer seiner Sklaven in seherische Ekstase verfallen und hatte vorausgesagt, dass das Kapitol durch Feuer zerstört werden würde, sofern der Sieg nicht unmittelbar errungen werde. Auch wenn Sulla abergläubisch war, hinderte ihn das doch nicht, sich als Meister der Propaganda zu zeigen, und die Geschichte, die zweifelsohne beharrlich wiederholt wurde, war ein willkommenes Mittel, das Anliegen seiner Gegner in Misskredit zu bringen. Denn die Öffentlichkeit wurde so daran erinnert, dass Sulla vor seiner Abreise nach Griechenland den Konsul

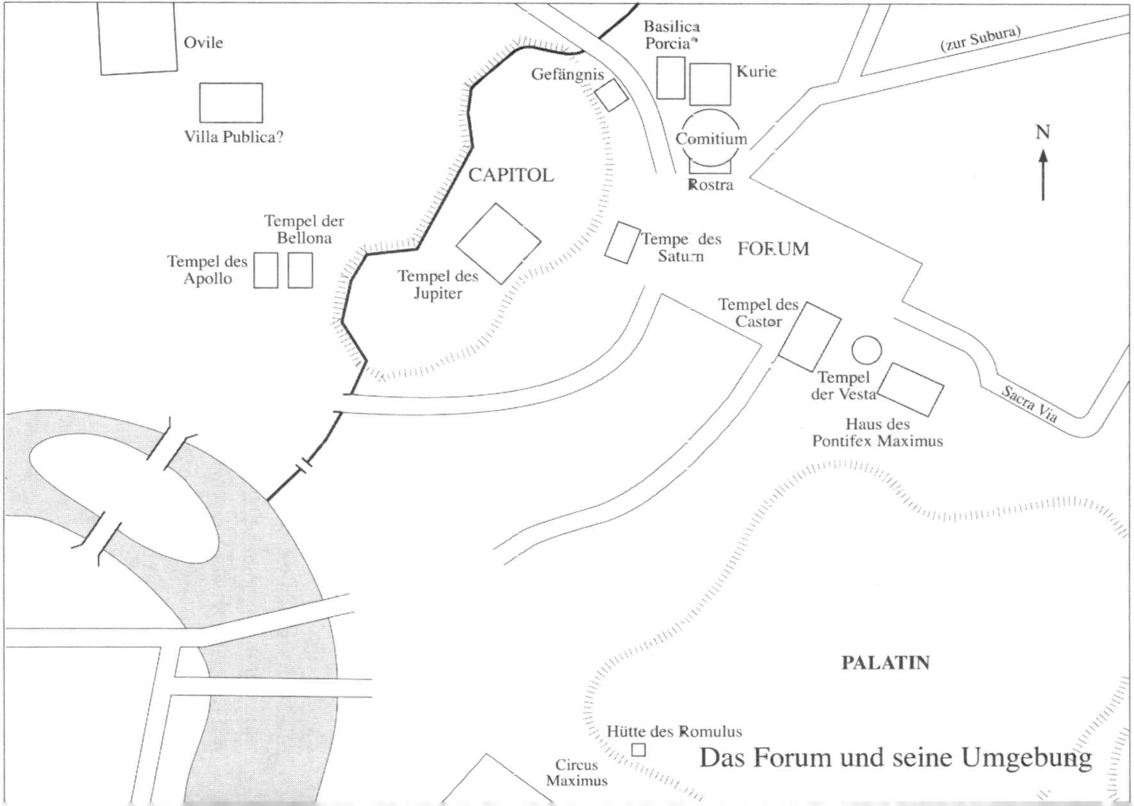

Ovile
Villa Publica?
Basilica Porcia
Kurie
Gefängnis
Comitium
Rostra
(zur Subura)
N
CAPITOL
Tempel der Bellona
Tempel des Apollo
Tempel des Jupiter
Tempel des Saturn
FORUM
Tempel des Castor
Tempel der Vesta
Haus des Pontifex Maximus
Sacra Via
PALATIN
Hütte des Romulus
Circus Maximus
Das Forum und seine Umgebung

Cinna auf das Kapitol geführt hatte und ihn dort hatte schwören lassen, sich während seiner Abwesenheit nicht gegen ihn zu wenden. Cinna hatte sein Wort fast unmittelbar danach gebrochen. Der Brand auf dem Kapitol war für Sulla natürlich ein Zeichen der Götter. Bei der Planung seiner Vergeltungsmaßnahmen konnte er von nun an darauf hinweisen und behaupten, dass auch die Götter Rache wollten.

Der Wortbruch Cinnas war in Wahrheit ebenso ein Akt der Selbstverteidigung gewesen wie des Verrats. In dem verrohten politischen Klima, das Sulla zurückgelassen hatte, waren Rivalitäten in immer schlimmere Gewaltakte ausgeartet. Eine Auseinandersetzung über das ewige Schreckgespenst des Wahlrechts für alle Bewohner Italiens hatte ausgereicht, um die beiden Konsuln des Jahres 87 v. Chr. in offenen Krieg gegeneinander zu treiben. Cinna war von Octavius, seinem Kollegen im Amt, aus Rom verbannt worden und hatte sogleich nach Mitteln gesucht, seine Rückkehr zu erzwingen. Sein erster Schritt war es gewesen, mit geeigneten Überredungskünsten auf die noch immer vor Nola stehende Legion einzuwirken, und diese hatte zum zweiten Mal im Zeitraum von wenig mehr als nur einem Jahr die Belagerung unterbrochen und war auf Rom marschiert. Aber Cinna hatte auch andere Verbündete gewonnen. Der tödlichste unter ihnen brachte keine Legion, sondern die Faszination seines Namens. Nach langen Monaten des Exils in Afrika, wo er zwischen den Ruinen Karthagos gegrübelt hatte, war Gaius Marius zurückgekehrt.

Er hatte auf seiner Reise durch Italien eine eigene Sklavenarmee auf die Beine gestellt, hatte seine Kräfte mit denen Cinnas vereint und sich gegen Rom gewandt. Die Stadt war ohne Schwierigkeit eingenommen worden. Marius war krank vor Verbitterung und Wut und hatte eine brutale Säuberungskampagne gegen seine Feinde eingeleitet. Octavius, der sich geweigert hatte zu fliehen, war auf seinem Konsulsstuhl sitzend abgeschlachtet worden und man hatte sein Haupt zu Cinna gebracht, der es im Triumph auf der Rostra zeigte. Andere Gegner des Marius waren entweder geflohen oder mit bemerkenswerter Brutalität ermordet worden. Während seine Sklavenbanden noch plündernd durch die Stadt zogen, war der alte General inzwischen in das seit langem prophezeite siebte Konsulat gewählt worden. Sobald er sein Amt angetreten hatte, ergab er sich indes maßlosen Trinkgelagen und wurde von seinen Albträumen verfolgt. Nur zwei Wochen später war Marius tot.

Diese Ereignisse hatten Cinna zum unumstrittenen Führer des Regimes gemacht. Mit der Missachtung des starken Mannes für die Tradition war er in drei aufeinander folgenden Jahren als Konsul im Amt geblieben und hatte sich auf die Rückkehr Sullas vorbereitet. Dann, im Jahr 84 v. Chr., als Sulla im Begriff stand, nach Italien überzusetzen, entschied sich Cinna, ihm zuvorzukommen und den Krieg nach Griechenland zu tragen. Diesmal versagte die rhetorische Kunst des Feldherrn und Konsuls allerdings. Seine Soldaten meuterten, und in dem darauf folgenden Aufruhr wurde Cinna selbst ermordet. Die meisten Römer, die große Furcht vor der Ankunft der kampferfahrenen Legionen Sullas hatten, müssen geglaubt haben, dass nach Cinnas Tod noch eine letzte Chance für den Frieden bestünde. Sulla wies jedoch die von neutralen Mitgliedern des Senats unterbreiteten Vorschläge verächtlich zurück und weigerte sich, eine Versöhnung auch nur im Mindesten in Betracht zu ziehen. Trotz Cinnas Tod hatten die Marianer ihren eisernen Zugriff auf die Macht nicht gelockert, und beide Seiten rafften sich nun zu einem Kampf auf Leben und Tod auf. Die Blutfehde des Marius war auf seinen Sohn übergegangen, einen anerkannt gut aussehenden Playboy, dessen Lebensart keineswegs dazu beitrug, den Hass eines Sohnes auf den größten Feind seines Vaters zu mindern. Als der Jupitertempel auf dem Kapitol in Flammen stand, war der jüngere Marius zu dem Schauspiel hinzugeeilt, hatte aber nicht das Götterstandbild oder die Weissagungsbücher der Sibylle gerettet, sondern den Tempelschatz, der ihn in die Lage versetzen würde, noch mehr Legionen in Sold zu nehmen. Einige Monate später wurde er zum Konsul für das Jahr 82 v. Chr. gewählt. Er war erst sechsundzwanzig Jahre alt.

Inzwischen war ein derart leichtfertiger Umgang mit der Verfassung zur Gewohnheit geworden. Senatoren, die jahrelang die Behinderung ihrer Ambitionen durch Cinna und seine Spießgesellen ertragen hatten, konnten nur leise vor Wut kochen, wenn sie einen so jungen Mann mit seiner Liktoren-Leibwache über das Forum stolzieren sahen. Aber auch wenn die Marianer ohne Zweifel sehr unpopulär waren, gab doch die Alternative kaum Anlass zu Optimismus. An Sulla haftete noch immer eine unheilvolle Aura, die ihm als Erbe seiner eigenen gewalttätigen Vergangenheit nachhing. Zur Begrüßung bei seiner Rückkehr gab es kein großes Aufwallen der Zustimmung. Seine Behauptung, dass er gekommen sei, die Republik wiederherzustellen, wurde bestenfalls mit Argwohn aufgenommen. Heere blockierten die Straßen nach Rom und wollten nicht verschwinden.

Dennoch war Sulla für seine Standesgenossen nicht mehr der Paria, der er einst bei seinem ersten Marsch auf Rom im Jahr 88 v. Chr. gewesen war, als ihm nur ein einziger Offizier gefolgt war. Fünf Jahre später drängten sich die Angehörigen der Nobilität um ihn. Viele von ihnen suchten persönliche Rache an den Marianern. Unter ihnen befand sich insbesondere das Mitglied einer der angesehensten Familien Roms, Marcus Licinius Crassus, dessen Vater den Widerstand gegen Marius angeführt hatte und für seinen Einsatz hingerichtet worden war. Bei der folgenden Säuberung war auch der Bruder des Crassus getötet worden, und man hatte den Besitz der Familie in Italien beschlagnahmt. Der Landbesitz muss beträchtlich gewesen sein: Crassus' Vater hatte eine glänzende politische Laufbahn mit einem höchst unsenatorischen Interesse am Import-Export-Handel verbunden. Es war kein Zufall, wenn seine Familie den Spitznamen *dives* trug, das heißt reich: Crassus sollte von seinem Vater die Überzeugung erben, dass Reichtum die sicherste Grundlage der Macht sei. Später wurde er für seine Behauptung bekannt, dass ein Mann nicht genug Geld habe, bevor er nicht in der Lage war, seine eigene Armee zu unterhalten.[1] Das war ein Urteil, das sich auf die Erfahrung seiner Jugend gründete. Auf der Flucht vor den Mördern seiner Familie war der junge Crassus nach Spanien gereist, wo das Wirken seines Vaters als Statthalter außerordentlich einträglich gewesen war. Selbst in seinem Versteck an einem entlegenen Strand konnte der Flüchtling im Luxus leben, und Bedienstete lieferten ihm Speisen und herangewachsene Sklavenmädchen in seine Höhle. Dann, nachdem er einige Monate auf diese Weise überlebt hatte, fühlte sich Crassus durch die Nachricht vom Tod Cinnas ermutigt, dessen gesamtes Vermögen zu beanspruchen. Auch wenn er nur ein privater Bürger war, hatte er den unerhörten Schritt unternommen, seine eigene Armee zu rekrutieren, eine beachtliche Truppe von ungefähr zweieinhalbtausend Mann. Anschließend hatte er seine Soldaten um das Mittelmeer herumgeführt und Bündnisse mit verschiedenen anderen Gruppen von Gegnern des Marius gesucht, bevor er schließlich nach Griechenland segelte und dort seine Kräfte mit denen Sullas vereinte, der den Neuankömmling erwartungsgemäß mit offenen Armen empfing.

Das herzlichste Willkommen war indes einem noch jüngeren und noch glänzenderen Feldherrn als Crassus vorbehalten. Sulla war nach Italien übergesetzt und rückte nach Norden vor, als ihn die Nachricht erreichte, dass eine weitere Privatarmee für ihn aufgestellt worden war und nun nach Süden marschierte, um sich mit ihm zu vereinigen. Da die Straßen von einer Reihe Marianischer Truppen versperrt wurden, war Sulla beunruhigt, dass diese Verstärkung vernichtet werden könnte, aber gerade als er zu ihrem Entsatz vorwärts drängte, erreichte ihn eine weitere Nachricht: Der General und militärische Lehrling hatte eine Reihe brillanter Siege erfochten; die Armee eines Konsuls war in die Flucht geschlagen worden. Jetzt erwartete die Armee Sulla auf seinem Vormarsch auf der Straße nach Rom und war in voller Ausrüstung und mit blitzenden Waffen angetreten, die Gesichter vom Erfolg gerötet. Sulla war, wie es beabsichtigt war, stark beeindruckt. Als er zum Zelt des frisch gebackenen Generals kam, stieg er von seinem Pferd. Ein junger Mann erwartete ihn, sein goldenes Haar warf sich zu einer Mähne auf, sein Profil ähnelte angeblich dem Alexanders. Er begrüßte Sulla als »Imperator« – »Feldherr« –, und Sulla grüßte ihn daraufhin ebenfalls mit dem Imperator. Das war eine Ehre, die zu verdienen selbst der erfahrenste Soldat viele Jahre benötigte. Gnaeus Pompeius war erst dreiundzwanzig Jahre alt.

Er war ein frühreifer Prahler und ein Genie in der Kunst, die eigene Person zur Geltung zu bringen, und er hatte eine geradezu kindliche Freude daran, sich seiner Erfolge zu brüsten: Das sollten die wesentlichen Merkmale für den Aufstieg des Pompeius zum Ruhm sein. Sulla, der die Eitelkeit seines Schützlings mit einem undurchdringlichen Zynismus duldete, hatte ihn von Anfang an richtig eingeschätzt. Er war durchaus bereit, dem jungen Mann zu schmeicheln, wenn ihm das half, seine Unterstützung zu gewinnen. Pompeius hatte es ebenso sehr verdient wie er es brauchte, dass man ihm den Hof machte. Von seinem Vater, dem unzuverlässigen Pompeius Strabo, hatte er nicht nur den größten privaten Landbesitz in

Italien geerbt, sondern auch die Fähigkeit, nach Bedarf die Seiten zu wechseln. Im Gegensatz zu Crassus lag Pompeius nicht in persönlicher Fehde mit dem Regime der Marianer. Vor der Ankunft Sullas hatte man ihn um Cinnas Lager herumstreichen sehen. Offenbar hatte das Schauspiel des Ausbruchs der Meuterei ihn davon überzeugt, dass Sulla der bessere Mann war, um sich auf seine Seite zu stellen. Pompeius hatte stets ein Gespür dafür, wo die besten Möglichkeiten lagen.

Er und Crassus hatten verstanden, dass der Bürgerkrieg die Regeln des politischen Spiels veränderte. Den Rücksichtslosesten und Scharfblickendsten der jüngeren Generation bot sich eine bisher nie gekannte Möglichkeit, die Älteren zu verdrängen. Sulla, der den jüngeren Marius für seinen gefährlichsten Feind hielt, beklagte mit Bitterkeit, dass er älter und seine Feinde immer jünger würden. Letzteres galt auch für seine Gefolgsmänner. Insbesondere Pompeius führte seine Armee mit der Sorglosigkeit eines Schuljungen, der ein Spielzeug in der Hand hält. Für die Römer war die Leidenschaft der Jugend gewaltsam und gefährlich, und nur die Disziplin konnte sie zähmen. Aber Pompeius war auch mit Verstand ausgestattet. »Adulescentulus carnifex« nannten ihn seine Gegner: »der Schlachterjunge«.[2] Da er in seiner kurzen Karriere weder auf Tradition noch auf Recht und Gesetz hatte Rücksicht nehmen müssen, konnte Pompeius bar jeden Respekts für das eine oder andere töten.

Einen Mann gab es natürlich, der ihn hätte zügeln können, aber das Beispiel, das Sulla selbst abgab, war von derartiger Brutalität, dass es sogar den »Schlachterjungen« in den Schatten stellte. Von sich aus und wohlüberlegt provozierte er, wie es scheint, einen letzten Aufstand der Samniten und mordete sie, wann immer sich ihm die Möglichkeit bot. Und er gab sich dabei den Anschein, der Beschützer Roms zu sein und nicht der Kriegstreiber. Ein weiteres Mal wurden Samnium und Kampanien unbarmherzig geplündert, und ein weiteres und letztes Mal in der Geschichte legten die Samniten ihre prachtvollen Rüstungen an, setzten ihre reich geschmückten Helme auf und fielen in die Ebene ein. Sie schlossen sich der Partei der Marianer an, die bereits kurz vor dem Zusammenbruch stand. Im Jahr 82 v. Chr., nach einem Jahr des Bürgerkriegs, war einer der Konsuln bereits aus Italien nach Afrika geflohen, und der andere, der jüngere Marius, war in Praeneste fünfundzwanzig Meilen östlich von

Rom eingeschlossen. Die Samniten trieben ihr Spiel mit Sulla und versuchten zunächst Marius zu Hilfe zu kommen, doch als sie plötzlich merkten, dass Rom ungeschützt hinter ihnen lag, machten sie eine abrupte Kehrtwendung und marschierten auf die Hauptstadt zu. Sulla wurde durch ihr Manöver überrascht und verfolgte sie mit hastiger Geschwindigkeit. Als die Samniten in Sichtweite vor den Mauern Roms standen, befahl ihnen ihr Kommandant, die Stadt dem Erdboden gleich zu machen. »Die Wölfe, die Italiens Freiheit raubten, seien erst dann ausgerottet, wenn der Wald, in dem sie ihre Schlupfwinkel fänden, niedergehauen wäre«, schrie er.[3] Aber gerade als die Samniten sich vor dem Collinischen Tor zusammendrängten und die Klageschreie der Frauen aus der dahinter liegenden und in Angst und Schrecken versetzten Stadt zu ihnen drangen, rückte Sulla an. Bereits zu Mittag hatte die Vorhut seiner Kavallerie begonnen, die feindlichen Linien anzugreifen, und am späten Nachmittag war Sulla gegen den Rat seiner Offiziere bereit, seine erschöpfte Armee in die Schlacht zu schicken. Den ganzen Abend und weit in die Nacht hinein ging der Kampf hin und her. Crassus zerschmetterte den linken Flügel der Samniten, aber Sulla sah seinen eigenen Flügel durchbrochen und seine Truppen in Gefahr, gegen die Stadttore gedrückt und aufgerieben zu werden. Aber sein Glück behielt die Oberhand. Er betete zu den Göttern, die ihn doch immer beschützt hatten, und sammelte seine Männer. Bei Tagesanbruch, als die Nachricht vom Erfolg des Crassus schließlich zu ihm gelangte, hatte er den Sieg erobert.

Das Blutbad am Collinischen Tor war entscheidend. Seine Feinde hatten keine Truppen mehr in Italien, mit denen sie den Krieg hätten fortsetzen können. Als man begann, die samnitischen Gefangenen zusammenzutreiben, war Sulla der absolute und unbestrittene Herr Roms.

Sulla Felix

Am Collinischen Tor wurden dreitausend Gefangene gemacht. Weitere dreitausend, die samnitischen Reservetruppen, ergaben sich gegen Sullas Versprechen des freien Geleits. Aber kaum waren sie aus ihren befestigten Stellungen hervorgekommen, wurden auch sie zusammengetrieben und abgeführt, um mit den anderen samnitischen Gefangenen vereinigt zu werden. Diese waren bereits auf dem Marsfeld zusammengepfercht, jener Schwemmebene, die sich nördlich, jenseits der Mauern des Kapitols, erstreckte. Selbst nach ihrer Niederlage blieben die Samniten außerhalb Roms.

Die Sorgfalt, die Sulla in dieser Hinsicht zeigte, war reine Ironie. Bevor seine eigenen Legionen das Tabu im Jahr 88 v. Chr. gebrochen hatten, waren die einzigen bewaffneten Männer, die je die Stadt betreten hatten, Bürger, die im Triumphzug mitmarschierten. Sonst war Rom für das Militär immer Sperrgebiet gewesen. Bis in die Königszeit zurück mussten Bürger sich erst auf dem Campus Martius versammeln – dem Feld des Kriegsgottes Mars –, bevor sie den Eid schworen, der sie zu Soldaten machte. Dort waren sie ihrem Vermögen und ihrem Status nach aufgestellt, denn im Krieg wie im Frieden hatte jeder Bürger zu wissen, wo sein Platz war. An der Spitze der Hierarchie hatten jene gestanden, die reich genug waren, sich ein eigenes Pferd zu leisten, die *equites*; nach ihnen gab es fünf weitere Klassen der Infanterie; die siebte Klasse bildeten diejenigen, die selbst zu arm waren, sich auch nur eine Schleuder und einige Kugeln zu kaufen: die *proletarii*. Die Klassen waren ihrerseits in weitere Abteilungen unterteilt, die man Zenturien nannte. Dieses System erlaubte es, den Status des Einzelnen mit außerordentlicher Genauigkeit zu bewerten. Noch lange nachdem die Klassen und Zenturien aufgehört hatten, als Grundlage für die Aufstellung ihrer Armee zu dienen, konnten die Römer sich nicht dazu überwinden, ein so außerordentlich zufrieden stellendes System aufzugeben. Es stand vielmehr weiter im Mittelpunkt ihres politischen Lebens.

Natürlich gab es kaum einen Bürger, der nicht davon träumte, die Leiter Zenturie für Zenturie bis zur höchsten Stufe hinaufzuklettern. Je höher ein Römer hinaufkam, desto erfreulichere Aussichten boten sich ihm und verleiteten ihn zum weiteren Aufstieg. Es eröffnete sich zum Beispiel die Möglichkeit, ein Ritter zu werden; die Aufnahme in den Senat oder die verführerische Aussicht auf eine hohe Magistratur als Praetor oder selbst als Konsul konnten gar ins Auge gefasst werden. Es war charakteristisch für die Republik, dass das größte Privileg, das sie zu vergeben hatte, die Möglichkeit war, sich dem Votum der Mitbürger zu stellen und noch größeren Ruhm zu gewinnen. Ebenso charakteristisch war, dass das Merkmal des

Versagens der Verlust der Mitgliedschaft in der vom Vater ererbten Klasse war.

Auf dem flachen offenen Marsfeld vor den Toren der Stadt hatte man nur wenige Strukturen errichtet. Die ausgedehnteste war ein eingezäunter Bezirk, innerhalb dessen durch Barrieren Korridore abgesteckt waren wie auf einem Viehmarkt. Die Römer nannten diesen Bezirk *ovile,* den Schafstall. Das war der Platz, an dem die Wahlen zu den Magistraturen abgehalten wurden. Die Wähler wurden in separaten Blöcken durch die Korridore geschickt. Eine Vorliebe für komplexe Prozeduren lag in der Natur der Republik, und die Zusammensetzung dieser Blöcke änderte sich auf verwirrende Weise von Wahl zu Wahl. Zur Wahl der Tribunen zum Beispiel wurden die Bürger in Tribus unterteilt. Diese Einteilung war geradezu sagenhaft alten Ursprungs und über die Jahrhunderte auf typisch römische Weise gestreckt worden, als die Republik sich ausdehnte und veränderte. Mit der Gewährung des Bürgerrechts an die Bewohner Italiens waren die Tribus ein weiteres Mal reorganisiert worden, um dem Zustrom der Neubürger Rechnung zu tragen. Jedes Mitglied jeder Tribus hatte das Recht auf Stimmabgabe, aber da sie am *ovile* zu erfolgen hatte, war in der Praxis sichergestellt, dass nur die Wohlhabendsten derer, die außerhalb der Stadt wohnten, es sich leisten konnten, nach Rom zu kommen, um von ihrem Recht Gebrauch zu machen. Das lief unausweichlich darauf hinaus, dass die Wahl zugunsten der Reichen beeinflusst wurde. Den meisten Römern erschien das nur berechtigt. Schließlich waren es die Reichen, die am meisten zugunsten der Republik beitrugen, und daher wurde im Allgemeinen anerkannt, dass ihre Meinung das größte Gewicht haben sollte. Ungleich großer Einfluss auf den Wahlausgang war nur ein weiteres zur Schau getragenes Zeichen des Ranges.

Zu keinem Zeitpunkt kam dieses Prinzip deutlicher zum Ausdruck als bei den Wahlen zu den höchsten Magistraturen. Hier bewahrten sich die ursprünglichen Funktionen der Klassen und Zenturien eine geisterhafte Existenz. Die Bürger versammelten sich zur Wahl der Konsuln noch in derselben Weise, in der ihre frühesten Vorfahren in den Krieg gezogen waren. Ganz wie in den Tagen der Könige wurde bei Tagesanbruch auf der Trompete ein militärisches Signal geblasen, um sie auf das Marsfeld zu rufen. Auf dem Hügel des Gianicolo zog man eine rote Flagge auf, die signalisierte, dass keine Feinde in Sicht waren. Die Bürger reihten sich dann auf wie für eine Schlacht – mit den Reichen in vorderster Linie und den Ärmsten ganz hinten. Es waren also immer die Klassen der Wohlhabenden, die als Erste durch den *ovile* marschierten. Und das war nicht ihr einziges Privileg. Ihre Stimmen wurden so hoch bewertet, dass sie in der Regel wahlentscheidend waren. Infolgedessen war es häufig wenig sinnvoll für die anderen Klassen, überhaupt zu erscheinen. Ihre Stimmen hatten nicht nur einen Bruchteil des Gewichts von denen der Ritter, sondern sie wurden sogar nur selten dazu aufgerufen, sie auch tatsächlich abzugeben. Da sie keine finanzielle Entschädigung für den Tag erhielten, den sie damit verbrachten, vor den Wahlkorridoren anzustehen, dürften die meisten der armen Bürger wohl gedacht haben, dass sie Besseres mit ihrer Zeit anfangen konnten. Die Ritter waren ohne Frage derselben Meinung.

Dennoch war für diejenigen, die es sich leisten konnten, sich dem Wahlfieber hinzugeben, die Spannung des Wahltags eine der aufregendsten Erfahrungen des bürgerlichen Lebens. Die Kandidaten in ihrer besonderen weißen Toga, die um sie herumwimmelnde Menge ihrer Anhänger, das Durcheinander von Schreien und Hochrufen – all das trug zu der besonderen Atmosphäre bei. Erst spät am Tag verkündeten die Herolde die Ergebnisse, und sofort wurden die erfolgreichen Kandidaten mit einem allgemeinen Aufschrei gefeiert und unter weiteren Hochrufen vom *ovile* auf das Kapitol begleitet. Die meisten Wähler blieben gern am Ort und warteten auf diesen Höhepunkt des Schauspiels. An einem heißen Tag, wenn Wolken aus braunem Staub von den Massen aufgewühlt wurden, bedurfte es dazu allerdings einiger Ausdauer. Es gab nur wenige Annehmlichkeiten für das Publikum auf dem Marsfeld. Die meisten der ermüdeten Wähler steuerten am liebsten auf die Villa Publica zu, einen ummauerten Komplex von öffentlichen Gebäuden gleich hinter dem *ovile.* Hier konnten sie sich unterhalten, sich Kühlung zufächeln und im Schatten aufhalten.

Und hierher befahl Sulla nun auch, seine samnitischen Gefangenen zu bringen. Sie wurden hinter den Bögen des Hauptgebäudes in einer zweistöckigen Empfangshalle eingesperrt, deren Räume als Zellen für Kriegsgefangene besonders ungeeignet waren. Die Pracht der Statuen und Gemälde, die diese Säle schmückten, spiegelte die entscheidende Rolle wider, die ihre Pracht im Leben der Republik spielte. Denn es war die Villa Publica, in der die hierarchische Einteilung der römischen Gesellschaft festgelegt und revidiert wurde. Alle fünf Jahre musste ein Bürger sich dort in die Listen eintragen lassen. Er hatte dabei auch den Namen seiner Frau anzugeben, die Zahl seiner Kinder, seinen Besitz und seine Habe – von den Sklaven und der Barschaft bis zu den Juwelen und Kleidern seiner Frau. Der Staat hatte das Recht, alles zu erfahren, denn die Römer glaubten, dass sogar »persönliche Vorlieben und Wünsche überwacht und gemaßregelt werden sollten«.[4] Es war das Wissen, und zwar eingehendes Wissen, das der Republik ihre sicherste Grundlage gab. Klassen, Zenturien, Tribus und alles, was es den Mitbürgern ermöglichte, einen Bürger einzuordnen, wurden durch diesen Zensus festgestellt. Sobald die erteilten Auskünfte von den Schreibern festgehalten waren, folgte die sorgfältige Prüfung durch zwei Beamten, in deren Macht es stand, einen Bürger seinem Vermögen entsprechend in eine höhere oder geringere Klasse einzustufen. Das Amt dieser Magistrate, die Zensur, war das angesehenste in der Republik; mehr noch als das Konsulat galt es als Höhepunkt einer politischen Karriere. So delikat waren die Aufgaben eines Zensors, dass man sie nur den bewährtesten und angesehensten Bürgern anvertrauen konnte. Die Aufrechterhaltung aller Strukturen, die die Republik ausmachten, hing von ihrem Urteilsvermögen ab. Es gab sicher nur wenige Römer, die bezweifelt hätten, dass das gesamte Geflecht ihrer Gesellschaft zerfallen würde, wenn der Zensus nicht in angemessener Weise durchgeführt würde. Kein Wunder also, dass die Zensur allgemein als »Herrin und Bewahrerin des Friedens«[5] galt.

Indem er seine Kriegsgefangenen dort einsperrte, stellte Sulla einmal mehr selbst in den grimmigsten Situationen seinen Sinn für Ironie unter Beweis. Diese sollte bald noch bitterer werden. Im Schatten des Kapitols, aber in Hörweite der Villa Publica, stand der Tempel der Bellona. Sulla wies den Senat an, ihn dort zu treffen. Als sie seiner Anordnung schnellstens Folge leisteten, werden die Senatoren in die Höhe geblickt haben und konnten auf dem über ihnen liegenden Hügel die verkohlten Reste des Jupitertempels sehen. Es war Bellona gewesen, die Sulla gewarnt hatte, er solle seinen Sieg schnell erringen oder er werde das Kapitol zerstört finden. Indem er den Bellona-Tempel als Ort seiner Ansprache an den Senat wählte, erinnerte Sulla seine Zuhörer auf gelungene Weise daran, dass er als

Günstling der Götter vor ihnen stand und von diesen als der Retter Roms ausgesandt war. Was das in der Praxis bedeuten sollte, wurde bald in aller Brutalität deutlich. Als Sulla ansetzte, um seinen Sieg über Mithridates zu beschreiben, hörten die Senatoren erstickte Schreie der samnitischen Gefangenen. Sulla fuhr unbeeindruckt fort, bis er schließlich einhielt und die Senatoren ermahnte, sich nicht von dem ablenken zu lassen, was er zu sagen hatte: In beiläufigem Ton erklärte er, »es würden nur eben auf seinen Befehl einige Verbrecher bestraft«.[6]

Es war ein schreckliches Massaker. In den beengten Räumen des Schlachthauses türmten sich die Leichen. Nachdem die Hinrichtungen abgeschlossen waren, wurden die Toten über das Marsfeld geschleift und in den Tiber geworfen, wo sie an Ufern und Brücken hängen blieben und den Fluss verunreinigten: »Mühsam nur brach das Wasser sich Bahn zu den tuskischen Wogen, bohrte sich dann ins düstere Meer mithilfe des Blutstroms.«[7] Die Blutspuren an der Villa Publica waren nicht so leicht zu entfernen. Erst drei Jahre zuvor war dort der Zensus abgehalten worden. Jetzt waren die Räume, in denen man die Listen aufgestellt hatte, mit Blut befleckt. Die Symbolkraft war schockierend und offensichtlich: Sulla setzte selten eine Geste, ohne ihre Wirkung zuvor scharfsinnig zu berechnen. Indem er die Villa Publica in Blut tauchte, kündigte er auf dramatische Weise an, was er an der Republik vollziehen wollte. Wenn der Zensus nicht legitim war, dann waren es auch die Hierarchien von Status und Ansehen nicht, die er bekräftigt hatte. Die althergebrachten Grundlagen des Staates waren instabil und am Rand des Zusammenbruchs. Der von den Göttern entsandte Sulla sollte nun die Wiederherstellung übernehmen, so viel Blutvergießen diese Aufgabe auch erfordern mochte.

In seiner Mischung aus Aberglauben und Demonstration nackter Gewalt war das eine gelungene Vorstellung nach Sullas Art. Es gab niemanden im Senat, der gewillt oder töricht genug war, sich dagegen aufzulehnen. Selbst seine erbittertsten Feinde hatten kaum eine andere Wahl, als das geradezu unerhörte Ausmaß seines Triumphes anzuerkennen. Für Sulla selbst war Erfolg immer der sicherste Beweis für die Gunst Fortunas gewesen. Deshalb ließ er sich dazu herab, seine eigene Rolle bei dem Sieg am Collinischen Tor herunterzuspielen und die Rolle des Crassus zu übertreiben. Das tat er nicht etwa, weil er so bescheiden war, sondern ganz im Gegenteil, weil er sich als Günstling Fortunas und vom Schicksal Ausersehener darstellen wollte. Die antiken Autoren sind sich nicht einig, ob das seiner Überzeugung oder seinem Zynismus zuzuschreiben war, auch wenn doch bei Sulla beides immer in völligem Einklang miteinander stand. Sicher ist indes, dass der Mann, der als Erster auf Rom marschiert war und Italien mit »Krieg, Feuersbrunst und viel Mord«[8] überzogen hatte, sich von aller Schuld an den Leiden der Republik reinwaschen wollte, wenn er seinen Sieg zur Gabe der Götter erklärte.

Deshalb war die Exhumierung der Urne des Marius und das Verstreuen der Asche in den Fluss Anio, die Sulla veranlasste, sowohl ein Akt wohlberechneter Propaganda wie gemeiner Rache. Der Kampf auf Leben und Tod mit seinem großen Gegner, dieser Streit, der die Republik auf den Weg des Verderbens geführt hatte, wurde zu einem Krieg zur Verteidigung der Republik gemacht. Nur auf diese Weise konnte Sulla seine überlegene Machtposition rechtfertigen, die er gewaltsam für sich selbst errungen hatte. Selbst Marius hatte im düsteren Wahn seiner letzten Monate darauf geachtet, sich in den Mantel der brüchigen Legitimität seines siebten Konsulats zu hüllen. Sulla war im Gegensatz dazu zu scharfsichtig, um ein ähnliches Manöver zu versuchen. Er wusste, dass es keinen Sinn mehr hatte, die Scherben einer konventionellen Magistratur aufzusammeln. Wenn er die nackte Gewalt seiner Macht verstecken wollte, musste er nach einem anderen geeigneten Mittel der Verkleidung suchen.

Bevor er das aber in Angriff nehmen konnte, musste er seinen Sieg völlig sicherstellen. Sulla verließ Rom und begab sich direkt in das benachbarte Praeneste – die letzte Bastion der Marianerpartei. Auf dem Weg dorthin erreichte ihn die Nachricht, dass die Stadt sich ergeben hatte und Marius' Sohn tot war. Rom war nun ohne Konsuln. Der Umstand, dass es Sulla war, der die beiden höchsten Beamten des Staates vernichtet hatte, unterstrich die verfassungsmäßige Anomalie seiner Stellung nur noch stärker. Er war zu überschäumend in seinem Selbstbewusstsein, um sich darüber Gedanken zu machen. Sulla feierte die Ausmerzung der Familie seines Rivalen, indem er sich selbst den Titel Felix, »der vom Glück Begünstigte«, verlieh. Das war immer sein willkommener privater Spitzname gewesen, aber jetzt entschied sich Sulla dafür, ihn offiziell vor aller Welt zu tragen. Dadurch gab er zu verstehen, dass es kein Zusammentreiben der Wähler im *ovile* geben würde, um seine Herrschaft zu bestätigen. Das Glück hatte Sulla an die Macht gebracht, und das Glück, das berühmte Glück Sullas, würde auch die Republik retten. Bis das Werk ihres Günstlings vollendet und die Verfassung wiederhergestellt war, würde Fortuna als Herrin über Rom herrschen.

Doch Fortunas Herrschaft sollte sich als brutal erweisen. Die Demütigung der Großen und die Förderung der Unbedeutenden waren das Drama, an dem sie die meiste Freude hatte. Das galt auf ihre Weise natürlich auch für die Republik. Doch die Verfassung war auf ihren subtilen und feinen Wegen dazu gelangt, jede gewaltsame Veränderung zu begrenzen. Die Massenhinrichtungen und Enteignungen politischer Gegner, die von Zeit zu Zeit die griechischen Städte erschüttert hatten, waren nicht Sache der Römer. Als er Athen erobert hatte, hatte Sulla ein Regime gestürzt, das sich auf solche Praktiken stützte. Nun, nachdem er Rom erobert hatte, machte er sich daran, sie nachzuahmen. In der Ausübung politischen Terrors konnte Athen, »die Schule der Griechen«, ganz wie in vielen anderen Bereichen noch immer Anregungen vermitteln.

Die Todesschwadronen waren schon überall in Rom ausgeschwärmt, während man noch die Samniten in der Villa Publica abschlachtete. Sulla unternahm seinerseits keinerlei Anstrengungen, sie zurückzuhalten. Selbst seine hart gesottenen Gefolgsmänner waren über das folgende Gemetzel entsetzt. Einer von ihnen wagte zu fragen, wann man den Mördern Einhalt gebieten würde. Oder zumindest, fügte er schnell hinzu, »dann gib wenigstens bekannt, wen du bestrafen willst«.[9] Als höhnische Antwort ließ Sulla sogleich eine Liste auf dem Forum anschlagen. Auf ihr stand die gesamte Führung der Marianerpartei. Sie alle waren zum Tode verurteilt. Ihr Besitz wurde für beschlagnahmt erklärt und ihre Söhne und Enkel wurden von der Bewerbung um Staatsämter ausgeschlossen. Jeder, der half, sie zu beschützen, war ebenfalls zum Tode verurteilt. Eine ganze Gruppe der politischen Elite Roms war der Vernichtung preisgegeben.

Weitere Listen folgten, die hunderte, ja vielleicht tausende von Namen enthielten. In einer grotesken Parodie des Zensus begannen sich Namen von Leuten auf den Listen einzuschleichen, die zwar ohne marianische Sympathien waren, deren Reichtum und Status sie aber zu attraktiven Opfern machte. Leichenfledderern, die sich auf dem Forum einfanden, um die Listen zu inspizieren, konnte es leicht geschehen, dass sie sich selbst dort aufgeführt fanden. Villen, Gärten, Schwimmbäder, all das waren nun potenzielle Steckbriefe mit Todesfolge. Überall spürten auf Belohnung erpichte Glücksritter ihre Beute auf. Die abgeschlagenen Köpfe der Opfer wurden nach Rom gebracht, und nachdem Sulla sie gesehen und die versprochene Belohnung ausgezahlt hatte, konnte es vorkommen, dass er besonders wichtige Exemplare als Trophäen in seinem Haus behielt.

Ein so abstoßendes System der Abrechnung konnte leicht missbraucht werden. Niemand nutzte es so Gewinn bringend wie Crassus, der selbst unter Konfiskationen gelitten hatte. Als der General, der Sulla am Collinischen Tor gerettet hatte, war er in der bevorzugten Stellung, seinen Einfluss nutzen zu können. Geschenke erpresste er er, Landgüter kaufte er billig. Am Ende jedoch verlor Sulla die Geduld, wenn Crassus den Namen eines unschuldigen Millionärs etwas zu offensichtlich auf eine Proskriptionsliste setzte. Bei dem darauf folgenden Skandal kam es zum endgültigen Bruch in den Beziehungen der beiden Männer, und Sulla entzog seinem früheren Mitkämpfer die Gunst. Doch Crassus war bereits so reich, dass er es sich leisten konnte, sich nicht weiter darum zu kümmern.

Was Sulla, den ewigen Meister der Strategie, betraf, so geriet er nur aus politischen Gründen in Streit. Indem er seinen eigenen Verbündeten so öffentlich abkanzelte, konnte er sich als selbstlosen Ordnungshüter der Republik hinstellen, der sie mit Blut wusch, aber ohne den Gedanken an persönliche Bereicherung. Trotz all der Zurschaustellung seiner Entrüstung über die Habgier des Crassus gab es jedoch nur wenige, die sich davon überzeugen ließen. Crassus war viel zu mächtig und ehrgeizig, um der Parasit eines anderen zu sein. Diejenigen, die Sulla nicht als Bedrohung empfand, wurden angemessen entschädigt. Häufig verkaufte er persönlich Landbesitz zu lächerlich niedrigen Preisen weiter. Seine Politik war mit Bedacht darauf angelegt, seine Gegner zu ruinieren und seine Anhänger reich zu machen. »Das Hinrichten nahm erst ein Ende, als Sulla alle seine Anhänger mit Reichtümern eingedeckt hatte.«[10]

Aber auch wenn Sulla großzügig war, profitierte er doch selbst am meisten von den Proskriptionen. Der verarmte Aristokrat, der einst dazu gezwungen war, in erbärmlichen Spelunken zu hausen, war jetzt reicher als jeder andere Römer in der Geschichte. Der Zufall wollte es, dass im Verlauf der Proskriptionen ein zum Tode verurteilter Senator sich im Haus eines seiner früheren Sklaven versteckt hatte und dort gefunden wurde. Der Freigelassene wurde wie üblich vor Sulla gebracht, um verurteilt zu werden. Die beiden Männer erkannten sich sofort. Sie hatten vor langer Zeit in demselben Mietshaus gewohnt, und der Freigelassene schrie, sogar noch als er zur Hinrichtung abgeführt wurde, Sulla zu, dass einmal nur wenig Unterschied zwischen ihnen beiden bestanden hätte. Das war höhnisch gemeint und eine Herausforderung, aber es ist nicht wahrscheinlich, dass Sulla dies auch so verstanden hat. Nichts hätte den weiten Weg, der hinter ihm lag, besser illustrieren können. Nichts hätte besser zeigen können, dass er in der Tat *felix* war.

Der Diktator Sulla

Sullas Ziel war es, ebenso aufzubauen wie zu zerstören. Selbst während Roms Straßen rot von Blut waren, sprach er unüberhörbar davon, dass er die Republik in voller Kraft wiederherstellen wolle. Wie immer bei Sulla war sein Opportunismus die Begleiterscheinung einer eisenharten Überzeugung. Die Abfolge von Kriegen und Umstürzen, die er so brutal durchfochten hatte, hatten nichts dazu beigetragen, seine tief empfundene konservative Gesinnung zu schmälern. Sulla trieb die wahre Verachtung des Patriziers für Neuerungen. Er war weit davon entfernt, seinen Mitbürgern ein radikal neues Modell eines autokratischen Regimes aufzuzwingen, sondern er suchte in der Vergangenheit nach Lösungen für die Krise, der sich Rom gegenübersah.

Das dringendste Problem, das sich ihm stellte, war die Normalisierung seiner eigenen Position. Selbst nach der Proskription seiner Feinde lehnte er es weiter ab, sich dem Urteil der Wähler zu stellen. Glücklicherweise gab es einen geeigneten Präzedenzfall für eine derartige Situation. In der frühen Republik gab es Beispiele für Bürger, die über die absolute Gewalt verfügten, ohne gewählt zu sein. In Augenblicken besonderer Krise war die Autorität der Konsuln manchmal aufgehoben worden und man hatte einen einzelnen Magistrat ernannt, der die Kontrolle über den gesamten Staat übernahm. Ein solches Amt entsprach den Erfordernissen Sullas ganz und gar. Dass es sich dabei um ein konstitutionelles Fossil handelte, kümmerte ihn nicht im Geringsten. Mit groben und drohenden Andeutungen brachte er den Senat dazu, das antiquierte Amt abzustauben und ihn zum Diktator zu ernennen. Der Vorteil war nicht nur eine Legalisierung seiner beherrschenden Stellung, sondern dass ihr auch die Patina der Tradition verliehen wurde. Wie konnten die Römer sich schließlich durch eine Magistratur bedroht fühlen, die so authentisch republikanisch war wie die Diktatur?

In Wahrheit war sie indes immer mit Argwohn betrachtet worden. Anders als das Konsulat, das doch zwischen zwei Bürgern gleichen Ranges aufgeteilt war, standen die umfassenden Kompetenzen der Diktatur im Widerspruch zu den Idealen der Republik. Deshalb war das Amt auch in Vergessenheit geraten. Selbst in den dunklen Tagen des Krieges gegen Hannibal waren Bürger nur für ganz kurze und fest begrenzte Zeit zu Diktatoren ernannt worden. Wie unvermischter Wein hatte die Diktatur einen berauschenden und verderblichen Geschmack. Aber Sulla, der Wein und Macht liebte, war stolz darauf, beides gut zu vertragen. Er lehnte es ab, eine Begrenzung seiner Amtszeit anzuerkennen. Vielmehr sollte er Diktator bleiben dürfen, bis die Verfassung »revidiert« worden sei.[11] Was das bedeutete, würde er am Ende selbst bestimmen.

Ein Konsul hatte zwölf Liktoren bei sich. Sulla hatte vierundzwanzig. Jeder von ihnen trug auf der Schulter nicht nur die *fasces*, sondern in das Rutenbündel war auch eine Axt eingebunden, die die Gewalt des Diktators über Leben und Tod symbolisierte. Nichts hätte den Unterschied im Status besser zeigen können, der nun zwischen Sulla und den übrigen Beamten bestand. Und er verlor keinen Augenblick, um diesen Umstand deutlich zu machen. Kaum war er zum Diktator ernannt worden, ordnete er Wahlen zum Konsulat an. Beide Kandidaten hatte er selbst ausgesucht. Als einer seiner eigenen Generäle, und zwar jener Kriegsheld, der Praeneste erobert hatte, dennoch versuchte, sich um das Amt zu bewerben, verwarnte Sulla ihn, seine Kandidatur zurückzuziehen, und als er sich weigerte, ließ er ihn in aller Öffentlichkeit auf dem Forum ermorden. Mehr als jeder andere hatte Sulla Grund zu wissen, wie gefährlich Kriegshelden sein konnten.

Sein gesamtes Reformprogramm war von einer gewissen Ironie

überschattet. Sullas Aufgabe als Diktator war es, sicherzustellen, dass in Zukunft niemand je wieder das tun konnte, was er selbst getan hatte, nämlich eine Armee gegen Rom führen. Doch man kann bezweifeln, dass Sulla selbst darin einen Widerspruch gesehen hätte. Wenn er, wie seine Propaganda unaufhörlich wiederholte, keine Schuld am Ausbruch des Bürgerkriegs trug, dann musste der Fehler irgendwo anders liegen. Und wenn es, wie seine Propaganda ebenfalls betonte, der Ehrgeiz war, der Marius und Sulpicius dazu verführt hatte, die Republik zu gefährden, dann war es andererseits der Niedergang der republikanischen Institutionen, der ihnen zum Erfolg verholfen hatte. Sulla war zu sehr Römer, um sich vorzustellen, dass ein Verlangen danach, der Beste zu sein, je ein Verbrechen sein könne. Er hatte mit Sicherheit nicht die Absicht, das eingefleischte Verlangen seiner Landsleute nach Ruhm zu unterdrücken. Sein Ziel war es vielmehr, es in geordnete Bahnen zu lenken, um es wieder dem wachsenden Ruhm Roms nutzbar zu machen, statt den Staat gewaltsam zu entzweien.

Die Kompliziertheit, die Vieldeutigkeit und die Widersprüche der Verfassung brachten den neuen Diktator in Rage. Sulla verstand sie als Schlupflöcher und bemühte sich mit aller Macht darum, sie zu schließen. Keinerlei Unklarheiten sollten bestehen bleiben, die ein zukünftiger Marius nutzen könnte. Der Ehrgeiz sollte vielmehr strengstens reguliert werden. Jede Magistratur sollte ein Mindestalter haben. Sulla, der seine eigenen Jahre als Zwanziger damit verbracht hatte, Huren hinterherzulaufen, muss Freude daran gefunden haben, jugendliche Erfolgsmenschen zu diskriminieren.

Nach seiner Gesetzgebung durfte niemand unter dreißig sich auch nur um das niedrigste der Ämter bewerben. Das war die Quaestur, die dem erfolgreichen Kandidaten die Möglichkeit bot, für ein Jahr als Assistent eines der höheren Beamten zu dienen und von dem Vorbild des älteren Mannes zu lernen. Einige der Quaestoren konnten sogar in eigener Verantwortung Aufgaben übernehmen und die Finanzen der Republik verwalten, um sich so an die Disziplin und Pflichten der Machtausübung zu gewöhnen. Das war eine wichtige Vorbereitung, denn der Bürger, der als Quaestor gedient hatte, durfte, sobald er sein neununddreißigstes Lebensjahr erreicht hatte, eine noch höhere Ehrenstellung anstreben: die Praetur. Wenn er in dieses Amt gewählt wurde, sollte er nun für ein Jahr im Rang nur unter den

Konsuln selbst stehen. Ein Praetor hatte beeindruckende Pflichten und Rechte: Mit der ihm anvertrauten wichtigen Aufgabe, die Gesetze der Republik zur Anwendung zu bringen, verband sich das Recht, eine Sitzung des Senats einzuberufen und in seinen Debatten als Vorsitzender zu amtieren. Der wahre Reiz der Praetur lag nach dem neuen Modell Sullas indes darin, dass sie eine notwendige Sprosse auf der Leiter war, die geordnet Stufe für Stufe zum Konsulat führte. Das Konsulat blieb Höhepunkt und verlockender Preis. Wie immer waren es nur wenige, die es errangen, aber das Ziel von Sullas Reformen war es, sicherzustellen, dass die zukünftigen Gewinner sich ihres Ranges würdig erweisen würden. Es sollte keine Skandale mehr geben wie die Karriere des jüngeren Marius. Nur ein einziger Weg führte zum Konsulat, über die Quaestur und die Praetur, und es gab keine Abkürzungen.

Der kalkulierte Effekt dieser Gesetzgebung war es, das reifere Alter zu bevorzugen. Darin traf sie sich mit grundlegenden römischen Instinkten. Man erwartete, dass Staatsmänner von fortgeschrittenem Alter waren. Griechische Herrscher mochten sich als ewig jung dargestellt haben, aber die Porträtkunst der Republik zeigt eine positive Bewertung von Runzeln, ausfallendem Haar und Hamsterbacken. Es war weder Zufall, dass die traditionelle regierende Versammlung Roms, der Senat, seinen Namen von dem Wort *senex* – »der alte Mann« – ableitete, noch dass die Senatoren sich gern in Würde mit dem Titel »Väter« schmückten. Die Idealvorstellung einer Versammlung, die reich an Erfahrung und Weisheit war und als Hemmschuh gegen so unverantwortliche Elemente wie die Jungen oder die Armen wirkte, stand dem Herzen eines jeden Konservativen nahe. In der Mythologie der Republik war es der Senat, der Rom zu seiner Größe geführt hatte, als es Hannibal überwunden oder Könige vernichtet und die Welt erobert hatte. Obwohl Sulla sich doch bei jeder Gelegenheit über den Senat hinweggesetzt hatte, machte er die Wiederherstellung seiner Macht zum wichtigsten Ziel seiner Laufbahn.

Und Reparaturen waren in der Tat dringend notwendig. Der Bürgerkrieg und die Proskriptionen hatten das erhabene Gremium in einem kritischen Zustand hinterlassen. Nachdem Sulla eine entscheidende Rolle bei der Dezimierung der Zahl der Senatoren von dreihundert auf kaum noch einhundert gespielt hatte, förderte er Aufsteiger so beharrlich, dass der Senat nach Abschluss seiner Bemühungen größer war als je zuvor in seiner Geschichte. Ritter aus allen Lebenssparten – Geschäftsleute, Italiker, durch Beute reich gewordene Offiziere – wurden auf schnellstem Weg in den überfüllten Senat geschoben. Zugleich erweiterte Sulla auch die Möglichkeiten für den Aufstieg innerhalb des Senats. Nach Maßgabe seiner Reformen wurde die Zahl der jedes Jahr zu besetzenden Praeturen von sechs auf acht erhöht, und die der Quaestoren von acht auf zwanzig – eine wohlüberlegte Reform, um sicherzustellen, dass die oberen Ränge der Macht regelmäßig mit frischem Blut versorgt wurden. Die etablierte Nobilität zeigte sich erwartungsgemäß entsetzt. Der Snobismus der Römer war jedoch geeignet, den Aufsteigern zu zeigen, wo ihr Platz war. Wie jeder andere Bürger in der Republik waren Senatoren an eiserne Gesetze der Hierarchie gebunden. Ihr jeweiliger Rang bestimmte die Ordnung, nach der sie zu sprechen aufgerufen wurden, und jüngere Senatoren hatten selten Gelegenheit, überhaupt das Wort zu ergreifen. Selbst ehemals freimütige Kritiker des Senats wurden ruhig gestellt, kaum dass sie in das Gremium aufgestiegen waren. Sulla war nicht für besondere Großzügigkeit gegenüber seinen Feinden bekannt, und es scheint, dass er beschlossen hatte, dass es am klügsten war, gewisse Gegner einzureihen.

Einige blieben natürlich ausgeschlossen. Die Forderungen der Massen strafte Sulla mit Verachtung. Ihre Repräsentanten betrachtete er mit offenem Widerwillen. Noch während er die Macht des Senats ausbaute, entmachtete Sulla das Volkstribunat mit der Rachsucht, die alle seine Vergeltungsmaßnahmen kennzeichnete. Er vergaß nie, dass Sulpicius Tribun gewesen war. Jeder Abstrich an den Vollmachten des Volkstribunats war ein ausgesuchter Akt persönlicher Rache. Um dafür zu sorgen, dass die Tribunen niemals wieder gegen einen Konsul gerichtete Gesetze einbringen konnten wie einst Sulpicius, schloss Sulla sie ganz einfach überhaupt davon aus, Gesetze vorzuschlagen. Um zu verhindern, dass das Tribunat in Zukunft ehrgeizige Störenfriede anziehen könne, nahm er ihm jede Möglichkeit, die Karriere durch seine Bekleidung zu fördern. Mit sorgfältig berechneter Boshaftigkeit schloss Sulla jeden, der das Amt bekleidet hatte, davon aus, sich um ein weiteres Amt zu bewerben. Quaestoren und Praetoren durften vom Konsulat träumen, aber die Volkstribunen nicht mehr. Ihr Amt sollte eine Sprosse auf einer Leiter sein, die ins Nichts führte. Sullas Rache war wie immer süß.

Eine der alten Säulen der Verfassung lag nun in Trümmern. Selbst die konservativen Anhänger Sullas im Senat waren offenbar schockiert.[12] Niemand hatte je zuvor ein solches Zerstörungswerk angerichtet. Der Diktator selbst bezeichnete seine Reformen als eine Wiederherstellung, als das Wegräumen von Schutt. Aber Schutt war das Wesen der Republik. Er lag an allen Orten, auf die Sulla seinen Blick zu richten geruhte. Man konnte ihn im ganzen Erscheinungsbild Roms sehen. Sullas unveränderte Antwort auf Herausforderungen war stets, einen einzigen, schnellen Befreiungsschlag zu führen, und er zeigte bald seine Ungeduld mit dem städtischen Geflecht wie vorher gegenüber den Marianern oder dem Volkstribunat. Aufgebracht über die in der Stadt herrschende Überfüllung erweiterte er ganz einfach das *pomerium*, und er war der Erste in der Geschichte Roms, der das tat. Ebenso unbeeindruckt ebnete er das enge, aber ehrwürdige Senatsgebäude ein und baute ein neues, das der Größe seines eigenen, neuen und erweiterten Senats entsprach. Nicht dass die Senatoren sich dafür sehr dankbar zeigten. Jahrzehnte später trauerten sie noch dem ursprünglichen Gebäude nach, das doch durch die historischen Helden der Republik geheiligt worden war, und sie beklagten sich, dass die Kurie »kleiner zu sein scheint, nachdem sie größer geworden ist«.[13] Sulla konnte es sich leisten, solches Gemurmel mit einem verächtlichen Schulterzucken beiseite zu schieben. Allein das Kapitol war ihm durch die heiligen Gesetze der Tradition versperrt. Der Tempel des Jupiter mochte niedergebrannt sein, aber sein Grundriss blieb erhalten. Als ein neuer Tempel aus den Ascheresten emporstieg, leuchteten die gewaltigen Säulen, die Sulla bei der Plünderung Athens so passend erbeutet hatte, aus den Umrissen des alten, sakrosankten Gebäudes hervor. Unbeholfen ruhte der monumentale Bau auf den archaischen Fundamenten. Die Diktatur Sullas konnte sich kaum ein geeigneteres Denkmal errichten.

Doch Sulla gab sein Amt lange vor der Vollendung des großen Jupitertempels ab. Eines Morgens spät im Jahr 81 v. Chr. erschien er plötzlich ohne seine Liktoren auf dem Forum. Der Mann, der für den Tod von mehr Bürgern verantwortlich war als jeder andere Römer in der Geschichte der Stadt, hatte die oberste Gewalt mit allen ihren Rechten niedergelegt, und »weder von den Bürgern zu Hause noch von den Verbannten in der Ferne ließ Sulla sich schrecken ... So große Kühnheit und so viel Glück wurden diesem Manne zuteil«.[14]

Wieder war sein Wagemut gerechtfertigt. Sulla blieb eine gefürchtete Figur. Nur bei einer einzigen Gelegenheit wagte es jemand, ihn offen zu kritisieren, nämlich ein junger Mann, der ihn auf dem Forum provozierte; als ihm das nicht gelang, schrie er ihm auf dem ganzen Heimweg höhnisch nach. Sonst bewahrte sich der Name Sullas seinen Schrecken.

Im Jahr nach seiner Niederlegung der Diktatur amtierte Sulla als Konsul; im darauf folgenden bekleidete er überhaupt kein Amt mehr. Aller formalen Verantwortung ledig, kehrte er zu den wilden Gewohnheiten seiner Jugend zurück. Das war ein Lebensstil, für den er sein Talent niemals verloren hatte. Als Diktator hatte er die größten Feste gefeiert, die Rom in seiner Geschichte je gesehen hatte. Jedermann in der Stadt war eingeladen worden. Spießbraten hatten in den Straßen gebrutzelt und erlesene Weine waren aus den öffentlichen Brunnen geflossen. Die Bürger hatten sich den Bauch vollgeschlagen, und als niemand noch mehr essen oder trinken konnte, waren ganze Tierhälften im Verschwendungswahn in den Tiber geworfen worden. Die Feste, die Sulla als Privatmann gab, waren notwendigerweise intimer. Ganze Tage verbrachte er im Trinkgelage mit seinen alten Freunden aus der Bohème. Obwohl er zu schwindelnden Höhen emporgestiegen war, blieb Sulla seinen Freunden gegenüber ebenso treu, wie er in seinen Feindschaften unversöhnlich war. Schauspieler, Tänzer, heruntergekommene Schreiberlinge, sie alle hatten Brosamen aus dem Besitz der Proskribierten erhalten. Wenn sie kein Talent hatten, hatte man ihnen Geld gegeben, damit sie nie wieder auftraten. Hatten sie Talent, wurde ihnen zugejubelt, auch wenn sie ihre beste Zeit hinter sich haben mochten. Obwohl er doch ein so brutaler Zyniker war, sollte Sulla einem alternden Transvestiten doch noch immer schmeicheln und ihn verhätscheln. »In den Kabarettsänger Metrobios war er, obgleich der aus den Jahren der Blüte heraus war, bis an sein Ende verliebt und er machte daraus auch keinen Hehl.«[15]

Mit Sicherheit war da keine Spur von dem muskelspannenden Ehrgeiz des Marius zu finden, der sich als wahrer Mann erweisen wollte: Sulla machte keine Kraftübungen auf dem Marsfeld. Als er sich nach Kampanien in seine Villa zurückzog, rühmte er sich seiner Pensionierung. Er hatte die Republik wiederhergestellt, und das Ergebnis seiner Arbeit war der Frieden. Die Krise war vorbei. Wer konnte bezweifeln, wenn er Sulla in seiner griechischen Tunika sah, wie er mit anderen Touristen durch die Seitenstraßen Neapels flanierte, dass die guten alten Zeiten zurückgekommen waren?

Und doch waren die guten Zeiten in Italien auf brutale Gewalt und Blutvergießen gegründet. Nicht weit hinter Sullas Landgut erhoben sich die Hügel Samniums, die man mit einer Politik der gezielten Ausrottung marterte. Drumherum lagen verstreut in der Ebene Kampaniens Städte, die noch die Narben ihres Widerstands gegen Sulla trugen. Selbst Neapel war von seinen Legionen erstürmt worden. Auch Nola war schließlich gefallen. Das Bollwerk der Rebellen war zehn Jahre lang belagert worden und hatte bis 80 v. Chr. standgehalten, gestählt durch dasselbe Schauspiel an Gräueltaten, das andere dazu gebracht hatte, ihre Stadt lieber in Brand zu stecken, als sich zu ergeben. Um Nola zu bestrafen und eine ständige Besatzungsmacht zu installieren, hatte Sulla eine Kolonie seiner Veteranen in der Stadt angesiedelt, und das war eine der zahlreichen vergleichbaren Ansiedlungen, die der Bevölkerung in ganz Kampanien und Samnium aufgezwungen wurden. Nachdem er noch über dieses hartnäckigste Widerstandsnest seiner Feinde triumphiert hatte, feierte Sulla seinen Sieg damit, dass er Nola einen neuen und demütigenden Namen gab: Colonia Felix. Nur ein anderer Akt der Aneignung dürfte ihm noch mehr Vergnügen bereitet haben. Gerade unterhalb seines Landguts stand an der Küste die berühmte Villa des Marius, die auf ihrem Vorgebirge wie ein Militärlager und als ein Schrein zum Ruhm des Soldaten und Zeichen von Mannesstolz errichtet war. Sulla verkaufte sie billig an seine Tochter Cornelia. Es hatte ihm immer gefallen, Salz in offene Wunden zu streuen.

Dieser Zug von Grausamkeit sollte niemals vergessen und vergeben werden. Sulla hatte den Römern einen ersten Ausblick darauf eröffnet, was es bedeuten konnte, Untertanen eines Autokraten zu sein, und das hatte sich als eine erschreckende und heilsame Erfahrung erwiesen. Es war eine Entdeckung, die nie wieder rückgängig gemacht werden konnte. Nach den Proskriptionen konnte niemand Zweifel daran hegen, was die äußerste Konsequenz des römischen Hungers nach Wettbewerb und Ruhm sein könnte, und zwar nicht nur für die Feinde Roms, sondern auch für seine Bürger selbst. Was einmal undenkbar gewesen war, war nun als drohender Hintergedanke bei allen Römern vorhanden: »Sulla hat es fertig gebracht, und ich sollte es nicht können?«[16]

Die nachfolgende Generation musste ihre eigene Antwort auf diese Frage finden. Dabei sollte es von Nutzen sein zu bestimmen, wie Sulla selbst am zutreffendsten zu beurteilen sei: War er der Retter der Republik oder der Zerstörer der Verfassung gewesen? Wie schrecklich er sich auch gezeigt hatte, der Diktator war doch ebenfalls eifrig darum bemüht gewesen, die Republik wiederherzustellen und dafür zu sorgen, dass er keinen Nachfolger haben würde. Historiker zukünftiger Generationen, die an ewige autokratische Herrschaft gewöhnt waren, fanden den Gedanken, dass jemand die oberste Gewalt freiwillig niederlegen sollte, geradezu unglaublich. Und doch hatte Sulla genau das getan. Es war kein Wunder, dass seine Zeitgenossen in ihm eine so verwirrende und widersprüchliche Figur fanden. Als er starb – vermutlich an Leberzirrhose –, konnte man sich noch nicht einmal darauf einigen, wie man mit seiner Leiche verfahren sollte. Der eine Konsul wollte ihm ein Staatsbegräbnis bereiten, der andere ihn aller Begräbnisrituale berauben. Passenderweise war es die Androhung von Gewalt, die die Frage löste. Eine riesige Eskorte von Veteranen versammelte sich, um ihren toten General von Kampanien heimzubringen, und die Bevölkerung Roms »fürchtete auch dann sein Heer und seinen Leichnam nicht weniger als noch zu seinen Lebzeiten«.[17] Kaum war der Leichnam auf einem großen Scheiterhaufen auf dem Marsfeld hingebreitet worden, als ein starker Wind über die Ebene fegte und die Flammen anblies. Und kaum war der Leichnam verbrannt, begann es zu regnen.

Sulla hatte bis zum letzten Moment Glück.

5 DER DRANG ZUM RUHM

Der Erfolg eines Patriziers

Das Leben eines jungen römischen Adligen war voller Chancen und Risiken. Der Bürgerkrieg erhöhte beides. Unter Sulla konnte ein junger Mann mitten in den Strudel des Erwachsenenlebens geraten. Einige profitierten davon auf spektakuläre Weise. Das leuchtendste Beispiel gab Pompeius ab, der sich ungeachtet der Gesetze Sullas gegen junge Erfolgsmenschen immer mehr profilierte und brüstete. Als der Diktator gerade daran ging, jedem unter dreißig den Zugang zu einem politischen Amt zu verwehren, war sein jünglingshafter Offizier dabei, ein Heer von hartnäckigen Marianern in Afrika zu schlagen, und er wurde von seinen Truppen als »der Große« gepriesen. Pompeius war ein Ausnahmefall und wurde auch deshalb gerühmt. Andere seines Alters hatten weniger Glück. Sullas Geheimpolizei zeigte weder vor Jugend noch vor Abstammung Respekt. So geschah es zum Beispiel, dass der Erbe der alten patrizischen Familie der Julier fliehen musste, nur weil Marius in sie hineingeheiratet hatte. Er war erst neunzehn Jahre alt, und seine Familienverbindungen hätten ihm einen problemlosen Aufstieg sichern sollen. Stattdessen musste er sich in Bergscheunen verstecken und Kopfgeldjägern gewaltige Bestechungssummen anbieten. Dies war eine Erfahrung, die er nie vergessen würde. In zukünftigen Jahren sollte er sich ungewöhnlich entschlossen zeigen, die Wechselfälle des Glücks zu meistern: Nicht weniger als Pompeius hatten die Jahre der Herrschaft Sullas den jungen Julius Caesar vor seiner Zeit gestählt.

In dieser Hinsicht zeigten sich die beiden Männer nur im Einklang mit ihrer Erziehung. Härte war ein römisches Ideal. Die stählerne Härte, die man brauchte, um dem Ruhm nachzujagen oder die Katastrophe zu überstehen, war das besondere Kennzeichen eines Bürgers. Das wurde ihm vom Augenblick seiner Geburt an eingetrichtert. Die erste Reaktion römischer Eltern auf ihre Neugeborenen scheint weniger Zärtlichkeit gewesen zu sein als der Schock, dass irgendetwas so weich und hilflos sein konnte. »Das Kind: wie der Schiffer, den rasende Wogen warfen an Land, liegt nackt es am Boden, stumm und bedürftig jeder Hilfe des Lebens.«[1] Für die Römer war eine solche Existenz beinahe ein Skandal. Kinder waren natürlich zu schwach, um Idealvorstellungen zu entsprechen, und das höchste Lob, das man einem Kind aussprechen konnte, war, es mit einem Erwachsenen zu vergleichen. Dies führt, zumindest in heutigen Augen, zu einer erstaunlichen und frustrierenden Lücke in antiken Biografien. Nie erscheinen uns die größten Persönlichkeiten der Republik eisiger oder entfernter als dann, wenn ihre frühesten Jahre beschrieben werden. Man bietet uns Bilder von ihnen als Wunderknaben physischer Härte und der Gelehrsamkeit, und sie erscheinen dabei steif, unnatürlich und unglaubhaft. Anekdoten, die sie als Kinder zeigen und nicht als kleine Erwachsene, sind äußerst selten. Je bedeutender die Persönlichkeit ist, desto weniger angemessen erscheint die Beschreibung ihrer Kindheit. Die frühen Jahre eines Mannes wie Caesar sind völlig unbekannt. Jeder Versuch, sie zu rekonstruieren, muss noch mehr, als das schon allgemein in der Alten Geschichte der Fall ist, auf Annahmen und Verallgemeinerungen beruhen. Dennoch ist der Versuch die Mühe wert. Die Römer waren sich wie jeder Psychologe durchaus dessen bewusst, dass »in diesem Alter die Intentionen der Natur am leichtesten erkennbar sind.«[2] Die Kindheit war die Zeit, in der der zukünftige Bürger geformt wurde.

Was können wir demnach mit gewisser Sicherheit über das Kind sagen, das eines Tages die Republik zerstören sollte? Gaius Julius Caesar wurde am 13. Juli 100 v. Chr. geboren, sechs Jahre nach Pompeius, fünfzehn Jahre nach Crassus. Rituale werden ihn von seinen frühesten Momenten an umgeben haben: So wurde ein Römer nicht durch seine Geburt zum Bürger, sondern es stand in der Macht eines jeden Vaters, ein Neugeborenes zu verstoßen und anzuordnen, dass unerwünschte Söhne oder besonders Töchter ausgesetzt wurden. Bevor das neugeborene Kind Caesar gestillt wurde, musste sein Vater ihn zunächst hochheben, um ihn auf diese Weise als Sohn anzuerkennen und zum Römer zu machen. Neun Tage später musste der Säugling einen Namen erhalten. Böse Geister waren zuvor mit einem Besen aus dem Haus gekehrt worden; die Zukunft des Knaben war aus dem Flug vorbeiziehender Vögel herausgelesen worden. Ein goldener Glücksbringer, die *bulla,* war dem kleinen Gaius um den

Hals gebunden worden und er sollte sie tragen, bis er volljährig war und Vollbürger wurde.

Man ließ keinen einzigen Augenblick verstreichen, in dem das Kind nicht auf diesen Moment vorbereitet wurde. Die Römer hatten kein besonderes Wort für »Baby«, was ihre Auffassung widerspiegelt, dass ein Kind nie zu klein war, um Härte zu lernen. Neugeborene wurden fest eingebunden, um ihnen so die Form eines Erwachsenen zu geben, ihr Gesicht wurde geknetet und geklopft, und bei den Jungen wurde die Vorhaut vor- und zurückgezogen, um sie elastisch zu machen. Altmodische republikanische Moral und neumodische griechische Medizin trugen gleichermaßen dazu bei, dass ein hartes Regime von Diät und kalten Bädern herrschte. Im Ergebnis trug diese raue Erziehung noch zusätzlich zur Erhöhung einer bereits katastrophalen Rate der Kindersterblichkeit bei. Schätzungen zufolge überlebten nur zwei von drei Kindern das erste Jahr und weniger als 50 Prozent schafften es bis zur Pubertät. Der Tod von Kindern war ein konstanter Faktor im Familienleben. Eltern wurden ermutigt, auf derartige Verluste mit gelassener Ruhe zu reagieren. Je jünger das Kind war, desto weniger Gefühl trug man zur Schau, sodass es ganz alltäglich war zu sagen, »wenn ein kleiner Knabe in den Windeln stirbt, so solle man überhaupt nicht klagen«.[3] Doch Zurückhaltung bedeutete nicht notwendigerweise Gleichgültigkeit. Es gibt zahlreiche Belege auf Grabsteinen, in der Dichtung und der privaten Korrespondenz, die uns die Intensität der Liebe nahe bringen, die römische Eltern verspüren konnten. Die strenge Härte, die einem Kind auferlegt wurde, war nicht die Folge absichtlicher Grausamkeit. Ganz im Gegenteil: Je strenger die Eltern waren, als desto liebevoller galten sie.

Die Erziehung Caesars war von bekannter Strenge, und seine Mutter Aurelia wurde für mehrere Generationen von Römern zum Vorbild. Man erzählte sogar, sie habe ihre Kinder selbst gestillt. Das war nach aller Kenntnis etwas, was Frauen der Oberschicht nur selten taten, auch wenn es ihre Bürgerpflicht war, denn die Milch trug, wie jedermann wusste, den Charakter der stillenden Frau in sich. Wie konnte die Milch einer Sklavin je mit der einer frei geborenen römischen Frau mithalten? Unverantwortliche Aristokraten, die ihre Säuglinge Ammen überließen, setzten ganz eindeutig die Zukunft ihrer Kinder aufs Spiel. Dennoch taten sie es. Das war ein deutliches und schockierendes Zeugnis der Dekadenz der Zeit. Aurelias Stolz, sich der Aufzucht ihrer Kinder gewidmet zu haben, hatte einen selbstbewussten anachronistischen Unterton.

Und als das Musterbeispiel republikanischer Mutterschaft widmete sie sich gleich nach dem Abstillen der Erziehung ihrer Kinder. Gaius stand nicht allein im Mittelpunkt ihrer Aufmerksamkeit. Neben ihrem Sohn hatte sie zwei Töchter, Julia Maior und Julia Minor. Die Römer glaubten, dass Mädchen ebenso sehr geformt werden mussten wie Jungen. Physische und intellektuelle Übungen waren für beide angesagt. Ein Junge trainierte seinen Körper für den Krieg, ein Mädchen für die Geburt von Kindern – beide bis zur Erschöpfung. Für die Römer lag die Selbsterkenntnis in der richtigen Einschätzung der eigenen Grenzen. Nur durch die Erfahrung, wo die Grenzen der Ausdauer lagen, konnte man ein Kind auf das Leben als Erwachsener vorbereiten.

Es ist nicht erstaunlich, dass römische Kinder offenbar nur wenig Zeit zum Spielen hatten. So fand man sehr viel weniger Spielzeug aus der Zeit der Republik als aus der Zeit nach ihrem Zusammenbruch, als der Druck, gute Bürger zu erziehen, schwächer wurde. Aber trotz allem waren Kinder nun einmal Kinder: »Haben sie einige Fortschritte gemacht, so vergnügen sie sich an Spielen, und zwar sogar an mühsamen, und können nicht einmal durch Schläge davon abgeschreckt werden.«[4] Mädchen hatten natürlich ihre Puppen, die sie als Teil der Hochzeitsrituale der Göttin Venus weihten. Jungen spielten hingegen wie besessen mit Kreiseln, und Würfel scheinen eine allgemein verbreitete Manie gewesen zu sein. Bei Hochzeitsfesten wurde vom Bräutigam erwartet, dass er Kindern Münzen oder Nüsse zuwarf, um die man dann als Preis würfeln konnte. Caesar sollte einmal davon sprechen, dass er einen Würfel geworfen habe, als er die größte Krise seines Lebens durchlebte, und seine Vorliebe für das Bild stammt sicherlich aus seiner Kindheit. Aber selbst beim Würfelspiel wird er noch von der unerbittlichen Aurelia beaufsichtigt worden sein, die ebenso darum besorgt war und »die nicht nur das Lernen und die häusliche Arbeit, sondern auch die Erholungsstunden und die Spiele der Knaben lenkte«.[5] Vielleicht lernte Caesar die Kunst, ein kalkulierbares Risiko vom reinen Glücksspiel zu unterscheiden, tatsächlich von seiner Mutter – eine seiner größten Begabungen.

Wenn das stimmen sollte, würde es nur noch mehr die klaffende Lücke in allen Berichten von Caesars Kindheit unterstreichen: das Fehlen jedes Hinweises auf den Einfluss seines Vaters. Mit der so sorgfältigen Überwachung der Erziehung ihres Sohnes lief die beispielhafte Mutter Gefahr, ihrem Mann ins Gehege zu kommen. Die Freiheiten, die man römischen Frauen gewährte, mochten nach den Maßstäben der Epoche außerordentlich groß gewesen sein, aber die Autorität eines römischen Vaters war es noch mehr. Seine Gewalt über Leben und Tod war mit der Aufnahme eines Kindes in seinen Haushalt noch nicht zu Ende. Töchter konnten, selbst wenn man sie verheiratet hatte, sehr wohl weiter unter der Vormundschaft des Vaters stehen, während die Söhne niemals aufhörten, von ihm abhängig zu sein; ungeachtet dessen, wie alt sie waren oder wie viele Magistraturen sie bereits errungen hatten. Nirgendwo sonst war die Rolle des Vaters so patriarchalisch wie in Rom. Aber wie immer in der Republik brachten Rechte auch Pflichten mit sich. Beim Zensus wurde jedes Familienhaupt gefragt, ob es geheiratet hatte und vorhabe, Kinder zu zeugen. Es war die patriotische Pflicht eines Bürgers, zur zukünftigen Bevölkerung und Leistungskraft seiner Stadt beizutragen. Aber noch unmittelbarer und ohne Frage lebhafter empfunden wurde die Verpflichtung eines Vaters gegenüber dem Ansehen seiner Familie. Status wurde in der Republik nicht vererbt. Man musste ihn sich in jeder nachfolgenden Generation von neuem erobern. Der Sohn, der es nicht auf den Rang und die Leistungen seiner Vorfahren brachte, oder die Tochter, die nicht darauf achtete, ihren Mann im Interesse ihres Vaters oder ihrer Brüder zu beeinflussen, brachte öffentliche Schande über ihre Familie. Es stand in der Verantwortung des *pater familias*, dafür zu sorgen, dass ein solches Unglück niemals geschah. Daraus ergab sich, dass die Aufzucht von Kindern wie fast jeder andere Aspekt des Lebens in der Republik die eingefleischte Liebe der Römer für den Wettbewerb widerspiegelte. Erben erfolgreich zu erziehen und ihnen den schuldigen Stolz auf ihre Abstammung und das Streben nach Ruhm einzuflößen, war eine manneswürdige Leistung.

Der persönliche Ehrgeiz Caesars sollte eines Tages die ganze Republik verzehren. Sein Vater muss irgendwie Einfluss auf seine Entwicklung gehabt haben, denn es gab manche Dinge in Rom, die man nur von einem Mann lernen konnte. Die wertvollsten Lehren dürfte der junge Gaius nicht zu Füßen seiner Mutter empfangen haben, sondern als er bei seinem Vater war, während dieser politische Freunde empfing, oder als er über das Forum streifte oder der Unterhaltung von Senatoren bei einem Bankett lauschte. Nur wenn er den besonderen Geruch der Macht selbst erlebte, konnte ein Jüngling hoffen, eine Nase für die vielfältigen Wechselfälle der Republik zu entwickeln. Caesars Vater verfügte über gute verwandtschaftliche Verbindungen, und sein Name wird ihm viele Türen geöffnet haben. Er wird wohl selbst ein offenes Haus geführt haben, denn die Römer hatten wenig Sinn für Privatsphäre. Das Stadthaus eines Aristokraten war weniger ein zurückgezogener Bereich häuslichen Lebens als eine Bühne, auf der er sich darstellen und bewundern lassen konnte – ein steinernes Abbild seiner selbst, so wie er gesehen werden wollte. Das Palais der Julier mochte zwar weit von den Machtzentren entfernt mitten zwischen den Tavernen und den Bruchbuden der abschüssigen Subura gelegen haben, aber es wird Caesars Vater dennoch als exzellentes Hauptquartier gedient haben. Anhänger und Klienten werden sich in seiner Eingangshalle gedrängt haben. Die Verbindung solcher Gefolgsleute mit ihrem Patron und Schutzherren war ein weiteres Beziehungsnetz, das von dem angehenden Politiker gemeistert werden musste. Wurde es richtig genutzt, konnte die Unterstützung durch seine Klienten entscheidend für seine Ambitionen sein. Ein römischer Aristokrat gab sich immer viel Mühe, für seine Leute zu sorgen. Je einflussreicher er wurde, desto mehr Klienten würden unausweichlich von seiner Ausstrahlungskraft angezogen. Nach dem Jahr 92 v. Chr., in dem Caesars Vater Praetor wurde, wird seine Gefolgschaft ihn erstmals als einen einflussreichen Mann ausgewiesen haben. Aber würde sie groß genug sein, um einst die Erwartungen seines achtjährigen Sohnes zufrieden zu stellen?

Und diese Erwartungen waren gewaltig. Caesar ließ keine Gelegenheit verstreichen, auf den Respekt hinzuweisen, den man seiner Familie schuldete. Seine Abstammung von Venus war ihm von Kindesbeinen an eingebläut worden. Das Familienpalais war wie ein Schrein zu Ehren des Namens der Julier. Jenseits einer Säulenhalle, die an einen Tempel erinnerte, waren die Wände des Atriums mit Furcht einflößenden Bildern bedeckt: wächserne Totenmasken von Beamten. Sie legten Zeugnis ab von den Ehren, die die Familie in der Vergangenheit errungen hatte. Gemalte Linien verbanden die einzelnen Portraits miteinander und führten in ferne Zeiten zurück bis zu einem Helden des Trojanischen Krieges und davor einer Göttin. Fremde Beobachter hegten keinen Zweifel an der Wirkung eines solchen Schauspiels auf ein leicht zu beeindruckendes Kind. »Man kann sich nicht leicht ein großartigeres Schauspiel denken für einen Jüngling, der nach Ruhm verlangt und für alles Große begeistert ist.«[6] Wie die Römer selbst sagten, war der Geist eines Kindes vor einer solchen Darbietung hell entflammt.[7] All dies bedeutete andererseits, dass der Erbe eines großen Hauses, der sich seiner Tradition gegenüber als unwürdig erwies, als eine verachtungswürdige Figur galt. Es war schrecklich, »wenn von Vorübergehenden gesagt wird, ›Ehrwürdiges Haus! Doch ist der Herr jetzt anders, der dich hat!‹«[8] In Caesars Fall konnten Betrachtungen zum früheren Ruhm seiner Familie ihren neuesten Hunger nach Ehren nur noch verstärken. Sein Vater mag zwar Praetor gewesen sein, aber er war nicht Konsul. Auch wenn ihm immer ein Schwarm von Klienten folgte, sobald er über das Forum ging, konnte er sich doch nicht wie die größten Familien auf ganze von Klienten bewohnte Städte oder Provinzen berufen.

Die Familie des Pompeius etwa, auch wenn sie vielleicht Emporkömmlinge waren, konnte eine ganze Reihe von Regionen im Osten Italiens für sich mobilisieren. Der verräterische und brutale Strabo war als Vater beispielhaft gewesen. Pompeius hatte mit dem Studium einer Lobschrift über die Taten seines Vaters lesen gelernt.

Über die Lektüre des jungen Caesar wissen wir hingegen nichts, sondern lediglich, was er geschrieben hat. Die Themen dieser Aufsätze müssen für seine Zeitgenossen bemerkenswert gewesen sein, sonst hätte man die Erinnerung daran nicht bewahrt. Einer dieser Aufsätze trug den Titel »Das Lob des Herkules«,[9] des größten aller griechischen Helden und heimlichen Sohnes des Jupiter, dessen Taten ihm am Ende die Unsterblichkeit brachten. Ein anderer erzählte die Geschichte des Ödipus.

Wie immer die Ansichten Caesars über seinen Vater auch gewesen sein mögen – und es ist riskant, aus seinem Schweigen Schlüsse zu ziehen –, sicher ist doch eines: Ein sehr viel eindrucksvolleres Beispiel stand unmittelbar zur Verfügung. Nach seinem Jahr als Praetor wurde Caesars Vater zum Verwalter der Provinz Asien ernannt. Ein Spitzenposten. Eine solche Ernennung konnte nur gelingen, wenn hinter der Bühne die richtigen Fäden gezogen wurden. Mithridates hatte noch nicht angegriffen, aber Marius war bereits darum bemüht, das Kommando im Osten in der einen oder anderen Form an sich zu ziehen. Die plötzliche Ernennung seines angeheirateten Verwandten trug seine Handschrift. Während des Aufstands der italischen Bundesgenossen und des Bürgerkriegs blieb Marius weiter der Patron seiner julischen Verwandten. Kurz vor seinem Tod, in seinem blutbefleckten siebten Konsulat, wollte er den jungen Caesar in die Funktion eines Priesters des Jupiter hieven. Ein Amt, für das man Patrizier sein musste und das nach dem erzwungenen Selbstmord seines vorherigen Inhabers vakant geworden war. Da Caesar erst dreizehn Jahre alt war, musste man das Priesteramt für ihn reservieren und zog ihn damit bereits als Kind direkt in den Strudel des Bürgerkriegs.

Im Jahr 84 v. Chr. starb Caesars Vater. Woran, wissen wir nicht. Im selben Jahr legte Caesar seine *bulla* ab, hüllte sich in die schweren Falten der Toga eines erwachsenen Mannes und war nun offiziell volljährig. Der Konsul Cinna, nach dem Tod des Marius der starke Mann in Rom, reagierte schnell. Caesars Priesterschaft wurde aller Form nach bestätigt. Der Sechzehnjährige muss damals bereits eine beeindruckende Persönlichkeit gewesen sein, denn Cinna bot ihm zudem die Hand seiner Tochter Cornelia an. Caesar war zwar zu diesem Zeitpunkt anderweitig gebunden, aber kein junger Mann hätte die Chance verstreichen lassen, den Mann an der Spitze der Republik zum Schwiegervater zu haben. Die Ehe war in Rom ein unsentimentales Geschäft; Liebe war ohne Bedeutung; Politik war alles. Die Frauen der Oberschicht, besonders wenn sie sich als fruchtbar erwiesen, waren geschätzte Trümpfe im Spiel um den Aufstieg. Da Mädchen sehr viel häufiger bei der Geburt ausgesetzt wurden als Knaben, bestand ein steter Mangel an standesgemäßen heiratsfähigen Mädchen. »Alte Jungfer« ist ein weiteres Beispiel für jene Worte wie »Säugling«, für die wir im Lateinischen keine Entsprechung finden. Väter waren so ungeduldig darauf erpicht, aus dem heiratsfähigen Status ihrer Töchter Gewinn zu ziehen, dass Mädchen bezeichnenderweise drei oder vier Jahre vor ihren Brüdern als volljährig galten. Kaum hatte es seinen zwölften Geburtstag gefeiert, konnte ein Mädchen sich darauf einstellen, den traditionellen safrangelben Schleier der Braut zu tragen. Wenn eine Ehefrau unter der Vormundschaft ihres Vaters blieb, was bei den meisten wohlhabenden Frauen der Fall war, konnte sich ihre Loyalität gegenüber ihrem Ehemann als bestenfalls oberflächlich erweisen. Ehen wurden zum Teil mit Schwindel erregender Schnelligkeit geschlossen und wieder geschieden, denn ein plötzlicher Wechsel der Allianzen konnte ebenso plötzliche Konsequenzen für Paare haben. Solange Caesar Cornelia zur Frau hatte, durfte er auf die Gunst Cinnas vertrauen. Und ein Mann musste seine Frau auch nicht unbedingt lieben, um sie zu schätzen.

Als Cinna von seinen aufständischen Soldaten gelyncht wurde, muss Cornelia plötzlich als eine Belastung erschienen sein. Nach der Vernichtung der Marianer und der Beseitigung der letzten Spuren von Cinnas Regime wurde sie zu einer tödlichen Gefahr. Als Neffe des Marius und Schwiegersohn Cinnas war Caesar für den neuen Diktator kaum empfehlenswert. Dennoch erschien sein Name nicht auf den ersten Proskriptionslisten. Obwohl er ein Schützling der Marianer war, hatte Caesar doch auch enge Verbindungen zu Sulla. Der vielgestaltige Charakter der Republik führte oft zu widersprüchlichen Loyalitäten. Insbesondere die Welt der Aristokraten war ein kleiner Kreis, und das komplizierte Netz der durch Heirat entstehenden Verbindungen konnte am Ende auf eine Querverbindung selbst zwischen den erbittertsten Rivalen hinauslaufen. Caesars Mutter stammte aus einer Familie, die einige der einflussreichsten Anhänger Sullas gestellt hatte. Eine Verbindung, die Caesar das Leben retten sollte.

Statt ihn umbringen zu lassen, gab sich Sulla damit zufrieden, den jungen Priester des Jupiter seines Amtes zu berauben und von ihm zu verlangen, dass er sich von Cornelia scheiden ließ. Caesar weigerte sich erstaunlicherweise – ein fast selbstmörderischer Akt der Herausforderung, der dazu führte, dass er aus Rom floh und ein Kopfgeld auf ihn ausgesetzt wurde. Nur die andauernde Intervention der Verwandten seiner Mutter Aurelia überzeugte Sulla am Ende, den unverschämten jungen Mann zu begnadigen. Der Diktator gab mit einem resignierten Achselzucken nach und meinte warnend, der Junge habe eine Überzahl von Mariussen in sich. Aber wenn Caesar irgendjemandem ähnlich war, dann nicht Marius. Die Weigerung, sich von Cornelia scheiden zu lassen, hatte nicht nur Mut verlangt, sondern auch Loyalität sowie eine hohe Dosis an patrizischem Hochmut und das feste Vertrauen auf das eigene Glück. Das waren Eigenschaften, die Sulla sicher besser als alle anderen verstehen konnte – um ihnen zu misstrauen.

Es muss Caesar überdeutlich gewesen sein, dass er niemals in völliger Sicherheit leben würde, solange Sulla am Leben war. Daher entschloss er sich, Italien zu verlassen, ohne dass dies einem einem Rückzug ins Exil gleichkam. Da ihm der direkte und schnelle Weg zu hoher politischer Stellung jetzt verbaut war, musste Caesar sich mit konventionelleren Mitteln einen großen Namen machen. Als Priester des Jupiter war es ihm verwehrt, ein Pferd zu reiten, bewaffnete Truppen zu sehen oder gar Rom für mehr als zwei aufeinander folgende Tage zu verlassen. Für einen Mann wie Caesar, der ein glänzender Reiter war, sich regelmäßig auf dem Marsfeld im Waffengebrauch übte und vor Energie und Ungestüm platzte, hätten sich solche archaischen Verbote auf Dauer ohnehin nur als lästige Beschränkungen erwiesen. Seine ganze Erziehung hatte ihn gelehrt, Ruhm als sein angeborenes Recht zu sehen. Nun hatte er dank Sullas die Chance, seinem sehnsüchtigen Ehrgeiz zu folgen.

Der führte ihn als Stabsoffizier nach Asien. Eine politische Karriere war ausgeschlossen für einen Römer, der nicht zuvor als Soldat gedient und wenigstens etwas Kampfgetümmel erlebt hatte. Der Osten bot Caesar viel versprechende Aussichten. Mithridates, der große Überlebenskünstler, leckte seine Wunden und war dabei, seine Macht wieder aufzubauen. Auf der Insel Lesbos in der Ägäis hielt die Stadt Mytilene, die die drastischen Friedensbedingungen Sullas ablehnte, noch immer stand. Überall war die militärische und diplomatische Lage unklar. Voraussetzungen wie maßgeschneidert für einen jungen Mann, der sich seine Sporen verdienen wollte.

Caesar scheint sofort Eindruck gemacht zu haben. Daheim in Rom hatte sein überfeinerter Sinn für modische Kleidung Sulla die Augenbrauen runzeln lassen, und der Diktator hatte sich missbilligend über die Gewohnheit des jungen Mannes geäußert, seinen Gürtel zu locker zu binden. An den Königshöfen im Osten indes wurden modisch bewusste Männer bewundert und die Verwalter der Provinz wurden schnell gewahr, dass der patrizische Dandy bestens für diplomatische Missionen geeignet war. Dementsprechend wurde Caesar zu Nikomedes, dem König von Bithynien, entsandt, der in der Tat von seinem römischen Gast begeistert war. Zu begeistert vielleicht.

Nikomedes soll sein Gefallen an Caesar dadurch gezeigt haben, dass er ihn sich zum Liebhaber nahm – ein Skandal, der Caesars Gegner mit Klatsch für Jahrzehnte versorgen sollte. Was immer sie ihn gekostet haben mag, seine Mission war jedenfalls ein Erfolg. Er hatte Nikomedes nicht nur bei Laune gehalten, sondern es war ihm auch gelungen, einen Großteil seiner Flotte von ihm zu leihen. Mit den Schiffen segelte er nach Lesbos und schloss sich der Belagerung von Mytilene an, bei der er sich durch besonderen Mut auszeichnete. Weil er einigen Mitbürgern in der Schlacht das Leben gerettet hatte, empfing er die besondere Ehrung der *Corona civica,* einen Kranz aus Eichenblättern, der als offizielles Zeichen seiner Tapferkeit galt. Künftig hatten selbst Senatoren sich zu erheben und ihn zu grüßen, wenn er den Zirkus betrat, um den Spielen zuzusehen. Auf diese Weise würde Caesar eine beim Volk bekannte Figur werden, und alle würden seinen Namen kennen. Seine Tat würde überall in Rom kolportiert werden. Das war die Art von Ehrung, von der jeder Bürger träumte.

Doch wenn militärischer Ruhm auch der sicherste Weg war, das Herz des Volkes zu gewinnen, war Caesar doch viel zu klarsichtig, um zu glauben, dass das allein schon genüge. Selbst wenn man inzwischen das Jahr 80 v. Chr. schrieb und Sulla seine Diktatur niedergelegt hatte, eilte Caesar nicht nach Rom zurück, um den Beifall im Zirkus zu genießen. Er blieb vielmehr im Osten, diente in der Armee, lernte das Geschäft der Provinzverwaltung und erwarb sich bei seinen Vorgesetzten den Ruf eines verlässlichen Gehilfen. Erst im Jahr 78 v. Chr., als Sulla schließlich gestorben war, kehrte er endlich nach Rom zurück. In einer Stadt, die noch im Schrecken vor dem Diktator erstarrt war, wirkte Caesar wie ein Farbfleck: »Die einfachen Leute brachten ihm ihre Liebe entgegen, weil er ihnen freundlich die Hand schüttelte und mit ihnen plauderte; solche Umgänglichkeit hätte man von seinem jugendlichen Alter nicht erwartet.«[10] Obwohl Caesar ohne sichtbare Anstrengung begeisterte, war das doch eine politische Absichtserklärung. Wer sich bei der Masse beliebt machte, drückte sich damit den Stempel auf, einer der *populares* zu sein. Marius und auch Sulpicius hatten dazu gehört, und das ganze politische Programm Sullas war der Versuch gewesen, die Tradition der *populares* auszulöschen – eine Tradition, als deren Erbe Caesar sich verstand.

Es dauerte nicht lange, bis er öffentlich Anspruch darauf erhob. Im Jahr nach seiner Rückkehr aus dem Osten strengte er einen Prozess gegen einen von Sullas früheren Offizieren an. Das von Sulla aufgebaute Regime hatte die Macht noch fest in der Hand, und der Offizier wurde erwartungsgemäß freigesprochen. Doch Caesar hatte sich in seinem Auftreten so wirkungsvoll gezeigt, dass er über Nacht zu einem der am meisten bewunderten Redner in Rom geworden war. Nachdem er bereits ein Kriegsheld war, der sich in der politischen Praxis der Diplomatie und der Provinzverwaltung bewährt hatte, war er nun auch noch eine herausragende Figur des öffentlichen Lebens. Und das mit noch nicht einmal vierundzwanzig Jahren.

Das breite Spektrum der Begabungen Caesars und die Energie, mit der er sie entwickelte, versprachen ihm eine glänzende Zukunft. Deutlich winkte ihm zukünftige Größe. Aber so außergewöhnlich Caesar auch war, er war doch keine besondere Laune des Schicksals. Es war die Republik, die ihn hervorgebracht hatte und die all seinen Ehrgeiz und seine Erwartungen in ihre Bahnen gelenkt hatte. Trotz aller Anarchie des vorangegangen Jahrzehnts war die Loyalität der Römer zu ihren Traditionen als Bürger doch unerschütterlich geblieben. Sie waren des Bürgerkriegs müde. Die Ehre seiner Familie und seine persönliche Überzeugung mochten Caesar zum Feind von Sullas Reformen gemacht haben, aber er war nicht bereit, sie mit unkonstitutionellen Mitteln anzugreifen. Ein derartiger Versuch war im Übrigen bereits unternommen worden. Kaum war Sullas Asche vom Wind zerstreut, hatte einer der Konsuln einen Aufruhr gegen das ganze Regime veranlasst. Der Aufstand war schnell und brutal niedergeschlagen worden. Hätte Caesar sich ihm angeschlossen, wozu man ihn aufgefordert hatte, wäre seine Karriere mit Sicherheit zu Ende gewesen. Alles wäre in einem einzigen Versuch verloren gewesen. Derartige Risiken interessierten Caesar nicht. Stattdessen bereitete er sich wie Generationen von Aristokraten vor ihm auf den Aufstieg an die Spitze und den Weg von einem zum jeweils nächsthöheren Posten vor. Keine der Errungenschaften seiner jungen Jahre war von irgendeinem Wert außer als Grundlage für dieses Vorhaben. Die Republik hatte der Sucht ihrer Bürger nach Ruhm immer freie Bahn gelassen. Sie hatte sie keineswegs behindert, und es war dieses Streben, das Rom zu seiner Größe als Welteroberer geführt hatte.

Die frühe Karriere Caesars schien darauf hinzudeuten, dass trotz des Traumas des Bürgerkriegs und der Diktatur sich doch in Wahrheit nichts geändert hatte.

Runden auf der Rennbahn

Was wir als eine Art Rutschbahn bezeichnen würden, nannten die Römer *cursus*. Ein Wort mit mehreren, leicht unterschiedlichen Bedeutungen. Auf der einfachsten Ebene konnte es jede Art von Ortsveränderung bezeichnen, insbesondere eine dringliche. Im Sport hingegen hatte es eine enger gefasste Bedeutung: *Cursus* bezeichnete nicht nur die Rennbahn, sondern auch das Wagenrennen selbst – das beliebteste Ereignis auf dem *Circus Maximus*, jenem riesigen Sprachrohr der öffentlichen Meinung. Einen Angehörigen der Nobilität als Wagenlenker zu bezeichnen war eine Beleidigung, fast als ob man ihn einen Gladiator oder Banditen nannte, und dennoch lag in der Sprache des Rennbegeisterten eine Spur des Vergleichs und ein Hinweis auf eine vielleicht unaussprechbare Wahrheit. In der Republik war Sport politisch und Politik war Sport. Ganz wie der erfahrene Wagenlenker, der Runde auf Runde die *meta*, die spitze Säule am Ende der Rennbahn, umfahren musste und wusste, dass ein einziger Fehler wie das Streifen der *meta* mit seiner Radnabe oder der Versuch, sie mit zu großer Schnelligkeit zu umfahren, sein Gefährt in voller Fahrt außer Kontrolle geraten lassen konnte, musste der ehrgeizige Angehörige der Nobilität Wahlgang um Wahlgang sein Ansehen aufs Spiel setzen. Unter den anfeuernden oder missbilligenden Schreien der Zuschauer sollten Wagenlenker und Adliger ihre Fahrt zum Ruhm wagen und sich dessen bewusst sein, dass gerade das Risiko des Scheiterns ihrem möglichen Erfolg seinen besonderen Wert verlieh. Dann, wenn das Rennen vorbei und die Ziellinie erreicht oder das Konsulat errungen war, würden neue Wettkämpfer antreten und alles würde von neuem beginnen.

»Viele finden freie Bahn zum Ruhm«[11] war der tröstende Spruch, aber das entsprach nicht ganz der Wahrheit. Denn die Bahn im Zirkus war eng, nur vier Wagen konnten dort zur selben Zeit zum Rennen antreten. Bei Wahlen war der Raum ähnlich eng. Ruhm gab es nicht in unbegrenzter Menge. Nur eine beschränkte Zahl von Magistraturen wurde jedes Jahr vergeben. Sulla hatte versucht, die angebotenen Möglichkeiten mit acht statt sechs Prätoren pro Jahr zu erweitern. Aber da er gleichzeitig das Volkstribunat neutralisiert und die Zahl der Senatsmitglieder verdoppelt hatte, war seine Hinterlassenschaft in Wahrheit eine erhöhte Konkurrenz. »Wetteifern mit ihrem Geist, sich streiten um Ansehen und Ehre, nachts sich mühen und tags in unermüdlichem Ringen, aufzutauchen zu Reichtums Höhen, sich der Macht zu versichern«[12] – das war das Schauspiel, das der *cursus* bot. Während der folgenden Jahrzehnte sollte es immer zermürbender, verzehrender und frenetischer werden.

Die angesehenen Familien beherrschten den Wettbewerb, wie sie es immer getan hatten. Der Druck, der auf Caesar lastete, der zu einer Familie mit nur wenigen Konsuln ihres Namens gehörte, war nicht stärker als der auf den Sohn eines Konsuls. Je größer der weit zurückliegende Triumph eines Hauses war, desto erschreckender der Gedanke, dass er am Ende verschwendet bleiben könnte. Einem außen stehenden Beobachter mochte es so erscheinen, dass alles, was ein Adliger zu tun hatte, war, in seinem Bett zu bleiben, und ihm fielen »die Gunstbeweise des römischen Volkes im Schlafe zu«.[13] Aber in Wahrheit wurde in Rom nie jemandem irgendetwas auf diese Weise geschenkt. Der Fortbestand der Nobilität beruhte nicht auf Erbfolge, sondern auf Taten. Das Leben eines römischen Adligen war denn auch eine rastlose Folge schwerer Prüfungen, oder es war nichts wert. Wenn es ihm nicht gelang, eine höhere Magistratur zu erlangen, oder wenn er, schlimmer noch, die Mitgliedschaft im Senat überhaupt verlor, verblasste die Aura eines Adligen schnell. Blieben drei Generationen ohne besondere Erfolge, konnte es sogar einem Patrizier passieren, dass er einen Namen trug, den »doch nur belesene und in der Geschichte bewanderte Leute einigermaßen kennen, während er dem Volk und den Wählern ziemlich unbekannt ist«.[14] Da brauchte es niemanden zu wundern, dass die großen Familien so feindselig gegenüber Emporkömmlingen im Senat waren. Die Wahl von Aufsteigern in die Quaestur als der ersten und niedrigsten Stufe des *cursus* konnten sie vielleicht gerade noch tolerieren, aber der Zugang zu den höheren Ämtern der Praetur und des Konsulats wurde aufs Schärfste verteidigt. Das machte das Vorhaben eines ehrgeizigen Aufsteigers – eines *neuen Mannes*, wie die Römer ihn nannten – noch schwieriger. Dennoch war es nie unmöglich. So wie alte Familien aus der Bahn geworfen wurden und aus dem Rennen ausschieden, konnten sich neue in vorteilhafter Position befinden, sie zu überholen. Das Wahlvolk war launisch. Manchmal, aber wirklich nur manchmal gab es Talent den Vorzug vor einem berühmten Namen. Was war eigentlich, wie neue Männer gelegentlich hervorzuheben wagten, der Zweck der Abhaltung von Wahlen, wenn die Magistraturen erblich waren?[15]

Marius lieferte freilich das beste Beispiel für einen gewöhnlichen Mann, der zu Erfolg gekommen war. Wenn sie glänzend genug war, konnte eine militärische Karriere einem neuen Mann Ruhm und Beute verschaffen. Aber es blieb trotz allem schwierig für jemanden ohne Verbindungen, ein militärisches Kommando zu erlangen. Rom hatte keine Militärakademie. Stabsoffiziere waren in der Regel junge Aristokraten, die in der Lage waren, die Fäden zu ziehen. Caesar hätte nie Gelegenheit bekommen, seine *corona civica* zu erringen, wäre er nicht Patrizier gewesen. Selbst wenn man ihn einmal erhalten hatte, konnte ein militärischer Auftrag seine eigenen Probleme mit sich bringen. Länger dauernde Kampagnen, die geeignet waren, einem neuen Mann besonderen Ruhm zu verschaffen, würden ihn auch lange Zeit von Rom fern halten. Niemand, der Karriere machen wollte, konnte sich eine lange Abwesenheit leisten. Ehrgeizige Neulinge im politischen Geschäft sollten im Allgemeinen die vorgesehene Zeit bei den Legionen dienen und vielleicht sogar einige ehrenhafte Narben davontragen, aber nur wenige machten sich auf diese Weise einen Namen. Dieser Weg blieb gewöhnlich den etablierten Mitgliedern der Nobilität vorbehalten. Für den neuen Mann war stattdessen die Beschäftigung mit dem Recht der naheliegendste Weg einer Karriere, die zum Erfolg im *cursus* und zum höchsten Ruhm des Konsulats und damit für ihn und seine Nachkommen in die Ränge der römischen Elite führte.

In Rom war das Recht ein Thema von brennendem Interesse. Die Bürger waren sich bewusst, dass es ihr Rechtssystem war, das ihre Stellung definierte und ihre Rechte garantierte. Verständlicherweise waren sie äußerst stolz darauf. Das Recht war die einzige intellektuelle Tätigkeit, in der sie sich den Griechen überlegen fühlten. Es gefiel den Römern unendlich, immer wieder darauf hinzuweisen, dass es doch unglaublich sei, »wie alles bürgerliche Recht außer dem unseren ungeordnet und fast lächerlich ist«.[16] Als Kinder übten die Römer ihr Gedächtnis für die spätere Rechtspraxis mit derselben besessenen Intensität, die sie bei der Abhärtung ihres Körpers für die Kriegführung an den Tag legten. Im Erwachsenenleben war die Rechtspraxis die einzige zivile Beschäftigung, die ein Senator als seiner Würde angemessen betrachtete. Diese Ansicht gründete sich darauf, dass das Justizwesen nicht als etwas vom politischen Leben Getrenntes galt, sondern als seine oft tödliche Fortsetzung. Es gab keine vom Staat unterhaltene Anklagebehörde. Alle Fälle mussten vielmehr von privater Seite vorgebracht werden, was die einfache Folge hatte, dass Fehden in den Gerichten ihren Fortgang fanden. Die gerichtliche Verfolgung eines Rivalen konnte sich schnell als tödlicher Schlag erweisen. Offiziell war die Strafe für einen Angeklagten, der eines schweren Verbrechens für schuldig befunden wurde, das Todesurteil. Da die Republik nicht über eine Polizeitruppe oder Gefängnisse verfügte, ließ man in der Praxis einen Verurteilten ins Exil entkommen, wo er sogar im Luxus leben konnte, sofern es ihm gelungen war, seine beweglichen Reichtümer rechtzeitig in Sicherheit zu bringen. Seine politische Karriere hingegen war beendet. Verurteilte Kriminelle wurden nicht nur ihres Bürgerrechts beraubt, sondern man konnte sie auch ungestraft töten, wenn sie je wieder ihren Fuß nach Italien setzten. Jeder Römer, der sich auf den *cursus* einließ, musste gewahr sein, dass dies sein Schicksal sein konnte. Nur wenn er eine Magistratur gewann, würde er vor der gerichtlichen Verfolgung durch seine Rivalen sicher sein, und auch dann nur für die Dauer seiner Amtszeit. Kaum war sie zu Ende, konnten seine Feinde über ihn herfallen. Bestechung, Einschüchterung, schamlose Ausnutzung von Verbindungen – alles wurde versucht, um gerichtliche Verfolgung zu vermeiden. Wenn man doch vor Gericht kam, war kein Trick zu gemein, keine üble Nachrede zu schmutzig und keine Verleumdung zu brutal. Mehr noch als eine Wahl war ein Prozess ein Kampf auf Leben und Tod.

Für die Römer mit ihrer hartnäckigen Vorliebe für leidenschaftliche und tief empfundene Rivalitäten wurde aus der Justiz so ein aufregender Schausport. Gerichtsverhandlungen waren für das allgemeine Publikum zugänglich. Zwei ständige Tagungsorte für die Tribunale standen auf dem Forum zur Verfügung, und weitere provisorische Einrichtungen konnten bei Bedarf aufgebaut werden. So ergab sich für den sachverständigen Interessenten immer eine reiche Auswahl an Prozessen. Redner konnten ihren Beliebtheitsgrad an der Größe ihrer Zuhörerschaft ablesen. Das erhöhte nur noch das Ausmaß der Schauspielerei, die ohnehin das A und O eines römischen Prozesses war. Den Einzelheiten der Gesetze zu sehr Beachtung zu schenken, galt als die kleinliche Ablenkungsstrategie eines zweitklassigen Geistes, denn jedermann wusste, dass nur »diejenigen, die es nicht zum Redner gebracht haben, an die Rechtswissenschaft geraten«.[17] Beredsamkeit war das wahre Maß forensischer Begabung. Die Fähigkeit, eine Masse zu beeinflussen, und zwar sowohl das Publikum wie auch die Geschworenen und Richter, und sie zum Lachen oder Weinen zu bringen, sie mit der Routine eines Komödianten zu unterhalten oder sie in ihrem Herzen anzusprechen, sie zu überreden und zu blenden und sie dazu zu bringen, die Welt in einem neuen Licht zu sehen – all das war die Kunst eines großen Advokaten vor Gericht. Man sagte, dass die Römer lieber einen Freund verlören als die Gelegenheit zu verpassen, einen Witz zu machen.[18]

Bei der Zurschaustellung heftiger Gefühle verspürten sie hingegen nicht die geringsten Hemmungen. Angeklagten verordnete man, Trauerkleidung zu tragen und so verhärmt auszusehen, wie sie konnten. Angehörige brachen von Zeit zu Zeit in Tränen aus. Marius, wird uns berichtet, habe bei dem Prozess gegen einen seiner Freunde so herzerweichend geweint, dass die gesamten Geschworenen und der vorsitzende Richter ebenfalls alle in Tränen ausbrachen und sofort für den Freispruch des Angeklagten stimmten.

Es wird vielleicht nicht überraschen, dass die Römer das Wort *actor* sowohl für den Ankläger als auch für den Bühnendarsteller verwendeten. Sozial gesehen war der Unterschied zwischen den beiden gewaltig, aber im Hinblick auf die Technik gab es häufig wenig Unterschied. Der führende Redner Roms im Jahrzehnt nach dem Tod Sullas, Quintus Hortensius Hortalus, war bekannt dafür, dass er die Gesten eines Schauspielers und Pantomimen nachäffte. Wie Caesar war er ein gefeierter Stutzer, bei dem die Toga »planmäßig und künstlich drapiert war«[19] und der dann seine Hände und die weiten Ärmel als eine Untermalung seiner Stimme benutzte. Er tat das mit solcher Anmut, dass die Stars der römischen Bühne immer unter den Zuhörern standen, wenn er sprach, und jede seiner Gesten studierten, um sie nachzuahmen. Wie Schauspieler waren Redner Berühmtheiten, die man bestaunte und die Gegenstand des allgemeinen Klatsches waren. Hortensius selbst trug den Spitznamen »Dionysia« nach einer bekannten jungen Tänzerin, aber er konnte es sich leisten, all solche Beleidigungen mit einer Handbewegung beiseite zu schieben. Das Ansehen, das er als der führende Redner Roms genoss, war jedes Maß an Spott wert.

Natürlich gab es immer Widersacher, die ihm seine Krone streitig machen wollten. Es lag nicht in der Natur der Römer, irgendeinen König – oder irgendeine Königin – längere Zeit zu dulden. Die Vorherrschaft des Hortensius hatte sich in den Jahren von Sullas Diktatur durchgesetzt, als man den Gerichtshöfen einen Maulkorb angelegt hatte. Da er sich für die Aufrechterhaltung der Autorität des Senats einsetzte, wurde er stark mit dem neuen Regime identifiziert. So eng war seine Freundschaft mit dem Diktator, dass Hortensius die Grabrede Sullas hielt.* Im folgenden Jahrzehnt diente seine Autorität als führendes Senatsmitglied ohne Frage dazu, seine Reputation vor Gericht zu stärken. Aber im Fortschreiten der siebziger Jahre geriet die Vorherrschaft des Hortensius zunehmend unter Beschuss, und das nicht durch einen Kollegen aus dem Senat, ja nicht einmal durch einen Angehörigen der Nobilität, sondern durch einen Mann, der in jeder Hinsicht ein Aufsteiger war.

Wie Marius stammte Marcus Tullius Cicero aus der kleinen Bergstadt Arpinum, und wie Marius war er von Ehrgeiz erfüllt. Damit war die Ähnlichkeit aber bereits erschöpft. Cicero war linkisch und hager, mit einem langen, dünnen Hals, und er sollte nie ein großer Soldat sein. Hingegen war es von Kindheit an sein fester Plan, der größte Redner Roms zu werden. Als der Junge in den neunziger Jahren in die Hauptstadt geschickt wurde, war Ciceros frühreife Begabung für Rhetorik so groß, dass die Väter seiner Schulkameraden in die Schule kamen, nur um ihn vortragen zu hören. Die Anekdote kann nur von dem Wunderkind selbst stammen, und sogar für die Römer, die Bescheidenheit nie für eine Tugend hielten, war das übersteigerte Selbstbewusstsein Ciceros monströs. Es war indes nicht unbegründet. Seine Eitelkeit war ebenso sehr Unsicherheit

* Das ist fast sicher, aber die Belege sind nicht völlig eindeutig.

wie Geltungsanspruch. Cicero war ein tief empfindsamer Mensch, und als solcher hin und her gerissen zwischen dem Bewusstsein seiner eigenen großen Begabungen und dem Wahn, dass der Hochmut anderer dieselben Leute davon abhalten könnte, diesen ihren Respekt zu zollen. In Wahrheit war sein Potenzial so klar erkennbar, dass es schon früh von einigen der einflussreichsten Persönlichkeiten Roms bemerkt worden war. Einer von ihnen, Marcus Antonius, lieferte dem jungen Cicero ein besonders ermutigendes Beispiel. Obwohl er selbst aus einer sich durch nichts auszeichnenden Familie stammte, hatte die Kraft des Antonius als Redner dazu geführt, dass er es zum Konsulat, zur Zensur und anschließend zum Status eines führenden Sprechers der senatorischen Elite gebracht hatte. Er gehörte zu einer Gruppe von Rednern, die in den ganzen neunziger Jahren sowohl die Gerichte als auch den Senat beherrschten und einem aggressiven Konservatismus das Wort redeten, der sich in starkem Widerspruch zu Marius und zu all denen befand, die die traditionellen Verhältnisse bedrohten. Cicero, der immer der Heldenverehrung zugeneigt war, vergaß ihn nie. Antonius und seine Kollegen sollten bei ihm einen prägenden Einfluss auf das haben, was bereits als leidenschaftliche Begeisterung für die alte republikanische Ordnung vorhanden war. Obwohl gerade diese Ordnung so viele Hürden auf seinem Weg zum Aufstieg errichtete, zeigte sich Cicero niemals wankend in seinem festen Glauben, dass sie den absoluten Höhepunkt an konstitutioneller Vollkommenheit darstellte. Während der achtziger Jahre, als die Republik in den Bürgerkrieg verfiel, verstärkte sich diese Überzeugung.

Antonius wurde nach dem Putsch des Marius im Jahr 87 v. Chr. ermordet. Sein abgeschlagener Kopf wurde auf dem Forum ausgestellt und sein Leichnam den Vögeln und Hunden zum Fraß vorgeworfen. Die besten Redner ihrer Generation wurden mit ihm beseitigt. Die Rednertribüne war nun von Konkurrenz leer gefegt, auch Cicero war durch die Morde an seinen Vorbildern entmutigt worden und zog sich zunächst aus der Öffentlichkeit zurück. Er verbrachte die Bürgerkriegsjahre mit dem Studium und der Verfeinerung seiner rhetorischen Fähigkeiten, und es war nicht vor 81 v. Chr., dass er endlich in seinem ersten Prozess plädierte. Sulla hatte seine Diktatur gerade niedergelegt, aber Cicero – inzwischen Mitte zwanzig – musste noch immer vorsichtig sein. Ein Jahr nach seinem Debüt vor Gericht übernahm er die Verteidigung des Sohnes eines umbrischen Landbesitzers, der des Vatermords angeklagt war. Der Fall war politisch hochexplosiv. Wie Cicero zeigen sollte, war der Name des Mannes von einem Freigelassenen Sullas, den dieser besonders schätzte, auf illegale Weise auf eine Proskriptionsliste gesetzt worden. Danach hatte er die Anklage des Vatermords erfunden, um seine Spur zu verwischen. Der Angeklagte wurde freigesprochen. Sulla tat nichts, was darauf deuten ließ, dass er in irgendeiner Weise verärgert war. Damit hatte Cicero sein Ansehen begründet.

Aber er selbst war noch nicht zufrieden. Da er nach höchsten politischen Ehren strebte, wusste er, dass er zunächst die Krone des großen Redners Hortensius für sich erobern musste. Daher gab er sich ganz der Tätigkeit als Verteidiger hin, übernahm weitere herausragende Fälle und nutzte die Juristerei dazu, seine emotionalen und physischen Grenzen zu erproben, »mit höchster Anstrengung der Stimme und Anspannung meines ganzen Körpers«.[20] Nach nur zwei Jahren öffentlicher Tätigkeit war Cicero dem Zusammenbruch nahe. Als seine Ärzte ihn warnten, dass er seine Stimmbänder einer vernichtenden Anstrengung aussetzte, zog er sich nach Griechenland zurück. Sechs Monate lang blieb er in Athen und verbrachte seine Zeit mit Besichtigungen und ein wenig erholsamer Philosophie. Die Stadt zeigte noch die Narben der Zerstörung, die ihr Sullas Legionen beigebracht hatten, aber für die Römer blieb Athen doch unverändert die Heimstatt der Schönheit und der Kultur. Die Touristen kehrten bereits zurück, während auf den Straßen noch das Blut trocknete. Unter ihnen hatte sich ein alter Schulfreund Ciceros mit Namen Titus Pomponius befunden, der vorsichtshalber vor den Justizmorden in Rom geflohen war. Er war geschickt genug, eine Marktschwäche zu erkennen, und hatte seine Erbschaft in Landbesitz in den Provinzen investiert, um seinen Gewinn dann für ein ruhiges, der Kultur gewidmetes Leben im Schatten des Parthenon zu nutzen. Nach acht Jahren hatte er weiterhin nicht die geringste Absicht, nach Rom zurückzukehren. Seine Freunde nannten ihn *Atticus,* und das war ein Spitzname, der zeigte, wie ausgeprägt sein Lebensstil in der Fremde erschien. Dennoch war er nur einer unter vielen: Atticus war nicht der einzige wohlhabende Bürger, der ein Jahrzehnt der Gewalt und des politischen Zusammenbruchs erlebt und für sich entschieden hatte, dass es keine Schande war, ein Leben zurückgezogener Sorglosigkeit zu führen.

Gelegentlich war Cicero versucht, ihm zuzustimmen. Er war durchaus in der Lage zuzugeben, dass »der Ehrgeiz und der Streit um die Ämter überhaupt das kläglichste Geschäft« seien.[21] Aber ob sein Zusammenbruch nun rein physischer Art war oder vielleicht doch noch etwas anderes – er bewahrte sich seine leidenschaftliche Überzeugung, dass das öffentliche Leben das ideale war. Als er Athen verließ, überquerte er die Ägäis und reiste nach Asien. Dort traf er Rutilius Rufus, den alten Gegner der *publicani,* der noch fünfzehn Jahre nach seiner Verurteilung im berühmtesten Justizskandal in der Geschichte Roms im Exil lebte. Rutilius war zwar eine personifizierte Lektion dafür, wie gefährlich es sein konnte, wenn man gegenüber der Habgier korrupter Beamter althergebrachte Werte aufrechterhielt, aber trotz der erlittenen Verfolgung hatte er doch nicht an der Republik gezweifelt. Einige Tage lang unterhielt der alte Mann seinen Gast mit Anekdoten über die heroischen Figuren seiner Jugend; dann schickte er ihn weiter, damit er seinen Freund, den Philosophen Poseidonios, in Rhodos besuchen möge. Das Gespräch mit dem großen Weisen wird noch motivierender gewesen sein als das mit Rutilius. Poseidonios hatte nichts von seinem Glauben an die globale Bestimmung Roms verloren, und ebenso wenig sein Vertrauen in die traditionellen Tugenden, die es für eine solche Mission mitbrachte: »Kraft und schlichte Lebensweise; Zurückhaltung im Besitz und Gebrauch von Gütern; erstaunliche Ehrfurcht gegenüber dem Göttlichen; Gerechtigkeit und viel Umsicht im Umgang mit allen Menschen«.[22] Und so ging die Aufzählung weiter. Cicero, der immer davon geträumt hatte, ein römischer Held der ganz traditionellen Art zu werden, war begeistert. Was für ein Hindernis waren Halsschmerzen gegen die Erfüllung einer solchen Bestimmung des Schicksals? Durch einen glücklichen Zufall befand sich auch die berühmteste Klinik für Redner auf Rhodos. Der Rhetoriklehrer Molon, der sie betrieb, war ein typischer Vertreter einer neuen Art weltbekannter Professoren, die ihren Unterricht dem Bedarf hochrangigen römischen Publikums anpassten. Cicero konnte sich bald als der Meisterschüler Molons zeigen. Nachdem der Lehrer ihn ermutigt hatte, eine verhaltenere Sprechweise zu finden, verfiel er am Ende in einen Zustand der Verzweiflung und klagte, dass Griechenland nun selbst auf dem Gebiet der Redekunst von Rom übertroffen worden sei.

Cicero, der immer für Schmeichelei empfänglich war, war hocherfreut. »So konnte ich nach zwei Jahren nicht nur besser ausgebildet, sondern fast völlig verwandelt zurückkehren«, erinnerte er sich später. »Die allzu starke Anspannung meiner Stimme hatte ich verloren, meine Redeweise war nun gleichsam ausgegoren, und meine Lungen hatten an Kraft, meine Statur einigermaßen an Stärke gewonnen.«[23]

Seine Energie und sein Selbstbewusstsein waren nun völlig wiederhergestellt, und er kehrte als Verteidiger nach Rom zurück. Cicero verdiente sich dabei die Gunst der einen und sammelte die Verpflichtungen von anderen. Er war nahe daran, den Abstand zu Hortensius aufzuholen. Zugleich gewann er auch in seinem *cursus* an Schnelligkeit. Im Alter von dreißig Jahren, dem gesetzlichen Mindestalter, wurde er zum Quaestor gewählt. Das war zwar das niederste der großen republikanischen Ämter, aber es war ein Anfang, der angesichts seiner Herkunft doch beeindruckend war. Der Provinzler aus Arpinum war jetzt nicht nur Magistrat des römischen Volkes, sondern auch Mitglied des Senats. Er wurde nach Sizilien entsandt und verbrachte dort ein Jahr, in dem er dem guten Beispiel des Rutilius zu folgen suchte, sich damit den Respekt der Provinzbewohner verdiente und mit Erfolg Getreidelieferungen nach Rom organisierte. Der äußerst fähige junge Quaestor stellte sich in seinem üblichen Mangel an Bescheidenheit vor, dass seine Mitbürger von kaum etwas anderem sprachen. Als er dann aber auf seinem Rückweg in Puteoli landete, war Cicero erschüttert, als er feststellen musste, dass niemand gemerkt hatte, dass er überhaupt fort gewesen war. Später dachte er noch einmal darüber nach:

»Doch vielleicht hat mir dieses Erlebnis mehr genützt, ihr Richter, als wenn mir damals jedermann seine Anerkennung ausgesprochen hätte. Denn als ich erst gemerkt hatte, dass das römische Volk ziemlich taube Ohren, hingegen scharfe und durchdringende Augen hat, da dachte ich nicht mehr darüber nach, was die Leute wohl von mir erfahren würden; ich legte es darauf an, dass sie mich nunmehr Tag für Tag vor sich hatten, ich lebte förmlich unter ihren Augen, ich ließ nicht vom Forum; niemand wurde von meinem Pförtner oder von meinem Schlaf daran gehindert, bis zu mir vorzudringen.«[24]

Für diejenigen, die sich der Laufbahn des *cursus* widmeten, war präsent sein alles. Ein neuer Mann musste sich überall produzieren, sonst war er niemand. Das war eine Lehre, die Cicero niemals vergessen sollte.

Er wurde nun schnell zu einem festen Bestandteil des römischen Lebens. Männer von Einfluss wurden gewahr, dass Ciceros hohe Meinung von seinen eigenen Talenten nicht einfach auf unerträglicher Selbstüberschätzung beruhte und dass seine geniale Begabung als Advokat tatsächlich außerordentlich war. Je stärker sich diese Ansicht durchsetzte, desto mehr konnte Cicero darangehen, einen wirklichen Durchbruch ins Auge zu fassen, der über das Anfangsstadium der niederen Magistraturen hinausgehen und in die Bereiche führen sollte, in die sich normalerweise nur Aristokraten vorwagten. Doch um das zu erreichen, musste er zunächst seine unbezweifelbare Herrschaft als Redner noch weiter begründen. Hortensius musste gestürzt, oder vielmehr nicht nur gestürzt, sondern völlig besiegt werden. Seine »Tyrannei und schrankenlose Herrschaft über die Gerichte«[25] musste zu einem offiziellen Ende gebracht werden.

Als Cicero Hortensius endlich in einem skandalträchtigen Fall mit kitzeligen Einzelheiten von Angesicht zu Angesicht gegenüberstand, konnte das Wagnis kaum größer sein. Der Angeklagte war ein früherer Statthalter Siziliens mit Namen Gaius Verres, und es war Cicero, der mit einer lebenslangen Gewohnheit brach und die Anklage vertrat. Das war ein Risiko, aber ein wohlberechnetes. Selbst angesichts des bescheidenen Bildes, das die römische Provinzialverwaltung an sich bot, scheint Verres ein besonderer Schandfleck gewesen zu sein. Verrat und Gier waren die hervorstechenden Merkmale seiner Karriere. Er war Anhänger der Marianer gewesen, solange diese an der Macht festhielten, hatte aber bald gemerkt, woher der Wind wehte, und war mit der Kriegskasse seines Kommandanten zu Sulla übergelaufen. Gestärkt durch die Gunst des neuen Regimes fand sich Verres auf einer Reihe von zunehmend einträglichen Posten außerhalb Italiens. Ob er nun wirklich, wie Cicero behauptete, »nichts aufzuweisen hat als schwerste Verfehlungen und sehr viel Geld«,[26] er scheint doch immerhin ein Händchen für sich bietende Nebeneinnahmen gehabt zu haben, ob es sich nun um Schiffe, umstrittene Testamente oder die Töchter seiner Gastgeber handelte. Die wahre Spezialität von Verres waren indes Antiquitäten. Jahre der Plünderung in Griechenland hatten bei der römischen Oberschicht eine gewaltige Begeisterung für große Kunstwerke geweckt. Offiziell wurden sie als Zeichen verweichlichter Schwäche verachtet, aber hinter den Kulissen sollten hochtrabende Römer aufgeregt allen Bildern oder jeder Statue nachjagen, die sie finden konnten. Jetzt, da die Tage der Plünderung griechischer Städte vorbei waren, hatte sich der erste Kunstmarkt der Welt entwickelt, um die Lücke zu schließen. Die Preise waren erwartungsgemäß gestiegen, und die Händler verdienten ein Vermögen. Der Beitrag von Verres war es gewesen, Gangstermethoden auf dem Markt einzuführen. Selbst während er Fälschungen in großer Zahl produzieren ließ, beschäftigte er eine Gruppe von Experten als »Spürhunde«,[27] die echte Kunstwerke auffinden sollten. Verres hatte eine Begabung dafür, Angebote zu machen, die niemand abzulehnen wagte. Ein führender älterer Provinzbewohner, der versucht hatte, dem Statthalter zu trotzen, war nackt ausgezogen und an einem Reiterstandbild auf dem Hauptplatz der Stadt festgebunden worden. Da das mitten im Winter geschah und die Statue aus Bronze war, hatte der alte Mann seine Meinung bald geändert. Andere Aufrührer und selbst römische Bürger hatte Verres einfach kreuzigen lassen.

Das also war der Mann, den zu verfolgen Cicero sich vorgenommen hatte. Trotz der Vorgeschichte des Angeklagten war ihm klar, dass die Angelegenheit kein Spaziergang werden würde. Verres hatte Freunde an hoher Stelle und mit einem langen Arm. Als Cicero sich nach Sizilien begab, um im Fall persönlich zu recherchieren, fand er, dass Zeugen eine verdächtige Neigung zu verstummen oder zu verschwinden zeigten. Glücklicherweise verfügte er nach seiner Quaestur über zahlreiche eigene Verbindungen in Sizilien. Beweise gab es überall, selbst in der Stille des Landes, dessen Bauern durch Verres' Plünderungen ruiniert waren. Als Ankläger war Cicero natürlich zufrieden über das, was er gefunden hatte, aber als angehender Staatsmann war er zugleich entsetzt. Verres' Verdorbenheit verpasste zwei seiner am leidenschaftlichsten verteidigten Überzeugungen einen Schlag: dass Rom ein Segen für die Welt sei, und dass das Wirken der Republik gut für Rom sei. Aus diesem Grund konnte Cicero ganz im Ernst behaupten, dass in dem kommenden Prozess die Existenz der Welt auf dem Spiel stand. »Es gibt bis an den Ozean keinen noch so entfernten und noch so abgelegenen Platz mehr, wohin in unserer Zeit nicht Willkür und die Ungerechtigkeit unserer Leute gedrungen wäre«, warnte er. Wenn Verres nicht verurteilt würde, dann »fehlt es unserem Staat an Rücksicht auf seine Wohlfahrt, wenn sich Schurken durch die Beispiele von Schurken dem Prozess und der Gefahr entziehen können«.[28] Auch wenn all das weit über das Ziel hinausschoss, war doch mehr daran als der einfache Wunsch eines Anwalts, dem Publikum ein Schaudern über den Rücken zu jagen. Seiner politischen Ideale wegen und aus Selbstachtung musste Cicero glauben, was er sagte. Wenn der *cursus* eher Gier als Patriotismus belohnte und wenn ein Mann wie Verres über jemanden wie ihn selbst triumphieren konnte, dann war die Republik in der Tat von Fäulnis befallen. Das war ein Argument, an dem Cicero sein ganzes Leben lang festhalten sollte: dass sein eigener Erfolg als Maßstab für die Gesundheit Roms zu betrachten sei. Echte Prinzipien verbanden sich nahtlos mit unmäßiger Selbstüberschätzung.

Hortensius brauchte nicht lange, um zu erkennen, welcher Herausforderung er sich gegenübersah. Statt den Fall zu Ciceros Bedingungen zu erörtern, zog er es vor zu versuchen, den Prozess vertagen zu lassen. Schließlich wurde er für ein Datum kurz vor einer längeren Periode der Gerichtsferien angesetzt. Für die Anklage war das ein möglicherweise vernichtender Rückschlag. Die Konventionen, nach denen ein Anwalt sich an das Gericht wendete, brauchten viel Zeit, und wenn Cicero sich daran hielt, durfte man erwarten, dass sich der Prozess über Monate hinzog. Je länger er dauerte, desto mehr Gelegenheiten für Bestechung und Einschuchterungsversuche würde Verres haben. Als der Prozess eröffnet wurde, hatte der Beklagte allen Grund zu Optimismus. Aber Cicero hatte eine tödliche Falle vorbereitet. Statt den üblichen Ritualen vor Gericht zu folgen, unternahm er den beispiellosen Schritt, seine Beweise sofort in einer Reihe von kurzen Vorträgen auszubreiten. Hortensius brauchte nur den ersten dieser Vorträge zu hören, um zu wissen, dass das Spiel aus war. Er verzichtete auf sein Recht zu antworten und der Prozess war sofort zu Ende. Verres wollte nicht auf seine unvermeidliche Verurteilung warten, gab auf und floh mit seiner Kunstsammlung nach Marseille. Cicero feierte seinen Sieg, indem er den vollständigen Text der Reden veröffentlichte, die er hatte halten wollen und die er ohne Zweifel sorgfältig für die Lektüre durch das Volk aufbereitet und zusätzlich durch ein paar gezielte Stiche gegen Hortensius ergänzt hatte. Die Neuigkeit verbreitete sich in ganz Rom: Der König hatte seine Krone verloren; Hortensius' Herrschaft über die Gerichte war beendet worden.

Ciceros Herrschaft hingegen sollte ein Leben lang andauern. Die Vorteile, die ihm dieser Umstand im Hinblick auf Einfluss und Verbindungen brachte, waren gewaltig. Es gab auch greifbareren Gewinn. Zu Beginn seiner Klageerhebung hatte Cicero erklärt, dass persönlicher Gewinn ihn dabei nicht interessiere. Das war in jeder Hinsicht unaufrichtig. Wie er genau wusste, hatte ein Kläger das Recht, den Rang eines Verbrechers zu beanspruchen, den er mit Erfolg seiner Strafe zugeführt hatte. Verres war Praetor gewesen, und sobald er einmal verurteilt war, gingen daher alle Vorteile seines Status an Cicero über. Darunter war das Recht, in Debatten vor Senatoren das Wort zu haben, die nicht den Rang eines Praetors hatten. Für einen Mann von der Beredsamkeit Ciceros war das ein entscheidendes Privileg. Seine Redekunst konnte nun ihren Zauber nicht nur in den Gerichtshöfen, sondern auch an den wahren Schaltstellen der Politik entfalten.

Natürlich hatte er noch einen langen Weg zurückzulegen, aber er hatte bereits große Fortschritte gemacht. Jeden Tag, wenn er über das Forum gehe, so lautete der Rat seines Bruders, solle er sich immer wieder sagen: »Ich bin ein neuer Mann, ich will Konsul werden, hier ist Rom!«[29]

Der höchste Preis war kein unerreichbarer Traum mehr.

Der Bulle und der Jüngling

Die ganzen siebziger Jahre hindurch blieb das Kapitol eine Baustelle. Der große Jupitertempel erstand allmählich neu, lang nachdem Sullas Asche vom Wind verstreut worden war. Für das größte der großen Bauvorhaben der Republik war eine unsolide Bauweise undenkbar. Schon vor seiner Vollendung konnte Cicero den Tempel als »berühmtestes und herrlichstes Bauwerk« in der Stadt preisen.[30] So wie die Zerstörung des vorherigen Tempels das schlimme Vorzeichen des Bürgerkriegs gewesen war, war der neue Bau, den jeder, der über das Forum ging, deutlich sehen konnte, ein Beweis dafür, dass die Götter Rom wieder zulächelten. Der Frieden war zurückgekehrt und die Republik selbst wiederhergestellt.

Zumindest war es das, was die Anhänger Sullas jeden glauben machen wollten. Aus diesem Grund waren sie so darauf bedacht, die Oberaufsicht über das Kapitol in den eigenen Händen zu behalten. Nach Sullas Tod ging die offizielle Verantwortung für den Tempel an den vornehmsten seiner Anhänger über, an Quintus Lutatius Catulus. Er war die vollkommene Verkörperung senatorischer Würde. Bei ihm verband sich vornehme Abstammung mit dem Ruf unerschütterlicher und altmodischer Rechtschaffenheit, und das verschaffte ihm unbestrittenes Ansehen im Senat. Er war ohne jeden Zweifel der geeignetste Erbe Sullas. Aber sogar die Loyalität des Catulus hatte ihre Grenzen. Sulla hatte beabsichtigt, dass sein Name auf dem riesigen Architrav des Tempels verewigt werden solle, doch Catulus hatte andere Pläne. Er ließ nicht Sullas Namen auf dem Tempel anbringen, sondern seinen eigenen.

Catulus' Ruf für zurückhaltende Rechtschaffenheit scheint durch diesen Akt des Auftrumpfens nicht beschädigt worden zu sein. Ganz im Gegenteil. Die Erinnerung an Sulla war mit Blut befleckt und sein Name wurde als unheilvoll empfunden. Indem er sich auf Kosten seines toten Anführers in den Vordergrund spielte, gab Catulus das offen zu erkennen. Er blieb dem Erbe Sullas unerschütterlich verpflichtet, aber die Art und Weise, wie die Reformen der Republik mit Waffengewalt aufgezwungen worden waren, brachte jeden erklärten Konservativen in offensichtliche Verlegenheit. Gemeinsam mit Hortensius, der nicht nur sein engster politischer Verbündeter, sondern auch sein Schwager war, versuchte Catulus ein stolz zurückblickendes Ideal zu bewahren, bei dem ein dankbares römisches Volk vom Senat zu Ehre und Ruhm geführt werden sollte. Und der Senat sollte von Männern wie ihm geführt werden, die Roms alte Ordnung verkörperten und den harten Traditionen ihrer Vorfahren verbunden waren. Die Republik hatte indes viele verschiedene Traditionen, die verwirrt und verwirrend waren und sich jeder Festlegung entzogen. In der Vergangenheit war es immer eine Herausforderung für den Bürger gewesen, sich im Strudel ihrer gegenläufigen Strömungen zurechtzufinden, aber Sulla hatte erkannt, wohin das führen konnte, und hatte stattdessen versucht, ihren Fluss zu bändigen und in einigen Fällen einzudämmen. Seine

Gesetzgebung diente dazu, das zu kanalisieren, was zuvor unkontrolliert geflossen war. Rituale und ein gemeinsames Pflichtbewusstsein waren die Elemente, die die Republik jahrhundertelang bestimmt hatten. Die ungeschriebenen Gesetze des Brauches waren alles gewesen. Das war nun anders geworden. Obwohl sie unerschütterliche Traditionalisten blieben, waren Männer wie Catulus doch ebenso die Erben einer Revolution.

Hinter den von Sulla errichteten Deichen gab es einen stetig aufwallenden Druck. Die Anhänglichkeit der Bürger an ihre alten Rechte konnte nicht leicht unterbunden werden, und insbesondere die Gesetzgebung, die sich gegen das Volkstribunat richtete, stieß auf massiven Widerstand. Im Jahr 75 v. Chr., nur drei Jahre nach Sullas Tod, wurde das entscheidende Gesetz, das Volkstribunen daran hinderte, weitere Ämter zu bekleiden, hinweggefegt. Obgleich Sullas Anhänger ihre Deiche verzweifelt bewachten, stimmte am Ende eine beträchtliche Mehrheit der Senatoren dieser Maßnahme zu. Einige von ihnen gaben einer gewalttätigen Protestbewegung nach, andere waren sehr wahrscheinlich von persönlichem Ehrgeiz oder vom Streit mit irgendwelchen Gegnern getrieben, wieder andere durch verpflichtende Bande oder völlig unbekannte Faktoren. Motivationen waren in Rom immer schwer durchschaubar. Als die traditionelle Ordnung der Republik sich wieder durchsetzte, kehrte mit ihr auch die alte Unberechenbarkeit der römischen Politik zurück. Sullas Traum von einem einzigen offiziellen Weg zur Macht zerbröckelte wie seine Gesetze.

Wie konnte es zum Beispiel geschehen, dass selbst der vortreffliche und hoch angesehene Catulus im Senat gelegentlich von einem bekannten Opportunisten namens Publius Cethegus ausmanövriert wurde? Wie Verres war Cethegus gerade noch rechtzeitig zu Sulla übergelaufen, um seine Haut zu retten. Bei der Belagerung von Praeneste hatte er seine früheren Kollegen zur Aufgabe überredet und sie dann gnadenlos Sullas Sturmtruppen Sullas zur Hinrichtung ausgeliefert. Vornehme Leute wie Catulus betrachteten ihn mit Abscheu, aber Cethegus war kaum der Mann, sich darüber Sorgen zu machen. Statt sich um öffentliche Ehren zu bemühen, wie es sich für einen Angehörigen der römischen Nobilität gehörte, legte er sich hinter den Kulissen ins Zeug, bestach und beschwatzte Leute und intrigierte, um einen großen Stimmblock im Senat zu kontrollieren. Das war eine politische Waffe, die selbst die hochnäsigsten Aristokraten akzeptieren konnten. Immer wenn eine Ernennung anstand oder eine Gesetzesvorlage ausgefeilt werden musste, sollten mitternächtliche Besucher bei Cethegus ein und aus gehen.

Der Gedanke, dass Macht und Ruhm auf diese Weise voneinander getrennt werden konnten, war für die meisten Römer unverständlich und beunruhigte sie auch. Bei jeder Wahl wäre der schlechte Ruf des Cethegus ein tödliches Hindernis für seine Hoffnungen gewesen. Sein Ansehen war das eines Interessenvertreters, nichts anderes. Kein Römer, der auf das Kosulat zielte, konnte es sich leisten, sich in den verrufenen Hinterzimmern sehen zu lassen, in denen Cethegus lauerte. Das aristokratische Establishment mochte sich manchmal aus Notwendigkeit dazu herablassen, von seinen Diensten Gebrauch zu machen, aber ihre Zurückhaltung bei der Nachahmung seiner Karriere war ein deutliches Zeichen ihrer Verachtung. Doch es gab einen Adligen von hoher Geburt und überwältigendem, fast bedrohlichem Ansehen, der Cethegus in der dunklen Kunst der politischen Intrige bereits seit langem übertroffen und dabei niemals den leisesten Skrupel gezeigt hatte; er schwebte mit gleicher Leichtigkeit durch die Schattenwelt wie durch die glänzende Sphäre des öffentlichen Lebens; er war einer von denen, »die alles ertragen, jedem dienen, wenn sie nur erreichen, was sie wollen«.[31] Und was Marcus Crassus wirklich wollte, war eindeutig: der führende Bürger im Staat sein.

In den Jahren nach Sullas Tod musste er indes erst noch die Praetur und dann das Konsulat erringen, und es gab Leute, deren Meinung nach Crassus diesem Ziel bereits näher kam. Der Streit mit Sulla hatte sich nur als ein begrenzter Rückschlag erwiesen. In Wahrheit hatte er in gewisser Weise sogar dazu gedient, das Ansehen von Crassus zu erhöhen. Anders als Catulus stand er dem Regime des Diktators ferner. Er zog es vor, ohne Bindungen oder Verpflichtungen gegenüber einer anderen Sache als seiner eigenen zu sein. Prinzipien waren in den Augen von Crassus nur einfache Schachfiguren in einem großen komplizierten Spiel, die man einsetzen und dann wieder opfern konnte, wie es die Strategie erforderte. Statt zu riskieren, dass er seine Fingerabdrücke überall hinterließ, bediente Crassus sich vorgeschobener Strohmänner, um an seiner Statt die Grenzen zu erproben. Er verfügte über einen endlosen Vorrat an solch bereitwilligen und von ihm abhängigen Männern. Und er war unermüdlich dabei, kommende Männer zu fördern. Ob er ihnen nun tatsächlich zum Aufstieg in ein hohes Amt verhelfen wollte oder ob sie ihm einfach als Untergebene und Nichtsnutze zu Diensten sein sollten, er behandelte sie alle mit derselben bedrohlich anmutenden Freundlichkeit, führte ein offenes Haus, vermied hochmütiges Benehmen und erinnerte sich an den Namen eines jeden, den er einmal getroffen hatte. In den Gerichten plädierte er unermüdlich für Beklagte, die ihm später dafür einen Dienst erweisen konnten. Und für eine Schuld bei Crassus waren die Zinsen immer hoch.

Nicht umsonst war er als der Bankier des Senats tätig. Crassus verfügte über größere Mittel als irgendjemand sonst in Rom. Sklaven, Bergwerke und Land blieben sein vorrangiger Besitz, aber er betrachtete kein betrügerisches Geschäft als zu schmutzig, sofern es ihm Profit versprach. Wann immer ein Haus in Flammen stand, eilte die private Feuerwehr des Crassus zum Schauplatz und weigerte sich dann, das Feuer zu löschen, bis der Besitzer ihm die Immobilie billig verkauft hatte. Als er angeklagt wurde, mit einer Vestalischen Jungfrau Geschlechtsverkehr gehabt zu haben, was ein besonders schlimmes religiöses Verbrechen darstellte, war er in der Lage einzuwenden, dass er die Frau nur verführt habe, um ihren Besitz zu erwerben, und man glaubte ihm auch noch. Doch trotz seines Rufes für Habgier lebte Crassus einfach, und wenn seine Interessen nicht auf dem Spiel standen, konnte er eine berüchtigte Kleinlichkeit an den Tag legen. Einem Philosophen mit Namen Alexander, dem Crassus widerwillig Gastfreundschaft gewährt hatte, lieh er einen Reisemantel und forderte ihn dann zurück. Als Grieche hatte Alexander keine Wählerstimme. Wäre er ein Bürger gewesen, hätte Crassus ihn ermutigt, sehr viel mehr als nur einen Mantel zu leihen. Je herausragender seine Stellung gewesen wäre, desto drängender hätte man ihn ermutigt, Schulden zu machen. Geld war mit Sicherheit Crassus' liebstes Machtmittel. Die ganze Republik war in die Goldfäden verwickelt, die er spann. Nur wenig konnte in Rom geschehen, von dem Crassus nicht sofort erfuhr – so empfindlich war er für jede Erschütterung und jedes Flügelschlagen einer Fliege, die sich in seinem Netz verfangen hatte.

Es war nicht erstaunlich, dass er seinen Mitbürgern tiefe Furcht einflößte. Leute, die sich gegen Sullas Gesetze wandten, würden andere im öffentlichen Licht stehende Persönlichkeiten heftig angreifen, aber niemals Crassus. Ein Volkstribun verglich ihn nicht mit einer Spinne, sondern mit einem Bullen mit strohumwickelten Hörnern: »Die Römer pflegten nämlich den stößigen Ochsen Heu ums Horn zu wickeln«, erklärt Plutarch dazu, »damit die Begegnenden sich vor ihnen in Acht nähmen.«[32] Diese Art von Respekt war es, nach der es Crassus am meisten verlangte. Klarsichtiger als jeder andere in Rom war er zum Kern der Lektion vorgedrungen, die der Bürgerkrieg lehrte: dass die äußeren Zeichen des Ruhmes nichts waren im Vergleich zum Vorrang in der Meinung der Leute, die Bescheid wussten. In einer Gesellschaft wie der Republik, wo Neid und Missgunst der Größe stets schnell auf dem Fuße folgten, war Überlegenheit ein gefährlicher Zustand. Nur wenn sie Furcht ohne übermäßige Abneigung erweckte, konnte man hoffen, dass sie dauerhaft war. In der Kunst, ein solches Gleichgewicht zu bewahren, war Crassus ein einzigartiger Meister.

Doch zu seinem Kummer sah er sich von einem Rivalen überschattet, für den die Gesetze der politischen Schwerkraft einfach nicht zu gelten schienen. Der Mann, der ihm wie immer die Schau stahl, war Pompeius. Während Crassus alles unternahm, um in den Genuss der eigentlichen Macht zu kommen, hörte Pompeius niemals auf, den Glanz und den Tumult ihrer Zurschaustellung zu genießen. Aber indem er den General spielte, wurde er bald zur echten Figur, und zwar nicht nur zu der des Generals, sondern auch des Lieblings von Rom. Der »Schlachterjunge« hatte den Charme der Unschuld. »Keine Wangen waren zarter besaitet als die des Pompeius«, wird berichtet. »Ohne Ausnahme errötete er vor einem größeren Publikum, und besonders in Volksversammlungen.«[33] Für das Publikum war dieses Erröten eine sympathische Erinnerung an die Jugend seines Helden und an seine Bescheidenheit, die umso schätzenswerter erschien, wenn man sie der beispiellosen Kurve seines Aufstiegs entgegenhielt. Welcher Bürger hatte nicht gewagt sich vorzustellen, einmal dasselbe zu tun wie Pompeius, die Chance zum Ruhm in beide Händen zu nehmen und nach den Sternen zu greifen? Die Toleranz der Römer gegenüber seiner Karriere verriet die Tiefe ihrer Bewunderung. Weit davon entfernt, ihre Eifersucht zu erregen, versetzte Pompeius, wie stellvertretend auch immer, sie in die Lage, ihre tiefsten Fantasien und Träume auszuleben.

Pompeius' Stellung als Superstar war ein Faktor, den zu respektieren sogar Sulla gezwungen gewesen war. Niemand sonst hatte die Grenzen der Geduld des Diktators so auf die Probe gestellt wie Pompeius, der verwöhnte und verhätschelte Sohn. Nachdem er die Heere der Marianer in Afrika geschlagen hatte, war er nach Italien zurückgekehrt und hatte einen ausdrücklichen Befehl zur Auflösung seiner Legionen abgelehnt. Er hatte das nicht in der Absicht getan, Sullas Regime zu stürzen, sondern weil er wie ein kleines Kind, das sein Auge auf ein neues glitzerndes Spielzeug geworfen hatte, einen Triumph wollte. Sulla hatte zugestimmt, entweder um sich über ihn lustig zu machen oder aus Bewunderung, seinen Schützling in seinem Titel *magnus* zu bestätigen, den ihm seine Truppen verliehen hatten: »Magnus« – »der Große«. Die Gewährung der allerhöchsten Ehre eines Triumphes für einen Mann, der noch nicht einmal Senator war, hatte ihn aber zögern lassen. Pompeius hatte in für ihn typischer Weise mit Unverschämtheit auf Herablassung reagiert. »Vor der aufgehenden Sonne neigten sich mehr Menschen als vor der untergehenden«,[34] hatte er dem alternden Diktator ins Gesicht gesagt. Sulla hatte am Ende verdrossen nachgegeben. Pompeius, der ohne Frage in einnehmender Weise errötet war, war in aller Form hinter den Trophäen seines Sieges im Triumph durch die Straßen geritten und in überschwänglicher Weise von seinen Bewunderern gefeiert worden. Und das mit noch nicht einmal fünfundzwanzig Jahren.

Nach solcher Begeisterung war der aufreibende Alltag einer konventionellen politischen Karriere nicht sehr attraktiv. Die Plackerei nach einer Quaestur war nichts für Pompeius den Großen. Nachdem er Catulus geholfen hatte, den bewaffneten Aufstand nach Sullas Tod niederzuschlagen, hatte er anschließend sein liebstes Kunststück aufgeführt, indem er sich weigerte, seine Truppen zu entlassen. Wiederum tat er das ohne jede Absicht, selbst einen Umsturz anzuzetteln, sondern ganz einfach weil er zu gern General gewesen war, um seine Legionen nach Hause zu schicken. Er hatte stattdessen gefordert, nach Spanien geschickt zu werden. Die Provinz war noch voller marianischer Rebellen, und als der Senat das Kommando für Pompeius bestätigte, hatte er nicht nur einer Erpressung nachgegeben. Der Krieg gegen die Rebellen versprach wenig Ruhm, aber viele Gefahren und kaum Gewinn. Catulus und seine Kollegen waren froh gewesen, Pompeius ziehen zu lassen.

Auch Crassus muss die Hoffnung gehabt haben, dass sein junger Rivale seinem Fall entgegenritt. Aber ein weiteres Mal zeigte sich Pompeius unerträglich erfolgreich. So mühsam sich der Krieg in der Tat auch erweisen sollte, die aufständischen Heere wurden doch allmählich geschlagen. Crassus, der den Titel des Pompeius als Magnus immer noch für einen guten Witz hielt, begann zu merken, wie alle Leute um ihn herum ihn immer weniger ironisch benutzten. Als Crassus im Jahr 73 v. Chr. Praetor wurde, war Pompeius damit beschäftigt, die letzten Flammen der Rebellion zu löschen und Spanien zu seinem eigenen gewaltigen Vorteil neu zu ordnen. In derselben Provinz, die Crassus mit seinem ersten Heer versorgt hatte, schuf sich nun auch Pompeius die Grundlage für eine Klientel. Bald sollte er in einer Aura des Ruhmes und mit seiner Armee erfahrener Veteranen hinter sich nach Rom zurückkehren. Ohne Zweifel würde er einen zweiten Triumph verlangen. Und wer wusste, was danach noch kam?

Crassus scheint angesichts einer Bedrohung wie der durch Pompeius seine Strategie neu überdacht zu haben. So groß sein eigenes Ansehen auch war, es lag doch zur Hälfte im Schatten. Jetzt war der Moment gekommen, in das volle Licht der öffentlichen Zustimmung zu treten. Crassus war nicht Cethegus. Er wusste ganz genau, dass Macht ohne Ruhm immer begrenzt bleiben würde, besonders im Wettbewerb mit einem Rivalen wie Pompeius. Er brauchte einen überzeugenden eigenen Sieg, und zwar schnell. Aber wo? Und gegen wen? Geeignete Feinde gab es in entmutigend geringer Zahl.

Und dann ganz plötzlich, wie ein Gewitter aus heiterem Himmel, kam seine große Gelegenheit.

Der Schatten des Gladiators

In der Mitte des Sommers 73 v. Chr. gab es einen Massenausbruch aus der Gladiatorenschule in Kampanien. Wie Schellfisch und Luxushäuser waren solche Schulen zunehmend ein großes Geschäft in der Region geworden. Gladiatoren waren eine Spezialität weitgehend lokalen Ursprungs. Lange vor dem Erscheinen Roms auf der Bühne waren Grabstätten in Kampanien und Samnium Schauplatz von Wettkämpfen zwischen bewaffneten Kriegern gewesen, die zu

Ehren der Geister der ewig dürstenden Toten veranstaltet wurden. Selbst als die Rituale des Blutvergießens angesichts eines steigenden römischen Interesses kommerziellen Charakter anzunehmen begannen, kleideten sich die Gladiatoren weiter im Stil der samnitischen Krieger mit ihren breitrandigen Helmen und den plumpen wippenden Büscheln. Als die Unabhängigkeit der Samniten mehr und mehr der Vergangenheit angehörte, empfand man auch das Erscheinungsbild dieser Kämpfer als immer exotischer.

Für die Römer selbst war der Geruch des Fremden, der den Gladiatorenkämpfen anhaftete, stets ein wichtiger Teil ihrer Anziehungskraft. In einer Zeit, als die Kriege der Republik immer weiter entfernt von Italien geführt wurden, befürchtete man, dass der kriegerische Charakter des Volkes allmählich verblassen könnte. Als im Jahr 105 v. Chr. die Konsuln zum ersten Mal Spiele unter offizieller Schirmherrschaft veranstalteten, taten sie das mit dem erklärten Ziel, der Masse eine Kostprobe barbarischer Kampfesweise zu geben. Deswegen waren Gladiatoren nie bewaffnet wie Legionäre, sondern traten immer in der übertriebenen Aufmachung der Feinde der Republik auf – wenn nicht wie Samniten, dann wie Thraker oder Gallier. Doch dieses Schauspiel der Wildheit, das auf dem Forum im Herzen Roms gezeigt wurde, rief ebenso Gefühle der Bewunderung hervor wie des Hasses und der Verachtung. Die Oberschicht mochte zwar vorgeben, dass die Spiele für die *plebs* veranstaltet wurden, aber das Beispiel, das ein Gladiator durch seinen Mut gab, konnte jedermann begeistern. »Welcher auch nur einigermaßen tüchtige Gladiator hat je gestöhnt und hat seine Miene verzogen«, fragte sich begeistert der welterfahrene Denker Cicero. »Wer hat sich jemals im Stehen oder sogar im Fallen schimpflich gezeigt? Wer hat den Kopf eingezogen, als er gefallen war und den Befehl erhielt, den Hals hinzuhalten?«[35] Hier, in der Geste eines überwältigten fremden Sklaven, verkörperte sich alles, was die Römer bewunderten.

Obwohl das Bild verzerrt gewesen sein mag, hielten die Gladiatoren der zuschauenden Menge doch einen Spiegel vor. Sie ermöglichten den Römern, die Folgen ihrer Sucht nach Ruhm in ihrer brutalsten, äußersten und entwürdigendsten Form vor sich zu sehen. Der Unterschied zwischen einem Senator, der um das Konsulat kämpfte, und einem Gladiator, der um sein Leben kämpfte, war nur graduell.

Ein Römer wuchs mit der Aufregung um das eine wie das andere Schauspiel auf. In einer Gesellschaft wie der Republik war der Reiz, den die Gewalt in der Arena ausübte, nur natürlich. Je mehr der bluttriefende theatralische Charakter jedes Maß überstieg, desto mehr verspürten die Römer das Verlangen danach. Aber das Gemetzel diente ihnen auch als Warnung vor den tödlichen Folgen. Gladiatorenkämpfe waren ein Beispiel für das, was passieren konnte, sobald dem Wetteifer freie Zügel gelassen wurden und Männer begannen, nicht als Römer miteinander zu kämpfen, die durch die Beschränkungen des Brauchs und der Verpflichtung gebunden waren, sondern als brutale Wilde. Dann war der Sand blutgetränkt, und Körper wurden an Haken fortgeschleift. Sollte das Gerüst der Republik zusammenbrechen, wie es in den Jahren des Bürgerkriegs fast geschehen war, dann konnte das das Schicksal eines jeden sein, ob Bürger oder Sklave.

Dies war ein weiterer Grund, weshalb die Gladiatorenschulen eher in sicherer Entfernung von Rom in Kampanien konzentriert waren. Die Römer waren in der Lage, die Wildheit in der Seele des Gladiators zu erkennen, und fürchteten sich, sie in ihrer Mitte zu beherbergen. Obwohl im Sommer des Jahres 73 v. Chr. weit weniger als hundert Gladiatoren ausbrachen, entsandten die Römer doch einen Praetor mit einer Truppe von dreitausend Mann, um mit ihnen fertig zu werden. Die Flüchtigen hatten auf den Hängen des Vesuvs Zuflucht gesucht, und die Römer setzten sich dort fest, um sie auszuhungern. Aber Gladiatoren wussten alles über die Art und Weise, wie man den Gegner an seinem schwachen Punkt traf. Da sie die Hänge des Vulkans von wilden Weinreben bedeckt fanden, flochten sie Leitern aus den Ranken, stiegen dann an einem steilen Abgrund hinab und griffen die Römer in ihrem Rücken an. Das Lager wurde eingenommen und die Legionäre geschlagen. Sofort schlossen sich den Gladiatoren weitere Flüchtige an. Fußfesseln wurden eingeschmolzen und zu Schwertern verarbeitet; Wildpferde wurden eingefangen und zugeritten; eine Kavallerieeinheit wurde gebildet. Indem sie sich über ganz Kampanien ausbreiteten, begannen die Sklaven, eine Region zu plündern, die sich gerade erst von den Verwüstungen Sullas zu erholen begann. Nola wurde wieder einmal belagert und geplündert. Zwei weitere römische Heere wurden vernichtet. Das Lager eines weiteren Praetors wurde gestürmt. Seine *fasces* und sogar sein Pferd wurden dabei erbeutet.

Was zu Beginn eine zusammengewürfelte Guerillatruppe gewesen war, formierte sich nun zu einer gewaltigen und disziplinierten Armee von ungefähr einhundertzwanzigtausend Mann. Das war der Verdienst des Führers des ursprünglichen Ausbruchs, eines Thrakers namens Spartakus. Bevor er zum Sklaven geworden war, hatte er den Römern als Söldner gedient, und er verband in sich die physische Kraft eines Gladiators mit Scharfsinn und Intelligenz. Er war sich darüber im Klaren, dass es nur eine Frage der Zeit war, bis die aufgebrachten Herren ihre Sklaven vernichten würden, wenn die Aufständischen in Italien blieben, und daher brach er mit seiner Armee im Frühjahr 72 v. Chr. in Richtung Alpen auf. Sie wurden von Gellius Publicola verfolgt, dem Possenreißer, dessen Scherz auf Kosten der athenischen Philosophen seine Freunde Jahre zuvor so amüsiert hatte und der gerade erst zum Konsul gewählt worden war. Doch bevor er Spartakus angreifen konnte, trafen die Sklaven auf die römischen Truppen, die zum Schutz der Nordgrenze aufgestellt waren, und vernichteten sie. Der Weg über die Alpen und in die Freiheit stand nun weit offen. Aber die Sklaven wollten ihn nicht beschreiten. Stattdessen trafen sie auf das Heer des Gellius, schoben es beiseite und richteten ihre Schritte wieder südwärts, zurück zum Stammland ihrer Herren und zu allem, dem sie vorher zu entfliehen versucht hatten.

Die Römer waren völlig verblüfft über diese Umkehr. Eine Erklärung, die sie dafür gaben, war übermäßiges Zutrauen der Sklaven in ihre Kräfte: Die Sklaven waren so dumm, »da sie auf die herbeiströmenden Mengen und ihren wilden Mut vertrauten«.[36] In Wahrheit wäre dieses Vorgehen kaum verständlich gewesen, wären die Rebellen nicht von der Entdeckung überwältigt worden, wie viele weitere Sklaven es in Italien gab. Menschen waren keineswegs der geringste Teil des Reichtums, den die Republik während ihrer Eroberungskriege erbeutet hatte. Der einheitliche Markt, der sich infolge der römischen Oberherrschaft entwickelt hatte, hatte es ermöglicht, dass Gefangene ebenso leicht im ganzen Mittelmeerraum verteilt werden konnten wie jede andere Art Ware. Das Ergebnis war ein gewaltiger Aufschwung des Sklavenhandels gewesen, der zu einer Umsiedlung von Menschen in bisher in der Geschichte unbekanntem Ausmaß geführt hatte. Hunderttausende, ja vielleicht sogar Millionen waren aus ihrer Heimat verschleppt und in das Zentrum des Reiches gebracht worden, um dort für ihre neuen Herren schwer zu arbeiten. Selbst der ärmste Bürger konnte Sklavenbesitzer sein. In reichen Häusern veranlasste der Überfluss an Arbeitskräften Sklavenbesitzer dazu, sich immer exotischere Aufgaben als besondere Tätigkeiten für die von ihnen erworbenen Sklaven auszudenken, sei es das Abstauben von Porträtbüsten, das Schreiben von Einladungen oder die Pflege von purpurnen Kleidern. Solche Aufgaben wurden dann ganz von selbst zu gesuchten Spezialitäten. Die Arbeit der meisten Sklaven war aber sehr viel anstrengender. Das war besonders auf dem Land der Fall, wo die Bedingungen am schlechtesten waren. Sklavenkolonnen wurden als Ganzes gekauft, gebrandmarkt und aneinander gekettet, und mussten dann von morgens bis abends auf dem Feld arbeiten. Nachts wurden sie in riesigen überfüllten Baracken eingeschlossen. Kein bisschen Eigenraum oder Würde gestand man ihnen zu. Sie erhielten das unbedingte Mindestmaß an Nahrung, um sie am Leben zu halten. Erschöpfung wurde mit der Peitsche geheilt, während Auflehnung privaten Vertragspartnern zur Behandlung überlassen wurde, die sich auf Folterungen – und manchmal auf die Hinrichtung – von widerspenstigen Sklaven spezialisiert hatten. Verkrüppelte oder frühzeitig gealterte Sklaven konnten damit rechnen, wie krankes Vieh oder zerbrochene Weinkrüge sich selbst überlassen zu bleiben. Es war kaum von Bedeutung für ihre Herren, ob sie überlebten oder verhungerten. Schließlich war es sinnlos, wie ein römischer Agrarschriftsteller seine Leser belehrte, Geld für unnütze Geräte zu verschwenden.

Diese Ausbeutung war es, die allem zugrunde lag, was an der Republik edel und gut war – ihrer Kultur des Bürgerrechts, ihrer Leidenschaft für Freiheit, ihrer tiefen Furcht vor Schimpf und Schande. Es war nicht einfach nur so, dass die Muße, die den Bürger in die Lage versetzte, sich der Republik zu widmen, auf der erzwungenen Arbeit anderer beruhte. Sklaven befriedigten auch ein tiefer liegendes und hinterhältigeres Bedürfnis. »Gewinn kann nur der Schaden andrer bringen«[37] – davon war jeder Römer überzeugt. Aller Status war relativ. Was für einen Wert würde Freiheit in einer Welt haben, in der jeder frei war? Selbst der ärmste Bürger konnte sich noch dem am besten gestellten Sklaven überlegen fühlen. Und sogar der Tod war einem Leben ohne Freiheit vorzuziehen. Die gesamte ruhmreiche Geschichte der Republik hatte dazu gedient, genau das zu zeigen. Wenn ein Mann es geschehen ließ, Sklave zu werden, dann verdiente er sein Schicksal voll und ganz. Das war die harte Logik, die jedermann daran hinderte, die von den Sklaven erlittenen Grausamkeiten je infrage zu stellen, geschweige denn die Berechtigung der Sklaverei selbst.

Es war eine Logik, die auch die Sklaven akzeptierten. Niemand wandte sich je gegen die Hierarchie von frei und unfrei, sondern nur gegen seine eigene Stellung in ihr. Das Ziel der Aufständischen war nicht, die Sklaverei als Institution abzuschaffen, sondern sie wollten die Vorrechte ihrer früheren Herren für sich selbst gewinnen. So geschah es, dass sie gelegentlich ihre römischen Gefangenen dazu zwangen, als Gladiatoren zu kämpfen: »Dabei schauten freilich die zu, die eigentlich Objekte des Zuschauens waren.«[38] Nur Spartakus selbst scheint für ein wirkliches Ideal gekämpft zu haben. Als Einziger unter den Anführern der Sklavenaufstände in der Antike unternahm er den Versuch, seine Anhänger zu einer Art von Egalitarismus zu verpflichten, indem er ihnen untersagte, Gold und Silber in ihrem Besitz zu haben, und er verteilte die Beute nach einem Gleichheitsgrundsatz. Wenn das tatsächlich ein utopischer Versuch war, dann scheiterte er. Die Gelegenheiten für gewaltsame Freibeuterei waren einfach zu verlockend für die meisten Aufständischen, als dass sie hätten widerstehen können. Das war, wie die Römer glaubten, eine weitere Erklärung dafür, dass die Sklaven nicht flohen, als sie die Gelegenheit dazu hatten. Was waren die Sümpfe und Wälder ihrer jeweiligen Heimat schon im Vergleich zu den Versuchungen Italiens? Die Freiheitsträume der Aufständischen nahmen nur einen traurigen zweiten Platz nach ihrer Beutegier ein. Für die Römer war das ein schlüssiger Beweis für ihre »Sklavennatur«.[39] Tatsächlich wollten die Sklaven nur von dem Ertrag und der Arbeit anderer leben wie ihre Herren. Selbst in ihrer Verblendung hielten sie den römischen Idealen nur weiter einen Spiegel vor.

Es war kein Wunder, dass die Römer angesichts der Gefahr organisierter Plünderungen ihrerseits in Panik gerieten. Da das Heer des Gellius geschlagen war und alle anderen Legionen der Republik in fernen Ländern kämpften, war die Hauptstadt plötzlich allen Gefahren ausgesetzt. Crassus, der sich nicht umsonst gerühmt hatte, reich genug zu sein, um eine eigene Armee aufzustellen, handelte jetzt schnell. Seine Anhänger im Senat wurden mobilisiert. Nach einer hitzigen Debatte wurden den Konsuln ihre beiden Legionen entzogen, und Crassus allein erhielt das Oberkommando. Der neue Generalissimus begann sofort mit der Rekrutierung und verdoppelte die Zahl der ihm zur Verfügung stehenden Truppen. Endlich bot sich ihm die Gelegenheit, sich als der Retter der Republik aufzuspielen. Als zwei seiner Legionen in direktem Widerspruch zu seinen Befehlen mit Spartakus zu kämpfen begannen und noch eine weitere Niederlage erlitten, war Crassus' Antwort die Wiederbelebung der alten und schrecklichen Strafe der Dezimierung. Jeder zehnte Mann wurde zu Tode geprügelt, die Gehorsamen ebenso wie die, die nicht gehorcht hatten, die Tapferen ebenso wie die Feiglinge, während ihre Kameraden gezwungen waren zuzusehen. Die militärische Disziplin war wiederhergestellt. Zugleich war das ein Warnsignal an alle Sklaven, die versucht sein sollten, sich Spartakus anzuschließen, dass sie keine Gnade erwarten konnten von einem General, der bereit war, eine solche Strafe über seine eigenen Männer zu verhängen. So rücksichtslos Crassus war, er tat nie etwas, ohne die Wirkung bis in die Einzelheiten berechnet zu haben. Mit einem einzigen brutalen Schlag hatte der raffgierige Millionär sein Image in das eines unnachgiebigen Verteidigers alter Werte verwandelt. Wie Crassus sicher genau wusste, war die Tradition der römischen Disziplin immer ein Pluspunkt beim Wähler.

Nachdem seine Autorität nun fest verankert war, machte er sich daran, einen Ring um die Hauptstadt zu legen. Spartakus antwortete darauf mit einem weiteren Rückzug nach Süden. Er wusste, dass er dort am ehesten neue Anhänger fand. Sein Heer ließ das von Städten durchsetzte wohlhabende Mittelitalien hinter sich und begann durch eine öde Folge großer Landgüter zu ziehen. In den Ebenen war abgesehen von sich abmühenden Sklavenkolonnen alles verlassen, während auf den Höhen nur verstreute fremde Sklaven anzutreffen waren, die große Schaf- oder Rinderherden über die sonst leeren Felder trieben. Was einst eine Landschaft mit blühenden Städten und Dörfern gewesen war, war jetzt *Italiae solitudo* – die Wildnis Italiens. Indem er die Aufständischen durch diese Wildnis weiter nach Süden und fort von Rom trieb, gelang es Crassus schließlich, sie am

Stiefelabsatz der Halbinsel zu stellen. Der Winter war nahe, und um sicher zu sein, dass seine Beute ihm nicht entkommen konnte, errichtete er eine Sperre quer über das Land von Ufer zu Ufer. Spartakus saß in der Falle. Zwei verzweifelte Versuche wurden unternommen, den Graben und Wall der Legionäre zu stürmen. Beide wurden zur übergroßen Erleichterung des Crassus zurückgeschlagen, denn wie sein Opfer begann auch er zu verzweifeln. Die Zeit war knapp geworden. Ein sehr viel bedrohlicherer Feind als Spartakus stand am Horizont. Nach sechs Jahren in Spanien war Pompeius auf seinem Weg zurück in die Heimat.

Als Spartakus davon erfuhr, versuchte er, die Bedrängnis des Crassus zu nutzen und bot Verhandlungen an. Crassus lehnte voller Verachtung ab. Spartakus antwortete darauf mit der Kreuzigung eines römischen Gefangenen in voller Sichtweite des Walls. Einen ganzen Tag lang wurden die Schreie des sterbenden Mannes von dem eisigen Wind zu seinen Mitbürgern getragen. Dann, als die Dunkelheit des Abends hereinbrach und es zu schneien begann, unternahm Spartakus einen dritten Versuch, die Barrikaden zu stürmen. Diesmal konnte er ausbrechen. Auf der Flucht vor Crassus begann er im Zickzack nach Norden zu ziehen. Crassus blickte jetzt mit einem Auge auf die Aufständischen und dem anderen auf den zurückkehrenden Pompeius, und er folgte Spartakus mit rasender Geschwindigkeit, wobei er Nachzügler in einer Reihe von eskalierenden Scharmützeln aus dem Weg räumte. Am Ende wurden die Aufständischen wieder in die Enge getrieben, und Spartakus machte eine Kehrtwendung, um sich auf den Kampf vorzubereiten. Vor seinen angetretenen Männern stach er sein eigenes Pferd nieder, verzichtete damit auf jeden weiteren Rückzug und verpflichtete sich zu Sieg oder Tod. Dann rückten die Sklaven zur Schlacht vor. Spartakus selbst führte einen verzweifelten Angriff gegen das Hauptquartier des Crassus, wurde aber getötet, bevor er es erreichen konnte. Der größte Teil des Heeres der Aufständischen ging an der Seite seines Generals zugrunde. Der große Sklavenaufstand war vorüber. Crassus hatte die Republik gerettet.

Nur wurde ihm sein Sieg im letzten Augenblick gestohlen. Als Pompeius mit seinen Legionen südwärts nach Rom zog, traf er auf fünftausend der aufständischen Sklaven, die sich aus der endgültigen Niederlage des Spartakus gerettet hatten. Er machte kurzen Prozess, schlachtete sie bis auf den letzten Mann ab und brüstete sich dann in einem Schreiben an den Senat, er habe dem Aufstand ein Ende bereitet. Man kann sich leicht vorstellen, was Crassus darüber dachte. Er versuchte, Pompeius den Ruhm wieder zu entreißen, und ließ alle von ihm gemachten Gefangenen entlang der Via Appia kreuzigen. Auf über hundertfünfzig Kilometern der am meisten benutzten Straße Italiens stand alle 40 Meter als makabres Zeichen für den Sieg des Crassus ein Kreuz, an das ein toter Sklave festgenagelt war.

Den meisten Römern war der Krieg gegen Spartakus peinlich gewesen. Im Vergleich mit der Leistung des Pompeius, der Tausende von wilden Stammesangehörigen in einem weit entfernt geführten Provinzkrieg abgeschlachtet hatte, war die Rettungsaktion des Crassus im Hinterhof Roms etwas, was man lieber vergessen wollte. Obwohl beiden Männern der Lorbeerkranz verliehen wurde, musste sich Crassus dabei mit einer Siegesparade zweiter Klasse zufrieden geben, bei der er nicht in einem Wagen durch die Straßen Roms fuhr, sondern zu Fuß ging.

Pompeius musste freilich nicht auf das Pflaster hinabsteigen. Für den Helden des Volkes war das Beste gerade gut genug. Während Pompeius also strahlend wie ein junger Alexander auf einem von vier weißen Pferden gezogenen Wagen fuhr und der Zug mit seiner Beute und den Gefangenen sich unter der wilden Begeisterung seiner Anhänger vor ihm durch die Straßen Roms schlängelte, konnte Crassus nur zusehen und vor Wut kochen.

Trotz allem war er darauf bedacht, seinen Ärger nicht zu zeigen. Jubelnde Mengen, so schmeichelhaft sie auch sein mochten, waren nur Mittel zum Zweck, und dieser Zweck war für Crassus immer die eigentliche Macht gewesen. Sehr viel mehr als einen Triumph begehrte er das Konsulat. Da der Zeitpunkt der Wahlen schnell näher rückte, unternahm er einen für ihn typischen geschickten Überraschungsschritt und schlug seinem großen Rivalen vor, sich gemeinsam zu bewerben. Pompeius, der ebenso über das politische Geschick des Crassus beunruhigt war wie Crassus über die Popularität von Pompeius, stimmte sofort zu. Die beiden Männer wurden erwartungsgemäß ohne jeden Widerstand gewählt.

Pompeius war sechsunddreißig Jahre alt, als er weit unter dem von Sulla festgesetzten Mindestalter Staatsoberhaupt wurde. Es war einzigartig, dass er noch nicht einmal Senator gewesen war. Er hatte Angst, Schnitzer zu machen, und musste einen Freund bitten, ihm einen Idiotenführer für den Senat zu schreiben. Doch trotz aller Unerfahrenheit war Pompeius nicht der Mann, der auf Zehenspitzen ging. Kühnheit war es, die ihn auf die höchste Höhe militärischen Ruhmes gebracht hatte, und Kühnheit war es auch, die er für die Schlachtfelder der Politik mitbrachte. Kaum war er Konsul geworden, brachte er ein Gesetz ein, um dem Volkstribunat seinen Maulkorb abzunehmen und es zu seinen alten, von Sulla abgeschafften Privilegien zurückzuführen. Der Schlussstein der Gesetzgebung des toten Diktators war damit so ganz nebenbei zerstört worden und ein farbiges und potenziell destabilisierendes Element war in das politische Leben der Republik zurückgekehrt. Die Menge, die seit fast einem Jahrzehnt gerade eine solche Maßnahme gefordert hatte, war von neuem besinnungslos vor Begeisterung.

Diesmal bekam aber auch Crassus seinen Anteil an ihrem Beifall. In der festen Absicht, sich das Verdienst der Rückgabe seiner alten Rechte an das Volk nicht entgehen zu lassen, hatte auch er die Reform wohlweislich unterstützt. Selbst Catulus, der gemerkt hatte, woher der Wind wehte, hatte seinen Widerstand aufgegeben. Das sollte nicht heißen, dass Pompeius sich der Zustimmung des Senats erfreute. Ganz und gar nicht. Seine Größe und die regelwidrige Natur seines Konsulats blieben den Traditionalisten an der Spitze des Senats ein Dorn im Auge. Das gab Crassus, dessen eigenes Konsulat völlig den Regeln entsprach, die Möglichkeit, sich als ihr Vertreter aufzuspielen. Und er zog es wie immer vor, seine Risiken zu verteilen. Mit der einen Hand trieb er Aufwand mit riesigen öffentlichen Gelagen und kostenlosen Getreideverteilungen an die Armen, während er mit der anderen Gift in die Ohren seiner Kollegen träufelte, Pompeius als gefährlichen Demagogen verleumdete und alle weiteren der Menge gefälligen Maßnahmen hintertrieb. Daraus folgte, dass Pompeius und Crassus, statt zum Wohl der Republik zusammenzuarbeiten, wie das von Konsuln erwartet wurde, sich sehr bald offen an die Gurgel gingen.

Nichts war für die Menge in der Arena aufregender als das Duell zweier mit unterschiedlichen Waffen und Geschicklichkeiten gerüsteten Gladiatoren. Die beliebteste Form des Kampfes stellte einen prachtvoll mit Brustpanzer und Helm ausgerüsteten Schwertkämpfer einem beweglichen Mann mit Dreizack gegenüber, dessen Aufgabe es war, den Gegner in die Maschen eines Netzes zu verstricken.

Pompeius und Crassus boten ein ähnliches Schauspiel: Sie waren so unterschiedliche Gegner, aber von so gleichmäßiger Stärke, dass keiner den anderen übervorteilen konnte. Aber statt den Römern Vergnügen zu bereiten, erschreckte und verstörte das Duell sie eher. Sklaven mochten auf Leben und Tod miteinander kämpfen, aber nicht die Konsuln des römischen Volkes. Ein Gladiator mochte einem geschlagenen Gegner die Gurgel durchschneiden, aber wenn einer der beiden Staatsoberhäupter seinen Kollegen so erledigte, war das ein Attentat gegen alle Ideale der Republik. Zuletzt scheinen Pompeius und Crassus begriffen zu haben, dass ihr Streit ihnen beiden gleichermaßen Schaden zufügte. Als sie gegen Ende ihres Jahres im Konsulat einer Volksversammlung auf dem Forum vorsaßen, unterbrach sie ein Bürger plötzlich und bat um Erlaubnis, einen Traum erzählen zu dürfen. Es wurde ihm gewährt. »›Jupiter‹, sagte er, ›ist mir erschienen und hat mir aufgetragen, vor den Bürgern anzukündigen, dass ihr nicht erleben werdet, dass die Konsuln ihr Amt niederlegen, bevor sie Freunde geworden sind.‹«[40] Es blieb eine Zeit lang still. Dann ging Crassus hinüber zu Pompeius und reichte ihm die Hand. Er pries seinen Rivalen. Die beiden waren versöhnt.

Die Episode sieht verdächtig nach einer gestellten Szene aus, aber das nimmt ihr nichts von ihrer Bedeutung. Ein Jahrzehnt nach Sullas Tod erfüllte die Römer der Gedanke mit Schrecken, dass wieder jemand dasselbe wie er tun und seine Vorherrschaft über den Staat errichten könne. So viel Macht beide, Pompeius wie Crassus, auch besaßen, keiner konnte es sich leisten, mächtiger zu erscheinen als der andere. Das war die Einsicht, auf der die Republik noch immer bestand, selbst wenn sie in ihren Bürgern die Sehnsucht erweckte, der Beste zu sein. Tüchtigkeit verdiente Lob und Ehre, aber übermäßige Tüchtigkeit war verderblich und bedrohte den Staat. Wie groß ein Bürger auch werden mochte, die wahre Größe gebührte immer noch allein der Römischen Republik selbst.

6 EIN FEST FÜR DIE AASGEIER

Der Prokonsul und die Könige

In den Augen der Römer war es ihre berauschende Wirkung, die die Macht so gefährlich machte. Die Angelegenheiten der Mitbürger zu entscheiden und sie als Kommandant in den Krieg zu führen war eine Ehrfurcht gebietende Verantwortung und konnte jedermann den Kopf verdrehen. Schließlich war die Gründung der Republik auf nichts anderes zurückzuführen als auf die einzige und wichtige Erkenntnis, dass königliche Autorität süchtig machte und den Menschen verdarb. Jetzt, da Rom Herr der Welt und Schiedsrichter unter den Nationen war, ging die Autorität seiner Konsuln freilich weit über die Macht jeden Königs hinaus – ein Grund mehr, auf den Kontrollen zu bestehen, die das Amt seit jeher beschränkt hatten.

Und doch stellte die wachsende Ausdehnung der Republik die Römer vor ein Dilemma. Nachdem sie nun nicht mehr Bürger eines kleinen Stadtstaats waren, sondern einer Weltmacht, schienen die Anforderungen an ihre Aufmerksamkeit grenzenlos. Überall brachen Kriege aus. Je weiter entfernt und unbändiger der Feind, desto größer die logistischen Anforderungen, die an die Konsuln gestellt wurden. In besonders schwierigen Fällen ließ das dem Senat keine andere Wahl, als einen Beamten zu ernennen, der ihren Platz einnehmen und, wie die Römer es ausdrückten, *pro consule* vor Ort sein konnte. Als das Reich der Republik sich im Lauf des 2. Jahrhunderts v. Chr. immer weiter ausbreitete, wurde auch der Rückgriff auf Prokonsuln immer üblicher. Der Art ihrer Aufgaben entsprechend befanden sie sich häufig sehr viel länger auf ihren Feldzügen als nur für das herkömmliche eine Jahr.

Pompeius zum Beispiel hatte fünf Jahre in Spanien verbracht. Zwar war der Krieg pflichtschuldig gewonnen worden, dennoch hatte dieser Umstand daheim in Rom Sticheleien vonseiten der Konservativen hervorgerufen. Das großspurige Auftreten des Pompeius bestätigte den Senat nur in seiner Abneigung gegen übertriebene

Zuteilungen der prokonsularischen Gewalt. Die Lage in Spanien war verzweifelt gewesen, aber anderswo und vor allem, wenn die Interessen Roms nicht unmittelbar gefährdet waren, konnten die Senatoren es eventuell vorziehen, ein gewisses Maß an begrenzter Anarchie zu tolerieren, statt einem der ihren die Vollmacht zu erteilen, damit aufzuräumen.

So verhielt es sich mit der Provinz Asien. Der Krieg gegen Mithridates hatte dort Elend und Chaos hinterlassen; die Städte stöhnten über Strafsteuern; das soziale Gefüge stand vor dem Zusammenbruch und entlang der Grenze knurrten Duodezfürsten begehrlich und schnappten nach ihrer Beute. Über den offenen Wunden der zugrunde gerichteten Provinz kreisten gierig die römischen Schmeißfliegen, also nicht nur ehrgeizige junge Offiziere wie Caesar, sondern auch die von Mithridates ruinierten Vertreter der *publicani,* angezogen durch den Geruch frischen Blutes. Trotz allem blieb Asien die reichste der römischen Provinzen, und das war auch genau der Grund, der den Senat davon abhielt, eine gerechte Lösung für die Region zu finden. Wem konnte man für ihre Durchsetzung trauen? Niemand hatte vergessen, wer der letzte Prokonsul gewesen war, den man beauftragt hatte, mit dem Aufruhr im Osten fertig zu werden. Selbst über seinen Anhängern hing der drohende Schatten Sullas.

Dennoch war jedem in Rom klar, dass der Krieg gegen Mithridates eine nicht zu Ende gebrachte Aufgabe war. In seiner Ungeduld, mit der er nach Italien zurückkehren und den Bürgerkrieg gewinnen wollte, hatte Sulla wissentlich das Recht der Republik auf vollständige Rache aufgegeben: Seine Entscheidung, den Schlächter von achtzigtausend Italikern zu schonen, wo er ihn doch hätte vernichten können, war allein eine Frage der Eile gewesen. Die Enttäuschung nagte besonders an denen, die unter dem Eindruck standen, in die politische Entscheidung verwickelt gewesen zu sein. Und das war der Grund, warum von Sulla zurückgelassene Offiziere weiterhin gelegentliche Überfälle gegen Mithridates unternahmen und versuchten, ihn zu einem Gegenangriff zu verleiten. Das war auch der Grund, warum die führenden Senatoren, angeführt von jenen hartnäckigen Sullanern Catulus und Hortensius, es ablehnten, den Friedensvertrag zu ratifizieren, den doch ihr eigener Generalissimus unterzeichnet hatte. Als die Abgesandten des Mithridates nach Rom reisten, speiste man sie mit der Auskunft ab, der Senat habe keine

Zeit, sie zu empfangen. Monat für Monat ließ man sie in ihrem eigenen Saft schmoren.

Deshalb hatte Mithridates keinen Zweifel daran, dass die Römer ihn stürzen sehen wollten – was ihn allerdings nicht dazu brachte, seine eigenen Ambitionen je aufzugeben. Asien schien so reich an Beute zu sein wie eh und je. Verborgen vor den neugierigen Blicken der römischen Beobachter war Mithridates langsam darangegangen, seine Angriffskraft wieder aufzubauen, die durch die von Sulla verhängten Sanktionen zerstört worden war. Diesmal suchte er anderswo nach Anregungen, nämlich bei seinen Feinden. Edelsteinbesetzte Rüstungen und vergoldete Waffen standen nicht mehr an der Tagesordnung, gefragt waren Disziplin und Schlagkraft nach Art der Römer. Mithridates begann seine Infanterie mit dem *gladius*, dem beidseitig geschärften spanischen Kurzschwert auszurüsten, das die Legionäre ungefähr ein Jahrhundert zuvor übernommen hatten. Die schweren Verletzungen, die diese Waffe verursachte, wenn sie als Hieb- oder Stichwaffe lebenswichtige Organe traf, hatten im Osten immer besonderen Schrecken erregt. Jetzt beabsichtigte Mithridates, diese Waffe selbst einzusetzen.

Dazu wandte er sich im Sommer 74 v. Chr. an die aufständischen Marianer in Spanien und sicherte sich ihre Hilfe bei der Ausrüstung und Ausbildung seiner Armee. Diese Nachricht erregte Entrüstung und Schrecken in Rom. Niemals war die Republik so gefährlich wie dann, wenn sie glaubte, dass ihre Sicherheit auf dem Spiel stand. Nur selten zogen die Römer in den Krieg, selbst gegen den schwächsten Feind, ohne sich vorher auf irgendeine Weise in der Ansicht bestärkt zu haben, dass ihr Präventivschlag defensiver Natur war. Mithridates war natürlich alles andere als ein schwacher Feind und Asien schien von neuem wirklich gefährdet zu sein. Die aufwallende Empörung war so stark, dass die Ernennung eines Kommandeurs für den Osten schließlich unvermeidlich wurde. Nur wer sollte das sein? Eine verhängnisvolle Frage. Im Jahr 74 v. Chr. verfügte die sullanische Fraktion über hinreichende Kontrolle des Senats, um jede Ernennung eines allzu anmaßenden Bewerbers zu verhindern. Damit war Pompeius ausgeschlossen, der ohnehin zu diesem Zeitpunkt noch in Spanien Krieg führte, ebenso Crassus, der mit seiner Wahlkampagne für die Prätur beschäftigt war. Zum Glück für Catulus und seine Verbündeten diente einer der ihren in jenem Jahr als Konsul.

Lucius Lucullus war der fähigste und am meisten Achtung gebietende unter den wichtigen Angehörigen der Nobilität, die ihr Schicksal mit dem des Diktators und seiner Reformen verbunden hatten. Seine Karriere war von Anfang an stürmisch verlaufen. Er kam aus einer alten Familie, die hauptsächlich für schlechte Heiraten und Fehden bekannt war. Seine Mutter war von rastloser Untreue und sein Vater hatte sich in eine Reihe von Racheakten verstrickt, die ihren Höhepunkt in gerichtlicher Verfolgung und seinem Exil gefunden hatten. Lucullus hatte die blutige Fehde geerbt und sich zunächst einen Namen gemacht, indem er den Mann vor Gericht brachte, der seinen Vater hatte verurteilen lassen. Unversöhnlichkeit sollte sich bei ihm als ein steter Charakterzug erweisen, was allzu leicht in zähe Steifheit umschlagen konnte, denn Lucullus war nicht gerade mit leutseligen Umgangsformen gesegnet, und statt sich Popularität zu erkaufen, fand er sich in Schroffheit damit ab, für hochmütig und geizig gehalten zu werden. Aber er war auch ein humaner und hochgebildeter Mann, ein Philosoph und Historiker mit tiefer Kenntnis der griechischen Kultur und einem aufrichtigen Interesse am Wohlergehen der Untertanen Roms. Lucullus war ebenso beharrlich in seinen Abneigungen wie leidenschaftlich in seiner Loyalität und seinen Überzeugungen. Sulla und seinem Andenken war er ganz besonders ergeben. Es ist fast sicher, dass Lucullus jener eine Offizier war, der bereit war, Sulla bei seinem ersten Marsch auf Rom zu folgen. Während des Krieges gegen Mithridates hatte er einen Ausgleich gesucht zwischen seiner Pflicht zum Gehorsam gegenüber den Befehlen seines Kommandeurs und seinem Wunsch, die bedauernswerten Griechen mit Integrität und Geschick zu schützen. Später sollte Sulla ihm seine Memoiren widmen und ihn zum Testamentsvollstrecker und Vormund seiner Kinder bestellen. Anders als Pompeius und Crassus konnte man auf Lucullus vertrauen und sicher sein, dass er seinem toten Freund treu bleiben würde.

Die sullanische Führung war daher schnell zu seiner Unterstützung bereit. Andere mächtige Fraktionen erklärten sich ebenfalls dazu bereit. Kurz vor der Erringung des Konsulats hatte Lucullus in die allervornehmste der patrizischen Dynastien Roms eingeheiratet. Die Claudii waren bekannt für ihre Arroganz und ihren Eigensinn, aber sie konnten sich auch eines halben Jahrtausends außerordentlicher

Leistungen rühmen, und das war ein einmaliger Rekord an Beständigkeit in der Geschichte der Republik. Keine Familie hatte mehr Porträtmasken in ihrer Eingangshalle oder eine größere vererbte Klientel, und keine Familie hatte ihre Finger so in den einträglichsten Geschäften außerhalb Roms. Das Ansehen der Claudii war so groß, dass es selbst einen Aristokraten mit einem Stammbaum wie Lucullus als verzweifelten Sozialaufsteiger erscheinen ließ. Und er war so begierig darauf gewesen, in diese Familie einzuheiraten, dass er sogar dem Verzicht auf eine Mitgift zugestimmt hatte. Seine Frau hatte sich sehr bald nach bester Art der Familie des Lucullus als ein Ausbund an Untreue erwiesen, aber er muss sich ausgerechnet haben, dass sie diesen Preis wert war, wenn er nur die Claudii auf seiner Seite hatte. Seine angeheirateten Verwandten waren indes in ihrem Kalkül kaum weniger praktisch veranlagt. Das Familienoberhaupt, Appius Claudius Pulcher, hatte diese Stellung erst kürzlich von seinem Vater geerbt und musste zwei Brüder und drei Schwestern versorgen. Außerdem hatte auch er seine Ambitionen. In seinem erhabenen Überlegenheitsgefühl und seinem Opportunismus konnte Appius sehr wohl erkennen, dass Lucullus seine wahrscheinlichste Garantie für eine glänzende Karriere im Osten war. Der Jüngste in der Familie, Publius Clodius, hatte ebenfalls militärische Ambitionen. Er war gerade achtzehn Jahre alt geworden, und das war das traditionelle Alter für einen jungen Römer, um seinen Militärdienst zu beginnen. Clodius hatte seinen Blick wie Appius auf den Pfad zum Ruhm gerichtet.

Bevor sie und ihr Schwager aber nach Asien aufbrechen konnten, musste Lucullus noch in seinem Kommando bestätigt werden. Selbst mit der Unterstützung des Catulus wie der Claudii war immer noch eine Mehrheit der Senatoren gegen ihn. In seiner Verzweiflung wurde ihm klar, dass es keine andere Lösung gab, als seine Fühler nach dem Oberorganisator des Senats, Publius Cethegus, auszustrecken. Da er zu stolz war, das selbst zu versuchen, entschied sich Lucullus dafür, dessen Geliebte zu verführen und sie zu überreden, ihren Liebhaber auf seine Seite zu ziehen. Der Kunstgriff hatte Erfolg: Cethegus begann, seine Fäden zugunsten des Lucullus zu spinnen und seinen Einfluss für ihn zu nutzen. Sein Block von gehorsamen Senatoren wurde ins Spiel gebracht und der tote Punkt war überwunden. Lucullus erhielt endlich sein Kommando.

Sein Kollege im Konsulat, Marcus Cotta, ging mit ihm. Das war entweder eine Verneigung vor dem Furcht erregenden Ruf des Mithridates oder, was wahrscheinlicher ist, ein Zeichen dafür, dass der Senat sich noch immer nicht dazu überwinden konnte, die Kriegführung einem einzigen Mann anzuvertrauen. Was immer der Grund gewesen sein mag, diese Art der Organisation zeigte schnell ihre Nachteile. Während Lucullus sich darauf vorbereitete, das Königreich Pontus anzugreifen, verlor Cotta eine ganze Flotte an Mithridates, vermied dann knapp, auch sein Heer zu verlieren, und wurde am Ende zu seiner Schande in einem Hafen am Bosporus eingeschlossen. Mithridates befand sich nun in unmittelbarer Reichweite der Provinz Asien. Zur Missbilligung seiner eigenen Männer brach Lucullus pflichtschuldig seinen eigenen Angriff ab und kehrte zur Rettung seines unfähigen Kollegen um. Als Mithridates davon erfuhr, hob er die Belagerung auf, wenn auch nicht um sich zurückzuziehen, sondern um einen umfassenden Angriff auf Asien zu unternehmen. Er hatte allen Grund, zuversichtlich zu sein: Seine neue Musterarmee hatte bereits einen Konsul lahm gelegt und übertraf die Legionen des Lucullus in einem Zahlenverhältnis von fast vier zu eins. Mithridates muss der Meinung gewesen sein, dass er alle Chancen hatte, das römische Heer noch einmal ins Meer treiben zu können.

Lucullus biss aber nicht an. Statt alles auf einen frontalen Zusammenprall zu setzen, bedrängte er das pontische Heer und schnitt es von seinem Nachschub an Lebensmitteln ab, sodass er, »wie man sagt, dem Gegner auf den Magen sprang«.[1] Mit Einbruch des Winters war Mithridates gezwungen, sich zurückzuziehen, und ließ die kaputten Reste seiner Belagerungsmaschinen und Tausende seiner Männer zurück. Dann, im Frühling des folgenden Jahres, schlug Lucullus von neuem zu. Diesmal konnte er seinen Angriff auf das Königreich Pontus ungestört vorantreiben. Im Lauf der nächsten zwei Jahre zerstörte er Mithridates' Zugriff auf die Macht systematisch. Bis zum Jahr 71 v. Chr. war praktisch das gesamte Königreich in Händen des Lucullus, und eine neue Provinz konnte in das Römische Reich einverleibt werden. Der Krieg gegen Mithridates schien zu einem triumphalen Ende gebracht zu sein.

Die Sache hatte nur einen Schönheitsfehler: Mithridates war es in ungebrochener Widerstandskraft gelungen, Lucullus zu entwischen.

Ein Mann mit einem derartig ausgeprägten Selbsterhaltungstrieb, dessen Körper sogar gegen Gift immun war, sollte sich niemals leicht geschlagen geben. Stattdessen entging er allen römischen Versuchen seiner Gefangennahme und floh über die Berge in das benachbarte Armenien, wo er sich der Gnade des dortigen mächtigen Königs Tigranes anheim gab. Lucullus entsandte sofort Appius, um die Auslieferung des Mithridates zu verlangen. Das war die erste offizielle Gesandtschaft, die Rom nach Armenien entsandte, in ein Königreich, das die Pläne der Republik zuvor selten gestört hatte, denn es hatte sich immer weit außerhalb des römischen Einflussbereichs befunden und erst kürzlich neue Bedeutung gewonnen. In wenig mehr als einem Jahrzehnt hatte sich Tigranes zum vorherrschenden Machthaber im Gebiet des heutigen Irak aufgeschwungen und den hochtrabenden Titel eines »Königs der Könige« und alle prachtvollen Rituale der orientalischen Höfe übernommen. Wo immer er hinritt, wurde er von vier Vasallenkönigen begleitet, die sich krampfhaft bemühten, mit seinem Pferd Schritt zu halten. Wann immer er sich setzte, standen dieselben Könige dienstfertig neben seinem Thron und warteten nur darauf, auf Befehl ihres Meisters wie Sklaven zu springen. Dieser ganze Humbug beeindruckte Appius natürlich nicht im Geringsten. Als er mit Tigranes zusammentraf, behandelte er den König der Könige genau so, wie die Claudii stets jeden behandelten – mit verächtlicher Herablassung. Tigranes war außer sich, denn er war es nicht gewohnt, sich von irgendjemandem verhöhnen zu lassen, und am wenigsten von einem Fremden im Alter von nur zwanzig Jahren. Er lehnte es ab, Mithridates auszuliefern. Die diplomatische Verstimmung wurde noch größer, als Appius entgegen allen internationalen Gewohnheiten die Geschenke verschmähte, die Tigranes ihm überreichen wollte, und nur einen einzigen Becher annahm.

So kam es, dass Lucullus sich ohne jeden offiziellen Auftrag im Kriegszustand mit einem Land befand, von dem nur wenige daheim in Rom überhaupt je gehört hatten. Trotz der vorangeschrittenen Jahreszeit handelte er mit seiner üblichen Entschlossenheit. Er überwand die Fluten des Euphrat und marschierte nach Osten. Sein Ziel war die Stadt Tigranocerta, die der armenische König nicht nur mit Begeisterung ganz neu erbaut, sondern auch mit seinem eigenen Namen geehrt hatte. Auf die Nachricht, dass sein Schaustück einer Hauptstadt belagert wurde, stürmte Tigranes in aller Eile zu ihrem Entsatz herbei. Genau das war es, worauf Lucullus gehofft hatte, ungeachtet dessen, dass er inzwischen weiter von Rom entfernt stand als je ein römischer General zuvor in der Geschichte und dass seine Legionen wie üblich zahlenmäßig weit unterlegen waren. Als Tigranes die bedauernswert geringe Zahl seiner Gegner sah, machte er darüber Witze und sagte, dass die Römer, »wenn sie als Gesandte kommen, viele sind; wenn als Kämpfer, wenige!«[2] Der königliche Scherz erregte manche Heiterkeit in der Umgebung seiner Schmeichler, aber das Lächeln sollte bald von seinem Gesicht verschwinden. In einem der überraschendsten Siege in den Annalen der Republik vernichtete Lucullus nicht nur das armenische Herr vollständig, sondern erstürmte auch Tigranocerta und zerlegte die Stadt förmlich. Mit ihrer üblichen brutalen Gründlichkeit plünderten die Römer die Stadt leer, wobei Lucullus sich den königlichen Schatz nahm und seine Soldaten alles andere. Dann wurde Tigranocerta dem Erdboden gleichgemacht. Tigranes musste als Flüchtling in seinem eigenen Königreich wehrlos zusehen. Von den prachtvollen Monumenten und Palästen, die der König der Könige erst vor so kurzer Zeit zu seinem eigenen Ruhm errichtet hatte, blieb kaum etwas übrig.

Aber die Zerstörung – und der Gewinn – waren nicht so groß, wie sie hätten sein können. Nach den geltenden Regeln des Krieges wäre Lucullus berechtigt gewesen, die besiegte Bevölkerung zu versklaven. Stattdessen ließ er sie frei. Die meisten waren zwangsweise nach Tigranocerta gebracht worden, und indem er sie heimschickte, beabsichtigte Lucullus, separatistische Bewegungen zu fordern. Das war eine gleichermaßen kluge und humane Politik. Kein Römer stellte je infrage, dass die Besiegten für das Privileg, erobert worden zu sein, zu zahlen hatten, doch Lucullus vereinte einen Sinn für Beute mit einem starken Gefühl für aristokratische Großzügigkeit. Er war alles andere als ein Interessenvertreter der Sklavenhändler oder der *publicani* – das waren Leute von einer Art, für die er nichts als aristokratische Verachtung übrig hatte. Bereits vor Beginn seines Krieges gegen Tigranes hatte er begonnen, sich mit der Tätigkeit dieser Blutsauger auseinander zu setzen, die Asien so lange gequält hatten. Die Zinsen waren entscheidend herabgesetzt worden. Der allerschlimmste Missbrauch der Geldverleiher war unterbunden worden. Eine Regulierung war mit aller Strenge durchgesetzt worden. Infolgedessen leiste-

Die östliche Mittelmeerwelt 50 v. Chr.

ARMENIEN
KOMMAGENE
Tigranocerta
Carrhae
ntiochea
YRIEN
PARTHIEN
usalem
tra
Römische Provinz vor 100 v. Chr.
Römische Provinz vor 50 v. Chr.

te man endlich die Entschädigungszahlungen, die die hoffnungslose Überschuldung der Griechenstädte Kleinasiens verursacht hatten. Innerhalb von nur vier Jahren sollten sie alle schuldenfrei sein.

Die alten Ideale der Aristokratie waren im Weltreich der Republik immer eine Art Gewissen gewesen, aber in der Person des Lucullus verband sich der traditionale Paternalismus des Senators mit einem völlig neuen Verständnis der globalen Mission Roms. Seine leidenschaftliche Bewunderung für die griechische Kultur versetzte ihn in die Lage, deutlich zu erkennen, dass die Herrschaft Roms im Osten keine längere Zukunft hatte, wenn man den Griechen nicht mindestens einen gewissen Anteil daran geben würde. Die Milde, die er gegenüber der Bevölkerung von Tigranocerta an den Tag gelegt hatte, war Ausdruck einer konsequenten Politik gewesen. Im Pontus hatte Lucullus nicht nur Griechenstädte geschont, die ihm widerstanden hatten, sondern war auch für ihre Wiederherstellung aufgekommen, nachdem er sie einmal erstürmt hatte. Indem er davon absah, sie auszulöschen, investierte er in ihre Zukunft und die Sicherheit des Reiches sowie in dessen langfristiges Wohlergehen.

Natürlich trug Letzteres in keiner Weise dazu bei, die Protestschreie in Rom verstummen zu lassen. Schuldenerlass für Provinzbewohner war als Politik bei der Hochfinanz nicht gerade populär. Solange seine Tätigkeit in den Provinzen ein glänzender Erfolg blieb, war Lucullus unangreifbar, aber die Erstürmung von Tigranocerta markierte den Höhepunkt seiner Karriere, und von da an wurde er immer verwundbarer gegenüber Angriffen auf seine Befehlsgewalt. So atemberaubend sein Sieg über Tigranes auch gewesen war, er hatte doch sein hauptsächliches Ziel verfehlt: Mithridates war weiter frei. So befand sich Lucullus das ganze folgende Jahr 68 v. Chr. hindurch auf der Verfolgungsjagd durch das schwierige Gelände Armeniens. Und Mithridates vermied es tunlichst, sich ihm von Angesicht zu Angesicht zu stellen. Zunehmend schien ihm sein Triumph zwischen den Händen zu zerrinnen. Daheim in Rom hatten die Vertreter der Geschäftswelt keine Hemmungen mehr, die ihnen ergebenen Politiker auf ihn zu hetzen. Verschiedene Volkstribunen begannen, Lucullus eine Provinz nach der anderen zu entziehen, und schnappten nach ihm wie Wölfe auf der Spur eines verwundeten Tieres. Im Pontus tauchte der unverwüstliche Mithridates mit noch einer neuen Armee auf und errang eine Reihe schneller Siege über römische

Besatzungen. In der Zwischenzeit war Lucullus selbst weit entfernt vom Schauplatz dieser Katastrophen im südlichen Armenien festgehalten und versuchte dort vergeblich, den Krieg gegen Tigranes zu einem zufrieden stellenden Ende zu bringen. Die strategisch wichtige Stadt Nisibis wurde eingenommen, und Lucullus bereitete sich darauf vor, sich dort für den Winter einzurichten. Aber die größte Bedrohung seiner Stellung rührte nicht mehr von Tigranes her. Er sollte vielmehr bald entdecken, dass sie aus seinem eigenen Lager emporstieg.

Im Winter des Jahres 68 v. Chr. war Lucullus von Soldaten umgeben, die ihn seit sechs Jahren begleiteten. Sie waren gnadenloser Disziplin unterworfen, erhielten als Bezahlung das unbedingt lebensnotwendige Minimum, hatten auf ihrem Marsch Gebirge und Wüsten durchquert und waren über eine Strecke von mehr als tausend Meilen vorgerückt und zurückgewichen. Für viele – manche dienten schon fast zwei Jahrzehnte lang im Osten – muss die Heimat nur noch eine sehr schwache Erinnerung gewesen sein. Dennoch träumten alle davon zurückzukehren. Das war der Grund, warum sie kämpften: nicht einfach, um sich auf die anerkannte römische Weise gegenüber der Wildheit der Feinde und im Angesicht eines gewaltsamen Todes zu bewähren, sondern um einen Status zurückzugewinnen, den sie durch Armut verloren hatten. Das Ansehen bei seinen Mitbürgern war für den von der Gesellschaft Ausgestoßenen eine ebenso zwanghafte Wahnvorstellung wie für den Reichen. Nur der Krieg gab ihm die Möglichkeit zu zeigen, was selbst der überheblichste Mann anerkannte, dass »es keine so große Bescheidenheit gibt, dass sie nicht von der Süße des Ruhmes beeinflusst wird«.[3] Und durch Beute.

Dabei waren die Heere der Republik nicht immer ein Sammelbecken für mittellose Freiwillige gewesen. Wenn die Bürger sich auf dem Marsfeld zu den Wahlen versammelten, streng nach Vermögen geordnet, bewahrten sie damit die Erinnerung an eine Zeit, in der die Männer aller Klassen zum Kriegsdienst einberufen worden waren und die Legion in der Tat die Verkörperung der Republik im Kriegszustand gewesen war. In jenen mit Nostalgie erinnerten Tagen waren ironischerweise nur die Bürger ohne Landbesitz von der Einberufung ausgeschlossen geblieben. Das entsprach einem tief empfundenen Vorurteil: Unter den Römern galt es als anerkannte Weisheit, dass »aus den Bauern die tapfersten Männer und die tüchtigsten Krieger hervorgehen«.[4] Der Bauer, der von der Arbeit auf seinem kleinen Gehöft Schwielen an den Händen hatte, war Gegenstand manch sentimentaler Betrachtung und des patriotischen Stolzes. Das ist kaum überraschend, denn der Aufstieg der Republik war auf seine Kosten gegangen. Über Jahrhunderte hatte die alles erobernde römische Infanterie aus den Kleinbauern bestanden, die das Stroh von ihren Schwertern schüttelten und ihre Pflugscharen stehen ließen, um den Beamten gehorsam in den Krieg zu folgen. Denn solange sich die Herrschaft Roms auf Italien beschränkte, waren die Feldzüge von erträglich kurzer Dauer gewesen. Aber mit der Ausweitung der Interessen Roms auf weiter entfernt liegende Gebiete hatten sie oft mehrere Jahre gedauert. In der Zeit der Abwesenheit des Bauern konnte sein Besitz zur leichten Beute werden. Kleine Gehöfte waren zunehmend von den reichen Bürgern aufgekauft worden. Auf diese Weise waren weite Teile Italiens zu riesigen Landgütern geworden und bildeten nun die »Wildernis«, durch die Spartakus gezogen war. Natürlich war Italien nicht wirklich eine Wildernis. Es war überall von Sklavenkolonnen bevölkert, aber frei geborene Bürger fehlten. Tiberius Gracchus hatte »das verödete Land gesehen und die aus der Fremde eingeführten Sklaven, welche die Felder bestellten und das Vieh weideten«,[5] und das war der Anblick, der ihn am meisten schockiert und zu seinem Vorhaben einer Landreform getrieben hatte. Er hatte seine Mitbürger gewarnt, dass die Fundamente ihrer militärischen Stärke ausgehöhlt würden. Jeder Bauer, der seinen Hof verlor, hatte den Verlust eines Soldaten für Rom bedeutet. Ganzen Generationen derer, die Reformen vorschlugen, waren die Leiden der besitzlos Gewordenen als ein wesentliches Element des Niedergangs der Republik erschienen. Die Krise der Landwirtschaft in Italien war so umfassend, dass sie sich als fast unheilbar herausstellte, aber die negativen Folgen für die Rekrutierung von Soldaten hatten schließlich eine andere, nahe liegende Reform notwendig gemacht. Im Jahr 107 hatte sich Marius dem Unvermeidlichen gebeugt: Der Militärdienst stand nun jedem Bürger offen, egal ob mit Landbesitz oder ohne. Der Staat stellte nunmehr Waffen und Rüstung. Die Legionen waren zur Berufsarmee geworden.

Von jenem Augenblick an war der Besitz eines Hofes nicht mehr die notwendige Voraussetzung für den Militärdienst, sondern die Belohnung dafür. Das war der Grund dafür, dass bei den ersten Anzeichen einer Meuterei im Winter 68 v. Chr. leise Stimmen davon sprachen, wie die Veteranen des Pompeius, die nur gegen Aufständische und Sklaven gekämpft hatten, bereits »mit Weib und Kind auf fruchtbaren Länderein und in Städten säßen«. Lucullus hingegen teile seinen Männern nur unzureichend Beute zu. Der Vorwurf war ganz sicher unberechtigt, denn Tigranocerta war erst im vorangegangenen Jahr gefallen und geplündert worden, aber man schenkte ihm doch verbreitet Glauben. War Lucullus nicht bekanntermaßen geizig? Hatte er nicht einst verhindert, dass die griechischen Städte in Pontus geplündert wurden? War es nicht so, dass seine Männer »die ganze Erde durchwandern und damit ihr Leben vertun sollten, ohne etwas Nennenswertes aus so vielen Feldzügen heimzubringen, sondern die mit goldenen, edelsteinbesetzten Bechern beladenen Wagen und Kamele des Lucullus zu geleiten hätten«?[6]

Die Disziplin war in den Berufslegionen noch gnadenloser, als sie es in den Bürgerarmeen der Vergangenheit gewesen war. Anflüge von Meuterei kamen nicht leichtfertig auf. Zum Glück für die unzufriedenen Soldaten gab es aber einen bereitwilligen Sprecher für ihre Anliegen: Der junge Clodius Pulcher war, anders als sein älterer Bruder Appius, nicht mit außerordentlichen Gesandtschaften in ferne Länder betraut worden. Er war auch nicht so rasch befördert worden, wie er es als Claudier für sein gottgegebenes Recht hielt. Verärgert durch den mangelhaften Respekt ihm gegenüber hatte Clodius nur auf eine Gelegenheit gewartet, um seinem Schwager einen Dolchstoß in den Rücken zu versetzen. Seine Rache war geradezu unverschämt, als sie schließlich kam. Der patrizische Spross der überheblichsten Familie Roms begann sich als »Soldatenfreund«[7] aufzuspielen. Seine Ermutigung der Massen hatte eine sofortige und vernichtende Wirkung: Das gesamte Heer des Lucullus streikte.

Die Aufkündigung ihrer Mitarbeit war immer das äußerste und in Wahrheit einzige Mittel gewesen, das unzufriedenen Plebejern zur Verfügung stand. In einem Militärlager am Rand der Zivilisation, weit entfernt von den Grenzen des Reiches oder gar Roms wiederholte sich die Geschichte der Republik. Aber die Welt, in der die Meuterer ihren Streik inszenierten, war nicht mehr die ihrer Vorfahren. Ihre eigenen Interessen standen am wenigsten im Vordergrund.

Die Meuterei war nicht nur hoffnungslos in das Gewirr aristokratischer Rivalitäten verstrickt, sondern sie gefährdete weite Gebiete, in denen Millionen Angehörige des römischen Staates lebten, und hatte Rückwirkungen auf den gesamten Osten. Auch das war die mögliche Bedeutung eines Prokonsuls: Selbst in der Stunde der Katastrophe konnte es so erscheinen, als ob die ganze Welt von dem Schattenspiel seines Falles beherrscht würde. Als die Legionäre ihre Waffen niedergelegt hatten, kam die Nachricht, dass Mithridates nach Pontus zurückgekehrt sei und sein Königreich zurückfordere. Und Lucullus, der gelassene und stolze Lucullus, ging von Zelt zu Zelt, ergriff die Hand eines jeden Soldaten wie ein Bittsteller, und die Tränen strömten ihm über das Gesicht.

Der Krieg gegen den Terror

In den Monaten, die auf den Streik der Soldaten folgten und in denen Lucullus sich verzweifelt bemühte, mit Mithridates und den Meuterern gleichzeitig fertig zu werden, dürfte die Nachricht, dass Clodius von Piraten gefangen genommen worden sei, ein seltenes Lächeln auf das Gesicht des Schwagers gezaubert haben. Der »Soldatenfreund« hatte sich in aller Eile heimlich aus dem Lager des Lucullus fortgemacht, sich nach Westen gewandt und war in Kilikien angekommen, einer römischen Provinz an der Südostküste der heutigen Türkei. Ein anderer Schwager, Marcius Rex, der Mann der jüngsten Schwester des Clodius, war dort Statthalter. Marcius mochte Lucullus nicht, war äußerst zufrieden, ihm einen Streich spielen zu können, und belohnte den jungen Meuterer mit dem Kommando über eine Kriegsflotte. Während Clodius mit ihr auf See war, wurde er gefangen genommen.

Überfälle durch Piraten waren eine Art Berufsrisiko für römische Aristokraten geworden. Acht Jahre zuvor war Julius Caesar auf dem Weg zu Molons Rhetorenschule entführt worden. Als die Piraten ein Lösegeld von zwanzig Talenten forderten, hatte Caesar indigniert erklärt, dass er mindestens fünfzig wert sei. Er hatte die Piraten, die ihn in ihrer Gewalt hatten, außerdem gewarnt, dass er sie seinerseits gefangen nehmen und kreuzigen würde, wenn er einmal wieder frei sei, und er löste dieses Versprechen später auch tatsächlich ein. Im

Fall des Clodius sollten die Verhandlungen mit den Piraten auf weniger schmeichelhafte Weise zu seinem Ruf beitragen. Als er dem König von Ägypten schrieb und ihn um die Zahlung des Lösegelds ersuchte, war die Antwort zum Vergnügen der Piraten und zur Wut des Gefangenen selbst eine lächerliche Zahlung von zwei Talenten. Die abschließenden Umstände der Freilassung des Clodius verloren sich in einem skandalösen Durcheinander. Seine Feinde, von denen es viele gab, behaupteten, seine anale Unschuld sei der Preis gewesen.

Wie viel Gewinn ihnen das auch einbringen mochte, die Erpressung von Lösegeld war doch nur ein Nebengeschäft der Piraten. Gezielte Einschüchterungsversuche sicherten ihnen jede Möglichkeit, fast nach Belieben sowohl zu Lande wie auf See ihr gewaltsames Geschäft als Erpresser und Räuber zu betreiben. Das Ausmaß ihrer Plünderungen war ebenso groß wie ihr Anspruch. Ihre Anführer »setzten sich vielmehr schon mit Königen, Tyrannen und großen Armeen gleich und meinten, wenn sie sich alle an einem einzigen Punkt zusammenfänden, unbesiegbar zu sein«.[8] In ihrer nackten Gier und ihrem Wunsch, die ganze Welt zu ihrem Jagdrevier zu machen, stellten sie nicht nur eine Parodie der Republik dar, sondern waren ihr geisterhaftes Spiegelbild, das die Römer in höchstem Maß beunruhigte. Die Schattenhaftigkeit der Piratenorganisation und ihre zerstreuten Aktionen machten sie zu einem Gegner, der anders war als alle anderen. »Denn der Pirat gehört nach der Definition nicht in die Zahl der Kriegsgegner«, beklagte sich Cicero. »Mit dem darf weder ein Treueverhältnis noch ein Eid Gemeinschaft bilden.«[9] Wie sollte man einen solchen Gegner je fassen, geschweige denn vernichten können? Den Versuch zu unternehmen hieß, gegen ein Gespenst zu kämpfen. Dieser Krieg »kannte kein Gesetz, besaß nichts Greif- oder Sichtbares«;[10] ein Krieg, der kein Ende zu finden versprach.

Doch für ein Volk, das stolz darauf war, keinen Mangel an Respekt je zu dulden, war das eine ungewöhnliche Politik des Nachgebens. Die felsigen Buchten Kilikiens und die unzugänglichen Gebirgsfestungen, die dahinter lagen, waren in der Tat unmöglich zu kontrollieren. Die Region war immer ein Land für Banditen gewesen. Ironischerweise hatte es aber gerade die Herrschaft Roms im Osten den Piraten ermöglicht, weit über ihre festen Plätze hinaus auszuschwärmen. Indem die Republik alle lokalen Mächte lähmte, die ihre Interessen hätten beeinträchtigen können, und sich dennoch weigerte, die Last der direkten Verwaltung zu tragen, hatte sie dem Triumph des Banditenwesens Tür und Tor geöffnet. Den politisch machtlosen, durch Gesetze mangelhaft geschützten Völkern hatten die Piraten mindestens eine durch Erpressung von Schutzgeld gekennzeichnete Ordnung gebracht. Manche Städte zahlten ihnen Tribut, andere stellten ihnen Häfen zur Verfügung. Mit jedem Jahr, das verging, streckten die Piraten ihre Greifarme weiter aus.

Nur einmal, im Jahr 102 v. Chr., waren die Römer dazu provoziert worden, die Bedrohung direkt anzugehen. Der große Redner Marcus Antonius, der Held Ciceros, war mit einem Heer und einer Flotte nach Kilikien entsandt worden. Die Piraten waren in aller Eile aus ihren Festungen geflohen, Antonius hatte den endgültigen Sieg verkündet und der Senat hatte ihm dementsprechend einen Triumph zugesprochen. Aber die Piraten hatten sich nur auf Kreta neu gesammelt und kehrten bald ebenso beutegierig wie zuvor in ihre alten Verstecke zurück. Diesmal zog es die Republik vor, so zu tun, als ob sie nichts sehe. Ein regelrechter Krieg gegen die Piraten versprach so wenig Hoffnung auf Erfolg wie eh und je, aber es gab außerdem mächtige Interessengruppen in Rom, die es entschieden befürworteten, nichts zu unternehmen. Je mehr die Wirtschaft von Sklavenarbeit gekennzeichnet war, desto abhängiger wurde sie von ihnen. Auch wenn die Republik keinen Krieg führte, musste dieser Bedarf noch gestillt werden. Und die Piraten waren die regelmäßigsten Lieferanten. Man sagte, dass in dem großen Freihafen von Delos an einem einzigen Tag bis zu zehntausend Sklaven den Besitzer wechseln konnten. Der Ertrag aus diesem Handel von erstaunlichem Ausmaß machte den Piratenkapitän und den römischen Plutokraten gleichermaßen reich. Für die an Geschäften Interessierten war Profit wichtiger als der Mangel an Respekt.

Viele Römer, besonders in den oberen Rängen der Aristokratie, waren natürlich entsetzt über diesen Makel auf dem guten Namen Roms. Lucullus war nur derjenige, der am offensten dagegen Stellung bezog. Aber der Senat steckte seit langem mit der Geschäftswelt unter einer Decke. Vielleicht aus diesem Grund war der am weitesten vorausblickende Kritiker des Hungers der Republik nach Menschenmaterial auch keineswegs ein Römer, sondern ein Grieche. Der Philosoph Poseidonios, der das Reich der Republik als den Beginn eines Weltstaats gefeiert hatte, sah in dem monströsen Ausmaß der Sklaverei die dunkle Seite seiner sonst optimistischen Vision. Auf seinen Reisen hatte er Syrer gesehen, die in spanischen Bergwerken Schwerstarbeit verrichteten, und Sklavenkolonnen von Galliern auf Landgütern in Sizilien. Er war entsetzt über die unmenschlichen Bedingungen. Natürlich kam es ihm keineswegs in den Sinn, die Einrichtung der Sklaverei als solche infrage zu stellen. Was ihn in Schrecken versetzte, waren vielmehr die brutale Behandlung von Abermillionen und die Gefahr, die das für all seine großen Hoffnungen für Rom bedeutete. Wenn die Republik, statt den von Poseidonios so bewunderten aristokratischen Werten treu zu bleiben, es zuließ, dass ihre globale Mission vom großen Geschäft korrumpiert wurde, dann befürchtete er, dass das Reich zu einem Freiraum für jedwede Form von Anarchie und Gier entartete. Roms Oberhoheit könnte so statt eines goldenen Zeitalters eine weltweite Dunkelheit ankündigen. Korruption in der Republik drohte die Welt zu verderben.

Als Beispiel dessen, was er befürchtete, nannte Poseidonios eine Reihe von Sklavenaufständen, unter denen der des Spartakus nur der jüngste war. Er hätte ebenso die Piraten anführen können. Banditen waren wie ihre Opfer am ehesten Menschen, die dem Elend der Zeit, der Ausbeutung, dem Krieg und dem sozialen Zusammenbruch zu entfliehen suchten. Das Ergebnis war überall im Mittelmeerraum, wo Menschen aus verschiedenen Kulturen in Sklavenbaracken oder auf Piratenschiffen gewaltsam zusammengedrängt wurden, eine verzweifelte Sehnsucht nach jenem Zusammenbruch, den Poseidonios so fürchtete.

Entwurzelung und Leid trugen zum Verfall des Glaubens an die traditionellen Götter bei, aber sie boten auch fruchtbaren Boden für das Aufkommen von Mysterienkulten. Wie die Prophezeiungen der Sybille neigten diese Kulte dazu, viele verschiedene Einflüsse wie griechische, persische und jüdische Glaubenselemente in sich aufzunehmen. Ihrer Natur nach waren sie inoffiziell und fließend und unsichtbar für jene, die die Geschichte schrieben, aber einer der Kulte sollte doch wenigstens einen bleibenden Eindruck hinterlassen. Mithras, dessen Riten zunächst die Piraten und Feinde Roms feierten, wurde am Ende im ganzen Römischen Reich verehrt. Geheimnisvolle Fäden verbanden den Gott mit Mithridates, dessen Name »von

Mithras gegeben« bedeutete. Mithras war ursprünglich eine persische Gottheit, aber in der Form, in der er von den Piraten verehrt wurde, ähnelte er am ehesten Perseus, einem griechischen Heroen, von dem Mithridates bezeichnenderweise seine Abstammung herleitete. Perseus war wie Mithridates ein mächtiger König gewesen, der Westen und Osten, Griechenland und Persien miteinander vereint hatte – Ordnungen, die viel älter waren als die aufsteigende Herrschaft Roms. Auf der Münzprägung des Mithridates waren eine Mondsichel und ein Stern abgebildet, das sehr alte Symbol des Sichelschwerts des griechischen Heroen. Genau dieses Schwert konnte man auch in den Händen des Mithras sehen, wie er es tief in die Brust eines gewaltigen Stieres stößt.

In dem ursprünglichen persischen Mythos war der Stier das Symbol des großen Feindes gewesen, des Prinzips des Bösen: War es das, was die Piraten in Rom sahen? Der Mantel des Schweigens, der ihre Mysterien umgab, macht es uns unmöglich, Genaues zu wissen. Sicher ist indes, dass die Verbindung zwischen Mithridates und den Piraten, die sehr eng war, weit über die reine Nützlichkeit hinausging. Und ebenso sicher ist, dass die Piraten sich in ihrer tief empfundenen Gier nach Beute als Feinde all dessen betrachteten, was Rom verkörperte. Sie ließen keine Gelegenheit verstreichen, die Ideale der Republik mit Füßen zu treten. Wenn ein Gefangener sich als römischer Bürger erwies, gaben die Piraten zunächst vor, sich vor ihm zu fürchten, warfen sich ihm zu Füßen und bekleideten ihn mit seiner Toga; nur sollten sie dann, wenn er das Symbol seines Bürgerrechts trug, eine Leiter ins Meer hinablassen und ihn auffordern, in seine Heimat zurückzuschwimmen. Raubzüge richteten sich gezielt gegen römische Magistrate, um die Symbole ihrer Gewalt zu rauben. Weil Antonius Schätze geraubt hatte, um sie im Triumph durch Rom zu tragen, schlugen die Piraten zurück und entführten seine Tochter aus ihrer Villa an der Küste. Das waren sorgfältig geplante Gewaltakte, die ein kluges Verständnis der römischen Psychologie offenbarten. Sie trafen den Stolz der Republik mitten ins Herz.

Die Ehre und die Handelsinteressen der Römer erforderten eine Reaktion. Die römische Geschäftswelt, die ein Monster großgezogen hatte, sah sich allmählich von ihrer eigenen Schöpfung bedroht. Die wachsende Beherrschung der Meere durch die Piraten behinderte die Schifffahrtswege, und der Nachschub an allen Gütern, von Sklaven bis zu Getreide, trocknete nach und nach aus. Rom begann zu hungern. Der Senat zögerte noch immer. Das Ausmaß des Piratenwesens war derart angewachsen, dass eindeutig keine geringere Maßnahme als ein über das ganze Mittelmeer ausgedehntes Kommando ausreichend sein würde, um damit fertig zu werden. Dies schien vielen Senatoren ein zu weit gehendes Prokonsulat zu sein, und am Ende erhielt ein anderer Marcus Antonius, der Sohn des großen Redners, im Jahr 74 v. Chr. das Kommando. Seine hervorstechende Eigenschaft war sicher nicht irgendein ererbtes Talent für den Kampf gegen Piraten. Es war vielmehr gerade sein Mangel an Fähigkeiten, der ihn empfahl – wie man gehässig dazu bemerkte, »blickt man so gut wie nie argwöhnisch auf die Auszeichnungen von Personen, deren Macht man nicht zu fürchten hat«.[11] Die erste Tat von Antonius war, seinerseits einige einträgliche Akte der Freibeuterei vor den Küsten Siziliens zu unternehmen; der zweite Streich war, dass er sich vor Kreta gründlich von den Piraten besiegen ließ. Römischen Gefangenen wurden die Eisen angelegt, die sie selbst mitgebracht hatten, um die Piraten anzuketten, und dann hängte man sie an die Segelstangen der Piratenschiffe.

Aber selbst dieser wippende Wald von Galgen war noch nicht das demütigendste Symbol der Ohnmacht der Supermacht Rom. Im Jahr 68 v. Chr., als Lucullus gegen Tigranes vorging, schlugen die Piraten zurück und unternahmen einen Angriff auf das Herz der Republik. In Ostia, nur fünfzehn Meilen von Rom, wo der Tiber ins Meer mündet, segelten die Piraten in den Hafen und steckten die dort festgemachte konsularische Kriegsflotte in Brand. Der Hafen der hungernden Stadt ging ebenfalls in Flammen auf. Jetzt zog sich die Schlinge des Hungers enger um Rom. Bürger stürmten auf das Forum und verlangten Maßnahmen gegen die Krise und die Ernennung eines Prokonsuls zu ihrer Lösung – nicht einen Papiertiger wie Antonius, sondern einen Mann, der der Aufgabe gewachsen war. Selbst in dieser Situation leistete der Senat noch immer Widerstand. Catulus und Hortensius verstanden sehr wohl, nach wem ihre Mitbürger verlangten. Sie wussten, wer in den Kulissen wartete.

Seit seinem Konsulat hatte Pompeius sich absichtlich stets zurückhaltend gezeigt. Diese Demonstration von Bescheidenheit war wie alle seine Schauspiele sorgfältig im Hinblick auf ihre Wirkung inszeniert. »Auch sonst ließ er ja so wenig wie möglich seine wahren

Absichten erkennen, doch damals schauspielerte er noch mehr denn je«.[12] Ein geschickter Trick für die meisten Fälle, aber besonders dann, wenn seine Ziele so hoch gesteckt waren wie jetzt. Statt sich selbst zu rühmen, hatte er von Crassus gelernt, andere einzusetzen, die das Prahlen für ihn übernahmen. Einer dieser Männer war Caesar, eine einsame Stimme zugunsten des Pompeius im Senat. Er tat das weniger aus großer Begeisterung für ihn als aus dem einfachen Grund, dass er in der Lage war, klar vorauszusehen, wie die Würfel fallen würden. Jetzt, nachdem man Sullas Reformen rückgängig gemacht hatte, waren die Tribunen von neuem als Figuren im Spiel. Pompeius hatte nicht umsonst ihre alten Vollmachten während seines Konsulats wiederhergestellt. Die Tribunen hatten ihm geholfen, das Kommando des Lucullus zu unterminieren, und 67 v. Chr. war es ebenfalls ein Tribun, der den Vorschlag machte, dass man dem Helden des Volkes eine umfassende Vollmacht erteilen solle, mit den Piraten fertig zu werden. Trotz eines leidenschaftlichen Appells des Catulus, »die Staatsleitung nicht einem einzigen Mann zu übertragen«,[13] bestätigten die Bürger das Gesetz in stürmischer Begeisterung. Pompeius erhielt die beispiellose Zahl von fünfhundert Schiffen und einhundertzwanzigtausend Mann und dazu noch das Recht, weitere Soldaten auszuheben, falls er das für notwendig hielt. Sein Kommando umfasste das gesamte Mittelmeer einschließlich all seiner Inseln und erstreckte sich auch auf das Gebiet von fünfzig Meilen inlands. Niemals zuvor waren die Kräfte der Republik so umfassend in den Händen eines einzelnen Mannes konzentriert gewesen.

Die Ernennung des Pompeius war somit in jeder Hinsicht ein Sprung ins Ungewisse. Niemand wusste so recht, was er zu erwarten hatte – auch seine Anhänger nicht. Die Entscheidung, die Kräfte in einem solchen Ausmaß zu mobilisieren, war bereits an sich eine Geste der Verzweiflung gewesen, und der Pessimismus, mit dem die Römer selbst die Aussichten ihres Lieblings betrachteten, zeigte sich auch in der Dauer seiner Vollmachten: drei Jahre. Wie sich herausstellte, brauchte der neue Prokonsul nur kurze drei Monate, um die Meere von Piraten leer zu fegen, ihre letzten Hochburgen zu stürmen und eine Bedrohung zu beenden, die die Republik für Jahrzehnte gequält hatte. Das war ein glänzender Sieg, ein Triumph für Pompeius und eine aufschlussreiche Demonstration der Kraftreserven, über die Rom verfügte. Sogar die Römer selbst scheinen ein wenig überrascht gewesen zu sein. Diese Erfahrung legte nahe, dass es keine Möglichkeit gab, ihnen zu widerstehen, wenn ihre Geduld zu sehr auf die Probe gestellt wurde, so zögernd ihre erste Reaktion auf eine Herausforderung auch gewesen sein mochte. Eine Kampagne von Terroranschlägen war beherrschbar. Rom blieb eine Supermacht.

Doch obwohl der Sieg des Pompeius einmal mehr gezeigt hatte, dass die Republik so ziemlich alles tun konnte, was sie wollte, gab es danach doch keine Akte der Grausamkeit, wie sie sonst üblich waren. In einer Demonstration der Milde, die fast ebenso erstaunlich war wie sein Sieg, sah Pompeius nicht allein davon ab, seine Gefangenen zu kreuzigen, sondern er kaufte ihnen Landlose und half ihnen, sich als Bauern niederzulassen. Er zeigte konsequente Härte gegenüber den Seeräubern, war aber auch konsequent im Hinblick auf die Gründe für die Piraterie. Pompeius hatte deutlich erkannt, dass das Banditenwesen durch Entwurzelung und sozialen Umbruch entstanden war. Solange die Republik für diese Umstände verantwortlich gemacht wurde, würde der Hass gegen Rom andauern. Doch man braucht kaum zu betonen, dass die Rehabilitation von Verbrechern nicht übliche römische Politik war. Vielleicht ist von Bedeutung, dass Pompeius mitten während seines Krieges gegen die Piraten die Zeit gefunden haben soll, Poseidonios in Rhodos zu besuchen. Wir wissen, dass er einer seiner Vorlesungen zugehört und danach persönlich mit ihm gesprochen hat. Da es nicht die Aufgabe von Philosophen war, römische Vorurteile infrage zu stellen, sondern ihnen einen intellektuellen Anstrich zu verleihen, können wir sicher sein, dass Pompeius nichts hörte, was er nicht hören wollte. Aber Poseidonios muss ihm doch zumindest geholfen haben, seine Gedanken zu ordnen. Er glaubte, dass er in Pompeius endlich die Antwort auf seine Gebete gefunden habe: einen römischen Aristokraten, der seiner Stellung würdig war. »Immer Bester zu sein«, riet er dem scheidenden Prokonsul, »und überlegen zu sein den anderen«;[14] das war ein mahnendes Zitat aus Homer, dem Pompeius nur zu gern Folge leistete. In diesem Geist vergab er den Piraten. Und so geschah es, dass die Stadt, in der er sie ansiedelte, den Namen Pompeiopolis trug. Seine Gnade und Großzügigkeit sollten ewig zu der Größe seines Namens beitragen. Unnachgiebig im Krieg, gnädig im Frieden: Es war kein Wunder, dass Poseidonios ihn als den Helden der Stunde rühmen konnte.

Aber Pompeius in seiner unersättlichen Gier wollte mehr. Ihm genügte es nicht, der neue Hektor zu sein. Von frühestem Alter an hatte er seine Stirnlocken vor dem Spiegel zurechtgelegt und davon geträumt, der neue Alexander zu sein. Jetzt war er fest entschlossen, seine Chance zu nutzen. Der ganze Osten lag vor ihm, und damit die Aussicht auf so viel Ruhm, wie kein römischer Bürger je zuvor gewonnen hatte.

Der neue Alexander

Eines Tages im Frühjahr des Jahres 66 v. Chr. sah Lucullus eine Staubwolke in den Himmel aufsteigen. Obwohl er am Rand eines Waldes lagerte, war die vor ihm liegende Ebene karg und baumlos. Als er schließlich eine endlose Kolonne von Truppen auftauchen sah, erkannte er, dass die Liktoren des kommandierenden Generals ihre Ruten mit Lorbeer umwickelt hatten und dass der Lorbeer trocken war. Seine eigenen Liktoren schwärmten aus, um die Neuankömmlinge zu begrüßen, und in einer Willkommensgeste gaben sie ihnen frischen Lorbeer. Im Austausch dagegen erhielten sie die verwelkten Kränze.

Durch ein solches Zeichen bestätigten die Götter, was jeder bereits wusste. Seit der Meuterei im vorangegangenen Winter hatte Lucullus seine Autorität von Tag zu Tag schwinden sehen. Er hatte kaum Kontakt mit seinen Männern und konnte ihnen sicher im Kampf nicht trauen, und so hatte er sein Heer langsam aus Armenien zurückgezogen. Er leckte seine Wunden im westlichen Oberland des Pontus und war gezwungen, hilflos zuzusehen, wie Mithridates sich ein weiteres Mal in seinem ehemaligen Königreich verschanzte. Doch das war noch nicht die schlimmste seiner Qualen. Der Mann, der an die Stelle des Lucullus treten sollte, war ausgerechnet jener, der immer am meisten nach seiner Stellung als Prokonsul gestrebt hatte und der mit den Geschäftsleuten und ihren ergebenen Tribunen intrigiert hatte, um ihm sein Kommando streitig zu machen.

Nach dem Sieg über die Piraten hatte es nur wenige Leute gegeben, die bereit waren, sich Pompeius dem Großen in den Weg zu stellen. Die Mehrheit der Senatoren sah ihn als Gewinner. Sie hatten ihre Vorbehalte aufgegeben und stimmten dafür, ihm weitere und noch beispiellosere Vollmachten zu erteilen. Pompeius sollte nicht nur an der Spitze der größten jemals in den Osten entsandten Armee stehen, sondern er erhielt auch das Recht, nach eigenem Gutdünken und sofort Krieg zu führen oder Frieden zu schließen. Lucullus hingegen blieb nichts. Viele seiner früheren Verbündeten, einschließlich zweier früherer Konsuln und einer Reihe von Leuten mit traditionsreichen Namen, hatten sich bereitwillig gemeldet, um unter dem neuen Prokonsul zu dienen. Lucullus, der zusah, wie seine frischen Lorbeerkränze den Liktoren des Pompeius überreicht wurden, wird unter dem Gefolge seines Feindes eine Menge makellos aristokratischer Gesichter erkannt haben. Blickten sie ihm in die Augen oder sahen sie verlegen zur Seite? Triumph und Scheitern, beides bot den Römern ein unwiderstehliches Schauspiel.

Es ist wenig überraschend, dass das Zusammentreffen von Lucullus und Pompeius, das sich zuerst in eisiger Höflichkeit vollzogen hatte, bald in einen heftigen Wortwechsel ausartete. Pompeius verhöhnte Lucullus und warf ihm seine Unfähigkeit vor, mit Mithridates fertig zu werden. Lucullus antwortete mit einer bitteren Beschreibung seines Nachfolgers als Aasgeier, der wie von Sinnen von Blut angezogen wurde und sich immer nur auf die Reste eines Krieges stürze, der von besseren Männern geführt worden sei. Die Beleidigungen wurden so heftig, dass man die beiden Generäle am Ende mit Gewalt trennen musste, aber es war Pompeius, der Prokonsul war, und er konnte daher den tödlichen Schlag führen. Er nahm Lucullus seine verbliebenen Legionen und zog dann auf seinem Weg weiter. Der zurückgelassene Lucullus konnte seine verletzte Eitelkeit pflegen und sich auf den langen Rückweg nach Rom begeben – nun wieder als Privatmann.

Trotz allem war sein beleidigender Vorwurf verletzend gewesen. Die Ereignisse sollten seine prahlerische Behauptung bestätigen, dass er sowohl Mithridates wie Tigranes das Rückgrat gebrochen hatte, und in dem Eifer des Pompeius, sich auf seine Beute zu stürzen, war in der Tat etwas von dem Aasgeier zu erkennen, der Blut im Wind roch. Ein letztes Mal wurde Mithridates aus seinem Königreich vertrieben. Wie üblich verschwand er in den Bergen, aber obwohl er seinen Verfolgern wieder entging, war alles, womit er sie jetzt noch bedrohen konnte, das Gespenst seines Namens. Tigranes hingegen verspürte nicht im Geringsten den Wunsch, sich seinerseits in die Berge zu schlagen, und er unterwarf sich schnellstens der Gnade des Pompeius. Als er im römischen Lager anlangte, hieß man ihn vom Pferd steigen und sein Schwert übergeben. Als er zu Fuß zu dem Platz ging, an dem Pompeius stand, nahm er sein königliches Diadem ab und kniete dann in all seinem Gold und Purpur nieder, um im Staub zu kriechen. Aber bevor er sich auf dem Boden ausstrecken konnte, hatte Pompeius seine Hände ergriffen und ihm wieder auf die Füße geholfen. Gnädig lud er den König ein, sich an seine Seite zu setzen. Dann begann er ihm in höflichem Ton die Friedensbedingungen auseinander zu setzen. Armenien sollte ein römischer Vasallenstaat werden. Tigranes hatte seinen Sohn als Geisel zu übergeben. Im Austausch dafür durfte er seinen Thron behalten, mehr aber auch nicht. Der unglückliche König beeilte sich, den Bedingungen zuzustimmen. Um zu feiern, lud Pompeius Tigranes dann in sein Zelt zum Bankett ein. Das war das wahre Verhaltensmodell eines römischen Generals: Nach der rücksichtslosen Durchsetzung der Machtposition der Republik kam die gnädige Zuteilung der Brosamen von der Tafel.

Der begnadete Schauspieler Pompeius hatte im Osten seine ideale Bühne gefunden. Der große Mann war sich aufs Äußerste bewusst, dass das Auge der Geschichte auf ihm ruhte, und er tat selten irgendetwas, ohne dabei sein Profil in Szene zu setzen. Wie Alexander hatte er sogar einen ergebenen Historiker mitgebracht, damit der jeden Akt des Heroismus und jede großherzige Tat aufzeichnete. Er focht Kriege, wie er mit Königen umging, immer mit einem halben Auge auf der sensationell guten Figur, die er dabei machte. Es reichte nicht, dass er widerspenstige Orientalen besiegte. Pompeius musste auch mit giftigen Schlangen ringen, Amazonen hinterherjagen oder ostwärts bis zum großen Ozean vordringen, der die Welt umgab. Und die ganze Zeit konnte er dabei ohne jede Behinderung durch kleinliche Nörgeleien des Senats mit Ländern spielen, als ob sie Figuren auf einem Schachbrett wären; konnte sie neu ordnen, wie er wollte, Kronen verteilen und Throne stürzen – er war der noch immer jungenhafte Meister des Schicksals von Millionen Menschen.

Dabei vergaß Pompeius jedoch niemals, dass er ein Beamter des römischen Volkes war. Schließlich war ein Bürger nur so groß wie der Ruhm, den er der Republik brachte. Pompeius stolzestes Eigenlob sollte sein, »dass er Asien, das er als am weitesten entfernte Provinz erhalten hatte, als in der Mitte des Vaterlandes liegende abgegeben hat«.[15] Seine Demütigungen von Königen, seine Auflösungen von Königreichen, seine weit ausgreifenden Feldzüge bis ans Ende der Welt hatten alle dieses eine strategische Ziel vor Augen. Als Pompeius Tigranes aus dem Staub emporzog, tat er das als hartnäckiger Beschützer der Interessen der Republik. Sonst hätte der Szene ihr heroischer Glanz gefehlt. Der Prunk der Könige war gut dazu, Barbaren zu beeindrucken, aber sein einzig wahrer Wert war, dass er einen Kontrast zu den Tugenden des frei geborenen Römers bot.

Deswegen gefiel Pompeius' Nachahmung Alexanders, so sehr sie auch das verächtliche Schnauben von Rivalen wie Crassus hervorrufen mochte, doch der großen Mehrheit seiner Mitbürger. Sie konnten sie instinktiv als das verstehen, was sie war: nicht der Ausdruck der Ungeduld mit der Republik, sondern ganz im Gegenteil eine Bekräftigung ihrer überlegenen Würde und ihres Wertes.

Die Erinnerung an die Größe Alexanders hatte den Römern immer als Vorwurf gegolten. Und schlimmer noch, sie war eine Anregung für ihre Feinde gewesen. Im Osten hatte das von Alexander aufgestellte Modell der Monarchie niemals seinen Zauber verloren. Für über ein Jahrhundert war es nun entmachtet und systematisch gedemütigt worden und dennoch blieb es das einzige glaubhafte Regierungssystem, das dem republikanischen der neuen Welteroberer entgegengesetzt werden konnte. Daher rührte seine Anziehungskraft für einen Herrscher wie Mithridates, der noch nicht einmal Grieche war, und daher kam auch seine so unerwartete Anziehungskraft für Banditen und aufständische Sklaven. Wenn die Piraten sich Könige nannten und an den goldenen Segeln und den purpurnen Markisen der Monarchie Gefallen fanden, war das nicht einfach Eitelkeit, sondern ein wohlüberlegter Akt der Propaganda und die beste öffentliche Demonstration ihrer Gegnerschaft zur Republik. Sie wussten, dass die Botschaft richtig verstanden werden würde, denn wann immer in den vorangegangenen Jahrzehnten die etablierte Ordnung zusammenzubrechen drohte, war der Aufstand durch einen Sklaven gekennzeichnet, der eine Krone trug.

Der Kommunismus des Spartakus war umso einzigartiger, als die Anführer früherer Sklavenaufstände sich praktisch ohne Ausnahme zum Ziel gesetzt hatten, einen Thron auf den Leichen ihrer Herren zu errichten. Die meisten hatten wie die Piraten nur die äußeren Zeichen der Monarchie übernommen, aber es hatte auch andere gegeben, die die fantastische Welt der Romane zum Leben erweckt und behauptet hatten, die lange verlorenen Söhne von Königen zu sein. Das war es, was in einer von einer Republik regierten Welt aus der Revolution geworden war. Die monarchischen Ansprüche von Sklaven gaben natürlich den unterschwelligen Strömungen eines Zeitalters Nahrung wie den Prophezeiungen vom universalen Königtum einer Weltmonarchie und vom Untergang Roms, die die Propaganda des Mithridates so geschickt genutzt hatte.

Wenn sich Pompeius also als der neue Alexander präsentierte, übernahm er einen Traum, den Potentat und Sklave sich teilten. Wenn es einen Römer gab, der in der Lage war, das zu verstehen, so war das Pompeius. Als Sieger über die Piraten und Beschützer des Poseidonios sollte er sich vollständig im Klaren sein, welche bedrohlichen Verbindungen zwischen Monarchie und Revolution bestanden oder zwischen der Aufsässigkeit orientalischer Duodezfürsten und den Forderungen der Entrechteten. Nachdem er die Bedrohung durch die Seeräuber getilgt hatte, war es nun sein Ziel, ähnlichen Bedrohungen entgegenzuwirken, wo immer sie im Osten lauern mochten.

Ein Königreich schien sein Eingreifen besonders zu erfordern. Jahrzehntelang war Syrien eine Brutstätte für Anarchie und Visionen eines gewaltsamen Weltuntergangs gewesen. Zu Zeiten des ersten großen Sklavenaufstands gegen die römische Herrschaft in Sizilien um 135 v. Chr. hatte der Anführer seine Gefährten sogar »Syrer« und sich selbst »Antiochos« genannt, und das war ein Name voll tiefer Bedeutung. Könige dieses Namens hatten einst ein großes Reich in der Nachfolge Alexanders beherrscht, das sich bei seiner größten Ausbreitung bis an die Grenzen Indiens erstreckte. Diese ruhmreichen Tage waren längst vergangen. Die Dynastie wurde von der Republik nur noch geduldet, weil sie schwach war, und alles, was ihr geblieben war, war ihr Kernland Syrien. Sogar das war 83 v. Chr. von Tigranes geraubt worden, und es war Lucullus, der wiederauferstehen ließ, was jenseits aller Hoffnung zu sein schien: Er hatte wieder einen Antiochos auf den syrischen Thron gesetzt. Pompeius war froh über jede Möglichkeit, etwas rückgängig zu machen, was sein Vorgänger veranlasst hatte, und so weigerte er sich standhaft, den neuen

König anzuerkennen. Aber während persönliche Rachegefühle ihm noch zusätzliche Genugtuung verschafft haben mögen, waren sie doch nicht die eigentliche Erklärung. Antiochos war einerseits zu schwach und andererseits zu gefährlich, als dass man ihm erlauben durfte zu überleben. Sein Königreich befand sich in einem chaotischen Zustand und stand im Brennpunkt sozialer Unruhen, während der Name des Königs weiterhin seinen bedrückenden und aufrührerischen Zauber ausübte. Wenn Syrien in seinem Zustand als schwärende Wunde an der Flanke des römischen Herrschaftsgebiets am Leben gelassen wurde, dann bestand immer die Gefahr, dass sein Gift einen neuen Tigranes oder eine neue Generation von Piraten oder aufständischen Sklaven infizieren könnte. Dieser Gedanke war Pompeius unerträglich. Daher besetzte er im Jahr 64 v. Chr. Antiocheia, die Hauptstadt Syriens. Antiochos, der dreizehnte König dieses Namens auf dem Thron, floh in die Wüste, wo er auf schändliche Weise von einem arabischen Stammesfürsten ermordet wurde. Das Gespenst seines Königtums wurde nun endlich begraben und vergessen.

An seiner Stelle entstand ein neues Reich. Statt des üblichen Isolationismus des Senats verkörperte Pompeius eine neue Doktrin. Wo immer römische Geschäftsinteressen bedroht waren, sollte die Republik eingreifen – und wenn es notwendig war, würde sie ihre direkte Herrschaft errichten. Was einst ein Vorposten im Osten war, sollte nun zu einem ausgedehnten Gebiet von Provinzen werden. Dahinter sollte sich ein noch ausgedehnterer Kreis von Klientelstaaten erstrecken. Alle mussten gelehrig und gehorsam sein und vor allem regelmäßig Tribut zahlen. Das war von nun an der Zustand, den man *pax romana* nannte. Pompeius, der sein Konsulat mit Unterstützung der Vertreter der Hochfinanz gewonnen hatte, hatte nicht die geringste Absicht, den Irrtum des Lucullus zu wiederholen und ihnen auf die Füße zu treten. Aber während er sich bereitwillig mit ihren Interessen identifizierte, achtete er doch auch darauf, nicht als ihr Instrument zu erscheinen. Die Zeiten der zügellosen Ausbeutung waren vorüber. Verwaltung bedeutete nicht mehr ungehindertes Laisserfaire. Das war, wie selbst die Geschäftswelt inzwischen erkannt hatte, auf Dauer gesehen eine Politik, die ebenso viel Gewinn versprach wie vorher. Es war mit Sicherheit in niemandes Interesse, die Hühner zu schlachten, die diese wunderbaren goldenen Eier legten.

Die große Errungenschaft von Pompeius' Prokonsulat war es, den Beweis erbracht zu haben, dass die Anliegen der Geschäftsleute und die Ideale der senatorischen Elite tatsächlich miteinander in Einklang gebracht werden konnten. Diese Erkenntnis bildete den Hintergrund für die Herrschaft Roms, die über Jahrhunderte dauern sollte. Nicht ohne Grund brachte sie auch Pompeius auf den Höhepunkt seines Ruhmes und Reichtums. Die Klientelfürsten, die zum Aufstieg Roms beitrugen, trugen auch zu seinem eigenen bei. Im Herbst 64 v. Chr. brach Pompeius von Antiocheia aus nach Süden auf, um noch einige mehr zu unterwerfen.

Sein erstes Ziel war das widerspenstige Königreich Judäa. Jerusalem wurde besetzt. Der Tempel wurde trotz verzweifelten Widerstands gestürmt. Neugierig gemacht durch die Berichte über den besonderen Gott der Juden, setzte sich Pompeius über die Proteste der Priester hinweg und drang in das Allerheiligste im Inneren des Tempels vor. Er war völlig überrascht, es leer zu finden. Es kann kaum ein Zweifel bestehen, für wen nach Auffassung des Pompeius diese Begegnung die größere Ehre war, für Jehova oder für ihn selbst. Doch da er die Juden nicht weiter erzürnen wollte, beließ er dem Tempel seine Schätze und Judäa eine Regierung, an deren Spitze ein ergebener Hohepriester stand. Dann zog Pompeius nach Süden weiter. Sein nächstes Ziel jenseits der Wüste war Petra, aber er sollte die rosafarbene Stadt niemals erreichen. Auf halbem Weg wurde er durch eine dramatische Nachricht aufgehalten: Mithridates war tot. Der alte König hatte seinen Widerstand niemals aufgegeben, aber als sich sogar sein Sohn gegen ihn wandte und ihn unter Hausarrest stellte, war Roms Erzfeind endlich in auswegloser Bedrängnis. Nachdem er vergeblich versucht hatte, sich zu vergiften, war er schließlich durch eines der wenigen Mittel ins Jenseits befördert worden, gegen das er sich nicht immun gemacht hatte: das spitze Schwert eines getreuen Leibwächters. In Rom wurde die Nachricht mit zehn Tagen öffentlicher Danksagung gefeiert. Pompeius verkündete sie zunächst seinen jubelnden Legionen und eilte dann sofort nach Pontus, wohin der Leichnam des Mithridates von seinem Sohn gebracht worden war. Er kümmerte sich nicht weiter um ihn, sondern gab sich damit zufrieden, die Habe des toten Königs zu durchstöbern. Unter anderem fand er dabei einen roten Mantel, der einst Alexander gehört hatte. In Voraussicht auf seinen künftigen Triumph probierte er sofort, ob er ihm passe.

Die meisten waren der Ansicht, dass er ihm auch zustand. Seine Leistungen konnten sich mit denen eines jeden anderen in der Geschichte Roms messen. Und dennoch, als der große Mann sich endlich wieder in die Heimat aufmachte, nachdem der Osten befriedet und seine gewaltige Aufgabe erledigt war, gab es nur wenige unter seinen Mitbürgern, die sich nicht durch die Aussicht auf seine Rückkehr beunruhigt fühlten. Pompeius' Reichtum überstieg alle Träume der Habgier – selbst die des Crassus. Sein Ruhm leuchtete so hell, dass er jeden Rivalen in den Schatten stellte. Konnte ein Römer der neue Alexander werden und zugleich ein Bürger bleiben? Eigentlich konnte nur Pompeius selbst diese Frage beantworten – aber es gab viele unter denen, die in Rom auf ihn warteten, die das Schlimmste befürchteten. Vieles war in Rom während seiner fünfjährigen Abwesenheit geschehen. Ein weiteres Mal hatte die Republik sich in einer Krise befunden. Nur die Zeit würde erweisen, ob seine Heimkehr zu ihrer Lösung beitragen oder zu einer noch größeren Krise führen würde.

7 DER FLUCH DES WOHLLEBENS

Schatten im Fischteich

Während Pompeius sich zum Herren über den Osten machte, zog sich der Mann, dessen Stelle er eingenommen hatte, in den luxuriösesten Schmollwinkel der Geschichte zurück. Lucullus hatte allen Grund, verärgert zu sein. Seine Feinde gaben sich nicht damit zufrieden, ihn seines Kommandos beraubt zu haben, sondern bedrängten ihn bei seiner Rückkehr nach Rom immer weiter. Als schlimmste Rache blockierten sie einen Triumph für ihn. Auf diese Weise betrogen sie ihn um die höchste Ehre, die die Republik einem der Ihren erweisen konnte. Wenn er inmitten der dankbar jubelnden Bevölkerung durch die Straßen gefahren wurde, von dem ohrenbetäubenden Lärm des Applauses und der Zustimmung getragen, war ein General am Tag seines Triumphes mehr als ein einfacher Bürger, ja mehr sogar als ein Mensch. Er war nicht nur in Gold und Purpur gekleidet wie ein König, sondern sein Gesicht war auch rot angemalt, wie das des heiligsten Standbilds in Rom, dem des Jupiter im Tempel auf dem Kapitol. Am Göttlichen teilzuhaben war eine ruhmreiche, berauschende und gefährliche Erfahrung, und für die wenigen Stunden, die sie einem General erlaubt war, wurde er zum Mittelpunkt eines wunderbaren und erhabenen Schauspiels. Für das römische Volk, das am Straßenrand stand und ihm zujubelte, war er die lebendige Versicherung, dass Ehrgeiz tatsächlich heilig sein konnte, dass ein Bürger, der sich bemühte, ganz nach oben zu kommen und große Dinge zu leisten, damit seine Pflicht gegenüber der Republik und den Göttern erfüllte.

Wenige konnten Zweifel daran haben, dass der Eroberer von Tigranocerta eine solche Ehre verdiente. Selbst Pompeius hatte Lucullus, als er ihm seine Legionen wegnahm, ein paar tausend Mann für seinen Triumphzug gelassen. Doch es gab nichts in der Republik, was so Respekt einflößend war, dass es nicht durch das schäbige Tagesgeschäft berührt werden konnte. Wer immer von Intrigen profitiert hatte, wie einst Lucullus bei der Erringung seines Prokonsulats, durfte auch erwarten, unter ihnen leiden zu müssen. Das waren die Spielregeln, denen jeder Politiker unterworfen war. Die Heftigkeit des Beschusses durch Gegner war proportional zur Bedeutung des Mannes. Die Aussicht auf das, was Lucullus als Privatmann anrichten konnte, erfüllte seine Gegner ebenso mit Furcht, wie sie seinen Anhängern große Hoffnung einflößte. Hinter den Kulissen taten verschiedene einflussreiche Männer alles, was sie konnten, um den Widerstand der Volkstribunen zu brechen und dafür zu sorgen, dass Lucullus seinen Triumph zugesprochen erhielt. Aber so aufrichtig ihre Wut und so laut ihr Skandalgeschrei auch waren, sie hatten doch ihre eigenen selbstsüchtigen Gründe dafür, dass sie sich für ihn einsetzten. Keine Freundschaft in Rom war ganz ohne politische Berechnung.

Doch Catulus und seine Anhänger, die darauf vertraut hatten, dass Lucullus seinen Platz als Führer ihrer Sache einnehmen würde, sollten enttäuscht werden. Nachdem Demütigung auf Demütigung gefolgt war, schien etwas in Lucullus zerbrochen zu sein. Der Mann, der ganze sechs grimmige Jahre damit zugebracht hatte, Mithridates zu verfolgen, hatte seinen Kampfgeist völlig verloren. Er überließ das politische Schlachtfeld anderen und ergab sich mit allem Gepränge, das ihm zur Verfügung stand, dem Wohlleben.

Als triumphale Bestätigung der Größe der Republik hatte Lucullus im Osten die Paläste und Ziergärten des Tigranes zerstört, bis auch nicht eine Spur von ihnen geblieben war. Nach Italien zurückgekehrt ging er nun daran, alle Wunder zu übertreffen, die er zerstört hatte. Auf einem Hügel vor den Mauern der Stadt richtete er einen Park von einem vorher in Rom nie gekannten Ausmaß ein, darin ein Überfluss an Gartenhäusern, Brunnen und exotischen Pflanzen. Von Letzteren hatte er viele aus dem Osten mitgebracht, beispielsweise ein Andenken aus dem Pontus, das seine dauerhafteste Hinterlassenschaft an die Heimat werden sollte: der Kirschbaum. In Tusculum wurde seine Villa, die er dort für den Sommer hatte, so ausgebaut, dass sie sich über Meilen erstreckte. Am spektakulärsten aber baute er am Golf von Neapel, wo er nicht weniger als drei Villen besaß, vergoldete Terrassen auf Molen, fantastische Paläste, die über dem Meer in der Sonne glänzten. Eine seiner Villen hatte Marius gehört und war der Ort, an den der alte General sich nicht hatte zurückziehen wollen, da er von noch mehr Kriegszügen und noch mehr Triumphen träumte. Lucullus, der die Villa zu einem Rekordpreis von Sullas Tochter gekauft hatte, schien dazu entschlossen, dieses Anwesen und alles, was er sonst besaß, in Denkmäler von Eitelkeit und Ehrgeiz zu verwandeln. Seine Extravaganzen waren absichtlich darauf angelegt, als Beleidigung aller Ideale der Republik zu erscheinen. Einst hatte er nach den Tugenden seiner Klasse gelebt. Jetzt, nach seinem Rückzug aus dem öffentlichen Leben, trat er sie mit Füßen. Es schien so, als ob Lucullus in seiner Verbitterung über den Verlust erst der Macht und dann der Ehre seine Verachtung gegen die Republik selbst gekehrt hätte.

Statt mit einem Triumph prunkte er mit seinem fantastischen Appetit. Sulla hatte zur Feier seiner Siege ganz Rom zum Fest geladen, doch Lucullus schwelgte mit noch größerem Aufwand an Gold aufs Höchste im privaten Luxus. Als er einmal allein speiste und sein Diener ihm ein einfaches Mahl vorsetzte, schrie er entrüstet: »Wusstest du nicht, dass heute Lucullus bei Lucullus speist?«[1] Der Satz wurde überall zitiert und rief viel Kopfschütteln hervor, denn nichts war für die Römer skandalöser als der Ruf, dass man *haute cuisine* liebte. Berühmte Köche hatte man seit langem für ein besonders schlimmes Zeichen der Dekadenz betrachtet. Früher, in den tugendhaften und hausbackenen Zeiten der frühen Republik, waren die Köche, wie die Historiker so gern betonten, »bei den Alten der wertloseste Sklave in der Einschätzung und Verwendung« gewesen, aber sobald die Römer mit den Fleischtöpfen des Ostens in Berührung gekommen waren, »begann der Koch etwas zu gelten ..., und was eine Dienstleistung gewesen war, begann man für eine Kunst zu halten«.[2] In einer Stadt, die von neuem Geld überschwemmt wurde und keine Tradition beim Geldausgeben hatte, war die Küche bald zu einer allseits verbreiteten fixen Idee geworden. Nicht nur Köche, sondern auch immer mehr exotische Zutaten waren mit einem nicht enden wollenden Strom von Gold nach Rom gekommen. All denen, die die traditionellen Werte der Republik aufrechterhalten wollten, schien dieser Wahn eine ebenso eine moralisch wie finanziell vernichtende Bedrohung zu sein. Der Senat war alarmiert und hatte dementsprechend versucht, diese Strömung zu unterbinden. Bereits 169 v. Chr. war verboten worden, Haselmäuse zum Abendessen zu servieren, und später hatte auch Sulla in einem guten Beispiel der Heuchelei ähnliche Gesetze zugunsten billiger, einfacher Speisen durchgepeitscht. Doch das waren nur Dämme aus Sand. Die Mode fegte alles hinweg. Zunehmend waren die Millionäre versucht, ihre Köche in der Küche aufzusuchen und ihre eigenen Rezepte auszuprobieren, und sie kosteten immer fremdere Gerichte. Das war die Woge, auf der Sergius Orata mit so viel Gewinn geritten war, aber in kulinarischer Hinsicht fehlte es keineswegs an Konkurrenz für Austern. Jakobsmuscheln, gemästete Hasen, die Vulva von Schweinen – all das kam plötzlich und heftig in Mode, und immer aus demselben Grund: An der Weichheit des Fleisches, das schnell der Verderbnis anheim zu fallen drohte und doch noch so saftig und schmackhaft war, fand der römische Snob und Gourmet ein ekstatisches Vergnügen.

Als kostbarste, begehrteste und genussreichste Speise galt Fisch. So war es immer gewesen. Die Römer hatten Fischbrut in Seen ausgesetzt, solange ihre Stadt stand. Im 3. Jahrhundert v. Chr. war Rom bereits von Fischteichen umgeben. Süßwasserfische waren aber, weil sie so viel einfacher zu fangen waren, billiger und weniger begehrt als die nur im Meer zu findenden Arten, und da die römische Gastronomie immer exotischer wurde, wurden Letztere zum hauptsächlichen Gegenstand der intensiven Nachfrage. Statt für ihre Versorgung mit Steinbutt und Aal von Händlern abhängig zu sein, begannen die Superreichen lieber, Salzwasserbassins zu bauen. Natürlich erhöhten die durch ihre Unterhaltung entstehenden gewaltigen Kosten nur noch die Attraktivität.

Diese ganzen Extravaganzen wurden mit dem alten Prinzip gerechtfertigt, dass ein Bürger von den Produkten seines Landes leben sollte. Die nostalgische Sehnsucht der Römer nach dem Landleben ging über alle sozialen Grenzen hinweg. Selbst die luxuriöseste der Villen diente noch der Landwirtschaft. Unausweichlich führte das unter der städtischen Elite zu einer Art von Schauspielerei. Eine besonders beliebte Marotte war es, in einer Villa in die Lagerräume für Früchte Liegen einzubauen. Ein besonders schamloser Gastgeber, der sich nicht die Mühe machen wollte, selbst Früchte anzubauen und zu ernten, konnte einen Vorrat aus Rom bringen und ihn dann hübsch in seinem Lagerraum zurechtlegen lassen, um seine Gäste zu erfreuen. Fischzucht hatte eine ähnlich surreale Qualität. Selbstversorgung mit Fisch kostete einen unglaublich hohen Preis. Wie Agrarschriftsteller sogleich bemerkten, waren künstliche Teiche Anlagen, die »mehr die Augen als den Magen ansprechen und die

Geldbörse ihres Eigentümers eher leeren als füllen; erstens werden sie nämlich teuer gebaut, zweitens teuer gefüllt, drittens teuer unterhalten«.[3] Die Behauptung, dass Fischzucht irgendetwas mit Wirtschaftlichkeit zu tun hatte, war immer weniger zu rechtfertigen. Im Jahr 92 v. Chr. war ein Zensor, immerhin ein Beamter, der gewählt war, die gestrengen Grundsätze der Republik aufrechtzuerhalten, bei dem Tod eines Zierkarpfens in Tränen ausgebrochen. Er trauerte nicht, wie berichtet wurde, um ein verpatztes Abendessen, sondern »wie um eine Tochter«.[4]

Dreißig Jahre später hatte der Wahnsinn das Ausmaß einer Epidemie erreicht. Statt auch nur daran zu denken, eine seiner geliebten Seebrassen zu essen, sollte Hortensius sich Fisch aus Puteoli schicken lassen, wann immer er ihn für seine Tafel benötigte. Einer seiner Freunde bemerkte dazu verwundert: »Rascher würdest du mit dem Einverständnis des Hortensius seine Kutschenmaultiere zu deiner Verfügung aus dem Pferdestall holen können als aus dem Fischteich eine bärtige Seebarbe.«[5] Bei der Fischzucht war es indes wie bei jeder anderen Art von Extravaganz Lucullus, der den bemerkenswertesten Grad berüchtigter Bekanntheit erreichte. Seine Fischteiche galten überall als Wunder und Skandal seiner Zeit. Um sie ständig mit Salzwasser zu versorgen, ließ er Tunnel durch Berge treiben, und um die kühlende Wirkung der Gezeiten auszugleichen, wurden künstliche Dämme weit in das Meer hinaus gebaut. Die Fähigkeiten, die einst zum Nutzen der Republik eingesetzt worden waren, hätten auf keine spektakulärere oder provozierendere Weise verschwendet werden können. *Piscinarii* nannte Cicero Lucullus und Hortensius – Fischliebhaber. Das war eine Bezeichnung, die er halb in Verachtung und halb in Verzweiflung gefunden hatte.

Denn Cicero erkannte mit dem Scharfblick eines Mannes, der unbedingt all das wollte, was Lucullus mit so viel Eifer fortwarf, was der Kern der Manie für Fischteiche war. Sie war Ausdruck einer Krankheit, die die Republik selbst befallen hatte. Das öffentliche Leben Roms gründete sich auf die Pflicht. Niederlagen waren keine Entschuldigung dafür, dass man sich von jeder Art aktiver Beteiligung zurückzog, die die Republik groß gemacht hatte. Die Kardinaltugend eines Bürgers war, selbst bis in den Tod an seinem Platz zu bleiben, und in der Politik wie im Krieg gefährdete die Flucht eines Einzigen die gesamte Front. Auch wenn Cicero Hortensius die Krone des größten Redners abgenommen hatte, wollte er doch keineswegs den Rückzug seines Gegners sehen. Der neue Mann identifizierte sich aufs Engste mit den Prinzipien, für die große Aristokraten wie Hortensius und Lucullus immer gestanden hatten. Als er vorsichtig und Schritt für Schritt dem höchsten Preis des Konsulats immer näher kam, war er entsetzt, Männer, die er als seine natürlichen Verbündeten betrachtete, an ihren Fischteichen sitzen und ihre bärtigen Seebrassen von Hand füttern zu sehen, während sie die Republik dem Spiel des Zufalls überließen.

Aber für Hortensius wie für Lucullus war das Bewusstsein, übertroffen worden zu sein und nur an zweiter Stelle zu stehen, eine brennende Seelenqual. Der Rückzug des Redners war nicht so vollständig wie der des Prokonsuls, aber auf seine Weise war er genauso demonstrativ. Die Gerichte, vor denen Hortensius von Cicero vor aller Augen geschlagen worden war, wurden für ihn zunehmend eine Bühne seiner Überspanntheit. Ein Mann, der eines Tages seine Toga gestreift und ihren Faltenwurf beeinträchtigt hatte, wurde von ihm wegen beleidigenden Verhaltens angeklagt. Ebenso verblüffend beantragte Hortensius mitten in einem Prozess eine Vertagung und erklärte, er wolle auf sein Landgut zurückeilen und die Bewässerung seiner Platanen mit Qualitätswein beaufsichtigen. Sein Gegenspieler war bei dieser Gelegenheit wie bei vielen anderen Cicero. Zügellose Extravaganz war ein Gebiet, auf dem der Emporkömmling kaum konkurrieren konnte.

So kam es, dass das alte Verlangen der Römer nach Ruhm in Krankheit umschlug. Lucullus, der um seiner Fische willen Berge spaltete, und Hortensius, der als Erster bei einem Bankett Pfauen auftragen ließ, waren immer noch in dem alten, vertrauten Wettbewerb begriffen, der Beste zu sein. Aber es war nicht mehr die Sehnsucht nach Ruhm, von der sie besessen waren. Stattdessen war es etwas, das doch sehr der Selbstverachtung glich. Von Lucullus wird berichtet, dass er sein Geld mit allem Anschein der Verachtung verschleudert habe und damit umging, als ob es etwas »Erbeutetes und Barbarisches« sei, das man wie Blut vergießen müsse.[6] Da war es kein Wunder, dass seine Zeitgenossen entsetzt und betroffen waren. Weil sie sein Verhalten nicht richtig verstehen konnten, erklärten sie ihn für verrückt. Langeweile war ein Leiden, das die Republik nicht kannte. Für spätere Generationen sollte das nicht mehr so sein. Zu

Zeiten Senecas, als die Ideale der Republik längst abgestorben waren und man Gefahr lief, sofort hingerichtet zu werden, wenn man der Beste sein wollte, und als den Adligen nichts anderes übrig blieb, als ihren Kopf einzuziehen und sich ihren Vergnügungen zu widmen, konnte man die Symptome sehr wohl erkennen. Sie erfanden »tausend Zubereitungen«, schrieb Seneca über Männer wie Lucullus und Hortensius, »nicht nur um den Hunger zu stillen, sondern auch den Appetit zu reizen«.[7] Die Fischliebhaber, die an ihren Fischteichen saßen und in deren Tiefen blickten, verfolgten Schatten, die dunkler waren, als sie verstehen konnten.

Die Partygesellschaft

Doch Selbstbefriedigung musste nicht ein Zeichen der Niederlage sein. Was für große Adlige das süße Gift der Pensionierung war, mochte für andere eine viel versprechende Gelegenheit sein. Einige Meilen unterhalb Neapels und der Villa des Lucullus befand sich an der Küste das berühmte Strandbad Baiae. Hier ragte ein vergoldeter Steg nach dem anderen hinaus in das glitzernde Blau des Golfes und machte den Fischen den Platz streitig, wie ein Satiriker es ausdrückte. Für die Römer war Baiae gleichbedeutend mit Luxus und Verworfenheit. Ferien dort waren immer eine Quelle schuldbewussten Vergnügens. Kein Staatsmann würde je freiwillig zugeben, seine Zeit in einer derart berüchtigten Stadt verbracht zu haben, doch jedes Jahr sollte sich Rom leeren und die Oberschicht dem Süden und ihren Versuchungen zustreben. Das war es, was Baiae zu einem so attraktiven Ort für alle nach Aufstieg Begierigen machte. Ob es in seinen berühmten Schwefelbädern war oder über einem Teller mit der lokalen Spezialität – rotschaligen Austern –, der Ferienort bot kostbare Zugangsmöglichkeiten zur guten Gesellschaft. Baiae war eine Partystadt, und der Klang von Musik und Gelächter strich ständig durch die warme Nachtluft. Er kam aus Villen, vom Strand oder von Jachten draußen in der Bucht. Es konnte niemanden erstaunen, dass dieser Ort Moralisten maßlos aufregte. Wo der Wein floss und Kleider hinabglitten, sollten auch die traditionellen guten Sitten ihrem Verfall entgegengehen. Ein gut aussehender Sozialaufsteiger, der gerade volljährig geworden war, konnte sich plötzlich auf vertrautem

Fuße in Konversation mit einem Konsul finden. Verabredungen konnten getroffen und Gönner gefunden werden. Anziehendes Wesen und gutes Aussehen konnten entscheidende Vorteile sichern. Baiae war ein Ort voller Skandale, nach außen hin glänzend, aber immer von den Gerüchten der Verworfenheit überschattet: weinselig, parfümgeschwängert, ein Betätigungsfeld für jede Art von Ambition und Perversion und, was vielleicht am empörendsten war, für die Intrigen einflussreicher Frauen.

Die Königin von Baiae und Verkörperung des exklusiven, wenn auch leicht unseriösen Charakters des Ortes war die älteste der drei Schwestern der Claudii, Clodia Metelli. Ihre dunkel glitzernden Augen waren groß und rund, was römische Männer immer weich in den Knien werden ließ, und die Art, wie sie sprach, bestimmte die Mode für eine ganze Generation. Schon der Name, den sie annahm und der eine vulgäre Kontraktion des aristokratischen Namens »Claudia« war, zeigte eine Vorliebe für Plebejisches, die ihren jüngsten Bruder in auffälliger Weise beeinflussen sollte.[8] Einen Tonfall der Unterklassen anzunehmen, war seit langem schon das Kennzeichen eines Politikers gewesen, der sich als *popularis* verstand, wie zum Beispiel Sulpicius, der Gegner Sullas, der bekannt dafür gewesen war. Aber jetzt, mit Clodia, wurden die plebejischen Vokale der letzte Schrei.

In einer Gesellschaft, die so aristokratisch war wie die Republik, musste man natürlich blaublütig sein, um aus Vulgärsprache eine Mode zu machen. Durch Heirat und Abstammung stand Clodia im Mittelpunkt der guten Gesellschaft. Ihr Ehemann, Metellus Celer, stammte aus der einzigen Familie, die es mit den Claudii selbst an Ansehen und Hochmut aufnehmen konnte. Erstaunlich fruchtbar, tauchten die Metelli überall auf, häufig auf gegnerischen Seiten. Während zum Beispiel einer der Metelli Pompeius so leidenschaftlich hasste, dass nicht viel gefehlt hätte, und er hätte den Prokonsul mit einer ganzen regulären Kriegsflotte angegriffen, hatte Clodias Ehemann einen Großteil der sechziger Jahre damit zugebracht, als einer der Legaten des Pompeius zu dienen. Die große Dame ertrug diese Trennung ohne Zweifel mit Gleichmut. Ihre vorrangige Loyalität gehörte dem eigenen Clan. Die Claudii hatten im Gegensatz zu den Metelli immer eine berühmte Geschlossenheit gezeigt; im Fall des Clodius und seiner drei Schwestern ganz besonders.

Es war Lucullus in seiner Verbitterung und in der Entschlossenheit, seine angeheirateten Verwandten zu ruinieren, der als Erster die Inzestgerüchte in die Welt gesetzt hatte. Bei seiner Rückkehr aus dem Osten hatte er seine Frau offen beschuldigt, dass sie mit ihrem Bruder schliefe, und sich von ihr scheiden lassen. Die älteste und liebste Schwester des Clodius, die ihn als Kind in ihr Bett hatte kommen lassen, als er sich vor Albträumen gefürchtet hatte, sah durch solche Vorwürfe unausweichlich auch ihren eigenen Namen beschädigt. Zensur und Sittenaufsicht waren in Rom das Spiegelbild einer lebhaften Neigung zu schmutziger Fantasie. Ebenso wenig, wie Caesars Zeitgenossen ihre Freude an dem Gedanken an ihn als Bettpartner des Königs von Bithynien verloren, verging auch das Vergnügen nicht, das Clodius' Feinde an den Inzestvorwürfen fanden. Wo Rauch ist, ist auch Feuer, und an der Beziehung des Clodius mit seinen drei Schwestern muss irgendetwas Ungewöhnliches gewesen sein, das den Klatsch verursacht hatte. Während seiner ganzen Karriere sollte er eine Neigung zeigen, seine Erfahrungen bis an die Grenzen zu treiben, und daher ist es durchaus denkbar, dass die Klatschtanten wussten, wovon sie sprachen. Genauso gut möglich ist aber auch, dass die Gerüchte durch die Art und Weise genährt wurden, wie Clodia ihre Stellung als gefeierte Schönheit der guten Gesellschaft einsetzte. »Im Speisesaal will sie noch, im Schlafzimmer will sie nicht mehr«:[9] diese galante Beschreibung, die ein früherer Liebhaber von ihr gab, vermittelt eine Vorstellung davon, mit welcher Umsicht sie ihre sexuelle Anziehungskraft einsetzte. Für jede Frau, selbst wenn sie vom Rang einer Clodia war, war die Einmischung in die Politik ein Drahtseilakt. Die römische Moral hatte nicht viel übrig für weiblichen Eifer. Frigidität war das höchste Ideal in einer Ehe. Als Regel galt zum Beispiel, dass es »für die Ehefrauen keineswegs wollüstiger Bewegung bedarf«[10] – alles, was über eine steife und würdige Unbeweglichkeit hinausging, wurde als das Kennzeichen einer Prostituierten angesehen. Eine Frau, deren Konversation amüsant und frei war, setzte sich damit der Gefahr desselben Vorwurfs aus. Wenn sie dann ihre Vergehen noch durch die Beschäftigung mit politischen Intrigen verschärfte, konnte man sie kaum als etwas anderes betrachten als ein Ungeheuer der Verwerflichkeit. In diesem Licht gesehen konnten die Inzestvorwürfe gegen Clodia kaum überraschen. Sie machten sie vielmehr als Teilnehmerin am politischen Spiel kenntlich.

Frauenfeindlichkeit allein, so wütend und unnachgiebig sie auch war, reicht nicht aus, um die Maßlosigkeit der Schmähungen zu erklären, die Frauen von Welt wie Clodia auf sich zogen. Frauen hatten keine andere Wahl, als hinter den Kulissen zu wirken, indem sie diejenigen, die sie beeinflussen wollten, anregten, verführten und in dem Netz fingen, das Moralisten anklagend als die Welt des Klatsches und der Sinnlichkeit der Frauen zu beschreiben schnell bereit waren. In der bereits unerträglich komplizierten Welt des männlichen Ehrgeizes kam das als eine neue und gefährliche Schwierigkeit hinzu. Die Eigenschaften, die man brauchte, um all das zu nutzen, waren genau jene, für die man in der Republik immer am meisten Verachtung gezeigt hatte. Cicero, der nicht gerade ein natürlicher Partylöwe war, zählte sie in süffisanter Genauigkeit auf: eine Begabung für »Ausschweifung«, für »Liebesverhältnisse«, für »Zecherei« die ganze Nacht lang und zu lauter Musik, für »Wollust« und »Verschwendung«.[11] Die endgültige und schlimmste Schande und das deutlichste Kennzeichen eines gefährlichen und ruchlosen Menschen war es, ein guter Tänzer zu sein. In den Augen der traditionsbewussten Leute konnte es nichts geben, was skandalöser war. Eine Stadt, die den Tanz kultivierte, musste sich am Rand der Katastrophe befinden. Cicero konnte sogar allen Ernstes so weit gehen zu sagen, dass das der Ruin Griechenlands gewesen sei. »Das alte Griechenland hat das einst scharf verurteilt, und sie sahen voraus, wie die Verderbnis, die allmählich durch schlechte Gewohnheiten und schlechte Lehren in den Geist der Bürger eindrang, plötzlich ganze Völker zerstörte.«[12] Nach den Maßstäben dieser Diagnose war Rom tatsächlich in Gefahr. Für die Partygeher galt als Zeichen einer gelungenen Nacht und des absoluten Wahnsinns, sich sinnlos zu betrinken und sich dann, unter Begleitung von »Geschrei, dem Geläster der Frauen und vielstimmigem Gesang«,[13] nackt auszuziehen und wild auf den Tischen zu tanzen.

Römische Politiker hatten sich immer mehr durch ihren Stil als durch politische Fragen voneinander unterschieden. Die wachsende Extravaganz der römischen Partyszene diente dazu, sie noch weiter zu spalten. Es war ein offensichtliches Ärgernis für traditionsbewusste Römer, dass so viele ihrer Führer sogar selbst den Versuchungen des Luxus erlegen waren: Männer wie Lucullus und Hortensius waren nicht mehr die richtigen, um irgendjemandem mit dem Finger zu drohen. Dennoch lebte die alte Sparsamkeit und Bescheidenheit der Republik noch weiter. Für eine neue Generation von Senatoren machte das Beispiel der modischen Exzesse die alten Werte sogar mehr und nicht weniger anziehend. Selbst als er im Gold schwamm, blieb der Senat eine instinktiv konservative Versammlung, die nicht allzu gern ihr wahres Bild im Spiegel sah, sondern es vorzog, sich in ihrer Vorstellung noch immer als das Abbild der Rechtschaffenheit zu sehen. Politiker, die in der Lage waren, ihre Senatskollegen davon zu überzeugen, dass das mehr als nur eine Fantasievorstellung war, konnten ihr Ansehen damit beträchtlich steigern. Festigkeit und Bescheidenheit machten weiter eine gute Figur.

Sonst wäre es auch schwierig, die bemerkenswerte Autorität eines Mannes zu erklären, der in der Mitte der sechziger Jahre gerade erst dreißig Jahre alt geworden war und kein höheres Amt innegehabt hatte als die Quaestur. In einem Alter, in dem die meisten Senatoren in respektvollem Schweigen dasitzen und den älteren Kollegen zuhören würden, hallte die Stimme von Marcus Porcius Cato durch das Senatsgebäude. Rau und ohne rhetorischen Schmuck schien sie direkt aus den schroffen, tugendhaften Tagen der frühesten Republik zu kommen. Als Offizier ging Cato stets mit gutem Beispiel voran: »Was er anderen befahl, nahm er aus freiem Willen ebenfalls auf sich, passte sich in der Kleidung, der Kost, den Marschleistungen ... an.«[14] Im zivilen Leben machte er eine Mode daraus, die Mode zu verachten: Er trug schwarze Kleidung, weil der Partyset nur Purpur zeigte, ging immer zu Fuß, ob in brennender Sonne oder bei eisigem Wind, und verachtete jede Art von Luxus, wobei er manchmal sogar darauf verzichtete, seine Schuhe anzuziehen. Wenn darin mehr als ein Anflug von Affektiertheit sein sollte, so handelte es sich um den Ausdruck einer tief empfundenen moralischen Überzeugung. Es handelte sich um eine Unbestechlichkeit und innere Stärke, mit der die Römer sich noch immer sehnsüchtig identifizieren wollten, von der sie aber eher angenommen hatten, dass sie nur noch in den Geschichtsbüchern existierte. Für Cato war indes das Erbe der Vergangenheit etwas unendlich Heiliges. Pflicht und Dienst an seinen Mitbürgern waren ihm alles. Erst nachdem er sich genauestens über die Aufgaben eines Quaestors unterrichtet hatte, war er bereit gewesen, bei der Wahl zu kandidieren. Einmal gewählt, war seine

Rechtschaffenheit und Sorgfalt derartig, dass man sagte, »Cato habe die Quaestur zur Würde des Konsulates erhoben«.[15] Von dem Gefühl der eigenen Korruption verfolgt, war der Senat noch nicht so heruntergekommen, dass er sich versagen konnte, von einem solchen Mann beeindruckt zu sein.

Insbesondere den großen Männern der vorangegangenen Generation diente Cato zur Anregung. Schnell erkannten sie in ihm die Zukunft der Republik. Lucullus zum Beispiel, der nur zu gern seine Rolle an einen Nachfolger übergeben wollte, entschloss sich, seine Scheidung zu feiern, indem er Catos Halbschwester heiratete. Seine neue Braut war nur insofern ein Fortschritt gegenüber der vorhergehenden, als ihre Affären nicht inzestuös waren, aber sonst war der arme Lucullus neuerlich mit einem Partygirl als Ehefrau geschlagen, von der er sich aus Achtung vor Cato jahrelang nicht scheiden lassen mochte. Das bedeutete auch nicht, dass Cato seinerseits etwa bereit war, seinem Schwager in besonderer Weise gefällig zu sein – weit gefehlt. Wenn er der Überzeugung war, dass das Wohl der Republik auf dem Spiel stand, verfolgte er auch Lucullus' Freunde gerichtlich, wie eigentlich jeden, von dem er meinte, dass er eine Lehre in Tugendhaftigkeit brauche. Gelegentlich nahm er sogar Catulus ins Gebet. Cato war nicht bereit, sich an Intrigen zu beteiligen, die jeder andere für selbstverständlich hielt, und diese Zurschaustellung von Unnachgiebigkeit sollte seine Verbündeten oft überraschen und wütend machen. Cicero, der Cato zutiefst bewunderte, konnte doch nichtsdestoweniger keifend bemerken, dass »er Anträge stellt, als ob er sich in Platos Idealstaat und nicht in Romulus' Schweinestall befände«.[16] Aber solche Kritik unterschätzte Catos politischen Scharfsinn vollständig. In Wahrheit war seine Strategie in vieler Hinsicht das genaue Gegenteil von der Ciceros, der seine gesamte Karriere darauf aufgebaut hatte, die Grenzen des Kompromisses auszuloten. Cato bewegte sich nur im Takt mit den eigenen Prinzipien und nicht mit denen der anderen. Indem er seine Stärke aus den schlichtesten Traditionen der Republik gewann, machte er sich zum wandelnden Vorwurf der Frivolitäten seiner Zeit.

Es war eine bewusste Taktik Catos, seine Feinde durch sein eigenes imposantes Beispiel noch lasterhafter und verweichlichter erscheinen zu lassen. Frauen nachjagen, ausgehen und sich betrinken waren für den Römer nicht Ausdruck der wahren Männlichkeit, sondern eher das Gegenteil. Ausschweifung bedrohte die Potenz. Gladiatoren mochten es brauchen, dass man ihnen in der Woche vor dem Kampf die Vorhaut mit Metallstiften zusammenhielt, um sie zur Enthaltsamkeit zu zwingen, aber von Bürgern erwartete man, dass sie Selbstbeherrschung übten. Der Sinnlichkeit nachzugeben hieß aufhören, ein Mann zu sein. So wie beherrschende Frauen wie Clodia als Vampire hingestellt werden konnten, die die Lebenskraft derer »verzehrten«,[17] die sich ihren Reizen hingaben, wurden extravagante Wüstlinge wie Clodius wild als Kreaturen beschimpft, die weniger wert waren als Frauen. Mit ungebändigter Freude wurde derselbe Vorwurf beharrlich wiederholt.

Aber auch wenn diese Beschimpfung tief verankerte Vorurteile widerspiegelte, war doch ein erregter und schriller Ton nicht zu überhören. Keinem Römer lag je besonders daran, einem Feind einen Schlag zu versetzen, den er nicht fürchtete. Die Zeichen der Verweichlichung waren auch Zeichen der Klugheit, der Überlegenheit und des Savoir-faire. Mode diente dem Ziel, dem sie immer gedient hat: denjenigen, der ihr folgte, von der großen Masse abzugrenzen. In einer Gesellschaft, die so kompetitiv war wie die Römische Republik, hatte das einen offensichtlichen und unmittelbaren Reiz. Rom war voller ehrgeiziger junger Männer, die alle verzweifelt nach Statussymbolen strebten. Ein Mitglied der feinen Gesellschaft zu sein hieß, solche Statussymbole zur Schau zu tragen. So kam es, dass Adepten der Mode geheime Erkennungszeichen übernahmen, etwa so rätselhafte Gesten wie das Kratzen des Kopfes mit einem Finger. Sie ließen sich Spitzbärte stehen; ihre Tunika hing lose bis zu den Knöcheln und den Handgelenken hinab; ihre Toga hatte die Struktur und Transparenz eines Schleiers, und sie trugen sie, wie man immer wieder sagte, »locker gegürtet«.*

Das war natürlich genau die Art, wie Julius Caesar sich im vorangegangenen Jahrzehnt gekleidet hatte. Die Übereinstimmung ist aufschlussreich. Wie schon in den siebziger Jahren war Caesar auch in den Sechzigern weiterhin wegweisend als der eleganteste Mann in Rom. Er gab Geld aus, wie er seine Toga trug, das heißt mit einer nonchalanten Eleganz. Sein größter modischer Streich war, den Bau

* Im Lateinischen *discinctus*.

einer Villa auf dem Land in Auftrag zu geben und sie dann, sobald sie gerade fertig gestellt war, wieder abreißen zu lassen, weil sie nicht seinen anspruchsvollen Vorstellungen entsprach. Extravaganzen wie diese veranlassten viele seiner Gegner, ihn zu verachten. Doch Caesar legte nur die Regeln für ein äußerst riskantes Spiel fest. Der Liebling der feinen Gesellschaft zu sein war keine unnütze Sache. Das Risiko war natürlich, dass das Spiel mit seinem Ruin enden konnte – nicht nur dem finanziellen, sondern auch dem politischen. Aber wie die klügeren unter seinen Gegnern sehr wohl merkten, ließ er nie zu, dass das Feiern seine Gesundheit gefährdete. Seine Essensgewohnheiten waren ebenso maßvoll wie die Catos. Er trank nur selten. Während er für seinen sexuellen Appetit berüchtigt war, war er doch so vorsichtig, seine langfristigen Partner mit nüchterner und gründlicher Behutsamkeit zu wählen. Seine Frau Cornelia war schon 69 v. Chr. gestorben, und Caesar hatte danach sein Augenmerk auf Pompeia gerichtet, die keine Geringere war als Sullas Enkelin. Während seiner ganzen Karriere sollte Caesar ein deutliches Bewusstsein für den notwendigen Bedarf an klarer Intelligenz zeigen, und das wurde sowohl bei der Auswahl seiner Geliebten wie seiner Ehefrauen deutlich. Die große Liebe seines Lebens war Servilia, die rein zufällig die Halbschwester des Cato und daher die Schwägerin des Lucullus war. Um das Maß noch voll zu machen, war sie auch die Kusine des Catulus. Wer weiß, welche Familiengeheimnisse Servilia ihrem Liebhaber in die Ohren geflüstert haben mag?

Kein Wunder, dass sich die Gegner Caesars über die Anziehungskraft, die ihm zu Gebote stand, Sorgen zu machen begannen. So wie er sich nichts dabei dachte, ein Vermögen für eine einzige Perle für Servilia auszugeben, verpfändete er auch seine Zukunft, um seine Mitbürger zu verführen. Zügelloser als jeder andere zuvor übertrug er den Geist der Partygesellschaft in den Bereich des öffentlichen Lebens. Im Jahr 65 v. Chr. wurde er im Alter von fünfunddreißig Jahren Aedil. Das war kein Amt, das bekleidet zu haben für künftige Konsuln obligatorisch war, aber es war doch sehr populär, denn Aedile waren für die Veranstaltung der öffentlichen Spiele zuständig. Als solches war das Amt eine maßgeschneiderte Gelegenheit für einen Mann des Schauspiels wie Caesar. Zum ersten Mal trugen Gladiatoren Rüstungen aus Silber. Wunderbar im Licht glänzend kämpften dreihundert Paare zur Erbauung der Bürgerschaft. Das Schauspiel wäre sogar noch prachtvoller geworden, hätten Caesars Gegner nicht in aller Eile ein Gesetz durchgebracht, das die Zahl begrenzte. Senatoren waren durchaus in der Lage, eine schamlose Bestechung zu erkennen. Sie wussten ebenfalls, dass auf eine Bestechung immer eine Gegenleistung zu folgen hatte.

In dem großen Spiel um persönlichen Aufstieg war das verschwenderische Auftreten Caesars ein hochriskanter, aber wohlüberlegter Einsatz. Seine Feinde mochten ihn als einen verweichlichten Dandy verurteilen, aber sie mussten auch einräumen, dass er als politischer Konkurrent zunehmend ein Schwergewicht war. Caesar selbst sollte ihnen diese Tatsache mit Regelmäßigkeit auf die Nase binden. Als Aedil war er nicht nur für die Spiele verantwortlich, sondern auch für den Erhalt der öffentlichen Plätze. Eines Morgens wachte Rom auf, um sämtliche Siegesdenkmäler des Marius, der lange Zeit eine Unperson gewesen war, wiederhergestellt zu finden. Die Partei der Sullaner war entsetzt. Nachdem Caesar gelassen die Verantwortung übernommen hatte, ging Catulus so weit, ihn zu beschuldigen, dass er die Republik mit einem Rammbock anzugreifen suche. Caesar spielte das Unschuldslamm und antwortete seinerseits mit Entrüstung. Sei Marius nicht ein ebenso großer Held gewesen wie Sulla? Sei es nicht an der Zeit für die gegensätzlichen Fraktionen, die Streitaxt zu begraben? Seien sie am Ende nicht alle Bürger derselben Republik? Die Massen, die sich zur Unterstützung Caesars versammelten, riefen lauthals ihre Antwort: »Ja!« Catulus stand machtlos stammelnd daneben. Die Trophäen blieben an ihrem Platz.

Episoden wie diese dienten dazu zu zeigen, dass die Tradition der *populares,* die von Sulla niedergeschlagen, aber nicht zerstört worden war, wiederaufzuleben begann. Das war ein entscheidender Sieg – aber er hatte einiges gekostet. Für die *plebs,* die Caesar als Idol verehrte, war seine Großzügigkeit der Schlüssel zu seiner Beliebtheit, aber seine Feinde nährten die berechtigte Hoffnung, dass sie auch der Grund für seinen Fall sein würde. So wie Cato für seine Strenge bekannt war, war Caesar bekannt für seine Schulden. Jedermann wusste, dass ein Tag der Abrechnung kommen musste. Er kam im Jahr 63 v. Chr. Caesar suchte nach einer Möglichkeit, ein für alle Mal in die erste Reihe der Senatoren vorzustoßen und seinem locker gegürteten Ruf den Anstrich eines traditionelleren Ansehens zu verleihen. Er entschloss sich, seine gesamte Karriere bei einer einzigen

Wahl zu riskieren. Der Posten des höchsten Priesters in Rom, des *pontifex maximus*, war gerade frei geworden. Das war das angesehenste Amt in der ganzen Republik. Ein Mann, der in dieses Amt gewählt wurde, behielt es bis an sein Lebensende. Ganz abgesehen von der immensen moralischen Autorität, die es verlieh, brachte das Amt auch eine große Residenz an der Via Sacra auf dem Forum mit sich. Wenn Caesar *pontifex maximus* wurde, würde er sich tatsächlich im Zentrum von Rom befinden.

Sein Gegner bei der Wahl war niemand anderes als der größte der Großen, Quintus Lutatius Catulus. Unter normalen Umständen hätte Catulus sich als abschreckender Kandidat gesehen. Die Kandidatur Caesars war ein Skandal. Der Posten des *pontifex maximus* war immer als geeignet für einen verdienten früheren Konsul erschienen, und eindeutig nicht als eine Position für einen Politiker, der seine Karriere noch vor sich hatte. Caesar war indes nicht der Mann, der sich durch ein geringfügiges Detail der Tradition abschrecken ließ. Stattdessen entschied er sich für seine übliche Strategie in problematischen Fällen: Er warf mit Geld um sich. Die Wähler wurden in unglaublichem Ausmaß bestochen. Inzwischen hatte Caesar seinen Kredit bis an die Grenzen in Anspruch genommen. Am Tag, als das Ergebnis der Wahl verkündet werden sollte, küsste er Aurelia zum Abschied und sagte ihr: »Mutter, heute wirst du deinen Sohn entweder als Oberpriester oder als Verbannten wiedersehen.«[18]

Wie sich herausstellen sollte, würde er in der Tat von der Subura wegziehen – aber nicht ins Exil, sondern in seinen neuen Amtssitz an der Via Sacra. Caesar hatte es geschafft. Er war zum *pontifex maximus* gewählt worden. Einmal mehr hatte seine Extravaganz sich auf spektakuläre Weise gelohnt. Er hatte gewagt, um einen gewaltigen Einsatz zu spielen – gegen den Status quo und die ältesten Traditionen der Republik –, und er hatte gewonnen.

Die Verschwörung des Caelius

Es gab viele Leute, die spielten und nicht gewannen. Caesars Strategie der stark ins Auge fallenden Extravaganz war eine Gratwanderung. Die Aussicht auf künftige Größe stand gegen den Ruin. Mit Geld konnte man verschwenderisch umgehen, aber niemals mit der wirklichen Kraft. Wenn man eine Wahl verlor oder es nicht gelang, einen lukrativen Posten zu gewinnen, konnte eine ganze Karriere mit Getöse zusammenbrechen.

Es war kaum erstaunlich, dass die Provinzaristokratie, selbst wenn sie einerseits die Ambitionen ihrer Söhne förderte, andererseits auch ein wenig Angst davor hatte. Einen Erben nach Rom zu schicken, war ein offensichtliches Risiko. Junge Männer waren leichte Beute für Geldhaie. Wenn ein Vater umsichtig war, würde er versuchen, Beschützer in der Hauptstadt zu finden, das heißt Mentoren, die seinen Sohn über die verschlungenen Wege der Republik führten, ihn aber auch vor den vielen Verlockungen der Stadt bewahrten. Besonders für Familien, die nie ein Amt in Rom übernommen hatten, war es entscheidend, sich das Beste zu sichern. Als zum Beispiel ein Bankier mit Namen Caelius Rufus für seinen Sohn nicht nur die Protektion des Crassus, sondern auch die des Cicero erobern konnte, wurde der junge Caelius sofort zu einem jungen Mann mit glänzenden Aussichten gestempelt. Das sicherte ihm andererseits und ironischerweise ausgiebigen Kredit. Als die Wucherer in Schwärmen auftauchten, hieß Caelius sie mit offenen Armen willkommen. Gut aussehend, amüsant und unternehmungslustig, entwickelte er bald einen Lebensstil, der seinen Monatswechsel bei weitem überstieg. Er war zu ehrgeizig, um seine Ausbildung zu vernachlässigen, aber selbst während er unter Aufsicht seiner beiden Beschützer studierte, war er gleichzeitig dabei, sich den Ruf als einer der drei besten Tänzer in Rom zu erwerben. Neue Kreise eröffneten sich ihm – Kreise, in denen Cicero sich normalerweise nicht bewegte. Als er mehr und mehr zu einer ständigen Figur in der Partyszene wurde, begann Caelius unter den Einfluss einer ganz neuen Art von Bekanntschaften zu geraten.

Darunter befand sich besonders ein zweifelhafter Patrizier namens Lucius Sergius Catilina – der berühmte Catilina. Caesar war nicht der Einzige, der seine Karriere auf maßlose Extravaganz gegründet hatte, und er war auch nicht der einzige Aristokrat, der einen Minderwertigkeitskomplex wegen der leeren Wände in seinem Atrium hatte. Catilinas Urgroßvater war ein gefeierter Kriegsheld gewesen, der mit der Prothese einer eisernen Hand gegen Hannibal gekämpft hatte, aber politisch gesehen waren seine Vorfahren eine Enttäuschung. Obwohl es seit über vierhundert Jahren in der Familie keinen Konsul gegeben hatte, verlieh Catilinas Status als Patrizier ihm doch ein gewisses Etwas. Er konnte sich zum Beispiel mit dem äußerst standesbewussten Catulus auf Augenhöhe treffen. Ihre Freundschaft war buchstäblich durch Blut besiegelt worden. In den dunklen Tagen hatte Catilina einst Catulus geholfen, den Mörder seines Vaters zu bestrafen. Der Erbärmliche war mit Peitschenschlägen durch die Straßen bis zu der Stelle getrieben worden, wo das Grab von Catulus' Vater stand, dort wurden ihm die Knochen mit Stockschlägen gebrochen, sein Gesicht wurde entstellt, und dann erst erlöste man ihn durch Enthauptung von seinen Qualen. Für Catulus war diese barbarische Rohheit ein grimmiger Akt der Sohnespflicht und ein Blutopfer für die ruhelose Seele seines Vaters gewesen. Für Catilina gab es keinerlei derartige Entschuldigung. Nach der Bluttat hatte er den abgeschlagenen Kopf durch die Straßen Roms getragen. Selbst nach dem Maßstab der Bürgerkriege galt das als abstoßendes Verhalten. Obwohl ihm niemals etwas vor Gericht bewiesen werden konnte, sollten Mordanklagen, ganz zu schweigen von solchen wegen Ehebruchs oder Religionsfrevel, Catilina für den Rest seiner Laufbahn verfolgen. Doch sein schlechter Ruf war nicht immer eine Behinderung: In zweifelhafteren Kreisen machte er ihn zusammen mit seinem modischen Stil und seiner zugänglichen Art zu einer Figur von bedrohlicher Anziehungskraft. Aber während ihm das zu einer beträchtlichen Gefolgschaft verhalf, engte es ihn doch taktisch gesehen ein. »Am meisten aber suchte er enge Freundschaft mit jungen Leuten«:[19] Wie lange konnte Catilina so fortfahren, ohne sich Verbündeten wie Catulus oder gar den Senatoren zu entfremden, die ihm ohnehin schon misstrauten?

In einem Versuch der Quadratur des Kreises wandte er sich an Crassus um Hilfe; dies behauptete wenigstens die politische Gerüchteküche. Niemand konnte das freilich mit Sicherheit sagen. Crassus' politische Manöver blieben wie immer im Dunkeln. Aber eine Sache war sicher: Crassus machte sich in den sechziger Jahren Sorgen. Einmal mehr lief er Gefahr, von Pompeius ausgestochen zu werden. Nicht nur, dass sein alter Rivale bald an die Spitze einer erfahrenen Armee zurückkehren würde, sondern er würde auch von bestürzendem Reichtum sein: Zum ersten Mal in seiner Laufbahn drohte Crassus, seine Stellung als reichster Mann Roms zu verlieren.

Es war kaum erstaunlich, dass er verzweifelt versuchte, seine Anhängerschaft zu verstärken. Catilina mit seinen gewaltigen Ambitionen und noch gewaltigeren Schulden muss ihm als ein viel versprechender Tipp aufgefallen sein.

Es ging Crassus nicht allein darum, dass ein ihm ergebener Konsul gewählt wurde. Catilina versprach auch weitere Vorteile. Er war überall dort beliebt, wo die Dinge am Rande des politischen Lebens am undurchsichtigsten waren: unter den Banden krimineller Angehöriger der Oberschicht, die sich in der Subura herumzankten; in den Salons von intriganten, ausschweifenden Frauen; unter den Verschuldeten, den Enttäuschten und den Ungeduldigen; kurz überall da, wo Achtbarkeit in Verrufenheit abglitt. Für den enthaltsamen Crassus als früheren Konsul verbot sich der Zugang zu dieser Welt natürlich, obwohl er, wie Cicero gehässig bemerkte, sogar auf dem Forum tanzen würde, wenn ihm das eine Anhängerschaft bringen würde.[20] Das mag wahr gewesen sein, aber solange Crassus mit Catilina jemanden auf seiner Seite hatte, der in den trüben Gewässern der Unterwelt fischte, die Salons bei Laune hielt und sich in Nachtlokalen mit Radikalen verschwor, war es der Vertreter, dessen Würde auf dem Spiel stand.

Es ist unmöglich auszumachen, was genau die Rolle des Caelius in all dem war. Vorstellbar ist natürlich, dass seine erste Begegnung mit Catilina auf Vermittlung von Crassus zustande kam, dessen dunkle politische Fähigkeiten Caelius aus erster Hand studiert hatte. Es ist sogar möglich, dass Cicero für den ersten Kontakt verantwortlich war. Im Jahr 65 v. Chr. hatte ein raubgieriges Zwischenspiel als Statthalter in Afrika Catilina am Ende eingeholt, als Clodius, der aus dem Osten nach Rom zurückgekehrt war und sich bei Gericht hervortun wollte, ihn der Erpressung anklagte. Zur gleichen Zeit raffte Cicero, der *homo novus*, sich zu einem ersten Versuch auf, das Konsulat zu gewinnen. Er wusste, dass Catilina sich auch bewerben wollte, und daher erwog er für kurze Zeit, ihn in seinem bevorstehenden Prozess zu verteidigen, weil er hoffte, dass die beiden sich dann im folgenden Jahr gemeinsam um das Konsulat bewerben könnten. Catilina indes lehnte das Angebot mit einem Hohnlächeln patrizischen Hochmuts ab. Der Prozess ließ ihn wenig befürchten. In der Tat wurde er schnell freigesprochen, möglicherweise mit Einverständnis des Clodius, aber sicher mithilfe schwerer Bestechung durch Crassus. Er stand ihm nun frei, sich für das Konsulat des Jahres 63 v. Chr. zu bewerben. Catilina und Cicero sollten erbitterte Gegner werden.

Caelius war während der ganzen Wahlkampagne an der Seite seines Beschützers. Für einen jungen Politiker, der selbst ein neuer Mann war, muss das eine berauschende Erfahrung gewesen sein. Der Ausgang der Wahl war so unvorhersehbar wie selten in den letzten Jahren. Ciceros gesamte Laufbahn war eine Vorbereitung darauf gewesen, während Catilina, der ebenso verzweifelt gewinnen wollte, vier Jahrhunderte des Versagens seiner Familie aufzuholen suchte. Hochmut war die Grundlage seiner ganzen Kampagne. Er führte sie im offenen Bündnis mit einem anderen Adligen, Antonius Hybrida, der ein so lasterhafter Gauner war, dass man kaum glauben mochte, dass er der Sohn des Marcus Antonius war, des großen Helden Ciceros. Als sie sich zwei so verrufenen Kandidaten gegenübersah, holte die Aristokratie tief Luft, hielt sich die Nase zu und stimmte für die am wenigsten schlechte Lösung. Die Geschäftswelt tat dasselbe mit sehr viel mehr Begeisterung. Cicero gewann die Wahl mit großem Vorsprung. Catilina wurde durch Hybrida weit auf den dritten Platz abgeschlagen.

Für jeden beliebigen Patrizier wäre das eine Demütigung gewesen. Für Catilina war es eine Katastrophe: Seine Schulden waren erdrückend, und insbesondere Crassus hatte kein Interesse daran, einen Verlierer zu unterstützen. Doch Catilina hatte nicht alle Hoffnung aufgegeben. Als Cicero, in seine purpurumrandete Toga gekleidet und von seinen Liktoren begleitet, nun endlich Konsul des römischen Volkes war und sein Amtsjahr begann, leckte Catilina seine Wunden und plante den Wiederaufstieg. Seine Kreditwürdigkeit würde bis zu einer weiteren Wahl reichen, und er lieh daher weiterhin Geld und gab es überall verschwenderisch für Bestechung aus. Gleichzeitig verheimlichte er das Ausmaß seiner Schulden nicht, sondern begann vielmehr, offen damit zu prahlen. Das war ein gewaltiges Risiko, aber unter den gegebenen Umständen musste er es eingehen. Das Elend der Verschuldung reichte weit über den durch Luxus versüßten Katzenjammer seiner eigenen Kreise hinaus. In ganz Italien gärte die Unzufriedenheit der Unterdrückten, ob es in den Elendsquartieren Roms war oder auf dem brachliegenden Land, wo die Veteranen Sullas, bis an den Hals in Schulden steckend, im Staub kratzten und sich an die üppigen Tage des Bürgerkriegs erinnerten.

Auf inoffiziellen Veranstaltungen begann Catilina den Armen zu versprechen, dass er ihre Sache verteidigen würde. Schließlich, so sagte er, »könne man keinen getreuen Verteidiger der Elenden finden, es sei denn jemanden, der selbst im Elend stecke.«[21]

Cicero, der Catilina weiter vorsichtig beobachtet hatte, war nur zu gern bereit, solche aufrührerischen Worte für bare Münze zu nehmen. War es möglich, begann er sich zu fragen, dass er, nachdem er die Ehre des Konsulats erreicht hatte, jetzt auch noch die viel größere Ehre haben sollte, die Republik vor der Revolution zu retten? Die Aussicht erfüllte ihn mit einer Mischung aus Überraschung und Schwindel erregender Freude. Er und Catilina hatten einander verfolgt und sie hatten beide ein grundlegendes Interesse daran, den Einsatz zu erhöhen, bis ihren jeweiligen Zuhörern Schauer über den Rücken liefen. Aber als die beiden Männer sich endlich zur offenen Konfrontation im Senat trafen, ließ Catilina sich durch seinen Hass auf den zungenfertigen Aufsteiger und Gegner zu einem fatalen Akt der Prahlerei verführen. »Was tue ich denn Schlimmes, wenn ich, wo zwei Körper da sind, ein magerer und abgezehrter, der einen großen Kopf hat, und ein kopfloser, der aber groß und stark ist, diesem selber einen Kopf aufsetze?«[22] Seine aristokratischen Standesgenossen, die der »große Kopf« in seiner angedeuteten Äußerung waren, waren bedrohlich verstimmt. Ob nun in eine Metapher verpackt oder nicht, keine Art von revolutionären Gefühlen war im Senat willkommen. Catilina verlor daher auch in der nächsten Wahl zum Konsulat gründlich. Cicero ging am Wahltag auf dem Marsfeld auf und ab und trug mit Bedacht einen Brustpanzer unter seiner Toga, und noch mehr Bedacht verwendete er darauf, dass die Wähler das auch sahen. Als die Ergebnisse verkündet wurden, strömten die Wucherer zusammen, um sich auf den Verlierer zu stürzen.

Wie Caesar, der sich um die Stellung als *pontifex maximus* beworben hatte, hatte Catilina alles auf eine Karte gesetzt. Er hatte darauf spekuliert, Janus zu spielen, indem er der Senatselite und den Geschäftsleuten das eine Gesicht zeigte und den Armen, Verschuldeten und Enterbten das andere. Doch das Spiel war nicht aufgegangen. Aber während sich die etablierte Gesellschaft von Catilina abwandte, war das bei der Unterwelt nicht der Fall. Er hatte womöglich größere und verzweifeltere Hoffnungen geweckt, als er ahnen konnte. Bei den Menschen auf dem Land, wo die Bauern sich mit Sicheln und rostigen Schwertern bewaffneten, in Rom, wo Demonstrationen zunehmend in Aufruhr umschlugen, oder selbst im Senat, wo Verlierer im großen Spiel um den Aufstieg sich gegen ihre Schulden und ihre Enttäuschungen auflehnten – überall sprühten die Gedanken an eine Revolution wie Funken. Und an dieser wilden Diskussion beteiligt sah man Marcus Caelius.

Warum er? Waren die Schulden des jungen Mannes schon so hoch, dass er bereit war, alle Hoffnungen auf einen ordnungsgemäßen Aufstieg durch die Teilnahme an einer Revolution aufs Spiel zu setzen? Oder zogen ihn die Aufgeregtheit und das Geflüster der Verschwörung an? Oder Idealismus? Eine Begeisterung für Catilinas Anliegen scheint tatsächlich eine ganze Reihe brillanter junger Männer radikalisiert zu haben. Spannungen zwischen den Generationen waren durchaus geeignet, Väter und Söhne in Konflikt zu bringen. Ein bestimmter Senator zog es vor, seinen Erben zu töten, als ihn im Verkehr mit Catilina zu sehen, und das ungeachtet des Umstands, dass der junge Mann ganz wie Caelius »sich unter seinen Altersgenossen durch Intelligenz, Bildung und gutes Aussehen auszeichnete«.[23] Selbst Cicero war gezwungen zuzugeben, dass Catilina immer noch »zahlreiche wackere und rechtschaffene Männer ergeben waren, die sich durch gewisse Anzeichen einer geheuchelten Tüchtigkeit verleiten ließen«.[24] Es ist also möglich, dass Caelius entweder aus den niedrigsten oder aber aus den edelsten Beweggründen fortfuhr, ihn zu unterstützen, oder auch aus einer Mischung aus beidem. Und es gibt noch eine andere Möglichkeit: Denkbar ist auch, dass Caelius Catilina vielleicht gar nicht wirklich unterstützte. Eigenwillig wie er war, war er wohl durchaus auch zu berechnendem Zynismus fähig. Vielleicht hatte er sich ja gar nicht von seinem Beschützer abgewandt.

Cicero brauchte mit Sicherheit noch gut platzierte Spione. Nach der Niederlage Catilinas bei der Wahl waren die von dem Konsul geäußerten Vorahnungen einer Revolution immer alarmierender geworden. Die Leute begannen nach Beweisen zu fragen. Und dann, als die Aufgeregtheit gerade ins Lächerliche umschlug, wurde plötzlich ein Paket mit Briefen im Hause Ciceros abgegeben. Sie enthielten die Einzelheiten eines Planes von Catilina für ein umfassendes Massaker. Der Mann, der diese belastenden Dokumente aushändigte, war kein anderer als Crassus. Er behauptete, sie seien seinem Türsteher von einem »unbekannten Mann«[25] übergeben worden. Als Cicero die Briefe am nächsten Morgen im Senat vorlas, griff Panik in der Stadt um sich. Der Ausnahmezustand wurde ausgerufen, und das Wohl der Stadt Cicero anvertraut. Crassus, der seinen Schützling öffentlich bloßgestellt hatte, verschwand wieder im Schatten. Liest man die Berichte über diese unglaubliche Geschichte, drängt sich der Verdacht auf, dass Catilina in jenem Herbst des Jahres 63 v. Chr. nicht der einzige Verschwörer war. Wer mochte der »unbekannte Mann« gewesen sein? Wir wissen nur von einem Einzigen, der zugleich ein Vertrauter des Cicero, des Crassus und des Catilina war. Dieser Mann war Caelius.

Das ist natürlich wilde Spekulation. Jede der oben angedeuteten Erklärungen ist möglich. Aber man darf nicht einfach nur das Fehlen von Quellen für das Geheimnis verantwortlich machen. Die Geschichte ist auch Ausdruck eines Grundzugs der Republik selbst. Die Sehnsucht der Römer nach Ruhm, die glühend in ihnen brannte und mit ihrer Flamme die Stadt und in Wahrheit ihr ganzes Reich erleuchtete, warf auch zuckende und verräterische Schatten. Jeder ehrgeizige Politiker musste zugleich die Eigenschaften des Verschwörers in sich tragen. Als Cicero Catilina zum letzten Mal im Senat von Angesicht zu Angesicht gegenüberstand, sezierte er die Winkelzüge seines Gegners mit dem Scharfsinn des Gerichtsredners und ließ sie im brennend grellen Licht seiner Entrüstung erscheinen, wobei er so sehr in die Einzelheiten der Verschwörung ging, dass Catilina noch in derselben Nacht aus Rom floh. Für alle Zukunft sollte Cicero diesen Moment für seine größte Stunde halten, einen Höhepunkt »ungewöhnlichen, unsterblichen Ruhmes«,[26] wie er es bescheiden ausdrückte. Das Bild seiner selbst als des furchtlosen Beschützers der Republik und echten und aufrichtigen Patrioten sollte ihm für den Rest seiner Karriere als Maßstab dienen.

Eine Ansicht, die Catilina erwartungsgemäß nicht teilte. Bevor er Rom verlassen hatte, hatte er an Catulus geschrieben und noch einmal seine Unschuld beteuert, und er beklagte sich bitter, dass man ihn durch Machenschaften ins Exil gezwungen habe. Auf seinem Weg nach Norden, offenbar Richtung Marseille, übernahm er das Kommando über eine zusammengewürfelte Armee von Bauern und Kriegsveteranen. In Rom kamen inzwischen weitere schaurige Einzelheiten seines Komplotts heraus, die in wohlberechneten Abständen vor dem Senat ausgebreitet wurden: Gallier im Norden Italiens

Diese Bronzebüste eines frührepublikanischen Helden wird traditionell als Brutus bezeichnet und mit dem Anführer des Staatsstreichs gegen den letzten römischen König Tarquinius identifiziert. Sie stammt entweder aus dem 3. oder dem 1. Jahrhundert v. Chr. und zeigt ausdrucksvoll, wie die Römer sich ihre Vorfahren gern vorstellten: als Musterbeispiele der Würde und des Mannesmutes. *(Museo Capitolino, Rom/Fratelli Alinari)*

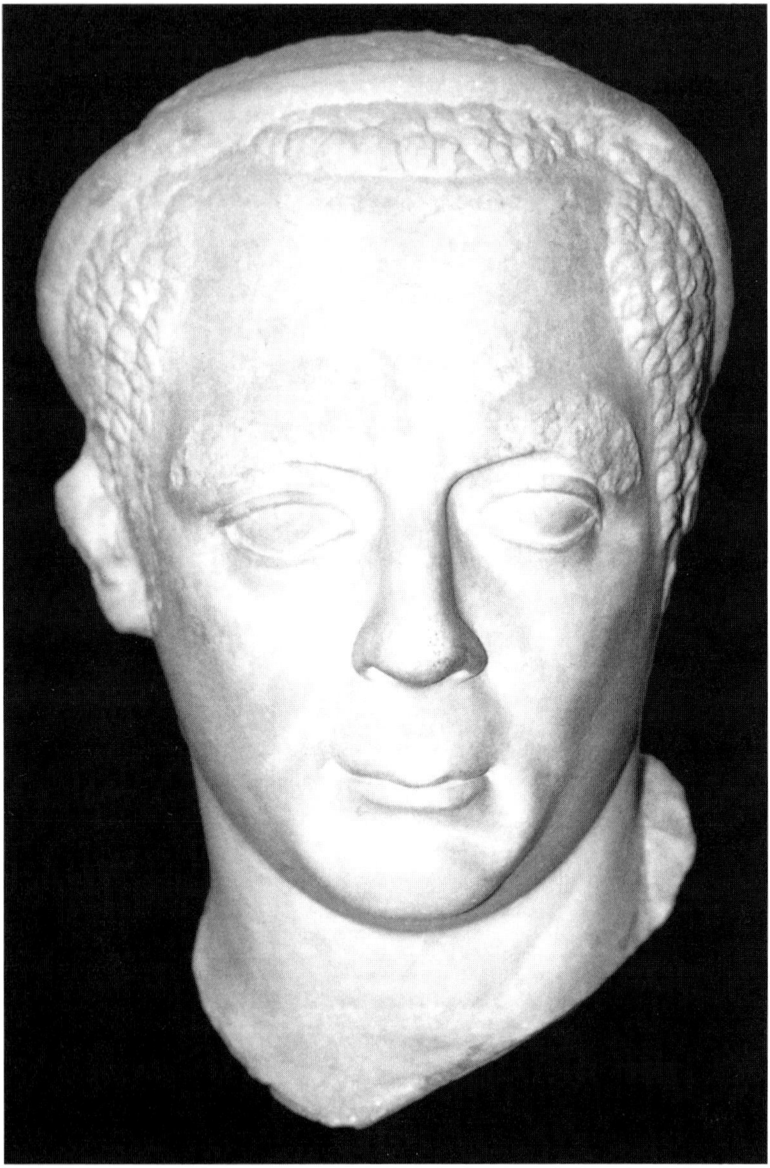

Kopf eines Königs von Pergamon mit Diadem, vermutlich Attalos III. Als Attalos im Jahr 133 v. Chr. sein Königreich Rom hinterließ, wurde der Deckel von einem Fleischtopf gezogen, auf den sich bald ein Schwarm römischer Fliegen stürzte. Die traditionelle Abneigung des Senats gegen direkte Herrschaftsausübung wurde entscheidend geschwächt und der Grundstein für die römische Beherrschung des Ostens war gelegt. *(Ny Carlsberg Glyptotek, Kopenhagen)*

Mithridates, der Löwe von Pontos. In seinem Bestreben, so viel Unterstützung als möglich bei den Griechen zu finden, und ohne Frage auch aus Eitelkeit, gab er seinem Bild mit Fleiß die Züge Alexanders des Großen. Sein Einfall in die römische Provinz Asien im Jahr 89 v. Chr. und mehr noch das Blutbad, das er unter den italischen Kaufleuten angerichtet hatte, machten ihn zum hartnäckigsten Feind der Römischen Republik. Silberne Tetradrachme, 75 v. Chr.
(British Museum, London/AKG London)

Die Frisur eines Playboys und der durchdringende Blick des Karrieristen sind die hervorstechenden Züge dieser Porträtbüste, die man im Allgemeinen mit Sulla identifiziert. *(Fratelli Alinari)*

Der grasbedeckte Hügel im Vordergrund ist alles, was vom Tempel der Bellona geblieben ist. Von dort aus hörten die Senatoren im Jahr 82 v. Chr. die Schreie der Gefangenen Sullas, die in der nahe gelegenen Villa Publica abgeschlachtet wurden. *(Tom Holland)*

Fische, sowohl als Nahrung wie als Zierfische, waren eine große Leidenschaft der Römer. Wie bei seinen Gärten war Lucullus auch bei seiner Fischliebhaberei dafür bekannt, dass er den Wahn auf die Spitze trieb. *(Museo Nationale, Neapel/Scala, Florenz)*

Das selbstbewusste Lächeln der Macht: Pompeius der Große.
(Ny Carlsberg Glyptotek, Kopenhagen)

Rang und Würde sind stärker als alle Waffen. In seinem Stolz ließ Cicero niemanden vergessen, dass er mit der Niederschlagung der »Verschwörung« des Catilina im Jahr 63 v. Chr. die Republik gerettet hatte. *(Museo Capitolino, Rom/Fratelli Alinari)*

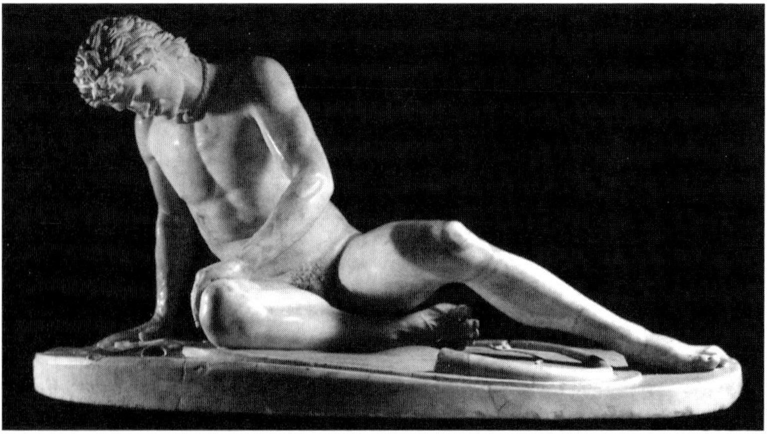

»Der sterbende Gallier«. Diese Statue ist überlebensgroß, und das passt sehr gut, denn seit der Plünderung Roms durch die Gallier im 4. Jahrhundert v. Chr. hatte die Bedrohung durch sie nie aufgehört, einen Schatten auf Rom zu werfen. Welchen besseren Weg gab es für Caesar im Jahr nach seinem Konsulat, sich auszuzeichnen, als den Präventivschlag gegen die Barbaren im Norden? *(Museo Capitolino, Rom/Kunstarchiv)*

Julius Caesar. Cicero hatte ihm vorgeworfen, dass er sich niemals mit den engen Grenzen abfinden würde, die den Menschen gesetzt waren. *(Museo Capitolino, Rom/Fratelli Alinari)*

Caesar Divi Filius Augustus (Statue von Prima Porta).
(Museo Vaticano, Rom/Fratelli Alinari)

sollten sich in wildem Aufruhr empören; Sklaven sollten freigelassen werden; die Stadt selbst sollte in Brand gesteckt werden. Ganz Rom befand sich im Zustand der Hysterie. Cicero war der Held der Stunde. Doch ein paar Stimmen anders Gesinnter waren noch zu vernehmen. Die Krise war künstlich erzeugt worden, flüsterten sie. Catilina habe Recht gehabt. Es sei Cicero gewesen, der ihn zu seinem Aufstand gedrängt habe, Cicero in seiner eitlen Ruhmessucht, Cicero der Aufsteiger, der nach Berühmtheit gierte.

Wie immer bei Verschwörungstheorien fehlte es auch hier an festen Beweisen. Niemand war bereit, Cicero auf dieselbe Art abzukochen, wie er es mit Catilina getan hatte. Die Wahrheit blieb hinter einem Nebel von Desinformation verborgen. Es war zwar eindeutig klar, dass Cicero schmutzige Tricks angewendet hatte, um seinen Gegner auszuräuchern, aber wie weit er sonst noch gegangen war, konnte man nicht sagen. Doch in gewisser Hinsicht wäre er kein wirklicher Römer gewesen, wenn er nicht intrigiert hätte, um seinen Gegner zum Allerletzten zu treiben. Jeder Konsul träumte davon, seine Amtszeit durch eine ruhmreiche Tat hervorzuheben. Das waren die Spielregeln bei der Beförderung der eigenen Geltung. Cicero hatte sich vielleicht nicht in Übereinstimmung mit den von ihm selbst aufgestellten Maßstäben verhalten, aber wer tat das schon, abgesehen von Cato?

Schließlich war es Catilina gewesen, der als Erster den Einsatz erhöht hatte. Der Bürgerkrieg hatte gezeigt, wie schnell Gewalt eskalieren konnte. In einer Gesellschaft, in der der Wettbewerb eine so große Rolle spielte wie in Rom, war es bereits ein vernichtender Akt der Brandstiftung, wenn man auch nur von der Absicht sprach, die Verfassung umgehen zu wollen. Das erklärt, warum Cicero sich so sehr darum bemüht hatte, Catilina mit Brandmauern zu umgeben. Er befürchtete, dass der Brand schnell außer Kontrolle geraten könne, wenn man die Verschwörer nicht isolierte. Kaum war Catulus überzeugt, dass Catilina sich tatsächlich verschworen hatte, die Republik zu zerstören, versuchte er, Crassus und – für alle Fälle – auch Caesar unter Druck zu setzen. Cicero mag seinen eigenen Verdacht in diese Richtung gehabt haben, aber die Reaktion des Catulus war genau von der Art, die er verzweifelt zu vermeiden suchte. Er hatte nicht im Geringsten den Wunsch, einen Mann wie Crassus in die Ecke gedrängt zu sehen.

Am 5. Dezember, als die von Panik bestimmten Gerüchte von Stunde zu Stunde wilder wurden, berief Cicero eine Krisensitzung des Senats ein. Alle Rädelsführer des Komplotts in Rom seien identifiziert und verhaftet worden, verkündete er. Weder der Name Crassus' noch der Caesars erschienen auf der Liste. Nichtsdestoweniger ging es in der folgenden großen Debatte doch mindestens genauso sehr um die tiefen Abneigungen und Ambitionen der verschiedenen Redner wie um die Verschwörung selbst. Vor allem stellte sich die Frage, was mit den Anhängern des Catilina zu tun sei. Viele kamen aus angesehenen Familien, und es war nach den Gesetzen der Republik strengstens untersagt, einen Bürger ohne ordnungsgemäße Gerichtsverhandlung hinrichten zu lassen. Gab der Ausnahmezustand Cicero das Recht, dieses heilige Gesetz außer Kraft zu setzen? Caesar, der sich noch Sorgen machte, dass die Hysterie ihn hinwegfegen könne, machte den neuartigen Vorschlag, dass man die Verschwörer auf Lebenszeit ins Gefängnis sperren solle; Cato widersprach ihm und beantragte ihre Hinrichtung. Dieser Zusammenstoß zwischen zwei Männern, die in ihrem Talent so ebenbürtig und in ihrem Charakter so verschieden waren, war der erste Schlagabtausch in einem Kampf, der später die Republik erschüttern sollte. Für den Moment war es Cato, der triumphierte: Eine Mehrheit des Senats stimmte mit ihm überein, dass die Sicherheit Roms wichtiger war als die Rechte des einzelnen Bürgers. Und im Übrigen, wer hatte je von Gefängnis als wirklicher Strafe gehört? Die Verschwörer wurden zum Tode verurteilt.

Einer von ihnen war ein früherer Konsul. Unter den Blicken der verwirrten und erschreckten Menge wurde er über das Forum geführt, Cicero ging in grimmigem Stolz an seiner Seite, vier weitere Senatoren folgten unmittelbar einer nach dem anderen. Während die Schatten der Dämmerung über der Stadt heraufzogen, führte man die Gefangenen in das Dunkel einer unterirdischen Zelle, wo sie erdrosselt wurden. Cicero, der aus der Düsternis auftauchte, verkündete der Menge kurz und bündig ihren Tod. Viele auf dem Forum waren Freunde der hingerichteten Männer, und sie stahlen sich jetzt fort, während die Neuigkeit in der ganzen übrigen Stadt in einem Ausbruch von Beifall begrüßt wurde. Der Weg, der vom Forum hinauf zu Ciceros Haus führte, war von Fackeln taghell erleuchtet. Als der Konsul hinaufschritt, wurde er von einer dichten Phalanx von Männern begleitet, die die größten Namen Roms trugen. Alle spendeten ihm als dem Retter ihres Landes Beifall. Auch in seinen wildesten Fantasien hätte der Provinzbürger aus Arpinum je einen solchen Tag nicht erträumen können.

Was seine Kollegen am meisten beeindruckt hatte, war nicht nur, dass Cicero offenbar die Republik gerettet hatte, sondern dass ihm das mit relativ wenig Blutvergießen gelungen war. Cicero selbst versuchte weiterhin verzweifelt, die Folgen der Verschwörung einzugrenzen. Er weigerte sich zum Beispiel, seinen Kollegen im Konsulat, Antonius Hybrida, einer Untersuchung auszusetzen, obwohl Hybrida einer der engsten Freunde Catilinas gewesen war. Cicero bestach ihn stattdessen mit der künftigen Statthalterschaft der reichen Provinz Makedonien, was ihm reichlich Gelegenheit geben würde, seine Schulden zu bezahlen, und außerdem mit dem Kommando im Krieg gegen Catilina. Da Hybrida nicht nur unter dem Verdacht stand, mit den Verschwörern in Verbindung zu stehen, sondern auch als Feigling und obendrein als Alkoholiker bekannt war, erregte das viel Besorgnis. Verbündete des Pompeius begannen die Rückberufung des großen Mannes zu fordern. Das führte wiederum zu einem Wutausbruch Catos, der verkündete, er wolle lieber sterben als zuzusehen, wie man Pompeius ein Kommando in Italien übertrage. Aber wenn jemand Pompeius ernsthaft im Weg gestanden hatte, so war das Cicero. Die Aussicht, Rom in bewaffnete Fraktionen aufgespalten zu sehen, deren Rivalität in zunehmende Gewalt ausartete und am Ende auf offenen Bürgerkrieg hinauslief, war sein größter Albtraum gewesen. Nichts hätte Pompeius einen besseren Vorwand geboten, mit seinen Legionen einzugreifen. Eher in diesem Sinne war die Republik tatsächlich von Cicero gerettet worden: vielleicht weniger vor Catilina als vor ihm selbst.

Im Sommer des Jahres 62 v. Chr., nur wenige Monate bevor Pompeius in Italien zurückerwartet wurde, hatte man die zusammengewürfelte Armee des Catilina endlich in die Enge getrieben und vernichtet. Hybrida war diplomatisch passend erkrankt und während der gesamten Schlacht in seinem Zelt geblieben; danach verzog er sich schnellstens nach Makedonien, um sein Blutgeld zu erpressen und sich ansonsten unauffällig zu verhalten. Er war nicht der Einzige, der sich aus taktischen Gründen aus Rom zurückzog. Auch andere Männer, die eine bescheidenere Rolle in der Verschwörung gespielt hatten, stahlen sich davon. Unter ihnen auch Caelius. Er reiste nach Afrika, wo sein Vater ausgedehnte Geschäftsinteressen verfolgte, zu seinem Schutz von Untergebenen begleitet. Aber Caelius hatte seine politische Karriere keineswegs aufgegeben. Ein Jahr lang diente er dem neu ernannten Prokonsul der Provinz Africa als Adjutant, und das mit großem Erfolg. Welche genaue Rolle Caelius auch immer in der Verschwörung gespielt haben mag, seine Zukunft lag offen vor ihm. Er hatte genug vom politischen Leben gesehen, um zu wissen, dass nichts darin ewig dauerte. Allianzen konnten geschlossen werden, sich verändern und aufgekündigt werden. Die Helden des einen Jahres konnten die Schurken des folgenden sein. Von einem Augenblick zum andern konnte die politische Landschaft sich vollkommen verändern.

Das sollte sich bald auf dramatische Weise zeigen.

Der Skandal

Jedes Jahr zu Beginn des Monats Dezember versammelten sich die Frauen aus den angesehensten Familien der Republik, um gemeinsam den Mysterienkult der *Bona Dea,* der Guten Göttin, zu begehen. Das Fest blieb den Männern strengstens verschlossen. Selbst ihre Statuen mussten für den Anlass verhüllt werden. Diese Geheimhaltung förderte jede Art von üppigen Vorstellungen bei den Männern. Jeder Bürger wusste, dass Frauen von Natur aus verworfen waren und der Promiskuität zuneigten. Ein Fest, von dem die Männer ausgeschlossen blieben, musste mit Sicherheit Schauplatz zweifelhafter Exzesse sein? Aber kein Mann hatte es je gewagt, durchs Schlüsselloch zu sehen, um diese erregenden Vermutungen zu bestätigen. Es war eine der Eigenarten der römischen Religion, dass selbst die, die sich über sie lustig machten, sie mit Ehrfurcht betrachteten. Die Männer brachten der Guten Göttin ebenso viel Verehrung entgegen wie die Frauen. Sie war eine der Gottheiten, die Rom beschützten. Sollten ihre Riten entweiht werden, würde dieser Frevel die Sicherheit aller eindeutig gefährden.

Im Winter des Jahres 62 v. Chr. hatten die Matronen besonderen Anlass, für die Gunst der Guten Göttin zu beten. Catilina war zwar tot, aber die Befürchtungen und Gerüchte geisterten noch weiter über das Forum. Nach einer entspannten Rundreise als Tourist in Griechenland war Pompeius endlich an der Adriaküste angekommen. Es hieß, dass er noch vor Ende des Monats nach Italien übersetzen werde. Was würde es für andere ehrgeizige Angehörige der Nobilität bedeuten, als Pygmäen im Schatten Pompeius des Großen zu leben? Das war eine Frage von besonderem Interesse für die zwei Frauen, die die Riten für die Gute Göttin anführten: Aurelia, die Mutter Caesars, und Pompeia, seine Frau. Der *pontifex maximus* selbst hatte zwar seinen Amtssitz für den Anlass zur Verfügung gestellt, aber er war natürlich nicht persönlich anwesend. Wie jeder andere männliche Angehörige seines Haushalts, gleich ob Freigeborener oder Sklave, hatte er für diese Nacht das Haus verlassen.

Das Gebäude begann sich mit dem Duft von Weihrauch und dem Klang von Musik zu füllen, und die großen Damen der Gesellschaft strömten herbei. Von jetzt an und für einige wenige Stunden waren es die Frauen der Stadt, die die Sicherheit Roms in ihrer Obhut hatten. Es gab keinen Anlass mehr für sie, sich im Schatten zu verstecken und sich vor neugierigen Blicken zu fürchten. Doch eine von Aurelias Dienerinnen, die nach Musik Ausschau hielt, beobachtete ein Mädchen mit einer Flöte, das neugierig um sich blickte. Sie ging zu ihm, aber das Mädchen schreckte vor ihr zurück. Als die Dienerin fragte, wer sie sei, schüttelte das Mädchen den Kopf und murmelte dann etwas von Pompeia. Die Dienerin schrie auf. Die Fremde mochte zwar mit einer langärmeligen und an der Brust gerafften Tunika bekleidet sein, aber die Stimme war unmissverständlich die eines Mannes. Allgemeiner Aufruhr folgte. Aurelia bedeckte hastig die heiligen Standbilder der Göttin und unterbrach das Ritual. Die anderen Frauen begaben sich auf die Suche nach dem frevelhaften Eindringling. Schließlich fanden sie ihn versteckt im Zimmer einer der Dienerinnen der Pompeia. Als dem falschen Mädchen mit der Flöte der Schleier vom Gesicht gerissen wurde, kam Clodius zum Vorschein.

So wenigstens lautete die Geschichte, die sich sofort wie ein Lauffeuer in Rom verbreitete. Der Klatsch beherrschte die Stadt. Freunde und Feinde des Clodius drängten sich zusammen, um die pikanten Einzelheiten miteinander auszutauschen. Wenn das Tragen eines Spitzbarts oder das Kratzen am Kopf mit einem Finger als Zeichen der Verweichlichung gelten konnten, dann hatte Clodius durch das

Tragen von Frauenkleidern und das unberechtigte Eindringen bei einem heiligen Ritual eine ganz neue Dimension anstößigen Verhaltens entwickelt. Über Nacht wurde er der Liebling jedes locker gegürteten Stutzers, und für jeden Konservativen in Rom das rote Tuch. In die Affäre hineingezogen und von ihr äußerst unangenehm berührt war Caesar. Natürlich musste er Entrüstung zeigen. Clodius hatte nicht nur das Haus des *pontifex* entweiht, sondern das Gerücht wollte es auch, dass er sogar vorgehabt habe, sich Pompeia selbst zu Willen zu machen. Von manchen römischen Ehemännern, denen Hörner aufgesetzt wurden, war bekannt, dass sie ihre Sklaven auf den Ehebrecher angesetzt hatten, damit diese ihn zusammenschlugen, vergewaltigten oder gar kastrierten; zumindest aber wäre es berechtigt gewesen, wenn Caesar Clodius vor die Gerichte geschleift hätte.

Aber der *pontifex* hatte ein Problem mit seinem Bild in der öffentlichen Meinung: Trotz seiner hohen religiösen Stellung blieb er selbst Gegenstand des fieberhaften Klatsches als Wüstling, den man als »den Mann aller Weiber und das Weib aller Männer« bezeichnet hatte.[27] Wenn Caesar den Ton moralischer Überlegenheit anschlug, konnte ihn das noch größerem Spott aussetzen, und er machte sich damit überdies auch Clodius zum Feind und verdross die Nachtschwärmer, die seine natürlichen Verbündeten waren. Er wollte sich schließlich in einigen Jahren um das Konsulat bewerben. Clodius hatte viel zu gute Verbindungen und war zu launisch, als dass man riskieren konnte, ihn zu verärgern. Am Ende löste Caesar das Problem, indem er sich von Pompeia scheiden ließ, es aber ablehnte, den Grund zu nennen: »Weil ich eine Frau nicht im Hause dulde, auf der auch nur der Schatten eines Argwohns liegt«,[28] war sein einziger, orakelhafter Kommentar. Dann, bevor irgendjemand ihn weiter unter Druck setzen konnte, stahl er sich nach Spanien davon, wo er als Statthalter dienen sollte. Wie eilig es ihm war, Rom zu verlassen, kann man daran ermessen, dass er in seiner neuen Provinz ankam, bevor der Senat auch nur Zeit gehabt hatte, seine Ernennung zu bestätigen.

Caesars Abreise änderte nichts an dem Ausmaß der allgemeinen Besessenheit von dem Skandal. Die weiter andauernde Aufgeregtheit, die den Streich des Clodius umgab, ließ sogar die Neuigkeit von der Ankunft des Pompeius untergehen. Diese vollzog sich entgegen der Erwartung der meisten ohne Besorgnis erregende Umstände von irgendwelcher Bedeutung. Statt auf Rom zu marschieren, entließ der rückkehrende Prokonsul sein Heer und begab sich dann in die Hauptstadt, »unbewaffnet und in Begleitung weniger Freunde wie von irgendeiner Reise«.[29] Wenn Pompeius Schlichtheit zur Schau stellte, war das immer demonstrativ gemeint. Die Menge, die seinen Weg durch die Stadt säumte, schrie sich erwartungsgemäß in ihrem Jubel heiser. Seine Rivalen in Rom waren indes weniger leicht zu beeindrucken. Da sie Pompeius jetzt nicht länger zu fürchten brauchten, konnten sie sich auf die sehr viel vergnüglichere Aktivität konzentrieren, ihn auf Normalmaß zurückzustutzen.

Zur allgemeinen Genugtuung war seine erste öffentliche Rede ein Misserfolg. Die Mischung von pompösem Auftreten und falscher Bescheidenheit, die Pompeius zur Schau trug, bot seinen Feinden eine ideale Angriffsfläche. Als er den Senat selbstgefällig für die Beseitigung Catilinas lobte, sprang Crassus sofort auf und hob Cicero in den Himmel, pries ihn mit lächerlich übertriebenen Worten und behauptete, jedes Mal, wenn er seine Frau und sein Heim ansehe, danke er Cicero dafür, dass es sie überhaupt noch gebe. Cicero, der nicht im Geringsten in der Lage war, die Ironie zu verstehen, war äußerst geschmeichelt. Er hatte Pompeius zutiefst verehrt, und nun in Gegenwart des großen Mannes auf diese Weise gerühmt zu werden, war einfach himmlisch für ihn. Doch selbst er musste zugeben, dass sein Held, während er der Rede des Crassus lauschte, ein wenig »ärgerlich« erschienen war.[30]

Das war kaum überraschend. Pompeius hatte in der letzten Zeit des Öfteren ausführlich von Cicero gehört. Im vorangegangenen Jahr, als er sich noch in Griechenland befunden hatte, war ein seitenlanger Brief auf seinem Schreibtisch gelandet. Es handelte sich um eine fast den Umfang eines Buchs erreichende Empfehlung der eigenen Person durch Cicero, in der der frühere Konsul sich angemaßt hatte, seine Leistungen mit denen des neuen Alexanders zu vergleichen. Pompeius' Reaktion war sehr schwach ausgefallen. Für Cicero, hinter dessen Eitelkeit sich noch immer nagende Unsicherheit verbarg, war die kühle Abfertigung durch seinen Helden äußerst verletzend gewesen. Er tröstete sich mit dem Gedanken, dass Pompeius eifersüchtig sei, aber die Zurückweisung hatte nicht nur seine Eitelkeit verletzt, sondern auch seine ganze Vision der Zukunft Roms beschädigt. Wie so oft bei Cicero gingen die beiden Dinge Hand in Hand. Gewiss, er war es gewesen, der die Republik gerettet hatte, aber, wie er begeistert hinzufügte, er hätte das niemals tun können ohne die Unterstützung seiner Mitbürger. Das Jahr seines Konsulats war ebenso ihre wie seine größte Stunde gewesen. Dieser Sinn für die gemeinsame Sache konnte doch mit Sicherheit bewahrt werden. Was war schließlich eine Republik anderes als eine Partnerschaft, in der man Interessen und Gerechtigkeit miteinander teilte? Natürlich müsste Cicero, »der Retter seines Landes«, weiter am Ruder bleiben, aber er räumte gnädigst ein, dass andere führende Figuren wie besonders Pompeius auch ihre Rolle zu spielen hätten. Alle Bürger – Senatoren, Ritter und auch die Armen – würden in Einigkeit leben. Das Eigeninteresse würde den Interessen Roms untergeordnet werden.

Als Manifest war das natürlich die Beschreibung von Wolkenkuckucksheim. Es war ja kaum so, dass Cicero selbst dem Ehrgeiz und seinen Verlockungen widerstanden hätte. Die Freiheit – und die Möglichkeit für einen Außenseiter, das Konsulat zu gewinnen – würde erstickt werden in einer Gesellschaft, in der jeder seinen genauen Platz kannte. Das war ein Widerspruch, der Cicero sein Leben lang quälen sollte. Sein Entwurf für die Zukunft, so unmöglich er auch war, war das Ergebnis viel marternden Nachdenkens. Cicero war stolz darauf, sich selbst als den Erben der edelsten Traditionen der Republik zu betrachten. Die wichtigste unter ihnen war das uralte Gleichgewicht zwischen Ehrgeiz und Pflicht. Sollte dieses Gleichgewicht gestört werden, dann könnten Frevler sich ihren Weg an die Spitze bahnen, und Tyrannen könnten sich erheben. Catilina war niedergerungen worden, aber er musste notwendigerweise Nachfolger haben. Es war unerlässlich, dass auch sie zerstört wurden. Welche Hoffnung gab es denn für die Republik, wenn die Großen nicht zugleich auch die Guten waren?

Die Leidenschaft, mit der Cicero solche Ansichten verteidigte, machte ihn nicht gerade nachsichtig im Hinblick auf den Streich des Clodius. Hatte nicht nur ein zukünftiger zweiter Catilina ein so empörendes Verbrechen begehen können? Zu Ciceros zunehmender Aufgebrachtheit trug noch bei, dass er den Eindruck hatte, der Senat rücke zur Verteidigung enger zusammen, wie er es schon in den ruhmreichen Tagen seines Konsulats getan hatte. Obwohl es kein

Gesetz gab, das Eindringlinge bestrafte, die die Riten der Göttin störten, begann sich eine gewaltige Woge der erregten öffentlichen Meinung dafür auszusprechen, diesen Tatbestand zum Verbrechen zu erklären. Es wurde darüber abgestimmt. Man beschloss, dass Clodius vor Gericht gebracht werden sollte. Die überwältigende Mehrheit war nicht nur Ausdruck der allgemeinen Empörung, sondern auch, wie immer in Rom, des giftigen persönlichen Hasses. Clodius fehlte es nicht an Feinden. An erster Stelle stand natürlich Lucullus. Nur ganz besondere Anlässe konnten ihn von seinen Fischteichen weglocken. Ein solcher war im Jahr 63 v. Chr. sein Triumph gewesen, dessen Bewilligung Cicero als Konsul endlich hatte durchsetzen können. Lucullus hatte das Ereignis als Gelegenheit genutzt, Punkte für sich zu sammeln. Seine Abrechnungen waren auf großen Tafeln aufgezeichnet und durch die Straßen getragen worden, und sie enthielten eine genaue Aufstellung der Beträge, die er seinen Soldaten gezahlt hatte: Jeder hatte die stattliche Summe von neunhundertfünfzig Drachmen erhalten. Der Dolchstoß der Meuterei schmerzte offensichtlich noch immer. Jetzt, zwei Jahre später, tauchte Lucullus voller Eifer von neuem auf. Er roch das frische Blut des Clodius. Während der Vorbereitung auf den Prozess kam ihm sein ganzer alter Groll wieder in den Sinn: die Meuterei, der Inzest mit seiner Ehefrau. Er überredete deshalb Hortensius dazu, sich einen Ruck zu geben und die Anklage zu übernehmen. Eine stattliche Reihe beeindruckender Zeugen wurde zusammengestellt. Darunter befand sich vor allem Aurelia. Ungeachtet aller Zweifel ihres Sohnes war sie nur allzu bereit zu bestätigen, dass sie Clodius in der verhängnisvollen Nacht in ihrem Haus gesehen hatte.

Aber Clodius hatte selbst einflussreiche Freunde. Seine Verteidigung übernahm mit Gaius Scribonius Curio, einer der angesehensten Persönlichkeiten des Senats, kein Geringerer als ein früherer Konsul. Dieser ging nach altem Brauch daran, ein Alibi für seinen Klienten zu konstruieren. Man fand einen Ritter, der bereit war auszusagen, dass Clodius den Tag der Riten für die Gute Göttin mit ihm an einem Ort verbracht habe, der neunzig Meilen vom Geschehen des angeblichen Verbrechens entfernt lag. Es war nun an Hortensius, diese Aussage zu entkräften. Und er brauchte dafür nicht lange. Ein Zeuge der Anklage wurde gefunden, und noch dazu ein sehr gewichtiger. Es stellte sich heraus, dass Cicero am Tag des Festes der Guten Göttin mit Clodius zusammengetroffen war, und das nicht neunzig Meilen entfernt, sondern mitten in Rom.

Aber würde er in diesem Sinne aussagen wollen? Trotz aller Abscheu Ciceros vor dem angeblichen Verhalten des Clodius war das immer noch eine quälende Entscheidung. In der Vergangenheit hatte es keine Feindschaft zwischen den beiden Männern gegeben. Während Ciceros Konsulat hatte Clodius sogar als einer seiner Leibwächter fungiert. Überdies waren sie Nachbarn. Cicero war seit kurzer Zeit im wahrsten Sinne des Wortes aufgestiegen. Nach Ablauf seines Konsulats hatte er oben auf dem Palatin ein prachtvolles Haus gekauft und sich dafür bis an den Hals verschuldet, aber er hatte den Eindruck, dass dieser Aufwand bei seinem neuen Status mehr als gerechtfertigt war. Er war schließlich der Retter der Republik. Von der Säulenhalle seiner im Schatten von Pappeln stehenden Residenz konnte er jetzt auf das Forum hinabblicken, und das war die exklusivste Aussicht der Welt. Unter seinen Nachbarn befand sich nicht nur Clodius, sondern auch dessen berühmte Schwester. Cicero war stolz auf seine Vertrautheit mit der blasiertesten Familie in Rom, die so weit ging, dass Ciceros Frau Clodia des Versuchs beschuldigte, ihn zu verführen.

Der Klatsch wollte es, dass Cicero diesen Vorwurf so quälend oft zu hören bekam, dass er nur deshalb beschloss, gegen Clodius auszusagen, um seine Ruhe zu haben. Seine Frau hätte sich die Mühe sparen können. Am Ende war eine Gelegenheit, mit der Spitzengruppe der Senatselite in einer Reihe zu stehen, ohnehin zu verlockend für Cicero, als dass er widerstehen konnte. Sein Auftreten verursachte das erwartete Aufsehen. Als er vortrat, um auszusagen, wurde das Geschrei der Anhänger des Clodius immer lauter. Aus den Elendsquartieren herbeigerufene Banden hatten sich seit Wochen in der Umgebung des Forums herumgetrieben und die Feinde des Clodius eingeschüchtert. Ihre Koordination hatte der Sohn von Clodius' Anwalt übernommen: ein junger Mann, den Cicero zwar verächtlich als »Curios Töchterchen«[31] bezeichnet hatte, der aber dennoch ein skrupelloser und gefährlicher Gegner war. Bei dieser Gelegenheit allerdings versagte seine Taktik und der Schuss ging nach hinten los. Nichts konnte mehr dazu beitragen, Ciceros Mut zu stärken, als das Gefühl, dass er im Mittelpunkt des Geschehens stand. Als die Geschworenen sich zusammenrotteten, um ein Schild von Menschen um ihn zu bilden, machte er mit klarer und fester Stimme seine Aussage. Am nächsten Tag versammelte sich eine Menge vor seinem Haus, um ihrer Zustimmung lauthals Ausdruck zu geben. Die Verurteilung des Clodius schien besiegelt. Die Geschworenen forderten ihrerseits Leibwachen für sich.

Aber so standfest diese auch Cicero geschützt hatten, sie zeigten doch ein weniger beeindruckendes Verhalten, als in den folgenden Tagen geheimnisvolle Sklaven an ihre Tür zu klopfen begannen. Bestechungsgelder wurden ihnen angeboten, oder die Gunstbezeigungen von Frauen oder jungen Männern aus der Oberschicht, je nach ihren Präferenzen. Diese schamlosen Versuche führten zu einem entscheidenden Erfolg. Clodius wurde mit einunddreißig gegen fünfundzwanzig Stimmen freigesprochen. Seine Feinde platzten vor Wut. Catulus, der einen der Geschworenen traf, fragte ihn giftig: »Wozu habt ihr eigentlich bei uns Schutz gesucht? Ihr hattet wohl Angst, man könnte euch euer Geld wegnehmen?«[32]

Für alle hoch stehenden Persönlichkeiten – und vor allem für Lucullus – war der Freispruch des Clodius ein harter Schlag. Für Cicero aber war er eine Katastrophe. Ohne die Machtmittel eines Catulus oder Hortensius im Rücken sah er sich nun einem Feind gegenüber, den zu provozieren sogar Caesar gezögert hatte. In den Wochen nach dem Prozess trug er zudem nicht gerade zur Verbesserung seiner Lage bei, als er Clodius mit einer Reihe von impulsiven Ausfällen reizte. Was ursprünglich eine Abneigung gewesen war, wie sie für viele Beziehungen in Rom typisch war, begann sich nun zu einer regelrechten Blutfehde auszuwachsen. Clodius konnte es vielleicht an Verstand nicht mit Cicero aufnehmen, aber in der Verfolgung von Rachegelüsten sollte er sich bald als unvergleichlich erweisen.

Für Cicero war eine persönliche Katastrophe immer gleich bedeutend mit einer Krise für ganz Rom. Bei anderen Gelegenheiten hätte er indes wohl eingeräumt, dass die Brutalität des politischen Lebens ein Maßstab für dessen Freiheitlichkeit sei. Das Glück kam und ging; Allianzen wurden geschmiedet und zerfielen wieder. Das war der Rhythmus einer freien Republik. Der Umstand, dass der Glanz seines Konsulats schnell verfiel, mochte Cicero Anlass zu aufgeregter Besorgnis geben, aber für die meisten seiner Kollegen war es eine Quelle ruhiger Genugtuung. Leistung wurde in Rom anerkannt, aber vor übertriebener Größe fürchtete man sich. Viele konnten an der Macht teilhaben, aber kein Einzelner konnte an oberster Stelle herrschen. Nur Sulla hatte das getan – und er hatte sich bald zurückgezogen.

Welchen Grund gab es zu meinen, dass sich das je ändern sollte?

8 DAS TRIUMVIRAT

Catos gewagtes Spiel

Am 28. September 61 v. Chr. ritt Pompeius der Große zum dritten Mal als Triumphator durch Rom. Selbst nach seinen eigenen Maßstäben war dieser Triumphzug ein Schauspiel von unvergleichlicher Pracht. Im Zentrum stand natürlich der Held und Eroberer selbst. Für die Zuschauer, die keine gute Aussicht von einem bevorzugten Platz aus hatten, wurde im Festzug eine riesige Porträtbüste mitgeführt, die ganz aus Perlen zusammengesetzt war. Ihr hervorstechendes Merkmal war eine sorgfältig zurechtgelegte Lockenmähne. Das war dieselbe Art von Frisur, die Pompeius bei seinem ersten Triumphzug vor achtzehn Jahren getragen hatte. Die Rolle des Wunderknaben aufzugeben fiel offenbar sehr schwer. Pompeius war so empfindlich im Hinblick auf sein Alter, dass er sogar darauf gedrängt hatte, seinen Triumph einen Tag vor seinem fünfundvierzigsten Geburtstag beginnen zu lassen. Das Zusammentreffen war ein Umstand, auf dessen Bekanntwerden er keinen großen Wert legte. Er trug den Mantel und die Frisur Alexanders und hatte keine besondere Lust, als jemand zu erscheinen, der sich jünger machte, als er war. Alexander war bekanntlich mit zweiunddreißig Jahren jung gestorben. Pompeius hatte bereits zehn Jahre lang so getan, als ob er vierunddreißig Jahre alt sei.

Nur mit einer Blitzkarriere im Rücken konnte ein Römer eine derartige *Midlifecrisis* erleiden. Die meisten Landsleute des Pompeius sehnten sich danach, in die Vierziger zu kommen. Dieses mittlere Lebensalter war der Höhepunkt im Leben eines Bürgers und für die Angehörigen der Oberschicht der Moment, an dem sie sich endlich um das Konsulat bewerben konnten. Den Römern erschien der Jugendlichkeitskult beunruhigend und fremd und als eine Selbsttäuschung, der sich besonders Könige gern hingaben. Griechische Herrscher hatten immer wieder versucht, die Zeit aufzuhalten, indem sie ihre Jugend in marmornen Bildern verewigten oder pompöse Denkmäler zu ihren eigenen Ehren errichteten. Von einem Römer erwartete man, dass er klüger war. War schließlich nicht das Fortschreiten der Zeit das Lebenselixier der Republik? Jahr um Jahr folgte Magistrat auf Magistrat, und wenn jemand seine Amtszeit zu lange wiederaufleben ließ wie Cicero, wurde er zur lächerlichen Figur. So wie man Wein mit Wasser verdünnte, verließ man sich darauf, dass die Zeit den Rausch des Ruhmes allmählich schwächte. Gerade weil die Römer größeren Durst nach Ehre verspürten als jedes andere Volk auf der Welt, waren sie ihren Gefahren gegenüber stärker auf der Hut. Je süßer der Ruhm, desto größer die Gefahr der Vergiftung. Eine Magistratur war auf ein Jahr begrenzt, ein Triumph auf ein bis zwei Tage. Waren der Triumphzug einmal vorbei, das Fest gefeiert und die Trophäen in den Tempeln der Götter aufgehängt, war der Müll in den Straßen alles, was blieb. Für die Römer bestanden die wahren Monumente des Ruhmes nicht aus Marmor, sondern aus der Erinnerung. Jede Zurschaustellung des Ruhmes musste, sofern sie nicht zur unerträglichen Missachtung der bürgerlichen Werte werden sollte, fließend und kurzfristig sein – wie die Autorität der Beamten, die sie zuließen. Nachdem repräsentative Architektur nicht erlaubt war, machten die Römer stattdessen aus dem Fest eine Kunstform.

Niemals erschien Rom mehr wie die Hauptstadt eines Reiches als dann, wenn sein schäbiges Erscheinungsbild in ein Gebilde der Fantasie verwandelt wurde. Man errichtete ganze Theater, die mit Marmorsäulen geschmückt waren und deren Boden aus Glas oder vergoldeten Bodenbrettern bestand, überall standen bronzene Standbilder und man war geblendet von Dekorationen in *trompe l'oeil* – und doch waren diese Theater selbst nur eine Kulisse. Schnell aufgebaut, um als Schauplatz für eine Festlichkeit zu dienen, sollten sie gleich nach deren Ende gnadenlos abgerissen werden. Nur einmal, im Jahr 154 v. Chr., hatten die Zensoren die Errichtung eines festen und ständigen Theaters erlaubt, aber selbst in diesem Fall hatte sich die Meinung im Senat gewendet, und das an bevorzugter Stelle am Fuß des Palatin stehende Gebäude war Stein für Stein wieder abgetragen worden. Noch ein Jahrhundert später war das augenfällige Ergebnis der völlig widersinnige Umstand, dass Rom, die Herrin der Welt, nicht über das verfügte, was die meisten Städte in Italien besaßen: ein aus Stein errichtetes Theater.

Für viele Bürger war das noch immer eine Quelle des Stolzes, ein ausdrückliches Zeichen republikanischer Tugend und eine Garantie jener »Männlichkeit, die dem römischen Volk zueigen war«.[1] Für andere war es schlicht beschämend. Pompeius zum Beispiel hatte es bei seinen prahlerischen Zügen durch den Osten übel genommen, dass sein Auftreten durch die Pracht der griechischen Architektur in den Schatten gestellt wurde, und betrachtete das als eine Beleidigung seines eigenen und des römischen Ansehens. Nachdem er bei seinen Plünderungen alles und jedes für seinen Triumphzug erbeutet hatte, von silbernen Weinkühlern bis zu Balsamtannen, hatte er seinen Raubzug mit der Anfertigung von Zeichnungen ergänzt, die das große Theater von Mytilene zeigten, und den Plan gefasst, es nachzubauen, »aber größer und prunkvoller«.[2]

Während der Müll von seinem Triumphzug noch zusammengekehrt wurde, waren seine Arbeiter schon dabei, das Marsfeld zu besetzen. Es war flach, leer und in der Nähe des Forums gelegen, sodass man sich als Bauherr keine größere Versuchung vorstellen konnte – und Pompeius war nie sehr begabt gewesen, einer Versuchung zu widerstehen. Der monumentale Charakter seiner Pläne war von Anfang an deutlich. Er behauptete hinterlistig, dass er einen Tempel der Venus errichten wolle und dass die Sitzreihen in Wahrheit Stufen seien, die zum Schrein hinaufführen sollten, aber niemand ließ sich in die Irre führen. Ein weiteres Mal, wie schon so oft im Verlauf der ganzen Karriere des Pompeius, wurde die Tradition in sorgloser Missachtung mit Füßen getreten. Pompeius war weit davon entfernt, sich die geringsten Gedanken darüber zu machen. Das ausgegebene Geld war schließlich seines. Wofür sonst sollte er sein Vermögen verwenden, wenn nicht für ein Geschenk an das römische Volk?

Wie zu erwarten, waren die meisten Angehörigen des römischen Volkes seiner Meinung. Aber während seine Bewunderer von diesem Überschwang der Großzügigkeit restlos begeistert waren, billigten seine Kollegen im Senat sie nicht. Besonders in den vorderen Rängen verstärkte sich das Misstrauen geradezu wahnhaft. Man bemerkte sehr wohl, dass die Fundamente des neuen Theaters fast bis zum Ovile reichten. Das fertig gestellte Gebäude würde hoch über die für die Wahl errichteten Abgrenzungen aufragen. Die Wahlen würden also fortan im Schatten des Pompeius abgehalten werden.

Die ganze Republik schien damit in Gefahr. Das war der Aufschrei, der die Aristokratie stets gegen die Übergriffe starker Männer geeint hatte, und so geschah es auch jetzt. Catulus, der lange Zeit der führende Kritiker der staatsrechtlich nicht einwandfreien Laufbahn des Pompeius gewesen war, war bald nach dem Clodius-Prozess gestorben; vielleicht hatte ihn sogar der Prozessausgang ins Grab gebracht. Aber Cato blieb weiter unbeugsam an seinem Platz als Verfechter der Tradition, und er war mehr als bereit, gegen Pompeius aufzutreten. Gemeinsam mit dem unverbesserlich neidischen Crassus bildete er einen unverrückbaren Widerstandsblock gegen die Interessen des Pompeius, und sie verdammten den großen Feldherrn trotz all seines Ruhmes zu einer plötzlichen und verblüffenden Machtlosigkeit. Der Senat lehnte es ab, seine Neuordnung des Ostens zu ratifizieren. Seinen Veteranen blieben die Landzuweisungen versagt, die ihnen versprochen worden waren. Selbst Pompeius' Sieg über Mihtridates wurde von Cato verächtlich als »Krieg gegen Frauen« bezeichnet.[3]

Pompeius reagierte verletzt und überrascht. Hatte er nicht 324 verschiedene Völker bezwungen? Hatte er nicht die Ausdehnung des Römischen Reiches verdoppelt? Warum lehnte der Senat es ab, ihm zu geben, was man ihm schuldig war? Er mochte in seinen Methoden außerhalb des Gesetzes gestanden haben, aber in seinen Zielen war er der reine Ausbund an Tradition. Anders, als seine Feinde es dunkel andeuteten, war Pompeius weit davon entfernt, nach der Monarchie greifen zu wollen, sondern er begehrte nichts so sehr, wie in den Schoß der etablierten Nobilität aufgenommen zu werden. Pompeius war in verschiedener Hinsicht unsicher. Seine Familie war nicht alt. Das Ansehen eines Mannes wie Cato, dessen Leistungen nicht einen Bruchteil der seinen betrugen, nagte an ihm und flößte ihm neidvollen Respekt ein. Selbst als sein eigener Ruhm bei seiner Rückkehr aus dem Osten im Jahr 62 v. Chr. den Höhepunkt erreicht hatte, hatte Pompeius ein fast kindliches Verlangen nach der Zusicherung gezeigt, dass auch Cato ihn respektiere. Er war so weit gegangen, sich von seiner Frau zu trennen, obwohl sie doch die Schwester seines engen Verbündeten Metellus Celer war, um anzukündigen, dass er und sein Sohn die beiden Nichten des Cato heiraten würden. Da er inzwischen der begehrteste Junggeselle Roms geworden war, hatte Pompeius natürlich angenommen, dass Cato ohne weiteres seine

Zustimmung geben würde. Davon waren auch die beiden zukünftigen Bräute ausgegangen, aber kaum hatten die Mädchen aufgeregt begonnen, Pläne für ihre Hochzeit zu machen, hatte ihr Onkel ihnen mitgeteilt, sie könnten sich das alles sparen. Die Freudensschreie waren in Tränen umgeschlagen. Jede einzelne Frau im Hause hatte sich auf ihre Seite gestellt. Cato aber war kaum der Mann, der sich durch weibliche Launen beeindrucken ließ. »Geh und lass Pompeius wissen«, sagte er verächtlich zu dessen Mittelsmann, »dass sich Cato durch das Frauengemach nicht fangen lässt.«[4] Der abgewiesene Bewerber machte einen schäbigen und unaufrichtigen Eindruck in dieser Affäre und gewann dabei nichts als die Feindschaft des beleidigten Metellus. Einmal mehr hatte Catos unfehlbarer Blick für hohe Moral ihn in die Lage versetzt, auch die taktische Überlegenheit zu gewinnen. Pompeius geriet auf einem ihm unbekannten Terrain immer mehr ins Straucheln und begann unter dem ständigen Beschuss seines Gegners mürbe zu werden. Im Frühjahr des Jahres 60 v. Chr. schien er den Kampf fast völlig aufgegeben zu haben. Der große Mann tat den ganzen Tag lang nichts anderes, vertraute Cicero Atticus an, als in nachdenklichem Schweigen dazusitzen, »um sich sein Prunkgewand nicht zu bekleckern«.[5]

Wie groß die Genugtuung auch war, die Cato bei solchen Berichten empfand, er blieb doch wachsam. Selbst inmitten der Trümmer seines politischen Erfolgs war Pompeius ein Furcht erregender Gegner. Und es war für jedermann deutlich, dass Pompeius, sofern er die von Cato und Crassus so geschickt aufgebaute Blockade durchbrechen wollte, einen Verbündeten im Konsulat brauchte, und zwar nicht irgendeinen Verbündeten, sondern jemanden, der in der Lage war, Cato die Stirn zu bieten. Es gab einen offensichtlich geeigneten Kandidaten für diese Rolle, aber der befand sich im Frühjahr 60 v. Chr. weit entfernt in Spanien.

Caesar hatte aus seiner Amtszeit als Statthalter zur Überraschung der meisten Leute einen großen Erfolg gemacht und er hatte sich als militärisches Naturtalent erwiesen. Ein verwegener kurzer Krieg in der Gegend des heutigen Nordens von Portugal hatte ihn nicht nur in die Lage versetzt, das Geld für die meisten seiner Schulden wieder einzubringen, sondern hatte den Senat auch bereit gemacht, ihm einen Triumph zuzusprechen. Doch selbst diese Erfolge traten angesichts der Nachrichten über die missliche Lage des Pompeius in den

Hintergrund. Caesar erkannte jetzt die Chance seines Lebens. Um sie zu ergreifen, war indes Eile geboten. Kandidaten für das Konsulat mussten ihre Bewerbung zu Beginn des Monats Juli in Rom erklären. Er verließ seine Provinz, noch bevor sein Nachfolger eingetroffen war, brachte seine Reise mit der bei ihm üblichen atemberaubenden Geschwindigkeit hinter sich und kam gerade noch zur rechten Zeit auf dem Marsfeld an. Dort aber, mitten im Lärm und Staub der von Pompeius veranlassten Bauarbeiten, musste er einhalten. Bevor er seinen Triumph nicht gefeiert hatte, blieb er unter Waffen, und es war ihm daher verboten, Rom zu betreten. Caesar richtete sich in der Villa Publica ein und stellte dann in aller Eile den Antrag, sich mithilfe eines bevollmächtigten Vertreters um das Konsulat zu bewerben – ein Antrag, dem stattzugeben der Senat einen Tag vor Fristablauf durchaus bereit schien.

Aber Cato war nicht einverstanden. Da er wusste, dass der Beschluss vor Sonnenuntergang gefasst werden musste, erhob er sich und sprach bis tief in den Abend hinein. Ein vor Wut rasender Caesar sah sich vor die Notwendigkeit gestellt, sich zwischen seinem Triumph und dem Konsulat zu entscheiden. Er dürfte kaum gezögert haben. Anders als Pompeius hatte er nie Schwierigkeiten gehabt, zwischen der Substanz und dem Schatten der Macht zu unterscheiden. Er betrat Rom und begab sich in ein Rennen, von dem er wusste, dass er es gewinnen würde.

Cato und seine Verbündeten wussten das auch. In ihrem Kampf gegen Pompeius bedeutete das eine plötzliche und beunruhigende Wendung. Der Umstand, dass Caesar sich nicht nur auf die Unterstützung von Pompeius verlassen konnte, sondern auch auf seine eigene, ungeheuer große Popularität, ließ ihn zu einer doppelten Gefahr werden. Nachdem es ihm nicht gelungen war, den Einzug seines alten Feindes in die Arena zu verhindern, traf Cato nun in aller Eile Vorkehrungen, um die Auswirkungen des vorauszusehenden Sieges zu mildern. Das dringendste Erfordernis war sicherzustellen, dass ein zweiter Konsul gewählt wurde, der die von Caesar getroffenen Maßnahmen zuverlässig vereitelte. Gelder aus dem unerschöpflichen Vermögen des Pompeius flossen bereits in breitem Strom an die Wählerschaft: Es war offensichtlich, dass er alle notwendigen Mittel aufbringen würde, um beide Konsulate zu erkaufen. Der von Cato ausersehene Kandidat war sein Schwiegersohn, der ernste und etwas schwerfällige Senator Marcus Bibulus, der sich plötzlich zu seiner eigenen Genugtuung in der Rolle des Retters der Republik fand. Er hatte das ganze Gewicht der Feinde des Pompeius in seinem Rücken. Cato erschien die Lage so ernst, dass er sogar bereit war, ein Auge zuzudrücken, als Bibulus sich mit Pompeius' Mittelsmännern auf eine Ebene stellte und begann, selbst Bestechungsgelder zu verteilen.

Das Geld erwies sich als nützliche Ausgabe. Aus den Wahlen ging Caesar in einem überwältigenden Sieg als Erster hervor, aber Bibulus erreichte einen knappen zweiten Platz. Bis dahin war es gut gelaufen für Cato, aber jetzt, nachdem er den Umtrieben des Pompeius entgegengewirkt hatte, musste er noch Caesars eigenen Ambitionen Einhalt gebieten. Die militärische Begabung des neu gewählten Konsuls hatte allgemeine Beachtung gefunden. Für Cato war die Aussicht, einen so ruhmessüchtigen Mann auch nur in die Nähe einer anderen Provinz zu lassen, schier unerträglich. Aber wie sollte er das verhindern? Jeder Konsul, der seine Amtszeit abgeschlossen hatte, wurde automatisch zum Statthalter ernannt. Aber warum, begann Cato zu erklären, sollten die Konsuln des Jahres 59 v. Chr. an die äußersten Grenzen des Reiches entsandt werden, wenn es so viel Unruhe in der Nähe der Heimat gab? Mehr als ein Jahrzehnt nach dem Sieg über Spartakus wurde Italien weiterhin von Banditen und entlaufenen Sklaven heimgesucht. Warum sollte man nur für das eine Jahr den Konsuln die Verantwortung für die Auslöschung dieser Gefahr übertragen? Der Senat ließ sich überreden. Der Vorschlag wurde Gesetz. Statt der Aussicht auf eine Provinz konnte Caesar sich jetzt darauf vorbereiten, die Ordnung auf den Schafweiden Italiens wiederherzustellen.

So ernst und streng Cato auch war, es fehlte ihm doch offensichtlich nicht an einem gewissen Sinn für Humor. Natürlich war es ein gefährliches Unterfangen, aus einem Mann wie Caesar die Pointe eines guten Witzes zu machen, aber Cato hatte ihm damit eine Falle gestellt. Wenn Caesar sich weigerte, die Senatsentscheidung anzuerkennen, müsste er Gewalt anwenden, um sie umzustoßen; er würde als Verbrecher, als zweiter Catilina gebrandmarkt werden; auch der Name des Pompeius würde als der eines Komplizen beschmutzt und seine Vorhaben auf Dauer lahmgelegt werden. Es war immer Catos Strategie gewesen, seine eigene Position mit der der Verfassung gleichzusetzen und seine Gegner dazu zu treiben, als die Zerstörer aufzutreten.

Wie weit würde Caesar in seiner Rücksichtslosigkeit und Kühnheit zu gehen wagen? Alle gewaltsamen Überschreitungen würden auf eine mächtige Koalition von Gegnern stoßen. Sein Kollege im Konsulat versprach unnachgiebigen Widerstand: Bibulus hatte sein ganzes Leben lang im Schatten des verführerischen Rivalen gestanden und hasste ihn dementsprechend. Im Senat bildeten die Verbündeten Catos eine starke und geschlossene Mehrheit. Auf Crassus mit seinem mächtigen Block von Anhängern konnte ebenfalls Verlass sein: Wenn es einen konstanten Faktor in der Welt der römischen Politik gab, so war es der Umstand, dass Crassus sich in jeder Angelegenheit auf der entgegengesetzten Seite des Pompeius befand. So gefährlich die Auseinandersetzung auch war, Cato konnte doch fest auf seinen Sieg vertrauen. Es musste so sein, denn er hatte ja die Republik und ihren Bestand zu seinem Einsatz erklärt.

Das schicksalsschwere Jahr des Konsulats Caesars war also von Beginn an von der Krise bedroht. Als der Senat sich das erste Mal versammelte, um dem neuen Konsul zuzuhören, war die Stimmung aufgeregt und misstrauisch. Caesar war übermäßig freundlich und suchte die Zuhörerschaft für sich einzunehmen, aber Cato verweigerte hartnäckig, sich verführen zu lassen. Als Caesar ein gemäßigtes und sorgfältig begründetes Gesetz zur Ansiedlung der Veteranen des Pompeius einbrachte, erhob sich Cato zum zwangsläufigen Widerstand. Er nahm seine liebste Taktik auf und sprach endlos weiter, bis Caesar einschritt und seinen Liktoren durch Kopfnicken ein Zeichen gab. Als Cato herausgeführt wurde, begannen sich die Sitzreihen des Senats zu leeren. Caesar fragte, warum die Senatoren den Saal verließen. »Lieber will ich mit Cato im Gefängnis als mit dir hier zusammen sein«, antwortete ihm darauf einer von ihnen giftig.[6] Caesar mäßigte seine Wut und war gezwungen, den Rückzug anzutreten. Cato wurde freigelassen. Die beiden Männer waren sich von Angesicht zu Angesicht gegenübergestanden und hatten sich fixiert – und Caesar hatte geblinzelt und war ausgewichen.

So schien es jedenfalls. In Wahrheit wurde bald deutlich, dass Caesars Rückzug lediglich taktischer Natur gewesen war. Er überließ das Senatshaus ganz sich selbst und trug die Kampagne für sein Agrargesetz direkt auf das Forum. Während er sich dazu anschickte, begann sich Rom mit den Veteranen des Pompeius zu füllen. Caesars Gegner fühlten sich vor diesem bedrohlichen Hintergrund zunehmend verunsichert. Bibulus war am Ende so aufgeregt, dass er den kapitalen Fehler beging, den Wählern zu sagen, dass ihn ihre Meinung in keiner Weise interessiere. Cato, der daneben stand, muss die Hände vors Gesicht geschlagen haben. Trotz allem glaubte er noch, dass Caesar es nicht ernst meine. Zwar würde ein vom Volk bestätigter Vorschlag volle Gesetzeskraft erlangen, aber trotzdem blieb es das Vorgehen eines Gangsters, dem erklärten Willen des Senats zuwiderzuhandeln. Wenn Caesar darauf beharrte, dann würde sein Ansehen unter seinen Kollegen zerstört sein und seine Karriere wäre zu Ende. Mit Sicherheit konnte niemand so verbrecherisch sein, ein solches Schicksal herauszufordern.

Caesars Strategie wurde indes sehr bald überdeutlich. Bei der Vorbereitung auf die Abstimmung ließ Caesar alle bekannten Persönlichkeiten auftreten, die ihn unterstützten. Kaum jemand dürfte überrascht gewesen sein, als Pompeius vortrat, um zugunsten der Ansiedlung seiner Veteranen zu sprechen, doch die Identität des zweiten Redners schlug wie ein Blitz ein. Während seiner ganzen von Unzuverlässigkeit und Opportunismus gekennzeichneten Karriere war Crassus einem einzigen Prinzip immer treu geblieben: Widerstand gegen alle Vorhaben des Pompeius. Selbst das war, wie es jetzt schien, zu lange ein Prinzip gewesen. Crassus rechtfertigte seine Kehrtwendung als staatsmännisches Verhalten, das er im Interesse der Republik zeige, aber jedermann wusste, dass er nie in seinem Leben einen selbstlosen Schritt unternommen hätte. In seinem kalten und berechnenden Herzen konnte, wie es schien, noch nicht einmal die Freude am Hass mit der Leidenschaft für die Macht Schritt halten. Die Vorherrschaft, die zu erlangen er niemals ganz in der Lage gewesen war, lag nun greifbar nahe. Cato war damit ausmanövriert und sah all seine Verteidigungslinien zusammenbrechen. Es begann ihm schnell zu dämmern, dass man zwar Pompeius und Caesar allein hätte widerstehen können, dass aber das Hinzutreten des Crassus zu ihrem Bündnis seine Feinde zu den tatsächlichen Herren von Rom machte. Die drei Männer würden in der Lage sein, die Republik nach ihrem Gutdünken unter sich aufzuteilen, indem sie als Troika, als *Triumvirat* herrschten. Kein Wunder, dass Caesar so gelassen und selbstsicher erschienen war.

Cato und Bibulus ergaben sich einem verzweifelten Rückzugsgefecht, um die Verabschiedung des Agrargesetzes zu verhindern. Am Tag der Volksabstimmung erschien Bibulus auf dem Forum, um zu verkünden, er habe ungünstige Vorzeichen am Himmel beobachtet, und die Abstimmung müsse daher verschoben werden. Die Antwort des *pontifex maximus* darauf war die Leerung eines Eimers voller Dung über dem Haupt des Bibulus. Kaum hatte der unglückliche Konsul begonnen, sich den Kot aus den Augen zu wischen, sah er, wie eine von den Veteranen des Pompeius gebildete Leibgarde seine Liktoren verprügelte und seine *fasces* zertrümmerte. Unter vielstimmigem Hohngeschrei wurden Bibulus und Cato dann vom Forum fortgeschleppt, und danach stimmte man ab und verabschiedete das Agrargesetz ordnungsgemäß. Um die einträgliche Aufgabe seiner Durchführung zu erledigen, bestimmte man eine Kommission, die natürlich von niemand anderem als Pompeius und Crassus geführt wurde. Schließlich, um seinen Sieg gänzlich zu besiegeln, verlangte Caesar, dass der Senat schwor, dem neuen Gesetz Folge zu leisten. Eingeschüchtert und völlig verwirrt entsprachen seine Gegner dieser Forderung kleinlaut. Nur zwei Männer leisteten Widerstand. Einer von ihnen war Metellus Celer, der inzwischen todkrank war, aber noch über ausreichende Kraft verfügte, um den Mann herauszufordern, der seine Schwester beleidigt hatte. Der andere war unausweichlich Cato. Beide wurden am Ende von Cicero dazu überredet nachzugeben, und zwar unter dem Hinweis, dass ihr Exil ihrer Sache kaum dienlich sein würde, »denn Cato brauche zwar Rom nicht, aber Rom brauche Cato«.[7]

Doch selbst während Cato sich aufraffte, den Kampf fortzusetzen, konnte er nicht umhin, mit Bitterkeit über seine Rolle in der Krise nachzudenken. Indem er Caesar und Pompeius zum Äußersten getrieben hatte und das volle Ausmaß des Zynismus vonseiten des Crassus nicht vorausgeahnt hatte, hatte er wesentlich dazu beigetragen, den Handstreich herbeizuführen. »Das dreiköpfige Ungeheuer«[8] war ausgeräuchert und ins Freie getrieben worden, und nun, da es sich nicht länger im Schatten verbergen musste, konnte es unbehelligt sein Unwesen treiben. Pompeius ließ seine Neuordnung des Ostens ratifizieren und Crassus trieb zu seinem eigenen Vorteil sein Spiel mit den Steuergesetzen, während Caesar nach einem prokonsularischen Kommando Ausschau hielt. Er entschied sich für den

Posten als Statthalter in zwei Provinzen: Illyricum auf dem Balkan und Gallia Togata, das »Toga tragende Gallien«, direkt an der Nordgrenze Italiens. Senatoren, die sich bei dem Gedanken Sorgen machten, dass man Caesar praktisch an der Schwelle Italiens drei Legionen anvertraute, konnten sich allein damit trösten, dass keine dieser beiden Provinzen viele Möglichkeiten für glänzende Eroberungen bot. Dann erlag Metellus Celer im Frühjahr plötzlich seiner Krankheit, und Caesar bekam dadurch die Möglichkeit, sich einer dritten Provinz zu bemächtigen, denn der Tod des Metellus hatte nicht nur einen Stachel aus der Flanke des Pompeius entfernt, sondern auch das Transalpine Gallien an der weiter entfernten Seite der Alpen ohne Statthalter gelassen. Das war eine attraktive Provinz, weil sie durch barbarische Stämme bedroht wurde, und Caesar griff gierig zu. Die Dauer seines Kommandos wurde für alle drei Provinzen auf den verblüffend langen Zeitraum von fünf Jahren festgesetzt. Dem neuen Prokonsul wurde in der Tat eine viel versprechende Gelegenheit für ein hohes Maß an zukünftigem Ruhm gewährt.

Für Cato bedeutete dies eine besonders bittere Niederlage. Die Überreste seiner zerstörten Koalition hatten nicht mehr die Macht, sich dem entgegenzustellen. Als der Hass auf Pompeius ein letztes Mal Lucullus aus der Zurückgezogenheit seines Alterssitzes hervorlockte, wurde er von Caesar mit so verächtlicher Feindseligkeit behandelt, dass er einen Zusammenbruch erlitt und auf Knien um Gnade bat. Dass ein so bedeutender und stolzer Mann sich derart erniedrigt haben sollte, war für jedermann erschütternd: Vielleicht waren die vor Caesar vergossenen Tränen ein erstes Anzeichen für den Altersschwachsinn, der ihm bis zu seinem Tod zwei Jahre später zunehmend zusetzen sollte. Wenn dem so war, dann mochte der geistige Verfall des Lucullus Cato als eine düstere Vorahnung der Schwächung der Republik erscheinen. Das war eine Krankheit, der er selbst in aller Entschiedenheit nicht zum Opfer fallen wollte.

Kein echter Bürger konnte es ertragen, zum Sklaven zu werden – eine ewige Wahrheit, die mit dem Blut der Geschichte Roms geschrieben war. Nachdem der Eimer voller Exkremente über dem Kopf des Bibulus ausgeleert worden war, hatte er sich seinem Kollegen im Konsulat zugewendet, die Falten seiner kotbefleckten Toga gelöst und ihm seine Kehle dargeboten. Caesar hatte die Aufforderung, sie zu durchschneiden, belustigt abgelehnt, aber die Geste des Bibulus hatte trotz aller Melodramatik dazu gedient, seine Ehre wiederherzustellen. Cato und seine Verbündeten hatten keine Schwierigkeiten damit, sich als Märtyrer zu verkaufen. Der Konsul mauerte sich in seinem Haus ein und spielte für den Rest des Jahres mit großer Wirkung den entsagungsvollen Verweigerer, während Cato die Herausforderung mitten auf das Forum trug und seine Feinde zu verleiten suchte, das Schlimmste zu begehen. Beide Männer forderten Einschüchterung und Gewalt heraus. Es gelang ihnen nicht allein, einen Schatten der Illegalität auf die Gesetzgebung Caesars zu werfen, sondern sie zerstörten auch das Ansehen des dahinter stehenden Triumvirats. Man konnte kaum einen wirkungsvolleren Schlag in diesem Propagandakrieg führen.

Caesar war im Interesse seiner Karriere bereit gewesen, ohne viel Federlesens und großzügig mit der Verfassung umzugehen, aber weder Pompeius noch Crassus wollten als die Schänder der Republik erscheinen. Nach ihrer eigenen Darstellung hielten sie sich an die Regeln, das heißt jenes komplizierte und ungeschriebene Gewirr früherer Beispiele, an die jeder Teilnehmer am politischen Spiel gebunden war. Die Mächtigen hatten seit der frühesten Zeit der Republik koaliert. Das war zum Beispiel der Fall, als Caesar sein Bündnis mit Pompeius stärken wollte und das in der nach der Tradition üblichsten Weise tat: Er gab ihm seine Tochter zur Frau. Cato indes, der über die moralische Autorität eines Mannes verfügte, der einen ähnlichen Schritt verweigert hatte, bezeichnete ihn sogleich anklagend als Zuhälter. Beleidigungen wie diese trafen. Während Crassus sich in seiner üblichen ausweichenden Art den meisten Beschimpfungen entzog, fielen Caesar und Pompeius beide ständig wachsenden Schmähungen zum Opfer. Sie hielten die Zügel der Macht fest in Händen, aber das war für einen römischen Aristokraten nie ausreichend. Er wollte auch respektiert, geehrt und geliebt werden.

Für Pompeius war es besonders schwer erträglich, unpopulär zu sein. Der Mann, der sich ein Leben lang in der Verehrung seiner Bewunderer gesonnt hatte, sah sich nun durch den Verlust seines Ansehens »bedrängt und bedrückt« und sei »völlig entschlusslos«. Es war ..., dass es »einzig für Crassus erfreulich« sei.[9] Natürlich trug das Gegrinse seines ehemaligen Feindes nicht gerade dazu bei, die Laune des Pompeius aufzubessern. Das Bündnis zwischen den beiden Männern wurde zunehmend schwierig. Weder Crassus auf seiner Suche nach neuen Möglichkeiten zur Leichenfledderei noch der von Groll und Selbstmitleid zerfressene Pompeius verspürten irgendeine Loyalität dem anderen gegenüber. Nur wenige Monate nach dem Auftauchen des dreiköpfigen Monsters schnappten zwei seiner drei Köpfe bösartig nacheinander. Cato, der das Schauspiel mit unverminderter Genugtuung beobachtete, konnte Hoffnung schöpfen, dass die Republik am Ende doch gerettet werden könne.

Allerdings gab es da noch die Bedrohung durch den dritten Kopf des Ungeheuers. Auf Caesar wartete Gallien. Ein Krieg, den er dort fast notwendigerweise beginnen würde, würde ihm eine einzigartige Gelegenheit geben, seinen Ruf wieder aufzubauen. Aber auch Caesar hatte die Taktik des Cato dauerhaften Schaden zugefügt. Er sollte eine Spur von Hass und Furcht in Rom zurücklassen. Wie viel Ruhm und wie viel Gold er auch immer in Gallien gewinnen würde, ein harter Kern von Gegnern würde ihn weiter als einen Verbrecher betrachten. Solange Caesar Prokonsul blieb, war er vor Verfolgung sicher, aber er konnte nicht auf ewig in Gallien bleiben. Die fünf Jahre würden vorbeigehen, und an deren Ende würde Cato noch immer warten – zum Sprung bereit. Das forderte die Gerechtigkeit ebenso wie das Interesse seines Landes. Wenn Caesar nicht vernichtet wurde, dann könnte man meinen, dass Gewalt über Recht triumphiert hatte. Und eine Republik, die von Gewalt regiert wurde, wäre kaum eine eigentliche Republik.

Clodius erhöht den Einsatz

Das winterliche Fest der Kreuzwege, die Compitalia, war immer ein Vorwand für tumultartige Feiern gewesen. Für die Armen in Rom, die in dem Gewirr der Seitengassen zusammengepfercht waren, war die Gelegenheit kostbar, sich zu versammeln und die Götter zu ehren, die die Nachbarschaft beschützten. Aber für die Reichen war das Fest gleichbedeutend mit Unruhe. Der Senat hatte in seiner Ungeduld mit allem, was seine Autorität infrage stellte, die sechziger Jahre damit zugebracht, die Compitalia durch Gesetzgebung praktisch abzuschaffen. Die örtlichen Berufsverbände, die *collegia*, die die Straßenfeste der Compitalia traditionell organisiert hatten, waren zum besonderen Ziel seines Misstrauens geworden. Im Jahr 64 v. Chr. hatte man sie endgültig verboten. Das Fest ließ man weiter dahindämmern und allmählich sterben.

Im Jahr 59 v. Chr. hatten die Compitalia ihren bedrohlichen Charakter so weitgehend verloren, dass Cicero sie als nichts anderes als einen angenehmen Hintergrund für einen Spaziergang betrachten konnte. Sein alter Freund Atticus war aus Griechenland herübergekommen, und Cicero schlug im Januar zur Feier des Tages der Compitalia vor, dass sie gemeinsam die verschiedenen Wegkreuzungen der Stadt aufsuchten. Die beiden Männer hatten viel miteinander zu erörtern. Es war der erste Monat von Caesars Konsulat. Einige Wochen zuvor war Cicero von einem Vertreter des Triumvirats angesprochen worden. Ob er interessiert wäre, hatte der Vertreter gefragt, sich Caesar, Pompeius und Crassus anzuschließen? Cicero hatte die Bedeutung dieses Angebots, das die Aussicht eröffnete, Rom zu regieren, nicht wirklich verstanden, aber selbst wenn er das verstanden hätte, hätte er es dennoch abgelehnt. Er war schließlich der Mann, der Catilina überwunden hatte. Wie könnte er da an einer Verschwörung gegen die Republik teilnehmen? Die Herrschaft des Rechts war für ihn ein kostbares Gut – kostbarer noch als seine eigene Sicherheit. Cicero war von seiner Natur her kein furchtloser Mann, und er wusste, dass seine Entscheidung ihn Gefahren aussetzte. Atticus solle sich nur einmal vorstellen, sagte er wehmütig zu seinem Freund, was er alles aufgegeben habe: »Das würde Aussöhnung mit meinen Feinden, Frieden mit der Masse und ein ruhiges Alter bedeuten«.[10]

Doch so beunruhigt kann er nicht gewesen sein, sonst hätte er den Rundgang nicht vorgeschlagen. In dem engen Gewirr der Gassen Roms hatte Catilina versucht, zum Aufruhr anzustacheln, und drei Jahre nach seinem Tod schlichen die Gespenster des Hungers und der Schulden noch immer durch die modrigen Straßen. Als Cicero und Atticus sich ihren Weg durch den Schmutz bahnten, können ihnen die Anzeichen der Bedürftigkeit kaum entgangen sein. Die Aristokratie war den Leiden der Armen gegenüber nicht völlig gleichgültig. Cicero selbst konnte sich, wenn es ihm gelegen kam, in wohlgesetzten Worten die Angelegenheiten derer zu Eigen machen, die er privat als den »Mob« verachtete. Andere machten wesentlich mehr als nur Worte. Der Senator, der für die Verdoppelung der Verteilung der staatlich subventionierten Getreiderationen in Rom verantwortlich war, war niemand anderes als jene Säule der etablierten Gesellschaft: Marcus Cato. Natürlich hatte er auch dann, als er die öffentliche Unterstützung beförderte, darauf geachtet, dass er so streng und redlich erschien wie immer. Er verführte seine Mitbürger nicht wie Caesar und er vermittelte ihnen auch nicht das Gefühl, geliebt zu werden. Die Unterschiede zwischen Politikern waren weniger eine Frage der Politik als ihres Bildes in der Öffentlichkeit. Es wäre für Cato so beleidigend gewesen, als Demagoge bezeichnet zu werden, wie wenn man eine Matrone für eine Hure genommen hätte.

Aus den genannten Gründen wurden die Wegkreuzungen, die das berüchtigte Revier der Lumpensammler und Prostituierten waren, von den respektablen Leuten selten aufgesucht. Mit Wegkreuzungen in Verbindung gebracht zu werden konnte den guten Ruf eines Bürgers – oder den seiner Frau – empfindlich beschädigen. Clodia Metelli zum Beispiel sah sich mit dem demütigenden Spitznamen *Quadrantaria* behaftet,[11] nach den billigen Huren, die für »vier Groschen« an den Straßenecken ihrem Gewerbe nachgingen. Ein verschmähter Liebhaber sagte von ihr, sie verkaufe sich »an finsteren Wegkreuzungen und in Hinterhöfen«,[12] und ein anderer schickte ihr einen Geldbeutel mit Kupfermünzen. Clodia war dieser üblen Nachrede ausgesetzt, weil ihr der Ruf der Promiskuität und einer ordinären Vorliebe für Modisches nachging, doch ihre Vorliebe für den Schick der Unterwelt war nicht auf den Jargon beschränkt. Mangelnder Respekt blieb niemals ungestraft. Demütigungen wurden mit gleicher Münze heimgezahlt. Dem Spaßvogel, der für das Geschenk von Kupfermünzen verantwortlich war, verging das Lachen sehr bald. Er wurde auf der Straße zusammengeschlagen und vergewaltigt, und es war am Ende er, der wie eine Hure behandelt wurde.

Auf niemanden hatte Clodias glitzernde Mischung von Stil und Gewalt einen entscheidenderen Einfluss als auf ihren jüngeren Bruder. Was für die Karriere eines normalen Politikers tödlich gewesen wäre, sah Clodius als eine mögliche Lebensgrundlage an. Und die brauchte er dringend. Er war zwar von der Anklage des Religionsfrevels freigesprochen worden, aber seine Aussichten waren durch die

Erklärungen während des Prozesses stark beschädigt worden. Für ein Mitglied der hochmütigsten Familie der Republik war es eine verletzende Demütigung gewesen zu entdecken, über wie wenig Unterstützung er vonseiten seiner eigenen Schicht verfügte. Lucullus konnte aus Erfahrung bezeugen, dass die Empfindlichkeit des Clodius gegenüber persönlichen Beleidigungen ebenso groß war wie sein Erfindungsreichtum bei der Suche nach Wegen, sich dafür zu rächen. Nachdem der Senat ihm die kalte Schulter gezeigt hatte, begann er sich den Elendsquartieren zuzuwenden. Die armen Leute waren wie jede andere Schicht von Römern leicht durch den Reiz des Vornehmen zu blenden, und Clodius hatte sowohl die Eigenschaften eines Stars wie eine übermäßige Begabung zu populärem Verhalten: Ein Mann, der in der Lage war, zur Verteidigung seiner verletzten Ehre eine Meuterei zu provozieren, war eindeutig ein genialer Demagoge. Trotzdem hätte Clodius sich zum Volkstribunen wählen lassen müssen, bevor er hoffen konnte, die Massen zu lenken, und darin lag sein Problem. Wie konnte ein Mann, der bis in die Fingerspitzen ein Patrizier war, ein Amt bekleiden, das ausschließlich Plebejern vorbehalten war? Nur, wenn er selbst Plebejer würde. Und das wäre ein so ungewöhnlicher Vorgang, dass es einer Volksabstimmung bedurft hätte, um seine Adoption in eine plebejische Familie zu sichern, und anschließend noch der Bestätigung durch einen Konsul. Letzteres bedeutete im Jahr 59 v. Chr. die Bestätigung durch Caesar und damit durch einen Mann, der sich über die Begabung des Clodius als Unruhestifter durchaus im Klaren war. Eines Tages mochte ein Zeitpunkt kommen, an dem das Triumvirat Verwendung für seine Eskapaden finden würde; aber in der Zwischenzeit ließ es Caesar dabei bewenden, den Möchtegern-Tribunen im eigenen Saft schmoren zu lassen.

Atticus war bestens in der Lage, alle Einzelheiten der Entwicklung an seinen Freund Cicero weiterzugeben, da er steter Gast bei den Abendessen der Clodia und somit Kenner des Klatsches der Claudier war. Cicero stieß einen entsprechend tiefen Seufzer der Erleichterung aus. Doch selbst wenn sich Clodius unter Kontrolle befand, erlebte Cicero doch, dass die Schatten der Vergangenheit weiter schwer zu beherrschen waren. Eine besondere Belastung war sein früherer Kollege im Konsulat Antonius Hybrida. Nach einem durch Korruption und Unfähigkeit gekennzeichneten Zwischenspiel als Statthalter Makedoniens war der catilinarische Wendehals gerade erst wieder in Rom aufgetaucht. Ebenfalls in die Stadt zurückgekehrt und begierig, sich auszuzeichnen und seine Verbindung zu Catilina vergessen zu machen, war der frühreife Marcus Caelius. Hybrida war in beider Hinsicht ein unwiderstehliches Opfer für Caelius. Im April 59 v. Chr. brachte er eine Klage gegen ihn vor. Er fiel in einer glänzenden ironischen Rede brutal über den Angeklagten her und bezeichnete ihn als eine Schande für die Republik; seine beiden politische Tätigkeiten als Statthalter seien es gewesen, Sklavenmädchen nachzustellen und die ganze Zeit betrunken zu sein. Aber Cicero, der die Verteidigung übernommen hatte, fand wenig Gefallen an den Scherzen seines Schützlings. Er verspürte keinerlei Zuneigung für Hybrida, aber er wusste doch, dass die Verurteilung seines früheren Kollegen und damit des Mannes, dessen Heer das abschließende Ende Catilinas herbeigeführt hatte, auch für ihn selbst unheilvolle Folgen haben würde. Seine überhastete Hinrichtung der Verschwörer war weder vergessen, noch hatten viele sie vergeben. Als Hybrida schließlich verurteilt wurde, brachen die Elendsquartiere in lauten Jubel aus. Blumensträuße wurden auf Catilinas Grab niedergelegt.

Für Cicero verschlimmerte sich die Katastrophe der Verurteilung Hybridas noch aufgrund einer verhängnisvollen Entgleisung. Während des Prozesses hatte er es im Verlauf einer missgelaunten Rede gewagt, die Mitglieder des Triumvirats namentlich anzugreifen. Caesar fühlte sich durch dieses Aufkommen von Protest herausgefordert und reagierte sofort, um ihn zum Schweigen zu bringen. Die Mittel lagen bereit. Nur Stunden nachdem die Rede gehalten war, wurde Clodius zum Plebejer erklärt. Cicero geriet in Panik und verschwand hastig aus Rom. Mit eingezogenem Kopf saß er in einer Villa an der Küste und bombardierte Atticus mit verzweifelten Briefen, in denen er ihn bat, Clodia nach Neuigkeiten über die Absichten ihres Bruders auszufragen. Dann, gegen Ende des Monats, als er sich auf die Via Appia hinauswagte, traf er auf einen Freund, der aus Rom kam und ihm bestätigte, dass Clodius sich in der Tat um das Amt des Volkstribunen bewarb. Aber während das die schlechte Nachricht war, gab es auch eine gute. Clodius, so unbeständig wie eh und je, hatte sich bereits gegen Caesar aufgelehnt. Das brachte Cicero sogleich dazu, Luftschlösser zu bauen. Vielleicht würden sich seine beiden Feinde, der Konsul und der voraussichtliche Volkstribun, am Ende gegenseitig vernichten? Noch eine Woche später, und Cicero setzte sich an die Spitze der Verteidiger des Clodius. »Allerdings darf man wohl auf Publius hoffen«, bemerkte er vertraulich gegenüber Atticus. »Lass ihn nur Volkstribun werden, lass ihn!«[13]

Selbst für Ciceros Verhältnisse war das eine erstaunliche Kehrtwendung. Doch in einer Stadt, in der so viele Intrigen gesponnen wurden, konnte keine Fehde je für ewig gelten. Nichts belegte das besser als die Identität des Freundes, den Cicero auf der Via Appia getroffen hatte. Curio, der engste politische Verbündete des Clodius, war genauso prinzipienlos und unbeständig wie sein Freund. Seit er die Einschüchterung Ciceros bei Gelegenheit des Prozesses gegen Clodius organisiert hatte, hatte er seinen Ruf weiter mit Skandalen ruiniert. Seine Beziehung mit einem Neffen des Hybrida, dem rauen und gut aussehenden jungen Marcus Antonius, war zum Gegenstand des Gesprächs in Rom geworden. Selbst nach den Maßstäben der Zeit sah man das Ausmaß ihrer Schulden als unglaublich an. Man flüsterte hinter der Hand, dass Antonius trotz seines Stiernackens und seines muskelbepackten Körpers Frauenkleider anlege, um Curios Frau zu spielen. Als man den beiden Männern verboten hatte, sich weiter zu treffen, hatte Curio seinen Freund über das Dach in das Haus seines Vaters geschmuggelt – so behaupteten wenigstens die Liebhaber von Skandalen.* Dann, im Konsulatsjahr Caesars, hatten sich Gerüchte und Missbilligung plötzlich in Lobpreisung umgekehrt. Curio, der viel zu hochmütig war, um sich irgendjemandem zu beugen, gab dem ganzen Senat durch seine glänzende Herausforderung Caesars neuen Mut. Niemand sprach mehr von ihm als »Curios kleiner Tochter«. Stattdessen wurde seine Unbesorgtheit als Mut eines Patrioten gepriesen. Angesehene Senatoren grüßten ihn auf dem Forum. Der Zirkus empfing ihn mit stürmischem Beifall.

Das waren Ehrenbezeigungen, die sich jeder Bürger ersehnte. In

* Um genau zu sein, berichtet Cicero das sechzehn Jahre später in den *Philippika*. Die Wahrheit war selten ein Hindernis, das Ciceros Begabung zur Verleumdung im Wege stand. Dennoch scheint es zumindest denkbar, dass das Verhältnis des Antonius mit Curio hinreichend intim war, um den Schatten des Skandals zu rechtfertigen.

dem Dunkel, in das das Triumvirat die Republik tauchte, war das herausfordernde Verhalten Curios ein Licht. Es war sicher kein unbegründeter Gedanke Ciceros, wenn er hoffte, dass Clodius geneigt sein mochte, den Ruhm seines Freundes zu teilen. Doch bald sollte sich das als eine Wunschvorstellung erweisen. Clodius hatte mit sehr viel mehr Zynismus und Scharfblick als irgendjemand sonst das weit gehende Ausmaß der Möglichkeiten erkannt, die die Krise bot. Für den Augenblick wenigstens war der Rahmen der Republik gesprengt. Clodius, der nur selten auf eine feste Überzeugung stieß, ohne seine Verachtung für sie zu zeigen, war der vollkommen geeignete Mann für dieses neue Klima der Gesetzlosigkeit. Statt gegen das Triumvirat aufzutreten, machte er sich nicht nur daran, seine Methoden nachzuahmen, sondern diese auch weiter bis auf die Spitze zu treiben. Nachdem ihm eine übliche politische Karriere verschlossen war, hatte er schließlich nichts zu verlieren. Clodius hatte kein Interesse an den geschwätzigen Lobpreisungen von Männern wie Cicero. Was er wollte, wie jedes andere Mitglied seiner hochmütigen und hoch hinauswollenden Familie, war Macht. Gewann man die Macht, würden die Ehrenbezeigungen mit Sicherheit bald genug folgen.

Sein Plan war einfach: Er wollte die Volksmassen verführen und die Kontrolle über die Straßen erringen. Seine Politik war so verbrecherisch und schamlos, dass selbst Clodius in ruhigeren Zeiten nicht gewagt hätte, sie zu ersinnen. Doch mit den Ereignissen im Konsulat Caesars war das tödliche Gift der Gewalt von neuem in die Republik eingedrungen und verbreitete sich schnell. Das Triumvirat wollte seinen Würgegriff nicht lockern; die Konservativen im Senat wollten sich befreien; beide Seiten brauchten einen Verbündeten, der bereit war, sich die Hände schmutzig zu machen. Clodius bot sich als ein Mann von eben dieser Art an und begann, die beiden Seiten abwechselnd zu umwerben und zu bedrohen. »Er verwirrt alles, indem er sich bald dieser, bald jener Gruppe verkauft«[14] – eine Hure, ganz wie seine Schwester. Aber hinter der Launenhaftigkeit des Clodius verbarg sich eine wild entschlossene Zielstrebigkeit. Nicht in seinen Loyalitäten, aber in seinen ehrgeizigen Zielen war er äußerst beständig. Er wollte sich als würdiger Träger seines Familiennamens erweisen. Und er wollte Cicero zerstört am Boden liegen sehen.

Im Dezember trat er sein Volkstribunat an. Clodius hatte sich mit großer Sorgfalt auf diesen Augenblick vorbereitet. Sofort wurde dem

Volk eine Vielzahl von Gesetzen vorgelegt. Alle waren Maßnahmen, die der Menge gefallen mussten. Am offenkundigsten und augenfälligsten war das bei dem Vorschlag, die staatlich geförderten Getreidezuteilungen, die Cato festgesetzt hatte, durch eine monatliche kostenlose Verteilung zu ersetzen. In den Elendsquartieren regte sich entsprechend viel Dankbarkeit, aber Clodius machte sich keine Illusionen über deren Bedeutung. Unter all den verräterischen Fundamenten, auf denen ein Angehöriger der Nobilität seine Karriere aufbauen konnte, war keines so unsicher wie die Zuneigung der kleinen Leute: So wie Disziplin eine Armee ausmachte, machte der Mangel daran die Menschen zum Mob. Aber was war, wenn man einen Weg finden könnte, den Pöbel tatsächlich zu mobilisieren? Das war die Frage, die Clodius in Form eines zweiten unschuldig aussehenden Gesetzesvorschlags insgeheim gestellt hatte. Er strebte an, die Compitalia wieder in ihrem vollen Glanz einzuführen; und ebenso die *collegia*. In dem gesamten ausufernden Gebiet der Stadt würden sich überall dort, wo Kreuzwege waren, die verbotenen Vereine von neuem bilden. Clodius hatte mit seinem Gehabe eines Bandenführers stets eine glänzende Figur als ihr Beschützer gemacht. Jetzt würden sie für immer auf seiner Seite sein, wenn man das Gesetz nur durchbringen könnte. Wo immer ein Kreuzweg war, würde er seine eigene Bande haben.

Das war eine denkbar wichtige Neuerung. Sie war in der Tat so wichtig, dass der Senat gar nicht in der Lage war, sie in ihrer ganzen Bedeutung zu erfassen. Der Gedanke, dass ein Angehöriger der Nobilität und die arme Bevölkerung enge Bande gegenseitiger Verpflichtung haben könnten, war dem römischen Geist völlig fremd, und niemand konnte im Geringsten ermessen, was für Folgen das haben mochte. Infolgedessen fiel es Clodius leicht, die Maßnahme durchzusetzen. Mit dem begrenzten Widerstand, der sich regte, ging er geringschätzig um, indem er Druck ausübte oder Schmiergelder zahlte. Sogar Cicero wurde gekauft. Indem er Atticus als Vermittler benutzte, versprach Clodius, ihn wegen der Hinrichtung der Verschwörer nicht gerichtlich zu verfolgen, und Cicero stimmte nach vielem Hin und Her zu, dafür die Gesetzesvorlagen seines Feindes nicht anzugreifen. Anfang Januar 58 v. Chr. wurden die Gesetze verabschiedet. Am selben Tag besetzten Clodius und seine Schläger den Castortempel, der bequem nur einen Steinwurf vom Forum entfernt lag. An diesem Ort sollte die Organisation der *collegia* durchgeführt werden. Die Umgebung des Tempels begann sich mit Kleinhändlern und Handwerkern von den Kreuzwegen zu füllen, die begeistert den Namen des Clodius riefen und seine Gegner verhöhnten. Die Stufen, die hinauf zum Tempel führten, wurden zerstört, das Podium wurde so zu einer Festung.

Die *collegia* wurden auf paramilitärischer Grundlage neu organisiert. In der Luft lag Gewalt und das wurde zunehmend spürbar. Dann brach der Sturm ganz plötzlich los. Als einer der Anführer der Anhänger Caesars vor Gericht gezerrt wurde und sich Hilfe suchend an den Volkstribunen wandte, stürmten die Banden des Clodius heran, misshandelten den Richter auf seiner Richterbank und schlugen das Gericht kurz und klein. Der Prozess wurde auf Dauer ausgesetzt. Als Exempel organisierten Banditentums ging der Erfolg dieses Eingreifens sogar über die Erwartungen des Clodius hinaus.

Dieser Vorgang machte mit Sicherheit einen vernichtenden Eindruck auf Cicero. Sein tödlichster Feind hatte nicht nur ein bestürzendes Talent für organisierte Gewalt gezeigt, sondern er hatte sich auch öffentlich auf die Seite der Interessen Caesars gestellt. Seit dem Ende seines Konsulats hatte der neue Statthalter von Gallien jenseits der Grenzen der Stadt gelauert und die Ereignisse in Rom verfolgt. Nun beobachtete er in bedächtigem Schweigen weiter, wie Clodius seine Rache vorbereitete. Indem er den Geist, wenn auch nicht den Buchstaben seines Abkommens mit Cicero missachtete, brachte der Volkstribun noch ein weiteres Gesetz ein. Als eine Bestätigung fester republikanischer Prinzipien aufgemacht, legte der Gesetzesvorschlag fest, dass jeder Bürger, der sich schuldig gemacht hatte, einen anderen Bürger ohne Prozess zu Tode gebracht zu haben, ins Exil zu schicken sei. Es war nicht nötig, Namen zu nennen. Jedermann wusste, wer gemeint war. Mit diesem geschickt geführten Schlag wurde Cicero rutschend und gleitend bis an den Abgrund gestoßen.

Indem er sich verzweifelt dagegenstemmte, versuchte Cicero sich zu retten. Er ließ sein Haar wachsen, trug Trauerkleidung und lief ziellos durch die Straßen. Die Banden des Clodius verfolgten ihn, schleuderten ihm Beleidigungen an den Kopf und bewarfen ihn mit Steinen und Kot. Hortensius, der versuchte, seinem alten Rivalen zu Hilfe zu kommen, wurde in eine Ecke getrieben und fast gelyncht. Wohin immer Cicero sich auch wandte, er fand die Fluchtwege versperrt. Die Konsuln, die rechtschaffene Senatoren waren und ihn normalerweise verteidigt hätten, waren mit einträglichen Kommandos in den Provinzen bestochen worden. Der Senat war völlig eingeschüchtert. Als Cicero sich überwand, in das Zelt des Prokonsuls gekrochen zu kommen, zeigte Caesar sich versöhnlich, aber er zuckte mit den Schultern und sagte, er könne nichts tun. Vielleicht, schlug er mit sanfter Stimme vor, könne Cicero erwägen, seine Gegnerschaft zum Triumvirat von neuem zu überdenken und einen Posten im Stab des Statthalters in Gallien übernehmen? So verzweifelt die Lage Ciceros auch war, das wäre dann doch eine zu große Demütigung gewesen. Selbst das Exil war einer schändlichen Entehrung vorzuziehen. Kurz, Cicero erwog, sich zu wehren und selbst eigene Straßenbanden zu organisieren, aber seine Freunde rieten ihm ab. Es war der noch mit Narben und blauen Flecken bedeckte Hortensius, der ihm riet, zu retten, was zu retten war, und fortzugehen. Niedergeschmettert von dem Ausmaß und dem plötzlichen Eintreten der Katastrophe, verhöhnt von den vor seinem Haus aufgestellten Wachen und in düsterer Betrachtung des Zusammenbruchs einer lebenslang aufgebauten Leistung, bereitete Cicero sich völlig erstarrt auf seine Abreise vor. Erst in der Stille der Nacht wagte er es endlich, sich aus seinem Haus fortzustehlen. Er ging zu Fuß, um nicht die Aufmerksamkeit der Banden des Clodius zu erregen, und schlich sich durch die Straßen Roms zu den Stadttoren. Bei Morgengrauen war er sicher auf der Via Appia angelangt. Hinter ihm schimmerte Rom, während man begann, die morgendlichen Herdfeuer anzuzünden, und dann verschwand es hinter einem Schleier aus braunem Dunst.

Als die Neuigkeit sich in der erwachenden Stadt verbreitete, war Clodius ebenso überrascht wie jeder andere. In einem ekstatischen Ausbruch triumphaler Begeisterung stürmten seine Banden auf den Palatin und besetzten Ciceros Haus. Die Residenz des unglücklichen Exilanten, die sein Stolz und seine Freude gewesen war und das sichtbarste und öffentlichste Zeichen seines Ranges, wurde völlig in Stücke gehauen. Dann kamen die Abbrucharbeiter. Unter den Blicken der Menschen auf dem überfüllten Forum wurde das Haus Block für Block abgerissen, während sich daneben stolz und unversehrt die Residenz des Clodius erhob und ihren gewaltigen Schatten auf die Trümmer warf. Nur um sicherzustellen, dass man diesen Racheakt nicht etwa für Gewalt des Pöbels hielt, sondern für die rechtmäßige Bestrafung eines Feindes des Volkes, peitschte der Volkstribun in aller Eile noch ein weiteres Gesetz durch, das Cicero in aller Form und namentlich verurteilte. Auf dem Grundstück, auf dem die Residenz des Verbrechers einst gestanden hatte, wurde ein Tempel der Göttin der Freiheit errichtet. Das übrige Land eignete Clodius sich selbst an. Alle Einzelheiten wurden auf einer Bronzetafel aufgezeichnet, die der Volkstribun dann mit ernster Miene auf das Kapitol trug und öffentlich ausstellte. Dort sollte sie auf ewig bleiben und von seinem eigenen Ruhm und den Verbrechen Ciceros zeugen.

Es war nicht erstaunlich, dass der Kampf um die Vorherrschaft in der Republik so brutal wurde, wenn die Belohnung so süß ausfiel.

Caesars Gewinnsträhne

Während Cicero sich in trostloser Verzweiflung aus Rom in sein Exil schleppte und sich am Ende in Makedonien verkroch, zog Caesar nach Norden. Da das Endspiel zwischen dem großen Redner und Clodius nun offenbar vorbei war, konnte der Statthalter von Gallien es sich nicht länger leisten, seine Zeit vor den Toren der Stadt zu verlieren. Im gesamten Alpenraum drohte Unruhe. Kriegerische germanische Stämme waren dabei, den Rhein zu überschreiten, und mehrere Wellen dieser Einfälle spülten bereits gegen die römischen Grenzen.

Caesar rückte mit der gewohnten atemberaubenden Geschwindigkeit vor und marschierte direkt auf den Punkt zu, an dem der Druck am größten war. Acht Tage nach seinem Abmarsch aus Rom erreichte er Genf. Unmittelbar jenseits des Genfer Sees stand eine riesige und bedrohliche Wagenkolonne an der Grenze. Die Helvetier, ein in den Alpen angesiedelter Stamm, waren ihrer Heimat in den Bergen überdrüssig geworden und wollten nach Westen ziehen. Der neue Statthalter erkannte die ideale Gelegenheit und spielte auf Zeit. Zunächst teilte er den Stammesangehörigen mit, er würde über ihre Bitte auf Durchquerung römischen Territoriums nachdenken, um dann die Grenze sofort abzuriegeln. Zu ihrer Sicherung wurden fünf zusätzliche Legionen, von denen zwei ganz neu ausgehoben worden waren, in Eilmärschen herangebracht. Die Helvetier fanden die Grenze verschlossen und begannen, an ihr entlangzuziehen, und ihre lange Wagenkolonne, in der dreihundertsechzigtausend Männer, Frauen und Kinder unterwegs waren, bewegte sich schwerfällig nach Westen. Caesar beschattete sie und überschritt dabei die Grenze in das freie Gallien. Völlig überraschend überfiel er die Nachhut der Helvetier aus dem Hinterhalt und besiegte sie dann ein zweites Mal in einer erbitterten Schlacht, als die Stammeskrieger ihn nun ihrerseits angriffen. Die Überlebenden baten um Bedingungen für einen Frieden. Caesar befahl ihnen, in ihre Heimat zurückzukehren.

Das war ein glänzender Sieg gewesen, und er war völlig ungesetzlich. Im vorangegangenen Jahr waren umfassende neue Bestimmungen erlassen worden, die es unterbinden sollten, dass ehrgeizige Provinzstatthalter ihre Befugnisse überschritten. Ihr Urheber war niemand anderes als Caesar selbst gewesen. Jetzt hatte er sein eigenes Gesetz gebrochen, indem er einen Konflikt mit einem der Republik nicht untergeordneten Stamm und dazu noch in einem nicht von ihr kontrollierten Gebiet vom Zaun gebrochen hatte. Seine Feinde in Rom versäumten es nicht, sofort darauf hinzuweisen. Später machte Cato sogar den Vorschlag, Caesar den Stämmen auszuliefern, die er überfallen hatte. Vielen Senatsmitgliedern erschien das Abenteuer in Gallien unbefugt und ungerecht.

Die meisten Bürger sahen dies jedoch nicht so. Der Kriegsverbrecher der einen war der Kriegsheld der anderen. Wanderungsbewegungen barbarischer Stämme waren stets ein Stoff für Albträume der Römer gewesen. Wann immer im Norden Wagen durch die Lande zu schaukeln begannen, war man auf dem Forum alarmiert. Die Republik kannte kein schlimmeres Gespenst als den hellhäutigen, langhaarigen und hoch aufragenden Gallier. Hannibal mochte bis vor die Tore Roms geritten sein und seinen Speer auf sie geworfen haben, aber es war ihm nie gelungen, den eigentlichen Sitz der Republik einzunehmen. Nur die Gallier hatten das fertig gebracht. Vor langer Zeit, zu Beginn des 4. Jahrhunderts v. Chr., hatte eine Horde von Barbaren ohne jede Vorwarnung die Alpen überschritten, ein in Panik flüchtendes römisches Heer vor sich hergetrieben und war in die Stadt Rom eingedrungen. Nur das Kapitol hatte sich seine Unverletzlichkeit bewahrt, aber selbst dieser Hügel wäre in feindliche Hände gefallen, hätten nicht die heiligen Gänse der Juno die Besatzung vor einem Überraschungsangriff gewarnt. Nachdem die Gallier nach Belieben getötet, geplündert und gebrandschatzt hatten, waren sie so plötzlich wieder verschwunden, wie sie gekommen waren. Sie ließen eine Stadt zurück, die fest entschlossen war, nie wieder eine so unwürdige Behandlung zu erleiden. Das war der stählerne Wille, der Rom dazu befähigt hatte, Herrin der Welt zu werden.

Selbst dreihundert Jahre später war die Erinnerung an die Gallier noch immer brennend frisch. Jedes Jahr wurden Wachhunde gekreuzigt als nachträgliche Strafe für die Hunde auf dem Kapitol, die nicht gebellt hatten, während die Gänse der Juno zur ewigen Belohnung für das warnende Schnattern ihrer früheren Artgenossen auf Kissen aus Purpur und Gold herangetragen wurden, um dem Schauspiel beizuwohnen. Darüber hinaus schuf man Finanzreserven, die nur im Falle eines weiteren Angriffs von Barbaren verwendet werden sollten. Selbst jetzt, wo die Republik eine Supermacht war, galt das als äußerst sinnvolle Vorsorge. Bei Männern, die nicht wie Bürger, sondern als halbe Tiere lebten, konnte man nicht ahnen, wann ihre ungezügelte Wildheit plötzlich zum Ausbruch kommen mochte. Aus der eigenen Zeit erinnerte man sich noch daran, dass ein Stamm von Riesen, ganze dreihunderttausend, plötzlich aus den Steppen des eisigen Nordens aufgetaucht war und alles, was ihm in den Weg kam, zerstört hatte – unmenschliche Ungeheuer vom Rande der Welt. Wäre es Marius nicht in zwei glänzenden Siegen gelungen, die Eindringlinge zu vernichten, dann wäre es mit Rom sicherlich zu Ende gewesen.

Schrecken dieser Art vergaß man nicht so schnell. Deshalb war es kaum verwunderlich, dass die meisten Bürger, die die Neuigkeit von dem Sieg über die Helvetier erfuhren, sich nicht um die Gesetze scherten, die man vielleicht gebrochen hatte, um ihn zu erringen. Welche wichtigere Aufgabe hatte ein Prokonsul denn, als die Sicherheit Roms zu gewährleisten? Caesar selbst wies den Vorwurf der Ruhmessucht empört zurück. Die Sicherheit seiner Provinz und auch Italiens habe auf dem Spiel gestanden. Solange es unruhige Stämme jenseits der Grenze gäbe, die die Regeln zivilisierten Verhaltens nicht beherrschten, würde die Gefahr weiterbestehen. Bei dieser Sicht der Dinge, die Generationen von Römern vertraut war, konnte man den Angriff auf die Helvetier für einen Akt der Selbstverteidigung halten. Dasselbe galt für den nächsten Kriegszug Cae-

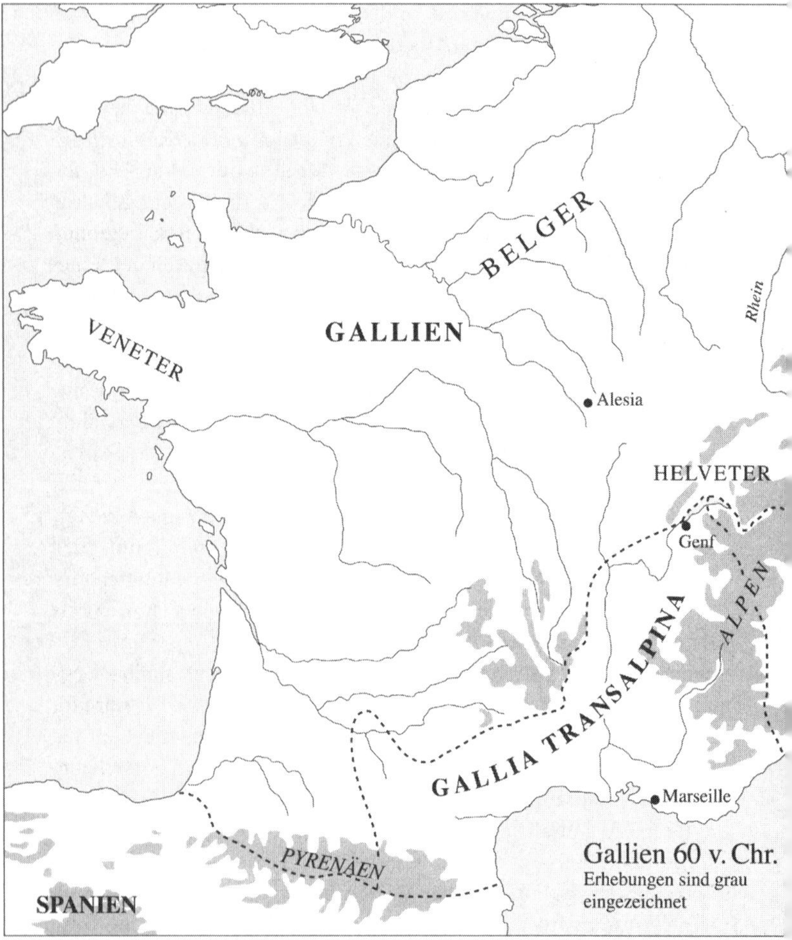
BELGER
GALLIEN
VENETER
Rhein
Alesia
HELVETER
Genf
GALLIA TRANSALPINA
ALPEN
Marseille
PYRENÄEN
SPANIEN
Gallien 60 v. Chr.
Erhebungen sind grau eingezeichnet

sars: Nachdem er die Helvetier zurück in ihre angestammte Heimat geschickt hatte, damit sie dort den Puffer zwischen seiner Provinz und den Germanen bildeten, hatte er sich nach Osten gewandt, um die Germanen anzugreifen. Der Umstand, dass ihrem König der offizielle Titel eines »Freundes des römischen Volkes« verliehen worden war, machte keinen Eindruck auf Caesar. Die Germanen wurden mit Erfolg dazu verleitet, sich zur Schlacht zu stellen, wurden geschlagen und dann zurück über den Rhein getrieben. Dort, in den dunklen feuchten Wäldern, konnten sie gern hausen, aber nicht in Caesars Provinz oder überhaupt irgendwo in Gallien.

Diese beiden Stämme konnten also bereits in Schach gehalten werden. In jenem Winter 58–57 v. Chr. ließ Caesar seine Legionen hundert Meilen nördlich der Grenze weit in dem Gebiet eines eigentlich unabhängigen Stammes stehen, statt sie in seine Provinz zurückkehren zu lassen. Und wieder wurde eine ungesetzliche Maßnahme von einem Prokonsul als Präventivschlag gerechtfertigt – ein Argument, das vielleicht die Öffentlichkeit in Rom zufrieden stellte; die aufkommende Entrüstung in Gallien war damit allerdings nicht zu beruhigen. Die ganze Tragweite der neuen Politik Caesars begann ihnen inzwischen deutlicher zu werden. Was war es eigentlich, das den Wunsch der Römer nach einer sicheren Grenze zufrieden stellen würde? Wenn es der Rhein nach Osten war, warum dann nicht der Ärmelkanal nach Norden und die Atlantikküste nach Westen? Über vereiste Wälder und Felder, von Dorf zu Dorf, von einem Sitz eines Stammeshäuptlings zum anderen verbreitete sich dasselbe Gerücht: Die Römer hatten vor, ganz Gallien zu erobern.[15] Krieger polierten ihre glänzenden, mit Edelsteinen besetzten Schilde auf; junge, unerfahrene Soldaten, die begierig zeigen wollten, dass sie zum Kampf bereit waren, durchwateten in voller Rüstung die Furten eisiger Flüsse; und rivalisierende Stämme bemühten sich, ihren Streit beizulegen. Das freie Gallien bereitete sich auf den Krieg vor.

Caesar tat dasselbe. Er war nicht der Mann, der antirömische Umtriebe duldete. Und es machte keinen Unterschied, ob ein Stamm besiegt war oder frei: Die Republik verlangte Respekt, und die Ehre erforderte es, dass ein Prokonsul ihn ihr verschaffte. Nachdem Caesar die Gallier zum Widerstand verleitet hatte, fühlte er sich nun vollkommen berechtigt, diesen Widerstand zu brechen. Über den Winter hob er dazu zwei weitere Legionen aus. Eigenmächtig und ohne jede Rücksprache mit dem Senat hatte er die Zahl der seiner Provinz ursprünglich zugeteilten Truppen bereits verdoppelt. Als der Winter allmählich dem Frühling wich und Caesar sein Lager verließ, verfügte er über ein Heer von acht Legionen mit etwa vierzigtausend Mann.

Er würde sie bis auf den letzten Mann brauchen. Indem er sich direkt nach Norden wandte, rückte Caesar in ein Territorium vor, in das römische Truppen nie zuvor eingedrungen waren: voller gespensterhafter Schatten, unheimlich, feucht, schlammig und mörderisch. Reisende hatten flüsternd von seltsamen Opferriten berichtet, die tief in sumpfigen Eichenwäldern oder an unergründlichen schwarzen Seen ausgeführt wurden. Manchmal, sagte man, würde die Nacht durch riesige Fackeln aus Weidenzweigen erhellt; Fackeln in der Form von Riesen, deren Glieder und Bäuche mit Gefangenen gefüllt seien, welche sich im Todeskampf wanden. Selbst bei ihren Festen, für die die Gallier berühmt waren, waren die Bräuche barbarisch und abstoßend. Der allgegenwärtige Poseidonios, der in den neunziger Jahren durch Gallien gereist war und sich überall, wo er hinkam, Notizen gemacht hatte, berichtete, dass es oft einen Zweikampf über die besten Fleischstücke gäbe und dass die Krieger, wenn sie denn einmal ein Fest feierten, sich nicht wie zivilisierte Leute zum Essen niederlegten, sondern säßen, ihre langen Bärte vor Fett und Soße triefend. Ein noch abstoßenderes Schauspiel waren dabei die abgeschlagenen Köpfe feindlicher Krieger, die auf Stöcken aufgepflanzt oder in Nischen untergebracht waren und aus leeren Augen auf diese Schlemmerorgien herabblickten. Sie dienten in gallischen Häusern so verbreitet als Dekoration, dass Poseidonios gestehen musste, er habe sich am Ende seiner Reise fast an ihren Anblick gewöhnt.[16]

Den Legionären, die auf holprigen, gewundenen Wegen immer weiter nach Norden marschierten und beunruhigt durch die endlosen Reihen von Bäumen spähten, muss es vorgekommen sein, als drängten sie in das Reich der tiefsten Dunkelheit. Das war der Grund, warum sie neben ihren Speeren auch Pfosten auf dem Rücken mit sich trugen. Das Lager, das sie nach jedem Tagesmarsch aufbauten, war Nacht für Nacht immer gleich und gewährte ihnen nicht nur Sicherheit gegen Überfälle, sondern war auch eine Erinnerung an die Zivilisation daheim. Inmitten der barbarischen Welt grenzten sie ein Forum und zwei gerade Straßen ab. Die Wachen, die von ihrem Platz hinter den Palisaden in die Dunkelheit starrten, sollten die beruhigende Gewissheit haben, dass zumindest hinter ihnen ein kleines Stück des fernen Landes lag, das Rom bedeutete.

Doch all das, was den Legionären so unglaublich barbarisch erschien, war bereits durch Caesars Späherdienste im Einzelnen erkundet und vorausgesehen worden. Caesar wusste genau, wohin er marschierte, und sein Ziel war keine unbekannte Welt. Er mag der Erste gewesen sein, der die Legionen über die Grenze führte, aber Kaufleute aus Italien hatten seit Jahrzehnten Streifzüge durch die Wildnis Galliens unternommen. Im 2. Jahrhundert v. Chr. hatten die einheimischen Bewohner der Provinz nach der Einrichtung ständiger römischer Militärlager im Süden des Landes einen Geschmack für die Laster der Eroberer entwickelt. Besonders eines war ihnen direkt zu Kopf gestiegen: der Wein. Die Gallier hatten dieses Getränk nie zuvor kennen gelernt, und sie hatten nicht die geringste Ahnung, wie sie damit umgehen sollten. Statt den Wein mit Wasser zu verdünnen wie die Römer, zogen sie es vor, ihn unvermischt zu trinken, ergaben sich wilden Trinkgelagen und verfielen dann »in ihrer Trunkenheit in Schlaf oder Wahnzustände«.[17] Kaufleute, die diese Art des Konsums für äußerst profitabel ansahen, förderten ihn so ausgiebig als irgend möglich, und sie reisten dabei weit über die Grenzen der römischen Provinz hinaus, bis bald darauf ganz Gallien regelrecht mit Alkohol getränkt war. Unter Ausnutzung der großen Nachfrage hatten die Kaufleute begonnen, ihre Preise stark zu erhöhen. Da ihre Möglichkeit, das zu tun, von der mangelnden Gelegenheit für die einheimischen Bewohner abhing, ihren eigenen Wein anzubauen, hatte es der Senat auf seiner steten Suche nach Gelegenheiten zur Ausbeutung Fremder für ungesetzlich erklärt, Weinstöcke an »die Völker jenseits der Alpen« zu verkaufen.[18] Zur Zeit Caesars hatte sich der Tauschkurs bei einer Amphore Wein für einen Sklaven eingependelt, was zumindest für die italischen Kaufleute ein fantastisch einträgliches Im- und Export-Geschäft bedeutete. Die Sklaven konnten mit einem gewaltigen Gewinn weiterverkauft werden, und die zusätzlichen Arbeitskräfte, die den Weinbauern in Italien zur Verfügung standen, ermöglichten die Produktion von immer größeren Mengen. Das war ein begrüßenswerter Kreislauf, der abgesehen von den Sklaven jedermann zufrieden stellte. Die Gallier waren weiter betrunken und die Kaufleute wurden reich.

Wenn Caesar die Kühnheit besaß sich vorzustellen, dass er einem so großen, kriegerischen und unabhängigen Land wie Gallien seine Herrschaft aufdrängen konnte, so wusste er genau, wie viel er dabei den italischen Kaufleuten zu verdanken hatten. Es war nicht allein der Umstand, dass sie ihm als Spione dienten. Die Germanen, die die Auswirkungen des Weines auf die Gallier beobachtet hatten, waren so weit gegangen, »die Einfuhr von Wein völlig zu untersagen, weil sie der Ansicht sind, dass er die Menschen zu träge und zu weichlich mache«.[19] Er machte sie auch streitsüchtig. Wein war für die gallischen Stammesfürsten kostbarer als Gold. Die Stämme überfielen sich immer wieder gegenseitig und raubten Menschen zum Verkauf als Sklaven, entvölkerten durch diese Razzien das Land und ließen maßlose und sie schwächende Rivalitäten entstehen – all das machte sie zu einer leichten Beute für jemanden wie Caesar. Selbst als seine Spione berichteten, dass sich eine zweihundertvierzigtausend Mann umfassende Koalition gegen ihn gebildet hatte, war er nicht weiter beunruhigt. Diese Stimmung hielt sich, obgleich die Stämme, die sich ihm in den Weg stellten, zu den Belgiern gehörten, die als das tapferste Volk in Gallien galten, »weil sie von der verfeinerten Lebensweise und hoch entwickelten Zivilisation der römischen Provinz am weitesten entfernt sind, und nur selten Händler zu ihnen gelangen mit Waren, die die Lebensweise verweichlichen«.[20] Caesar griff sie mit aller Macht an und setzte die ganze harte Schlagkraft ein, die er aufbieten konnte. Je weiter er nach Norden vordrang, desto mehr zerbröckelte die Koalition der Belgier. Stämme, die sich unterwarfen, wurden mit demonstrativer Großzügigkeit behandelt. Die anderen, die Widerstand leisteten, wurden ausgelöscht. Wie geplant wurden die Legionsadler Caesars an der Nordseeküste aufgepflanzt. Zum selben Zeitpunkt kamen Boten von Publius Crassus, dem schneidigen jungen Sohn des Triumvirn, die die Nachricht überbrachten, dass die unter seinem Kommando stehende Legion die Unterwerfung sämtlicher Stämme im Westen entgegengenommen hatte. »Nach diesen kriegerischen Erfolgen herrschte in ganz Gallien Frieden«, schrieb Caesar triumphierend.[21]

Daheim in Rom nahm man diese Nachricht mit Begeisterung auf. Im Jahr 63 v. Chr. hatte man Pompeius zehn Tage öffentlicher Dankesfeiern zugebilligt. Jetzt, 57 v. Chr., sprach man Caesar sogar fünfzehn Tage zu. Selbst seine erbittertsten Feinde konnten das erstaunliche Ausmaß seiner Leistung nicht in Abrede stellen. Darüber hinaus konnte nichts, was das Ansehen der Republik erhöhte, als Verbrechen gelten, und indem Caesar den Galliern beigebracht hatte, den Namen der Republik zu ehren, hatte er Völker in den Einflussbereich Roms integriert, die vorher in der Dunkelheit des Barbarentums verloren waren. Wie einer seiner früheren Gegner im Senat schwärmerisch ausrief: »Gegenden und Stämme, von denen wir früher durch kein Literaturwerk, keine Nachricht, keine Kunde etwas wussten, erschlossen sich unserem Feldherren und unserem Heere und den Waffen des römischen Volkes«.[22] Da war der Jubel in der Tat groß!

Doch für Caesar gab es keine Pause. So tief und vernichtend sein Vordringen auch gewesen sein mochte, ein einziger Schlag war kaum ausreichend gewesen, Gallien in den Status einer Provinz zu überführen. Inzwischen war das Land zwar bereit, Caesars Ansehen und Einfluss anzuerkennen, aber die Vorherrschaft über ein Volk, das seit alters her so miteinander wetteiferte und stritt wie die Gallier, war auf Sand gebaut. Dasselbe galt natürlich auch für Caesars Ansehen in Rom. Aus diesem Grund musste er sogar bei seinem Vorrücken in den dunklen Wäldern noch ein Auge fest auf das politische Schlachtfeld in der Hauptstadt richten. Die Entwicklung in Rom stand nicht einfach still, nur weil er nicht da war. Vieles hatte sich bereits verändert. Nichts zeigte das besser als die Identität des Mannes, der im Senat aufgestanden war, um die Dankesfeiern für Caesars Errungenschaften in Gallien vorzuschlagen. Nach einem bitteren Exil von achtzehn Monaten war Cicero nach Rom zurückgekehrt.

Pompeius spielt wieder mit

In den dunklen Tagen vor seiner Flucht ins Exil hatte sich der verschreckte Redner unterwürfig sowohl an Pompeius als auch an Caesar gewandt. Cicero war seit langem verzweifelt über die Fehler und Versäumnisse seines Idols, aber er hatte doch die Hoffnung auf ihn nie ganz aufgegeben. Trotz der offensichtlichen Beteiligung des Pompeius an den groben Vergehen während Caesars Konsulat hegte

Cicero wider alles Erwarten weiter die Hoffnung, dass alles noch immer gut werden könne und man den großen Mann für die Sache der Legitimität zurückgewinnen würde. Pompeius fühlte sich seinerseits geschmeichelt, die Rolle von Ciceros Beschützer zu spielen, und hatte sich sogar dazu herabgelassen, Clodius zu warnen, er solle seine Rache nicht zu weit treiben. In dieser Geste hatte sich eine gewisse innere Beteiligung gezeigt: Zu einer Zeit, als sich seine Popularität im freien Fall befand und er zum ersten Mal in seinem Leben ausgepfiffen wurde, hatte Pompeius in der Heldenverehrung durch Cicero eine willkommene Erinnerung an die gute alte Zeit gefunden. In dem düsteren Drang, seine Zweifel und Enttäuschungen abzuladen, hatte er dem Redner sogar gestanden, dass er seine Beteiligung am Triumvirat bedauere – ein Geständnis, das Cicero in höchster Aufregung sofort an alle seine Freunde weitergegeben hatte. Caesar hatte davon Wind bekommen, und er fühlte sich in seiner Ansicht bestätigt, dass Cicero gehen müsse. Pompeius, der sich gezwungen sah, zwischen seinem Schwiegervater und seinem vertrauten Freund zu wählen, hatte sich widerstrebend einverstanden erklärt. Als die Verfolgung durch Clodius ihren gewalttätigen Höhepunkt erreicht hatte, hatte sich Pompeius verlegen in sein Landhaus zurückgezogen. Cicero, der den Wink nicht verstehen wollte, hatte ihn bis dorthin verfolgt. Man hatte ihm mitgeteilt, dass niemand im Hause sei. Pompeius fühlte sich dem Zusammentreffen mit dem Mann, den er verraten hatte, nicht gewachsen und war durch die Hintertür entwischt.

Nachdem Cicero endgültig fort war, verfiel der große Mann von neuem in tiefes Grübeln. Unklare Situationen ließen sich nicht leicht mit seinem Selbstbewusstsein in Einklang bringen. Er war jener Quadratur des Kreises noch nicht näher gekommen, deren unmögliche Verwirklichung ihn seit seiner Rückkehr aus dem Osten quälte. Er wollte sowohl den Respekt und die Bewunderung seiner Standesgenossen als auch die höchste Autorität, zu der ihn seine Leistungen aus seiner Sicht berechtigten – aber er konnte nicht beides zugleich haben. Jetzt, nachdem er seine Wahl getroffen hatte, fand er, dass die Macht ohne Liebe einen bitteren Geschmack hatte. Von Rom verschmäht, wandte sich Pompeius stattdessen Trost suchend an seine Frau. Er hatte Julia, die Tochter Caesars, aus kältester politischer Berechnung geheiratet, aber es hatte nicht lange gedauert, bis er sich hoffnungslos in seine junge Frau verliebt hatte. Julia zeigte ihrerseits gegenüber ihrem Mann jene tiefe Verehrung, ohne die er nicht glücklich sein konnte. Das Paar ergab sich der gegenseitigen Leidenschaft und begann immer mehr Zeit zurückgezogen in seinem Liebesnest auf dem Land zu verbringen. Die Mitbürger des Pompeius, die an derartige Zurschaustellung ehelicher Zuneigung ganz und gar nicht gewöhnt waren, machten sich ausgiebig darüber lustig. Das war wirklich ein Skandal. Zum allgemeinen Befremden über Pompeius mischte sich Geringschätzung.

Niemand war empfänglicher für diesen Stimmungswandel in der öffentlichen Meinung als Clodius. Er hatte ein gutes Gespür für Schwächen und begann sich zu fragen, ob Pompeius trotz all des Glanzes und Ruhmes und seiner getreuen Veteranen nicht doch ein Papiertiger sei – eine Vermutung, die auf die Probe zu stellen eine zu große Versuchung war. Clodius war sich darüber im Klaren, dass Pompeius nichts mehr reizen würde als ein neuer Angriff auf seine Neuordnung des Ostens – schließlich hatte ihn genau diese Frage ursprünglich in das schicksalsschwere Bündnis mit Crassus und Caesar getrieben. Er sprang ihm direkt an die Gurgel. Der Prinz Tigranes, Sohn des Königs von Armenien, war acht Jahre, nachdem sein Vater ihn als Unterpfand für folgsames Verhalten an Pompeius übergeben hatte, noch immer als Geisel in Rom. Clodius entführte den Prinzen nicht nur direkt unter den Augen des großen Mannes, sondern er fügte der Beleidigung noch einen Rechtsbruch hinzu und setzte ihn auf ein Schiff nach Armenien. Als Pompeius versuchte, seine Geisel zurückzuholen, fiel man über seine Mittelsleute her und schlug sie zusammen. Die Führungsschicht stellte sich keineswegs auf Pompeius' Seite, sondern freute sich an seiner machtlosen Wut. Genau darauf hatte Clodius es natürlich abgesehen. Selbst wenn seine Banden in den Straßen Roms wüteten, konnte er sich im Schein der Zustimmung des Senats sonnen.

Clodius hatte nie viel Ermutigung gebraucht, wenn es darum ging, einen Feind zu demütigen. Wie bei Cicero hatte er jetzt bei Pompeius Blut geleckt. Seine Banden ergaben sich pünktlich einer zunehmenden Raserei. Wann immer der unglückliche Pompeius sich auf das Forum wagte, sollte er mit einem Chor von Schmährufen begrüßt werden. Das war keine Nebensächlichkeit: Eines der ältesten Gesetze der Republik bezeichnete die ewige Wiederholung von Beleidigungen als eine Vorstufe des Mordes. Im Licht einer derartigen Überlieferung waren Clodius' Schmähungen Todesdrohungen, und dementsprechend entnervt war Pompeius. Er war niemals zuvor Ziel solchen Spotts gewesen. Seine Leidenschaft für seine Frau rief besondere Heiterkeit hervor. »Wie heißt der lüsterne General?«, würde Clodius schreien, und: »Wer kratzt sich mit einem Finger am Kopf?«. Und nach jeder Frage würde er der Menge ein Zeichen geben, indem er die Falten seiner Toga zurechtschüttelte, und die Banden würden wie ein einstudierter Chor die Antwort einstimmig herausschreien: »Pompeius!«[23]

»Wer kratzt sich mit einem Finger am Kopf?« Für einen Mann, der so weit ging, sich als Tänzerin zu verkleiden, gehörte einiger Mut dazu, den größten Feldherrn Roms als verweichlicht zu bezeichnen. Das war umso mehr der Fall, als viele aus dem unmittelbaren Kreis seiner Vertrauten ebenfalls in Sexskandale verwickelt waren. Marcus Antonius schnüffelte nach seiner Affäre mit Curio um Fulvia, die Frau des Clodius, herum, die von ihrem Gatten sehr geliebt wurde, und dieser Bruch der Freundschaftsregeln sollte bald dazu führen, dass die beiden Männer sich gegenseitig mit Mord bedrohten. Ähnliche Schwierigkeiten brauten sich auch um eine Frau zusammen, der Clodius noch leidenschaftlicher verbunden war. Im Anschluss an seine erfolgreiche Klage gegen Hybrida hatte Marcus Caelius seinen Erfolg damit gefeiert, dass er von Clodius eine Luxuswohnung auf dem Palatin gemietet hatte. Dort hatte er Clodia kennen gelernt. Amüsant, gut aussehend und berühmt für sein Gefühl für Rhythmus, war er genau der Typ der Witwe. Der ehrgeizige Caelius brauchte kaum ermutigt zu werden, etwas mit einer Angehörigen der Claudier anzufangen, und Clodia, deren Ehemann gerade erst seinen letzten Atemzug getan hatte, war offenbar in der Stimmung, sich trösten zu lassen. Natürlich konnte ihre eigenwillige Form der Trauer nichts anderes als Stirnrunzeln hervorrufen. Die Affären der großen Dame blieben ein Thema von dauerndem Interesse für die Leute, die es liebten, Skandale aufzuwühlen, und sie waren auch weiterhin ein beliebtes Thema für beleidigende Parolen auf dem Forum. Aber welche Beleidigungen auch immer gegen Clodius und seine Schwester zum Besten gegeben wurden, Clodius war immer in der Lage, sie zum Verstummen zu bringen. Vorwürfe unmoralischen Verhaltens provozierten ihn stets dazu, selbst noch wütendere Anklagen gegen andere vorzubringen. Die empörende Verlogenheit des Ganzen trug nur noch weiter zum Vergnügen bei. Und so gingen die Beleidigungen gegen Pompeius und über seinen sexuellen Appetit immer weiter.

Clodius war eben Clodius, und so konnte er der Versuchung nicht widerstehen zu erproben, wie weit er seine Einschüchterungen treiben konnte. Als Pompeius im August das Forum überquerte, um an einer Senatssitzung teilzunehmen, drang ein klirrendes Geräusch von Metall auf Stein vom Castortempel herüber. Einer der Sklaven des Clodius hatte demonstrativ einen Dolch fallen lassen. Pompeius glaubte, sein Leben sei in Gefahr, verließ das Forum sofort und verbarrikadierte sich hinter seinem Haustor. Clodius' Banden folgten ihm und schlugen ihr Lager vor dem Haus auf. Der Volkstribun drohte, mit Pompeius genauso zu verfahren wie mit Cicero: Er werde seine Residenz stürmen, sie dem Erdboden gleichmachen und an ihrer Stelle einen Tempel der Göttin der Freiheit errichten. Anders als Cicero floh Pompeius nicht überstürzt, aber er sah sich in seinem Haus umzingelt und konnte es nicht mehr verlassen – eine erschütternde Umkehr der Verhältnisse für den größten Mann der Republik. Und wieder sah der Senat mit Genugtuung zu. Crassus, mit dem Clodius wohl bedacht in bestem Einverständnis geblieben war, schmunzelte natürlich wie alle anderen. Für Clodius selbst war das ein berauschender und kaum glaublicher Augenblick des Triumphes. Als Vorkämpfer der Aristokratie und Beschützer der Elendsquartiere schien er der Herr über Rom zu sein.

Aber das war nur ein flüchtiger Moment. Indem er die Möglichkeiten, die die Gewalt der Straße bot, bis an ihre Grenzen erprobt hatte, hatte Clodius einen Weg gebahnt, dem zu folgen andere sich bereits vorbereiteten. Im Dezember 58 v. Chr. war Clodius' Amtsjahr zu Ende. Unter den neuen Volkstribunen befand sich ein schroffer und brutaler Pompeianer namens Titus Annius Milo. Milo, von seinem Gönner dazu ermutigt, klagte Clodius in aller Form wegen Gewaltanwendung an, und es hatte wohl selten einen eindeutigeren Fall gegeben. Clodius wandte sich an seinen Bruder Appius, der in dem betreffenden Jahr Praetor war, und es gelang ihm, die Anklage niederzuschlagen. Seinen Banden befahl er, Milos Haus zur Rache zu plündern. Doch der neue Volkstribun hatte die unerschöpflichen Mittel des Pompeius hinter sich und wusste sehr wohl, dass er ein toter Mann war, wenn er die Gewalt nicht mit Gegengewalt beantwortete, und so ließ er sich nicht einschüchtern. Er begann eigene Banden zu bilden, und zwar nicht wie Clodius, indem er Freiwillige aus den Elendsquartieren bestach, sondern indem er gut bewaffnete und wohl trainierte Schwergewichte von den Landgütern des Pompeius herbeiholte und zur Stärkung ihrer Ränge Gladiatoren kaufte. Mit einem Schlag war Clodius' Alleinherrschaft über die Straßengewalt vorbei, und das war eine Herausforderung, der sich der frühere Tribun erwartungsgemäß mit Freuden stellte. Der Bandenkrieg wurde mit jedem Tag heftiger. Bald war er so brutal, dass alle Regierungsgeschäfte auf dem Forum inklusive der Gerichtstätigkeit eingestellt werden mussten. Tag für Tag schwappten die Wellen der Anarchie über die öffentlichen Plätze Roms.

Durch so extremes Vorgehen setzte Pompeius sich und seine Autorität in einer Stadt durch, in der er monatelang praktisch unter Hausarrest gestanden hatte. Doch der Senat und die Straße mussten noch seinem Willen unterworfen werden, und Clodius, der hochfahrende, unmögliche Clodius, musste eine Kostprobe seiner eigenen Medizin verabreicht bekommen. Es lag auf der Hand, dass der dazu geeignete Mann jener war, der auch jetzt noch jenseits der Adria in äußerster Not die Hände rang. Pompeius hatte zwar im vorangegangen Jahr jede Anstrengung abgelehnt, Cicero zu retten, aber jetzt begann er in Italien herumzureisen und Unterstützung für die Rückkehr des Exilanten zusammenzutrommeln. Klienten auf dem Land und in den Provinzstädten wurden nach Rom beordert. Den ganzen Sommer des Jahres 57 v. Chr. über strömten sie in die Hauptstadt. Inzwischen war Caesar im fernen Gallien dazu überredet worden, seine widerstrebende Zustimmung zur Rückberufung Ciceros zu geben, und auch eine Abstimmung im Senat unterstützte sie mit vierhundertsechzehn zu einer Stimme – natürlich die des Clodius. Im August wurde dann endlich die lang erwartete Volksabstimmung auf dem Marsfeld abgehalten. Clodius, der sie zu stören versuchte, wurde verächtlich und ohne Mühe von Milo entfernt, dessen Banden den ganzen Tag neben dem Ovile Wache standen. Cicero war sich des positiven Ausgangs so sicher, dass er sich bereits nach Italien eingeschifft hatte, als die Abstimmung abgehalten wurde, und die Nachricht von seiner offiziellen Rückberufung wurde ihm überbracht, während er in Brundisium wartete. Seine weitere Reise mit seiner geliebten und lange vermissten Tochter Tullia war wie ein wahr gewordener Traum. Jubelnde Anhänger säumten die Via Appia. Als Cicero sich Rom näherte, strömten die Massen vor die Stadt, um ihn zu begrüßen. Beifall folgte ihm überall, wohin er sich wandte. »Ich glaube«, bemerkte er in aller Bescheidenheit, »wie auf Stufen in den Himmel gelangt und nicht nur ins Vaterland zurückgekehrt zu sein.«[24]

Aber selbst Cicero war nicht so eingebildet, dass er nicht wüsste, dass der wahre Triumph Pompeius gehörte. Mehr denn je hatte das alte, gewohnte Prahlen des Redners einen von Furcht hervorgerufenen schrillen Ton. Jeder Römer sah es als Qual an, einem anderen Mann einen Gefallen zu schulden, und nun verdankte Cicero Pompeius und Caesar seine weitere Karriere. Das war der Grund für seine überschwänglichen Reden im Senat. Während er einerseits bei den Lobpreisungen der Eroberungen Caesars das Wort führte, schlug er andererseits vor, Roms gesamte Getreideversorgung in die Hände des Pompeius zu legen. Der Vorschlag wurde zwar angenommen, aber erst nachdem Clodius mit hasserfüllter Folgerichtigkeit den Senat auf die genauen Konsequenzen hingewiesen hatte: Pompeius würde in der Lage sein, die hungernden Elendsviertel mit Brot zu versorgen, während Cicero, die selbst ernannte Geißel der Demagogie, sich jetzt als ihr Helfer entblößt hatte. Die nackte Unverschämtheit dieser Anklagen machte sie nicht weniger wahr. Cicero wehrte und wand sich entsprechend wortreich.

Die Auseinandersetzung im Senat machte deutlich, dass Clodius sich durch die Rückkehr seines Feindes nicht im Geringsten zur Mäßigung veranlasst fühlte. Als es Cicero gelang, die Priester Roms davon zu überzeugen, dass man ihm seine Residenz auf dem Palatin zurückgeben könne, ohne die Göttin der Freiheit zu beleidigen, ging Clodius zu offenem Terror über. Ciceros Arbeiter wurden von der Baustelle vertrieben; das Haus seines Bruders wurde in Brand gesteckt; Cicero selbst wurde auf der Via Sacra überfallen. Zur selben Zeit erreichten die Straßenkämpfe zwischen Clodius und Milo einen neuen Höhepunkt der Gewalt, und die beiden Bandenführer, die offen mit der Ermordung des jeweils anderen drohten, versuchten auch, sich gegenseitig vor Gericht zu verfolgen. Ein weiteres Mal klagte Milo Clodius wegen Gewaltanwendung an, und ein weiteres Mal wand sich Clodius heraus, indem er die Fäden im Senat zog. Im

Februar 56 v. Chr. brachte Clodius mit einer bemerkenswerten Verlogenheit dieselbe Klage gegen Milo vor. Cicero und Pompeius kamen ihrem Gefolgsmann zu Hilfe und bereiteten sich darauf vor, zur Verteidigung Milos zu sprechen. Das Schauspiel dieser drei Männer, die zu seinen tödlichsten Feinden gehörten und nun nebeneinander gegen ihn aufgereiht standen, ließ Clodius in maßlose Wut geraten. Als Pompeius sich erhob, um zu sprechen, kochte das Forum vor schrillen Pfiffen und Schmähungen. Clodius begann von der Bank des Klägers aus seine Banden anzufeuern. Wie er es vorher getan hatte, stand er da und schüttelte seine Toga, um seinen Anhängern so den Rhythmus anzugeben, während sie ihre Schmähungen skandierten. Bald spuckten sie auf die Kraftprotze Milos, dann flogen die Fäuste und Steine. Milos Banden wehrten sich. Clodius selbst wurde von der Rostra gezerrt und eine regelrechte Schlacht begann. Inmitten dieses Höllenspektakels wurde die Gerichtsverhandlung selbst abgebrochen.

Pompeius, zitternd und mit blauen Flecken, zog sich wütend vom Forum zurück. Er hatte keinen Zweifel daran, wer als Organisator hinter dem Aufruhr gestanden hatte – und das war nicht Clodius. Drei Jahre hatte Pompeius sich nun mit Crassus im Bündnis befunden, und immer noch war er schnell bei der Hand damit, seinen alten Feind für jedes Debakel verantwortlich zu machen. Diesmal aber schien sein Verdacht wohlbegründet zu sein. Seit dem Herbst 57 v. Chr. und seiner Ernennung als Roms Kommissar für die Getreideversorgung hatte sich Pompeius um ein neues Kommando im Osten bemüht. Crassus hatte dasselbe Bestreben. Bis zum Zeitpunkt des Aufruhrs war ihre Rivalität im Hintergrund geblieben, aber Clodius hatte in für ihn typischer Weise den Schleier beiseite gerissen. »Wer will nach Alexandria aufbrechen?«, hatte er seinen Banden zugerufen. »Pompeius!«, hatten die Banden lauthals geantwortet. Und auf die Frage, »von wem sie wollten, dass er gehe«, kam die ohrenbetäubende Antwort, die es darauf anlegte, dass Pompeius der Schlag traf, und lautete: »Crassus!«[25] Einige Tage danach sagte Pompeius Cicero, dass er seinen Partner im Triumvirat für den Aufruhr, für Clodius und alles andere verantwortlich halte. Er vertraute ihm dann vorsorglich noch an, dass Crassus eine Verschwörung vorbereite, um ihn ermorden zu lassen.

Die Neuigkeit verbreitete sich wie ein Lauffeuer. Das Triumvirat war zu Ende. Das wenigstens erschien jedermann deutlich. Sofern jemand sich überrascht zeigte, war es nur wegen des Umstands, dass das Bündnis so lange gehalten hatte. So sicher wie die Jahreszeiten verging am Ende auch der Zugriff großer Männer auf die Macht. In jenem Frühjahr des Jahres 56 v. Chr. schien das Tauwetter für die ganze Republik zu gelten. Alte Gegner des Triumvirats wie Bibulus und Curio begannen sich wieder zu regen, schüttelten ihre Glieder und erwachten aus ihrem Winterschlaf. Im Senat wurde der Aufruhr auf dem Forum offiziell verurteilt und als etwas, das »gegen die Interessen der Republik geschehen sei«, gebrandmarkt.[26] Die Verantwortung dafür sprach man nicht Clodius, sondern Pompeius zu. Diese Beleidigung seiner Ehre stachelte den großen Mann zu einem weiteren gewaltigen Wutausbruch an, und unausweichlich schob er Crassus dafür die Schuld zu. Aber obwohl das kurzzeitig zu einer Verbesserung seiner Laune geführt haben mag, war doch jetzt seine mangelnde Popularität im Senat so offenkundig geworden, dass er sie nicht mehr ignorieren konnte. Alle seine teuersten Sehnsüchte – sich im Lob und Ansehen seiner Standesgenossen zu sonnen, ein zweites glänzendes Kommando im Osten zu führen – hatten sich als hoffnungslose Wunschvorstellungen entpuppt. Für Pompeius den Großen waren, wie es schien, die Tage des Ruhmes vorbei. Als seine Wut sich gelegt hatte, verfiel er in eine schwere Depression.

Der Geruch seines Scheiterns hing wie die Witterung von Aas über Rom. Im Senat winselten und knurrten die Hyänen vor Aufregung. Während Pompeius hilflos im flachen Wasser zappelte, richtete sich die Aufmerksamkeit als Nächstes auf die Aussichten, einen zweiten großen Fisch an Land zu ziehen. Caesars Feinde wussten, dass es nie eine bessere Gelegenheit geben würde, ihn zu erledigen. Sie hatten drei Jahre auf der Lauer gelegen, und jetzt endlich machte sich einer von ihnen daran, ihm den Todesstoß zu versetzen.

Lucius Domitius Ahenobarbus fand den Mut dazu ohne größere Schwierigkeiten. In seinem Fall war Mut allerdings gleichbedeutend mit Hochmut, der so übertrieben war, dass er an Dummheit grenzte. Er war unverschämt reich und unverschämt vornehm und ein Mann, den Cicero, der sich auf solche Dinge verstand, als jemanden bezeichnete, der bereits als zukünftiger Konsul geboren worden war. In jenem Frühjahr des Jahres 56 v. Chr. schickte Domitius sich an, sein Geburtsrecht zu beanspruchen. Er war Catos Schwager und stand mit Pompeius, der in den dunklen Tagen des Bürgerkriegs seinen Bruder hatte hinrichten lassen, in Blutfehde. Daher konnte kein Zweifel daran bestehen, welcher Richtung er zuneigen würde. Als Domitius ankündigte, er werde sich um das Konsulat bewerben, erklärte er in aller Offenheit, dass er bei einer Wahl Caesars Kommando für nichtig erklären würde. Als Ersatz schlug er selbstverständlich sich selbst vor. Gallia Transalpina war von seinem Großvater erobert worden und er betrachtete die Statthalterschaft als sein rechtmäßiges Erbe. Die hinter ihm stehende Senatsmehrheit äußerte ihr Einverständnis. Erst Pompeius und jetzt Caesar – gingen die Überflieger und Möchtegern-Tyrannen nun endlich ihrem Untergang entgegen?

Viereinhalb Jahrhunderte republikanischer Geschichte legten nahe, dass es so war. Die Tradition war stärker als jedes Triumvirat. Ein Mann ging unter, ein anderer trat an seine Stelle. So war es immer gewesen. Sollten doch Pompeius und Caesar und ihre Nachfolger untergehen. Was immer auch geschah, die Republik würde weiterleben.

Wenigstens ging jeder davon aus.

9 DIE SCHWINGEN DES IKARUS

Crassus verliert seinen Kopf

Als das Triumvirat zerbrach, waren andere weiter unten in der Hierarchie in eigene verzweifelte Kämpfe verwickelt. Anfang April wurde Marcus Caelius vor Gericht gestellt. Seine bunte Vergangenheit hielt einer genaueren Überprüfung nicht stand. Die Ankläger hatten keine Schwierigkeit, eine große Zahl unterschiedlicher Vergehen und Verbrechen nachzuweisen, und darunter als schlimmstes den Überfall auf eine Gesandtschaft und die Ermordung ihres Anführers. Was dem Prozess seinen Skandalgeruch verlieh, war indes ein weiterer Vorwurf: dass Caelius versucht habe, seine Mätresse Clodia Metelli zu vergiften. Offensichtlich war das Verhältnis der beiden nicht glücklich verlaufen.

Nicht dass die Ankläger etwa die geringste Anspielung darauf machten. Da für Caelius die Einzelheiten der Affäre ebenso rufschädigend zu sein versprachen wie für Clodia, hatten sie darauf spekuliert, dass die Verteidigung ebenfalls so diskret sein würde. Aber sie hatten ihre Rechnung ohne Cicero gemacht. Die Beziehungen mit seinem alten Schüler waren lange Zeit schwankend gewesen, aber die Gelegenheit, einen frontalen Angriff auf Clodia starten zu können, war zu verlockend, um sie auszulassen. Statt einen Schleier über die Angelegenheit zu breiten, zog Cicero es vielmehr vor, sie in den Mittelpunkt seiner ganzen Verteidigungsstrategie zu stellen. »Nehmen wir an, eine nicht verheiratete Frau halte freies Haus für jedermanns Begierden und führe ohne Hehl das Leben einer Dirne, sie habe es sich zur Gewohnheit gemacht, an den Zechgelagen wildfremder Männer teilzunehmen, und obliege diesem Treiben in der Stadt, in den Parks, im überlaufenen Baiae«, rief er mit donnernder Stimme und fragte: »Glaubt ihr, es sei für einen jungen Mann besonders ehrenrührig und kompromittierend, wenn er zu dieser Person Beziehungen unterhalten hat?«[1] Natürlich nicht! Schließlich war sie nur eine Straßenhure und daher leichte Beute!

Die Geschworenenrichter hörten, wie Roms Königin der feinen Gesellschaft in dieser Weise heruntergemacht wurde, und sie waren fasziniert und entsetzt zugleich. Was sie dabei nicht bemerkten, war der Umstand, dass Cicero, indem er die Schwester seines Feindes aufs Korn nahm, alle wirklich ernsthaften Anklagen gegen seinen Klienten unter einem Wust von Andeutungen verborgen hatte. Die Strategie sollte sich als erfolgreich erweisen: Caelius wurde freigesprochen. Cicero konnte sich voller Genugtuung über einen gelungenen Frontalangriff freuen.

Seine Darbietung war so blendend gewesen, dass sie eine andere Rede, die während des Prozesses von dem anderen Beschützer des Caelius gehalten worden war, völlig in den Schatten gestellt hatte. Aber Crassus wird sich kaum große Gedanken darüber gemacht haben. An großem Feuerwerk war ihm nie besonders gelegen. Er brauchte so etwas nicht. Seine Absicht, die hinter der Hilfestellung für Caelius stand, war vielmehr die Sicherung seiner Investition in die Zukunft des jungen Mannes; dieses Ziel hatte er erreicht, und das mit einem minimalen Aufwand. Gewiss, er hatte sich an der Zerstörung Clodias beteiligt, aber selbst Clodius, der sich selten zügelte, wenn es darum ging, die Ehre seiner Familie zu verteidigen, war zu vorsichtig, um Crassus direkt anzugreifen. Der mochte zwar scharfsinnig und zurückhaltend in seinen Methoden sein und war eher ein Mann der geflüsterten Hinweise und Versprechungen als der offenen Drohungen, aber er blieb doch die bedrohlichste Figur in Rom. Jetzt endlich, im Frühjahr 56 v. Chr., schickte Crassus sich an zu erproben, wie weit ihn diese Bedrohlichkeit bringen würde. Selbst als er bei dem Prozess des Caelius seine Rede hielt, waren seine Gedanken ganz woanders: Er war dabei, ein politisches Meisterstück vorzubereiten.

Im vorangegangenen Monat war Crassus nach Ravenna gereist, einer Stadt direkt jenseits der Grenze des römischen Italiens und innerhalb von Gallien, der Provinz Caesars. Zwei andere Machtpolitiker warteten dort auf ihn. Der eine war Caesar selbst, der andere war der hochmütige älteste Bruder des Clodius, Appius Claudius. Nachdem die drei Männer eine geheime Beratung abgehalten hatten, war Crassus nach Rom zurückgekehrt, während Appius bei Caesar blieb und sich nach Westen wandte. Mitte April kamen die beiden Verschwörer in der Grenzstadt Lucca an. Auch Pompeius gelangte von

Rom aus dorthin. Eine zweite Konferenz wurde abgehalten. Wiederum blieben die Einzelheiten geheim, aber die Nachricht von dem Treffen selbst hatte sich so schnell verbreitet, dass Pompeius, als er in Lucca ankam, von zweihundert Senatoren begleitet wurde. Man konnte mehr als hundert Liktorenbündel zählen, die in den Straßen Luccas aufgepflanzt waren. Auf ihren Vorteil bedachte Senatoren, die dem Geruch der Macht nachgingen, suchten überall nach Aufstiegsmöglichkeiten. Für ihre prinzipientreueren Kollegen daheim in Rom war das lärmende Gedränge dieser aristokratischen Bittsteller ein Vorzeichen kommenden Unheils. Ein weiteres Mal schien dem Senat die Autorität zu entgleiten. War das Triumvirat vielleicht doch noch nicht am Ende?

Und doch schien es nahezu unglaublich, dass Pompeius und Crassus ein zweites Mal ein Bündnis zusammengeschustert haben sollten. Welche Übereinkunft konnten sie denn überhaupt gefunden haben? Und was war Caesars Rolle in diesem trüben Geschäft? Auf was war er jetzt eigentlich aus? Einer der Ersten, die das herausfinden sollten, war Cicero. Er war durch die Erfahrung seines Exils ernüchtert und machte sich keine Illusionen mehr darüber, dass er sich der vereinten Macht der Triumvirn entgegenstellen könne. Gegen Clodius und Clodia war das möglich, aber nicht gegen diejenigen, die ihm »in ihrem Reichtum, ihren militärischen Machtmitteln und ihrem Einfluss« unendlich überlegen waren.[2] Als Pompeius ihn unter Druck setzte, zerbröckelte sein Widerstand. Einerseits verletzlich und nervös und andererseits beredt und angesehen, war Cicero ein ideales Instrument. Er wurde sofort eingesetzt. Im selben Sommer musste er sich im Senat erheben und den Vorschlag einbringen, dass die gallischen Provinzen, die Domitius Ahenobarbus so hoffnungsvoll ins Auge gefasst hatte, bei Caesar, und zwar bei ihm allein, blieben. Domitius, der über diese Kehrtwendung äußerst verblüfft war, platzte vor Wut. Was hatte Cicero vor? Warum trat er für etwas ein, das er einst als empörend verurteilt hatte? Hatte er nicht das geringste Schamgefühl? Privat machten derartige Fragen Cicero krank vor Elend. Er wusste, dass er benutzt wurde, und hasste sich selbst deswegen. In der Öffentlichkeit hingegen gab er das simple Argument zum Besten, dass er in Wahrheit mit seinem Seitenwechsel staatsmännisches Verhalten an den Tag lege. »Niemals sind doch in der Staatsführung bewährte Männer mit eigensinnigem

Beharren bei einer gefassten Meinung geblieben«, betonte er. Er hänge nicht etwa seinen Mantel nach dem Wind, sondern gehe nur »mit der Zeit«.[3]

Niemand ließ sich wirklich davon überzeugen – am wenigsten Cicero selbst. In weinerliche Selbstverachtung versunken versuchte er sich wieder aufzurichten, indem er sich dem einzigen festen Gedanken hingab, der ihm noch geblieben war: seine blutige Fehde mit Clodius. Die Bronzetafel, auf der sein Exil gefeiert wurde, war noch immer oben auf dem Kapitol öffentlich ausgestellt. Von Milo begleitet hängte Cicero sie ab, nahm sie mit und versteckte sie in seinem Haus.* Clodius besaß die Unverfrorenheit, ihn nicht nur wegen ungesetzlichen Verhaltens anzuzeigen, was von Cato auf äußerst hochtrabende Weise unterstützt wurde, sondern er ließ auch auf dem Palatin Plakate anbringen, die eine lange Liste der Verbrechen des Cicero bekannt machten. Selbst im Treibsand der Republik gab es Dinge, die sich niemals änderten.

Aber auch wenn ihr erbitterter Kampf in ewigem Hin und Her weiterging, verband die beiden Männer doch mehr als nur ihr Hass aufeinander. Appius hatte beschlossen, dass es an der Zeit für ihn sei, Konsul zu werden, und das war auch der Grund für seine Reisen nach Ravenna und Lucca zu den Treffen mit den Triumvirn gewesen. Als Gegenleistung für ihre Rückendeckung bei den Wahlen für das Jahr 54 v. Chr. hatte er ihnen seine eigene Unterstützung und die seines jüngsten Bruders angeboten. Besonders für Pompeius, der seit zwei Jahren von Clodius verfolgt und gedemütigt wurde, war das ein großer Gewinn. Die unvergleichlichen Talente des größten Volksaufhetzers in Rom standen nun den Triumvirn zur Verfügung, und sie konnten darüber nach Gutdünken verfügen. So wie Cicero als Instrument für die Interessen Caesars eingesetzt worden war, wurde Clodius eingesetzt, um den Interessen von Pompeius und Crassus zu dienen. Befehle wurden an sein Netz von Volkstribunen und Bandenführern ausgegeben. Eine Einschüchterungskampagne wurde eingeleitet, deren Ziel die Verschiebung der Wahlen für das Konsulat des Jahres 55 v. Chr. war. Die Gewalt eskalierte schnell, wie das bei einer Beteiligung des Clodius immer der Fall war. Eine

* Oder er zerstörte sie; die Quellen sind in diesem Punkt nicht eindeutig.

Gruppe von Senatoren versuchte, ihm den Zutritt zum Senat zu verstellen; Clodius' Anhänger beantworteten das mit der Drohung, das Senatsgebäude niederzubrennen. In der Zwischenzeit waren die Wahlen noch immer nicht abgehalten worden, und Rom füllte sich mit den Klienten der Triumvirn; darunter befand sich auch eine große Zahl von Caesars Veteranen, die Sonderurlaub aus Gallien erhalten hatten. Empörte Senatoren legten Trauerkleidung an. Schreckliche Vorahnungen drängten sich in ihren Köpfen. Nachdem Pompeius und Crassus in ihrer äußerst staatsmännischen Art versucht hatten, über den Kämpfen zu stehen, wurde ihnen eines Tages die Frage, die seit Monaten in Rom in der Luft gelegen hatte, endlich offen gestellt: Planten sie, sich für das Konsulat des Jahres 55 v. Chr. zu bewerben? Crassus war aalglatt wie immer und antwortete, er werde das tun, was am besten für die Republik sei; aber Pompeius, den man mit ständigen Fragen festzunageln versuchte, platzte schließlich mit der Wahrheit heraus. Die Aufteilung der Macht, die es ermöglicht hatte, ihre Rivalitäten zu überwinden, war nun vor aller Augen enthüllt.

Augenblicklich setzte erbitterter Widerstand ein. Die beiden Kandidaten waren bestürzt. Nachdem sie die Wahlen verschoben hatten, um die Stadt mit Caesars Veteranen zu füllen, begannen sie nun in Panik zu befürchten, dass sie möglicherweise trotzdem nicht gewinnen würden. In den Häusern der anderen Kandidaten wurden mitternächtliche Besuche abgestattet. Man ließ die Muskeln spielen und versuchte sich in gewaltsamer Überredung. Nur Domitius weigerte sich, seine Kandidatur zurückzuziehen. Inzwischen war es Januar geworden. In den ersten Wochen des Jahres 55 v. Chr. war man ganz ohne Konsuln geblieben, und die Wahlen konnten nicht noch weiter aufgeschoben werden. Mitten in der Nacht, Stunden bevor die abgegrenzten Wahlbereiche geöffnet wurden, versuchten Domitius und Cato, sich einen Platz auf dem Marsfeld abzustecken. Sie wurden dabei von bewaffneten Schlägern überrascht, die ihren Fackelträger töteten und Cato verwundeten, bevor sie ihre Männer in die Flucht schlugen. Am nächsten Tag sicherten sich Pompeius und Crassus erwartungsgemäß ihr zweites gemeinsames Konsulat, aber damit war ihre Wahlmanipulation noch nicht zu Ende. Als Cato das Amt eines Praetors gewann, ließ Pompeius das Ergebnis für ungültig erklären. Die Posten als Aedilen wurden auf schamlose Weise an Anhänger verteilt, was in der Tat so schwer wiegend war, dass auf dem Marsfeld frische Gewalt ausbrach. Diesmal wurde Pompeius mitten in das Geschehen verwickelt und seine Toga überall mit Blut bespritzt.

Das durchweichte Kleidungsstück brachte man in sein Haus, wo seine schwangere Frau besorgt auf Neuigkeiten wartete. Als Julia die blutgetränkte Toga sah, wurde sie vor Schreck ohnmächtig und verlor ihr Kind. Niemand konnte es verwundern, dass der Anblick Pompeius des Großen, der über und über mit dem Blut seiner Mitbürger bespritzt war, bei seiner Frau zu einer Fehlgeburt geführt haben sollte. Durch solche Zeichen gaben die Götter ihr Urteil bekannt. Die Republik selbst war dabei, wie eine Fehlgeburt verloren zu gehen. Cicero machte in einem vertraulichen Brief an Atticus klägliche Witze darüber, dass die Notizbücher der Triumvirn sicher voll waren mit »Seiten mit den Listen der künftigen Konsuln«.[4] In den Augen ihrer Standesgenossen war das Verbrecherische des Handelns von Pompeius und Crassus so offensichtlich, dass es als Vergehen gegen die heiligen Bräuche erschien. Während sie vorher, im Jahr 59 v. Chr., Caesar als ihren Vertreter vorgeschickt hatten, waren sie es jetzt selbst, die das heilige Amt der Konsuln missbrauchten. Und zu welchem Zweck taten sie das eigentlich? Sie hatten doch beide gewiss schon genug Ruhm errungen? Warum waren sie auf so gewaltsame und gesetzwidrige Weise bis zum Äußersten gegangen, nur um für sich ein zweites Mal das Konsulat zu sichern?

Die Antwort sollte nicht lange auf sich warten lassen, und sogar Pompeius und Crassus hatten noch so viel Anstand, um sich dafür zu schämen. Als ein folgsamer Volkstribun vortrat und ein Gesetz vorschlug, das den Konsuln für fünf Jahre ein Kommando in Syrien und Spanien zuteilte, täuschten die beiden Männer unschuldige Überraschung vor, aber niemand ließ sich davon blenden. Je genauer man die Einzelheiten des Gesetzes in Augenschein nahm, desto bestürzender erschien es. Die beiden Prokonsuln sollten das Recht haben, Truppen auszuheben sowie ohne Rücksprache mit dem Senat oder dem Volk Krieg zu erklären und Frieden zu schließen. Ein anderes Gesetz verlieh Caesar dieselben Rechte, bestätigte ihn in seinem Kommando und verlängerte es für weitere fünf Jahre. Zusammengenommen sollten die drei Mitglieder des Machtkartells von nun an die Kontrolle über zwanzig Legionen und die am stärksten gefährdeten Provinzen Roms haben. Die Stadt hatte oft von dem anklagenden Schrei der Tyrannei widergehallt, aber sicherlich niemals mit so gutem Recht wie jetzt.

Von ihren frühesten Tagen an hatte der Albtraum die Republik heimgesucht, dass ihre eigenen Ideale sich gegen sie kehren könnten. »Es ist aber bei dieser Gruppe das Erschwerende«, bemerkte Cicero nachdenklich, »dass in den größten Geistern und den glänzendsten Begabungen zumeist das Begehren nach Ehre, Herrschaft, Macht und Ruhm entsteht.«[5] Das war eine alte Einsicht. Die Römer hatten immer erkannt, dass das, was sie an einem Bürger am großartigsten fanden, auch eine Quelle der Gefahr sein konnte. Das war auch die Erklärung dafür, warum über die Jahrhunderte die freie Entwicklung des Ehrgeizes so stark eingeschränkt wurde. Gesetze und Bräuche, Beispiele und Mythen – all das zusammen bildete das Gewebe der Republik. Kein Bürger konnte sich so verhalten, als existiere das nicht. Tat einer es dennoch, riskierte er sein Scheitern und ewige Schande. Als wahre Römer hatten Pompeius und Crassus dies verinnerlicht. Das war der Grund dafür, dass Pompeius zwar zu Lande und zu Wasser alles erobern konnte und sich doch nach dem Respekt eines Mannes wie Cato sehnte. Das war der Grund dafür, dass Crassus der am meisten gefürchtete Mann in Rom sein konnte und es dennoch vorzog, seine Macht hinter einem Schleier zu verbergen. Jetzt aber reichten ihre Skrupel nicht mehr aus, um sie zurückzuhalten. Um sein zweites Konsulat zu erringen, hatte Pompeius Cato am Ende fast ermorden lassen. Und Crassus geriet während der Debatte über sein Kommando als Prokonsul derart in Wut, dass er einem Senator einen Faustschlag ins Gesicht versetzte.

In jenem Sommer des Jahres 55 v. Chr. wurde in der Tat allgemein bemerkt, wie reizbar dieser einst so zurückhaltende Mann geworden war. Crassus hatte sich zu einem redegewandten und prahlerischen Mann gewandelt. Als er das Prokonsulat über Syrien durch Los gewonnen hatte, konnte er nicht aufhören, überall davon zu erzählen. Selbst wenn er nicht über sechzig Jahre alt gewesen wäre, hätte man ein solches Benehmen für unpassend angesehen. Plötzlich lachten die Leute hinter seinem Rücken über ihn. Das war vorher niemals vorgekommen. Je mehr Crassus in den vollen

Schein der Unbeliebtheit trat, desto stärker begann seine finstere Rätselhaftigkeit zu schwinden. Er wurde von Volksmengen angerempelt und war gelegentlich sogar gezwungen, den Rückzug anzutreten und Pompeius um Schutz zu bitten. Mit solchen Akten der Erniedrigung bestrafte das römische Volk Crassus für seinen Verrat an der Republik. Als endlich die Zeit für die Abreise in seine Provinz kam, begleiteten ihn keine Festlichkeiten oder eine jubelnde Menge. »Oh, dieser Nichtsnutz!«[6] rief Cicero in seiner Schadenfreude über die Erbärmlichkeit der Abreise von Crassus aus. Aber das Fehlen einer ermutigenden Verabschiedung war noch nicht das Schlimmste. Als der Prokonsul durch das Stadttor auf die Via Appia hinaustrottete, fand er dort einen Volkstribunen, der am Straßenrand auf ihn wartete. Zu einem früheren Zeitpunkt hatte derselbe Mann versucht, Crassus festzunehmen, und dieser Aufsehen erregende Versuch war völlig beiseite geschoben worden. Jetzt stand er neben einem Dreifuß mit einer Feuerschale. Schwaden von Weihrauch stiegen daraus auf, trieben über die Gräber der Heroen aus früheren Zeiten und erfüllten die winterliche Brise mit ihrem Duft. Seinen Blick fest auf Crassus gerichtet, stimmte der Tribun einen Gesang an. Die Worte waren archaisch und kaum verständlich, aber ihre Bedeutung war völlig klar: Crassus wurde mit einem Fluch beladen.

Unter solchen Vorzeichen brach er also zu seinem Kommando im Osten auf. Nichts hätte ihm besser demonstrieren können, welch hohen Preis er gezahlt hatte, um es sich zu sichern. Was Crassus vorher am wichtigsten gewesen war, nämlich sein Ansehen, lag in Scherben. Es war nicht erstaunlich, dass er während seines Konsulats Zeichen der Nervosität gezeigt hatte. Doch sie waren nicht, wie seine Feinde durch Andeutungen behaupteten, Beweise für seine Senilität oder eine Lockerung seines Zugriffs. In seinem Gehirn eines Buchhalters wurden Kosten und Nutzen immer noch so zynisch gegeneinander abgewogen wie eh und je. Nur ein unvergleichlicher Preis konnte ihn dazu gebracht haben, den Kredit zu opfern, den er in der Republik genoss. Syrien allein würde kaum eine angemessene Entschädigung sein. Im Austausch gegen seinen guten Namen wollte Crassus nicht weniger als die Reichtümer der ganzen Welt.

In der Vergangenheit hatte er sich über solche Wunschvorstellungen lustig gemacht. Seinem erbitterten Rivalen war bei seinem dritten und großspurigsten Triumph ein Karren gefolgt, der den Erdkreis darstellte. Doch Pompeius der Große war zu befangen gewesen im Hinblick auf die Rolle, die Alexander gespielt hatte, um sich ganz mit ihr zu identifizieren, und er hatte zu viel Respekt vor den Traditionen seiner Stadt gehabt. Crassus, der das verstanden hatte und sich in seiner Verachtung für die Prahlerei des Pompeius bestätigt fühlte, hatte ursprünglich keinerlei Bedürfnis verspürt, selbst den Welteroberer zu spielen. Aber dann hatte Caesar diese Rolle übernommen. Im Zeitraum von zwei kurzen Jahren hatte er sich Reichtümer erworben, die es mit denen des Pompeius aufnehmen konnten. Crassus hatte, kalt und berechnend, wie er war, die sich daraus ergebenden Folgen schnell erkannt. Zu seiner Reise nach Ravenna, dem Abschluss seiner Übereinkunft mit Pompeius und Caesar und der Organisation seiner brutalen Wahlkampagne wurde er durch eine Mischung aus Gier und Furcht angetrieben: Außerdem leiteten ihn zügellose Habsucht und die Angst, hinter den anderen zurückzubleiben. Vielleicht klarer als seine Partner im Verbrechen sah er die Anzeichen für eine neue, alles aus den Angeln hebende Ordnung. Darin würden einige wenige Männer an der Spitze – vielleicht zwei oder, wie Crassus hoffte, drei – eine im Vergleich zu ihren Mitbürgern so übermäßige Macht in Händen halten, dass Rom selbst in ihrem Schatten stehen würde. Wenn die Republik die Herrin der Welt war, welche Grenzen konnte es dann für Männer geben, die es wagten, die Kontrolle über sie zu übernehmen und ihre Mittel nach eigenem Gutdünken einzusetzen? Ihre Grenze war vielleicht der Himmel, sicher nichts Geringeres.

Im Frühjahr des Jahres 54 v. Chr. kam Crassus in seiner neuen Provinz an und rückte bis an ihre Ostgrenze vor. Jenseits des Euphrats erstreckte sich in der Wüste eine große Fernstraße. Crassus wusste, wohin sie führte. Er sah in die aufgehende Sonne und konnte in seiner Fantasie einen Blick auf Gewürzwolken und das Glitzern von Onyx, Karneol und Perlen erhaschen. Es gab viele Berichte von den märchenhaften Reichtümern des Ostens. Man behauptete, dass es in Persien einen Berg gebe, der ganz und gar aus Gold bestehe; dass in Indien das ganze Land »mit einem elfenbeinernen Wall« geschützt sei;[7] und dass in China, dem Land der Seres (Seidenleute), die Seide von Lebewesen gewoben würde, die die doppelte Größe von Käfern hätten. Natürlich konnte kein intelligenter Mann solch lächerliche Geschichten glauben, aber der Umstand, dass sie erzählt wurden, zeigte eine zweifelsfreie und verführerische Wahrheit auf: Der Prokonsul, der sich zum Herren über den Orient machte, würde Reichtümer ohnegleichen besitzen. Kein Wunder, dass Crassus nach Osten blickte und träumte.

Um die Feldzeichen des römischen Volkes an den Ufern des äußersten Ozeans aufzupflanzen, musste er natürlich erst mit den Barbaren vor seiner Tür fertig werden. Unmittelbar jenseits des Euphrats befand sich das Königreich der Parther. Über dieses Reich war nicht viel bekannt, außer dass seine Bewohner wie alle Orientalen verweichlicht und verschlagen waren. Lucullus und Pompeius hatten beide Friedensverträge mit ihnen abgeschlossen, aber das war ein unbequemes Detail, das zu berücksichtigen Crassus nicht die geringste Absicht hatte. Dementsprechend überquerte er im Sommer des Jahres 54 v. Chr. den Euphrat und nahm eine Reihe von Grenzstädten ein. Die Parther verlangten entrüstet seinen Rückzug. Crassus lehnte ab. Nachdem er seinen Krieg begonnen hatte, gab er sich jedoch zunächst damit zufrieden, einen weiteren geeigneten Zeitpunkt abzuwarten. Das erste Jahr als Statthalter brachte er mit einträglichen Plünderungen zu. Der Tempel in Jerusalem und viele andere wurden aller ihrer Schätze beraubt. »Er befasste sich mit der Feststellung der Schätze ... nach Waage und Gewicht viele Tage lang«.[8] Dank seiner sorgfältigen Haushaltsführung war Crassus in der Lage, eine Armee aufzustellen, die seinen Ambitionen gerecht wurde: sieben Legionen, viertausend Mann leichte Infanterie und ebenso viele Reiter. Unter der Reiterei befanden sich als exotischer Akzent eintausend Gallier. Ihr Kommandeur war Publius, der jüngste Sohn des Crassus, der mit so viel Erfolg unter Caesar gedient hatte und jetzt darauf brannte, seine glänzenden Erfolge für seinen Vater zu wiederholen. Alles war bereit. Im Frühjahr 53 v. Chr. überquerten Crassus und sein Heer den Euphrat noch einmal. Das große Abenteuer hatte begonnen.

Zu Beginn ließ die große Leere das Ausmaß der Vorbereitungen lachhaft erscheinen. In der Richtung, in der Crassus' Heer marschierte, war nichts zu sehen als das Flimmern der Hitze. Dann endlich stieß die Vorhut auf Hufspuren, die von einer großen Reiterdivision zu stammen schienen. Die Spuren bogen von der Straße ab und verschwanden in der Wüste. Crassus entschied sich dafür, ihnen zu folgen. Bald befanden sich die Legionen auf dem Marsch durch eine kahle Ebene, in der es keinen einzigen Fluss gab und in der kein einziger Grashalm wuchs, und man sah nichts anderes als brennend heiße Sanddünen. Die Römer begannen zu erlahmen. Der fähigste Offizier des Crassus, ein Quaestor namens Cassius Longinus, drängte seinen General zur Umkehr, aber Crassus, der doch in der politischen Arena so geschickt bei strategischen Rückzügen war, wollte jetzt nichts davon hören. Die Legionen rückten weiter vor. Dann kam die Nachricht, auf die ihr General gehofft hatte. Die Parther waren in der Nähe, und zwar nicht nur eine Reiterdivision, sondern eine große Armee. Begierig zu verhindern, dass der Feind ihm entwische, befahl Crassus seinen Legionen den Vormarsch. Sie befanden sich jetzt inmitten der glutheißen Sandebene. Vor sich konnten sie abgerissen und staubig aussehende Reiter ausmachen. Die Legionäre schlossen ihre Reihen mit ihren Schilden. Während sie damit beschäftigt waren, warfen die Parther ihre Mäntel ab und ließen erkennen, dass sie und ihre Pferde in glitzernde Kettenpanzer gekleidet waren. Im gleichen Moment erschallte von überall in der Ebene der unheimliche Lärm von Trommeln und klingelnden Glocken, ein lautes Getöse und man hörte »einen tiefen, fürchterlichen Ton, verwandt dem Gebrüll wilder Tiere und dem Krachen des Donners«.[9] Den Römern erschien das kaum ein menschliches Geräusch, sondern eher wie eine von der schimmernden Hitze erzeugte Halluzination. Ihnen schauderte.

Und der ganze lange Tag sollte wie ein schlechter Traum verlaufen. Die Parther wichen jedem Versuch eines direkten Kampfes aus und verschwanden immer wieder wie eine Fata Morgana zwischen den Dünen. Während sie sich im Kreis drehten und fortritten, setzten sie stahlbespitzte Pfeile als Waffe ein, die sie in die Reihen der schwitzenden, durstigen und schwerfälligen Legionäre schossen. Als Publius mit seinen Galliern zu ihrer Verfolgung ansetzte, wurden diese von der schweren Reiterei des Feindes umzingelt und vernichtet. Publius selbst wurde enthauptet, und ein parthischer Reiter spießte dann seinen Kopf auf eine Lanze und stellte ihn zur Schau, während er vor den Reihen der Römer entlangritt, sie verhöhnte und Beleidigungen gegen den Vater des Publius ausstieß. Inzwischen waren die Legionen ringsum eingeschlossen. Den ganzen Tag lang regnete es die tödlichen Pfeile der Parther auf sie, und die Legionäre hielten verbissen und heroisch stand. Mit dem willkommenen Eintreten der Dämmerung begannen sich die traurigen Reste von Crassus' großem Expeditionskorps nach Carrhae zurückzuziehen, der einzigen in der Nähe liegenden Stadt von erwähnenswerter Größe. Von dort aus bahnten sich unter der fähigen Leitung des Cassius einige wenige zerstreute Überlebende ihren Weg zurück über die römische Grenze. Hinter sich ließen sie zwanzigtausend ihrer Kameraden, die auf dem Schlachtfeld gefallen waren, und zehntausend weitere als Gefangene. Sieben Legionsadler waren verloren gegangen. Seit 218 v. Chr., als Hannibal die Republik bei Cannae geschlagen hatte, war es nicht mehr vorgekommen, dass eine römische Armee eine solche katastrophale Niederlage erlitten hatte.

Crassus selbst war von der völligen Zerstörung all seiner Hoffnungen wie betäubt und ließ sich von den Parthern zu Verhandlungen verleiten. Nachdem er so viele andere überlistet hatte, wurde er nun selbst überlistet. Man verwickelte ihn in ein Handgemenge und schlug ihn nieder. Der Tod ersparte ihm eine demütigende Prüfung, die von den Parthern – um den Triumph über ihr Opfer gebracht – an seiner Stelle einem anderen auferlegt wurde, den sie aus dem Kreis der Gefangenen auswählten. Der Mann wurde als Frau verkleidet und von Liktoren begleitet, deren Ruten mit Geldbeuteln und deren Äxte mit den Köpfen von Legionären geschmückt waren, und es folgten ihm hohnschreiende Prostituierte: So führte man den Gefangenen in einer wilden Parodie eines Triumphes vor. Offenbar wussten die Parther mehr von den militärischen Traditionen der Römer, als die Römer von den ihren gewusst hatten.

Inzwischen war das Haupt des echten Crassus an den Hof des Partherkönigs gesandt worden. Es kam dort gerade zu dem Zeitpunkt an, als ein gefeierter Schauspieler, Jason von Tralles, eine Szene aus der großen Tragödie *Die Bakchen* des Euripides vorsang. Wie es ein schauriger Zufall wollte, war das ein Stück, in dem ein abgeschlagener Kopf vorkam. Jason ergriff mit der schnellen Reaktion des wahren Professionisten die blutige Trophäe und wiegte sie in seinen Armen, um einen passenden Monolog zu improvisieren. Wie zu erwarten, rief das Schauspiel von Crassus als Bühnendekoration in seinem eigenen Drama den stürmischen Beifall der Zuschauer hervor. Für einen Mann, der so hoch hinauswollte und so tief gefallen war, konnte man sich kein geeigneteres Ende vorstellen.

So war der Himmel am Ende doch nicht die einzige Grenze gewesen.

Ad Astra

Es war ein Glaubensartikel der Römer zu meinen, dass sie das moralisch aufrechteste Volk der Welt seien. Wie anders sollte man die Größe ihre Reiches erklären? Doch sie wussten auch, dass die Größe der Republik eigene Risiken barg. Sie zu missbrauchen, würde den Zorn der Götter herausfordern. Daher rührte ihre Sorge, jeden Eindruck der Aggressivität zu vermeiden und darauf zu bestehen, dass sie ihr Reich ausschließlich in Selbstverteidigung gewonnen hätten. Völkern, die durch die Legionen niedergewalzt worden waren, mag das als lachhaft erschienen sein, aber die Römer glaubten es trotzdem, und häufig meinten sie es todernst. Der Widerstand, auf den zum Beispiel der Krieg des Crassus gegen die Parther gestoßen war, war erbittert gewesen. Jedermann wusste, dass es dafür keine andere Entschuldigung gab als Gier. Und der blutgetränkte Wüstensand von Carrhae zeigte, dass auch die Götter das gewusst hatten.

Trotz allem war Crassus nicht der Einzige gewesen, der davon geträumt hatte, die Herrschaft Roms bis an die Grenzen der Welt voranzutreiben. Etwas in der Grundstimmung der Republik veränderte sich: Vorstellungen einer Globalisierung lagen in der Luft. Man konnte die Erdkugel sowohl auf Münzen wie auf Festwagen im Triumphzug finden. Und das alte Misstrauen gegen ein Weltreich schwand schnell. Aufgaben und Pflichten in fernen Ländern konnten, wie es schien, tatsächlich erfolgreich abgewickelt werden. Selbst die konservativsten Senatsmitglieder begannen das allmählich anzuerkennen. Im Jahr 58 v. Chr. war Cato aus Rom nach Zypern gegangen mit der Mission, die Insel zu erobern. Ursprünglich war er schärfstens gegen jedes politische Vorhaben dieser Art gewesen, nicht zuletzt weil Clodius es vorgeschlagen hatte, der die Einkünfte aus Zypern dazu verwenden wollte, seine übertriebenen Getreidespenden zu finanzieren. Aber als der Volkstribun mit typisch boshafter Arglist davon gesprochen hatte, dass der aufrechteste unter seinen Gegnern entsandt werden sollte, um Roms neue Besitzung zu verwalten, und der Senat dem begeistert zugestimmt hatte, hatte Cato sich verpflichtet gefühlt, nach Zypern zu gehen. Dort angekommen, hatte er seine Pflichten mit der ihm üblichen Sorgfalt erfüllt. Den Bewohnern waren Frieden und eine gute Verwaltung zuteil geworden, und das römische Volk hatte den Schatz des ehemaligen Herrschers erhalten. Cato war beladen mit Silber und einer ganzen Bibliothek von Abrechnungsbüchern zurückgekehrt. Der Senat war so erfreut über die ehrliche Tätigkeit, die er in den Abrechnungen verzeichnet fand, dass er Cato das Privileg verlieh, eine purpurberandete Toga zu tragen – und Cato hatte diese Extravaganz entschieden zurückgewiesen.

Nichtsdestoweniger war er stolz auf das, was er in Zypern erreicht hatte, und zwar nicht nur für die Republik, sondern auch für die Bewohner der Provinz. Für ihn war die Herrschaft eines ehrlichen römischen Verwalters der elenden Anarchie, die vor seiner Ankunft in Zypern geherrscht hatte, bei weitem vorzuziehen. Cato unternahm damit einen äußerst wichtigen Schritt: Der unbeugsamste Traditionalist im Senat brachte die alten Ideale römischen Verhaltens mit seiner neuen Rolle in der Welt in Einklang. Griechische Intellektuelle hatten natürlich schon lange in diese Richtung gedrängt, wie Cato bestens bekannt gewesen sein dürfte, denn er beschäftigte sich eifrig mit Philosophie und zeigte bei seinem Studium dieselbe Ernsthaftigkeit, die er bei all seinen Tätigkeiten an den Tag legte. Besonders Poseidonios, jener bei allen Römern in besonderer Gunst stehende Guru, hatte die Überzeugung vertreten, dass unterworfene Völker ihre Eroberung durch die Republik willkommen heißen sollten, weil das dazu beitragen würde, die Menschheit in einem Weltreich zu einen. Jetzt schlossen sich die Römer selbst dieser Argumentation an. Ansätze, die noch vor ein paar Jahrzehnten undenkbar gewesen wären, fanden nun allgemeine Verbreitung. In ihrer Begeisterung für *ein* Reich sprachen manche von der zivilisatorischen Mission Roms; und weil Roms Werte und Institutionen ganz offensichtlich denen der Barbaren überlegen seien, habe es die Pflicht, sie zu verbreiten; nur wenn der ganze Erdkreis Roms Herrschaft untertan sei, könne es einen Weltfrieden geben. Die Moral hatte nicht nur versucht, mit der harten Tatsache der Ausbreitung des Reiches Schritt zu halten, sondern sie verlangte nach mehr.

Dabei war natürlich hilfreich, dass die Herrschaft über das Reich Farbe und Leben nach Rom brachte, dazu aus fremden, weit entfernten Ländern die Nachrichten von Eroberungen und eine Flut von Gold, die sich über die Straßen ergoss. In den ganzen sechziger Jahren hatten die Römer solche Freuden mit dem Namen des Pompeius verbunden. Jetzt, in den Fünfzigern, sollten sie sich dank Caesar wieder daran freuen. Selbst in den entlegensten feuchten und kalten Gegenden Galliens vergaß der Prokonsul niemals sein Publikum daheim. Er überschüttete sie mit Aufmerksamkeiten. Es hatte ihm immer Freude gemacht, Geld für andere auszugeben – eine seiner Eigenschaften, die ihn so beliebt machten –, und jetzt war das Geld endlich auch sein eigenes. Die Beute aus Gallien floss nach Süden. Caesar war mit jedermann großzügig: mit seinen Freunden, mit jedem, von dem er meinte, dass er ihm nützlich werden könne, und überhaupt mit ganz Rom. Man begann Vorbereitungen für eine riesige Erweiterung des Forums zu treffen, die dazu führen würde, dass sein Name stets in aller Munde wäre. Aber wenn Caesar darauf aus war, seine Mitbürger mit gigantischen Marmorgebäuden zu umwerben, so wollte er sie doch auch unterhalten und in freudiger Aufregung über seine glanzvollen Leistungen sehen. Seine Kriegsberichterstattung war meisterhaft. Kein Römer konnte sie ohne einen Schauer von Erregung und Stolz lesen. Caesar wusste, wie er seine Mitbürger dazu bringen konnte, mit sich selbst zufrieden zu sein. Wie schon so oft bot er ein Schauspiel, und als Arena diente ihm die ganze faszinierende Weite Galliens.

Beinahe hätte er die Provinz im März 56 v. Chr. an Domitius Ahenobarbus verloren, wären da nicht Caesars schnelle Auffassungsgabe und sein diplomatisches Geschick gewesen. Das Risiko hatte ihn gezwungen, rasch zu handeln. Er hatte die Konferenzen von Ravenna und Lucca mit Pompeius und Crassus vorgeschlagen, denn er verspürte keine besondere Eifersucht gegenüber den Ambitionen seiner beiden Partner im Triumvirat. Was ihn betraf, so konnten sie alles haben, was sie wollten, solange man ihm weitere fünf Jahre als Statthalter in Gallien gewährte.

Während Caesar sich den diplomatischen Verhandlungen widmete, die ihm die Verlängerung sichern würden, wusste er, dass er dringend in der Bretagne gebraucht wurde. Eine Legion war dort für den Winter stationiert worden, und als die Lebensmittel ausgingen, war ihr Befehlshaber gezwungen gewesen, Truppen zur Proviantsuche auszuschicken. Als sie in das Gebiet eines örtlichen Stammes, der Veneter, eindrangen, waren einige der zur Requisition ausgesandten Offiziere gefangen genommen worden. Die Veneter selbst, die im vorangegangenen Herbst den Römern Geiseln stellen mussten, hatten zuversichtlich einen Austausch vorgeschlagen. Ein Angebot zwar, das ihnen selbst hinreichend annehmbar erschien, mit dem sie aber einen betrüblichen Mangel an Kenntnis ihrer Feinde an den Tag gelegt hatten. In ihrer Unschuld waren sie nämlich davon ausgegangen, dass die Römer sich an die anerkannten Spielregeln der Stammeskämpfe halten würden, bei denen sowohl plötzliche Überfälle und Hinterhalte wie kurze Vergeltungsangriffe und Geiselnahmen an der Tagesordnung waren. Für die Römer stellten solche Taktiken indes Terrorismus dar, und als solcher waren sie auch zu bestrafen. Caesar traf Vorbereitungen, um den Venetern eine vernichtende Lektion zu erteilen. Da sie über Seestreitkräfte verfügten, befahl er einem seiner fähigsten Offiziere, Decimus Brutus, eine Kriegsflotte zu bauen. Die Schiffe der Veneter, die man damit überrascht hatte, wurden vernichtet. Der Stamm hatte keine andere Wahl, als sich zu ergeben. Seine Anführer wurden hingerichtet und der Rest der Bevölkerung wurde in die Sklaverei verkauft. Caesar, der sich normalerweise seiner Milde rühmte, hatte in diesem Fall beschlossen, »sie mit aller Härte zu bestrafen, um zu erreichen, dass die Barbaren in Zukunft den völkerrechtlichen Schutz der Gesandten gewissenhafter beachteten«[10] – und damit meinte er natürlich seine Offiziere, die sich auf der Suche nach Proviant zur Beschlagnahme befunden hatten. Die doppelzüngige Sprache verriet, was sein wirkliches Ziel war. Die Gallier mussten deutlich auf eine neue Realität hingewiesen werden: Von nun an war es Caesar, der die Regeln bestimmte. Stammeskämpfe und Aufstände gehörten der Vergangenheit an. Das Land hatte in Frieden zu leben – ein Frieden, der von Rom kontrolliert und aufrechterhalten wurde.

Die brutale Bestrafung der Veneter zeigte die erwünschte Wirkung. In jenem Winter war die Grundstimmung in ganz Gallien die einer resignierten Unterwerfung. Die meisten Stämme hatten sich noch nicht mit den Römern im Kampf gemessen, aber das Hörensagen hatte seinen Dienst getan und es war jetzt allgemein bekannt, dass die Furcht einflößenden Neuankömmlinge sich überall, wo man ihnen zum Kampf entgegengetreten war, als unbesiegbar erwiesen hatten. Nur in den dichten Wäldern Germaniens war die Nachricht, wie es schien, nicht angekommen. Im Frühjahr des Jahres 55 v. Chr. begingen zwei Stämme den Irrtum, den Rhein zu überschreiten und nach Gallien vorzudringen. Caesars Geduld mit aufsässigen Stämmen war inzwischen gering geworden, und so wurden die Eindringlinge rücksichtslos vernichtet. Dann überschritt Caesar selbst den Fluss, um den Barbaren jenseits des Rheines eine deutliche Warnung zu erteilen. Er benutzte dazu nicht ein Boot – das war ein Transportmittel, das ihm als »seinem Ansehen nicht entsprechend«[11] erschien –, sondern eine speziell konstruierte Brücke. Die ausgezeichneten technischen Fähigkeiten, die ihr Bau erforderte, waren ein ebenso deutlicher Ausdruck der römischen Macht wie die überwältigende Disziplin der Legionen, die den Fluss überquerten: Die Germanen am anderen Ufer warfen einen kurzen Blick auf die gewaltige hölzerne Struktur, die aus den rauschenden Fluten aufragte, und verschwanden in die Wälder. Die märchenhaften Wälder Germaniens waren Gegenstand vieler übertriebener Geschichten. Man erzählte, sie seien die Heimstätte sonderbarer Ungeheuer und erstreckten sich so unendlich weit, dass ein Mann zwei Monate lang voranschreiten könne und sie dennoch nicht durchquert habe. Caesar blickte in ihr Dunkel und hatte keinerlei Absicht, die Glaubhaftigkeit solcher Geschichten auf die Probe zu stellen. Er ließ die Germanen in den dunklen Wäldern hocken, steckte ihre Dörfer und die Ernte in Brand und überschritt den Rhein dann wieder in Richtung Gallien. Die Brücke, die mit so viel Geschick und Anstrengung errichtet worden war, befahl er wieder abzureißen.

Caesar hatte immer eine Vorliebe für Aufsehen erregende Akte der Zerstörung gezeigt. Ja, nur ein Jahrzehnt zuvor hatte er seine neue Villa in Rom abreißen lassen und sich damit zum Tagesgespräch gemacht. Der eisenharte General, der immer die Rationen seiner Soldaten aus ihrer Satteltasche stibitzte, der in der Lage war, ganze Legionen mit seinem Mut anzutreiben, der jede Härte und Entbehrung, die er seinen Männern auferlegte, mit ihnen teilte und nur in seinen Mantel gehüllt auf dem frostigen Boden schlief, war immer noch die alte schillernde Persönlichkeit. Die Vorliebe für alles Aufregende und große Gesten, die er als Tunichtgut gehabt hatte, beeinflussten jetzt seine Strategie als Prokonsul des römischen Volkes. Wie immer achtete er darauf, zu blenden und einzuschüchtern. Der Bau und die Zerstörung einer Brücke über den Rhein hatten nur dazu beigetragen, seinen Appetit auf noch aufsehenerregendere Unternehmungen zu steigern. Kaum war Caesar also mit seinen Männern nach Gallien zurückgekehrt, marschierte er auch schon nordwärts zur Küste des Ärmelkanals und dem alles umgebenden Ozean.

Inmitten seiner eisigen Gewässer wartete die märchenhafte Insel Britanniens auf ihn. Sie war ebenso in geheimnisvolle Ungewissheit wie in Regen und Nebel gehüllt. Daheim in Rom hatten manche Zweifel daran, ob sie überhaupt existiere. Selbst Händler und Kaufleute, die Caesars übliche Informationsquelle waren, konnten nur sehr umrisshafte Einzelheiten berichten. Ihr Widerstreben, die Insel ausführlich zu bereisen, überraschte kaum. Es war allgemein bekannt, dass Barbaren immer wilder wurden, je weiter man nach Norden kam, und dass sie eine ganze Anzahl von entsetzlichen Bräuchen kannten wie den Kannibalismus und sogar – wie abstoßend! – das Trinken von Milch. Ihnen Respekt vor dem Namen der Römischen Republik beizubringen, würde eine Leistung von homerischer Größe sein. Für Caesar, der niemals jemanden vergessen ließ, dass er seine Abstammung bis zur Zeit des Trojanischen Krieges zurückverfolgen konnte, war die Versuchung unwiderstehlich.

In seinem Bericht an den Senat suchte er einen Angriff auf Britannien mit der Behauptung zu rechtfertigen, dass die einheimischen Bewohner den aufständischen Venetern zu Hilfe gekommen seien und dass im Übrigen das Land reich an Silber und Zinn sei. Das waren keine völlig überzeugenden Argumente, denn wenn einer dieser beiden Gründe in den Augen Caesars wirklich an erster Stelle gestanden hätte, hätte er sich einen ganzen Sommer für seinen Feldzug gegönnt. In Wahrheit setzte die römische Flotte ihre Segel nicht vor Juli. Der Ausflug sollte sich in der Tat als eine Reise in die Vergangenheit erweisen. Auf den Kreidefelsen von Kent wartete ein Schauspiel auf die Invasoren, das direkt aus der Legende stammte: Krieger fuhren in Kampfwagen auf und ab wie Hektor und Achilleus in der

Ebene vor Troja. Zu der exotischen Natur des Ganzen trug noch bei, dass die Briten sonderbare Bärte trugen und blau angemalt waren. Die Legionäre waren so verblüfft, dass sie geduckt in ihren Booten stehen blieben, bis endlich ein Bannerträger, der sich an seinem Legionsadler festhielt, allein ins Wasser sprang und ans Ufer zu waten begann. Seine Kameraden rafften sich beschämt auf und sprangen ihm hinterher. Nach einigen heftigen Gefechten wurde am Strand ein Brückenkopf errichtet. Ein paar weitere Schlachten wurden geschlagen, einige Dörfer in Brand gesteckt und eine Anzahl Geiseln genommen. Dann, als das Wetter sich verschlechterte, befahl Caesar seinen Männern, ihre Sachen zusammenzupacken und nach Gallien zurückzusegeln.

Nichts auch nur im Mindesten Greifbares war erreicht worden, aber in Rom war die Neuigkeit, dass eine Armee der Republik sowohl den Rhein wie den Ozean überquert hatte, eine Sensation. Zwar wiesen einige eingefleischte Spielverderber wie Cato darauf hin, dass Caesar jetzt seinen Auftrag noch unglaublicher als je zuvor überschritten habe, und beschuldigten ihn der Kriegsverbrechen. Die meisten Bürger waren jedoch nicht geneigt, sich weiter damit aufzuhalten. Selbst das Fehlen von Beute trug nicht dazu bei, die allgemeine Stimmung wilder Begeisterung zu dämpfen. »Auch das ist schon bekannt«, berichtete Cicero einige Monate später, »dass es dort keinen Deut Silber gibt und Beute nur in Form von Sklaven zu erhoffen ist, unter denen«, wie er verächtlich hinzufügt, »du wohl kaum literarisch Gebildete zu finden erwartest.«[12] Aber dieser Ton amüsierter Überlegenheit täuschte niemanden. Cicero war ebenso aufgeregt wie alle anderen, und als im Jahr 54 v. Chr. ein zweiter sommerlicher Feldzug jenseits des Ärmelkanals unternommen wurde, verfolgte er die Ereignisse mit fieberhaftem Interesse. Alle anderen taten das auch: Rom war leidenschaftlich erpicht auf Nachrichten. In ihrem Eindruck auf ein gespannt wartendes Publikum sind die Feldzüge Caesars in Britannien passend mit den Mondlandungen verglichen worden: »Solche Expeditionen verbanden die Welten von Realität und Mythos: Sie waren zugleich ein über alle Vorstellungen hinausgehendes Abenteuer wie eine technische und sportliche Glanzleistung.«[13] Nur wenige hatten Zweifel daran, dass bald die ganze Insel gezwungen sein würde, sich der Oberhoheit der Republik zu beugen. Nur Cato war immun gegen das Kriegsfieber. Er schüttelte den Kopf und warnte düster vor dem Zorn der Götter.

Und wie sich herausstellte, war Caesar in der Tat zu schnell und zu weit vorgeprescht. Als er auf der Suche nach den aufreibend schwer fassbaren Briten die Themse überquerte, brachten ihm seine Boten schlechte Nachrichten: In Gallien hatte es eine Missernte gegeben; der Aufruhr drohte. Caesars Anwesenheit war sofort notwendig. Es hatte bereits einen gewaltigen Sturm im Ärmelkanal gegeben, und die Legionäre lebten in der Furcht, dass ein weiterer ihre Flotte zerstören könnte und sie für den Winter festsetzen sollte. Caesar entschied, das Schlimmste zu verhindern. Ein Vertrag, der ihn das Gesicht wahren ließ, wurde mit einem lokalen Stammesfürsten abgeschlossen. Der Traum, das Ende der Welt zu erreichen, musste zunächst zurückgestellt werden. Obwohl er die schmerzliche Wahrheit so gut als irgend möglich vor seinen Mitbürgern verbarg, hatte sich Caesar doch offensichtlich übernommen. Jetzt stand nicht die Eroberung Britanniens auf dem Spiel, sondern die ganze Zukunft des römischen Gallien.

In dem betreffenden Winter und dem darauf folgenden Sommer ergaben sich Gefahren durch Aufstände verschiedener Stämme und das isolierte Auflodern von Rebellion. Die Besatzung eines Legionslagers wurde aus dem Hinterhalt angegriffen und ausgelöscht – fast siebentausend Männer verloren ihr Leben. Ein anderes Lager wurde eingeschlossen und konnte von Caesar selbst gerade noch gerettet werden. Der Prokonsul war beunruhigt, dass die Flammen der Rebellion sich ausbreiten könnten, und er war überall präsent, zog kreuz und quer durch das Land und versuchte, die Glutnester auszutreten. Manchmal überließ er es den Galliern selbst, die Feuerwehr zu spielen, und überantwortete das Gebiet aufständischer Stämme ihren Nachbarn zur beliebigen Plünderung. Entzweien und herrschen – diese Politik war immer noch erfolgreich. Der Sommer des Jahres 53 v. Chr. ging vorüber, und noch immer hatte es keine allgemeine Verbreitung des Brandes gegeben. Caesar begann sich zu beruhigen. Im vorangegangenen Jahr war er gezwungen gewesen, die Kriegführung den ganzen Winter über fortzusetzen, aber dieses Jahr nicht. Zu Beginn des neuen Jahres hielt er sich in Ravenna auf und war mit der Planung für das Ende seiner Statthalterschaft und seine ruhmreiche Rückkehr nach Rom beschäftigt. Seinen besorgten Mitbürgern verkündete er ein weiteres Mal die Befriedung Galliens.

In jenem Januar des Jahres 52 v. Chr. hörte der Schnee nie auf zu fallen. Auf den Bergpässen lag er besonders hoch. Die Legionen Caesars, die im entfernten Norden des Landes stationiert waren, waren von ihrem General abgeschnitten. Aber schlechtes Wetter sollte bald das geringste ihrer Probleme sein. Trotz des Schnees waren die Gallier nämlich sehr wohl in der Lage, in Verbindung miteinander zu treten. In den Ebenen des Landes rotteten sich Kriegsbanden zusammen. Gegen alle Erwartung hatte eine große Horde von Stämmen im nördlichen und mittleren Gallien offenbar begonnen, über ein Bündnis zu verhandeln, und sie hatten ihre Streitigkeiten im Angesicht des gemeinsamen Feindes begraben. Der Urheber dieser Allianz und ihr unbestrittener Führer war ein beeindruckender Krieger namens Vercingetorix. Als Befehlshaber »verband er höchste Gründlichkeit mit größter Strenge in der Ausbildung«.[14] Eigenschaften, die sogar Caesar respektieren konnte – und musste, denn es waren die Tugenden eines Römers. Vercingetorix hasste die Eindringlinge, aber in seiner Entschlossenheit, die Geheimnisse ihres Erfolgs zu ergründen, hatte er sie auch genauestens studiert. Als er jedem Stamm befahl, ihm einen genau festgelegten Anteil an Truppen zu entsenden, ahmte er die Methoden der römischen Verwalter und Steuereintreiber nach, die Vollstrecker einer Ordnung waren, die ganz Gallien und Gebiete weit über seine Grenzen hinaus umspannte. Die Welt wurde kleiner. Das konnten auch die Gallier nicht ändern, ob sie nun gewannen oder verloren. Ihre neue Einigkeit war sowohl eine Folge der Verzweiflung wie des globalen Zugriffs der Römer. Es war Caesar, der die Gallier gelehrt hatte zu begreifen, was eine Nation war. Jetzt drohte dieser Erfolg ihn zu zerstören.

So sah es wenigstens aus. Denn obwohl ein Bündnis gallischer Stämme genau das war, was Caesar sich sechs Jahre lang verzweifelt zu verhindern bemüht hatte, bot es ihm doch auch eine prickelnde Versuchung: Gelegenheit, den Widerstand ein für alle Mal zu brechen. Seiner bevorzugten Methode entsprechend sprang er dem Feind direkt an die Gurgel. Als sich die Truppen des Vercingetorix an der Grenze der alten römischen Provinz sammelten und die Herrschaft der Republik über das gesamte Gallien jenseits der Alpen bedrohten, begab sich Caesar in aller Eile zum Zentrum des Aufstands. Dafür musste er Pässe überschreiten, die von zwei Meter hohem Schnee bedeckt waren, und mit einer minimalen Eskorte durch wildes Feindesland galoppieren. Sein Wagemut wurde belohnt. Es gelang ihm, zu seinen Legionen zu stoßen. Aber jetzt war auch er selbst von Italien abgeschnitten. Die Römer litten Hunger, denn Vercingetorix hatte seine Verbündeten dazu überredet, ihre Vorräte lieber zu verbrennen, als dem verhassten Feind zu erlauben, sich ihrer zu bemächtigen. Auf verzweifelter Suche nach Proviant konnte Caesar eine Stadt stürmen, wurde aber vor einer anderen abgeschlagen, und das war seine erste Niederlage in offener Feldschlacht nach sechs Jahren als Prokonsul. Die Nachricht ermutigte noch mehr Stämme, sich mit ihren Truppen Vercingetorix anzuschließen. Einige von Caesars Offizieren begannen, ihren Mut zu verlieren: Sie rieten ihrem General, sich einen Weg zurück in die Sicherheit zu erkämpfen, zu retten, was vor dem Untergang zu retten war, und Gallien aufzugeben.

Caesar wies das zurück. Die »damit verbundene Schmach und Würdelosigkeit«[15] machten das undenkbar. Wie groß auch immer seine eigenen Zweifel und seine Ermüdung waren, nach außen hin stellte er weiter dieselbe überlegene Zuversicht zur Schau wie immer. In Caesars Energie war etwas Dämonisches und Erhabenes. Sie war geprägt von Kühnheit, Ausdauer und dem Verlangen danach, der Beste zu sein, und brachte den Geist der Republik in seiner beigeisterndsten und tödlichsten Form zum Ausdruck. Es war nicht erstaunlich, dass seine Männer ihn verehrten, denn sie waren auch Römer und fühlten sich vom Schicksal begünstigt, an dem großen Abenteuer ihres Generals teilhaben zu können. Sie waren in langen Jahren der Kriege und Schlachten gestählt und nicht geneigt, jetzt angesichts der Gefahr in Panik zu geraten. Ihr Glaube an Caesar und ihre eigene Unbesiegbarkeit verließ sie nicht.

Als Vercingetorix, der anderes vermutete, den Versuch unternahm, sie endgültig zu vernichten, brachten Caesars Truppen seiner Reiterei schwere Verluste bei und zwangen sie zum Rückzug. Vercingetorix entschied sich, auf Verstärkung zu warten, und zog sich in die Stadt Alesia zurück, einen befestigten Ort in der Nähe des heutigen Dijon, der so uneinnehmbar war, dass er bisher nie hatte erobert werden können. Caesar, der sich selten von solchen Vorgeschichten beeindrucken ließ, nahm Alesia sofort unter Belagerung. Ein gewaltiger Ring von Gräben und Erdwällen von einer Länge von fast fünfundzwanzig Kilometern schloss Vercingetorix und seine Männer in der Stadt ein. Alesia hatte ausreichend Proviant für dreißig Tage, aber die dreißig Tage vergingen, und der Belagerungsring war noch immer fest geschlossen. Die Gallier begannen zu hungern. Vercingetorix, der entschlossen war, die Kampfkraft seiner Krieger um jeden Preis aufrechtzuerhalten, verfiel auf die grausame Lösung, jedermann, der nicht in der Lage war zu kämpfen, aus Alesia fortzuschicken. Frauen und Kinder sowie die Alten und Kranken wurden ausnahmslos vor die Mauern der Stadt getrieben. Caesar weigerte sich indes, sie passieren zu lassen oder sie auch nur als Sklaven zu übernehmen, obwohl sie ihn darum baten. Er war entschlossen, Vercingetorix so weit zu beschämen, bis er die Flüchtlinge wieder in Alesia aufnahm, und ließ sie gedrängt unter freiem Himmel lagern, wo sie Gras aßen und allmählich vor Krankheit und Kälte starben.

Dann endlich kam die Nachricht, auf die Caesar sehnsüchtig gewartet hatte. Zweihunderttausend Gallier waren unterwegs zur Rettung ihres Führers. Sofort ordnete Caesar den Bau eines zweiten Befestigungsrings an, der diesmal nach außen gerichtet war. Welle auf Welle schreiender und Schwerthiebe austeilender Krieger brach sich an den Verteidigungslinien. Die römischen Befestigungen hielten den ganzen Tag stand. Die Dämmerung brachte eine Ruhepause, aber nicht das Ende der schweren Prüfung. Die Gallier hatten den römischen Blockadewall auf die Probe gestellt, um seinen schwächsten Punkt zu finden – und sie hatten ihn gefunden. Nördlich der Stadt, wo zwei Legionen ihr Lager aufgeschlagen hatten, lag ein Hügel direkt über den Befestigungsanlagen, und eben von dort aus trieben die Scharen der Krieger bei Tagesanbruch ihren Angriff voran. Sie schütteten die Gräben zu und überkletterten die Palisaden, während vor ihnen und im Rücken der Römer die Männer des Vercingetorix sie mit Kriegsgeschrei anfeuerten. Die Legionäre, die so in die Zange genommen waren, verteidigten sich mit wilder Verzweiflung. Auf beiden Seiten wusste man, dass der Moment der Entscheidung bevorstand. Den Römern gelang es gerade eben noch, ihre Linien zu halten. Selbst als die Gallier, die versuchten, die Palisaden mit Haken niederzureißen, mit aller Kraft zogen und das Zersplittern von Wachtürmen mit Jubelgeschrei begrüßten, stieg vonseiten der Legionäre, die die Breschen auffüllten, zur Antwort lautes Kriegsgeschrei empor. Aus der Entfernung hatten sie oben auf dem Hügel, der über ihrer Stellung lag, einen roten Fleck ausgemacht: Es war der Mantel ihres Generals. Caesar, der den ganzen Tag über an den Befestigungslinien entlanggeritten war und seinen Männern ermutigende Worte zugerufen hatte, hatte sich am Ende entschlossen, seine letzten Reserven einzusetzen. Er war unbemerkt aus den Befestigungen ausgebrochen, und die römische Kavallerie überraschte die Gallier völlig durch einen Angriff von der Höhe des Hügels. Die Legionäre rückten unter Austeilung von Schwerthieben von den Befestigungen aus vor, um sich mit ihnen zu vereinigen. Jetzt war es an der Reihe der Gallier, in die Zange genommen zu werden. Das Gemetzel war furchtbar und der Sieg der Römer total. Die Männer des Vercingetorix, die die Todesschreie ihrer Landsleute hörten, zogen sich in die Festung Alesia zurück. Sowohl die Truppen in der von ihm belagerten Stadt wie mehr noch die ihn ihrerseits belagernde Armee waren ihm zahlenmäßig weit überlegen gewesen, und doch hatte Caesar beide besiegt. Das war der größte und erstaunlichste aller Siege seiner Laufbahn.

Am nächsten Morgen ritt Vercingetorix in glänzender Rüstung aus Alesia heraus und kniete vor seinem Eroberer nieder. Caesar war nicht in der Stimmung, gnädig zu sein, und ließ ihn in Ketten schlagen und ins Gefängnis werfen. Der Krieg war noch nicht vorbei, aber er war schon gewonnen. Der Sieg war um einen schrecklichen Preis errungen worden. Zwischen den Mauern Alesias und den römischen Palisaden lagen die ausgezehrten Leichen von Frauen und Kindern. Über ihnen lagen die Körper der von den Legionen erschlagenen Krieger, und weiter weg, im Bereich der äußeren Befestigungen, waren im Umkreis von Kilometern um Alesia unzählige Leichen aufgeschichtet; es herrschte ein Grauen erregendes Durcheinander der Gliedmaßen von Pferden und Menschen, ihre Bäuche waren aufgedunsen und ihr Blut tränkte die schlammigen Felder, die zum Schlachthof der gallischen Freiheit geworden waren. Und doch war Alesia nur eine einzige Schlacht gewesen. Zusammengenommen hatte die Eroberung Galliens eine Million Menschenleben gekostet, eine weitere Million war in Sklaverei geraten, achthundert Städte waren im Sturm genommen worden – das wenigstens behaupten die antiken Quellen.[16]

Das sind Zahlen, die an einen Genozid reichen. Wie genau sie auch immer sein mögen – und es gibt Historiker, die sie für wahrscheinlich halten[17] –, in jedem Fall spiegeln sie die unter Caesars Zeitgenossen verbreitete Auffassung wider, dass sein Krieg gegen die Gallier etwas Außergewöhnliches gewesen sei, zugleich unvergleichlich furchtbar und unvergleichlich großartig. In den Augen der Römer konnte für einen Mann kein besserer Maßstab gefunden werden als seine Fähigkeit, harten Prüfungen von erschöpfender Anstrengung und Blutvergießen standzuhalten. Nach dieser Norm hatte Caesar sich als der erste Mann der Republik erwiesen. Er hatte an der vornehmsten Pflicht eines Bürgers festgehalten: sich niemals zu ergeben und niemals zurückzuweichen. Wenn der Preis dafür auch eine Kriegführung von einem vorher kaum erlebten Ausmaß und Schrecken gewesen war, war doch die Ehre für ihn selbst und für Rom umso größer. Im Jahr 51 v. Chr., dem Jahr nach Alesia, als Caesar beschloss, an einer anderen aufständischen Stadt ein Exempel zu statuieren und jedem Mann, der seine Waffen gegen ihn erhoben hatte, die Hände abzuschlagen, konnte er davon ausgehen, »dass seine Milde allgemein bekannt war, und er brauchte den Eindruck nicht zu fürchten, er sei aufgrund seiner grausamen Natur zu hart vorgegangen«.[18] Er hatte Recht. Caesar war, zumindest unter den Römern, in der Tat für seine nachsichtige Milde und Gnade bekannt. Aber er war noch bekannter für seine Liebe zum Ruhm, und in ihrem Namen hatten ganz Gallien und noch weiter entfernt liegende Gegenden bluten müssen.

Jetzt aber war die große Aufgabe endlich vollbracht und es herrschte Frieden. Die Republik schuldete Caesar sehr viel. Als sich seine Amtszeit nun ihrem Ende zuneigte, warteten in Rom sicher große Ehren auf ihn. Der Beifall seiner dankbaren Mitbürger, ein glänzender Triumph, vielleicht auch ein weiteres hohes Amt? Wer konnte denn Caesar, dem Eroberer Galliens, irgendetwas davon verweigern?

Nach fast einem Jahrzehnt der Abwesenheit stand er zu seiner Heimkehr bereit.

Es gab natürlich in Rom einen Mann von noch größerer Bekanntheit und größerem Reichtum als Caesar: Pompeius der Große stand in niemandes Schatten. Und ganz sicher nicht in dem Caesars, den er immer als seinen Schützling betrachtet hatte. In der für den größten Feldherrn Roms gebührenden Weise war Pompeius natürlich stolz auf die Leistungen seines Schwiegervaters, aber mehr auch nicht. Die Idee, dass Caesar ein Rivale für ihn sein oder ihn gar überflügeln könnte, kam ihm nicht im Geringsten in den Sinn.

Einige Leute versuchten vergeblich, ihm die Augen zu öffnen. So hatte im Jahr 55 v. Chr., als Crassus seinen Feldzug in den Osten vorbereitete und Caesar im fernen Gallien seine Gedanken auf Britannien richtete, ein unerwarteter Besucher bei Pompeius angeklopft. Cato hatte in den vorangegangenen Monaten viele blaue Flecken davongetragen. Als er im Januar versucht hatte, die Wahl des Pompeius und Crassus in ihr zweites Konsulat zu verhindern, war er von den Schlägern des Pompeius heftig verprügelt worden. Seitdem hatte er unermüdlich und mit viel Mut erfoglos dagegen gekämpft, dass den beiden Konsuln fünf Jahre dauernde Kommandos gewährt wurden. Jetzt wollte Pompeius, dass Caesar ein Kommando derselben Art erhielt. Cato hatte seinen ganzen Stolz heruntergeschluckt und war gekommen, um seinen Gegner zu bitten, sich das noch einmal zu überlegen. Könne er nicht sehen, welch ein Ungeheuer er auf seine Schultern hebe? Der Zeitpunkt würde kommen, an dem seine Kraft nicht mehr ausreichen werde, Caesar abzuschütteln oder sein Gewicht zu tragen. Doch dann würden beide Männer in einer tödlichen Umklammerung straucheln und fallen. Und die Republik? Unter dem Gewicht zweier so gewaltiger Kolosse würde die Republik sicherlich zu Staub gemahlen werden.

Pompeius jedoch wies diesen Appell zurück. Mehr als in anderen Jahren konnte er sich 55 v. Chr. im ruhigen Vertrauen auf seine Macht und sein Glück wiegen. Auf dem Marsfeld, wo Arbeiter jahrelang an seinem großen Theater gebaut hatten, waren die Gerüste endlich abgenommen worden. Vor den Augen des römischen Volkes enthüllte sich der prachtvollste Gebäudekomplex, der in der Geschichte ihrer Stadt errichtet worden war. Er war mitten in einem schönen Park gelegen und umfasste nicht allein ein Theater, sondern auch eine der Öffentlichkeit zugängliche Säulenhalle, einen Saal für den Senat und ein neues Wohnhaus für Pompeius selbst. Über allem stand der Venustempel, der Pompeius als Vorwand gedient hatte, um den Bau anfänglich zu rechtfertigen, und der ihn darauf vertrauen ließ, dass er das Gebäude auf ewig vor den zerstörerischen Instinkten seiner eifersüchtigen Rivalen schützen könne.

Das war eine vernünftige Vorsorge, denn der gesamte Gebäudekomplex war ein Modellfall der Provokation zur Eifersucht. Geld hat bei seinem Bau keine Rolle gespielt. In den Gärten blühten seltene Pflanzen aus dem Osten. In der Portikus hingen golddurchwirkte Vorhänge zwischen den Säulen, während im Hintergrund aus zahlreichen Brunnen murmelnde Bäche flossen. Kaum durch Schleier verhüllte Göttinnen standen in keuscher Bescheidenheit im Schatten und trugen weiter zu der Atmosphäre eines Ortes bei, der sofort in aller Augen zum romantischsten Treffpunkt in Rom wurde. All die Statuen und Gemälde waren Meisterwerke, die Atticus als der kenntnisreiche Kunstliebhaber, der er war, unter Mitwirkung einer Reihe anderer Experten sorgfältig ausgesucht hatte, denn Pompeius wollte Ausstellungsstücke von absoluter Spitzenqualität. Das beindruckendste Stück war aber nicht eine Antiquität, sondern ein speziell in Auftrag gegebenes Standbild des Pompeius selbst. Es war an strategischer Stelle in dem neuen Senatssaal aufgestellt und stellte sicher, dass selbst bei Abwesenheit des großen Mannes sein Schatten auf die Versammlung fiel.

Warum sollte er, der ein so prachtvolles Bauwerk hatte errichten lassen, Barbaren nachjagen, um sich zu bewähren? Zwar waren im Norden der ihm zugeteilten Provinz Spanien noch wilde Stämme, die darauf warteten, gezähmt zu werden, aber sie waren kleine Fische und kaum der Aufmerksamkeit eines Welteroberers würdig. Pompeius wollte zwar nicht sein Kommando oder die damit verbundenen Legionen verlieren, aber er wollte Spanien lieber aus der Ferne und durch die Vermittlung von Beauftragten verwalten. Crassus sollte doch ruhig gehen und die Parther bekämpfen, und Caesar die Gallier – Pompeius hatte bereits seinen Triumph über drei Kontinente gefeiert. Jetzt, nach Fertigstellung seines Theaters, konnte man seine für die Republik errungenen Siege als spektakuläres Schauspiel auf der Bühne präsentieren. Es gab keine Reise bis an die Grenze der Welt für Pompeius den Großen. Eher würden die Enden der Welt sich unter seinem Befehl in Rom zusammenfinden.

In seinen Zwanzigern hatte sich Pompeius, der früh emporgekommene junge General, während seiner vernichtenden Kämpfe gegen die Libyer die Zeit genommen, auf Löwenjagd zu gehen. »Auch die wilden Tiere, sagte er, die Afrika bewohnten, wolle er nicht in Unkenntnis des Wagemuts und des Glücks der Römer zurücklassen.«[19] Entlang der Grenzen des Römischen Reiches und jenseits des Scheines der flackernden Lagerfeuer der Legionäre streiften Löwen durch die Nacht, wie sie es seit der Schöpfung des Universums getan hatten; sie waren ursprüngliche Symbole des Schreckens, die den Menschen ihre Seelenruhe raubten. Aber jetzt, da er in seinen Fünfzigern war, konnte Pompeius befehlen, dass sie in sein Theater gebracht wurden – und so geschah es auch. Und nicht nur Löwen. Ein Jahrhundert später sollte man ganze Schiffsflotten, voll beladen mit wilden exotischen Tieren, für das vollkommene Symbol der neuen weltweiten Ausdehnung der Republik ansehen. »Von fernher reisen mit Knurren mächtige Tiger zu Schiff, durchmessen den eisernen Käfig, um vor klatschender Menge das Blut von Menschen zu trinken.«[20] So schrieb Petronius, der Zeremonienmeister Neros, als er jenes Zeitalter zusammenfassen wollte.

Für Pompeius' Zwecke war es wichtig, dass die Wildheit der von ihm herbeigeschafften Tiere sowohl dem Selbstbewusstsein wie dem Vergnügen diente. Das war der Grund, warum Tiere selten in einem Zoo gehalten wurden. Nur wenn man sie im Kampf zur Schau stellte und die bestialische Kraft sich mit der menschlichen maß, konnte Pompeius seinen Mitbürgern deutlich machen, was es hieß, Herrscher über die Welt zu sein. Manchmal war die Lektion mehr, als die Bürgerschaft ertragen konnte. Als Lanzenträger die beispiellose Zahl von zwanzig Elefanten angriffen, betrübte ihr verzweifeltes Trompeten die Zuschauer derart, dass jeder im Theater weinen musste. Cicero, der sich im Publikum befunden hatte, war darüber erstaunt. Wie war es möglich, fragte er sich, dass ein so beeindruckendes Schauspiel so wenig Vergnügen erregt hatte?

Er untersuchte seine eigenen Gefühle. Die Gewalt hatte ihn eher betäubt als aufgeregt. Von Löwen zerrissene Gefangene, stolze, großartige wilde Tiere, die von Lanzen aufgespießt wurden: Beides schien nicht die Art von Schauspiel zu sein, die einem zivilisierten

Mann sehr viel Vergnügen bereitete. Doch wenn es etwas gab, das Cicero bei den Vergnügungen mehr als alles andere betrübt hatte, war es ihr Ausmaß. Das Abschlachten der zwanzig Elefanten war lediglich der Höhepunkt einer Veranstaltung gewesen, die er selbst freimütig als »die aufwändigsten und großartigsten Spiele seit Menschengedenken«[21] bezeichnete – eine Zurschaustellung der Größe der Republik, wie es sie noch nicht gegeben hatte. Pompeius hatte sein Theater mit wunderbaren Tieren von allen Enden der Welt gefüllt: Da waren nicht nur Löwen, Tiger und Elefanten, sondern auch Leoparden, Luchse, Nashörner und Wölfe, ganz zu schweigen von dem geheimnisvollen *cephos*, bei dem es sich um ein Tier aus Äthiopien mit Händen und Füßen wie denen eines Menschen handelte und das so selten war, dass man es nie wieder in Rom zu sehen bekam.* Obwohl Cicero als Bürger leidenschaftlichen Stolz auf die Leistungen seiner Stadt verspürte und er der sprachgewaltigste Befürworter der globalen Mission Roms war, den die Republik je hervorgebracht hatte, blieb er doch angesichts der Spiele seines Helden gelangweilt und bedrückt: »Wenn das sehenswert ist, dann hast du es doch oft genug gesehen.«[22] Vergnügen und Begeisterung waren durch Übertreibung betäubt worden. Cicero konnte sich nicht mehr mit den Gefühlen identifizieren, von denen Pompeius wollte, dass er sie nachempfand. Spiele, die die Republik feiern sollten, dienten nur noch dem Ruhm ihres Veranstalters. Rund um das Theater blickten vierzehn Statuen demütig auf das Abschlachten, jede stand für eine der von Pompeius eroberten Nationen.[23] Marmor und Blut vereinten sich zu einem extravaganten Bild der Selbstreklame, das einzigartig in der Geschichte der Republik war. Nie zuvor hatte man den Römern so sehr das Gefühl geben wollen, sich einem Mann unterlegen zu fühlen, der doch am Ende nur ein Bürger war wie sie selbst. War das der Grund, warum der Schmerz der Elefanten sie stärker bewegt hatte als die Meisterschaft der Lanzenträger? Am Ende der Spiele brach das Volk nicht in Jubel aus, sondern war so bewegt, »dass es sich, ungeachtet des Feldherrn und seiner dem Volk zu Ehren erwiesenen besonderen Freigebigkeit, weinend insgesamt erhob und Verwünschungen gegen Pompeius ausstieß«.[24]

* Bei dem cephos wird im Allgemeinen angenommen, dass es sich um eine Art Pavian gehandelt habe. Vgl. Plinius der Ältere, *Naturgeschichte* 8, 28.

Natürlich war das römische Volk unbeständig: Sein Missfallen an Pompeius dauerte selten längere Zeit. Sein Misstrauen gegenüber seiner Größe und seiner Großzügigkeit blieb jedoch bestehen. Die Spiele des Pompeius waren im September 55 v. Chr. abgehalten worden; einige Wochen später gingen seine Mitbürger zur Wahl. Trotz – oder gerade wegen – des neuen Theaterkomplexes, der im Hintergrund hoch aufragte, verpassten sie seinem Erbauer einen Denkzettel. Im Jahr davor hatte Pompeius die Kandidatur des Domitius Ahenobarbus und Catos verhindert; jetzt wurden beide Männer für das Jahr 54 v. Chr. gewählt, Domitius als Konsul und Cato als Praetor. Es gab zwar einen Kandidaten, der von Pompeius unterstützt und ohne Schwierigkeiten gewählt wurde, und als Konsul dazu – aber Appius Claudius war trotz seiner Rolle als einer der Verschwörer von Lucca kaum ein verlässlicher Verbündeter. In seiner unerschütterlichen und selbstsüchtigen Art folgte er nur seinem eigenen Willen. Er mochte kein Theater erbaut haben, aber er hatte eine makellose Abstammung, und das zählte in seinen eigenen Augen weit mehr.

Das Ergebnis machte Pompeius seine zwiespältige Lage sehr viel deutlicher. Aus jeder Sicht war er der erste Bürger der Republik. Er hatte gerade sein zweites Konsulat beendet; er war Statthalter von Spanien sowie Befehlshaber und Führer der dazugehörigen Armee; seine Großzügigkeit war das Tagesgespräch in Rom. Doch je stärker er seine Macht zu festigen suchte, desto mehr schien sie ihm durch die Finger zu rinnen. Jede Anstrengung, die er unternommen hatte, führte zu einer unvermeidlichen Niederlage. Pompeius wurde zunehmend skrupellos in seinen Methoden, aber in seinen Träumen hielt er sich an die Bräuche. Das Konsulat des Appius und Domitius, die beide für ihren Hochmut bekannt waren, war ein Hohn für die Unsicherheit des Emporkömmlings. Dasselbe galt in noch grausamerer Weise für die Praetur Catos. Dieser aufreizende, halsstarrige und außerordentliche Mann verfügte weder über Legionen noch über großen Reichtum, um seine Mitbürger zu bestechen. Seinem Rang nach war er noch nicht einmal einem Konsul ebenbürtig, geschweige denn Caesar oder Pompeius. Dennoch verfügte er über eine kaum geringere Autorität als die beiden. Selbst wenn die Senatoren ihre Plätze im Theater des Pompeius einnahmen oder heimliche Geschenke aus Gallien erhielten, sie identifizierten sich doch mit Cato und mit seinen Prinzipien und Überzeugungen. Im Lauf der Jahre war er allem Anschein nach die Verkörperung der Legitimität, ja fast der Republik selbst geworden. Caesar, weit entfernt in Gallien, konnte es sich leisten, über solche Ansprüche zu spotten. Aber Pompeius, der sich im Grunde seines Herzens noch immer nach Catos Anerkennung sehnte, konnte das nicht.

Von dieser Anerkennung schien er weiter entfernt denn je. Die Brutalität des Vorgehens, mit der Pompeius das Konsulat an sich gerissen hatte, würde nicht leicht vergeben werden. Seine Truppen blieben eine ständige Bedrohung. Und Pompeius hatte nicht im Geringsten die Absicht, auch nur einen einzigen Legionär aufzugeben. Aber selbst während er fortfuhr, die Senatsmehrheit einzuschüchtern, klammerte er sich an die Hoffnung, ihr Herz zu gewinnen. Für die Römer war Einsamkeit ein bestürzender und geradezu unfassbarer Zustand. Nur Geächtete – oder Könige – konnten ihm wirklich anheimfallen. Das war der Grund, warum Pompeius seine Standesgenossen, so heftig er sie auch beleidigte, immer noch umwarb. Er war zu lange und zu inbrünstig geliebt worden, um sich nicht nach noch mehr Liebe zu sehnen.

Es war eine grausame Ironie des Schicksals, dass gerade, als er seine zwiespältige Werbung um den Senat wieder aufnahm, sich sein bisher so glückliches Privatleben plötzlich verdunkeln sollte. Im August 54 v. Chr. setzten bei seiner geliebten Frau Julia Wehen ein. Sie hatte wieder eine Fehlgeburt, aber diesmal überlebte sie sie nicht. Ihr Mann und ihr Vater blieben gleichermaßen untröstlich zurück. Bei Caesar mischte sich indes noch tiefe Beunruhigung in seinen Schmerz. Die Liebe, die er und Pompeius für Julia verspürt hatten, war für beide eine Bindung gewesen, die stark genug war, um eine Vielzahl politischer Spannungen zu überdauern. Nun existierte sie nicht mehr. Caesar, der mit den Aufständen in Gallien beschäftigt war, wollte unbedingt eine Schwächung seiner Position in der Hauptstadt verhindern. Er brauchte Pompeius mehr als Pompeius ihn, und beide Männer wussten das sehr wohl. Für eine kurze Weile würde ihr gemeinsamer Verlust sie noch einen. Wie lange würde Pompeius unverheiratet bleiben? Seine Eigenschaft als Junggeselle war ein wertvoller Aktivposten – viel zu wertvoll, um nicht eingesetzt zu werden. Seine Rückkehr auf den Heiratsmarkt würde ihm unerwarteten Bewegungsspielraum geben. Und das war natürlich genau der Umstand, der seinen Partner so tief beunruhigte.

Aber Pompeius war doch immer noch durch Notwendigkeiten eingeschränkt. Denn solange die bedrohliche Figur des Crassus weiter am Horizont stand, würde er zu ängstlich sein, Caesar zu kränken. Es war gegenseitige Furcht und nicht Zuneigung gewesen, die das Triumvirat zusammengeschweißt hatte. Keiner der Partner konnte einzeln gegen die beiden anderen aufkommen. Das war der Grund gewesen, warum die drei Verschwörer, die das Reich der Republik unter sich aufteilten, so sorgfältig darauf bedacht waren, ihre jeweiligen Machtgrundlagen zu verzahnen. Ihr Ziel war, sich ebenso voreinander zu schützen wie vor ihren gemeinsamen Widersachern.

Doch dann kam ein Jahr nach dem Tod Julias, in der Mitte des Jahres 53 v. Chr., die Nachricht aus Carrhae, dass Crassus gestorben war. Für Caesar war das ein zweiter verheerender Schlag, aber es ist nicht sehr wahrscheinlich, dass Pompeius viele Tränen darüber vergoss. Was für einen genüsslicheren Erfolg konnte es denn geben als das Scheitern eines Rivalen? Sollte das römische Volk doch nur erschauern – der Sieg der Parther würde dazu dienen, ihnen ins Gedächtnis zu rufen, dass Siege gegen Barbaren im Osten niemals von vornherein als sicher gelten konnten. Sollte die Situation an der Grenze wirklich hässlich werden, dann würden die Mitbürger des Pompeius wissen, an wen sie sich zu wenden hätten. Aber selbst wenn die Parther ihren Vorteil, wie es dann geschah, nicht dazu nutzen sollten, nach Syrien einzudringen, so konnte Pompeius sich dennoch beruhigt ausstrecken und voller Genugtuung einem neuen Gefühl hingeben. Ein teuflisches Element in seinem Leben war ausgetrieben worden. Nie wieder würde sein Schatten über ihn fallen, ihn einengen oder quälen. Es gab nun keinen Crassus mehr.

Plötzlich schien jetzt alles im Sinne des Pompeius zu laufen. Schmiergelder untergruben mehr und mehr die moralische Autorität des Senats. Das Konsulat des Appius und Domitius war unter allgemeiner Entrüstung zu Ende gegangen, als die beiden Männer angeklagt wurden, Bestechungsgelder angenommen zu haben, um die bevorstehenden Wahlen für das Konsulat zu beeinflussen. Vier Kandidaten hatten sich beworben, und alle vier wurden vor Gericht gebracht. Unter dem Eindruck zunehmender Gerüchte von immer dunkleren Machenschaften hatten die Wahlen um sechs Monate verschoben werden müssen. Für Domitius und das Ansehen der Senatoren, zu deren Sprecher er sich gemacht hatte, war der Skandal besonders abträglich. Wie Cicero boshaft meinte, hatte Appius keinen Ruf zu verlieren, aber »der andere ist völlig gebrochen und restlos, wirklich restlos ruiniert«.[25] Der Aufruhr war derart, dass es schien, als könne nur ein Mann die Ordnung wiederherstellen. Pompeius' Lakaien murmelten, man solle ihn zum Diktator ernennen. Während Cato bei diesem Vorschlag laut aufschrie, was kaum jemanden überraschen konnte, wies Pompeius das Angebot demonstrativ zurück. Aber das Geflüster wollte nicht verstummen. Es war überall in der fiebernden, verstörten Hauptstadt zu hören: im Senat, auf dem Forum, in den Elendsquartieren. Die Republik sei dabei zusammenzubrechen. Ein starker Mann werde benötigt. Nur Pompeius könne das. Pompeius selbst blieb still, gab sich bescheiden und wartete seine Zeit ab.

Das war die perfekte Strategie. Als der Eindruck der Krise sich immer weiter vertiefte, schlug die Stimmung in Brutalität und Dekadenz um. In seiner verzweifelten Suche nach einem starken Gegengewicht gegen Pompeius hatte Cato eine erstaunliche Wahl getroffen. Der von ihm begünstigte Kandidat für das Konsulat des Jahres 52 v. Chr. war niemand anderes als der alte Raufpartner des Clodius, der aufrührerische Straßenkämpfer Milo. Milo war einst ein aggressiver Parteigänger des Pompeius gewesen, dieser hatte ihn aber ohne viel Aufhebens beiseite geschoben. Pompeius warnte seinen früheren Schützling und forderte ihn auf, seine Kandidatur zurückzuziehen, und als Milo ablehnte, stellte er sich mit seinem Einfluss hinter andere Bewerber. Aber sein Ärger war natürlich nichts im Vergleich zu der Wut von Milos Todfeind. Clodius hatte sich drei Jahre lang von seiner besten Seite gezeigt und versucht, sich einen neuen Ruf als solider und nüchterner Staatsmann zu schaffen, aber die Aussicht, Milo als Konsul zu sehen, war zu viel für ihn. Wie ein entwöhnter Trinker, der nach der Flasche greift, ging Clodius zurück auf die Straße – seine alten Banden lebten wieder auf. Milo kaufte im Gegenzug die Gladiatorenschulen auf. Als das Jahr 53 v. Chr. sich seinem Ende zuneigte, verfiel Rom in Anarchie. Und das galt auch für die Republik.

Zum dritten Mal in vier Jahren wurden die Wahlen verschoben, diesmal weil der Beamte, der sie zu beaufsichtigen hatte, von einem Ziegelstein erschlagen worden war. Während die gesamte öffentliche Tätigkeit zum Erliegen kam, streiften Keulen schwingende Banden durch die Straßen und gesetzestreue Bürger verkrochen sich, wo sie nur konnten. Am 18. Januar 52 v. Chr. spitzte sich die Lage dann zu. Clodius und Milo standen sich auf der Via Appia von Angesicht zu Angesicht gegenüber. Spott und Hohn flogen hin und her; einer von Milos Gladiatoren schleuderte einen Speer; Clodius wurde an der Schulter getroffen. Seine Leibwächter schleppten ihren verwundeten Anführer in eine nahe gelegene Taverne, aber Milos Schlägertruppe verfolgte und überwältigte sie. Clodius selbst wurde aus der Taverne auf die Straße geschleudert, wo man ihm in aller Eile den Rest gab. Dort, neben einem Schrein der Guten Göttin, ließ man seinen verstümmelten und nackten Kadaver im Staub liegen. Fast schien es so, als hätte die Göttin am Ende ihre Rache genommen.

Aber die Freunde des Clodius sahen das anders. Nachdem sein Leichnam gefunden und nach Rom gebracht worden war, verbreitete sich die Neuigkeit vom Mord wie ein Lauffeuer. Die Elendsquartiere hallten vor Trauerschreien wider. Bald versammelte sich eine Menge vor der Residenz des Clodius auf dem Palatin. Fulvia zeigte ihnen die entstellte Leiche ihres Mannes und wies sorgfältig auf jede Wunde hin. Der Mob heulte vor Elend und Wut auf. Am nächsten Tag wurde der Leichnam des Volkshelden vom Palatin über das Forum getragen und auf der Rostra aufgebahrt. Inzwischen wurden im benachbarten Senatsgebäude Bänke umgestürzt, Tische zerschlagen und Priesterbücher zerstört. Dann errichtete man in der Mitte des Senatssaals auf dem Boden einen Scheiterhaufen. Mehr als dreißig Jahre waren seit dem Brand des Jupitertempels auf dem Kapitol vergangen, der die Römer vor der kommenden Katastrophe gewarnt hatte. Jetzt wurde das Forum von neuem in dunkelroten Schein getaucht. In dem flackernden Leuchten erreichten die Schlachten zwischen den Anhängern des Clodius und denen seines Mörders einen neuen Höhepunkt an Raserei. Die Flammen ließen das Senatsgebäude in verkohlten Resten zusammenstürzen, und sie sprangen auf die benachbarte Basilica Porcia über. Das war der Platz, an dem Roms erstes festes Gerichtsgebäude erbaut worden war, und zwar von keinem Geringeren als einem Vorfahren des Cato. In einem Schauspiel voller ausdrücklicher und beabsichtigter Symbolkraft wurde es ebenfalls vom Feuer zerstört. Als die Anhänger des Clodius in jener

Nacht zu Ehren ihres toten Anführers feierten, taten sie das inmitten der rauchenden Trümmer der Autorität des Senats.

Jetzt war der Augenblick für Pompeius endlich gekommen. Selbst Cato musste das anerkennen, während er auf die verkohlten Reste des von seinem Vorfahren errichteten Gebäudes blickte. Alles war besser als Anarchie. Er konnte sich noch nicht dazu überwinden, eine Diktatur hinzunehmen, schlug aber als Kompromiss vor, dass Pompeius für dieses Jahr als einziger Konsul dienen sollte. Die widersprüchliche Natur eines solchen Amtes zeigt hinreichend, wie unendlich schrecklich die Zeiten waren. Der Senat versammelte sich im Theater des Pompeius und auf Vorschlag des Bibulus forderte man den großen Mann auf, die Republik zu retten. Pompeius leistete dem mit schneller und militärischer Effizienz Folge. Zum ersten Mal seit dem Bürgerkrieg marschierten bewaffnete Truppen nach Rom ein. Die Banden des Clodius und Milo zeigten sich Pompeius' Legionären keineswegs gewachsen. Milo wurde schnell der Prozess gemacht: Man klagte ihn des Mordes an Clodius an und Cicero ergriff sofort die Gelegenheit, ihn zu verteidigen. Angesichts eines so bedeutenden Falles hoffte er, die Rede seines Lebens halten zu können. Sein großer Augenblick kam am letzten Tag des Prozesses. An jenem Morgen ging er von seiner Residenz auf dem Palatin zum Gerichtsgebäude. Eine unheimliche Stille lag über der Stadt. Alle Geschäfte waren verbarrikadiert, Wachen an jeder Straßenecke aufgestellt worden. Pompeius selbst stand neben dem Gerichtsgebäude, von einer Mauer aus Soldaten umgeben, und die Sonne spiegelte sich in ihren Helmen – und all das auf dem Forum im Herzen Roms! Cicero war von diesem Schauspiel verschreckt und verlor die Nerven. Er hielt seine Rede, wie uns eine Quelle berichtet, »nicht mit seiner gewohnten Festigkeit«.[26] Andere behaupteten, er habe kaum ein Wort hervorgebracht. Milo wurde schuldig gesprochen; er verließ die Stadt noch in derselben Woche und ging ins Exil nach Marseille. Andere Anführer der gewaltsamen Bandenkämpfe ereilte dasselbe Schicksal. Nach kaum einem Monat war der Frieden in Rom wiederhergestellt.

Selbst Cato musste anerkennen, dass Pompeius gute Arbeit geleistet hatte. Er tat das mit der ihm eigenen Schroffheit. Als Pompeius ihn beiseite nahm, um ihm für seine Hilfe zu danken, entgegnete Cato trotzig, er habe nicht Pompeius geholfen, sondern Rom. »Doch wolle er sein persönlicher Ratgeber sein, wenn er gerufen würde, und wenn er nicht gerufen würde, dann werde er in der Öffentlichkeit sagen, was ihm das Richtige schiene.«[27] Obwohl dieses Angebot in der Form einer schallenden Ohrfeige verabreicht wurde, nahm Pompeius es doch gern an. Seit seiner Rückkehr vor einem Jahrzehnt hatte er auf diesen Augenblick gewartet. So widerstrebend es auch war, Cato hatte doch seinen Status als Erster unter den Bürgern anerkannt. Endlich schien Pompeius über Macht und Respekt zu verfügen.

Als Caesar zu Beginn desselben Jahres, nachdem er sich das Hirn zermartert hatte, um eine passende Braut für Pompeius zu finden, schließlich seine eigene Großnichte Octavia vorgeschlagen hatte, war es daher nicht erstaunlich gewesen, dass Pompeius das Angebot ausgeschlagen hatte. Er hatte mit dieser Zurückweisung nicht das Ende seiner Freundschaft signalisieren wollen, sondern lediglich, dass sie in seinem Kalkül nicht mehr für selbstverständlich gelten konnte. Jetzt, da er in den Augen der Senatsmehrheit wieder zu ehrlichem Ansehen gekommen war, gab es Bewerber um seine Hand, die ihm mehr bieten konnten als Caesar. Pompeius hatte die Töchter der vornehmsten Gesellschaft schon einige Zeit einer Musterung unterzogen. Und eine Frau hatte sein Kennerauge auf sich gezogen. Der Tod des jungen Publius Crassus bei Carrhae hatte dessen Frau Cornelia zur Witwe gemacht. Sie war schön und gebildet und dazu noch aus allerbester Familie. Die Herkunft ihres Vaters, des Quintius Caecilius Metellus Pius Scipio Nasica, wurde klingend deutlich, wenn sein Name aufgerufen wurde. Der Umstand, dass Metellus Scipio selbst ein lasterhafter Niemand war, der sich durch nichts auszeichnete außer der Organisation pornografischer Bühnenveranstaltungen, war dabei völlig unwichtig. Worauf es vielmehr ankam, war, dass er das Familienoberhaupt der Metelli war und eng verwandt mit einer beliebigen Zahl beeindruckender Patrizier, und dass er von eben jenen Scipionen abstammte, die Hannibal geschlagen und Karthago erobert hatten. Die eigenen Reize Cornelias waren eine angenehme Zugabe. Pompeius unterbrach seine Tätigkeit als Säuberer der Straßen Roms und schmückte sich mit Hochzeitsgirlanden. Es war das fünfte Mal, dass er das tat. Diesmal war er doppelt so alt wie die neue Braut. Er schob allen voraussehbaren Spott mit einer Handbewegung beiseite. Das Eheleben sagte ihm zu. Vor allem verschaffte es ihm ein

Heilmittel gegen seine Trauer über den Verlust Julias. Das glückliche Paar war bald hoffnungslos verliebt.

Ein Mann, der in den Armen einer Frau wie Cornelia lag, konnte sicher sein, wirklich am Busen der Aristokratie zu liegen. Das war eine süße Erfüllung für Pompeius, die umso süßer wurde, weil gerade Cato, der ihn der Hand seiner Nichte für unwürdig erklärt hatte, einst selbst von Cornelias Mutter zurückgewiesen worden war. Alter Groll saß tief, und die Liebe zwischen Cato und Metellus Scipio war nicht gerade groß. Doch als Pompeius verkündete, der Ausnahmezustand in Rom sei nun unter Kontrolle, und seinen Schwiegervater aufforderte, für den Rest des Jahres 52 v. Chr. neben ihm als Konsul zu dienen, konnte Cato schwerlich Einspruch erheben. Pompeius zeigte damit schließlich untadeligen Respekt für die Verfassung. Die Republik war krank gewesen, jetzt war sie wiederhergestellt. Alles war wie zuvor.

Die Mitbürger des Pompeius wollten das mit aller Kraft glauben. Selbst diejenigen, die seinen Ambitionen gegenüber lange Zeit voller Argwohn gewesen waren, hatten jetzt ihre eigenen Gründe, seine bevorzugte Stellung anzuerkennen. Hochmütige Aristokraten, die gesehen hatten, was Pompeius in der Lage gewesen war, für jenen grandiosen Erotomanen Metellus Scipio zu tun, hatten begonnen, ihre Verachtung zu zügeln. Cato mochte noch immer die Hände zusammenschlagen, wenn Pompeius etwas sagte, das der Verfassung widersprach, aber im Allgemeinen und zum ersten Mal war er bereit, seinem alten Gegner Gehör zu schenken. Und dann war da natürlich noch Caesar. In Gallien und mitten im Blut und Rauch von Alesia suchte der Partner des Pompeius noch nach Freundschaft bei ihm. Es gab also viele verschiedene Interessen, die oft unversöhnlich gegeneinander standen – und doch suchten sie alle Unterstützung bei einem einzigen Mann.

Das war ohne Beispiel in der Geschichte der Republik. Es war nur zu natürlich, dass Cicero Pompeius bewundern sollte, »der ja schon immer dank seiner Tüchtigkeit und seines Glücks fertig gebracht hat, was sonst niemand vermag«.[28] Doch selbst während der große Mann in seiner Vorrangstellung triumphierte, tat jede Einzelgruppe, die seine Gunst zu erlangen suchte, alles, um die anderen zu zerstören und Pompeius zu zwingen, sich nur mit ihr allein zu identifizieren. Wer beutete da wen aus? Das war eine Frage, auf die man noch kaum begonnen hatte, eine Antwort zu finden. Aber man würde sie bald finden, und das würde bis zum Zeitpunkt der Zerstörung und noch weiter gehen.

Die sichere gegenseitige Zerstörung

Die Kunst des Theaterbaus war mit dem marmornen Riesenbauwerk des Pompeius noch nicht an ihrem Ende. Sie steigerte sich vielmehr zu neuen Höhen der Erfindungsgabe im Rokokostil, als ehrgeizige Angehörige der Nobilität darin wetteiferten, nicht in erster Linie Steinfundamente, sondern Fundamente tief im Herzen des römischen Volkes anzulegen. Am bemerkenswertesten unter all diesen Bauwerken war ein Theater, das Curio errichten ließ, der hoch begabte junge Freund des Clodius. Curios Vater war im Jahr 53 v. Chr. gestorben. Der Sohn war zu diesem Zeitpunkt als Provinzverwalter in Asien tätig, aber bereits vor seiner Rückkehr nach Rom hatte er Pläne für eine Reihe wirklich Aufsehen erregender Leichenspiele geschmiedet. Als das Theater, in dem sie abgehalten werden sollten, endlich enthüllt wurde, fand das Publikum zu seiner Begeisterung, dass es selbst auch Teil des Schauspiels sein sollte. Zwei verschiedene Bühnen waren errichtet worden, jede vollständig mit den dazugehörigen Sitzreihen, und beide waren etwas schwankend auf einer Drehachse montiert. So konnten zwei Stücke gleichzeitig aufgeführt werden, und dann, zu Mittag, wenn das jeweilige Schauspiel zu Ende war, sollte man gewaltiges Krachen der Mechanik hören und die beiden Theater würden sich drehen, sich ineinandergreifend zusammenschließen und eine einzelne Bühne bilden. Dort »veranstaltete er Gladiatorenkämpfe, wobei er das in noch größere Gefahr als die Gladiatoren gebrachte römische Volk im Kreis herumschwenkte.« Über ein Jahrhundert später konnte der ältere Plinius nur erstaunt über diese Konstruktion seinen Kopf schütteln. »Was soll einer dabei denn zuerst bewundern?«, fragte er sich und kam zu dem Schluss: »Alles wird aber vom Wahnsinn des Volkes übertroffen, das es gewagt hat, auf einem so unzuverlässigen und schwankenden Sitz Platz zu nehmen.«[29]

In einer Stadt, die gegenüber Vorzeichen so empfänglich war, konnte man leicht auf den Gedanken kommen, dass das ein Wunderwerk von unheilschwangerer Bedeutung sei. Für spätere Generationen muss die Gleichsetzung der Republik mit Curios Amphitheater, das so großartig und so unstabil war, nahe liegend gewesen sein. Das ist sicher der Grund, warum die Erinnerung daran bewahrt wurde. Aber wenn irgendeiner der Zuschauer, die ihren Hals riskierten, wenn sie mühsam in die Sitzreihen kletterten, von der Unheil verkündenden Bedeutung dessen, was er tat, eine Ahnung hatte, dann fehlt die betreffende Überlieferung. Die Stimmung der Republik war gereizt, aber nicht apokalyptisch. Warum hätte es auch anders sein sollen? Die Regierungsform Roms hatte fast fünfhundert Jahre überdauert. Sie hatte der Stadt eine so unüberwindliche Größe gebracht, dass auch nicht ein einziger König auf der Welt ihr hatte widerstehen können. Vor allem aber gab sie jedem Bürger Selbstbewusstsein und die Sicherheit, dass er nicht Unteran oder Sklave war, sondern ein ganzer Mann. Ein Römer konnte sich den Zusammenbruch der Republik ebenso wenig vorstellen wie ein Leben als Ägypter oder Gallier. Er mochte zwar den Zorn der Götter fürchten, aber nicht bis zu einem Punkt, an dem er das Unmögliche zu befürchten begann.

Und so gab es niemanden, der aus den knirschenden Geräuschen von Curios Theater den herannahenden Umsturz heraushörte. Ganz im Gegenteil: Für die Wähler gab es vertraute Laute von sich. Curio strebte nach dem Volkstribunat. Sein Theater war nicht allein dazu bestimmt, seinen toten Vater zu ehren, sondern sollte auch seine ehrgeizigen Absichten befördern. Wie es trotz der Tränen um die Elefanten des Pompeius Mode geworden war, musste für diese Art von Anliegen das Blut exotischer wilder Tiere vergossen werden. Curio spezialisierte sich auf Panther, und das war eine Vorliebe, die er mit Caelius teilte, der seine Verbindungsmänner in den Provinzen andauernd mit der Suche nach Nachschub belästigte. Beide Männer wussten, wie wichtig es war, bei den Wählern eine glänzende Figur zu machen. Wie Caesar es vor ihnen getan hatte, spielten sie um ihre Zukunft, indem sie riesige Schulden ansammelten. Früher einmal hätte sie das als Leichtgewichte ausgewiesen. Jetzt ließ es sie als aufsteigende Größen hervortreten.

Andere erprobtere Talente taten dasselbe. Die Republik wurde wie eh und je heftig von Ehrgeiz, Hass und Intrigen durcheinander gewirbelt, aber Curio und Caelius waren beide geschickt im Umgang mit so verräterischen Strömungen und wussten, wann sie an ihrem Kurs festhalten und wann sie frische Winde suchen mussten. Nur selten machten prinzipielle Erwägungen sie gegenüber ihrem eigenen Vorteil blind. Ihr besonderes Verhältnis zueinander war ein gutes Beispiel dafür. Jeder konnte in dem anderen einen nützlichen Verbündeten erkennen, obwohl sie doch während der verhängnisvollen Tage nach dem Mord an Clodius, als die Republik an den Rand der Anarchie zu geraten schien, auf gegnerischen Seiten gestanden hatten. Curio war als der älteste Verbündete des Clodius dem Andenken seines toten Freundes treu geblieben und spendete der Witwe des Clodius, Fulvia, so ausgiebig Trost, dass die beiden am Ende heirateten. Caelius hingegen hatte seine Fehde mit Clodia und ihrem Bruder mit unversöhnlichem Elan fortgeführt und im Jahr 52 v. Chr., als er Volkstribun war, alle Mittel seines Amtes dazu eingesetzt, um die Unterstützungskampagne für Milo anzuführen. Ein Jahr später indes, als es Caelius empfindlich an Nachschub von Panthern fehlte, stellte Curio ihm bereitwillig zwanzig seiner Tiere zur Verfügung. Wie schon immer war die Rückversicherung die klügste Art des Vorgehens eines Politikers.

Nur dass das im Hinblick auf das schwierigste und kaum lösbare Tagesproblem immer heikler wurde. Ironischerweise war es Caelius selbst, der die Frage an einen kritischen Punkt gebracht hatte. Gegen Mitte des Jahres 52 v. Chr. hatte die Nachricht von Caesars Sieg bei Alesia Rom erreicht. Die Stadt war voller dunkler Vorahnungen über die Situation in Gallien gewesen, und so wurde die neue Erkenntnis, dass nun doch nicht Kriegsbanden rachsüchtiger Barbaren nach Süden stürmen würden, mit unendlicher Erleichterung begrüßt. Vom Senat wurden zwanzig Tage lange Dankesfeiern beschlossen, während Caelius in seiner Stellung als Volkstribun ein eigenes, zusätzliches Gesetz einbrachte. Nach seinen Bestimmungen sollte Caesar ein einmaliges Privileg gewährt werden: Statt gezwungen zu sein, persönlich nach Rom zu kommen, um sich um das Konsulat zu bewerben, sollte er das Recht haben, sich bei der Wahl zu bewerben, während er in Gallien blieb. Alle neun Kollegen des Caelius im Volkstribunat unterstützten diesen Vorschlag. Die Vorlage wurde Gesetz.

Aber das regelte die Angelegenheit keineswegs. Es führte vielmehr zur einer Spaltung im Senat, die sich mit jedem Monat verschärfte und die Auffassungen in einer immer gefährlicheren Weise polarisierte. Am Ende sollten sie so unüberbrückbar auseinander klaffen, dass das ganze römische Volk sich auf unsicheren Beinen am Rand eines tödlichen Abgrunds befinden würde. Der Kern der Krise lag in dem einfachen Umstand, dass Caesar, im Fall dass man ihm den nahtlosen Übergang von der Statthalterschaft in Gallien zum Konsulat erlaubte, zu keinem Zeitpunkt Privatbürger sein würde. Das war für viele ein unerträglicher Gedanke, denn nur ein privater Bürger konnte vor Gericht gestellt werden. Kaum war das Gesetz des Caelius beschlossen worden, wetterte Cato auch schon dagegen los. Die verbrecherischen Akte des ersten Konsulats Caesars waren weder vergessen noch vergeben. Fast ein ganzes Jahrzehnt lang hatten seine Feinde auf die Gelegenheit gewartet, ihn zur Rechenschaft zu ziehen. Jetzt, da die Möglichkeit näher kam, hatten sie nicht die geringste Absicht, sich ihre Beute entgehen zu lassen.

Es gab viele, die das Unversöhnliche miteinander zu vereinbaren suchten. Caelius war bei der Einbringung seines Gesetzes von Cicero unterstützt worden, der sich doch selbst zu den Freunden Caesars wie Catos zählte. Dasselbe galt natürlich noch sehr viel entschiedener für Pompeius. Für einige unsichere Monate war es ihm gelungen, zwischen den Interessen seines alten Verbündeten und einer Schar von Caesars Gegnern, darunter vor allem Cato, hin und her zu jonglieren. Doch nachdem er endlich die unbestrittene Vorrangstellung für sich erobert hatte, die er immer ersehnt hatte, wollte Pompeius sie keinesfalls durch die Notwendigkeit bedroht sehen, sich zwischen rivalisierenden Blöcken seiner Anhänger entscheiden zu müssen. Aber so entschieden er seine Augen auch vor dem Dilemma verschloss, es blieb doch weiter bestehen. In der Debatte um Caesars Zukunft würde keine der beiden Seiten auch nur den Hauch eines Kompromisses dulden. Beide glaubten sich zutiefst und unabänderlich im Recht.

Für Caesar selbst, der noch immer durch den Schlamm und die Leichenberge Galliens watete, war es eine schändliche Zumutung, dass er, ein Prokonsul des römischen Volkes, dazu gezwungen sein sollte, sich den Rücken von den Umtrieben unbedeutender Etappenhengste wie Cato freizuhalten. Fast ein Jahrzehnt lang hatte er titanische Anstrengungen im Interesse der Republik auf sich genommen, und nun sollte er als Belohnung die Schmach eines Prozesses erleiden? Die Verurteilung Milos bot ein grimmiges Beispiel für das, was ihm geschehen konnte: das Forum von stählerner Waffengewalt umringt, die Verteidigung eingeschüchtert, die Verurteilung überstürzt. Sobald er einmal von einem Gerichtshof für schuldig befunden worden war, würden Caesars große Leistungen ihm nicht mehr im Geringsten helfen. Unter dem Jubel von Zwergen, die nie in ihrem Leben eine in den Hinterhalt geratenen Legion zum Widerstand angetrieben oder einen Legionsadler jenseits der eisigen Nordsee aufgepflanzt oder zwei gewaltige Horden von Barbaren in einer einzigen Schlacht besiegt hatten, würde er ins Exil gezwungen werden, um den Rest seines Lebens in der Gesellschaft von Männern wie Verres zu verbringen und seine großen Hoffnungen im Sonnenschein Marseilles dahinschmelzen zu sehen.

Doch je mehr sich Caesar der außerordentlichen Natur seiner berechtigten Ansprüche rühmte, desto angewiderter waren seine vielen Feinde. Unausgesprochen stand hinter seinen Forderungen die Drohung mit seinem Heer, das durch illegale Aushebungen angewachsen war und in der Feuerprobe seiner Abenteuer Kampferfahrung gesammelt hatte. Sollte Caesar als Konsul heimkehren, würde es ihm keine Schwierigkeiten bereiten, eine Gesetzgebung durchzupeitschen, um Land für seine Veteranen zu sichern und damit eine Reserve an bewaffneter Kraft für ihn selbst, die selbst die des Pompeius in den Schatten stellen würde. Cato und seine Verbündeten würden eher jede nur denkbare Anstrengung unternehmen, als das zuzulassen. Unendliche Debatten über das Kommando Caesars begannen jede einzelne Senatssitzung zu beherrschen. Wie viele Legionen sollte er behalten dürfen? Wann sollte Caesar selbst verpflichtet sein zurückzutreten? »Du weißt ja«, schrieb Caelius gelangweilt an Cicero, »es ist immer dieselbe Leier: Man wird einen Beschluss über Gallien fassen, und es wird sich einer finden, der interzediert. Dann wird ein anderer aufstehen ... So wird man fortgesetzt und lange spielen«.[30]

Doch obwohl die Debatte häufig befremdlich wirken musste, war das Gähnen des Caelius eine Pose. Als scharfsinniger Betrachter von Wahn und Ehrgeiz konnte er es mit jedermann in Rom aufnehmen, und er begann zu erkennen, was drohte: eine Katastrophe, deren Schrecken fast jede Vorstellung übertraf.

Was als eine Auseinandersetzung angefangen hatte, wie es sie in der Republik fast immer gegeben hatte – in der Tat waren sie das wesentliche Element der Politik gewesen –, wuchs sich jetzt zu einer ansteckenden Epidemie von Bitterkeit und Feindseligkeit aus, die weit über die Ränge der beiden gegnerischen Gruppen hinausreichte. Cato, der entschlossen war, Caesar ein für alle Mal zu vernichten, griff von neuem auf seine bevorzugte Taktik zurück, indem er jeden Schatten eines Kompromisses zurückwies, versuchte, seinen Feind zu isolieren, und die Legitimität und die Republik selbst gegen ihn ins Feld führte. Caesar überschwemmte seinerseits Rom mit Bestechungsgeldern und umwarb und umschmeichelte seine Mitbürger mit all der Macht seines natürlichen Charmes. Die meisten wollten noch immer neutral bleiben. Der Streit war nicht ihr Streit. Doch es ging um so viel, dass sie nicht verhindern konnten, in den anschwellenden Strudel der Argumente gezogen zu werden. Tag für Tag, Monat für Monat ging das römische Volk daran, sich in zwei Hälften zu spalten. Man begann von neuem ein unheilvolles Wort zu flüstern, das seit den dunklen Tagen Sullas nur selten als Vorahnung ausgesprochen worden war: Bürgerkrieg.

Niemand glaubte wirklich, dass das geschehen konnte. Gewinne die Unterstützung des Pompeius und du gewinnst die Auseinandersetzung – das war es, was man im Allgemeinen erwartete. Der große Mann selbst, der verzweifelt bemüht war, die Kontrolle über die Situation zu behalten, schwankte. Er wollte noch immer keine der beiden Seiten enttäuschen und so gab er Caesar mit der einen Hand und nahm ihm mit der anderen. Die Schwierigkeit, die er bei dieser Strategie hatte, war, wie Caelius erklärte, dass er »nicht so viel Geist zu besitzen pflegt, dass man nicht merkt, worauf er hinauswill«.[31] Seine Absichten gewannen im Sommer 51 v. Chr. zunehmend an Gestalt. Die düsteren Warnungen Catos begannen ihre Wirkung zu zeigen. Caesars letzte Waffe war seine Armee, und das musste Pompeius unausweichlich als eine Herausforderung an ihn selbst erscheinen. Ehre und Eitelkeit verpflichteten ihn gleichermaßen dazu, Widerstand zu leisten. Der größte Feldherr Roms durfte nicht den Eindruck erwecken, vor den Legionen Galliens Angst zu haben. Ende September verkündete er endlich eine unmissverständliche Entscheidung: Caesar solle sein Kommando im folgenden Frühjahr abgeben. Das würde Monate vor den Wahlen zum Konsulat sein und

Cato oder sonst jemandem reichlich Zeit geben, eine Klage einzureichen. Und was sollte geschehen, wenn Caesar einen Volkstribunen dazu veranlasste, sein Veto gegen einen solchen Vorschlag einzulegen, und er weiter versuchen sollte, das Konsulat zu erobern und zugleich sein Heer zu behalten? Man fragte Pompeius. Die Antwort kam leise und sanft, aber mit einem unmissverständlich drohenden Unterton: »Was, wenn mein Sohn mit dem Knüppel auf mich einschlagen will?«[32]

Nun war der Bruch zwischen den beiden früheren Verbündeten endlich vor aller Augen vollzogen. Der Schwiegersohn Pompeius hatte die Furcht gebietenden Rechte eines römischen Vaters über Caesar beansprucht. Der Eroberer Galliens war wie ein widerspenstiges Kind zu behandeln – und vermutlich als solches zu bestrafen. Da das ebenso ein Angriff auf Caesars Selbstbewusstsein wie auf seine Interessen war, war er doppelt unverzeihlich. Aber wenn er im Ring bleiben wollte, dann würde er neue Anhänger zur Unterstützung brauchen. Vor allem würde er einen Volkstribunen brauchen, der Gewicht hatte und über die Nerven und den Mut verfügte, sich Vorschlägen zu widersetzen, die jetzt die volle Kraft des Pompeius hinter sich hatten. Wenn man kein Veto gegen sie geltend machen konnte, so wusste Caesar, würde er erledigt sein.

Aber als die Ergebnisse der Wahlen für das Jahr 50 v. Chr. verkündet wurden, schien es so, als ob sein Glück sich weiter zum Schlechten gewendet hätte. Der fähigste und charismatischste unter den neuen Volkstribunen war niemand anderes als Curio, der den verdienten Preis für sein Aufsehen erregendes Theater erhielt. Er war für fast ein Jahrzehnt der Liebling des römischen Volkes gewesen, nämlich seit dem Konsulat Caesars. Damals – er war noch in seinen Zwanzigern – hatte er gewagt, den Drohungen des Konsuls zu widerstehen, und man hatte ihm dafür in den Straßen zugejubelt. In den darauf folgenden neun Jahren war noch mehr böses Blut zwischen den beiden Männern entstanden. Daher konnte kein Zweifel bestehen, wer von den energischen Umtrieben des unberechenbaren neuen Tribuns am meisten zu befürchten hatte. Caesar müsse doch, so meinten die Leute, jetzt mit Sicherheit nachgeben? Die Krise sei doch nun sicher entschärft?

Im betreffenden Winter, während Rom fror, schien das so zu sein. Die Stadt, so der Eindruck des Caelius, war in der Kälte und einer

Art von Winterschlaf erstarrt. Am überraschendsten war, dass das Volkstribunat Curios nichts für sich aufzuweisen hatte. Wie Caelius in halb bedauerndem Ton an Cicero schrieb: »Curio sei es kalt«. Aber kurz danach musste er einen Rückzieher machen und hatte plötzlich anderes zu berichten: »Jetzt ist ihm warm, denn er wird hitzig heruntergerissen.«[33] Die Neuigkeit war verblüffend, ja fast unglaublich. Curio war auf die Seite seines alten Feindes geschwenkt. Der Mann, von dem man zuversichtlich geglaubt hatte, dass er sich auf die Seite Catos und der verfassungstreuen Römer stellen würde, hatte das genaue Gegenteil getan. Caesar hatte nun doch seinen Tribunen.

Das war ein sensationeller Angriff aus dem Hinterhalt. Caelius selbst schrieb diese Kehrtwendung seines Freundes dessen Verantwortungslosigkeit zu, aber das war ungerecht, wie er später einräumen sollte. Andere sollten davon ausgehen, dass Curio mit gallischem Gold gekauft worden sei, was der Wahrheit vermutlich näher kam, aber ebenfalls nicht die ganze Geschichte war. Tatsächlich spielte der Tribun ein klassisches Spiel. Indem er sich bemühte, die von Cato aufgestellten Hindernisse auszuräumen, hoffte er, für Caesar das zu tun, was Caesar für Pompeius getan hatte – und ähnlichen Lohn dafür zu ernten. Das war zwar kaum prinzipientreues Verhalten, aber Curio tat doch nichts, was sich nicht durch jahrhundertelange vergleichbare Kniffe eingebürgert hatte.

Und auch Cato und Pompeius taten nichts anderes; und ebenso wenig Caesar. Durch die Jahrhunderte ihrer Geschichte hatten die großen Männer der Republik danach gestrebt, Ruhm zu gewinnen und ihre Gegner zu überflügeln. Daran hatte sich nichts geändert, außer der Größe der Möglichkeiten und dem Ausmaß gegenseitiger Zerstörung, die sie mit sich brachten. Den Römern späterer Zeiten, die den Verlust ihrer Freiheit betrauerten, sollte diese tragische Erkenntnis deutlich werden. »Siegreich«, schrieb Petronius über die letzte Generation der Republik, »herrschte der Römer bereits über den ganzen Erdkreis, sei es über Meer, über Land, oder sei es über Morgen und Abend. Doch satt war er nicht.«[34] Und weil er mehr wollte, nahm er sich noch mehr; und weil er sich mehr nahm, wollte er noch mehr. Es war fast unmöglich, einen so gewaltigen Appetit innerhalb der alten Grenzen von Brauch und Moral zu stillen. Pompeius und Caesar, die größten römischen Eroberer, hatten für sich selbst Reichtümer erworben, die alle Vorstellungen vorangehender Generationen übertrafen. Jetzt traten die Folgen derartig schamloser Macht in aller Schrecklichkeit zutage. Jeder der beiden Männer verfügte über die Mittel, um die Republik zu zerstören. Keiner von beiden wollte das wirklich, aber die Abschreckungsstrategie, sofern sie überhaupt einen Wert haben sollte, zwang beide, sich auf das Schlimmste vorzubereiten. Aus diesem Grund zog Caesar Curio auf seine Seite. Der Einsatz war so hoch und das Gleichgewicht der Kräfte so prekär, dass die Aktionen eines einzigen Volkstribunen, wie Caesar hoffte, ausreichen würden, um die Waage des Schreckens der einen Seite zuzuneigen und so zwischen ehrenhaftem Frieden und unwiderruflicher Katastrophe zu entscheiden. Und Curio vertraute ebenfalls darauf.

Aber ihre Feinde blieben fest entschlossen wie zuvor, es auf die Probe ankommen zu lassen. Als Curio gegen jede ihrer Bemühungen, Caesar seines Kommandos zu entkleiden, sein Veto einlegte, begann man von Pompeius zu verlangen, er solle seine Drohungen wahr machen und den Prokonsul dazu zwingen zurückzutreten. Pompeius reagierte darauf, indem er sich ins Bett legte. Ob seine Krankheit nun diplomatischer Art war oder nicht, sie versetzte Italien wenigstens in Angstkrämpfe. Weit und breit im Land und in jeder Stadt wurden Opfer für die Gesundheit des großen Mannes dargebracht. Der Kranke war erwartungsgemäß höchst angenehm berührt. Als er endlich von seinem Bett aufstand, war er seiner Popularität gewiss. Er hatte die zusätzliche Sicherheit gewonnen, die er für die Vorbereitung der äußersten Maßnahme eines Krieges brauchte. Als ein beunruhigter Anhänger ihn fragte, welche Truppen er ins Feld führen könne, sofern Caesar das Undenkbare tun sollte und auf Rom marschierte, lächelte Pompeius entspannt und sagte ihm, er solle sich keine Sorgen machen. »Denn wo ich auch in Italien mit dem Fuß auf den Boden stampfe, werden Streitkräfte zu Fuß und zu Pferde emporsteigen.«[35]

Aber viele andere fühlten sich nicht so sicher. Caelius schien es offensichtlich, dass Caesars Armee allem, was Pompeius aufbieten konnte, überlegen war. »Wahrscheinlich bist auch du dir darüber klar«, schrieb er an Cicero, »dass man bei inneren Streitigkeiten, solange mit zivilen Mitteln, nicht mit den Waffen gekämpft wird, auf der anständigeren Seite stehen muss, sobald es aber zu Krieg und

Waffenlärm kommt, auf der stärkeren.«[36] Und mit diesem zynischen Urteil stand er nicht allein. Dahinter stand dieselbe Berechnung, die Curio angestellt hatte: dass die Unterstützung Caesars eine Abkürzung auf dem Weg zur Macht bieten könne. In ihrem Hunger nach schnellem Gewinn wandte sich eine ganze Generation von der Verteidigung des Rechts ab. Zwischen der Gruppe der schnellen Aufsteiger und den altgedienten Senatsmitgliedern in ihrer Würde der Ämter und Jahre hatte es immer Spannungen gegeben, aber jetzt, inmitten all dem Gerede von Krieg, wuchs die gegenseitige Verachtung in wirklich unheilvoller Weise.

Eine hart umkämpfte Wahl, die jene hochnäsige Verkörperung des Establishments auf der einen Seite sah und den jungen Marcus Antonius auf der anderen, machte allen klar, wie die Lage war. Im Dunst und den Vorahnungen eines drückenden Sommers war Hortensius gestorben, und er hinterließ den größten Privatzoo in Italien, dazu zehntausend Flaschen Wein und seinen Platz als Augur. Da die Republik offenbar ihrem Verderben entgegentaumelte, war dies sicher nicht der Zeitpunkt, einen leeren Platz unter den Auguren zuzulassen. Wann immer die römischen Beamten im Vogelflug, der Form von Blitzen oder der Nahrungsaufnahme der heiligen Hühner den Willen der Götter zu lesen suchten, um eine Strategie zu entwickeln, wie ihr Zorn am besten zu besänftigen sei, waren es die Auguren, die bestätigen würden, dass die richtige Entscheidung getroffen worden war. Da das Amt äußerst angesehen war, betrachtete es Domitius natürlich von Rechts wegen als seines. Sein junger Gegenspieler war da anderer Meinung. Zwar haftete dem jungen Tunichtgut, der so skandalträchtig mit Curio zusammengelebt hatte und sich mit Clodius in Streitereien über die Zuneigung von dessen Frau verwickelt hatte, noch ein Rest seines schlechten Rufs an, aber Antonius hatte seit den wilden Tagen seiner Jugend große Fortschritte gemacht. Er hatte sich in Gallien viel Ruhm erworben und wurde nach seiner Rückkehr als einer von Caesars begabtesten Offizieren gefeiert. Domitius blieb mit dem ganzen Gewicht der Senatsmehrheit zwar der Favorit, aber Antonius hatte sich vor Alesia und anderswo daran gewöhnt, mit überlegenen Gegnern fertig zu werden. Und so kam es auch jetzt. Mit einem berühmten Sieg, der wert war, mit der Wahl Caesars zum *pontifex maximus* verglichen zu werden, gewann er das Augurat. Domitius war rasend vor Wut, und der Abgrund zwischen den beiden Fraktionen in der Republik wurde noch ein wenig größer.

Jedes Scharmützel, das jetzt im politischen Leben ausgefochten wurde, schien eine ähnliche Wirkung hervorzubringen. Die große Mehrheit der Bürger, die keiner der beiden Seiten oder beiden zuneigten, war verzweifelt. »Für Curio habe ich viel übrig«, klagte Cicero, »und wünsche nur, Caesar erwiese sich als Ehrenmann. Für Pompeius könnte ich mein Leben lassen. Aber die Republik geht mir doch über alles.«[37] Aber es gab nichts, was er oder irgendjemand sonst, der so wie er dachte, unternehmen konnte. Leute, die sich für den Frieden aussprachen, wurden zunehmend als Beschwichtiger beiseite geschoben. Die rivalisierenden Parteiungen beförderten ihren eigenen Untergang. Es war, als ob sie in den Abgrund blickten und das Schwindelgefühl sie in Versuchung führte zu springen. Eine blutrünstige Erregung lag schwer in der Winterluft, und alle Gespräche drehten sich um Krieg.

Im Dezember 50 v. Chr. reiste einer der beiden Konsuln, Gaius Marcellus, im ganzen Pomp seines Amtes zu Pompeius' Villa in den Albanerbergen. Sein Kollege, der das Jahr als Gegner Caesars begonnen hatte, war wie Curio überredet worden und hatte ohne Frage aus ähnlichen Motiven die Seite gewechselt; doch Marcellus hatte alle Angebote zurückgewiesen und war unverrückbar bei seiner Gegnerschaft zu Caesar geblieben. Jetzt war er nur noch wenige Tage im Amt, und er hatte den Eindruck, dass der Zeitpunkt gekommen war, zu dem man das Rückgrat des Pompeius ein wenig stärken müsse. Unter den Blicken einer großen Zahl von Senatoren und einer in gespannter Aufregung wartenden Menge überreichte Marcellus seinem Helden ein Schwert. »Ich und mein Mitkonsul hier befehlen dir«, sprach er in feierlichem Ton, »zum Schutz des Vaterlandes gegen Caesar zu marschieren«. Pompeius antwortete, er werde Gehorsam leisten, fügte aber noch hinzu: »Wenn sich keine bessere Möglichkeit ergibt!«[38] Dann übernahm er das Schwert und dazu das Kommando über zwei Legionen bei Capua. Er hob auch neue Truppen aus. All das war in höchstem Maß illegal, und dieser peinliche Umstand wurde, wie vorauszusehen, von Caesars Anhängern weidlich ausgenutzt. Caesar selbst stand mit der 13. Legion drohend bei Ravenna, als ihm die Nachricht von Curio überbracht wurde, dessen Amtszeit jetzt zu Ende war und der keineswegs in Rom bleiben wollte, um eine Anklage oder Schlimmeres zu erleben. Inzwischen war in der Hauptstadt sein Platz als Volkstribun von Antonius übernommen worden, der sich den ganzen Monat Dezember hindurch damit beschäftigte, eine Reihe von überaus gehässigen Anklagen gegen Pompeius vorzubringen und alles mit seinem Veto zu belegen, was sich bewegte. Während die Spannung zunahm, blieb alles unverändert blockiert.

Dann, am 1. Januar 49 v. Chr., las Antonius trotz des heftigen Widerstands der neuen Konsuln, die beide wie Marcellus scharfe Gegner Caesars waren, einen Brief an den Senat vor. Er war von Curio persönlich überbracht und von Caesar eigenhändig geschrieben worden. Der Prokonsul bezeichnete sich als Freund des Friedens. Nach einer langen Aufzählung seiner vielen bedeutenden Leistungen schlug er vor, dass er und Pompeius gleichzeitig ihre Befehlsgewalt niederlegen sollten. Der Senat war beunruhigt darüber, welche Wirkung das auf die öffentliche Meinung haben könnte, und unterdrückte den Vorschlag. Dann erhob sich Metellus Scipio und versetzte allen letzten noch aufflackernden Hoffnungen auf einen Kompromiss den Todesstoß. Er nannte ein Datum, bis zu dem Caesar das Kommando über seine Legionen abgeben solle, sonst werde er als Feind der Republik betrachtet werden. Dieser Vorschlag wurde sofort zur Abstimmung gebracht. Nur zwei Senatoren stimmten dagegen: Curio und Caelius. Antonius legte danach als Volkstribun sofort sein Veto ein.

Für den Senat war damit das Maß voll. Am 7. Januar wurde der Notstand ausgerufen. Pompeius brachte sofort Truppen nach Rom, und die Volkstribunen wurden gewarnt, dass man ihre Sicherheit nicht mehr länger garantieren könne. In einer typisch melodramatischen Geste verkleideten sich Antonius, Curio und Caelius als Sklaven und flohen dann in Wagen versteckt nach Ravenna. Dort wartete Caesar immer noch mit seiner einen Legion. Die Neuigkeit von den Notstandsvollmachten des Pompeius erreichte ihn am 10. Januar. Sofort befahl er einer Vorhut seiner Truppen, nach Süden zu marschieren und die nächste Stadt jenseits der Grenze innerhalb Italiens einzunehmen. Während seine Soldaten aufbrachen, verbrachte Caesar selbst jedoch den Nachmittag damit, ein Bad zu nehmen, und dann nahm er an einem Bankett teil, bei dem er sich mit seinen Gästen unterhielt, als ob er nicht eine einzige Sorge auf der Welt hätte.

Erst bei Morgengrauen erhob er sich von seiner Liege. Dann eilte er in einer Kutsche auf dunklen und gewundenen Seitenwegen zu seinen Truppen, die er endlich am Ufer des Rubikons einholte. Dort gab es einen Augenblick quälenden Zögerns, und dann durchschritt er den angeschwollenen Wasserlauf nach Italien und in Richtung auf Rom.

Niemand konnte das zu jenem Zeitpunkt wissen, aber 460 Jahre der freien Republik wurden damit zu einem Ende gebracht.

10 DER WELTKRIEG

Blitzkrieg

Gegen die Barbaren in Gallien hatte Caesar ohne Rücksicht auf das Risiko schnell und hart immer am liebsten dort zugeschlagen, wo der Gegner ihn am wenigsten erwartete. Nachdem er jetzt das gewagteste Spiel seines Lebens begonnen hatte, wollte er dieselbe Strategie gegen seine Mitbürger anwenden. Ohne abzuwarten, dass sein gesamtes Kontingent an Legionen aus Gallien anrückte, wie Pompeius es von ihm erwartet hatte, entschloss sich Caesar stattdessen, auf die Wirkung von Terror und Überraschung zu setzen. Jenseits des Rubikons war niemand, der sich ihm entgegenstellte. Seine Mittelsmänner hatten sich eifrig bemüht, Italien mit Bestechungsgeldern günstig zu stimmen. Jetzt öffneten die Grenzstädte ihm die Tore, sobald er auch nur vor ihren Mauern erschien. Die großen Heeresstraßen nach Rom sicherte er sich ohne Schwierigkeiten. Noch immer rückte niemand von der Hauptstadt her gegen ihn vor. Caesar ging weiter nach Süden.

Mengen von Flüchtlingen brachten die Neuigkeiten von diesem Blitzkrieg nach Rom. Ihre Ankunft bewirkte, dass aus der Stadt ihrerseits Ströme von Flüchtlingen fortzogen. Invasionen aus dem Norden ließen in der Republik regelmäßig die Albträume aus der Zeit der Vorfahren aufleben. Während Cicero die Berichte von Caesars Vormarsch voller Besessenheit und Schrecken verfolgte, fragte er sich: »Reden wir hier eigentlich von einem General des römischen Volkes oder von Hannibal?«[1] Aber auch andere Gespenster aus einer kürzer zurückliegenden Zeit der Geschichte gingen um. Bauern, die in der Nähe der Grabstätte des Marius auf dem Feld arbeiteten, berichteten von Erscheinungen des grimmigen alten Generals, der aus seinem Grab auferstanden sei; mitten auf dem Marsfeld hingegen, wo der Leichnam Sullas verbrannt worden war, erhaschte man die Umrisse seines Gespenstes als »Boten schrecklicher Zukunft«.[2] Das Kriegsfieber, das nur einige Tage zuvor so fröhlich und voller Siegesgewissheit geherrscht hatte, war vergangen. In Panik geratene Senatoren, denen Pompeius versichert hatte, dass die Erringung des Sieges nur ein Spaziergang sein würde, begannen nun Vermutungen anzustellen, ob ihr Name nicht bald auf Caesars Proskriptionslisten auftauchen sollte. Der Senat raffte sich auf und bedrängte den Generalissimus aufs Heftigste. Ein Senator beschuldigte Pompeius sogar offen, die Republik getäuscht und in die Katastrophe geführt zu haben. Ein anderer namens Favonius, ein Freund Catos, schrie ihm zu, er solle doch die von ihm versprochenen Legionen und Reiter aus dem Boden stampfen.

Aber Pompeius hatte Rom bereits aufgegeben. Der Senat erhielt den Befehl zur Evakuierung. Jeder, der dort blieb, warnte Pompeius, würde als Verräter betrachtet werden. Nach dieser Order ging er nach Süden und überließ die Hauptstadt ihrem Schicksal. Sein Ultimatum machte das Schisma in der Republik endgültig und unheilbar. Jeder Bürgerkrieg durchschneidet Familienbande und Freundschaften, aber die römische Gesellschaft war immer besonders feinfühlig in ihren Loyalitäten gewesen und hatte zu schroffe Gegensätze verschmäht. Für viele Bürger blieb eine Entscheidung zwischen Caesar und Pompeius genauso unmöglich wie zuvor. Für einige war das eine besonders grausame Lage. Aus diesem Grund ruhten aller Augen auf ihnen. Was würde zum Beispiel ein Mann wie Marcus Junius Brutus tun? Ernst, pflichtbewusst und besonnen wie er war, und doch beiden Rivalen zutiefst verpflichtet, würde sein Urteil besonderes Gewicht haben. Welchen Weg würde Marcus Brutus einschlagen?

Es gab vieles, was ihn dazu ermutigte, sich für Caesars Lager zu entscheiden. Seine Mutter Servilia war die große Liebe im Leben Caesars gewesen, und es wurde sogar behauptet, Brutus sei die Frucht dieser Liebe. Was immer an diesem Gerücht auch war, der gesetzlich anerkannte Vater des Brutus war eines der vielen jungen Opfer des Pompeius während des ersten Bürgerkriegs gewesen, und so ging man verbreitet davon aus, dass dieser die alte Liebe seiner Mutter dem Mörder ihres Mannes vorziehen würde. Aber Pompeius, der einst der »Schlachterjunge« gewesen war, war jetzt der Held der Republik, und Brutus konnte sich als Intellektueller von selten gekannter Aufrichtigkeit und Ehre nicht dazu durchringen, die Verteidigung des Rechtes aufzugeben. Er mochte zwar Caesar zugetan sein, aber er stand Cato doch noch näher, der sein Onkel und Schwiegervater war. Brutus gehorchte den Anordnungen des Pompeius. Er verließ Rom. Das tat nach einer Nacht des unschlüssigen Händeringens der größte Teil des Senats. Nur ein ganz geringer Rest blieb. Nie zuvor war die Stadt in einem solchen Maße von den Beamten allein gelassen worden. Kaum eine Woche war seit Caesars Überquerung des Rubikons vergangen, und schon war die Welt von unten nach oben gekehrt.

Pompeius konnte natürlich behaupten, dass es gewichtige militärische Gründe dafür gebe, die Hauptstadt aufzugeben – und es gab sie tatsächlich. Nichtsdestoweniger war seine Entscheidung ein tragischer und schicksalsschwerer Fehler. Die Republik konnte nicht als abstrakte Größe überleben. Ihre Lebendigkeit kam aus den Straßen und öffentlichen Plätzen Roms, aus dem Rauch, der von den altersschwarzen Tempeln aufstieg, aus dem Rhythmus der Wahlen, die Jahr für Jahr abgehalten wurden. Wenn sie ihre Wurzeln verlor, wie konnte die Republik dann dem Willen der Götter weiter treu bleiben, und wie sollte man den Willen des römischen Volkes in Erfahrung bringen? Indem er aus der Stadt floh, hatte der Senat sich von all denen getrennt – der großen Mehrheit der Bürger –, die es sich nicht leisten konnten, alles zusammenzupacken und ihre Heimstätten zu verlassen. Das Gemeinschaftsgefühl, das selbst die ärmsten Bürger mit den Idealen des Staates verbunden hatte, schien dadurch kompromittiert. Kein Wunder, dass die großen Adligen, die die Häuser ihrer Vorfahren im Stich ließen, Plünderer und die Wut der Leute aus den Elendsquartieren fürchteten.

Wenn der Krieg tatsächlich so kurz werden sollte wie von Pompeius versprochen, hätte all das vielleicht nicht so viel ausgemacht, doch es wurde schnell deutlich, dass nur Caesar eine gewisse Aussicht auf einen Blitzsieg hatte. Selbst während Pompeius sich durch Italien nach Süden zurückzog, gewann sein Verfolger bereits an Geschwindigkeit. Es schien, dass die zusammengewürfelten Legionen, die zur Verteidigung der Republik aufgerufen waren, dasselbe Schicksal wie die Armee des Spartakus erleiden könnten, die an der Hacke des Stiefels der Halbinsel in die Enge gedrängt worden war. Nur vollständige Evakuierung konnte sie vor einem solchen Debakel bewahren. Der Senat erwog das Undenkbare: sich außerhalb Italiens zu sammeln. Seinen wichtigsten Führern waren bereits Provinzen zugeteilt worden: Sizilien war an Cato gegangen, Syrien an Metellus Scipio, Spanien an Pompeius selbst. Künftig sollten also offenbar die Schiedsrichter über das Schicksal der Republik nicht in der Stadt regieren, die ihnen ihre Stellung verliehen hatte, sondern als Kriegsherren zwischen entfernten und finsteren Barbaren. Ihre Macht würde durch Gewalt, und durch Gewalt allein, bestimmt werden. Worin unterschieden sie sich dann eigentlich von Caesar? Wie sollte bei einem Sieg, gleich ob der einen oder der anderen Seite, die Republik wiederhergestellt werden?

Selbst diejenigen, die sich am meisten mit der Sache der Senatsmehrheit identifizierten, zeigten sich in quälendem Zweifel über diese Frage. Cato, der die Ergebnisse seines größten und vernichtendsten Spieles abwog, trug nicht sehr viel zur Ermutigung seiner Anhänger bei, als er Trauerkleidung anlegte und die Nachricht von jedem militärischen Gefecht beweinte, sowohl Siege wie Niederlagen. Neutralen Bürgern fehlte zu allem noch der Trost, dass die Republik für einen guten Zweck zerstört würde. Cicero, der Rom gehorsam verlassen hatte, fühlte sich bis zur Hysterie verloren. Vier Wochen lang konnte er sich zu nichts anderem durchringen, als klagende Briefe an Atticus zu schreiben und ihn zu fragen, was er tun, wohin er gehen, wen er unterstützen solle. Er hielt Caesars Anhänger für eine Bande von Halsabschneidern, und Pompeius für geradezu kriminell unfähig. Cicero war kein Militär, aber er konnte mit glasklarer Deutlichkeit sehen, was für eine Katastrophe es gewesen war, Rom aufzugeben, und gab dieser Entscheidung die Schuld am Zusammenbruch all dessen, was ihm teuer war, von den Immobilienpreisen bis zur Republik. »Elend treiben wir uns mit Weib und Kind herum, und auf das Leben dieses einen Mannes, der alljährlich erkrankt, setzen wir all unsre Hoffnung, nicht vertrieben, nein *herausgerufen* aus der Vaterstadt.«[3] Es war immer derselbe Schmerz und dieselbe Bitterkeit, die von einer nie geheilten Wunde herrührte. Cicero wusste bereits, was seine Senatskollegen bald lernen sollten: dass ein Bürger im Exil eigentlich gar kein Bürger mehr war.

Nach der Aufgabe Roms gab es auch keinen anderen Ort mehr für eine Verteidigungslinie. Der einzige Versuch, Caesar aufzuhalten, endete in einer blamablen Niederlage. Domitius Ahenobarbus, dessen ungeheure Fähigkeit zum Hass sich gleichermaßen gegen

Pompeius und Caesar richtete, weigerte sich einfach, den Rückzug anzutreten. Dazu wurde er weniger von irgendeiner besonderen strategischen Vision angeregt, sondern es handelte sich lediglich um Dummheit und Starrhalsigkeit. Während Caesar durch Mittelitalien fegte, beschloss Domitius, sich in der Stadt Corfinium zu verschanzen, wo zwei Heerstraßen sich trafen. Das war dasselbe Corfinium, das die aufständischen italischen Bundesgenossen vierzig Jahre zuvor zu ihrer Hauptstadt gemacht hatten, und die Erinnerungen an diesen großen Kampf waren noch nicht völlig zu einem Gegenstand der Geschichte geworden. Die Bewohner Italiens mochten zwar das Bürgerrecht erhalten haben, aber es gab doch noch viele, die sich Rom gegenüber fremd fühlten. Die Verteidigung der Republik bedeutete ihnen wenig, aber nicht die Sache Caesars. Schließlich war er der Erbe des Marius, des großen Beschützers der Italiker, und dazu der Feind des Pompeius, des Gefolgsmanns Sullas. Alter Hass lebte wieder auf und überschattete die Stellung des Domitius. Mit Sicherheit hatten die Einwohner Corfiniums nicht die Absicht, zu seiner Verteidigung unterzugehen: Kaum war Caesar vor den Mauern der Stadt erschienen, ersuchten sie schon darum, man möge sich ergeben. Die frisch ausgehobenen und unerfahrenen Soldaten des Domitius, die sich einem Heer gegenübersahen, das jetzt aus fünf Elitelegionen bestand, waren schnell einverstanden. Abgesandte wurden zu Caesar geschickt, der ihre Kapitulation bereitwillig annahm. Domitius war außer sich vor Wut, aber das war vergeblich.

Als er von seinen eigenen Offizieren zu Caesar geschleppt wurde, bat er um den Tod. Caesar wies das zurück. Stattdessen ließ er Domitius seiner Wege gehen. Das war nur auf den ersten Blick ein Akt der Gnade. Für einen Römer konnte es nichts so unaussprechlich Demütigendes geben wie den Umstand, dass man sein Leben der Gunst eines anderen verdankte. Domitius war zwar erspart worden, auch nur einen weiteren Tag zu kämpfen, aber er verließ Corfinium entwürdigt und nicht mehr als ganzer Mann. Es wäre ungerecht, wenn man in der Milde Caesars nur ein politisches Mittel sehen wollte – Domitius hätte Caesar in der umgekehrten Situation sicher getötet –, aber sie diente seinen Zwecken doch ziemlich genau. Denn sie stellte nicht nur sein maßloses Überlegenheitsgefühl zufrieden, sondern half auch, neutrale Bürger überall zu beruhigen, dass er kein zweiter Sulla war. Selbst seine erbittertsten Feinde konnten, sofern sie sich nur ergaben, die Sicherheit haben, dass ihnen vergeben würde und sie mit dem Leben davonkämen. Caesar hatte keinerlei Pläne, Proskriptionslisten auf dem Forum anschlagen zu lassen.

Der Hinweis wurde unter Jubel aufgenommen. Wenige Bürger waren so stolz wie Domitius. Die Soldaten, die er ausgehoben hatte, ganz zu schweigen von den Bewohnern der Stadt, die er besetzt hatte, zögerten keinen Moment, ihrer Freude über die Milde des Eroberers Ausdruck zu geben. Die Neuigkeit von der »Begnadigung von Corfinium« verbreitete sich schnell. Es würde nun keinen Volksaufstand gegen Caesar mehr geben, und es bestand auch keine Aussicht, dass Italien sich hinter Pompeius stellen und ihm plötzlich zu Hilfe kommen würde. Nachdem die Rekruten des Domitius zum Feind übergelaufen waren, war das Heer der Republik jetzt noch dürftiger, als es ohnehin schon gewesen war, und seine einzige Hochburg war Brundisium, der große Hafen und das Tor nach Osten. Hier blieb Pompeius, beschlagnahmte in aller Eile und Aufregung Schiffe und bereitete sich auf die Überfahrt nach Griechenland vor. Er wusste, dass er keine offene Schlacht mit Caesar wagen konnte – zumindest jetzt noch nicht –, und Caesar wusste, dass er in der Lage sein würde, den Krieg auf einen Streich zu Ende zu bringen, wenn er nur Brundisium einnehmen konnte.

Und so begann nun für beide Seiten ein verzweifeltes Rennen gegen die Zeit. Als er von Corfinium nach Süden eilte, brachte man Caesar die Nachricht, dass sich die Hälfte der feindlichen Armee unter dem Befehl der beiden Konsuln bereits eingeschifft habe und dass die andere Hälfte unter Pompeius noch zusammengedrängt im Hafen warte. Dort müssten sie fest ausharren, bis die Flotte aus Griechenland zurückkam. Als Caesar vor Brundisium anlangte, befahl er seinen Männern, Pontons vor die Hafeneinfahrt zu bugsieren und eine Mole zwischen ihnen aufzuschütten. Pompeius reagierte darauf, indem er dreistöckige Türme auf den Decks von Handelsschiffen anbringen ließ und sie dann an die Hafenausfahrt schickte, um Geschosssalven auf Caesars Pioniere regnen zu lassen. Der Kampf dauerte Tage und es war ein endloses Durcheinander von Katapultgeschossen, aufragenden Holzbalken und Flammen. Dann, die Mole war noch nicht fertig gebaut, tauchten Segel am Horizont auf. Die Flotte des Pompeius kehrte aus Griechenland zurück. Sie durchbrach die Sperre am Hafeneingang, machte mit Erfolg fest, und die Evakuierung von Brundisium konnte nun endlich beginnen. Die Operation wurde mit dem bei Pompeius üblichen Geschick durchgeführt. Als die Dämmerung sich senkte, begannen die Ruder seiner Transportschiffe das Hafengewässer hörbar aufzurühren. Caesar war von Sympathisanten innerhalb der Stadt gewarnt worden und befahl seinen Männern, die Mauern zu stürmen, aber sie drangen zu spät nach Brundisium ein. Durch den engen Flaschenhals, den die Sperranlagen ihnen gelassen hatten, schlupften die Schiffe in die offene Nacht. Mit ihnen ging Caesars letzte Hoffnung auf eine schnelle Beendigung des Krieges dahin. Es waren kaum zweieinhalb Monate vergangen, seit er den Rubikon überschritten hatte.

Als das Morgengrauen aufzog, beleuchtete es ein leeres Meer. Die Flotte des Pompeius war verschwunden. Seine Zukunft erwartete das römische Volk nun nicht mehr in ihrer eigenen Stadt und noch nicht einmal in Italien, sondern hinter dem aufreizend ruhigen Horizont in Barbarenländern, fern von Forum oder Senat oder den Wahlgattern.

Während die Republik taumelnd stürzte, konnte man auf der ganzen Welt ein Zittern verspüren.

Das Siegesfest des Pompeius

Der Osten war, anders als Rom, an Könige gewöhnt. Die strengen Feinheiten republikanischer Gesinnung hatten wenig Bedeutung für Völker, die sich keine andere Regierungsform als die Monarchie vorstellen konnten und ihre Herrscher gelegentlich gar mit göttlichen Ehren bedachten. Den Römern erschien dieser Aberglaube natürlich höchst verächtlich. Dennoch hatten ihre Beamten seit langem ihren eigenen Platz ganz oben im jeweiligen Pantheon ihrer Untertanen erhalten: Ihre Lobpreisung war auf dichten Wolken von Weihrauch zum Himmel emporgetragen worden, und ihre Bilder standen in den Tempeln fremdartiger Götter. Für den Bürger einer Republik, in der Eifersucht und Argwohn jede Zurschaustellung von Größe begleitete, waren das Gefälligkeiten, die ihm leicht zu Kopf stiegen, aber sie waren auch gefährlich. Rivalen daheim in Rom waren schnell dabei, jeden Hauch von königlicher Verblendung öffentlich zu brandmarken. »Bedenke, dass du ein Mensch bist«* – so lautete die Warnung, die einem General während seines Triumphes von einem Sklaven ins Ohr geflüstert wurde. Das war auch die Warnung, die Pompeius in seinem göttlichsten Glücksmoment ins Ohr geflüstert worden war, als der Bezwinger des Ostens zum dritten Mal auf seinem Wagen durch Rom fuhr. Seine Feinde waren indes nicht bereit gewesen, eine für das zukünftige Wohlergehen der Republik so wichtige Mitteilung einfach einem Sklaven zu überlassen. Ihr Neid auf Pompeius war so groß gewesen, dass sie alle Kraft ihrer Intrigen gegen ihn ins Feld führten, und sie hatten ihn dadurch in die Arme Caesars getrieben. Jetzt waren diese selben Feinde seine Verbündeten im Exil. In Thessaloniki zusammengedrängt musste der Senat versuchen, seine Abneigung gegen das gottähnliche Ansehen des Pompeius herunterzuschlucken. Sie brauchten es schließlich, damit er sie zurück nach Hause brachte.

Zum Glück für dieses Anliegen war seine Anerkennung als neuer Alexander noch stark genug verbreitet. Selbst während er die östlichen Provinzen all ihrer Legionen entkleidete, sandte Pompeius herrische Ermahnungen an die diversen Potentaten, die er auf ihren Thron gesetzt oder darauf bestätigt hatte. Die Begeisterung, mit der diese Klientelfürsten sich ihm anschlossen, legte die Vermutung nahe, dass es eher als die Republik Pompeius selbst war, der den wunderbaren Osten in Händen gehabt hatte. Eine große Zahl seltsam aussehender Hilfstruppen vereinte sich mit den Legionen der römischen Bürger, und sie wurden von Fürsten mit fantastischen und exotisch unrömisch klingenden Namen angeführt: Deiotarus von Galatien, Ariobarzanes von Kappadokien, Antiochos von Kommagene. Kein Wunder, dass Pompeius, in dessen Ausbildungslager bei Thessaloniki diese pompösen Herren zusammenkamen, bei näherer Betrachtung weniger wie ein römischer Prokonsul, sondern eher wie ein östlicher König der Könige zu erscheinen begann.

So spottete wenigstens Domitius. Das war eine typisch übertriebene Beleidigung vonseiten eines Mannes, dessen Niederlage in Corfinium nichts dazu beigetragen hatte, seinen Charakter zu verbessern.

* Dieser berühmte Satz findet sich nur in sehr viel späteren Quellen, aber selbst wenn er apokryph ist, entspricht er doch dem Geist und den Werten der Republik.

Dennoch blieb etwas davon an Pompeius hängen. Ein Hauch von Orient hatte dem großen Mann seit langer Zeit angehaftet. Hinter seinem Rücken hatte Cicero ihn einmal »Sampsiceramus« genannt, und das war ein nach Art der Barbaren gebildeter Name, der zu einem persischen Despoten zu passen schien. Aber das war Satire gewesen und nett gemeint. Jetzt, während er noch immer grämlich in Kampanien saß, verstand Cicero das nicht mehr als Scherz. Es erschien ihm, dass der Held der Republik übertrieben mithridatisch wurde. Er vertraute Atticus an, dass Pompeius ihm seine Strategie enthüllt habe, mit der er Caesar in die Knie zwingen wolle, und wie schrecklich sie sei. Die Provinzen sollten besetzt werden; die Getreideversorgung solle abgeschnitten und Italien dem Hunger anheimgegeben werden. Dann solle ein großes Blutbad folgen. »Von Anfang an hat Pompeius nur den einen Gedanken gehabt, die ganze Welt und alle Meere in Bewegung zu setzen, Barbarenfürsten aufzuwiegeln, wilde Völker in Waffen nach Italien zu führen und Riesenarmeen auf die Beine zu bringen.«[4] Das war aus der Feder des redegewandtesten Sprechers der Republik ein Echo der Prophezeiungen, die mindestens ein Jahrhundert alt waren. Ciceros Vorstellungsgabe hatte ein apokalyptisches Fieber eingefangen, das bei den von Rom unterworfenen Völkern seit langem verbreitet war. Hatte nicht die Sibylle vorausgesagt, dass Italien von seinen eigenen Söhnen Gewalt angetan würde? Und nicht Mithridates in Person, dass ein großer Konig, versehen mit der Weltherrschaft, triumphierend aus dem Osten kommen würde? Da konnte es nicht erstaunen, dass die in Italien zurückgebliebenen Menschen, die die Nachrichten von den Vorbereitungen des Pompeius hörten, erschauerten und am Überleben der Republik zweifelten.

Doch die Furcht vor dem einen Kriegsherren war nicht unbedingt dazu geeignet, das Ansehen des anderen aufzubessern. Sicher, Caesar hatte eine besondere Begabung für Propaganda: Es war ihm ausgezeichnet gelungen, alle Befürchtungen zu besänftigen, dass er ein Blutbad plane, und er wurde nie müde, seine eigenen Anliegen mit denen eines missachteten und aufgebrachten Volkes zu identifizieren. Dennoch konnte seine meisterhafte Öffentlichkeitsarbeit nicht den Umstand verbergen, dass er des äußersten Hochverrats schuldig war. Als Caesar gegen Ende März endlich nach Rom kam, fand er die Stadt mürrisch und den Empfang unfreundlich. So viele Getreidespenden er dem römischen Volk auch versprach, sie ließen sich nicht verführen. Der Rumpfsenat, der sich noch in der Hauptstadt befand, war sogar noch unfreundlicher. Als Caesar die Senatoren offiziell zusammenrief, um seine Rechtfertigungen vorzutragen, kam fast niemand.

Von den wenigen, die tatsächlich erschienen waren, verlangte Caesar eine Vollmacht, die römischen Notstandsgelder anzugreifen. Schließlich, so betonte er, bestand keinerlei Anlass mehr, eine Invasion der Gallier zu befürchten, und wer hätte denn den Schatz mehr verdient als er selbst, der Eroberer Galliens? Die Senatoren waren eingeschüchtert und nervös, und sie schienen zum Nachgeben bereit. Doch dann hatte ein Volkstribun, Caecilius Metellus, den Mut, sein Veto einzulegen. Caesar geriet außer sich. Jetzt war keine Rede mehr von der Verteidigung der Rechte des Volkes. Stattdessen drangen Truppen auf das Forum vor, der Tempel des Saturn wurde aufgebrochen und der Staatsschatz beschlagnahmt. Als der starrsinnige Metellus weiter auf dem Versuch beharrte, dieses Sakrileg zu verhindern, verlor Caesar von neuem die Beherrschung. Er warnte den Volkstribunen, er solle zur Seite gehen oder sterben. Neun Jahre war Caesar daran gewöhnt gewesen, dass jedem seiner Befehle gehorcht wurde, und er hatte weder Zeit noch Geduld, seine Gewohnheiten jetzt zu ändern. Metellus trat zur Seite, Caesar nahm das Gold.

Mit Erleichterung kehrte er nach zwei frustrierenden Wochen in Rom zu seiner Armee zurück. Wie üblich war er in Eile weiterzukommen. In Spanien standen Legionen des Pompeius, und ein neuer Feldzug musste gewonnen werden. Als Verantwortlichen in der widerspenstigen Hauptstadt ließ er einen gefügigen Praetor namens Marcus Lepidus zurück. Der Senat war völlig übergangen worden. Der Umstand, dass Lepidus selbst aus einer der vornehmsten Familien stammte und dazu ein gewählter Beamter war, half wenig dabei, die ungesetzliche Natur seiner Stellung zu verbergen. Natürlich waren die Leute empört. Caesar schenkte dem aber keinerlei Beachtung. Der Anschein der Legalität war ihm wichtig, doch nicht so sehr wie die tatsächliche Macht.

Für alle anderen als Caesar aber, das heißt für all jene, die sich auf das Gesetz als Bollwerk ihrer Freiheit und Garantie ihrer Traditionen verließen, war die Verwirrung nun total. Was sollte ein ehrenwerter Bürger tun? Keiner konnte sich da sicher sein. Alteingefahrene Wege konnten sich als trügerisch erweisen. Der Bürgerkrieg machte aus der Republik ein verwirrendes Labyrinth, in dem vertraute Hauptstraßen plötzlich zu Sackgassen werden konnten und beliebte Orientierungspunkte zu Schutthaufen. Cicero zum Beispiel, der endlich den Mut gefunden hatte, sich zum Lager des Pompeius durchzuschlagen, war immer noch ratlos. Cato nahm ihn zur Seite und sagte ihm, dass es ein furchtbarer Fehler gewesen sei zu kommen und dass er »dem Vaterlande und den Freunden viel nützlicher sein würde, wenn er in neutraler Stellung dort geblieben wäre«.[5] Als Pompeius herausfand, dass Ciceros einziger Beitrag zu den Kriegsbemühungen witzige Bemerkungen defätistischer Art waren, äußerte selbst er öffentlich den Wunsch, er möge doch zum Feind übergehen. Stattdessen saß Cicero in tieftrauriger Ohnmacht da und blies Trübsal.

Aber diese Art von Verzweiflung war das Vorrecht eines wohlhabenden Intellektuellen. Nur wenige Bürger konnten sich so etwas leisten. Die meisten suchten nach anderen Wegen, Ordnung in das Chaos der Zeit zu bringen. Es gab für einen Römer nichts Beunruhigenderes, als sich der Gesellschaft und seines Gemeinschaftsgefühls entledigt zu sehen, und bevor er das erlitt, würde er eher bis ans Äußerste gehen. Aber in einem Bürgerkrieg – wohin sollte sich ein Bürger da mit seiner treuen Ergebenheit wenden? Er konnte sich weder seiner Stadt zuwenden noch den Altären der Vorfahren oder der Republik selbst, denn all das wurde von beiden Seiten als ihr Erbe beansprucht. Er konnte sich dem Glück eines Generals anvertrauen und sicher sein, in den Rängen der Armee dieses Generals Kameradschaft zu finden und eine Identität in dem Ruhm, der sich in dem Namen des Führers widerspiegelte. Das war der Grund, warum die Legionen Galliens bereit gewesen waren, den Rubikon zu überschreiten. Was bedeuteten ihnen nach neun Jahren die Traditionen des weit entfernten Forums im Vergleich zu der Kameradschaft in ihrem Militärlager? Und was war die Republik für sie schon im Vergleich zu ihrem General? Es gab niemanden sonst, der so begabt war wie Caesar, bei seinen Truppen eine leidenschaftliche Ergebenheit hervorzurufen. Inmitten aller Kriegswirren war das vielleicht das deutlichste Zeichen seiner Größe. Als er im Sommer 49 v. Chr. in Spanien ankam, um sich dreier aus Veteranen des Pompeius zusammengesetzter Heere anzunehmen, war er in der Lage, seine Soldaten bis an die Grenzen der Erschöpfung und des Leidens zu treiben, sodass der Feind innerhalb weniger Monate völlig überwältigt war. Es war nicht verwunderlich, dass Caesar es wagte, die Grenzen zu missachten, die anderen Bürgern und manchmal sogar der menschlichen Natur gesetzt waren, wenn er sich auf solche stählerne Kraft stützen konnte. »Doch dein Geist«, sollte Cicero ihm später sagen, »hat sich nie mit den engen Grenzen, in die die Natur unser Leben gebannt hat, zufrieden gegeben.«[6] Aber ebenso wenig war das der Geist der Männer, die seinem Stern folgten: Seine Legionen konnten, so prahlte er, »sogar den Himmel niederreißen«.[7]

Hier, in dieser Seelenverbindung zwischen Caesar und seinem Heer, lag das erste Anzeichen einer neuen Ordnung. Gegenseitige Loyalitätsbindungen hatten der römischen Gesellschaft immer ihr Grundmuster vorgegeben. Das blieb auch während des Bürgerkriegs so, aber sie waren zunehmend von den althergebrachten Verflechtungen und Feinheiten befreit. Es war einfacher, dem Schall der Trompete zu folgen, als dem Strudel der widersprüchlichen Verpflichtungen, die das Leben der Bürger immer bestimmt hatten. Doch diese selben Verpflichtungen, die von jahrhundertealten Tabus und Traditionen bestimmt waren, durften auch nicht zu leichtfertig beiseite geschoben werden. Ohne sie würde die Republik, zumindest so, wie sie seit Jahrhunderten bestanden hatte, sterben. Kontrollen und Gleichgewichte, die stets dazu gedient hatten, das Streben des geborenen Römers nach Ruhm zu mäßigen und in für seine Stadt nützliche Bahnen zu lenken, könnten bald wegfallen. Ein altes Erbe an Brauchtum und Gesetzen könnte für immer verloren gehen. Bereits in den ersten Monaten des Bürgerkriegs konnte man die vernichtenden Folgen einer solchen unheilvollen Wende in Umrissen erkennen. Noch hielt das politische Leben stand, aber es war nur mehr eine abstoßende Parodie seiner selbst. Die Kunst der Überredung wurde zunehmend vernachlässigt, während der Rückgriff auf Gewalt und Einschüchterung ihren Platz einnahm. Der Ehrgeiz der Beamten, die nicht mehr von Wählerstimmen abhängig waren, konnte nun mit dem Blut ihrer Mitbürger bezahlt werden.

Es war kein Wunder, dass viele der Anhänger Caesars, befreit von den Beschränkungen und Hemmungen der lästigen Bräuche, sich an einer Welt berauschen sollten, in der es offenbar keine Grenzen für das gab, was sie erreichen konnten. Aber einige wollten zu schnell zu weit hinaus und zahlten ihren Preis dafür. Curio, so strahlend und stürmisch wie immer, führte zwei Legionen in Afrika in den Untergang; da er es verschmähte zu fliehen, starb er an der Seite seiner Soldaten, die so fest geschlossen um ihren General geschart untergingen, dass ihre toten Körper wie Ähren auf einem Kornfeld stehen blieben. Caelius, noch immer in verhängnisvollem Ausmaß der Intrige zugetan, kehrte zu seinen politischen Wurzeln zurück und versuchte, das alte catilinarische Vorhaben einer Schuldentilgung durchzupeitschen. Als er aus Rom vertrieben wurde, organisierte er einen propompeianischen Aufstand auf dem Land, nur um dann gefangen genommen und getötet zu werden – ein trauriges Ende. Antonius war der Einzige unter den drei zu Caesar geflohenen Freunden, dem es gelang, nicht zu stolpern. Das war nicht etwa das Ergebnis einer besonderen Geschicklichkeit in seinem Vorgehen, sondern er beschäftigte sich vielmehr mit anderen Dingen. Obwohl Caesar ihn als Befehlshaber über Italien zurückgelassen hatte, verwendete Antonius den größten Teil seiner Energie darauf, Senatoren einen ganzen Harem von Schauspielerinnen aufzudrängen, sich in der Volksversammlung zu übergeben, oder – ein beliebtes Spiel bei Festen – sich als Weingott Dionysos zu verkleiden und in einem Wagen zu fahren, der von Löwen gezogen wurde. Aber im Krieg gab es keinen begabteren Soldaten, und Caesar konnte angesichts seines stählernen Mutes und seiner großen Kühnheit jedes Maß an Vulgarität verzeihen. So war Antonius' schneller Aufstieg zustande gekommen. Er war ein Offizier, der sich der Männer würdig erwies, die er kommandierte. Als Caesar schließlich mitten im Winter die Adria überquerte und im Frühjahr 48 v. Chr. den Kampf mit Pompeius suchte, trotzte Antonius allen Stürmen und der Flotte des Pompeius, um ihm vier weitere Legionen als Verstärkung zuzuführen. Als die beiden Heere sich in ihrer Nervosität erste Scharmützel lieferten und hier und dort stichelten und Scheinangriffe führten, befand sich Antonius in seiner stürmischen und unermüdlichen Art immer mitten im Gefecht und war aus der Sicht beider Seiten der glänzendste und am häufigsten bemerkte Mann.

Aber alle Soldaten Caesars schienen irgendwie von der ungeheuren und unheimlichen Kraft ihres Generals erfüllt zu sein. Es war, als ob sie, wie die Geister der Toten, vom Blut ihrer Feinde leben könnten. Caesars alter Feind Marcus Bibulus, der die Adriaflotte des

Pompeius befehligte, hatte »selbst in der bitteren Kälte des Winters an Bord geschlafen sowie keine Mühe und Aufgabe gescheut und keine Hilfe angenommen für den Fall, dass er mit Caesar in Berührung kommen sollte.«[8] Aber es war Caesar trotzdem gelungen, die Blockade zu durchbrechen, und der fassungslose Bibulus starb daraufhin am Fieber. Als Pompeius in dem darauf folgenden Zermürbungskrieg darauf setzte, seinen Gegner bis zur Aufgabe auszuhungern, gruben Caesars Legionssoldaten Wurzeln aus und buken daraus Brotlaibe. Die warfen sie als herausforderndes Zeichen des Widerstands auch über die Schanzen der Feinde. Den Männern des Pompeius »schauderte es angesichts der ungeschlachten Feinde und ihrer Gleichgültigkeit gegen Hunger und Schmerz vor ihnen wie vor wilden Tieren«;[9] und man versteht auch, dass ihr General befahl, die Neuigkeit nicht zu verbreiten, als man ihm eines der von Caesars Soldaten gebackenen Brote zeigte.

Aber in vertrautem Kreis zeigte sich Pompeius optimistisch. Er wusste, dass Soldaten nicht auf ewig von Wurzeln leben konnten – auch die Caesars nicht. Cato, der noch immer den Tod eines jeden Bürgers betrauerte, egal auf welcher Seite, bestärkte ihn darin, und so wartete er auf den Zusammenbruch von Caesars Armee. Seine Strategie schien sich gelohnt zu haben, als Caesar im Juli 48 v. Chr. nach einem empfindlichen Rückschlag im Niemandsland zwischen den beiden Heeren seine Position an der Adriaküste plötzlich aufgab und nach Osten marschierte. Das war der Zeitpunkt, zu dem Pompeius, wenn er wirklich der Tyrann der düsteren Vorahnungen Ciceros gewesen wäre, ohne jeden Widerstand nach Italien hätte übersetzen können; aber er zog es vor, seiner Heimat die Schrecken der Invasion zu ersparen. Stattdessen verließ er ebenfalls seine Befestigungsanlagen an der Küste. Er ließ nur eine geringe Besatzung unter dem Kommando Catos zurück und verfolgte Caesar in Richtung Osten. Während er jeder Drehung und Wendung seines Gegners folgte, gelangte er aus der Wildnis des Balkans ins Freie des nördlichen Griechenlands. Um die Stadt Pharsalos war das Gelände flach und offen, sodass es sich bestens für eine Schlacht eignete. Caesar suchte verzweifelt einen Entscheidungskampf zu erzwingen und brachte seine Legionen in Sichtweite von Pompeius' Lager in Stellung. Dieser gab der Herausforderung nicht nach. Er wusste, dass in jeder wesentlichen Hinsicht – Geld, Nachschub an Nahrungsmitteln, Unterstützung durch die lokale Bevölkerung – die Zeit für ihn arbeitete. Tagelang bot Caesar weiter die Schlacht an. Tagelang harrte Pompeius in seinem Lager aus.

Aber in seinem Kriegsrat begann die Stimmung umzuschlagen. Die Senatoren in Pompeius' Gefolge warteten ungeduldig darauf, tätig zu werden, und wollten Caesar und seine Armee ausgelöscht sehen. Was hatte ihr Generalissimus nur? Warum wollte er nicht kämpfen? Die Antwort war allzu schnell bei der Hand und hatte ihren Ursprung in Jahrzehnten des Misstrauens und der Abneigung: »Pompeius gefalle sich als Befehlshaber und behandle frühere Konsuln und Praetoren als Sklaven«,[10] beklagte man sich. Das Zitat stammt von seinem Gegner, der nicht ohne Sympathie war und seinerseits seinen Untergebenen jeden Befehl geben konnte, den er wollte, ohne dafür Hohn zu ernten. Aber das war so, weil Caesar, auch wenn er etwas anderes vorgab, nicht als Held und Verteidiger der Republik kämpfte. Pompeius aber doch. Für ihn war das ein Anspruch, der ihm alles bedeutete. Seine Kollegen, die noch immer so eifersüchtig auf anmaßende Größe waren wie eh und je, verlangten jetzt von ihm zu zeigen, dass er geeignet war, sie zu führen, indem er sich dem Wunsch der Mehrheit beugte, die wollte, dass er Caesar ein für alle Mal zermalmte. Pompeius gab widerstrebend nach. Die Befehle wurden ausgegeben. Die Schlacht sollte am folgenden Tag stattfinden. Pompeius der Große hatte sich endlich als ein guter Bürger gezeigt, indem er seine eigene Zukunft und die der Republik mit einem einzigen Schlag aufs Spiel setzte.

Aber in jener Nacht, als seine Senatskollegen die Vorbereitung von Siegesfesten anordneten, ihre Zelte mit Lorbeer schmückten und darüber stritten, wer Caesar in seinem hohen Priesteramt beerben solle, hatte Pompeius einen Traum. Er sah sich selbst das große Theater auf dem Marsfeld betreten, die Stufen zum Tempel der Venus emporsteigen und dort unter dem Jubel und Beifall des römischen Volkes die Trophäen seiner vielen Siege der Göttin weihen. Das reichte, um ihn schweißgebadet aufwachen zu lassen. Andere hätten sich vielleicht durch eine solche Vision ermutigt gefühlt, aber Pompeius erinnerte sich, dass Caesar seine Abstammung von Venus herleitete, und so befürchtete er, dass all sein Lorbeer und all seine Größe dabei waren, ihm für immer verloren zu gehen und seinem Rivalen zuzufallen.

Und so sollte es kommen. Am nächsten Morgen war es das Heer des Pompeius, das geschlagen wurde und sich zurückzog, obwohl es dem Feind zahlenmäßig mehr als doppelt überlegen war. Caesar hatte seinen Männern befohlen, ihre Speere nicht gegen den Feind zu schleudern, sondern sie als Lanzen zu behalten, damit auf die Gesichter der Reiter zu zielen und zuzustoßen, denn die waren alle Adlige und eitel wegen ihres guten Aussehens. Als der eitle Stutzer ohnegleichen, der er einst selbst gewesen war, hatte er die perfekte Taktik gefunden. Die Reiter des Pompeius drehten um und flohen. Als Nächstes wurden die leicht bewaffneten Schleuderer und Bogenschützen niedergemacht. Domitius, der den linken Flügel befehligte, wurde getötet, als seine Legionen nachgaben. Währenddessen umgingen Caesars Männer die Schlachtreihe der Pompeianer in der Flanke und griffen dann von hinten an. Um die Mittagszeit war die Schlacht vorbei. Am selben Abend war es Caesar, der sich im Zelt des Pompeius niederließ und das Siegesmahl verspeiste, das der Koch seines Gegners vorbereitet hatte – von den Silbertellern des Pompeius.

Aber als die Dämmerung sich senkte und die Sterne in der heißen Augustnacht zu blinken begannen, erhob er sich und ging auf das Schlachtfeld zurück. Überall um ihn herum lagen Haufen römischer Toter, und die Schreie der Verwundeten hallten über die Ebene von Pharsalos. »Sie haben das gewollt!«,[11] sagte Caesar in einer Mischung aus Bitternis und Trauer, als er den Schauplatz des Abschlachtens überblickte. Aber er irrte sich. Niemand hatte dieses Blutbad gewollt. Das war die Tragödie. Und sie war noch nicht zu Ende. Der Sieg Caesars war überwältigend gewesen, aber der Todeskampf der Republik schien seinem Ende noch nicht näher gekommen zu sein. Rom und die ganze Welt waren in die Hände des Eroberers gefallen. So schien es wenigstens. Aber was sollte er jetzt damit anfangen? Was konnte er überhaupt tun? Wie sollte Caesar nach dem Zusammenbruch etwas wieder aufbauen?

Gegenüber den Resten der Armee des Pompeius zeigte er demonstrativ seine gefeierte Milde. Unter denen, die davon Gebrauch machten, war es Marcus Brutus, bei dem ihm das mehr Freude machte als bei allen anderen. Nach der Schlacht hatte Caesar befohlen, dass man speziell nach dem Sohn seiner alten Liebe suchen solle, da er um dessen Unversehrtheit besorgt war. Sobald Brutus unverletzt gefunden worden war, nahm er ihn bereitwillig in die Reihe seiner intimsten Berater auf. Diese Ernennung beruhte auf persönlicher Zuneigung, aber auch auf politischem Kalkül. Brutus war ein Mann von verbreitetem Ansehen und Caesar hoffte, dass sein Übertritt andere, hartnäckigere Opponenten ermutigen könnte, eine ähnliche Versöhnung anzustreben. Das wäre ihm nicht unwillkommen gewesen. Cicero, der nicht in Pharsalos dabei gewesen war, da er mit Cato an der Adriaküste zurückgeblieben war, gehörte zu denen, die der Meinung waren, der Krieg sei so gut wie vorbei. Dafür wurde er fast gelyncht, und nur das Eingreifen Catos rettete ihn davor, von einem pompeianischen Schwert durchbohrt zu werden. Cato selbst weigerte sich natürlich, auch nur einen Gedanken an Unterwerfung zuzulassen. Stattdessen schiffte er sich mit seinen Truppen ein und setzte Segel, um nach Afrika überzusetzen. Das allein schien ihm sicherzustellen, dass der Krieg fortgesetzt würde. Als Zeugnis seiner Unnachgiebigkeit verkündete Cato, dass er nicht nur weiter sein Haar und seinen Bart als Zeichen der Trauer wachsen lassen werde, sondern sich auch nie wieder zum Mahl hinlegen werde. Für einen Römer war das in der Tat ein harter Entschluss.

Dann war da natürlich auch noch Pompeius. Auch er lief noch frei herum. Nach Pharsalos war er durch die Hintertür seines Lagers fort und an die Küste der Ägäis geritten, und hatte dort ein Schiff beschlagnahmt, das ihn nach Mitylene bringen sollte. Den zahlreichen beutegierigen Verfolgern, die sich bereits auf seiner Spur befanden, ging er dabei aus dem Weg. Es war in Mitylene, wo er Cornelia im Schatten jenes Theaters zurückgelassen hatte, das das Vorbild für sein eigenes gewesen war und ihn an glücklichere Tage erinnerte. Jetzt, durch seinen ersten Geschmack der Niederlage getroffen, brauchte Pompeius den Trost, den nur seine Ehefrau ihm geben konnte. Sie enttäuschte ihn nicht. Ihr Vater, der Lebemann, mochte gegenüber seinen Vorfahren eine Schande gewesen sein, aber Cornelia wusste genau, was von ihr erwartet wurde, als sie die Nachricht von Pharsalos erhielt. Nach einer Ohnmacht wischte sie sich die Tränen aus den Augen, und dann rannte sie durch die Straßen Mitylenes ihrem Mann in die Arme. Pompeius hatte große Erfahrung darin, den Helden alten Stils zu spielen, und durch Cornelias gelungenes Schauspiel wurde er dazu getrieben, selbst eines der seinen zu bieten: eine flammende Rede darüber, wie wichtig es war, niemals die Hoffnung aufzugeben. Er mag selbst sogar daran geglaubt haben. Sicher, eine Schlacht war verloren gegangen – aber nicht der Osten, und daher auch nicht der Krieg. Viele der Könige, die Pompeius ihren Thron verdankten, waren zwar in Pharsalos dabei gewesen und entweder untergegangen oder hatten sich ergeben, aber das waren doch nicht alle. Insbesondere war einer nicht da gewesen, und er war der Herrscher über das Königreich im Mittelmeerraum, das über den reichsten Vorrat an Geldern, Lebensmitteln und Schiffen verfügte. Außerdem war er nur ein Junge, und seine Schwester, die den Thron für sich wollte, befand sich im offenen Aufstand gegen ihn und machte sein Land so zur leichten Beute für den Herren des Ostens. Das hoffte Pompeius wenigstens. Die Befehle wurden gegeben. Seine kleine Flotte fuhr gen Osten. Kaum einen Monat nach Pharsalos landete Pompeius an der flachen Küste Ägyptens.

Gesandte wurden zum König geschickt. Nachdem er einige Tage dümpelnd vor den Sandstränden vor Anker gelegen hatte, sah Pompeius am 28. September 48 v. Chr. ein kleines Fischerboot, das durch das flache Wasser auf sein Schiff zuruderte. Er wurde zunächst auf Lateinisch und dann auf Griechisch angerufen und eingeladen, auf das Boot zu kommen. Das tat Pompeius, nachdem er Cornelia umarmt und zum Abschied geküsst hatte. Als man ihn ans Ufer ruderte, versuchte er, seine Begleiter in ein Gespräch zu verwickeln, aber niemand wollte ihm antworten. Verunsichert blickte Pompeius gegen das Ufer. Dort konnte er den König Ptolemaios XIII. warten sehen; der Junge war mit seinem Diadem und purpurnen Gewändern bekleidet. Pompeius war beruhigt. Als er den Kiel des Bootes im Sand knirschen hörte, stand er auf. Während er das tat, zog ein römischer Verräter ganz plötzlich das Schwert und stieß es ihm in den Rücken. Mehr Schwerter wurden gezogen. »Pompeius zog mit beiden Händen die Toga vors Gesicht, und ohne etwas zu sagen oder zu tun, was seiner unwürdig gewesen wäre, ließ er die Stöße über sich ergehen«.[12] Und so starb Pompeius der Große.

Cornelia stand hilflos auf dem Deck der Trireme und sah alles. Aber es gab nichts, was sie oder irgendjemand von der Besatzung hätte tun können – noch nicht einmal, als sie sahen, wie die Ägypter den Mann enthaupteten, der noch so kurz zuvor der größte in der Römischen Republik gewesen war, und seinen nackten Körper als Strandgut am Ufer liegen ließen. Stattdessen musste sein Gefolge sich abwenden und auf das offene Meer fliehen, und es blieb nur einer der Freigelassenen des Pompeius zurück, der seinen früheren Herrn in dem Fischerboot begleitet hatte, um einen Scheiterhaufen aufzuschichten. Bei dieser Arbeit half ihm nach dem grausigen und bedrückenden Bericht Plutarchs ein zufällig hinzukommender alter Soldat, der ein Veteran der ersten Feldzüge des Pompeius war; zusammen vollbrachten die beiden Männer ihr frommes Werk. Nachdem der Leichnam verbrannt war, errichteten sie zur Markierung des Platzes einen Steinhaufen, aber der Dünensand verschlang ihn bald und die Erinnerung daran war verloren. Nichts sonst blieb. Endlos weit und bloß erstreckte sich der leere flache Sandstrand.

Die Königin einer Weltstadt

Die Küste des Nildeltas war immer verräterisch gewesen. Sie war flach und ohne besondere Kennzeichen und bot dem Seefahrer nichts, was ihm helfen konnte, seinen Weg zu finden. Doch völlig ohne Orientierung blieb der Steuermann auch nicht, der sich Ägypten näherte. Durch die Nacht flackerte weit entfernt am Ufer ein Lichtpunkt am Rand des südlichen Horizonts. Tagsüber konnte man erkennen, was das war: Es war nicht etwa ein Stern, sondern eine große Laterne oben auf einem Turm, den man meilenweit vom Meer aus sehen konnte. Das war der Pharos, bei dem es sich nicht nur um das größte je von den Griechen errichtete Bauwerk handelte, sondern auch, dank seiner endlosen Reproduktion als Reiseandenken, um das am schnellsten erkennbare aller Wahrzeichen. Der große Leuchtturm war ein Triumph der Fantasie und der Bautechnik und dazu das vollkommene Symbol dessen, was er ankündigen sollte: Megalopolis – die großartigste Stadt der Welt.

Selbst römische Besucher mussten anerkennen, dass Alexandria etwas Besonderes war. Als Caesar drei Tage nach dem Mord an Pompeius an der Insel vorbeisegelte, auf der der Pharos stand, kam er in einer Stadt an, die größer*, kosmopolitischer und sicherlich schöner

* Zumindest nach dem Zeugnis Didors von Sizilien, der beide Städte besucht hatte, war Alexandria größer als Rom: »Die Bevölkerung von Alexandria übertrifft an Zahl die aller übrigen Städte.« (17, 52)

war als seine eigene. Während Rom sich in seiner Schäbigkeit und labyrinthhaften Gestaltung als ein Denkmal der hohen Werte der Republik präsentierte, legte Alexandria Zeugnis davon ab, was ein König erreichen konnte. Aber nicht irgendein König. Das Grab Alexanders des Großen stand noch wie ein Glücksbringer in der von ihm gegründeten Stadt, und der in einem rechtwinkligen Netz von Kolonnaden gesäumter Straßen angelegte Stadtplan war erkennbar noch immer derselbe, den der makedonische Eroberer drei Jahrhunderte zuvor eingeteilt hatte, als man nur das Rauschen des Meeres hörte. Jetzt erstreckte sich dort, wo es einst nichts als Sand und kreisende Sumpfvögel gegeben hatte, eine mit erlesener Kunstfertigkeit geschaffene Stadtlandschaft. Alexandria war die erste Stadt mit Hausnummern. Ihre Banken finanzierten den Handel im Osten wie im Westen, an ihren Kaianlagen wurden Handelsgüter aus aller Welt umgeschlagen. Ihre berühmte Bibliothek konnte sich der Zahl von siebenhunderttausend Buchrollen rühmen und sie war in der Absicht eines höchsten Ideals errichtet worden: dem Traum, dass jedes je geschriebene Buch an ein und demselben Platz vorhanden sein solle. Es gab sogar Münzautomaten und automatische Türen. Alexandria war ein einziger Superlativ. Es ist nicht erstaunlich, dass Cicero, der doch alles, was nicht Rom war, für »dunkel und bedrückend«[13] hielt, für diese eine Stadt, die als Mittelpunkt der Welt mit der seinen rivalisierte, eine Ausnahme machen sollte. »Ich hege den Wunsch«, gestand er, »und zwar schon lange, Alexandria ... zu besuchen.«[14]

Cicero war nicht der einzige Römer, der von Fantasievorstellungen über die Stadt Alexandria heimgesucht wurde. Ägypten war ein Land von unvergleichlicher Fruchtbarkeit, und der Prokonsul, der Alexandria eroberte, würde den Brotkorb des Mittelmeers in Händen halten. Das war eine Aussicht, die lange Zeit dazu beigetragen hatte, den bereits vergifteten Strudel der römischen Politik weiter zu belasten und endlose Intrigen und Bestechungsskandale hervorzubringen. Doch niemandem, noch nicht einmal Crassus oder Pompeius, war es gelungen, ein Kommando gegen Ägypten zu erlangen. Nach einem ungeschriebenen Gesetz war eine so großartige Beute einfach zu viel. In den Augen der meisten Bürger war es sicherer und genauso einträglich, die herrschende Dynastie die Kosten und Lasten ihrer eigenen Verwaltung selbst tragen zu lassen. Eine längere

Reihe von Herrschern hatte die Rolle der Marionette Roms aufs Allerbeste ausgefüllt: Ihre Stellung war sicher genug gewesen, um ihre Untertanen im Interesse der Schutzmacht auszupressen, und schwach genug, damit sie niemals die geringste Bedrohung für Rom darstellten. Auf einer so demütigenden Grundlage wurde dem letzten Königreich der Griechen, ursprünglich von einem General Alexanders gegründet und einst die größte Macht im Osten, ein schleppender Fortbestand erlaubt.

Aber mehr als alles andere waren die Könige Ägyptens Überlebenskünstler. Der Ptolemäer, der zugesehen hatte, wie Pompeius am Meeresufer abgeschlachtet wurde, trug denselben Namen wie eine lange Reihe von Herrschern, die stets bereit gewesen waren, jede unwürdige Demütigung zu schlucken und jede empörende Gewalttat zu begehen, nur um an der Macht festzuhalten. Die Gier, die Laster und die Sinnlichkeit, die alle griechischen Dynastien im Osten ausgezeichnet hatten, waren von den Ptolemäern durch eine besondere Variante bereichert worden, die aus der pharaonischen Vergangenheit Ägyptens abgeleitet wurde: den gewohnheitsmäßigen Inzest. Die Auswirkungen ihrer Inzucht konnte man nicht nur an der mörderischen Natur der ptolemäischen Palastintrigen ablesen, sondern auch an einer selbst für die Maßstäbe der zeitgenössischen Monarchien ungewöhnlichen Dekadenz. Die Römer sahen die Ptolemäer unverhohlen als Monstrosität an und hielten es für ihre republikanische Pflicht, das bei jeder Gelegenheit zu äußern. Wenn der König dick und kraftlos war, würde ein auf Besuch weilender Prokonsul besonderes Vergnügen daran finden, ihn dazu zu zwingen, schwerfällig zu Fuß durch die Straßen Alexandrias zu gehen, in seinen feinen Kleidern schaukelnd und schwitzend bei dem Versuch, Schritt zu halten. Andere Römer fanden lebhaftere Wege, ihre Verachtung zum Ausdruck zu bringen. Cato, der den Besuch eines Ptolemäers empfing, als er Zypern verwaltete, hatte den König von Ägypten empfangen, als er gerade an den Nachwirkungen der Einnahme eines Abführmittels litt, und während der ganzen Audienz auf dem Klo gesessen.

So kam es, dass Caesar, der mit kaum viertausend Mann mitten in einen dynastischen Kampf auf Leben und Tod platzte, mehr als genug durch Vorurteile ausglich, was ihm an Truppen fehlte. Die Verächtlichkeit der Ptolemäer bestätigte sich in seinen Augen vom ersten Augenblick an, als er ans Ufer trat. Dort fand er als Willkommensgeschenk am Hafenkai den konservierten Kopf des Pompeius. Caesar brach in Tränen aus: Ungeachtet dessen, wie erleichtert er insgeheim über die Beseitigung seines Widersachers sein mochte, fühlte er sich doch von der Behandlung seines Schwiegersohns abgestoßen, und dieser Eindruck verstärkte sich noch, als er den vollen Hintergrund des Verbrechens entdeckte.

Pompeius der Große war, wie sich herausstellte, das Opfer einer Hintertreppenintrige geworden, in die die wichtigsten Minister des Ptolemaios verwickelt waren: ein Eunuch, ein Söldner und ein Gelehrter. Nichts konnte nach Caesars Vorstellung in noch beleidigenderer Weise unrömisch sein. Doch der Mann, der als Stratege hinter dem Verbrechen stand, der Eunuch Pothinus, rechnete auf Casars Dankbarkeit und erwartete zuversichtlich von ihm, dass er den König in dessen Krieg gegen seine Schwester unterstützen würde. Stattdessen begann Caesar, der durch ungünstige Winde in Alexandria festgehalten wurde, sich gleich so zu verhalten, als ob er selbst ein König wäre. Er brauchte einen Platz, wo er wohnen konnte, und natürlich entschied er sich für den königlichen Palast. Das war ein riesiger befestigter Gebäudekomplex, der sich über die Jahrhunderte immer mehr ausgebreitet hatte, bis er jetzt fast ein Drittel der Fläche der Stadt einnahm – ein weiterer der einzigartigen Glanzpunkte Alexandrias. Von dieser Feste aus begann Caesar, horrende finanzielle Forderungen zu stellen, und verkündete herablassend, dass er bereit sei, den Krieg zwischen Ptolemaios und seiner Schwester zu entscheiden, aber nicht als Parteigänger, sondern als Schiedsrichter. Er befahl beiden Geschwistern, ihre Armeen zu entlassen und in Alexandria mit ihm zusammenzutreffen. Ptolemaios, der nicht einen einzigen Soldaten entließ, wurde von Pothinus dazu überredet, in den Palast zurückzukehren. In der Zwischenzeit blieb seine Schwester Kleopatra, der man kein freies Geleit gewährte, hinter den Linien des Ptolemaios festgehalten.

Aber dann glitt eines Abends durch die dunkler werdenden Schatten der Dämmerung ein kleines Boot zu einer Mole neben dem Palast. Nur ein sizilischer Kaufmann kletterte heraus, und über der Schulter trug er in einem Sack einen Teppich. Sobald der Teppich in den Palast und vor Caesar geschmuggelt worden war, wurde er aufgerollt, um den unerwarteten, aber bezaubernden Anblick der

Kleopatra freizugeben. Caesar fand großes Vergnügen an dieser gelungenen Inszenierung, wie die Königin sich das ausgerechnet hatte. Andere zu beeindrucken war nie ein Problem für sie gewesen. Sie war vielleicht nicht die Schönheit, von der die Legende berichtet – auf ihren Münzen zumindest scheint sie etwas hager zu sein und eine Hakennase zu haben –, aber ihr Vorrat an Verführungskünsten war unerschöpflich. »Ihre Gestalt, verbunden mit der gewinnenden Art ihrer Unterhaltung und der in allem sie umspielenden Anmut, hinterließ einen Stachel«, schrieb Plutarch.[15] Wer kann bei ihrer Erfolgsquote daran zweifeln? Es war nicht etwa so, dass sie sich ohne weiteres dazu hergab, mit Männern zu schlafen; ganz im Gegenteil. Ihre Hingabe war die exklusivste Gunst der Welt. Das einzige Aphrodisiakum für Kleopatra war die Macht. Die Frauen der ptolemäischen Familie waren immer gefährlicher gewesen als die Männer: intelligent, rücksichtslos und willensstark. In der Person der Kleopatra vereinigten und konzentrierten sich diese herausfordernden Eigenschaften. Damit war sie ganz und gar Caesars Typ: Nach mehr als einem Jahrzehnt im Feld muss die Gesellschaft einer intelligenten Frau ein seltenes Vergnügen für ihn gewesen sein. Natürlich war es auch eine Hilfe, dass Kleopatra erst einundzwanzig Jahre alt war. Caesar teilte noch in derselben Nacht das Bett mit ihr.

Als Ptolemaios von der Eroberung seiner Schwester erfuhr, verfiel er in maßlose Raserei. Er stürmte auf die Straße, warf sein Diadem in den Staub und schrie, seine Untertanen sollten ihm zu Hilfe kommen. Die Bewohner Alexandrias hatten eine Vorliebe für Aufstände, und die hochgesteckten Geldforderungen Caesars hatten wenig zu seiner Popularität beigetragen. Als Ptolemaios die Menge nun ersuchte, die Römer anzugreifen, taten sie das mit Begeisterung. Die verhassten Fremden wurden im Palast belagert, und die Lage Caesars war schließlich so bedrohlich, dass er nicht nur gezwungen war, Ptolemaios als gemeinsamen Herrscher mit Kleopatra anzuerkennen, sondern den beiden auch Zypern zurückzugeben. Dennoch trugen diese Zugeständnisse wenig dazu bei, ihn aus seiner bedrängten Lage zu befreien. Nach einigen Wochen der Belagerung vereinigte sich die gesamte Armee des Ptolemaios von ungefähr zwanzigtausend Mann mit den Aufständischen. Caesar musste zusehen, wie seine schlimme Lage allmählich verzweifelt wurde. Er saß in diesem ägyptischen Treibhaus eines Palastes in der Falle, umgeben von verräterischen Eunuchen und einer inzestuösen Königsfamilie, und war von der Außenwelt völlig abgeschnitten. Weit jenseits des Lichtscheins, den der blinkende Pharos warf, lag die Republik noch immer im Krieg mit sich selbst, und Caesar konnte noch nicht einmal einen Brief nach Rom hinausschmuggeln lassen.

Die nächsten fünf Monate hindurch wiederholten sich die entsetzlichen Ereignisse seiner vorangegangenen Feldzüge wie in einer Persiflage. Als er die ägyptische Flotte, die im Hafen lag, verbrennen wollte, steckte der Bücherliebhaber Caesar versehentlich auch die Lagerhäuser an, die voller unschätzbarer Bücher waren;* bei dem Versuch, sich den Pharos zu sichern, musste er vom Schiff springen und seinen Generalsmantel dem Feind überlassen. Trotz dieser beschämenden Ereignisse gelang es Caesar jedoch, sowohl den Palast als auch den Hafen weiter unter seiner Kontrolle zu behalten, und auch in anderer Hinsicht machte er seine Autorität deutlich. Er ließ nicht nur den intriganten Ponthinus töten, sondern wurde auf eine Weise zum Königsmacher, die alle Leistungen des Pompeius in den Schatten stellte: Kleopatra wurde von Caesar schwanger. Im März 47 v. Chr., als endlich Verstärkung in Ägypten ankam, wuchs der Bauch der Königin erkennbar und im Zeichen der Gunst Caesars. Ptolemaios geriet in Panik und floh aus Alexandria. Von seiner goldenen Rüstung beschwert, ertrank er im Nil, und dieser passende Unfall ließ Kleopatra unbestritten und allein auf ihrem Thron. Wieder einmal hatte Caesar die gewinnende Partei unterstützt.

Aber mit welchem Aufwand? Die Kosten waren offenbar sehr hoch. Nachdem seine Verbindungslinien wiederhergestellt waren, hatte Caesar jetzt aufs Neue Kontakt mit seinen Mittelsmännern, und die Neuigkeiten, die sie ihm mitteilten, konnten kaum weniger vielversprechend sein. Der Ausflug nach Alexandria hatte viel von dem Vorteil verschwendet, den er bei Pharsalos errungen hatte. In Italien rief die Verwaltung durch Antonius verbreiteten Widerstand hervor; in Asien hatte Pharnakes, der Sohn des Mithridates, sich als der würdige Sohn seines Vaters erwiesen und war nach Pontos eingefallen; in Afrika waren Metellus Scipio und Cato dabei, ein neues

* Oder vielleicht steckte er sogar die ganze Bibliothek von Alexandria in Brand, obwohl man dafür später auch die Christen und Muslime verantwortlich gemacht hat.

großes Heer aufzustellen; in Spanien schürten Pompeianer neue Unruhe. Im Norden, Osten, Süden, Westen – überall auf der Welt war Krieg. Es gab nur wenige Orte, an denen die Anwesenheit Caesars nicht unbedingt notwendig gewesen wäre. Aber er verlängerte seinen Aufenthalt in Ägypten noch um weitere zwei Monate. Die Republik war unheilvoll zerrissen und das Reich des römischen Volkes verfiel in Anarchie, aber Caesar, der Mann, dessen rastloser Ehrgeiz den Bürgerkrieg ausgelöst hatte, ruhte sich an der Seite seiner Geliebten aus.

Es war nicht erstaunlich, dass die Verführungskunst der Kleopatra vielen Römern als etwas beinahe Dämonisches erscheinen sollte. Einen Bürger, der für seine unermüdliche Energie berühmt war, zum Müßiggang zu verführen, ihn vom Pfad der Tugend und Pflicht abzubringen, ihn von Rom und von einer Bestimmung fern zu halten, die zunehmend als der Wille der Götter erschienen war – all das war ein Thema für große und Furcht einflößende Poesie. Und für unanständige Lieder. Caesars sexueller Appetit war seit langem eine Quelle der Freude für seine Soldaten gewesen: »Städter, wahret eure Weiber«, sollten sie singen, »unser Kahlkopf zieht ein! Was in Gallien du den Huren schenktest, nahmst du hier auf Kredit!«[16] Andere Scherzlieder griffen unausweichlich auf die alten Geschichten mit Nikomedes zurück. Selbst für die Männer, die ihrem General durch unglaubliche Strapazen gefolgt waren, hatte sein sexuelles Draufgängertum einen Beigeschmack der Verweichlichung. So großartig und stahlhart in Körper und Geist sich Caesar auch gezeigt hatte, die moralischen Gesetze der Republik waren gnadenlos. Ein Bürger konnte sich keinen einzigen Ausrutscher erlauben. Schmutz auf der Toga blieb ewig sichtbar.

Natürlich war es die Drohung, sich auf diese Weise lächerlich zu machen, die auch dazu beitrug, dass ein Römer ein Mann blieb. Sitte und Brauchtum, so schrieb der größte Gelehrte aus den Tagen Caesars, bestehe »in einem im Geiste gefällten Urteil, dem die Gewohnheit folgen müsse«.* Es wurde von allen Bürgern geteilt und aner-

* Der Autor ist Varro, ein weiterer Schüler des Poseidonios. Er war Pompeianer und einer der drei Generäle, die Caesar in seinem ersten spanischen Feldzug geschlagen hatte. Er galt verbreitet als der größte Universalgelehrte Roms. Das Zitat stammt aus einer Abhandlung *Über das Brauchtum,* und wird bei Macrobius 3, 8, 9 zitiert.

kannt und hatte Rom die sicherste Grundlage seiner Größe gegeben. Wie anders war das alles in Alexandria! Aus dem Nichts auf Sandbänken errichtet, fehlten der Stadt alle tieferen Wurzeln. In den Augen der Römer musste sie notwendigerweise einen wenig seriösen Charakter haben. Ohne Brauchtum konnte es keine Scham geben, und ohne Scham war alles möglich. Ein Volk, dessen Traditionen verfallen waren, würde den abstoßendsten und entwürdigendsten Gewohnheiten anheim fallen. Wer konnte das besser zeigen als die Ptolemäer selbst? Kaum hatte sich Kleopatra des einen Bruders entledigt, heiratete sie auch schon einen anderen. Das Schauspiel der hochschwangeren Königin, die ihren zehn Jahre alten Bruder zum Manne nahm, war von der Art, dass es jedes der Abenteuer Clodias in den Schatten stellte. Kleopatra mochte zwar griechisch sein und Tochter derselben Kultur, die die feste Grundlage der Erziehung eines Römers geliefert hatte, aber sie war auch märchenhaft und exotisch fremd. Für einen Mann mit dem Temperament Caesars und seiner Vorliebe für alles, was verpönt war, muss sie eine unwiderstehliche Mischung gewesen sein.

Aber auch wenn Kleopatra Caesar ein köstliches erotisches Zwischenspiel bot, und damit wenigstens für einige Monate die Gelegenheit, die von einem römischen Beamten erwartete Wachsamkeit fallen zu lassen, war er doch nicht der Mann, dabei seine eigene Zukunft oder die Roms zu vergessen. Und dabei muss ihm Alexandria manches zu denken gegeben haben. Wie ihre Königin war die Stadt eine verwirrende Mischung aus vertrauten und unheimlichen Elementen. Mit ihrer Bibliothek und den Tempeln war sie ganz und gar griechisch und praktisch die Hauptstadt der griechischen Welt. Manchmal indes, wenn der vorherrschende Wind drehte und die Brisen nicht mehr die gewohnte Frische des Meeres mit sich brachten, fegte Sand durch Alexandria, der aus den glühenden Wüsten im Süden herangetragen wurde. Das ägyptische Hinterland war zu groß und zu alt, um ganz unbeachtet bleiben zu können. Es machte aus seiner Hauptstadt einen traumhaften und vielseitigen Ort. Die breiten Straßen waren nicht nur mit den Meisterwerken griechischer Bildhauer geschmückt, sondern auch mit Statuen, die man von den Ufern des Nils fortgeschleppt hatte: Sphingen, Götter mit Tierköpfen, Pharaonen mit einem rätselhaften Lächeln auf den Lippen. Aber ebenso auffällig – und für das Auge eines Römers erstaunlich – gab es einige Stadtviertel, in denen man überhaupt keine Götterbilder sah. Alexandria war Heimat für Griechen und Ägypter, aber gleichfalls für eine große Zahl von Juden; fast sicher lebten hier mehr als in Jerusalem. In einem der fünf Verwaltungsbezirke der Stadt waren sie in der Mehrheit, und obwohl sie sich auf eine griechische Übersetzung der Torah berufen mussten, blieben sie in anderer Hinsicht herausfordernd unangepasst. Juden, die in ihre Synagoge gingen, Syrer, die sich vor der Statue des Zeus niederließen, sie alle im Schatten eines erbeuteten Obelisken – das war das Bild einer Weltstadt von Kosmopoliten.

War das auch die Zukunft Roms? Es gab sicher viele Bürger, die das befürchteten. Für die Römer war die Aussicht, von barbarischen Kulturen überschwemmt zu werden, immer eine fruchtbare Quelle für Wahnvorstellungen gewesen. Besonders die Führungsschicht misstraute fremdem Einfluss, weil sie vor einer Schwächung der Republik Angst hatte. Herrin der Welt ja, aber nicht Weltstadt: Das war im Wesentlichen das Manifest des Senats für die Zukunft Roms. So geschah es, dass Juden und babylonische Astrologen ohne Unterlass aus der Stadt vertrieben wurden. Und das Gleiche galt für ägyptische Götter. Selbst in den hektischen Monaten vor Caesars Überschreitung des Rubikons hatte einer der Kosuln die Zeit gefunden, zur Axt zu greifen und persönlich an die Zerstörung eines Tempels der Isis zu gehen. Aber die Juden und die Astrologen fanden immer wieder den Weg zurück, und die große Göttin Isis, die göttliche Mutter und Königin des Himmels, hatte einen viel zu festen Rückhalt bei ihren Verehrern, um so leicht aus der Stadt verbannt zu werden. Der Konsul war allein deshalb gezwungen gewesen, die Axt persönlich gegen sie zu erheben, weil keine Arbeiter gefunden werden konnten, die das tun wollten.

Rom veränderte sich unter den Wellen der Einwanderung. Es gab wenig, was der Senat unternehmen konnte, um sie fern zu halten. Neue Sprachen, neue Bräuche, neue Religionen: Das waren die Früchte der eigenen Größe der Republik. Nicht umsonst führten alle Wege jetzt nach Rom.

Caesar, der sich nie vor dem Undenkbaren gefürchtet hatte und im Übrigen schon seit langem praktisch ein Fremder in seiner eigenen Stadt gewesen war, konnte das mit einer Klarsicht erkennen, die den meisten seiner Standesgenossen fehlte. Vielleicht hatte er das schon immer gesehen. Schließlich waren die Juden seine Nachbarn gewesen, als er noch ein Junge war, und er hatte ihnen immer seinen Schutz angeboten. Die Anwesenheit von zugewanderten Fremden hatte ihn niemals beunruhigt, sondern lediglich der Stärkung seiner Eitelkeit gedient. Jetzt war er als Sieger von Pharsalos in der Lage, ganzen Nationen als Beschützer zu dienen. Überall im Osten waren Steinmetze eifrig dabei, den Namen des Pompeius von Inschriften zu tilgen und durch den Caesars zu ersetzen, denn die Republik war natürlich nirgendwo erwähnt. In einer Stadt nach der anderen war der Nachkomme der Venus als auf Erden lebender Gott gepriesen worden, und in Ephesos sogar als Retter der Menschheit. Das war berauschend, selbst für einen Mann von Caesars unbestechlicher Intelligenz. Er brauchte diese Art von Schmeichelei ja nicht ganz zu glauben, um sie anregend zu finden. Eine Rolle als Retter der Menschheit würde natürlich nicht leicht in die verfassungsmäßige Ordnung der Republik passen. Wenn Caesar Anregungen finden wollte, musste er anderswo suchen. Kein Wunder also, dass er Kleopatra so faszinierend fand, während er sich in Alexandria die Zeit vertrieb. Sicherlich fand er in der jungen ägyptischen Königin umrisshaft und mit Vorbehalten den flüchtigen Ausblick auf eine mögliche Zukunft für sich selbst.

Im späten Frühjahr des Jahres 47 v. Chr. begab sich das glückliche Paar auf eine Nilkreuzfahrt. Das war eine Reise von einer Welt in eine andere. So eigenartig Alexandria dem römischen Besucher auch erschien, es war doch keineswegs völlig fremd. Seine Bürger waren, ganz wie die Römer selbst, stolz auf ihre Errungenschaften. Alexandria war eine freie Stadt, und man ging davon aus, dass die Beziehungen der Herrscher zu den griechischen Mitbewohnern die eines Ersten unter Gleichen seien. Aus dem klassischen Griechenland stammende politische Traditionen wurden sorgsam gepflegt, und so ungenau man sie auch verstand, Kleopatra konnte sich nicht leisten, sie völlig zu ignorieren. Aber sobald sie über die Grenzen ihrer Hauptstadt hinausgelangte und in ihrer Barke an den Pyramiden oder den großen Pylonen von Karnak vorbeiglitt, wurde sie ganz anders. Die Rolle des Pharao spielte Kleopatra mit äußerstem Ernst. Als erster griechischer Herrscher sprach sie Ägyptisch. Während des Krieges mit ihrem Bruder hatte sie sich nicht an Alexandria um Unterstützung gewandt, sondern an ihre eingeborenen Untertanen in den Provinzen. Sie verehrte die alten Götter nicht einfach als

Gläubige, sondern war eine von ihnen, eine Fleisch gewordene Göttin, eine Inkarnation der Königin des Himmels.

Erster Bürger Alexandrias und die neue Isis – Kleopatra war beides. Für Caesar kann es wohl keinen besseren Weg gegeben haben, als mit einer Göttin ins Bett zu gehen, damit ihm die Skrupel der weit entfernten Republik noch provinzieller erschienen, als sie ihm schon zuvor erschienen waren. Es wurde behauptet, dass er mit seiner Geliebten auf dem Boot wohl bis nach Nubien gefahren wäre, wenn seine Soldaten nicht angefangen hätten, sich zu beklagen. Das war nur gehässiger Klatsch, aber er deutete doch auf einen gefährlichen und realen Umstand hin. Caesar befand sich in der Tat auf einer Reise in unbekanntes Gebiet. Zunächst war da natürlich ein Bürgerkrieg zu gewinnen, und mit diesem Ziel beendete Caesar Ende Mai seine Kreuzfahrt auf dem Nil und brach mit seinen Legionen zu frischen Taten und neuen Feldzügen auf. Aber was kam nach dem Sieg? Seine Zeit an der Seite Kleopatras hatte Caesar nachdenklich gemacht. Von dem Ergebnis dieser Überlegungen konnte vieles abhängen. Vielleicht nicht nur seine eigene Zukunft, sondern auch die Roms und der ganzen Welt.

Der Anti-Cato

Es war im April 46 v. Chr. Die Sonne ging hinter den Mauern von Utica unter. Dreißig Kilometer weiter südlich an der Küste lagen, vom Dunst der Dämmerung verhüllt, die Ruinen dessen, was einst Karthago gewesen war, während vor der Küste die Dunkelheit bereits hereingebrochen war und über das afrikanische Meer verteilt zahlreiche Schiffe mit Flüchtlingen schaukelten. Bald würde auch Caesar kommen. Obwohl er zahlenmäßig weit unterlegen gewesen war, hatte er eine große Schlacht geliefert und wieder einen Sieg davongetragen. Die Armee des Metellus Scipio, die dieser in der Zeit von Caesars langer Abwesenheit in Ägypten und Asien ausgehoben hatte, war in einem schrecklichen Blutbad vernichtet worden. Afrika war in Caesars Hand. Es gab keine Hoffnung, dass man Utica gegen ihn halten konnte. Cato, der für die Verteidigung der Stadt verantwortlich war, war jetzt ganz sicher, dass die Republik dem Untergang geweiht war.

Aber obwohl Cato selbst den versprengten Resten der Soldaten Scipios die Schiffe für ihre Flucht beschafft hatte, hatte er nicht die Absicht, sich ihnen anzuschließen. Das war kaum sein Stil. Während er an diesem Abend beim Essen *saß*, wie es seit Pharsalos seine Gewohnheit geworden war, zeigte er keine Anzeichen besonderer Besorgnis. Caesars Name wurde noch nicht einmal erwähnt. Während der Wein floss, wandte sich das Gespräch vielmehr der Philosophie zu. Das Gespräch kam auf das Thema der Freiheit und insbesondere auf die Behauptung, dass nur der Gute wirklich frei sein könne. Ein Gast vertrat mit klugen und geschliffenen Argumenten die gegenteilige Meinung, aber Cato erregte sich und ließ ihn nicht ausreden. Das war das einzige Anzeichen, dass er in irgendeiner Weise beunruhigt war. Nachdem er die Gesellschaft zum Schweigen gebracht hatte, änderte er schnell das Thema. Er wollte nicht, dass irgendjemand seine Gefühle erriet oder seine Pläne vorausahnte.

Noch in derselben Nacht, nachdem er sich in sein Schlafgemach zurückgezogen und noch etwas gelesen hatte, erstach er sich. Er lebte noch, als seine Diener ihn auf dem Boden liegend fanden, aber während verzweifelte Versuche unternommen wurden, die Wunde zu verbinden, stieß Cato die Ärzte fort und zog sich selbst die Eingeweide aus dem Leib. Er verblutete sofort. Als Caesar in Utica ankam, fand er die ganze Stadt in tiefer Trauer. Verbittert sprach er den Mann an, der ihn so lange Zeit als strafender Schatten verfolgt hatte und jetzt, wie Pompeius, in einem frischen Grab am Meeresufer lag: »Cato, ich gönne dir diesen Tod nicht, denn du hast mir die Erhaltung deines Lebens auch nicht gegönnt.«[17] Caesar war kaum der Mann, der zufrieden war, wenn man ihn um die Möglichkeit für eine große Geste brachte. Es hatte niemanden gegeben, der stärker mit dem tiefen Wesen der römischen Freiheit identifiziert wurde als Cato, und ihm vergeben zu können hätte so viel bedeutet wie die Zerstörung seiner unerträglichen Macht über die Vorstellungswelt der Republik. Dank seines blutigen Heldentods war diese Macht stattdessen voll bestätigt worden. Selbst als Gespenst blieb Cato der hartnäckigste Feind Caesars.

Blut, Ehre und Freiheit: Der Selbstmord umspannte alle Lieblingsthemen der Römer. Und als Meister der Manipulation der Massen wusste Caesar das. Als er Ende Juli 46 v. Chr. nach Rom zurückkehrte, traf er Vorbereitungen, um seine toten Feinde dorthin zu stellen, wo er meinte, dass sie jetzt hingehörten – in den Schatten. So theatralisch Catos Tod auch gewesen war, Caesar war entschlossen, ihn noch zu übertreffen. Im September waren die Mitbürger eingeladen, seine Siegesfeiern mit ihm zu begehen. Mit den Jahren war das römische Volk in Hinblick auf extravagante Schauspiele allmählich verwöhnt worden, aber das Organisationstalent und die Fantasie, die Caesar für seine Darbietungen aufbrachte, versetzten ihn in die Lage, das Gesetz der zunehmenden Teilnahmslosigkeit zu durchbrechen. Giraffen und britannische Kampfwagen, seidene Baldachine und Schlachten auf künstlichen Seen – all das wurde pflichtschuldig von der begeisterten Menge begafft. Noch nicht einmal Pompeius hatte seinerzeit etwas Vergleichbares auf die Beine gestellt; und er hatte auch nicht vier Triumphzüge hintereinander veranstaltet wie Caesar jetzt.

Gallier, Ägypter, Asiaten und Afrikaner waren die fremden Gegner, die in Ketten vor der jubelnden Menge vorbeizogen. Und obwohl es natürlich auch für Caesar ganz unerträglich gewesen wäre, wenn er seinen Sieg über Mitbürger auf diese Weise gefeiert hätte, konnte er doch der Versuchung zu gelegentlicher Schadenfreude nicht widerstehen. Zwischen seinem ägyptischen Abenteuer mit Kleopatra und seinem Sieg in Afrika hatte er die Zeit gefunden, den König Pharnakes zu schlagen, und er hatte sich der Schnelligkeit seines Sieges mit einem berühmten Satz gerühmt: »Ich kam, ich sah, ich siegte.«[18] Jetzt diente dieser Satz, der auf eine Tafel geschrieben und im Festzug durch Rom getragen wurde, auch dem Ziel, Pompeius auf normales Format zurückzustutzen, denn er war es gewesen, der aus dem Sieg über den Vater des Pharnakes, Mithridates, eine so große Geschichte gemacht hatte. Doch während das Gespenst des einen Rivalen von gut informierten Bürgern entdeckt werden konnte, gab es da noch einen weiteren Schatten, der den Triumphwagen Caesars in den Staub zog und die Ketten des Eroberers abschüttelte. Caesar hatte Pompeius geschlagen, aber nicht Cato, und das war ein Mangel, der ihn zu einem der seltenen Fehler in seiner Öffentlichkeitsarbeit verleitete. Bei seinem vierten Triumph, der offiziell der Feier seines Sieges über Afrika galt, ließ Caesar einen Wagen durch die Straßen rollen, auf dem der Selbstmord des Cato dargestellt war. Er rechtfertigte das mit der Behauptung, dass Cato und alle Bürger, die an seiner Seite gekämpft hatten, Sklaven der Afrikaner gewesen und als

Kollaborateure untergegangen seien. Die Menge der Zuschauer war anderer Meinung. Sie weinten bei dem Anblick des Wagens. Cato stand immer noch über dem Hass Caesars.

Aber die Republik war nun fest in seiner Hand. Der Senat, der von dem Ausmaß der Leistungen Caesars verblüfft und der Größe seiner Macht überwältigt war, hatte sich dazu aufgerafft, seinen Sieg zu legitimieren und irgendwie mit den umsorgten Traditionen der Vergangenheit in Einklang zu bringen. Die dazu notwendigen Anstrengungen hatten die Experten der Verfassung viel Mühe gekostet. Bereits zwei Mal hatte Caesar die Diktatur übernommen: zunächst am Ende des Jahres 49 v. Chr. für elf Tage, als er über seine eigene überstürzte Wahl zum Konsul gewacht hatte, und dann im Oktober 48 v. Chr., als er für ein Jahr zum Diktator ernannt worden war. Nun wurde ihm im Frühjahr 46 v. Chr. zum dritten Mal die Diktatur übertragen, und diesmal für den beispiellosen Zeitraum von zehn Jahren. Als Konsul, der er bereits war, erhielt er dazu das Recht, alle Beamten der Republik zu ernennen, und wurde – unter höhnischem Gelächter mancher – zum »Aufseher über die Sitten« in Rom ernannt. Niemals zuvor und selbst nicht unter Sulla hatte es eine derartige Machtkonzentration in den Händen eines einzigen Mannes gegeben. Doch das Beispiel Sullas ließ wenigstens noch einen Hoffnungsschimmer. Zehn Jahre waren eine lange Zeit, um eine Diktatur zu ertragen, aber es war keine Ewigkeit. Bittere Medizin hatte sich schon früher als heilsam erwiesen. Und wer konnte denn verneinen, dass die Republik tatsächlich sehr krank war?

Man brachte dem Mann, der die Last trug, sie zu heilen, sogar eine gewisse mitleidige Sympathie entgegen. »Denn wir sind von ihm abhängig, er selbst von den Verhältnissen.«[19] Niemand konnte wirklich wissen, welche Pläne Caesar für die Republik haben mochte, weil auch niemand wirklich wissen konnte, wie die Republik von den Wunden des Bürgerkriegs geheilt werden sollte. Doch es bestand weiter eine vage Hoffnung, selbst unter seinen Feinden: Wenn es einen Mann geben sollte, der einen Weg aus der Krise finden konnte, dann war es Caesar. Seine positiven Eigenschaften der hervorragenden Intelligenz und der Milde waren ohne Zweifel unübertroffen. Und es war auch niemand übrig, der sich ihm in überzeugender Weise entgegenstellen konnte: Pompeius, Domitius und Cato waren alle tot. Ebenso Scipio, der in einen Sturm geraten und vor der afrikanischen Küste umgekommen war. Zwar standen die beiden Söhne des Pompeius, Gnaeus und Sextus, noch zur Verfügung, aber sie waren jung und hatten einen schlechten Ruf. Als es ihnen im Winter des Jahres 46 v. Chr. gelang, einen gefährlichen Aufstand in Spanien anzufachen, und Caesar Rom in aller Eile verließ, um ihm entgegenzutreten, begleiteten sogar die guten Wünsche der früheren Anhänger des Pompeius ihren alten Feind. Ein typischer Fall war Cassius Longinus, der Offizier, der sich in Carrhae so sehr ausgezeichnet hatte und in seiner weiteren Laufbahn einer der glänzendsten Flottenkommandeure des Pompeius geworden war, bevor ihn Caesar nach Pharsalos begnadigt hatte. »Ich möchte lieber den alten, milden Herren behalten«, gestand Cassius Cicero, als die beiden Männer die Fortschritte Caesars in Spanien erörterten, »als es mit dem neuen, grausamen versuchen.«[20]

Dennoch war eine gewisse Bitterkeit in Cassius' Ton. Ein Herr blieb ein Herr, wie gnädig er auch sein mochte. Die meisten Bürger waren froh, dass sie nach den Jahren des Bürgerkriegs noch am Leben waren, und sie waren zu erschöpft, als dass ihnen das noch etwas ausmachte. Aber unter den Standesgenossen Caesars gingen nagende Eifersucht und Frustration um; und das Gefühl der Demütigung. Es war besser zu sterben, als wie ein Sklave zu leben: Das war die Lehre, die ein Römer mit jedem Atemzug inhalierte. Man konnte sich dem Diktator unterwerfen und ihm dankbar sein, man konnte ihn sogar bewundern – aber man konnte dabei niemals sein Schamgefühl unterdrücken. »Freien Männern war eben diese Macht, Wohltaten zu erweisen, schwer erträglich.«[21] Und das galt natürlich umso mehr, wenn man sich an das erinnerte, was in Utica geschehen war.

Der Geist Catos suchte das Gewissen der Römer immer noch heim. Diejenigen unter seinen früheren Gefährten, die sich Caesar unterworfen hatten und dafür belohnt worden waren, konnten nicht umhin, in seinem Tod einen persönlichen Vorwurf zu sehen. Keiner fühlte das so stark wie Brutus, der Neffe Catos, der den Selbstmord seines Onkels zunächst aus philosophischen Gründen verurteilt hatte, sich aber dann von dem Beispiel, das er gegeben hatte, umso mehr in Zweifel versetzt fand. Ernst und großherzig wie er war, hatte Brutus nicht den Wunsch, als Kollaborateur zu gelten. Im Vertrauen darauf, dass Caesar im Grunde seines Herzens noch immer ein Anhänger der Verfassung sei, sah er keinen Widerspruch darin, zu den

Anhängern des Diktators zu zählen und zugleich der Erinnerung an seinen Onkel treu zu bleiben. Um das so deutlich wie irgend möglich zum Ausdruck zu bringen, beschloss Brutus, dass seine gegenwärtige Ehefrau gehen müsse, und Porcia, die Tochter Catos, ihren Platz einnehmen solle. Da Porcias vorhergehender Ehemann Marcus Bibulus war, hätte man sich eine Caesar weniger genehme Braut kaum vorstellen können. Brutus hatte seinen Standpunkt deutlich gemacht.

Aber er war noch nicht fertig. Da er die Erinnerung an seinen Onkel auf ewig bewahrt wissen wollte, legte Brutus Hand an einen Nachruf. Er bat außerdem Cicero als den größten Schriftsteller Roms, dasselbe zu tun. Der Auftrag war zwar schmeichelhaft, aber Cicero, der ihn nach pflichtschuldigem Zögern annahm, wurde ebenso durch Scham wie durch Eitelkeit dazu bewegt. Er war sich allzu schmerzlich bewusst, dass der Krieg nicht vorteilhaft für ihn gewesen war und dass seine Annahme der Begnadigung durch Caesar seinen Ruf als Opportunist nur bestätigt hatte. Trotz der ihm verbreitet entgegengebrachten Verachtung hielt Cicero immer noch an dem Bild seiner selbst als dem furchtlosen Sprecher der republikanischen Tugend fest, aber die Wahrheit war, dass das Höchstmaß an Mut, das er seit seiner Versöhnung mit Caesar aufgebracht hatte, einige bei Gelegenheit vorgetragene giftige Scherze waren. Mit seiner öffentlichen Lobpreisung des Märtyrers von Utica unternahm er nun das Wagnis, sich ein wenig mehr zu exponieren. Cato, schrieb Cicero, sei einer der wenigen Männer, die größer gewesen seien als ihr Ruf. Das war ein deutliches Urteil, das sich nicht allein gegen den Diktator wandte, sondern auch gegen alle, die sich vor seiner Übermacht gebeugt hatten, und schloss natürlich nicht zuletzt auch den Verfasser selbst ein.

Im weit entfernten Spanien, wo ihn Staub und vom Blut fett gewordene Schmeißfliegen verfolgten, hielt Caesar sich trotz allem über die literarische Szene in Rom auf dem Laufenden. Als er las, was Cicero und Brutus geschrieben hatten, fand er das überhaupt nicht komisch. Kaum war die entscheidende Schlacht des Feldzugs geschlagen und gewonnen, verfasste er auch schon eine tadelnde Antwort. Cato, schrieb er, sei nicht im Mindesten ein Held gewesen, sondern ein verachtenswerter Trinker, der sich allem besessen in den Weg gestellt hätte und nichts wert gewesen sei. Diese Schrift, der *An-*

ticato, wurde dann nach Rom gesandt, wo sie mit verbreitetem Hohngelächter aufgenommen wurde, weil sie eine so entstellende Karikatur des angegebenen Gegenstands war. Der Ruhm Catos wurde durch diesen Angriff Caesars keineswegs vermindert, sondern stieg auf neue Höhen.

Caesar selbst war verbittert und frustriert. Bereits im Verlauf des spanischen Feldzugs hatte es Anzeichen gegeben, dass seine beachtlichen Reserven an Geduld allmählich erschöpft waren. Der Krieg war besonders brutal gewesen. Weit davon entfernt, die Aufständischen mit seiner gewohnten Milde zu behandeln, hatte Caesar sich geweigert, sie überhaupt als Bürger anzuerkennen. Ihre Leichen waren als Baumaterial verwendet und ihre Köpfe aufgespießt worden. Während Sextus, der jüngere Sohn des Pompeius, der Rache Caesars hatte entgehen können, war Gnaeus, der ältere, gefangen genommen und hingerichtet worden, und man hatte seinen Kopf als Kriegstrophäe zur Schau gestellt. Das waren Szenen, die eines Galliers würdig waren. Aber obwohl Caesar selbst zum Kopfjäger geworden war, lehnte er doch jede Verantwortung dafür ab, dass sein Heer in die Barbarei verfallen war. Die wahre Schuld trage vielmehr das verräterische und wahnsinnige Verhalten seiner Feinde. Es sei die Schicksalsgöttin gewesen, die das zukünftige Glück des römischen Volkes in seine Hände gelegt habe. Wenn sie es jetzt ablehnten, ihn in den Anstrengungen zu unterstützen, die er unternehme, um ihre Wunden zu heilen, dann würde nicht einmal das bereits vergossene Blut ausreichen, die erzürnten Götter zu besänftigen. Rom und mit ihm die Welt wären in einem Abgrund der Dunkelheit verloren, und die Barbarei würde sich der ganzen Welt bemächtigen.

Was waren die Bedenken eines Cicero oder eines Brutus, wenn man sich der Notwendigkeit gegenübersah, einen solchen Weltuntergang abzuwenden? Was war dagegen selbst die Republik? Caesars Ungeduld gegenüber Traditionen, die von seinen Mitbürgern noch immer als sakrosankt betrachtet wurden, wuchs mit jedem Tag merklich. Er dachte nicht im Geringsten daran, in die Hauptstadt zurückzueilen und den Senat zu befragen oder seine Maßnahmen dem Volk vorzulegen, sondern er verlängerte seinen Aufenthalt in den Provinzen, gründete Veteranenkolonien und verlieh bevorzugten Männern der lokalen Bevölkerung das Bürgerrecht. Daheim in

Rom schauderte dem Senat bei solchen Nachrichten. Man riss Witze über Gallier, die ihre stinkenden Hosen auszogen, sich in eine Toga hüllten und nach dem Weg zum Senat fragten. Diese Art von Fremdenfeindlichkeit war natürlich immer die Gewohnheit und das Vorrecht eines Römers gewesen. Fast zwangsläufig waren diejenigen, die den größten Stolz auf die Freiheiten der Republik zeigten, auch die größten Verächter. Aber Caesar strafte sie mit Geringschätzung. Er wollte sich nicht mehr länger damit aufhalten, was Traditionalisten dachten.

Die Traditionen selbst interessierten ihn im Übrigen auch nur wenig. Das war umso besser, denn seine politischen Maßnahmen warfen unangenehme Fragen über die zukünftige Gestaltung der Republik auf. Wenn es für Bürger in ganz Italien bereits ziemlich unpraktisch war, zur Stimmabgabe nach Rom zu kommen, war das unmöglich für diejenigen, die in fernen Provinzen weit über das Meer lebten. Das Problem wurde beiseite gewischt. Caesar wollte sich nicht durch solche Spitzfindigkeiten ablenken lassen. Er musste die Fundamente für ein wirklich weltumspannendes Reich errichten, und zugleich nicht gerade zufällig auch für seine eigene globale Vorherrschaft. Jeder Provinzbewohner, der das Bürgerrecht erhielt, und jeder Veteran, der angesiedelt wurde, waren ein Stein in seiner neuen Ordnung. Römische Adlige hatten immer über eine Klientel verfügt, aber Caesars Schutzherrschaft sollte sich bis an die äußersten Grenzen des Wüstensands oder des Eises erstrecken. Syrer und Spanier, Afrikaner und Gallier, die weit entfernten Völker einer kleiner werdenden Welt, würden von nun an nicht der verhängnisvollen Inkompetenz einer Republik zur Treue verpflichtet sein, sondern einem einzelnen Mann. Kein Symbol brachte diese Zukunft stärker zum Ausdruck als Caesars Pläne für Karthago und Korinth. Diese beiden Städte, die von den rachlustigen Legionen eingeäschert worden waren, sollten jetzt als Denkmal einer neuen Zeit universellen Friedens und zum Ruhm ihres Beschützers wieder aufgebaut werden. Utica, das südlich der neuen Kolonie Karthagos an der Küste lag, würde für immer in den Schatten gestellt sein. Die Zukunft würde auf den Trümmern der Vergangenheit errichtet werden. Zum ersten Mal würden in Rom lebende Bürger das Gefühl vermittelt bekommen, dass sie sowohl Teile wie Herren einer einzigen großen Welt seien.

Das sollte nicht heißen, dass Caesar seine eigene Stadt vernachlässigen wollte. Er hatte große Pläne für Rom: Eine Bibliothek sollte gegründet werden; ein neues Theater sollte aus dem Felsen des Kapitols gehauen werden, um das Theater des Pompeius zu übertreffen; auf dem Marsfeld sollte der größte Tempel der Welt errichtet werden. Selbst der Tiber, hatte Caesar beschlossen, müsste umgeleitet werden, weil der Flusslauf sein Bauprogramm behinderte. Nichts hätte das alarmierende Ausmaß seines Übergewichts an Macht besser illustrieren können als das: Er konnte nicht nur bauen, wo er wollte und was er wollte, sondern auch befehlen, dass die Beschaffenheit der Stadt sich ändere, als ob er ein Gott wäre, der mit seinem Finger auf der Landkarte herumfuhr. Es war deutlich, dass die zehn Jahre der Diktatur Caesars das Erscheinungsbild Roms für immer verändern würden. Eine Stadt, die durch ihr baufälliges Aussehen immer ihre alten Freiheiten zum Ausdruck gebracht hatte, sollte bald völlig anders aussehen – würde bald fast griechisch erscheinen.

Insbesondere sollte sie Alexandria ähneln. In Caesars Auswahl seiner Hausgäste hatte es einen ersten Hinweis auf diese Absicht gegeben. Im September 46 v. Chr. war Kleopatra gerade rechtzeitig in die Stadt eingeschwebt, um dem Triumph ihres Liebhabers zuzusehen. Sie richtete sich in Caesars Residenz auf der anderer Seite des Tiber ein und lehnte es ab, die geringsten Konzessionen an republikanische Empfindlichkeiten zu machen, sondern spielte ganz und gar die Rolle einer ägyptischen Königin. Sie brachte nicht nur ihren Mann und Bruder und einen Hofstaat von Eunuchen mit, sondern hatte auch einen Erben vorzuweisen – einen ein Jahr alten Prinzen. Da er verheiratet war, hatte Caesar es abgelehnt, seinen unehelichen Sohn anzuerkennen, aber Kleopatra ließ sich durch nichts entmutigen und hatte das nahe Liegende in aller Öffentlichkeit dokumentiert, indem sie das Kind Caesarion genannt hatte. Rom war natürlich entsetzt über diesen Skandal. Und ebenso natürlich war es, dass jeder, der etwas auf sich hielt in Rom, auf die andere Seite des Tibers kam, um zu gaffen. Die Art, in der Kleopatra Besucher begrüßte, spiegelte ihre Einschätzung von deren Bedeutung wider: Cicero zum Beispiel, der sie abscheulich fand, wurde von ihr völlig links liegen gelassen. In Wahrheit hatte die Königin natürlich nur Augen für einen Mann. Als Caesar im August 45 v. Chr. endlich nach Italien zurückkam, eilte sie ihm sofort entgegen.* Die beiden ergingen sich im gemeinsamen Wohlleben auf dem Land. Erst im Oktober kehrte Caesar endlich nach Rom zurück.

Er fand die Stadt von wilden Gerüchten erschüttert. Es gab Leute, die glaubten, was gesagt wurde, nämlich dass er den Sitz der Hauptstadt des Reiches nach Alexandria verlegen wolle. Weniger lächerlich war die ebenfalls kursierende Behauptung, er wolle Kleopatra heiraten, obwohl er doch schon eine Frau habe. Caesar trug keineswegs dazu bei, diese Gerüchte zu widerlegen, als er eine goldene Statue seiner Geliebten im Tempel der Venus aufstellen ließ – eine beispiellose und empörende Ehrung. Und da Venus die Göttin war, die man am ehesten mit Isis identifizierte, war da ein weiterer Fingerzeig auf einen noch größeren und noch unglaublicheren Skandal. Wenn man Kleopatra mitten im Herzen der Republik als Göttin hinstellte, welche Pläne hatte ihr Liebhaber dann für sich selbst? Und warum bauten Arbeiter einen Giebel an seiner Residenz, als ob sie ein Tempel wäre? Und was war an dem Gerücht, dass Antonius zu seinem Hohepriester ernannt worden war? Caesar zeigte kaum große Zurückhaltung dabei, den Gerüchten Nahrung zu geben.

Eine göttliche Braut und er selbst ein Gott: Caesar wusste sehr wohl, dass seine Mitbürger entsetzt sein mussten. Aber es gab andere, vor allem im Osten, bei denen das weniger der Fall war. Rom mochte sich Caesar gebeugt haben, aber andere Teile der Welt hatten sich Rom noch nicht gebeugt. Am hartnäckigsten widerstand Parthien, dessen Reiter es angesichts des Bürgerkriegs in der Republik gewagt hatten, die Grenze nach Syrien zu überschreiten. Natürlich war da auch die Niederlage von Carrhae, für die man sich rächen musste; und die Legionsadler mussten zurückgewonnen werden. Das waren Aufgaben, die die Aufmerksamkeit des Diktators sicher verdienten. Doch so bald nach seiner Rückkehr nach Rom konnten Caesars Pläne zu einem neuen Aufbruch in den Krieg keine andere Wirkung haben, als der Stadt ein Gefühl verminderter Aufmerksamkeit oder fast der Zurückweisung zu vermitteln. Es schien so, als ob die Probleme der Republik gerade jenen Mann langweilten, den man dazu ausersehen hatte, sie zu lösen, und als ob Rom al-

* Die Quellen sagen das an keiner Stelle ausdrücklich, aber aus den Umständen geht das fast sicher hervor.

lein jetzt eine zu kleine Bühne für seinen Ehrgeiz sei. Im Osten würde man das zu schätzen wissen. Dort verehrte man Caesar bereits als einen Gott; dort gab es Traditionen, die viel älter waren als die Republik, nach denen Menschen aus Fleisch und Blut zu Göttern wurden und ein König der Könige die Herrschaft innehatte.

Und genau das war für die ängstlichen Römer das Problem. Gegen Ende des Jahres 45 v. Chr. verkündete der Senat, dass Caesar künftig als *divus Iulius* zu verehren sei: der Gott Julius. Wer konnte jetzt noch Zweifel daran haben, dass er bereit war, auch das letzte Tabu zu brechen und sich eine Krone aufs Haupt zu setzen? Es gab sicherlich gute Gründe für einen so schrecklichen Verdacht. Zu Beginn des Jahres 44 v. Chr. begann Caesar, in den hohen roten Stiefeln zu erscheinen, die in der legendären Vergangenheit Italiens von den Königen getragen worden waren; ungefähr zur selben Zeit reagierte er mit Wut darauf, als ein Diadem, das auf geheimnisvolle Weise auf einer seiner Statuen aufgetaucht war, abgenommen wurde. Die öffentliche Besorgnis nahm zu. Caesar sah offenbar ein, dass er zu weit gegangen war. Am 15. Februar, in eine purpurne Toga gekleidet und mit einem goldenen Kranz auf dem Haupt, wies er eine von Antonius angebotene Krone demonstrativ zurück. Das war bei Gelegenheit eines Festes, und die Stadt quoll über vor feiernden Menschen. Als Antonius das Angebot wiederholte, hallte ein »Wehgeschrei des Volkes« über das ganze Forum.[22] Wiederum wies Caesar die Krone zurück, diesmal mit einer Entschiedenheit, die keinen weiteren Widerspruch zuließ. Vielleicht wäre Caesar auf Antonius' Angebot eingegangen, wenn die Menge ihn jubelnd ermutigt hätte, aber am Ende scheint das doch unwahrscheinlich. Er wusste, dass die Römer einen König Julius nie akzeptieren würden, und sicher bedeutete ihm das bei genauerer Überlegung auch wenig. Die Formen für die Größe eines Mannes waren vielfältig und unterschieden sich von Nation zu Nation. Das war es, was er bei seinem Aufenthalt in Alexandria gelernt hatte. So wie Kleopatra für die Ägypter Pharao und unter den Griechen eine makedonische Königin war, konnte Caesar zugleich ein lebender Gott in Asien und ein Diktator bei den Römern sein. Warum sollte er die Empfindlichkeit seiner Mitbürger verletzen, indem er die Republik abschaffte, wenn die Republik, wie Caesar selbst gesagt haben soll, »ein Nichts, nur ein Name ohne Körper und Gestalt« geworden war?[23] Worauf es ankam, war nicht die Form der Macht, sondern ihre Substanz. Und Caesar, anders als Sulla, hatte nicht die geringste Absicht, sie je abzugeben.

Einige Tage bevor Antonius ihm die Krone anbot, hatte der Senat ihn offiziell zum Diktator auf Lebenszeit ernannt.* Mit dieser schicksalsschweren Entscheidung war die letzte Hoffnung erloschen, dass Caesar die Republik eines Tages wieder in die Hände der Bürger legen würde. Aber würde das den Römern etwas ausmachen? Caesars Kalkül war es, dass es ihnen nichts ausmachen würde. Das Volk hatte er mit Spielen, Wohlfahrt und Frieden eingelullt. Den Senat hatte er nicht mit offenen Drohungen betäubt und gefügig gemacht, sondern mit dem deutlichen Hinweis auf die Gefahr, die seine Entfernung nach sich ziehen würde: »Schlimmer noch als eine unrechtmäßige Monarchie sei ein Bürgerkrieg«.[24] Das war die Ansicht des Favonius, des treuesten Bewunderers Catos. Sein Urteil wurde verbreitet geteilt. Caesar wusste das und hatte nur Verachtung für den Hass seiner Standesgenossen. Er entließ seine Leibgarde von zweitausend Mann. Er ging in aller Öffentlichkeit über das Forum, nur von den Liktoren begleitet, die sein Amt mit sich brachte. Und als Informanten ihm Neuigkeiten über Gerüchte einer geplanten Ermordung brachten und ihn drängten, die Verschwörer zu verfolgen, schob er ihre Befürchtungen mit einer Handbewegung zur Seite: »Er wolle lieber sterben als gefürchtet werden«, sagte er.[25]

Nach seinen Plänen würde er auch nicht mehr lange in Rom sein. Er wollte am 18. März nach Parthien abreisen. Zwar hatte ihm ein Wahrsager geraten, sich vor den Iden zu hüten, die in diesem Monat auf den 15. fielen, aber Caesar hatte dem Aberglauben nie besondere Beachtung geschenkt. Nur in seinen privaten Unterhaltungen verriet er manchmal Vorahnungen eines möglichen Todes. Am Abend des 14. März, einen Monat nach seiner Ernennung zum Diktator auf Lebenszeit, aß Caesar mit dem Patrizier Lepidus zu Abend, der sich im Jahre 49 v. Chr. seiner Sache angeschlossen hatte und jetzt unter dem mit dieser Stellung verbundenen Titel eines *magister equitum* sein Stellvertreter in der Diktatur war. Im Vertrauen darauf, dass er sich unter Freunden befand, ließ Caesar seine Zurückhaltung fallen. Als gefragt wurde, »welcher Tod der Beste sei, rief er, ehe überhaupt je-

* Irgendwann zwischen dem 9. und 15. Februar 44 v. Chr.

mand zum Antworten kam, mit lauter Stimme aus: ›Der unerwartete!‹«[26] Gewarnt zu sein hieß sich fürchten, und sich fürchten hieß, dass man seiner Mannhaftigkeit beraubt war. Als Caesars Frau in jener Nacht unter Albträumen litt und ihn bat, nicht an der Senatssitzung des kommenden Tages teilzunehmen, lachte er sie aus. Als er am Morgen in seiner Sänfte saß, erblickte er den Wahrsager, der ihn gewarnt hatte, sich vor den Iden des März in Acht zu nehmen. »Er bemerkte spöttisch: ›Wo sind denn nun deine Prophezeiungen? Oder siehst du denn nicht, dass der Tag, vor dem du bangtest, da ist und ich immer noch am Leben bin?‹ Darauf gab der Mann, wie es heißt, nur die Antwort: ›Jawohl, er ist da, aber noch nicht vorüber!‹«[27]

Der Senat hatte sich an diesem Morgen darauf geeinigt, in der großen Versammlungshalle des Pompeius zusammenzutreten. Im daneben gelegenen Theater wurden Spiele veranstaltet, und als Caesar aus seiner Sänfte stieg, wird er das Geschrei des römischen Volkes gehört haben, das sich an dem blutrünstigen Schauspiel erfreute. Aber der Lärm wird bald vom kalten Marmor der Säulenhalle verschluckt worden sein, und mehr noch von der dahinter liegenden Versammlungshalle. Das Standbild des Pompeius beherrschte den Versammlungsraum des Senats weiter. Nach Pharsalos war es in aller Eile entfernt worden, aber Caesar hatte in der ihm eigenen Großzügigkeit angeordnet, dass es wie alle anderen Statuen des Pompeius wieder aufgestellt werde. Das war eine Investition in die Zukunft, hatte Cicero gespottet, um zu verhindern, dass man ihn einst selbst entfernen würde – aber das war gehässig und ungerecht. Caesar hatte keinen Grund, sich um die Zukunft seiner Standbilder zu sorgen. Und ebenso wenig fürchtete er für sich selbst, als er an diesem Morgen in die Versammlungshalle trat und sah, wie die Senatoren aufstanden, um ihn zu grüßen. Noch nicht einmal, als eine größere Gruppe von ihnen sich ihm mit einer Bittschrift näherte und sich um ihn drängte, während er sich auf seinen goldenen Amtssessel niedersetzte und sie ihn unter ihren Küssen niederdrückten. Dann fühlte er plötzlich, wie ihm die Toga von der Schulter gezogen wurde. Er rief verwundert aus: »Das ist ja Gewalt!«[28] Im selben Moment fühlte er einen stechenden Schmerz an seiner Kehle. Sich windend sah er einen Dolch, rot von seinem eigenen Blut.

Ungefähr sechzig Männer standen gedrängt um ihn. Alle hatten unter ihrer Toga Dolche hervorgezogen. Alle waren Caesar bestens bekannt. Viele waren frühere Feinde, die seine Begnadigung angenommen hatten, aber mehr noch waren seine Freunde.[29] Einige waren Offiziere, die unter ihm in Gallien gedient hatten, und darunter auch Decimus Brutus, der Kommandeur der Kriegsflotte, die die Veneter vernichtet hatte. Der schmerzlichste Verrat aber, der Caesar schließlich erstarren ließ und ihn in seinen verzweifelten Bemühungen des Widerstands unterbrach, kam von jemandem, der ihm noch näher stand. In dem Gewühl erblickte Caesar ein blinkendes Messer, das auf seinen Leib gerichtet war und von einem anderen Brutus gehalten wurde – von Marcus, seinem angeblichen Sohn. »Auch du, mein Sohn?«,[30] flüsterte er, dann fiel er zu Boden. Da er nicht wollte, dass man ihn in seinem Todeskampf beobachtete, bedeckte er sein Haupt mit Streifen seiner Toga. Die Pfützen seines Bluts befleckten die Basis des Standbilds des Pompeius. Tot lag er im Schatten seines großen Rivalen.

Aber wenn das symbolisch erschien, war das doch eine Täuschung. Caesar war nicht der Sache irgendeiner Fraktion zum Opfer gefallen. Zwar war einer der beiden Anführer der Verschwörung Cassius Longinus gewesen, ein früherer Offizier des Pompeius. Aber als Cassius die Meinung vertreten hatte, man solle nicht nur Caesar ermorden, sondern auch Antonius und Lepidus, und so das gesamte Machtgefüge des Diktators zerstören, war sein Vorschlag überstimmt worden. Brutus, der andere Anführer und das Gewissen der Verschwörer, hatte nichts davon hören wollen. Sie seien dabei, eine Hinrichtung vorzunehmen, hatte er gesagt, und das sei keine feige Intrige in einem politischen Kampf. Und Brutus hatte sich durchgesetzt. Denn Brutus war als ein ehrenwerter Mann bekannt und war würdig, als der Sprecher und Rächer der Republik zu dienen.

Am Anfang hatte es Könige gegeben, und der letzte König war ein Tyrann gewesen. Ein Mann namens Brutus hatte ihn aus der Stadt vertrieben und das Konsulat und alle Institutionen einer freien Republik eingeführt. Jetzt, 466 Jahre später, hatte sein Nachfahre Brutus einen zweiten Tyrannen niedergestreckt. Er führte seine Mitverschwörer aus dem großen Gebäude des Pompeius, stolperte und rannte aufgeregt über das Marsfeld. Er hielt seinen blutigen Dolch stolz in die Höhe und nahm Richtung auf das Forum. Dort, am Versammlungsplatz des Volkes, verkündete er die frohe Botschaft: Caesar war tot; die Freiheit war wiederhergestellt; die Republik war gerettet.

Wie eine höhnische Antwort klang vom Marsfeld Geschrei herüber. Die Zuschauer im Theater des Pompeius waren in Aufruhr und überrannten einander in ihrer allgemeinen Panik. Rauchwolken stiegen bereits in den Himmel; Läden wurden kurz und klein geschlagen, als Plünderer an ihr Werk gingen. Weiter entfernt konnte man die ersten Klageschreie hören, als die Juden Roms begannen, den Mann zu betrauern, der ihnen immer als Beschützer gedient hatte. Anderswo indes, wo die Nachricht der Geschehnisse sich verbreitete, war nichts als Schweigen. Weit davon entfernt, auf das Forum zu strömen, um den Befreiern zuzujubeln, eilten die Bürger in ihre Häuser und verbarrikadierten ihre Türen.

Die Republik war gerettet. Aber was war die Republik jetzt noch? Stille herrschte in der Stadt und man konnte nirgendwo eine Antwort vernehmen.

11 DER TOD DER REPUBLIK

Der letzte Widerstand

Krise oder nicht, die Jahreszeit blieb dieselbe. Im Frühling mit seinen Blumen und der klaren Luft zog die elegante Gesellschaft hinaus aufs Land. Der April des Jahres 44 v. Chr. war da nicht anders. In den Wochen nach der Ermordung Caesars begann die Stadt sich zu leeren. Viele von denen, die ihre Residenzen zuschlossen, müssen erleichtert gewesen sein, dass sie die fiebernde, von Panik besessene Stadt hinter sich lassen konnten, auch wenn man auf dem Land so seine Sorgen hatte. Cicero zum Beispiel fand seine Lieblingsvilla, südlich von Rom, voller Bauarbeiter, als er dort ankam. Also zog er weiter Richtung Golf von Neapel, wo prompt Bauinspektoren auf ihn lauerten. Wie es schien, wies ein Gebäudekomplex mit Geschäften, den er geerbt hatte, Risse auf. Zwei Läden waren sogar eingestürzt. »Daraufhin haben nicht nur die Mietsleute, sondern sogar schon die Ratten das Weite gesucht.« Aber der Grundbesitzer Cicero ließ sich von dem Vorbild des Sokrates inspirieren und gestand, dass ihm die Probleme mit seinem Immobilienbesitz völlig gleichgültig seien: »Bei den Göttern, wie gleichgültig sind mir diese Nebensächlichkeiten!«[1]

Die Tröstungen der Philosophie hatten indes ihre Grenzen. In anderen Augenblicken gestand Cicero nämlich, dass er sich in einem permanenten Zustand der Irritation befinde: »Das Alter«, beklagte er sich, »macht mich ziemlich bitter.«[2] Er war jetzt in seinen Sechzigern und hatte den Eindruck, er sei gescheitert. Und nicht nur seine politische Laufbahn war in sich zusammengebrochen. Auch in seinem Familienleben war ihm in den letzten Jahren Ähnliches widerfahren. Zunächst hatte er sich unter viel Bitternis und gegenseitigen Vorwürfen von seiner Frau getrennt, mit der er über dreißig Jahre verheiratet gewesen war, und war an einem seiner reichen, noch keine zwanzig Jahre alten Mündel hängen geblieben. Als man ihn damit aufzog, dass er in seinem Alter eine Jungfrau geheiratet habe, gab Cicero verstimmt zur Antwort, sie werde nicht lange Jungfrau bleiben – aber eine Braut blieb sie auch nicht. Nur wenige Wochen nach der Hochzeit starb die Tochter Ciceros, Tullia, bei Komplikationen im Kindbett. Cicero war völlig verzweifelt. Seine neue Frau, die von einer Trophäe zur unerwünschten Zerstreuung geworden war, wurde mit Sack und Pack zurück zu ihrer Mutter geschickt, während Cicero besessen in seiner Trauer verharrte. Die zutrauliche und intelligente Tullia war die liebste Begleitung ihres Vaters gewesen. Cicero war untröstlich und seine Freunde befremdete das, was sie für unmännliche Sentimentalität ansahen, und sie suchten ihn an seine Pflichten als Bürger zu erinnern. Doch die alten Stichworte, die einst ein so großer Ansporn für ihn gewesen waren, trugen nur dazu bei, seine Verzweiflung zu vergrößern. Voller Schmerz versuchte er einem ihm wohlgesonnenen Briefpartner seinen Zustand zu erklären: »Denn so, wenn mich einst, wenn ich bedrückt der Politik den Rücken kehrte, mein Haus aufnahm, um mir Erleichterung zu schaffen, kann ich mich jetzt in meiner Trauer nicht in die Politik flüchten, um so in ihren Anregungen Ruhe zu finden. So meide ich denn Haus und Forum.«[3] Im Spiegel von Ciceros Trauer betrachtet, schien die Republik die Züge seiner Tochter angenommen zu haben: die Züge einer jungen Frau, einer Göttin gleich, über alles geliebt ... und tot.

Dann kamen die Iden des März. Brutus, seinen vom Blut Caesars befleckten Dolch in die Höhe haltend, hatte Ciceros Namen gerufen und ihm zur Rückeroberung der Freiheit gratuliert. Cicero hatte überrascht und angenehm berührt seinerseits die Verschwörer als Helden gepriesen und den Mord an Caesar eine ruhmreiche Tat genannt. Aber das war nur ein Anfang, oder vielleicht, wie Cicero bald ärgerlich feststellte, noch nicht einmal das. Brutus und Cassius mochte es gelungen sein, Caesar niederzustrecken, aber sie hatten keinen Versuch unternommen, seine Machtstruktur zu zerstören. Stattdessen war ein anrüchiger Vertrag zwischen den Mördern Caesars und seinen Anhängern zusammengezimmert worden, sodass den Verschwörern ihr Vorteil von Tag zu Tag mehr durch die Finger rann. Es war bereits so weit gekommen, dass Brutus und Cassius durch die Drohungen der procaesarischen Demagogen gezwungen worden waren, Rom zu verlassen. Cicero, der sie zu mehr Rücksichtslosigkeit und Entschlossenheit gedrängt hatte, brandmarkte ihre Strategie als »absurd«. Man sagte, dass die Verschwörer sich entschlossen hätten, ihn nicht in ihre Pläne einzuweihen, weil sie befürchteten, dass er im Alter ängstlich geworden sei. Jetzt zahlte der alte Mann ihnen das mit gleicher Münze heim. Für die heilige Aufgabe der Rettung der Republik vor der Tyrannei waren die Verschwörer, so beklagte er sich, »mit Mannesmut, aber mit Kinderverstand« vorgegangen.[4]

Aber selbst in den Tiefen seiner Mutlosigkeit konnte Cicero es sich nicht versagen, die Rolle des erfahrenen älteren Staatsmannes zu genießen. Wenige hätten ihm das Recht darauf streitig gemacht. Der Aufsteiger aus Arpinum war für die jüngeren Generationen fast zu einer Heiligenfigur geworden, war geradezu die Verkörperung der Tradition und das wandelnde Relikt einer vergangenen Zeit der Giganten. Trotz seiner Schadenfreude über den Mord an ihrem Führer blieb er selbst für die Caesarianer ein Gegenstand ihrer Neugier. Einer von ihnen, ein blonder junger Mann mit hellem Blick, kaum älter als achtzehn Jahre, sprach zu einem überraschenden Höflichkeitsbesuch vor, als Cicero noch in der Nähe von Puteoli auf Erholung war. Nur einen Monat zuvor hatte sich Gaius Octavius, der Großneffe Caesars, noch mit dem Expeditionskorps, das nach Parthien unterwegs war, auf dem Balkan befunden. Als ihn die Nachricht von der Ermordung Caesars erreichte, war er sofort mit dem Schiff nach Brundisium gefahren. Dort hatte er von seiner offiziellen testamentarischen Adoption durch Caesar erfahren, nach der er Gaius Julius Caesar Octavianus wurde und infolge derer sich nun die Veteranen Casars um ihn drängten. Er hatte ihre Hochrufe noch im Ohr, als er nach Rom abreiste, aber statt direkt in die Hauptstadt zu eilen, machte er zunächst einen Abstecher an den Golf von Neapel. Von Villa zu Villa wechselnd, hatte er sich mit verschiedenen Schwergewichten unter den Caesarianern beraten und seine Pilgerfahrt zu Cicero unternommen. Doch der ehrenwerte Republikaner hatte sich dieses eine Mal der Schmeichelei unzugänglich gezeigt und sich nicht bestricken lassen. Schließlich war es die heilige Pflicht Octavians als Erbe Caesars, die Mörder seines Adoptivvaters zu verfolgen. Wie sollte ein solcher Rachegeist jemals ein guter Bürger werden? »Unmöglich«, rümpfte Cicero die Nase.[5] Mutwillig benutzte er für den jungen Mann seinen ursprünglichen Namen Octavius, und nicht Julius

Caesar, wie Octavian selbst sich jetzt lieber nennen ließ.* Für Cicero war *ein* Julius Caesar mehr als genug.

Dennoch kann er sich um die Aussichten Octavians keine ernsthaften Sorgen gemacht haben. Der junge Mann, der von Puteoli aus weiterzog, hatte wenig mehr auf seiner Seite als den Zauber seines Namens und die Entschlossenheit, sein Erbe voll und ganz zu beanspruchen. In dem Schlangennest Rom waren das keine entscheidenden Vorteile. Für gestandene Caesarianer, von den Caesargegnern ganz zu schweigen, grenzten diese Ansprüche eher an Provokation. Der Diktator mochte Octavian zwar zu seinem gesetzlichen Erben bestimmt haben, aber es gab doch andere getreue Anhänger in wichtigen Machtpositionen, die ebenfalls ihr Augenmerk auf die Hinterlassenschaft ihres Meisters gerichtet hatten. Nachdem Caesar jetzt nicht mehr da war, konnte sich der Ehrgeiz der führenden Männer Roms wieder frei entwickeln, aber doch kaum in der Weise, wie Brutus und Cassius es geplant hatten. Mit Überraschung und Bedauern stellte Cicero fest, »dass mit der Freiheit nicht gleichzeitig die Republik zurückgewonnen sei«.[6]

Das war, wie er weiter bemerkte, »ohne Beispiel« und eröffnete erschreckende Aussichten. War es denn tatsächlich möglich, dass die alten Regeln und Traditionen, die der Bürgerkrieg vergiftet hatte, für immer unrettbar verloren waren? Wenn das so war, dann drohte eine verwirrende und blutige neue Ordnung, in der eine Magistratur auf Dauer weniger Bedeutung haben würde als ein Heer, und die Legitimität weniger als die Androhung nackter Gewalt. Im Sommer 44 v. Chr. konnte man bereits die ersten Umrisse einer solchen Zukunft erkennen. Leute, die sich gern als Militärführer etablieren wollten, klapperten die Kolonien ab, in denen Caesar seine Veteranen angesiedelt hatte, schmeichelten sich ein und boten Bestechungsgelder an. Selbst Brutus und Cassius beteiligten sich daran. Die Aufnahme, die sie vonseiten der Veteranen Caesars empfingen, war erwartungsgemäß kühl. Im Spätsommer waren sie zu der widerwilligen Schlussfolgerung gelangt, dass Italien für sie nicht mehr länger sicher war. Ohne Aufhebens schlichen sie sich fort – in den Os-

* Da der als Gaius Octavius geborene Mann in seiner frühen Laufbahn seinen Namen regelmäßig änderte, bis er Augustus wurde, wird er von den Historikern im Allgemeinen Octavianus genant, um Verwechslungen zu vermeiden.

ten, wie berichtet wurde, obwohl das niemand sicher wusste. Für Männer, die beansprucht hatten, als Befreier zu gelten, war das Exil, wo immer es war, eine bittere Niederlage.

Für die anderen, die bei ihnen nach Führung gesucht hatten, war es aber eine Katastrophe. Nachdem Brutus und Cassius nun geflohen waren, würde es noch mehr Mut brauchen, zu bleiben und die Republik dort zu verteidigen, wo das immer noch am notwendigsten war: in der Stadt, die ihre freiheitliche Ordnung hervorgebracht hatte, vor dem Senat und dem Volk von Rom. Wen gab es noch, der fest standhielt? Aller Augen richteten sich auf Cicero, aber in seiner Panik und als geborener Zivilist war er ebenfalls aus Rom verschwunden. Nach quälendem Hin und Her gelangte er zu der Absicht, sich nach Athen einzuschiffen, wo sein Sohn sich einen Namen als der größte Trinker seiner Universität gemacht hatte, statt seinen Studien nachzugehen. Aber kaum hatte der beunruhigte Vater in seiner Sorge, den Sohn und Erben wieder auf die rechte Bahn zu bringen, Segel gesetzt, als er durch einen Sturm in den Hafen zurückgeworfen wurde. Während Cicero dort auf besseres Wetter wartete, wurde ihm hinterbracht, wie seine Reise daheim in Rom aufgenommen wurde. »Großartig! Verlass Dein Vaterland!«,[7] hatte selbst der sonst unerschütterliche Atticus ihm geschrieben. Cicero war zutiefst gedemütigt. Scham und Eitelkeit trugen gleichermaßen dazu bei, seine flatternden Nerven zu stärken. Ebenso lebte das Bewusstsein wieder in ihm auf, dass es jetzt seine Pflicht war, Widerstand zu leisten und den Führern der Kriegsparteien in der Höhle des Löwen Trotz zu bieten. Er ließ sein Gepäck wieder aus dem Laderaum hervorholen und begann, sich auf den Kampf vorzubereiten. Cicero begab sich auf den Rückweg nach Rom.

Das war die mutigste Entscheidung seines Lebens. Aber sie war doch nicht so völlig unbesonnen. Zwar brachte Cicero für den bewaffneten und vernichtenden Kampf auf Leben und Tod keine Legionen mit, aber er verfügte doch über seine unübertroffenen Kräfte als Redner, seine geschliffenen Fähigkeiten im politischen Tageskampf und sein Ansehen. Die Nachricht von seiner Ankunft in Rom brachte eine jubelnde Menge auf die Straße, und selbst in den höchsten Rängen der Caesarianer fehlte es ihm nicht an Kontakten unter den wichtigen Männern. Wenn er nur einige von ihnen für die Sache der verfassungsmäßigen Ordnung gewinnen könnte, so hoffte Cicero, dann würde alles gut werden. Er hatte speziell zwei Männer im Auge: Aulus Hirtius und Vibius Pansa. Beide waren prominente Offiziere der Caesarianer und vom Diktator als Konsuln für das folgende Jahr 43 v. Chr. vorausbestimmt worden. Natürlich war für Cicero der Umstand, dass man Magistraturen ohne jede Befragung der Wähler in Vorhinein verteilt hatte, ein empörender Vorgang, aber er zeigte sich unter den gegebenen Umständen doch bereit, das zu akzeptieren. Hirtius und Pansa konnten nach den Maßstäben dieser unruhigen Zeiten beide als gemäßigt gelten, und das war sogar so weit gegangen, dass sie Cicero um Unterricht in öffentlicher Rede gebeten hatten. Es gab jedenfalls sicher andere Caesarianer, von denen Cicero sehr viel eher gewünscht hätte, dass sie vom Konsulat ausgeschlossen blieben. Der gefährlichste von allen war Marcus Antonius, der bereits über das Amt verfügte, und obendrein noch über ein Heer und Caesars Schatz.

Was Cicero anging, waren selbst die anziehendsten Seiten im Charakter des Antonius, das heißt seine Kühnheit, sein Charme und seine Großzügigkeit, nur dazu geeignet, den Konsul zu einer noch größeren Bedrohung werden zu lassen. Und ebenso sein Geschmack für Frauen: Nach Jahren des Werbens um Fulvia war es Antonius am Ende gelungen, sich mit der herrischen Witwe des Clodius zu verheiraten. In seiner Vergnügungssucht und seinem Exhibitionismus erschien Antonius Cicero als ein würdiger Nachfolger im Ehebett des Clodius, und als solcher außerdem eine offensichtliche Gefahr für das öffentliche Leben. Aber da gab es noch ein anderes, erschreckenderes Gespenst, das hinter Antonius stand. »Welcher Fugung meines Schicksals soll ich es zuschreiben, versammelte Väter«, fragte Cicero, »dass uns in den letzten zwanzig Jahren kein Feind unseres Staates vorgekommen ist, der nicht zugleich auch mir den Krieg erklärt hätte?«[8] Das Gespenst Catilinas wäre bei dieser Frage wohl in hohles Gelächter ausgebrochen. Tatsächlich war Ciceros Überheblichkeit im Jahr 44 v. Chr. womöglich noch größer, als sie es im Jahr seines Konsulats gewesen war. Indem er Antonius öffentlich brandmarkte, erklärte er ja praktisch nicht einem Mann den Krieg, der wie Catilina den offenen Aufstand probte, sondern einem, der selbst an der Spitze des Staates stand. Aber Cicero war unbeirrbar. Wie damals bei Catilina glaubte er jetzt bei Antonius, dass er einem Ungeheuer gegenüberstehe. Nur wenn er es enthaupten konnte, würde nach seiner Überzeugung die Republik wenigstens zur Hälfte wieder gesund. Auf diese Weise ergab es sich, dass Cicero, der Sprecher der gesetzmäßigen Ordnung, sich anschickte, auf die Zerstörung eines Konsuls hinzuarbeiten.

Wie so viele seiner Kampagnen sollte der Angriff des Redners auf Antonius sich als gleichermaßen begeisternd wie hinterlistig erweisen. Mit einer Reihe von zündenden Reden vor dem Senat suchte Cicero seine Mitbürger aus ihrer betäubenden Verzweiflung zu reißen, ihnen ihre tiefsten Ideale wieder näher zu bringen und sie daran zu erinnern, was sie einst gewesen waren und wieder sein könnten. »Denn wer atmet, lebt nicht schon; vielmehr geht dem alles Leben ab, der Sklave ist. Alle Völker können das Dasein als Sklave ertragen, unsere Bürgerschaft kann es nicht.« Hier in dieser Rede Ciceros fand man einen würdigen Abgesang auf die römische Freiheit, der zugleich eine erhabene Bekräftigung der heroischen Vergangenheit der Republik und eine wütende Tirade gegen das aufkommende Dunkel war. »Etwas so Herrliches ist die Wiedererlangung der Freiheit, dass man bei ihrem Wiedererringen auch den Tod nicht scheuen darf.«[9]

Dieser Anspruch hatte viele frühere Generationen zu Zeugen, und indem Cicero sein Leben einsetzte, zeigte er sich endlich der Ideale würdig, die er sich so lange Zeit zu verteidigen bemüht hatte. Aber es gab andere Traditionen, die ebenso alt waren und von denen seine Reden auch Zeugnis ablegten. Im politischen Leben der Republik waren der Parteienstreit immer brutal und die Winkelzüge der politischen Rhetorik unerbittlich gewesen. In Ciceros Angriffen auf Antonius erlebten diese Winkelzüge nun ihre höchste Verklärung. Hehre Rufe zu den Waffen gingen in die gemeinsten Verleumdungen über, wenn in Ciceros Reden immer wieder Zerrbilder eines betrunkenen Antonius heraufbeschworen wurden, der Fleischbissen auskotzte, Jünglingen nachstellte und Schauspielerinnen betatschte. Das war boshaft, rachsüchtig und ungerecht. Aber Redefreiheit ihrer Bürger war eben ein Zeichen der freien Republik. Für zu lange Zeit hatte Cicero sich geknebelt gefühlt. Jetzt spuckte er für seinen Schwanengesang den Knebel aus. Wie nur er allein es konnte, stieg er zu großen Höhen auf und fiel mit seinem nächsten Atemzug in tiefste Tiefen.

Doch seine Worte brauchten Nahrung wie Funken im Sturm, und

Cicero konnte ihr Feuer nur durch die dunklen und zeiterprobten Künste des politischen Spieles anfachen. Die militärischen Führer der Caesarianer mussten gegeneinander ausgespielt und gegen Antonius aufgebracht werden, so wie rivalisierende Angehörige der Nobilität im ganzen Verlauf der Geschichte der Republik dazu überredet worden waren, sich gegen einen übermächtigen Einzelnen zu wenden. Hirtius und Pansa, die bereits voller Argwohn gegenüber Antonius waren, brauchten nur wenig Ermunterung, aber Cicero gab sich nicht damit zufrieden, die designierten Konsuln zu beeinflussen, sondern warb auch einen sehr viel interessanteren Rekruten für seine Sache an: Nur wenige Monate zuvor hatte er Octavian die kalte Schulter gezeigt; jetzt, in den letzten Tagen des Jahres 44 v. Chr., gab es nur wenige, und darunter mit Sicherheit nicht Cicero, die das noch zu tun wagten.

Selbst die Götter hatten den jungen Caesar mit außerordentlichen Beweisen ihrer Gunst überschüttet. Als Octavian zum ersten Mal unter wolkenlosem Himmel in Rom einzog, war ein Ring in Form eines Regenbogens um die Sonne herum erschienen. Dann hatte sich drei Monate später eine noch aufsehenerregendere Erscheinung gezeigt. Während Octavian Spiele zu Ehren seines ermordeten Vaters veranstaltete, war ein Komet über Rom niedergegangen, und die begeisterten Zuschauer hatten darin die Seele Caesars gesehen, die zum Himmel aufstieg. Octavian, der im Stillen den Kometen als ein Vorzeichen seiner eigenen Größe angesehen hatte, hatte sich öffentlich natürlich der anderen Auffassung angeschlossen – und das war umso besser, denn der Sohn eines Gottes zu werden war keine kleine Beförderung, selbst für den Erben Caesars. »Du, Knabe, der du alles deinem Namen verdankst«,[10] hatte Antonius eifersüchtig gespottet. Aber wenn das Glück des Octavian so groß gewesen war, war doch auch die Geschicklichkeit erstaunlich, mit der er sein Erbe nutzte. Sogar Antonius, der erfahrene Populist, fand sich bereits ausmanövriert. Als er ersucht wurde, den Schatz Caesars auszuliefern, damit gewisse dem Volk versprochene Legate ausgezahlt werden konnten, hatte er sich widerstrebend gezeigt; inzwischen hatte indes Octavian, der darauf rechnete, Mittel zurückzugewinnen, wohlüberlegt einige seiner eigenen Landgüter verkauft und mit dem Erlös die Legate bezahlt.

Sein Lohn war eine außerordentliche Popularität, nicht nur bei der städtischen Masse, sondern auch bei Caesars Veteranen. In einem Kopf-an-Kopf-Rennen mit Antonius rekrutierte Octavian eine private Leibwache und verfügte bald völlig illegal über dreitausend Mann. Mit diesen Männern besetzte er kurzzeitig das Forum, und obwohl er angesichts der viel größeren Streitkräfte des Antonius bald zum Rückzug gezwungen war, blieb er eine reale Bedrohung für die Ambitionen seines Rivalen.

Inzwischen ging das Jahr zur Neige und die Amtszeit des Antonius näherte sich ihrem Ende. In einem verzweifelten Versuch, sich eine dauerhafte Machtbasis zu schaffen, marschierte der Konsul nach Norden, überschritt den Rubikon und erklärte sich eigenmächtig zum Statthalter der Provinz. Dabei stand ihm allerdings der Caesarmörder Decimus Brutus im Weg, der diesen Posten ebenfalls für sich beanspruchte. Statt seine Provinz Antonius zu überlassen, zog Decimus es vor, sich in Modena zu verschanzen und das Ende des Winters abzuwarten. Antonius rückte vor und grub sich ein, um ihn auszuhungern. Der neue Bürgerkrieg, der schon lange gedroht hatte, war nun endlich ausgebrochen. Und die ganze Zeit, während die beiden früheren wichtigen Mitstreiter Caesars sich ineinander verkeilten, lauerte Caesars Erbe in ihrem Rücken als bedrohlicher, aber unberechenbarer Faktor, weil seine Absichten noch unklarer waren als seine Loyalitäten.

Nur gegenüber Cicero hatte er behauptet, er habe ihm seine Seele geöffnet. Octavian hatte seit ihrer ersten Begegnung nicht aufgehört, den alten Staatsmann zu umwerben. Cicero war noch immer argwöhnisch gegenüber dieser schmeichlerischen Aufmerksamkeit, und er hatte quälend mit den Versuchungen gerungen, die Octavian vor ihm ausgebreitet hatte. Einerseits, so hatte er sich beleidigt bei Atticus beklagt, »bedenke seinen Namen, sein jugendliches Alter!«[11] Wie konnte Cicero denn den Erben Caesars ernst nehmen, wenn der junge Abenteurer ihm endlose Ersuchen um Rat sandte, ihn mit »Vater« ansprach und immer wieder betonte, dass er und seine Anhänger bereit seien, der Republik zu dienen? Auf der anderen Seite, wenn man die Hoffnungslosigkeit der Krise bedachte, was gab es da noch zu verlieren? Im Dezember, als Berichte von Krieg aus dem Norden anlangten, hatte Cicero endlich einen Entschluss gefasst. Am 20. des Monats sprach er vor einem vollen Senat. Während er immer weiter zur Vernichtung des Antonius, des legitimen Konsuls, drängte, beantragte er, dass Octavian – »ein junger Mann, vielmehr fast noch ein Knabe«[12] – für die Aufstellung seines privaten Heeres mit übermäßigen öffentlichen Ehren belohnt werden sollte. Unschlüssigen Senatoren, die verständlicherweise über diesen Vorschlag überrascht waren, entgegnete Cicero, dass Octavian bereits eine glänzende Entlastung für die Republik sei, und er verbürge sich mit feierlichem Eid vor dem Senat für ihn. Natürlich wusste Cicero nur zu gut, dass er zu viel versprach. Doch selbst in vertrautem Kreis zeigte er sich nicht völlig zynisch im Hinblick auf die Aussichten mit Octavian. Wer konnte denn sagen, wie der junge Mann, der zu seinen Füßen saß und seine Weisheit und die alten Ideale der Republik in sich aufnahm, sich entwickeln würde? Und sollte Octavian sich trotz der Lehren Ciceros als ein unwürdiger Schüler erweisen, dann gäbe es Wege, mit ihm fertig zu werden, sobald die Gelegenheit sich bieten würde. »Den jungen Mann muss man preisen, auszeichnen und in den Himmel befördern.«[13] Ganz wie Caesar, mit anderen Worten.

Das war natürlich genau die Art von indiskreten und geistreichen Bemerkungen, die Cicero schon in der Vergangenheit in Schwierigkeiten gebracht hatte. Der Scherz verbreitete sich wie ein Lauffeuer und unausweichlich drang er auch Octavian zu Ohren. Cicero konnte es sich indes leisten, die unangenehme Situation beiseite zu schieben. Octavian war schließlich nur einer der Partner in der Koalition, die Cicero zusammengefügt hatte, und außerdem noch nicht einmal der wichtigste. Im April 43 v. Chr. rückten die beiden Konsuln des römischen Volkes, Aulus Hirtius und Vibius Pansa, endlich gegen Antonius vor. Octavian marschierte als ihr Offizier mit und hatte zwei Legionen unter sich. In zwei aufeinander folgenden Schlachten wurde Antonius geschlagen und gezwungen, sich über die Alpen zurückzuziehen. Als dem erwartungsvollen Rom die Nachricht von dem Doppelsieg überbracht wurde, erschien sie als die äußerste Bestätigung der sehr riskanten Politik, bei der es um einen so hohen Einsatz ging. Cicero wurde wie im Jahr seines Konsulats als der Retter seines Vaterlands gefeiert; Antonius offiziell zum Feind des Volkes erklärt. Die Republik war anscheinend gerettet.

Dann kamen neue Boten nach Rom, die schreckliche und bittere Nachrichten brachten. Die Konsuln waren beide tot – der eine war in der Schlacht gefallen, der andere seinen Wunden erlegen. Octavian lehnte jede Form der Annäherung an Decimus Brutus ab, was nicht überraschen konnte. Antonius war in der Verwirrung sicher entkommen. Er marschierte jetzt hinter den Alpen und parallel zur Küste in Richtung auf die Provinz eines anderen führenden Anhängers Caesars, Marcus Lepidus. Das Heer des *magister equitum* in der Stärke von sieben Legionen war eine furchtbare Gefahr und seine Treue war plötzlich zu einer Frage von erheblicher oder sogar entscheidender Bedeutung geworden. In Briefen an den Senat versicherte Lepidus dessen Führern seine fortdauernde Treue, aber seine Männer, alle kampferfahrene Caesaraianer, waren bereits dabei, seine Meinung für ihn zu ändern. Am 30. Mai gipfelten Tage der Verbrüderung zwischen den Heeren des Antonius und des Lepidus in einer formellen Übereinkunft ihrer beiden Generäle und der Vereinigung ihrer Kräfte. Decimus Brutus, der jetzt hoffnungslos unterlegen war, versuchte zu fliehen, aber er wurde von einem gallischen Stammesfürsten verraten und getötet. Die Truppen des Senats waren mit verblüffender Geschwindigkeit fast völlig dahingeschmolzen. Antonius, der sich noch wenige Wochen zuvor auf der Flucht befunden hatte, war damit stärker geworden denn je. Jetzt war es nur der junge Caesar, der zwischen ihm und einem Marsch auf Rom stand.

Und wie würde Octavian sich verhalten? Gerüchte schwirrten in der Hauptstadt umher. Und die Antwort sollte nicht lange auf sich warten lassen. Ende Juli erschien plötzlich ein Centurio aus dem Heer des Octavian im Senat. Von der zusammengetretenen Versammlung forderte er das noch immer vakante Konsulat für seinen General. Der Senat lehnte ab. Der Centurio schob seinen Mantel zurück und legte die Hand an den Griff seines Schwertes. »Das hier wird's tun, wenn ihr es nicht tut.«[14] Und damit war die Frage geklärt. Von neuem überschritt ein Caesar den Rubikon. Inzwischen belief sich das Heer Octavians auf acht Legionen, und es gab niemanden, der sich ihm in den Weg stellen konnte. Cicero, der ganz krank war angesichts des schlimmen Endes all seiner Hoffnungen, schleppte sich mit den übrigen Senatoren dem Eroberer entgegen, um ihn willkommen zu heißen. In seinem Elend trug er Octavian neue Vorschläge und Pläne vor. »Octavian antwortete ihm nur mit der spöttischen Bemerkung, Cicero komme als letzter von seinen Freunden zur Begrüßung.«[15]

Nachdem ihm erlaubt oder vielleicht auch befohlen worden war, Rom zu verlassen, zog sich der Redner in seine Lieblingsvilla auf dem Land zurück. Die Bauarbeiten an dem Landhaus waren inzwischen abgeschlossen, aber die ruinierte Karriere ihres Besitzers konnte nicht mehr repariert werden. Sie war vorbei, und mit ihr noch vieles andere. Cicero folgte dem Aufstieg seines Schützlings in stummer Verzweiflung. Am 19. August wurde Octavian, der noch keine zwanzig Jahre alt war, in aller Form zum Konsul gewählt. Nachdem er die Caesarmörder als Verräter hatte verurteilen lassen, verließ er Rom und marschierte nach Norden, dem vorrückenden Heer des Antonius und Lepidus direkt entgegen. Zwischen den rivalisierenden Führern der Caesarianer, die nun unbestrittene Herren des gesamten westlichen Reiches waren, sollte es aber keinen Krieg geben. Stattdessen trafen sich Antonius und Octavian auf einer Flussinsel in der Nähe von Mutina, die Heere hatten am jeweiligen Ufer des Flusses Aufstellung genommen. Die beiden umarmten sich und küssten sich auf die Wange, und dann setzten sie sich mit Lepidus an einen Tisch, teilten die Welt unter sich auf und erklärten die Republik für tot.

Natürlich verbargen sie ihre Absichten mit den üblichen trügerischen Worten. Sie behaupteten, dass sie nicht den Totenschein für die Republik ausstellten, sondern sie wieder in Ordnung brächten. Ein Ergebnis der Konferenz war, dass man ein Triumvirat bilden wollte, das aber nicht ein lockeres und fließendes Bündnis sein sollte, wie Caesar, Pompeius und Crassus es geschlossen hatten. Es sollte diesmal in aller Form festgelegt sein und über gewaltige Vollmachten verfügen. Fünf Jahre lang sollten die Triumvirn prokonsularische Gewalt über das gesamte Reich ausüben. Sie sollten das Recht haben, nach ihrem Gutdünken und ohne Befragung des Senats oder des römischen Volkes Gesetze zu erlassen oder für nichtig zu erklären. Das Kriegsrecht wurde auf den geheiligten Bezirk der Stadt Rom selbst ausgedehnt. Nach mehr als vierhundert Jahren römischer Freiheit war das nun tatsächlich das Ende.

Der Totenschein der Republik wurde passend mit Blut besiegelt und unterzeichnet. Die Triumvirn erklärten die Politik der Milde ihres toten Führers für gescheitert und suchten stattdessen bei einem früheren Diktator nach Anregung. Die Rückkehr der Proskriptionslisten kündigte sich in Rom durch schreckliche und unmissverständliche Vorzeichen an: Hunde heulten wie Wölfe und man sah Wölfe über das Forum rennen; vom Himmel herab hörte man laute Schreie und dazu das Klirren von Waffen und das Klappern unsichtbarer Hufe. Die Listen wurden nur wenige Tage nach dem Einzug der Triumvirn in die Stadt angeschlagen. In unbarmherzigem Feilschen hatten die drei Männer festgelegt, wessen Namen auf die Listen kamen. Dabei hatte ein Faktor mehr als jeder andere ihre Entscheidungen beeinflusst: Mit weit über sechzig Legionen, die besoldet werden mussten, hatte das Triumvirat einen ungeheuren Bedarf an Finanzmitteln. Daraus ergab sich, dass der Preis für Reichtum der Tod war, ganz wie unter Sulla. Selbst ein Exilant wie Verres, der seinen unehrlich erworbenen Gewinn in seinem sonnenbeschienenen Exil genoss, wurde proskribiert – er wurde, wie man sagte, seiner »korinthischen Bronzen« wegen getötet.[16] Manche Männer tötete man aus politischen Gründen, weil man potenzielle Gegner des neuen Regimes aus dem Weg räumen wollte; andere fielen persönlicher Feindschaft und Streitigkeiten dieser Art zum Opfer. Die erschreckendste Einzelheit war, dass Antonius, Lepidus und Octavian als Zeichen ihres Engagements im Triumvirat jeder einen Mann geopfert hatten, den zu retten sie sich eigentlich verpflichtet gefühlt hätten. Aus diesem Grund hatte Antonius der Proskription seines Onkels zugestimmt und Lepidus der seines Bruders. Octavian hatte derweil den Namen des Mannes auf die Listen gesetzt, den er einst »Vater« genannt hatte.

Cicero hätte trotzdem entkommen können. Die Nachricht von seiner Proskription gelangte hinreichende Zeit vor den Kopfjägern zu ihm. Aber wie üblich geriet er in Panik und war unschlüssig darüber, was zu tun sei. Statt sich einzuschiffen und sich zu Brutus und Cassius zu begeben, die zu diesem Zeitpunkt zur Befreiung ein großes Heer im Osten aushoben, flatterte er unentschlossen von Villa zu Villa und war, wie seit langem schon, besessen vom Gedanken an die dunklen Schatten des Exils. Es gab schließlich, wie Cato ihn gelehrt hatte, schlimmere Albträume als den Tod. Als er am Ende von seinen Henkern gestellt wurde, lehnte Cicero sich aus seiner Sänfte und bot ihnen die entblößte Kehle, um den Schwerthieb zu empfangen. Das war die Geste eines Gladiators, die er immer bewundert hatte. Er war im größten und tödlichsten aller Spiele unterlegen und nahm sein Schicksal an, ohne zurückzuweichen. Cicero starb so, wie er es sich sicher gewünscht hätte: tapfer und als Märtyrer für Freiheit und Redefreiheit.

Selbst seine Feinde wussten das. Als sein abgeschlagenes Haupt und seine abgetrennten Hände von den Kopfjägern abgeliefert wurden, kam Fulvia, die Witwe des Clodius und jetzt Antonius' Frau, in aller Eile hinzu, um ihrer Schadenfreude Ausdruck zu verleihen. Sie hob die grausigen Erinnerungsstücke auf, spuckte auf Ciceros Haupt, zog dann seine Zunge heraus und durchstach sie mit einer Haarnadel. Erst als sie mit ihren Misshandlungen fertig war, ließ sie es zu, dass der Kopf in der Öffentlichkeit ausgestellt wurde. Die Hand, die die großen Reden gegen Antonius geschrieben hatte, wurde auch angenagelt. Die Zunge, stumm und von der Nadel durchstochen, den Blicken des römischen Volkes ausgesetzt, war doch immer noch ein beredtes Zeugnis. Cicero war der unübertroffene politische Redner der Republik gewesen – und die Zeit der Redekunst und der freien Politik war nun zu Ende.

Der Gewinner nimmt sich alles

Ein Jahr nach der Einrichtung des Triumvirats ging die letzte Hoffnung auf das Überleben einer freien Republik vor der makedonischen Stadt Philippi verloren. Ein Heer der Caesarianer, das in einer Ebene auf dem Balkan in der Falle saß und Hunger litt, konnte einmal mehr seine Gegner zu einer für diese vernichtenden Schlacht verleiten. Brutus und Cassius hatten die Legionen des Ostens zusammengezogen, beherrschten die Meere und hielten eine uneinnehmbare Stellung: Wie Pompeius bei Pharsalos hätten sie es sich sehr wohl leisten können abzuwarten. Stattdessen entschlossen sie sich zum Kampf. In zwei Schlachten, die erbitterter waren als je zuvor in der römischen Geschichte, töteten sich am Ende zuerst Cassius und dann Brutus mit ihrem eigenen Schwert. Auch andere Männer mit berühmten Namen gingen in dem Blutbad zugrunde: ein Lucullus, ein Hortensius, ein Cato. Letzterer nahm seinen Helm ab und setzte zum Angriff tief in die Reihen der Caesarianer an, und er folgte damit ganz bewusst dem Vorbild seines Vaters, der den Tod der Sklaverei vorgezogen hatte. Ebenso verfuhr seine Schwester. Die bescheidene und tugendhafte Porcia hatte daheim in Rom auf Nachrichten aus Philippi gewartet. Als sie ankamen und sie erfuhr, dass sowohl ihr Bruder als auch ihr Ehemann Brutus tot waren, befreite sie sich aus dem Griff ihrer Freunde, die sie vor sich selbst schützen wollten, rannte zu einer Feuerschale und schluckte glühende Kohlen. Frauen waren am Ende auch Römer.

Aber was würde das noch bedeuten in einem Staat, der nicht länger frei war? Die alte Parole, Römer zu sein, und die Freiheit über alles und sogar über das eigene Leben zu stellen, galt nicht mehr. Sie war zwar heroisch, aber das gräuliche Beispiel der Porcia wurde doch nicht sehr häufig nachgeahmt. Von denen, die in größter Treue zu den Idealen der Republik gelebt hatten, waren die meisten jetzt tot, als sich die Stille wieder über die Ebene von Philippi gesenkt hatte. Den Verlust solcher Bürger konnte man unmöglich ausgleichen, umso weniger, als eine überdurchschnittliche Zahl der Toten Angehörige der Nobilität gewesen war. Der Erbe eines berühmten Namens hatte nach der allgemein verbreiteten Meinung des römischen Volkes die Geschichte seiner Stadt im Blut. Das war auch der Grund, warum das Erlöschen einer großen Familie immer als eine Angelegenheit öffentlicher Trauer angesehen wurde, und es bedeutete ebenso, dass die Vernichtung einer ganzen Generation der Nobilität, sei es durch die Hand des Henkers oder zwischen Staub und den Fliegen Makedoniens, ein verhängnisvolles Unglück für die Republik war. Dort hatte mehr, viel mehr als nur Blutvergießen stattgefunden.

Von den siegreichen Triumvirn war es Antonius, der das am deutlichsten spürte. Er war in einer Zeit groß geworden, als die Freiheit mehr als nur ein Schlagwort war, und er war durchaus in der Lage, um ihren Verlust zu trauern. Er hatte auf dem Schlachtfeld von Philippi nach der Leiche des Brutus gesucht, hatte sie respektvoll mit einem Mantel bedeckt, hatte sie einäschern lassen und die Aschenreste dann seiner Mutter Servilia geschickt. Nachdem seine Herrschaft nun gesichert war, missbrauchte er sie auch nicht, um ein weiteres Blutbad anzurichten. Statt in das vom Elend verfolgte Italien zurückzukehren, traf er als Seniorpartner im Triumvirat die Wahl, im Osten zu bleiben und die Rolle Pompeius des Großen zu übernehmen. Bei seinem Vormarsch durch Griechenland und Asien erfreute er sich desselben Vergnügens, das seit langem unter den Prokonsuln der Republik zur Tradition geworden war: Er spielte den Liebhaber der griechischen Kultur, während er die Griechen gleichzeitig ausbeutete; er trat als Schutzherr lokaler Duodezfürsten auf; er kämpfte gegen die Parther. Für eingefleischte Republikaner war das alles beruhigend vertraut, und nach und nach sollten sich in den Monaten und Jahren nach Philippi die versprengten Reste der Truppen des Brutus mangels Alternative Antonius zuwenden. Bei ihm im Osten leckten sich die Vertreter der gesetzmäßigen Ordnung ihre Wunden, während ihnen das Lebensblut allmählich ausging.

Denn nur in Rom konnte die geringste Hoffnung bestehen, eine freie Republik wieder aufzurichten – und Rom war in den Händen eines Mannes, der ihr tödlichster Feind zu sein schien. In seiner Kälte und Rachlust war Octavian der Mann, den die Unterlegenen von Philippi am meisten als den Mörder der Freiheit schmähten. Als die republikanischen Gefangenen auf dem Schlachtfeld in Ketten an ihren Überwindern vorbeigetrieben worden waren, hatten sie Antonius respektvoll gegrüßt, aber den jugendlichen Caesar hatten sie verflucht und verhöhnt. Und auch in den auf Philippi folgenden Jahren wurde der Ruf Octavians keineswegs besser. Während Lepidus von seinen beiden Kollegen nach Afrika abgeschoben worden war und Antonius den großen Herren des Ostens spielte, war die unangenehmste Aufgabe dem jüngsten Mitglied des Triumvirats zugefallen: Er musste Land für die zurückkehrenden Kriegsveteranen finden. Mit mehr als dreihunderttausend schlachterprobten Soldaten, die auf ihre Ansiedlung warteten, konnte Octavian sich einen Aufschub seines Programms nicht leisten; und bei aller Effizienz, die er bei seiner Durchführung an den Tag legte, konnte er ebenso wenig vermeiden, der Landwirtschaft das Elend einer sozialen Revolution aufzuerlegen. Der Respekt vor Privateigentum war immer einer der Eckpfeiler der Republik gewesen, aber nach der Abschaffung der Republik konnte privater Landbesitz jetzt nach den Launen eines Bevollmächtigten beschlagnahmt werden. Von ihrem Land ohne Entschädigung vertriebene Bauern konnten entweder in ein Sklavenlager verschleppt werden, oder sie konnten, da ihnen jede andere Möglichkeit fehlte, ihren Lebensunterhalt zu verdienen, selbst zu Räubern werden. Wie in den Zeiten des Spartakus wurde Italien zum Land der Banditen. Als bewaffnete Banden es sogar wagten, Städte zu überfallen, flammten in hilflosen Ausbrüchen von Leid und Verzweiflung Aufstände auf. Inmitten all dieses Aufruhrs gab es Missernten, oder die Erträge gingen verloren. Während man auf dem Land in Anarchie versank, begann man in Rom zu hungern.

Die Hungersnot wurde durch eine bekannte Plage verschlimmert: Mehr als zwanzig Jahre nachdem Pompeius das Meer von Piraten leer gefegt hatte, waren sie wieder da, und diesmal war Pompeius' eigener Sohn ihr Anführer. Sextus, der der Rache Caesars in Spanien entgangen war, hatte das Chaos der Zeit dazu genutzt, sich zum Herren Siziliens und zum Admiral einer Flotte von zweihundertfünfzig Schiffen aufzuschwingen. Er machte auf den Schifffahrtswegen Beute und hatte Rom bald im Würgegriff. Als die Bürger vor Hunger immer dünner wurden, verlor auch die Stadt allmählich das Fleisch von ihren Knochen. Geschäfte wurden zugemacht, Tempel dem Verfall überlassen, Monumente ihres Goldes beraubt. Überall wurde das, was einst Schauplatz des luxuriösen Lebens gewesen war, an den Bedarf des Krieges angepasst. Selbst Baiae, das hell in der Sonne glänzende Baiae, hallte von dem Hämmern der Schiffbauer des Augustus wider. Am benachbarten Lucrinersee wurde über den legendären Austernbänken eine Werft angelegt – eine für die Zeit typische Entweihung. Die Geschichte selbst schien entwertet und die Dichtung, die eine vertraute Erzählung wiederholte, sank auf das Niveau eine kümmerlichen Parodie. Wieder kämpfte ein Caesar gegen einen Pompeius, aber im Vergleich zu den Giganten ihrer Väter erschienen sie als zwergenhafte Diebe. Ein Pirat und ein Gangster – die geeigneten Generäle, um eine nicht mehr freie Stadt auszuschlachten.

Doch obwohl Sextus eine ständige Bedrohung darstellte und mehr als bereit war, sein Land ins Elend zu stürzen, war er nie eine tödliche Gefahr für die Caesarianer. Eine viel größere, die ihren Schatten auf die ganze Welt warf, bestand darin, dass sich ganz wie das erste Triumvirat auch das zweite am Ende selbst in Stücke reißen könnte. Im Jahr 41 v. Chr., nur wenige Monate nach der Rückkehr Octavians aus Philippi, kam man diesem Ausgang gefährlich nahe. Während Antonius im Osten war, fachte seine Frau, die ewig auf Kampf bedachte Fulvia, einen Aufstand in Italien an. Octavian konterte mit schnellen und wohlberechneten grausamen Schlägen, und es gelang ihm gerade noch, den Aufstand zu unterdrücken. Seine Rache an Fulvia beschränkte sich jedoch darauf, dass er einige beleidigende Verse über ihre Nymphomanie verfasste. Octavians Macht in Italien war noch immer unsicher, und er konnte es nicht wagen, Antonius zu provozieren. Fulvia wurde gestattet, in den Osten zu ihrem Mann abzureisen.

Passenderweise starb sie jedoch, bevor sie zu ihm gelangen konnte. Im September 40 v. Chr. trafen sich Vertreter des Antonius und Octavians unter dem unsicheren Schutz eines Waffenstillstands in Brundisium. Nachdem man lange miteinander gefeilscht hatte, wurde der Pakt zwischen den beiden Männern bestätigt. Um ihn zu besiegeln, gab Octavian dem Witwer seine geliebte Schwester Octavia zur Frau. Das Römische Reich war nun sehr viel klarer als zuvor in zwei Hälften geteilt. Nur Sextus und Lepidus störten die Teilung noch, aber sie wurden bald vom Schachbrett fortgewischt.

Im September 36 v. Chr. gelang es Octavian endlich, die Flotte des Sextus zu vernichten. Letzterer floh in den Osten, und ging seiner schließlichen Hinrichtung durch Handlanger des Antonius entgegen. Zur gleichen Zeit wurde Lepidus, als er die Klagen über seine Kaltstellung zu weit trieb, offiziell seiner Gewalt als Triumvir entkleidet. Diese Demütigung hatte Octavian ohne jede Rücksprache mit dem dritten Mitglied der Partnerschaft inszeniert. Der junge Caesar hatte Rom jetzt fester in der Hand, als das seinem Adoptivvater je gelungen war, und er konnte es sich leisten, den unausweichlichen Protest des Antonius mit einem Achselzucken zu quittieren. Er war immer noch erst siebenundzwanzig Jahre alt, aber er hatte es schon weit gebracht. Nicht nur Rom oder Italien, sondern die halbe Welt erkannte jetzt seine Herrschaft an.

Doch diese Herrschaft blieb wie die des Antonius die Herrschaft eines Despoten. Das Triumvirat, das nach dem Ende seiner im Jahr zuvor abgelaufenen Frist im Jahr 37 v. Chr. hastig erneuert wurde, war nicht in einer Tradition begründet, sondern lediglich in der Erschöpfung und dem Elend des römischen Volkes. Das Gefühl der Hilflosigkeit, das die Republik bei anderen Völkern hervorgerufen hatte, war nun ihr selbst bestimmt. Bereits im Jahr 44 v. Chr., nach der Ermordung Caesars, hatte einer seiner Freunde gewarnt, dass die Probleme Roms fast unlösbar seien: »Wenn er mit seinem Genie schon keinen Ausweg fand, wer soll ihn jetzt finden?«[17] Seitdem war das römische Volk immer mehr vom Sturm geschüttelt und abgetrieben worden. Die Leitsterne des Brauchtums waren verschwunden, und nichts schien ihren Platz einnehmen zu wollen.

Da war es kein Wunder, dass Verzweiflung und Orientierungslosigkeit die Bürger der Republik zu eigenartigen Fantasien anregten:

Letzte Weltzeit ist nun da cumaeischen Sanges;
groß aus Ursprungsreine erwächst der Zeitalter Reihe.
Nun kehrt wieder die Jungfrau, kehrt wieder saturnische Herrschaft,
nun wird neu ein Spross entsandt aus himmlischen Höhen.
Sei der Geburt nur des Knaben, mit dem eiserne Weltzeit
gleich sich endet und rings in der Welt eine goldene aufsteigt,
sei nur, Lucina, du reine, ihm hold.[18]

Diese Verse waren im Jahr 40 v. Chr. zum Zeitpunkt des tiefsten Leidens in Italien geschrieben worden. Ihr Verfasser, Publius Vergilius Maro – Vergil –, stammte aus der fruchtbaren Po-Ebene, das heißt aus einer Gegend, in der die Bevollmächtigten zur Landverteilung besonders starke Eingriffe vorgenommen hatten. In anderen Gedichten hatte Vergil auf bedrückende Weise die Leiden der Enteigneten beschrieben, und auch seine utopische Vision war nicht weniger von der Verzweiflung eingegeben. Das Ausmaß der Katastrophe, die das römische Volk überwältigt hatte, war so groß gewesen, dass ungewisse prophetische Sehnsüchte von der Art, wie sie Griechen oder Juden seit langem gekannt hatten, die einzige ihnen bleibende Hoffnung zu sein schienen. »Der cumaeische Sang«: Das waren nicht die Gesänge der Sybille, wie sie in den Büchern auf dem Kapitol standen. Diese Lieder enthielten keinerlei Vorschriften, wie der Zorn der Götter zu besänftigen sei, und ebenso wenig ein Programm zur Wiederherstellung des Friedens in der Republik. Sie waren Träume, mehr nicht.

Und doch hatten Autokraten für diese Träume Verwendung. Was immer die Erzählung Vergils von einem messianischen Knaben »entsandt aus himmlischen Höhen« bedeuten sollte, es gab eindeutig nur zwei Kandidaten für die Rolle des Retters, und von diesen beiden war es Antonius, und nicht Octavian, dem die am besten verwendbaren Traditionen zu Gebote standen. Der Osten, der von den wechselnden römischen Bürgerkriegsparteien allmählich völlig ausgeblutet war, sehnte sich noch sehr viel mehr nach einem Neubeginn als Italien. Visionen der Apokalypse schwirrten noch immer durch die Köpfe der Griechen und Ägypter, Syrer und Juden. Mithridates hatte gezeigt, wie ein ehrgeiziger Militärherrscher solche Erwartungen für seinen eigenen Vorteil nutzen konnte, aber bisher hatte das niemand getan, der nicht ein Gegner Roms gewesen war. Sich als der von den östlichen Orakeln seit langem versprochene rettende Gott zu präsentieren: Für einen Bürger der Römischen Republik hätte man sich kaum ein gewaltigeres Verbrechen vorstellen können. Mehr als ein Jahrhundert lang waren jetzt Prokonsuln der Römischen Republik in den Osten aufgebrochen und wurden als göttlich gepriesen; sie hatten Alexander nachgeahmt und Königskronen verteilt, aber sie hatten sich immer gescheut, dem Weg zu folgen, den solche Vorrechte wiesen. Der Senat würde das nicht zulassen, und ebenso wenig das römische Volk. Aber jetzt war die Republik tot, und Antonius war ein Triumvir, der weder dem Senat noch dem römischen Volk irgendetwas schuldete. Und die Versuchung näherte sich in der Gestalt einer großartigen und verführerischen Königin.

Kleopatra, die Caesars Gunst gewonnen hatte, indem sie sich in einem Teppich verbarg, hatte Antonius von Anfang an mit übermäßiger Pracht umworben. Sie kannte ihn seit langem – sein glänzendes Auftreten, seine Vergnügungssucht, seine Verkleidung als Dionysos – und hatte ein dementsprechendes Kalkül angestellt, wie sie sein Herz am besten gewinnen könne. Im Jahr 41 v. Chr., als Antonius durch den Osten vordrang, war sie ihm von Ägypten aus entgegengesegelt. Die Ruder ihres Schiffes waren aus Silber, sein Heck war mit Gold besetzt, ihre Pagen waren als Kupiden verkleidet, ihre Zofen als Seejungfrauen, sie selbst als Aphrodite, Göttin der Liebe. Antonius hatte sie herbeizitiert (eine unglaubliche Demütigung), aber Kleopatra hatte die Situation auf großartige Weise in ihr Gegenteil verkehrt, als sie unter den kugelrunden Augen der überwältigten Zuschauer in sein Hauptquartier einzog. Sie war nicht etwa so töricht gewesen, das Rampenlicht zu lange auf sich zu ziehen. Vielmehr hatte sie Antonius eine Möglichkeit geboten, eine eigene Rolle in dieser extravaganten Vorstellung zu spielen. »Es verbreitete sich ein Gerücht, Aphrodite komme in feierlichem Zuge den Dionysos besuchen zum Heile für Asien.«[19] Es hätte keine andere Rolle geben können, die mehr nach dem Geschmack des Antonius gewesen wäre – und auch keine andere Bettpartnerin. Ganz nach Plan hatte er Kleopatra sofort zu seiner Geliebten gemacht und einen herrlichen Winter mit ihr in Alexandria verbracht. Die Matronen in Rom schworen auf die ägyptischen Verhütungsmethoden, aber Kleopatra hatte nicht die Zeit – wenigstens nicht, wenn sie mit

Weltherrschern ins Bett ging –, mit einem Diaphragma aus Krokodilmist herumzuhantieren. Wie schon von Caesar wurde sie auch von Antonius sehr bald schwanger. Nachdem sie Caesar einen Sohn geschenkt hatte, übertraf sich Kleopatra nun noch selbst. Aphrodite schenkte Dionysos Zwillinge.

An diesem Punkt bot sich dem Vater der glitzernde Schein einer gefährlichen Versuchung. Eine Dynastie von Königen gründen, das war das äußerste, das tödlichste Tabu. Es war verständlich, dass Antonius ihm den Rücken kehrte. Vier Jahre lang strafte er das Gerücht Lügen, dass Kleopatra ihn betört habe, und mied seine Geliebte. Octavia bot ihm mit ihrer Schönheit, Intelligenz und Treue reichliche Entschädigung, und für eine Weile ließ Antonius sich in Athen nieder, hörte mit seiner gebildeten Gattin Vorlesungen und verhielt sich wie das Modell eines ergebenen Ehemanns. Doch selbst wenn er mit Octavia zusammen war, konnte er die Verführungskünste Kleopatras nicht vergessen. Man begann empörende Geschichten zu erzählen: dass Antonius im Theater des Dionysos Orgien veranstalte, er selbst wie der Gott reizvoll in ein Pantherfell gekleidet; dass er von Fackeln beleuchtete nächtliche Prozessionen zum Parthenon hinaufführe; dass er die Göttin Athena in betrunkenem Zustand mit Heiratsanträgen belästige. Das war alles höchst unrömisch – und die Geschichten wurden ohne Zweifel beim Weitererzählen immer besser. Es war nicht etwa so, dass das in Athen oder bei den anderen Untertanen des Antonius irgendeinen größeren Skandal hervorgerufen hätte. In Wahrheit war das Gegenteil der Fall: Im Osten erwartete man eigentlich eher, dass der Herrscher ein Gott war.

Als Antonius und Octavian sich ab 36 v. Chr. von Rivalen ungestört als die beiden Herren der römischen Welt gegenüberstanden, wurde die Natur ihrer jeweiligen Herrschaft immer mehr von den unterschiedlichen Traditionen ihrer geografischen Machtbasis geprägt. Für beide Männer galt dieselbe Herausforderung: Sie mussten sich eine Legitimität sichern, die nicht allein auf Waffengewalt gegründet war. Dabei verfügte Octavian als Beherrscher des Westens über einen wesentlichen Vorteil. Beide, er wie Antonius, waren Römer, aber er allein hatte Rom. Als Octavian nach seinem Sieg über Sextus in die Hauptstadt zurückkehrte, wurde er zum ersten Mal mit echter Begeisterung begrüßt. Der angeborene Konservatismus seiner Mitbürger hatte den Verlust ihrer Freiheit überlebt, und in ihrer Dankbarkeit für den Frieden, den Octavian für sie errungen hatte, belohnten sie ihn jetzt im Rahmen ihrer alten Rechte. Sie verliehen dem Eroberer ein geheiligtes Privileg: die Unverletzlichkeit eines Volkstribunen. Nur in einer wiederhergestellen Republik würde das einen Sinn haben, und indem er die Gunst annahm, gab Octavian seiner Erwartung einer solchen Wiederherstellung Ausdruck. Das war natürlich keine Garantie für irgendetwas: Die Römer hatten inzwischen gelernt, nicht mehr auf blühende Rhetorik zu vertrauen. Aber nachdem die Flotte des Sextus versenkt und Lepidus in ein schmähliches Exil verbannt worden war, konnte Octavian doch nun endlich beginnen, seinem Anspruch, dass er für die Sache des Friedens arbeite, konkrete Gestalt zu verleihen. Steuern wurden abgeschafft, Getreidelieferungen wieder aufgenommen, Kommissionen ernannt, um auf dem Land Ordnung zu schaffen. Dokumente, die sich auf die Bürgerkriege bezogen, wurden demonstrativ verbrannt. Man begann, den Jahresbeamten ihre Zuständigkeiten zurückzugeben. Das war in der Tat eine Reise zurück in die Zukunft.

Aber natürlich nicht ganz, oder zumindest noch nicht ganz. Octavian hatte nicht die geringste Absicht, seine Gewalt als Triumvir zurückzugeben, solange Antonius an der seinen festhielt, und für den so weit von Rom entfernten Antonius stand die Wiederherstellung der Republik kaum auf der Dringlichkeitsliste. Sein Ehrgeiz ging vielmehr in eine ganz andere Richtung. Der Traum von einem Weltreich hatte seit Alexander dreihundert Jahre lang die Fantasie der Griechen beflügelt, und auch die Römische Republik hatte am Ende diese Träume geteilt. Doch ihr verdächtiger Charakter war ihnen geblieben, und selbst die größten aller Bürger – sogar Pompeius oder Caesar – hatten sich gescheut, sie bis an die äußerste Grenze zu verfolgen. Auch Antonius war zurückgeschreckt, als er vor den Verführungskünsten einer makedonischen Königin floh, um der Mann einer anständigen römischen Matrone zu sein. Aber seitdem waren vier Jahre vergangen – vier Jahre der unverhüllten Macht, wie sie kein Bürger je zuvor im Osten ausgeübt hatte, und die Versuchungen zermürbten ihn weiter, während sie Nahrung erhielten. Am Ende erwies sich Antonius als zu nachgiebig und zu berauscht von seinen eigenen Ambitionen, um ihnen zu widerstehen. Octavia, die dem Andenken ihres Mannes bis ganz zuletzt treu bleiben sollte, wurde nach Rom zurückgeschickt. Derweil rief man Aphrodite ein weiteres Mal zu Dionysos.

Diesmal sollte es keinen Rückzug vor der Affäre mehr geben. In Rom schlug der Skandal wie eine Bombe ein. Seit die Republik angefangen hatte, sich in die Angelegenheiten des Ostens einzumischen, hatte es nichts gegeben, von dem man sich hätte ausrechnen können, dass es mehr moralische Empörung auslösen würde, als das Schauspiel eines Bürgers, der zu einem Anhänger der Lebensart des Ostens wurde – und Antonius wurde, sofern man den Berichten Glauben schenken wollte, ein fanatischer Mann des Ostens. Die Horrorgeschichten über sein Betragen schienen keine Grenzen zu kennen. Er benutzte doch wahrhaftig einen goldenen Nachttopf, schützte sich auf dem Exerzierplatz unter Moskitonetzen und massierte sogar die Füße seiner Geliebten! Extravaganz, Verweichlichung, sklavische Unterwürfigkeit: Die Anklageschrift war jedem römischen Politiker vertraut. Antonius spielte den prahlerischen Mann von Welt und entschied, das alles mit Verachtung zu strafen. »Was ficht dich an? Dass ich mit einer Königin schlafe? Ist es denn von Bedeutung, wo und auf welche Frau du geil bist?«[20]

Aber er hatte nicht begriffen. Seine Vergehen beschränkten sich nicht auf das Gebiet der Sexualität. Und ebenso wenig konnten sie deswegen so einfach beseite geschoben werden, auch wenn die Verleumdungen, die Kleopatra als Hure abstempelten, das tägliche Brot der römischen Frauenfeindlichkeit waren. Ihre Feinde hatten Recht, wenn sie sie fürchteten und ihren Verführungskünsten misstrauten. Da waren nicht nur, wie die vulgäreren Propagandisten es wollten, die Reize ihre Körpers, sondern es gab auch weitaus hinterhältigere und schlimmere Verlockungen. Wenn Kleopatra Antonius etwas ins Ohr flüsterte, waren ihre süßesten Worte nicht die der sinnlichen Lust, sondern die Versprechungen, ein Gott zu werden und ein Weltreich zu besitzen.

Antonius wurde von solchen Träumen überwältigt und er begann zu trampeln, wo selbst Caesar nicht auf Zehenspitzen zu gehen gewagt hätte. Nachdem er sich vorher dynastischen Plänen abgeneigt gezeigt hatte, begann er jetzt, sie offen zur Schau zu stellen. Als Erstes erkannte er die Kinder von Kleopatra an. Dann gab er ihnen provokante, ja geradezu aufrührerische Titel: Alexander Helios – »die

Sonne« – und Kleopatra Selene – »der Mond«.* Indem sie zugleich göttlichen wie dynastischen Charakter hatten, waren diese Namen vielleicht für Alexandria geeignet, aber man hätte sie nicht besser wählen können, wollte man, dass sich in Rom die Nackenhaare sträubten. Schenkte Antonius dem überhaupt irgendeine Beachtung? Seine Mitbürger sahen, wie er unter dem sklavischen Jubel von Griechen und Orientalen seinen Leidenschaften frönte, und schüttelten den Kopf in stummem Entsetzen. Dann, als es gerade so erschien, als ob seine Anstößigkeit nicht noch größer werden könnte, begingen er und Kleopatra den aufsehenerregendsten und gröbsten Verstoß.

Im Jahre 34 v. Chr. wurden die Massen in Alexandria eingeladen, Zeuge der Einweihung einer neuen, alles in den Schatten stellenden Weltordnung zu werden. Antonius saß der Feier als römischer Triumvir und neuer Dionysos vor. An seiner Seite saß Kleopatra als makedonische Königin und ägyptischer Pharao, prachtvoll gekleidet als neue Isis, Herrin des Himmels. Vor ihnen standen, ebenfalls in exotische nationale Tracht gehüllt, die Kinder der Kleopatra von Caesar und von Antonius. Den Alexandrinern wurden diese Prinzen und die Prinzessin als rettende Götter präsentiert, als Erben des Heraufziehens einer lange versprochenen und jetzt sich nähernden universellen Harmonie. Dem jungen Alexander, der als König der Könige aufgemacht war, wurden Parthien und alle dahinter liegenden Reiche versprochen. Bei den anderen Kindern war man bescheidener und sprach ihnen Länder zu, bei denen es tatsächlich in der Macht des Antonius stand, sie zu verteilen. Der Umstand, dass einige davon Provinzen der Republik waren, die er für das römische Volk verwaltete, hielt ihn nicht von seiner Großzügigkeit ab. Das lag zum Teil und in gewissem Sinne auch daran, dass er eigentlich gar nicht großzügig war. Antonius hatte nicht wirklich die Absicht, die Verwaltung römischer Provinzen an seine Kinder zu übertragen, und insoweit zumindest war die ganze Zeremonie ein Schauspiel und nichts weiter. Aber Schauspielerei war wichtig, und die Aussage, die Antonius hatte verbreiten wollen, konnte man auch auf seinen Silbermünzen finden, die überall im Osten in den Geldbörsen

* Das Geschlecht der beiden Gestirne ist natürlich im Griechischen und Lateinischen umgekehrt als in den meisten anderen Sprachen. – Anm. d. Übers.

klingelten. Auf der einen Seite war sein Kopf eingeprägt, auf der anderen der Kleopatras: ein Römer und eine Griechin; ein Triumvir und eine Königin. Eine neue Zeit zog herauf, in der die römische Herrschaft sich in das einfügen würde, was die Sibylle prophezeit hatte: ein durch göttliche Fügung veranlasster Zusammenschluss von Ost und West, in dem alle Unterschiede zusammenschrumpften und an dessen Spitze ein Weltherrscher und eine Weltherrscherin standen.

Aber was gut war für Alexandria, war natürlich Gift für Rom. Antonius' Freunde in Rom, von denen es noch viele gab, waren entsetzt. Nachdem man ihn auf die Katastrophe in seiner Öffentlichkeitsarbeit hingewiesen hatte, schrieb Antonius persönlich an den Senat. Er bot mit großen Worten, aber ohne klare Einzelheiten an, seine Gewalt als Triumvir niederzulegen, also die Republik wiederherzustellen. Aber es war zu spät. Die gleißende weiße Toga des Verteidigers der verfassungsmäßigen Ordnung war bereits vergeben. Nach der langen Ablenkung durch seine großartigen östlichen Träume hatte Antonius den Blick zurück auf Rom gerichtet, um dort eine höchst beunruhigende Aussicht zu entdecken: Der Erbe Caesars, einst Abenteurer und Verbreiter von Schrecken, stellte sich in strahlendem Glanz als Verteidiger der Republik in Pose und spielte sich als großer Verfechter der Tradition und der althergebrachten Rechte seines Volkes auf. Und er brachte die Rolle in großem Stil auf die Bühne.

Nicht jeder ließ sich allerdings von dem jungen Caesar in seiner Rolle als Verfechter der verfassungsmäßigen Ordnung überzeugen, und gelegentlich konnte die Maske auch noch zur Seite rutschen. Als er 32 v. Chr. die Konsuln, die beide Anhänger des Antonius waren, einschüchtern wollte, kam Octavian mit bewaffneten Garden in den Senat und ließ sie drohend hinter den offiziellen Sesseln der Magistrate Aufstellung nehmen. Die Zurschaustellung seiner Macht hatte die gewünschte Wirkung: Die Gegner des Regimes von Octavian wurden sofort ausgeräuchert. Die beiden Konsuln flohen zu Antonius in den Osten, und fast ein Drittel des Senats, das heißt insgesamt ungefähr dreihundert Senatoren, ging mit ihnen. Viele darunter waren von Antonius platzierte Männer, aber einige waren auch die Erben einer verlorenen Sache und sie hatten eher prinzipielle Gründe für ihre Weigerung, einen Caesar als Schild und Schutz der

Republik zu ertragen. Einer der beiden Konsuln, die zu Antonius flohen, war zum Beispiel Domitius Ahenobarbus, der Sohn des alten Feindes Caesars. Ebenfalls im Lager des Antonius fand sich – unausweichlich – der Enkel Catos.

Octavian hatte nur Hohn und Spott für ihre Wahl der Anhänglichkeit. Sollten solche Männer doch Höflinge einer Königin werden! Tatsächlich gab sich Domitius alle Mühe, Kleopatra mit Missachtung zu strafen, wann immer er konnte, und drängte Antonius immer wieder, sie mit Sack und Pack nach Ägypten zurückzuschicken. Octavian aber war immer ein Meister darin gewesen, Treffer unter der Gürtellinie zu landen. Im Sommer 32 v. Chr. wagte er nach einem Hinweis von einem Überläufer sogar den äußersten religiösen Frevel, in den Tempel der Vesta einzudringen, wo Antonius sein Testament hinterlegt hatte, und das Dokument den Händen der Vestalischen Jungfrauen zu entreißen. Der Inhalt, den er sofort aufs Eifrigste studierte, erwies sich tatsächlich als so explosiv, wie Octavian es erwartet hatte. Mit ernster Miene und tadelnder Strenge listete er die Bestimmungen für den Senat auf. Caesarion sollte offiziell anerkannt werden; die Kinder Kleopatras sollten riesige Vermächtnisse erhalten; Antonius selbst sollte nach seinem Tod an der Seite Kleopatras beigesetzt werden. Das war alles sehr schockierend – vielleicht verdächtig schockierend.

Aber wenn es auch viel parteiische Voreingenommenheit in der Propaganda Octavians gab, war sie doch nicht völlig frei erfunden. Die Verbindung mit Kleopatra, die im Jahr 32 v. Chr., als Antonius sich von Octavia getrennt hatte, legalisiert worden war, wurde von den meisten Römern instinktiv als das erkannt, was sie war: ein Verrat an den tiefsten Prinzipien und Werten der Republik. Der Umstand, dass die Republik tot war, bedeutete nicht, dass ihre Prinzipien weniger betrauert wurden oder ihre Vorurteile weniger heftig waren. Dem nachzugeben, was eines Bürgers nicht würdig war: Das war es, was die Römer immer am meisten verabscheut hatten. Wie wohltuend war es daher für ein Volk, das seine Freiheit verloren hatte, Antonius als keinen wahren Mann und als Sklaven einer fremden Königin an den Pranger zu stellen! Zum letzten Mal konnte das römische Volk sich zum Krieg rüsten und dabei meinen, dass sowohl die Republik als auch ihre eigene große Vortrefflichkeit noch nicht ganz am Ende waren.

Viele Jahre später sollte Octavian sich rühmen: »Den Gefolgschaftseid hat mir ganz Italien aus freien Stücken geleistet und mich in dem Krieg, in dem ich Sieger bei Actium war, nachdrücklich als Führer gefordert. Den gleichen Eid geleistet haben die Provinzen Galliens und Spaniens, Afrika, Sizilien und Sardinien.«[21] Das war in der Form eines die halbe Welt umspannenden Plebiszits etwas, das ohne vorangehendes Beispiel war: Die Erklärung eines Universalismus, der bewusst dazu geschaffen war, den des Antonius und der Kleopatra in den Schatten zu stellen; der aber nicht aus den Traditionen des Ostens abgeleitet wurde, sondern aus denen der Römischen Republik selbst. Als Octavian sich zum Krieg einschiffte, tat er das als beides – als unbestrittener und unumschränkter Herrscher und als Verteidiger der ältesten Ideale seiner Stadt. Das war eine Kombination, die sich als unwiderstehlich herausstellen sollte. Als sich zum dritten Mal in weniger als zwanzig Jahren zwei römische Militärverbände von Angesicht zu Angesicht auf dem Balkan gegenüberstanden, war es noch einmal ein Caesar, der als Sieger aus der Schlacht hervorging. Den ganzen Sommer des Jahres 31 v. Chr. hindurch war Antonius mit seiner in den flachen Gewässern verrottenden Flotte und seinem von Krankheit geschüttelten Heer an der Ostküste Griechenlands blockiert. Sein Lager begann sich in entmutigender Weise zu leeren, und selbst Domitius gehörte zu den Deserteuren. Als schließlich der Geruch der Niederlage zu beißend für Antonius wurde, als dass er ihn weiter ignorieren konnte, entschloss er sich, einen verzweifelten Vorstoß zu unternehmen. Am 2. September befahl er seiner Flotte, am Vorgebirge von Actium entlang einen Ausbruchsversuch in das offene Meer zu wagen. Fast den ganzen Tag lang lagen sich die beiden großen Flotten bewegungslos in der Stille der kristallklaren Bucht gegenüber. Dann kam plötzlich am Nachmittag Bewegung auf: Die Flotille der Kleopatra schoss voran, kämpfte sich durch eine Lücke in den Schiffsreihen des Octavian einen Weg frei und entkam. Antonius stieg von seinem riesigen Flaggschiff auf ein schnelleres Gefährt um und folgte Kleopatra, während der Großteil seiner Flotte und auch seine Legionen zurückblieben. Sie ergaben sich schnell. Mit dieser kurzen, wenig glorreichen Schlacht gingen alle Träume des Antonius und alle Hoffnungen der neuen Isis für immer verloren. Tagelang spülten die Wellen noch Gold und Purpur ans Ufer.

Ein Jahr später zog Octavian die Schlinge zur endgültigen Vernichtung zu. Im Juli 30 v. Chr. erschienen seine Legionen vor Alexandria. Gegen Mitternacht hörte man unsichtbare Musikanten, die in einer Prozession durch die Stadt und dann empor zu den Sternen zu schweben schienen. »Leute, die dieses Zeichen zu deuten suchten, meinten, da habe der Gott, dem Antonius sich immer besonders gleichstellen, den er sich zum Vorbilde habe nehmen wollen, ihn nun verlassen.«[22] Am nächsten Tag fiel Alexandria. Antonius beging nach Art des Cato stümperhaften Selbstmord und starb in den Armen seiner Geliebten. Kleopatra, die herausgefunden hatte, dass Octavian sie in Ketten in seinem Triumphzug mitführen wollte, folgte ihm neun Tage später. Wie es sich für einen Pharao gehörte, starb sie durch den Biss einer Kobra, deren Gift nach dem Glauben der Ägypter Unsterblichkeit verlieh. Das war für die beiden, die Herrscher und Herrscherin der Welt hatten sein wollen, ein angemessenes multikulturelles Ende.

Der Schrecken, den Kleopatra den Römern eingejagt hatte, besiegelte das Schicksal ihrer Dynastie. Caesarion, ihr Sohn von Julius Caesar, wurde in aller Stille hingerichtet, die Ptolemäer wurden offiziell abgesetzt. In Tempeln überall in Ägypten begannen Steinmetze das Bild ihres neuen Königs zu verewigen: Octavian. Von nun an wurde das Land nicht als unabhängiges Königreich verwaltet, ja nicht einmal als römische Provinz, obwohl der neue Pharao das gern anders darstellte, sondern als persönlicher Besitz. Später sollte Octavian sich seiner Milde rühmen: »Auswärtige Völker, denen man ohne Bedenken Verzeihung gewähren konnte, habe ich lieber erhalten als ausrotten wollen.«[23] Alexandria war seit Karthago die größte Stadt, die einem römischen Feldherren in die Hände fiel, aber ihr Schicksal gestaltete sich völlig anders. Octavian war bei der Erringung der Macht rücksichtslos, aber bei ihrer Ausübung zeigte er sich kühl und zynisch. Alexandria war zu reich und eine zu gute Geldquelle, als dass man es zerstören konnte. Selbst die Standbilder der Kleopatra entgingen der Zertrümmerung.

Solche Milde war natürlich das Vorrecht eines Herren, und als solches die Demonstration seiner Größe und Macht. Die ganze Welt war Octavian in die Hände gefallen, und jetzt, wo er keine Rivalen mehr hatte, waren Blutvergießen und Brutalität seinen Vorhaben nicht weiter dienlich. Man solle nicht in »unterschiedsloser und allgemeiner Milde« Erschöpfung zeigen, schrieb Seneca fast ein Jahrhundert später, »denn allen zu verzeihen ist ebenso grausam wie niemandem.«[24] Aber wenn Octavian Erschöpfung verspüren sollte, konnte er es sich nicht leisten, das zu zeigen. Als er das Grab Alexanders besuchte, brach er versehentlich die Nase des Leichnams ab. Auf ähnliche Art beschädigte er auch den Ruhm des Eroberers. Die größte Herausforderung, so sagte Octavian mit Nachdruck, sei es nicht, ein Reich zu gewinnen, sondern es zu ordnen. Er wusste, wovon er sprach, denn das hatte er sich selbst zum hohen Ziel gesetzt. Nicht länger abschlachten, sondern schonen; nicht länger kämpfen, sondern Frieden bringen; nicht länger zerstören, sondern wiederaufbauen.

Das wenigstens behauptete Octavian selbstzufrieden, als er heimsegelte.

Die Wiederherstellung der Republik

Es war an den Iden des Januar 27 v. Chr. Der Senat war voll ungeduldiger Erwartung. Die Senatoren drängten sich auf den Bänken und flüsterten aufgeregt untereinander. Wie es schien, sollte eine historische Ankündigung gemacht werden. Es waren nicht nur viele Andeutungen ausgestreut worden, sondern es gab auch einige Senatoren und führende Mitglieder des Hauses, denen man einen Hinweis auf die Antwort gegeben hatte, die erwartet wurde. Während die Senatoren darauf warteten, dass der Konsul seine Rede begann, bereiteten sie sich darauf vor, überrascht auszusehen, und übten leise ihre bühnenreifen Antworten ein.

Plötzlich verstummten alle. Der Konsul, noch immer schmal mit seinen fünfunddreißig Jahren, erhob sich. Gespannte Stille herrschte für den jungen Caesar, den Retter des Staates. Ruhig wie immer begann er die Versammlung anzusprechen. Seine Worte waren gemessen, kühl und bedeutungsschwer. Der Bürgerkrieg, verkündete er, sei nun ausgelöscht. Die außerordentlichen Vollmachten, die man ihm verliehen habe – zwar in Übereinstimmung aller Beteiligten, aber dennoch gegen die Verfassung –, konnten nicht länger gerechtfertigt werden. Seine Mission war erfüllt, die Republik war gerettet, und so war nun endlich, nach der schlimmsten und erschütterndsten Krise in ihrer Geschichte, die Zeit gekommen, sie an die zurückzugeben, denen sie gehörte: an den Senat und das Volk von Rom.

Als er sich wieder setzte, schwoll das Gemurmel der Unzufriedenheit immer weiter an. Die führenden Männer des Senats begannen zu protestieren. Warum wollte Caesar, nachdem er das römische Volk vor dem sonst sicheren Untergang gerettet hatte, sie jetzt im Stich lassen? Gewiss, er habe die Wiederherstellung der verfassungsmäßigen Ordnung angekündigt, und der Senat sei aufrichtig dankbar dafür. Aber warum solle der Umstand, dass die Traditionen der Republik wieder zur Blüte gekommen seien, auch bedeuten, dass Caesar seine Tätigkeit als Wächter über den Staat aufgeben müsse? Wolle er sein Volk zu ewiger Anarchie und ewigem Bürgerkrieg verurteilen? Denn das würde ohne ihn mit Sicherheit ihr Schicksal sein!

Würde er daher, statt die Republik ihrem Verderben zu überlassen, vielleicht einen Gegenvorschlag hören wollen? Caesar habe jede seiner Handlungen oder Ehrenstellungen, die der Verfassung widersprachen, für ungesetzlich erklärt; nun gut, dann solle man ihm doch, wie jedem anderen Konsul, eine Provinz zuteilen. Sicher: eine Provinz, die zwanzig oder mehr Legionen mit sich bringe und Spanien, Gallien, Syrien, Zypern und Ägypten einschlösse, aber dennoch nichts anderes als eine Provinz. Und man solle sie ihm für zehn Jahre übertragen, das sei schließlich keine beispiellos lange Zeit – hatte nicht Caesars Vater, der große Julius, das Amt in Gallien ein Jahrzehnt lang ausgeübt? Da gäbe es nichts, das die Tradition verletze. Die Republik würde weiter in Blüte stehen und Caesar würde seiner Verantwortung gegenüber Rom gerecht werden, und die Götter würden beidem lächelnd zustimmen. Durch den ganzen Senat ging ein Aufschrei der Zustimmung.

Wer war Octavian, dass er sich einem solchen Appell widersetzen konnte? Die Republik brauchte ihn und daher verkündete er voller Anmut, dass er bereit sei, die Bürde zu übernehmen, wie es seine Pflicht als Bürger sei. Die Dankbarkeit des Senats kannte keine Grenzen. Ein so gewaltiger Großmut wie der Caesars verdiente außerordentliche Ehren. Diese wurden ihm sofort verliehen. Man beschloss, dass Lorbeer um die Pfosten der Tür seines Hauses gewunden und eine Bürgerkrone über ihr angebracht werden solle. Im Senat sei ein goldenes Schild anzubringen, auf dem seine hervorragenden Eigenschaften des Muts, der Gnade, der Gerechtigkeit und des Pflichtbewusstseins verzeichnet waren – alles zeiterprobte römische Tugenden. Und dann gab es noch eine weitere Ehrung, die so völlig neu und unübertrefflich war, wie es ihm gebührte. Man beschloss, dass Caesar von nun an »Augustus« genannt werden solle.

Das war für den als Gaius Octavius geborenen Mann der Höhepunkt einer langen Karriere, in der er viele beeindruckende Namen gesammelt hatte. Caesar im Alter von neunzehn Jahren, hatte er zwei Jahre später einen weiteren Schritt getan, als er nach der offiziellen Vergöttlichung seines Adoptivvaters begonnen hatte, sich »Divi filius« zu nennen – »Sohn eines Gottes«. So außerordentlich dieser Name auch war, er hatte doch offensichtlich die Zustimmung der Götter gefunden, denn die Laufbahn des Caesar Divi filius war unablässig mit Erfolg gesegnet. Jetzt würde er als »Augustus« sogar noch mehr aus dem Kreis der gewöhnlichen Sterblichen hervorgehoben werden. Der Titel würde ihn wie ein Schleier mit einer Aura überirdischer Macht umgeben. Es war ein Titel, »der ihn seiner Ansicht nach über Menschenmaß hinaushob, denn die kostbarsten und heiligsten Gegenstände werden allesamt mit ›augusta‹ bezeichnet.«[25]

Das schloss Rom selbst ein. Ein berühmter Satz, den jeder Bürger in Erinnerung hatte, versicherte, die Stadt sei mit »augusto augurio« gegründet worden, mit dem »erhabenen Zuspruch der Auguren«,[26] und jetzt hatte Octavian, indem er Augustus wurde, diesen Satz auf sich selbst bezogen. Rom neu zu gründen, war sein höchster Lebenszweck, und jedes Mal, wenn seine Mitbürger seinen Namen aussprachen, würden sie daran erinnert werden. Die kunstvolle, fast unterbewusste Art einer solchen Gedankenverbindung war aufs Genaueste kalkuliert, denn so verführerisch Octavian auch der näher liegende Name des »Romulus« erschienen war, er hatte ihn verworfen: Der Gründer Roms war ein König gewesen und hatte seinen Bruder getötet, und das waren beides umpassende Einzelheiten. Jetzt, da Octavian die allerhöchste Macht in Händen hielt, war alles zu unterdrücken, was die Erinnerung daran wecken könnte, wie er sie gewonnen hatte. Achtzig Silberstatuen, deren Aufstellung ein unterwürfiger Senat im Lauf des vorangegangenen Jahrzehnts zu seinen Ehren beschlossen hatte, waren bereits eingeschmolzen worden. In den offiziellen Erinnerungen an seine Laufbahn waren die Jahre zwischen Philippi und Actium ausgelassen. Und am wichtigsten war natürlich, dass der Name »Octavian« selbst in tiefster Vergessenheit begraben wurde. Augustus Caesar verstand die Bedeutung eines neuen Markennamens voll und ganz.

Er verstand das, weil er das römische Volk selbst verstand. Augustus hatte seine tiefsten Träume und Sehnsüchte geteilt. Das war es am Ende, was ihn die Welt hatte gewinnen lassen. Als letzter und größter der starken Männer der Republik hatte er mit den gnadenlosen Augen eines Pathologen das Geschwür erkannt, das die höchsten Ideale der Republik zerfraß, und er hatte nie aufgehört, diese Kenntnis zu nutzen. »Kämpfe immer tapfer und sei stärker als die anderen«, hatte Poseidonios seinerzeit Pompeius ermahnt, indem er Homer als untadelige Quelle zitierte. Aber das Zeitalter der Heroen war vorbei, und der Wille, tapfer zu kämpfen und stärker zu sein als die anderen, konnte jetzt den Untergang Roms nach sich ziehen. Das Risiko war so hoch geworden, die dem Ehrgeiz zur Verfügung stehenden Mittel waren so gewaltig, ihr möglicher Einsatz so verheerend und tödlich, dass sie die Republik und sein ganzes Reich an den Rand seiner Existenz gebracht hatten. Rom war nicht länger eine Gemeinschaft von Bürgern, die durch gemeinsame Voraussetzungen und Grenzen geeint wurden, sondern ein anarchisches Gefüge von Kopfjägern, in dem nur die Grausamen und die Brudermörder auf ein Fortkommen hoffen konnten. Das waren die Jagdgründe, in die sich der gerade erst neunzehnjährige Octavian begeben hatte, und es konnte kein Zweifel bestehen, dass es von Anfang an sein Ziel war, die Herrschaft über den Staat zu erobern. Aber nachdem er das erreicht hatte, und seine Rivalen entweder tot oder gezähmt waren und sein Volk erschöpft, hatte er sich als Nächstes einer bedeutenden Entscheidung gegenübergesehen. Er konnte entweder fortfahren, die Traditionen der Vergangenheit seiner Stadt mit Füßen zu treten und die Macht mit der nackten Gewalt des Schwertes auszuüben, sei es als Militärherrscher wie sein Vater oder als Gott wie Antonius, oder er konnte sich als der Erbe der Tradition darstellen. Als er »Augustus« wurde, gab er zu verstehen, welche Wahl er getroffen hatte. Er würde nicht gegen den Geist der Republik regieren, sondern mit ihm. Er würde seine Landsleute eine uralte Lektion lehren: dass der Ehrgeiz, wenn er nicht im Interesse des Gemeinwohls verfolgt wurde, ein Verbrechen sein könne. Er selbst, der »beste Beschützer des Romulusvolks«,[27] würde die Ideale der Bürgerschaft von neuem aufleben lassen, sodass sie sich nie wieder selbst maßlos überbieten und in wildes Chaos und Bürgerkrieg ausarten würden.

Das war natürlich eine Hyprokrisie von olympischen Ausmaßen, aber das Volk des Romulus war nicht mehr in der Verfassung, sich darüber besonders aufzuregen. Die Bürger hielten inzwischen ihr Verderben für unabwendbar.

Fluch der Zeit, wie sinken wir Tag um Tag!
Von Vätern, selbst schon schlechter als einst der Ahn,
sind wir entstammt, um, wieder schlimmer,
Ein noch verderbter Geschlecht zu zeugen.[28]

Das war ein Pessimismus, der aus mehr als nur Kriegsmüdigkeit geboren war. Die alte Sicherheit darüber, was es bedeutete, ein Römer zu sein, war vergiftet worden, und ein verwirrtes und erschrecktes Volk verzweifelte an dem, was es einst miteinander verbunden hatte: der Ehre, ihrer Liebe zum Ruhm, ihrer militärischen Tatkraft. Die Freiheit hatte sie betrogen. Die Republik hatte ihre Freiheitlichkeit verloren, aber was schlimmer war, sie hatte ihre Seele verloren. Das befürchteten die Römer wenigstens.

Die Herausforderung und die große Chance für Augustus war, sie vom Gegenteil zu überzeugen. Wenn das gelang, würden die Fundamente seines Regimes sicher stehen. Ein Bürger, der seinen Mitbürgern nicht nur den Frieden zurückgeben konnte, sondern auch ihr Brauchtum, ihre Vergangenheit und ihren Stolz, würde tatsächlich den Rang eines erhabenen Mannes, eines *augustus,* verdienen. Aber er konnte das nicht einfach durch Gesetzgebung erreichen, »denn was helfen Gesetze, hohl ohne der Sitte Gebot«.[29] Dekrete allein würden die Republik nicht wieder aufrichten. Das konnte allein das römische Volk, indem es sich der Bemühungen des Augustus würdig erwies – und darin lag die Genialität und Größe seiner Politik. Die neue Zeit konnte als eine moralische Herausforderung von derselben Art wie andere hingestellt werden, denen die Römer in der Vergangenheit so oft gegenübergestanden hatten, um sie im Triumph zu überwinden. Indem Augustus keine höhere Stellung verlangte, als ihm aufgrund seiner Leistungen und seines Ansehens zustand, rief er seine Landsleute dazu auf, die heroische Aufgabe der Wiederbelebung der Republik mit ihm zu teilen. Kurz, er ermutigte sie, sich wieder wie Bürger zu fühlen.

Das Programm wurde, wie es üblich war, mit dem Gold der Besiegten finanziert. Die Verwirklichung von Augustus' Träumen sollte in passender Weise aus dem Untergang Kleopatras bezahlt werden. Im Jahr 29 v. Chr. war Octavian mit dem sagenhaften Schatz der Ptolemäer in den Laderäumen seiner Schiffe aus dem Osten nach Rom zurückgekehrt, und er hatte sofort begonnen, ihn auszugeben. Breite Landstriche sowohl in Italien als auch in den Provinzen wurden aufgekauft, sodass Augustus nie wieder die schrecklichen Verbrechen seiner Jugend begehen musste: Nie wieder würde er Veteranen auf beschlagnahmtem Landbesitz ansiedeln. Nichts hatte zu mehr Elend und Vertreibung geführt, und nichts hatte das Selbstbewusstsein der Römer stärker getroffen. Jetzt bemühte sich Augustus mit enormen Kosten, diese Fehler wieder gutzumachen. »Die Sicherheit der Besitzrechte eines jeden Bürgers« war ein gleich bleibendes Schlagwort des neuen Regimes, und es trug viel zu seiner weit verbreiteten Popularität bei. Für die Römer war die Sicherheit des Landbesitzes ebenso eine moralische wie eine soziale oder wirtschaftliche Frage. Diejenigen, die von der Rückkehr dieser Sicherheit profitierten, sahen darin den Beginn eines wahrhaft neuen Goldenen Zeitalters und begrüßten das als solches: »Die Äcker fanden wieder Pflege, die Heiligtümer wurden geehrt, die Menschen genossen Ruhe und Frieden und waren sicher im Besitz ihres Eigentums«.[30]

Doch dieses Goldene Zeitalter würde denen, die es genossen, Pflichten auferlegen. Anders als das von Vergil beschrieben Utopia würde es nicht ein Paradis frei von Mühsal und Gefahren sein. Das wäre kaum dienlich, um widerstandsfähige Bürger hervorzubringen. Augustus hatte den Schatz der Ptolemäer nicht ausgegeben, um seine Landsleute einfach zu ermutigen, wie verweichlichte Orientalen herumzulungern. Seine Vorstellung war vielmehr dieselbe, die alle römischen Erneuerer gehabt hatten: Die rauen Tugenden der alten Bauernschaft sollten erneuert und die Republik zurück zu den Ursprüngen gebracht werden. Damit traf er einen tiefen Seelenstrang, denn das war der ursprüngliche Sinn römischer Mythen: Es gab zwar die Sehnsucht nach einer altehrwürdigen Vergangenheit, aber zugleich war da ein harter und unsentimentaler Geist, der genau der war, der Generationen stahlharter Bürger geprägt und die Feldzeichen der Republik bis ans Ende der Welt getragen hatte. »In allem bewährte sich siegreich arge Mühsal und, drängend im harten Dasein, das Darben.«[31] Das hatte Vergil geschrieben, während Octavian im Osten Kleopatra besiegt und die Bürgerkriege zu einem Ende gebracht hatte. Es gab nun keine Visionen von einem mühelosen Paradies mehr, sondern etwas, das zwar ungewisser und herausfordernder war, sich vom römischen Standpunkt her aber lohnte. Ehre war in der Republik nie Selbstzweck gewesen, sondern nur das Mittel zur Erreichung eines beliebigen Zieles. Und was für seine Bürger galt, galt natürlich auch für Rom selbst. Kampf und Widerstand gegen das Verderben waren ihr Lebenselement gewesen. Für die Generation, die die Bürgerkriege durchlebt hatte, war das ein Trost, den ihnen die Geschichte gewährte. Aus Unheil konnte Größe entstehen; aus Verlust die Erneuerung einer bürgerlichen Ordnung.

Wer sonst war Caesar Augustus denn als der Erbe eines Flüchtlings? Lange bevor es eine Stadt Rom gegeben hatte, war der Prinz Aeneas, der Enkel der Venus und Ahnherr des Hauses der Julier aus dem brennenden Troja geflohen und mit seiner kleinen Flotte nach Italien gefahren, um dort, wie ihm Jupiter aufgegeben hatte, einen neuen Anfang zu machen. Aus Aeneas und seinen trojanischen Gefährten waren dann die Römer hervorgegangen, und in ihrer Seele hatten sie, wie man sich vorstellte, noch etwas von dem Wanderer bewahrt. Sich nicht mit dem zufrieden zu geben, was sie hatten, sondern immer nach mehr zu streben und dafür zu kämpfen – das war die Bestimmung der Bürger gewesen, und das war es, was Augustus und seiner Mission einen von den Zeitläufen geheiligten Glanz verlieh.

In den Ursprüngen der Römer lag auch ihr Ende. In demselben Jahr 29 v. Chr., in dem Augustus aus dem Osten zurückgekehrt war, um sein Programm voranzutreiben, begann Vergil sein Gedicht über Aeneas zu schreiben. Dieses Werk sollte das große Epos des römischen Volkes werden und war zugleich eine Erforschung seiner ursprünglichsten Wurzeln und seiner gerade erst zurückliegenden Geschichte. Wie Gespenster verfolgen berühmte Namen der Zukunft die Vision des trojanischen Helden: Caesar Augustus natürlich, »der Spross des Göttlichen, der Goldene Weltzeiten wiederbringt«,[32] aber auch andere wie Catilina, »in zitternder Angst vor der Furien Antlitz«, und Cato, Gesetzgeber der Gerechten.[33] Als Aeneas nach dem

Schiffbruch vor der Küste Afrikas seine ihm vom Gott bestimmten Pflichten gegenüber Roms Zukunft vernachlässigt und stattdessen seine Zeit mit Dido, der Königin Karthagos, verbringt, wird der Leser beunruhigend an seine Kenntnis dessen erinnert, was den Nachfahren der Trojaner Julius Caesar und Antonius widerfahren wird; das Bild Karthagos vermischt sich mit dem Alexandrias, und Dido mit Kleopatra, einer zweiten Unheil bringenden Königin. Was gewesen ist und was kommen wird, wirft gegenseitig seinen Schatten aufeinander, trifft sich, vereint sich und trennt sich von neuem. Als Aeneas den Tiber aufwärts segelt, weidet Vieh auf dem Feld, das tausend Jahre später der Platz des Forums im Rom des Augustus sein wird.

Für die Römer selbst, die trotz aller Umwälzungen der wiederholten Bürgerkriege ein konservatives Volk blieben, war nichts Überraschendes an der Feststellung, dass die Vergangenheit die Zukunft überschatten könne. Die einzigartige Errungenschaft des Augustus war aber seine glänzende Fähigkeit, sich beide zu Diensten zu machen. Sein Anspruch, den Römern ihre verlorene moralische Größe wiedergeben zu wollen, sprach bei ihnen tiefe Gefühle und Vorstellungen an, die in ihrer vollkommensten Ausprägung einen Vergil anregen und aus ihrer Landschaft wieder einen heiligen und von Mythen durchzogenen Ort machen konnten. Aber diese Sehnsüchte dienten auch anderen, programmatischeren Zielen. Sie ermutigten zum Beispiel Veteranen, auf ihren Höfen zu bleiben und nicht immer weiter nach Rom zu strömen, sondern mit ihrem Los zufrieden zu sein und ihre Schwerter auf den Dachböden und in ihren Scheunen verrosten zu lassen. Und über die riesigen Landflächen, die weiter in Händen der landwirtschaftlichen Großproduktion blieben und von aneinander geketteten Sklaven bewirtschaftet wurden, breitete man einen aus Fantasie gewobenen Schleier.

Glücklich, wer fern von Geschäften
wie das erste Geschlecht der Sterblichen
die väterlichen Felder mit eigenen Rindern pflügt
und frei von allem Wucher ist;
ihn weckt kein fürchterlicher Lärm der Trompeten zur Schlacht,
ihn schreckt kein erzürntes Meer.[34]

Das schrieb Vergils Freund Horaz mit feiner Ironie, denn er wusste ganz genau, dass seine Vision des guten Lebens wenig mit der Realität des Landlebens zu tun hatte. Doch das machte es nicht weniger kostbar für ihn. Horaz hatte in den Bürgerkriegen auf der Seite der Verlierer gekämpft, war wenig ruhmreich bei Philippi entkommen und nach Italien zurückgekehrt, um zu entdecken, dass das Landgut seines Vaters enteignet worden war. Wie seine politischen Anhänglichkeiten waren seine Träume von einer bescheidenen Villa und einem erdverbundenen Leben aus der Sehnsucht nach der Vergangenheit geboren, wie selbstironisch auch immer er sich dazu äußerte. Augustus, der die Ausfälle des jugendlichen Horaz gegen ihn dem Dichter nicht zum Vorwurf machte, bot ihm seine Freundschaft an und investierte in seine Träume. Selbst während das neue Regime noch riesige Landgüter unterlegener Parteigänger des Antonius an seine eigenen Anhänger verteilte, verhalf er auch Horaz zu einem idyllischen Leben außerhalb Roms mit Garten, Brunnen und einem kleinen Wald. Horaz war zu fein und zu unabhängig, als dass man ihn als Sprachrohr kaufen konnte, doch grobe Propaganda war es sicher auch nicht, die Augustus von ihm oder von Vergil wollte. Über Generationen hatten die führenden Bürger Roms sich in dem quälenden Zwang befunden, zwischen ihren eigenen Interessen und traditionellen Idealen wählen zu müssen. Augustus mit seiner außerordentlichen Begabung für die Quadratur des Kreises hatte sich auch hier ganz einfach zum Meister von beiden gemacht.

Das konnte er tun, weil er sich, wie jeder außerordentliche Darsteller, die Rollen aussuchen konnte, die er spielen wollte. Nur die Realität durfte nicht anerkannt werden: Augustus hatte keinerlei Bedarf, sich am Ende ermordet auf dem Boden des Senats wiederzufinden. Stattdessen hüllte er sich mit der bereitwilligen Unterstützung seiner Mitbürger, die davor zurückschreckten, der Wahrheit ins Gesicht zu blicken, in die Kleider, die er aus der alten Rumpelkammer der Republik hervorkramte, wies jede Magistratur, die nicht durch das Beispiel der Vergangenheit gerechtfertigt war, zurück und bekleidete häufig gar kein Amt. Autorität und nicht das Amt war es, was zählte: Es ging um diese geheimnisvolle Qualität, die Catulus oder Cato ihr Ansehen verliehen hatte. Von Cato hatte Cicero einst anerkennend gesagt, dass er »durch seine Lauterkeit auf der ganzen Welt der Erste« gewesen sei.[35] »Der erste Bürger« – *princeps:* Augustus ließ verbreiten, dass er keinen stolzeren Titel für sich wünschte. Der Sohn des Julius Caesar sollte auch als der Erbe Catos angesehen werden.

Und das gelang ihm tatsächlich. Es war nicht erstaunlich, dass Augustus sich seiner Fähigkeiten als Schauspieler rühmte. Nur ein Mann mit höchster Begabung zur Verstellung konnte so unterschiedliche Rollen mit so viel Feinheit und so viel Erfolg gespielt haben. Auf seinem Siegelring trug der *princeps* das Bild einer Sphinx, und sein ganzes Leben lang gab er seinen Mitbürgern ein Rätsel auf. Die Römer waren an Männer gewöhnt, die sich mit ihrer Macht brüsteten und in der Pracht und dem Glanz ihrer Größe frohlockten, aber Augustus war anders. Je fester sein Zugriff auf den Staat wurde, desto weniger trug er ihn zur Schau. Widersprüchlichkeit hatte die Republik natürlich schon immer gekennzeichnet, und Augustus, der in ihr Herz zu dringen suchte, nahm wie ein Chamäleon dieselben Eigenschaften an. Die Ungewissheiten und Feinheiten des politischen Lebens der Bürger, seine Zweideutigkeiten und Spannungen, fanden sich alle im Rätsel seines eigenen Charakters und seiner Rolle wieder. Es war, als ob er in einem alles übertreffenden Widersinn am Ende selbst zur Republik geworden sei.

Während seiner letzten Krankheit fragte Augustus, der inzwischen ein in Ehren ergrauter Fünfundsiebziger war, seine Freunde, ob er das »Possenspiel des Lebens« gut gespielt habe.[36] Er hatte die alles überragende Macht mehr als vierzig Jahre lang innegehabt; in all diesen Jahren hatte er Rom, und damit die Welt, vor Bürgerkrieg bewahrt; er hatte keinen anderen Rang für sich beansprucht, der nicht vom Gesetz bestätigt worden war; er hatte seine Legionen nicht in seiner Nähe stationiert, sondern weit entfernt an den Grenzen der Barbarenländer in Wäldern oder Wüsten; am Ende starb er nicht durch Dolchstöße und nicht zu Füßen der Statue eines Feindes, sondern friedlich in seinem Bett: All das waren erstaunliche Nachrichten, was das Leben eines Bürgers anging. Man konnte sehr wohl der Meinung sein, dass Augustus eine gute Vorstellung gegeben hatte. Schließlich hatte er dafür gesorgt, dass er der einzige Star in der Stadt war.

Er starb im Sommer des Jahres 14 n. Chr. in Nola – derselben Stadt, von der aus Sulla ein Jahrhundert zuvor seinen schicksalhaften Marsch auf Rom begonnen hatte. Der Leichnam des Augustus wur-

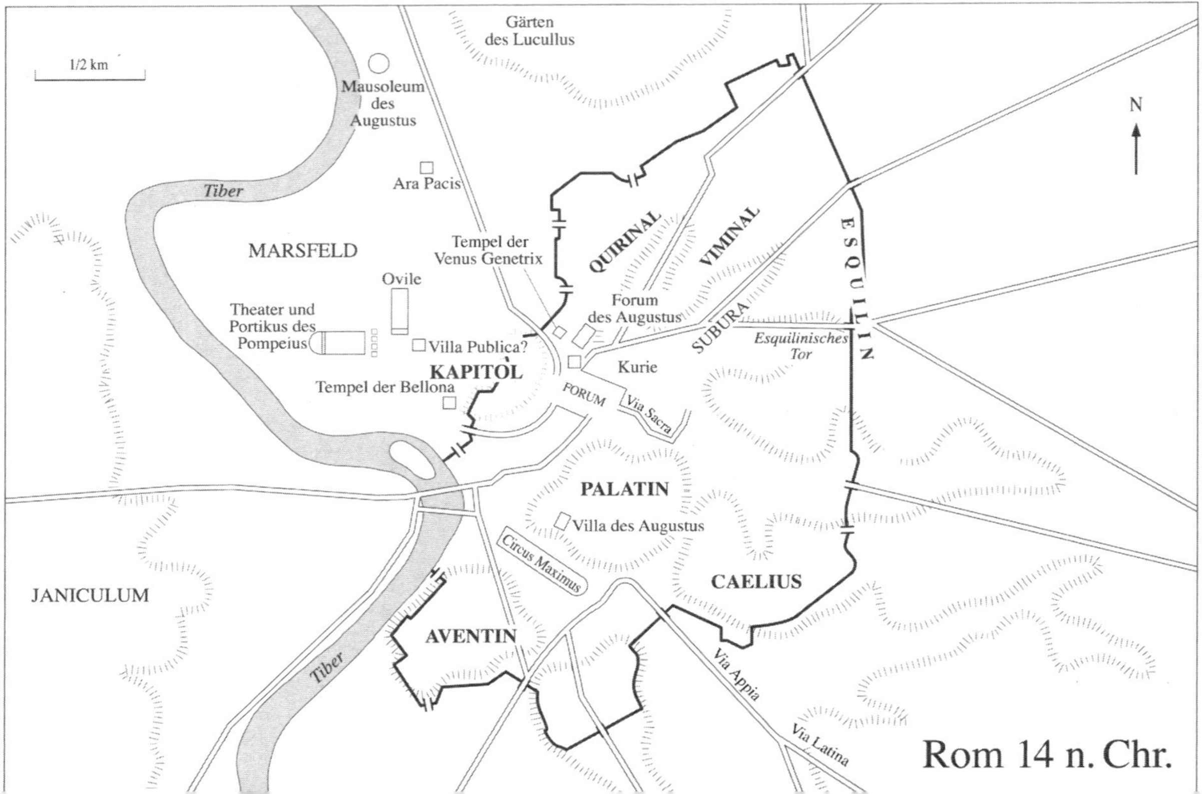
Rom 14 n. Chr.
N
1/2 km
Gärten des Lucullus
Mausoleum des Augustus
Ara Pacis
Tiber
MARSFELD
Tempel der Venus Genetrix
Ovile
Theater und Portikus des Pompeius
Villa Publica?
KAPITOL
Tempel der Bellona
QUIRINAL
VIMINAL
ESQUILIN
Forum des Augustus
SUBURA
Esquilinisches Tor
Kurie
FORUM
Via Sacra
PALATIN
Villa des Augustus
Circus Maximus
CAELIUS
JANICULUM
AVENTIN
Via Appia
Via Latina

de, um der Verwesung entgegenzutreten, in einem nächtlichen Zug von Senatoren zurück in die Hauptstadt begleitet und wurde dann, wie einst Sulla, auf dem Marsfeld auf einem gewaltigen Scheiterhaufen verbrannt. Wenn der Geist des alten Diktators noch über die Ebene schweben sollte, hätte er den Ort dramatisch verändert gefunden im Vergleich mit dem, was er zu Lebzeiten gekannt hatte. Die Asche des Caesar Augustus wurde ehrfürchtig von dem rauchenden Scheiterhaufen zur letzten Ruhe in sein Mausoleum getragen. Das war ein so gewaltiger Grabbau, dass er mit einem eigenen öffentlichen Park umgeben worden war. Sowohl seine Ausmaße, sagte man, wie seine runde Anlage seien durch das Grab Alexanders des Großen angeregt worden. Das Marsfeld, einst das Übungsgelände der jungen Römer, war jetzt ein einziges riesiges Denkmal für die großen Tugenden des *princeps* geworden: für seine Großzügigkeit, denn gegen Süden konnte man immer noch das Theater des Pompeius erkennen, und der Name und die Siegestrophäen des ärgsten Feindes Caesars waren durch die Gnade seines Sohnes erhalten geblieben. Für seine Güte, denn dort, wo die Bürger einst zusammengekommen waren, um sich im Waffengebrauch zu üben, und zum Krieg zusammengerufen wurden, stand jetzt der Friedensaltar. Und für seine Wohltätigkeit, denn größer als selbst das Theater des Pompeius erstreckten sich dort eine ganze Meile lang gleißende Säulenhallen und bildeten einen Komplex, der seit seiner Fertigstellung im Jahr 26 v. Chr. schnell zu Roms hauptsächlichem Vergnügungsort geworden war, an dem Augustus selbst einige der verschwenderischsten Schauspiele hatte veranstalten lassen, die man je in der Stadt gesehen hatte. Offiziell war das die Halle für die Wahlen, der Ovile: eine extravagante Verwandlung der alten Holzzäune in marmorne Pracht. Aber die Säulenhalle wurde nur selten für Wahlen benutzt. Wo das römische Volk sich einst versammelt hatte, um seine Beamten zu wählen, kämpften stattdessen jetzt Gladiatoren und wurden seltsame Ungeheuer ausgestellt, wie zum Beispiel fast dreißig Meter lange gewaltige Schlangen. Und wenn es keine Veranstaltungen gab, konnten die Bürger immer dort spazieren gehen und luxuriöse Einkäufe erledigen.

Die Republik war schon lange tot, und jetzt kam sie auch aus der Mode. »Einst herrschte rohe Schlichtheit, doch jetzt ist Rom golden, besitzt jetzt riesige Schätze, die die bezwungene Welt ihm gab.«[37]

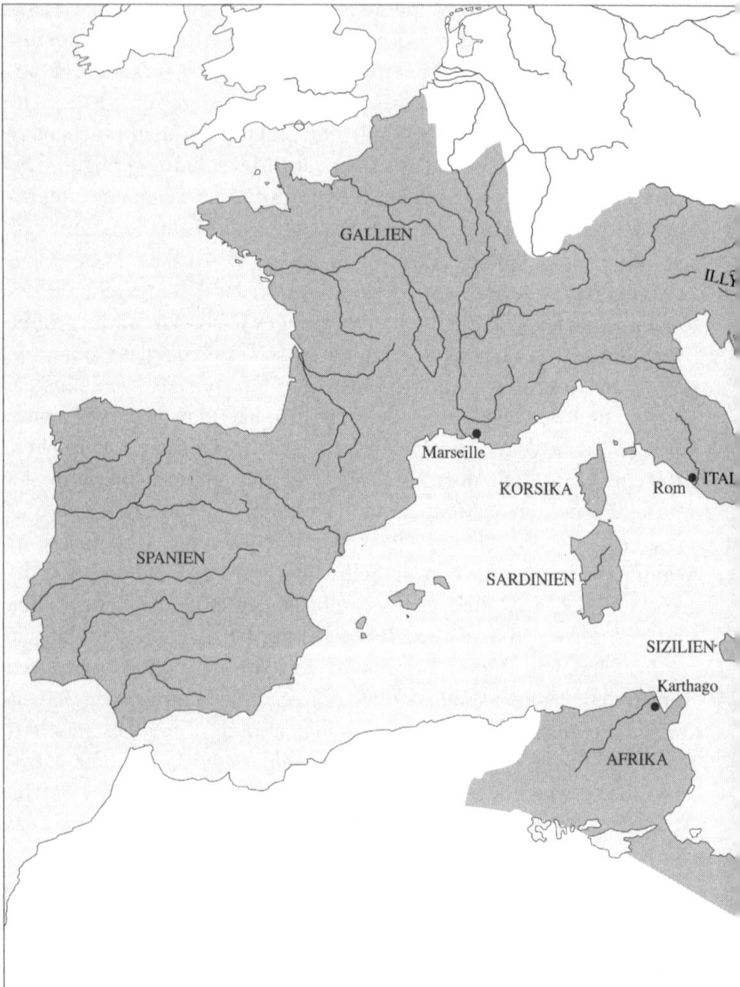

Das Römische Reich 14 n. Chr.

ARMENIEN
BITHYNIEN
PONTUS
KAPPADOKIEN
KOMMAGENE
THRAKIEN
ASIA
GALATIEN
MAKEDONIEN
CILICIEN
SYRIEN
PARTHIEN
Actium
RHODOS
ZYPERN
GRIECHENLAND
KRETA
Mittelmeer
Alexandria
ÄGYPTEN
KYRENE
Dunkel gezeichnete Gebiete
wurden direkt von den Römern verwaltet

Größe mochte die Römer ihre Freiheit gekostet haben, aber sie hatte ihnen die Welt geschenkt. Unter Augustus hatten die Legionen weiter alle militärischen Fähigkeiten gezeigt wie früher, indem sie die Grenzen des Reiches noch erweitert und Barbaren getötet hatten, aber für den städtischen Konsumenten auf dem Campus Martius war das nur noch weit entfernter Lärm. Krieg störte sein tägliches Leben nicht mehr. Und ebenso wenig störte ihn Moral, oder Pflicht, oder die Vergangenheit. Und noch nicht einmal Warnungen des Himmels brachten ihn aus der Ruhe. »Zeichen des Himmels«, so wunderte sich ein zeitgenössischer Geschichtsschreiber, »werden heute nicht mehr der Öffentlichkeit mitgeteilt, und es werden auch keine mehr in den Geschichtswerken aufgezeichnet«.[38] Aber dafür gab es eine nahe liegende Erklärung, die sich von selbst verstand: Die Götter, die das Schauspiel der Muße und des Friedens betrachteten, das Rom inzwischen bot, hatten offensichtlich entschieden, dass sie dazu nichts mehr zu sagen hatten.

»Einem zu freien Volk bringt die Freiheit selbst Sklaverei«,[39] war das bedauernde Urteil Ciceros gewesen. Wer wollte leugnen, dass seine Generation, die die letzte einer freien Republik war, dieses Urteil gerechtfertigt hatte? Aber was war die Frucht der Sklaverei? Das sollten eine neue Generation und ein neues Zeitalter erweisen.

DANKSAGUNG

Vielen schulde ich Dank für Ihre Hilfe, die sie mir während der Arbeit an diesem Buch gewährt haben. Allen voran will ich meine Verleger nennen, Richard Beswick und Stephen Guise in London und Bill Thomas und Gerry Howard in New York. Dann gilt mein Dank jenem besten aller Agenten und treuesten aller Freunde, Patrick Walsh. Jamie Muir hat das Manuskript als erster ganz gelesen, und ich danke ihm für seine unerschütterliche Freundschaft, Ermutigung und Hilfe. Caroline Muir hat mir immer geholfen, wenn ich an meiner Fähigkeit als verlässlicher Familienvater zweifelte. Mary Beard hat mich vor mehr Irrtümern und Fehlern bewahrt, als ich aufzählen kann und mag. Catherine Edwards hat dasselbe getan. Lizzie Speller, die ebenso von Pompeius' Stirnlocke fasziniert war wie ich, möchte ich für alle die Gespräche und ihre Unterstützung danken. Allen an der British School in Rom danke ich für ihre Hilfe, und besonders Hilary Bell, die sich nicht (oder doch kaum) beschwert hat, wenn ich sie in noch eine Münzsammlung geschleppt habe. Dank schulde ich den Bibliothekaren der London Library und der Society for the Promotion of Roman Studies. Arthur Jarvis und Michael Symonds bin ich dafür verpflichtet, dass sie mich zuerst in die Geschichte der Späten Römischen Republik eingeführt haben. Den größten Dank aber schulde ich meiner Frau und meiner Tochter, Sadie und Katy, die mich auf den Boden der Realität zurückgeholt haben, wenn es schien, dass ich nur noch für die Römer Zeit hatte: *ita sum ab omnibus destitutus ut tantum requietis habeam quantum cum uxore et filiola consumitur.*

ANHANG

ANMERKUNGEN

Vorwort

1 Thomas Hobbes, *Leviathan* Kap. 29
2 *Hitlers Tischgespräche im Führerhauptquartier,* hrsg. v. H. Picker, Stuttgart 1976, S. 58
3 In einer Rezension zu dem Buch von L. Hughes-Hallett, *Cleopatra: Histories, Dreams and Distortions* in der »New York Times« (1990)
4 Niccolò Macchiavelli, *Vom Staate oder Betrachtungen über die ersten zehn Bücher des Titus Livius* 3, 43
5 4. Akt, 2. Szene, Übs. Schlegel/Tieck
6 Sallust, *Über die Verschwörung des Catilina* 8
7 Velleius Paterculus 2, 36

1 Die widersprüchliche Republik

1 Polybius 6, 56
2 Cicero, *Rede über das Gesetz des Manilius* 7
3 Polybius 10, 15
4 Annius, zitiert bei Cicero, *Rede über das Ackergesetz* 2, 96
5 Livius 40, 5
6 Cicero, *Rede über das Ackergesetz* 2, 96
7 Vitruv 6, 1, 10
8 Vgl. vor allem Cicero, *Vom Gemeinwesen* 2, 10–11
9 Vgl. P. Brunt, *Italian Manpower*, S. 618
10 Horaz, *Oden* 3, 29, 12
11 Dionys von Halikarnass, *Römische Altertümer* 3, 43
12 Horaz, *Briefe* 2, 2, 72–75
13 Strabon 5, 3, 8
14 Publilius Syrus 31
15 Livius 3, 15
16 Sallust, *Über die Verschwörung des Catilina* 1, 7
17 Polybius 6, 11
18 Cicero, *Rede für Plancius* 11
19 Cicero, *Rede für Murena* 36

2 Der Fluch der Sibylle

1 *Sibyllinische Orakel* 3, 464–469
2 *Sibyllinische Orakel* 3, 175–180
3 *Sibyllinische Orakel* 3, 184–188
4 *Sibyllinische Orakel* 3, 182–183
5 Appian, *Punische Kriege* 132
6 E. Badian, *Publicans and Sinners,* S. 63, vertritt die Meinung, die *publicani* wären bereits im Jahr 131 in Pergamon tätig gewesen. Eine begründete Zurückweisung dieser Ansicht bei E. Gruen, *The Hellenistic World and the Coming of Rome,* S. 606–608.
7 1. Buch der Makkabäer 8, 3
8 Vgl. J. D. Hughes, *Pan's Travail,* S. 127
9 Zum wachsenden Umfang der römischen Münzprägung in dieser Zeit vgl. K. Hopkins, *Journal of Roman Studies* 1980 und M. Crawford, *Coinage and Money Under the Roman Republic,* S. 173–181.
10 Die Angabe stammt von Valerius Maximus 9, 2. Man kann an diesen Zahlen aber gewisse Zweifel haben.
11 Sallust, *Historien* 4, Fragment 69M. Es ist unwahrscheinlich, dass dies tatsächlich Worte des Mithridates sind, aber sie sind trotzdem von größtem Wert als ein Hinweis darauf, wie die Römer die Vorurteile ihrer Feinde sahen.
12 Strabon 5, 4, 2
13 Diodor von Sizilien 37, 15
14 Das ist die Theorie von T. J. Luce, *Marius and the Mithridatic Command.* Für eine gegenteilige Ansicht s. B. C. McGing, *The Foreign Policy of Mithridates VI Eupator, King of Pontus.*

3 Glück bei den Frauen

1 Cicero, *Über die Pflichten* 1, 123
2 Plutarch, *Leben des Sulla* 8
3 Appian, *Bürgerkriege* 1, 57
4 Valerius Maximus 9, 7
5 Appian, *Bürgerkriege* 1, 60
6 Cicero, *Über die Gesetze* 1, 53
7 Livius 31, 44
8 Poseidonios, Fragment 36
9 Plutarch, *Leben des Sulla* 13

4 Rückkehr in die Heimat

1 Cicero, *Über die Pflichten* 1, 25
2 Valerius Maximus 6, 2
3 Velleius Paterculus 2, 27
4 Plutarch, *Leben des älteren Cato* 16
5 Valerius Maximus 2, 9

6 Plutarch, *Leben des Sulla* 30
7 Lukan 2, 220
8 Appian, *Bürgerkriege* 2, 95
9 Plutarch, *Leben des Sulla* 31
10 Sallust, *Über die Verschwörung des Catilina* 51, 34
11 Appian, *Bürgerkriege* 1, 99
12 Vgl. Cicero, *Über die Gesetze* 3, 23
13 Cicero, *Über das höchste Gut und das höchste Übel* 5, 2
14 Appian, *Bürgerkriege* 1, 103–104
15 Plutarch, *Leben des Sulla* 36
16 Cicero, *Briefe an Atticus* 9, 10
17 Appian, *Bürgerkriege* 1, 106

5 Der Drang zum Ruhm

1 Lukrez 5, 222–25
2 Cicero, *Über das höchste Gut und das höchste Übel* 5, 55
3 Cicero, *Gespräche in Tusculum* 1, 93
4 Cicero, *Über das höchste Gut und das höchste Übel* 5, 55
5 Tacitus, *Dialog über die Redner* 28
6 Polybius 6, 53
7 Sallust, *Der jugurthinische Krieg* 4, 5
8 Cicero, *Über die Pflichten* 1, 139
9 Sueton, *Leben des Divus Julius* 56
10 Plutarch, *Leben des Caesar* 4
11 Cicero, *Philippische Reden* 14, 17
12 Lukrez 2, 11–13
13 Cicero, *Reden gegen Verres* 2, 5, 180
14 Cicero, *Rede für Murena* 16
15 Vgl. dazu z. B. Cicero, *Rede für Plancius* 14–15.
16 Cicero, *Über den Redner* 1, 197
17 Cicero, *Rede für Murena* 29
18 Von Quintilian 6, 3, 28
19 Aulus Gellius, *Attische Nächte* 1, 5
20 Cicero, *Brutus* 313
21 Cicero, *Über die Pflichten* 1, 87
22 Poseidonios, Fragment 59
23 Cicero, *Brutus* 316
24 Cicero, *Rede für Plancius* 66
25 Cicero, *Reden gegen Verres* 1, 35
26 Cicero, *Reden gegen Verres* 1, 47
27 Cicero, *Reden gegen Verres* 2, 4, 47
28 Cicero, *Reden gegen Verres* 2, 3, 207
29 Quintus Cicero, *Notizen für die Bewerbung um ein Amt* 2. Die Identität des Verfassers ist heiß umstritten. Selbst wenn es sich um eine Fälschung han-

deln sollte, bleibt der Einblick, den die kleine Schrift *(Commentariolum)* in das Wahlverfahren der späten Republik und in die geistige Verfassung eines neuen Mannes und Wahlbewerbers gewährt, von unschätzbarer Bedeutung.

30 Cicero, *Reden gegen Verres* 2, 4, 69

31 Cicero, *Über die Pflichten* 1, 109. Die Beschreibung bezieht sich sowohl auf Sulla wie auf Crassus.

32 Plutarch, *Leben des Crassus* 7

33 Seneca, *Briefe* 2, 4

34 Plutarch, *Leben des Pompeius* 14

35 Cicero, *Gespräche in Tusculum* 2, 41

36 Sallust, *Historien* 3, Fragment 66 (A)

37 Publilius Syrus 337

38 Orosius 5, 24

39 Sallust, *Historien* 3, Fragment 66 (A)

40 Plutarch, *Leben des Crassus* 12

6 Ein Fest für die Aasgeier

1 Plutarch, *Leben des Lucullus* 11

2 Plutarch, *Leben des Lucullus* 27

3 Valerius Maximus 8, 14, 5

4 Cato, *Vom Landbau* Vorwort

5 Plutarch, *Leben des Tiberius Gracchus* 8

6 Plutarch, *Leben des Lucullus* 34

7 Plutarch, *Leben des Lucullus* 34

8 Appian, *Mithridates* 29

9 Cicero, *Über die Pflichten* 3, 107

10 Appian, *Mithridates* 93

11 Velleius Paterculus 2, 31

12 Cassius Dio 36, 24

13 Cassius Dio 36, 34

14 Strabon 11, 1, 6. Der Vers von Homer ist *Ilias* 6, 208.

15 Plinius der Ältere, *Naturgeschichte* 7, 99

7 Der Fluch des Wohllebens

1 Plutarch, *Leben des Lucullus* 41

2 Livius 39, 6

3 Varro, *Über die Landwirtschaft* 3, 17

4 Macrobius, *Saturnalia* 3, 15, 4

5 Varro, *Über die Landwirtschaft* 3, 17

6 Plutarch, *Leben des Lucullus* 41

7 Seneca, *Briefe* 95, 15

8 Das ist die wahrscheinlichste Erklärung für die Kontraktion im Familiennamen der Clodia (und des Clodius). Vgl. Tatum, *Patrician Tribune* S. 247 f.

9 So Caelius zu seiner eigenen Verteidigung im Prozess des Jahres 56 v. Chr.; das Zitat steht bei Quintilian 8, 6, 52. Wörtlich heißt es *coam* (ich will Beischlaf) im Speisesaal und *nolam* (ich will nicht) im Schlafzimmer.
10 Lukrez 4, 1268
11 Cicero, *Rede für Murena* 13
12 Cicero, *Über die Gesetze* 2, 39
13 Cicero, *Rede für Gallius* Fragment 1
14 Plutarch, *Leben des jüngeren Cato* 9
15 Plutarch, *Leben des jüngeren Cato* 17
16 Cicero, *Briefe an Atticus* 2, 1
17 Catull 58
18 Plutarch, *Leben des Caesar* 7
19 Sallust, *Über die Verschwörung des Catilina* 14
20 Cicero, *Über die Pflichten* 3, 75
21 Cicero, *Rede für Murena* 50
22 Plutarch, *Leben des Cicero* 14
23 Valerius Maximus 5, 8
24 Cicero, *Rede für Caelius* 14
25 Plutarch, *Leben des Cicero* 14
26 Cicero, *Briefe an Atticus* 1, 19
27 Sueton, *Leben des Divus Iulius* 52
28 Plutarch, *Leben des Caesar* 12
29 Plutarch, *Leben des Pompeius* 43
30 Cicero, *Briefe an Atticus* 1, 14
31 Cicero, *Briefe an Atticus* 1, 14
32 Cicero, *Briefe an Atticus* 1, 16

8 Das Triumvirat

1 Valerius Maximus 2, 4, 2
2 Plutarch, *Leben des Pompeius* 42
3 Cicero, *Rede für Murena* 31
4 Plutarch, *Leben des jüngeren Cato* 30
5 Cicero, *Briefe an Atticus* 1, 18
6 Cassius Dio 38, 3
7 Plutarch, *Leben des jüngeren Cato* 32
8 Appian, *Bürgerkriege* 2, 9
9 Cicero, *Briefe an Atticus* 2, 21
10 Cicero, *Briefe an Atticus* 2, 3
11 Plutarch, *Leben des Cicero* 29
12 Catull 58
13 Cicero, *Briefe an Atticus* 2, 15
14 Cicero, *Über die Antwort der Weissager* 46
15 Caesar, *Gallischer Krieg* 2, 1
16 Zitiert bei Strabon 17, 3, 4

17 Diodor von Sizilien 5, 26
18 Cicero, *Über das Gemeinwesen* 3, 16
19 Caesar, *Gallischer Krieg* 4, 2
20 Caesar, *Gallischer Krieg* 1, 1
21 Caesar, *Gallischer Krieg* 2, 35
22 Cicero, *Rede über die konsularischen Provinzen* 33
23 Plutarch, *Leben des Pompeius* 48
24 Cicero, *Rede über sein Haus* 75
25 Cicero, *Briefe an seinen Bruder Quintus* 2, 3
26 Cicero, *Briefe an seinen Bruder Quintus* 2, 3

9 Die Schwingen des Ikarus

1 Cicero, *Rede für Caelius* 49–50
2 Cicero, *Briefe an seine Freunde* 1, 7
3 Cicero, *Briefe an seine Freunde* 1, 9
4 Cicero, *Briefe an Atticus* 4, 8a
5 Cicero, *Über die Pflichten* 1, 26
6 Cicero, *Briefe an Atticus* 4, 13
7 Lukrez 2, 538
8 Plutarch, *Leben des Crassus* 17
9 Plutarch, *Leben des Crassus* 23
10 Caesar, *Gallischer Krieg* 3, 16
11 Caesar, *Gallischer Krieg* 4, 17
12 Cicero, *Briefe an Atticus* 4, 16
13 Goudineau, *César* S. 335
14 Caesar, *Gallischer Krieg* 8, 44
15 Caesar, *Gallischer Krieg* 7, 56
16 Plutarch, unter anderem *Leben des Caesar* 15
17 Vgl. etwa Goudineau, *César* S. 317–28.
18 Caesar, *Gallischer Krieg* 8, 44
19 Plutarch, *Leben des Pompeius* 12
20 Petron, *Das Gastmahl des Trimalchio* 119, 17–18
21 Cicero, *Rede gegen Piso* 65
22 Cicero, *Briefe an seine Freunde* 7, 1
23 Plinius der Ältere, *Naturgeschichte* 36, 41. Es ist auch möglich, dass die vierzehn eroberten Nationen um die Statue des Pompeius herum aufgestellt waren und nicht rund um das Theater. Der lateinische Text ist nicht eindeutig.
24 Plinius der Ältere, *Naturgeschichte* 8, 21
25 Cicero, *Briefe an Atticus* 4, 17
26 Asconius Pedianus 36 C
27 Plutarch, *Leben des Pompeius* 54
28 Cicero, *Rede für Milo* 79
29 Plinus der Ältere, *Naturgeschichte* 36, 117–118

30 Cicero, *Briefe an seine Freunde* 8, 7
31 Cicero, *Briefe an seine Freunde* 8, 1
32 Cicero, *Briefe an seine Freunde* 8, 8
33 Cicero, *Briefe an seine Freunde* 8, 6
34 Petron, *Das Gastmahl des Trimalchio* 119, 1–3
35 Plutarch, *Leben des Pompeius* 57
36 Cicero, *Briefe an seine Freunde* 8, 14
37 Cicero, *Briefe an seine Freunde* 2, 15
38 Appian, *Bürgerkriege* 2, 31

10 Der Weltkrieg

1 Cicero, *Briefe an Atticus* 7, 1
2 Lukan 1, 581. Das ist natürlich Dichtung, aber sie ist doch treffend in ihrer unheimlichen Atmosphäre.
3 Cicero, *Briefe an Atticus* 8, 2
4 Cicero, *Briefe an Atticus* 8, 11
5 Plutarch, *Leben des Cicero* 38
6 Cicero, *Rede für Marcellus* 27
7 Anonymus, *Spanischer Krieg* 42
8 Caesar, *Bürgerkrieg* 3, 82
9 Plutarch, *Leben des Caesar* 39
10 Caesar, *Bürgerkrieg* 3, 8
11 Sueton, *Leben des Divus Iulius* 30
12 Plutarch, *Leben des Pompeius* 79
13 Cicero, *Briefe an seine Freunde* 2, 12
14 Cicero, *Briefe an Atticus* 2, 5
15 Plutarch, *Leben des Antonius* 27
16 Sueton, *Leben des Divus Iulius* 51
17 Plutarch, *Leben des jüngeren Cato* 72
18 Sueton, *Leben des Divus Iulius* 37
19 Cicero, *Briefe an seine Freunde* 9, 17
20 Cicero, *Briefe an seine Freunde* 15, 19
21 Florus 2, 13, 92
22 Cicero, *Philippische Reden* 2, 85
23 Sueton, *Leben des Divus Iulius* 77
24 Plutarch, *Leben des Brutus* 12
25 Velleius Paterculus 2, 57
26 Plutarch, *Leben des Caesar* 63
27 Cassius Dio 44, 18
28 Sueton, *Leben des Divus Iulius* 82
29 So behauptete wenigstens Seneca. Vgl. Seneca, *Über den Zorn* 3, 30, 4.
30 Sueton, *Leben des Divus Iulius* 82

11 Der Tod der Republik

1 Cicero, *Briefe an Atticus* 14, 9
2 Cicero, *Briefe an Atticus* 14, 21
3 Cicero, *Briefe an seine Freunde* 4, 6
4 Cicero, *Briefe an Atticus* 14, 21
5 Cicero, *Briefe an Atticus* 14, 12
6 Cicero, *Briefe an Atticus* 14, 4
7 Cicero, *Briefe an Atticus* 16, 7, 3
8 Cicero, *Philippische Reden* 2, 1
9 Cicero, *Philippische Reden* 10, 20
10 Cicero, *Philippische Reden* 13, 24–25
11 Cicero, *Briefe an Atticus* 16, 8, 1
12 Cicero, *Philippische Reden* 3, 3
13 Cicero, *Briefe an seine Freunde* 11, 20
14 Sueton, *Leben des Divus Augustus* 26
15 Appian, *Bürgerkriege* 3, 92
16 Plinius der Ältere, *Naturgeschichte* 34, 6
17 Cicero, *Briefe an Atticus* 14, 1
18 Vergil, *Eklogen* 4, 4–9
19 Plutarch, *Leben des Antonius* 26
20 Sueton, *Leben des Divus Augustus* 69
21 *Monumentum Ancyranum (Res Gestae Divi Augusti)* 25, 2
22 Plutarch, *Leben des Antonius* 75
23 *Monumentum Ancyranum (Res Gestae Divi Augusti)* 3, 2
24 Seneca, *Über die Milde* 1, 2, 2
25 Cassius Dio 53, 16
26 Ennius, *Annalen* Fragment 155
27 Horaz, *Oden* 4, 5, 1–2
28 Horaz, *Oden* 3, 6, 45–48
29 Horaz, *Oden* 3, 24, 36–37
30 Velleius Paterculus 2, 89
31 Vergil, *Georgica* 1, 145–146
32 Vergil, *Aeneis* 6, 792–793
33 Vergil, *Aeneis* 8, 669–670
34 Horaz, *Epoden* 2, 1–6
35 Cicero, *Philippische Reden* 13, 30
36 Sueton, *Leben des Divus Augustus* 99
37 Ovid, *Liebeskunst* 3, 112–113
38 Livius 43, 13
39 Cicero, *Über das Gemeinwesen* 1, 68

Verzeichnis der Karten im Text:

ZEITTAFEL

Alle Jahreszahlen verstehen sich vor Christus, falls nicht ausdrücklich angegeben.

753	Gründung Roms.
509	Sturz des Königtums und Beginn der Republik.
387	Einnahme Roms durch die Gallier.
367	Die gesetzliche Beschränkung für den Zugang der Plebejer zum Konsulat wird aufgehoben.
343–340	Erster Samnitenkrieg.
321	Niederlage der Römer am Pass bei Caudium *(Forca Caudina).*
290	Endgültige Eroberung Samniums durch die Römer.
264–241	Erster Punischer Krieg gegen Karthago.
219–218	Beginn des Zweiten Punischen Kriegs gegen die Karthager. Hannibal marschiert durch das südliche Gallien, überquert die Alpen und dringt nach Italien ein.
216	Schlacht bei Cannae.
202	Endgültige Niederlage Hannibals in Afrika.
148	Makedonien wird römische Provinz.
146	Zerstörung Karthagos und Korinths.
133	Volkstribunat und Ermordung des Tiberius Gracchus. Attalos von Pergamon hinterlässt sein Reich testamentarisch Rom.
123	Erstes Volkstribunat des Gaius Gracchus (Amtsbeginn am 10. Dezember 124). Das Reich von Pergamon wird systematischer Besteuerung unterzogen.
122	Zweites Volkstribunat des Gaius Gracchus.
121	Ermordung des Gaius Gracchus.
118	Die Einrichtung einer Provinz im südlichen Gallien *(Narbonensis)* sichert den Landweg nach Spanien. Vermutliches Geburtsdatum des Lucullus.
115	Geburt des Crassus.
112	Mithridates VI. wird König von Pontus.
107	Erstes Konsulat des Marius. Er schafft die Voraussetzung des Landbesitzes für den Dienst in den Legionen ab.
106	Geburt des Pompeius und Ciceros.

104–100 Marius als Konsul wiedergewählt. Siegreiche Feldzüge gegen die aus dem Norden vordringenden Barbaren.

100 Geburt Caesars.

93 Geburt des Clodius.

92 Verurteilung und Exil des Rutilius Rufus wegen Erpressung von Abgaben.

91 Ausbruch des Aufstandes der italischen Bundesgenossen gegen Rom.

90 Den Rom treu gebliebenen italischen Bundesgenossen wird das Bürgerrecht angeboten.

89 Sulla beendet den Aufstand der Bundesgenossen mit einem Feldzug in Samnium. Mithridates fällt in die römische Provinz Asien ein.

88 Sulla wird Konsul. Marius lässt sich mithilfe des Volkstribunen Sulpicius das Kommando gegen Mithridates übertragen. Sullas Marsch auf Rom. Hinrichtung des Sulpicius und Flucht des Marius ins Exil. Mithridates ordnet in Asien die Abschlachtung von 80.000 Römern und Italikern an.

87 Cinna wird Konsul. Sulla bricht nach Griechenland und zum Krieg gegen Mithridates auf. Tod des Pompeius Strabo. Marius gewinnt die Macht in Rom zurück.

85 Cinna weiter Konsul. Sulla schließt Frieden mit Mithridates.

84 Cinna weiter Konsul. Er wird von Aufständischen ermordet.

83 Crassus stößt in Griechenland zu Sulla. Sulla setzt nach Italien über, wo sich Pompeius mit ihm vereinigt. Schlacht am Collinischen Tor und Abschlachtung der samnitischen Kriegsgefangenen in der Villa Publica.

82 Proskriptionen in Rom. Caesar versteckt sich.

81 Sulla wird Diktator. Er nimmt umfassende Reformen an der Verfassung vor, darunter die Eingrenzung der Rechte des Volkstribunats. Ciceros erster Prozess.

80 Caesar begibt sich zum Militärdienst nach Asien.

79 Sulla verzichtet auf die Diktatur. Cicero geht auf eine zweijährige Reise in den Osten.

78 Catulus wird Konsul. Tod Sullas.

77 Pompeius erhält den Oberbefehl in Spanien.

75 Cicero Quaestor. Mithridates erklärt Rom den Krieg.

74 Konsulat des Lucullus. Mithridates fällt zum zweiten Mal in die Provinz Asien ein. Marcus Antonius erhält den Oberbefehl gegen die Piraten.

73 Ausbruch des von Spartakus angeführten Sklavenaufstands. Lucullus vertreibt Mithridates aus der Provinz Asien.

72 Crassus erhält das Kommando im Krieg gegen Spartakus. Ende der Kriegführung des Pompeius in Spanien. Lucullus besiegt Mi-

thridates im Reich von Pontus. Marcus Antonius wird von den Piraten vor Kreta geschlagen.

71 Niederlage und Tod des Spartakus. Rückkehr des Pompeius nach Italien. Lucullus schließt die Eroberung des Reichs von Pontus ab. Mithridates flieht zu Tigranes nach Armenien.

70 Konsulat des Pompeius und Crassus. Das Volkstribunat erhält nach den Einschränkungen Sullas seine vollen Befugnisse zurück. Gerichtliche Verfolgung des Verres.

69 Schlacht bei Tigranocerta und Plünderung der Stadt. Caesar Quastor: Er lässt das Bild des Marius im Leichenzug für dessen Witwe Julia mitführen.

68 Das Heer des Lucullus meutert. Geburt der Kleopatra.

67 Pompeius beendet die Herrschaft der Seeräuber über das Mittelmeer.

66 Lucullus wird als Prokonsul im Osten durch Pompeius ersetzt. Cicero Praetor.

64 Pompeius richtet eine neue römische Provinz Syrien ein. Cato Quaestor.

63 Konsulat Ciceros. Caesar wird Pontifex Maximus. Lucullus feiert seinen Triumph. Pompeius erobert Jerusalem. Tod des Mithridates. Verschwörung des Catilina und Hinrichtung der Rädelsführer. Catilina stellt in Norditalien ein Heer auf. Geburt des Octavian.

62 Caesar Praetor. Niederlage und Tod des Catilina. Pompeius kehrt nach Italien zurück. Clodius entweiht die Riten der *Bona Dea.*

61 Caesar Statthalter in Spanien. Prozess und Freispruch des Clodius. Triumph des Pompeius.

60 Rückkehr Caesars nach Rom. Abschluss eines informellen Bündnisses zwischen Caesar, Pompeius und Crassus.

59 Caesar und Bibulus Konsuln. »Erstes Triumvirat«. Pompeius heiratet Julia, die Tochter Caesars. Clodius wird Plebejer und wird zum Volkstribunen gewählt.

58 Caesar führt Krieg gegen die Helvetier. Clodius Volkstribun. Cicero verlässt Rom und geht ins Exil, Cato nach Zypern.

57 Feldzug Caesars gegen die Belgier. Straßenkämpfe zwischen den Banden des Clodius und Milo. Cicero kehrt aus dem Exil zurück.

56 Prozess und Freispruch des Caelius. Konferenz von Lucca und Erneuerung des Triumvirats. Cato kehrt aus Zypern nach Rom zurück.

55 Konsulat des Pompeius und Crassus. Pompeius weiht sein aus Stein errichtetes Theater ein. Caesar überschreitet den Rhein und setzt später nach Britannien über.

54 Domitius Konsul, Cato Praetor. Crassus bricht nach Syrien auf. Caesar unternimmt eine zweite Expedition nach Britannien. Tod der Julia, Ehefrau des Pompeius.

53 Schlacht bei Carrhae und Tod des Crassus.

52 Mord an Clodius und Verurteilung Milos. Pompeius bis August allein Konsul. Er heiratet Cornelia, die Tochter Scipios. Caelius Volkstribun. Vercingetorix führt Gallien zum Aufstand gegen Caesar, wird aber bei Alesia besiegt und ergibt sich.

50 Curio Volkstribun. Tod des Hortensius. Pompeius wird von den Konsuln aufgefordert, »die Republik zu retten«.

49 Caesar überschreitet den Rubikon. Der Senat fordert zum Verlassen Roms auf. Domitius liefert Corfinium aus. Pompeius verlässt Italien und setzt nach Griechenland über. Niederlage und Tod Curios in Afrika. Caesar besiegt die Pompeianer in Spanien und wird zum Diktator gewählt.

48 Caesar Konsul, nachdem er die Diktatur niedergelegt hat. Tod des Milo und Caelius. Schlacht bei Pharsalos. Mord an Pompeius. Caesar in Alexandria eingeschlossen.

47 Caesars Bootsfahrt mit Kleopatra nilaufwärts. Geburt Caesarions. Caesar besiegt Pharnakes, den Sohn des Mithridates, kehrt nach Italien zurück und geht dann nach Afrika.

46 Sieg Caesars über Scipio. Selbstmord Catos, Scipio kommt bei Schiffbruch ums Leben. Caesar feiert vier Triumphe. Ankunft Kleopatras in Rom. Caesar begibt sich nach Spanien.

45 Sieg Caesars über die Söhne des Pompeius und Rückkehr nach Rom. Er veröffentlicht seinen *Anti-Cato*.

44 Caesar wird zum Diktator auf Lebenszeit ernannt. Antonius Konsul. Ermordung Caesars an den Iden des März. Octavian kommt nach Rom. Brutus und Cassius fliehen in den Osten. Cicero hält mehrere Reden gegen Antonius.

43 Hirtius und Pansa Konsuln. Sie fallen im Kampf mit Antonius. Bildung des Zweiten Triumvirats: Antonius, Octavian und Lepidus. Erstes Konsulat Octavians. Proskriptionen. Tod des Cicero.

42 Caesar wird zum Gott erklärt. Schlacht bei Philippi und Selbstmord des Brutus und Cassius.

41 Antonius trifft mit Kleopatra zusammen und bleibt den Winter über bei ihr in Alexandria. Beschlagnahmungen von Land in Italien. Krieg zwischen Octavian und Fulvia.

40 Fulvia flieht aus Italien und stirbt. Antonius und Octavian schließen Frieden, Antonius heiratet Octavia, die Schwester Octavians. Kleopatra bekommt Zwillinge.

37 Antonius heiratet Kleopatra.

36 Lepidus wird aus dem Triumvirat ausgeschlossen. Sextus Pompeius wird besiegt und flieht in den Osten.

35 Tod des Sextus Pompeius.

34 Antonius verteilt in Alexandria Königreiche und Provinzen an seine Kinder.

32	Antonius vollzieht die offizielle Trennung von Octavia. Octavian bemächtigt sich seines Testaments und offenbart es dem Senat.
31	Schlacht bei Actium.
30	Selbstmord des Antonius und Kleopatras. Octavian erobert Alexandria und lässt Caesarion hinrichten. Die Herrschaft der Ptolemäer über Ägypten findet ihr Ende.
29	Vergil nimmt seine Arbeit an der *Aeneis* auf.
27	Octavian erhält den Titel »Augustus«. Die Republik wird »wiederhergestellt«.
19	Tod Vergils.
14 n. Chr.	Tod des Augustus.

BIBLIOGRAFIE

Antike

Antiken Quellen wird gelegentlich das Prädikat »zeitgenössische Quellen« oder sogar »Primärquellen« verliehen, während es besonders Letzteres in Wahrheit kaum gibt. Wenn man Plutarch, der unter dem Kaiser Claudius geboren wurde, als Primärquelle für das Ende der Republik bezeichnen wollte, so könnte man auch ohne weiteres Thomas Carlyles bedeutende *Geschichte Friedrichs II. von Preußen, genannt Friedrich der Große* (1858–65) eine Primärquelle für das Leben Friedrichs des Großen nennen. Aber es ist doch so, dass einige Dokumente und Berichte aus der in diesem Buch behandelten Epoche tatsächlich erhalten sind, und sie sind nach den Maßstäben der Alten Geschichte sogar ziemlich zahlreich. Die meisten stammen von Cicero: Reden, philosophische Werke und Briefe. Einige wenige Werke seiner Zeitgenossen haben ebenfalls überlebt, und darunter sind am bemerkenswertesten die Schriften Caesars, zwei historische Monographien des Sallust sowie Fragmente des großen Universalgelehrten Marcus Terentius Varro, außerdem eine Sammlung von Sentenzen aus den Mimen (Possenspielen) des Publilius Syrus sowie das Werk zweier Dichter, des Lukrez und des Catull. Die Dichtung des Lukrez *Von der Natur der Dinge* bietet ein faszinierendes Gegenstück zu den Briefen des Cicero: Sie ist das Werk eines Mannes, der sich bewusst vom Lärm und der Hast des öffentlichen Lebens zurückgezogen hatte. Catull, der fast mit Sicherheit einer der Liebhaber der Clodia Metelli und außerdem ein Freund des Caelius war (Wiseman, *Catullus and his World* äußert allerdings Zweifel), gibt ein lebhaftes Bild der Partygesellschaft der Hauptstadt, das manchmal voller Pathos ist, aber öfter doch höhnisch, witzig und freizügig.

Auch Griechen schrieben über Rom. Einer der Ersten, die das taten, war Polybios, der im Jahre 168 v. Chr. als Geisel nach Rom kam, ein Freund des Scipio Aemilianus und dann Zeuge der Zerstörung Karthagos wurde. Seine Geschichte bot eine scharfsichtige Analyse der römischen Verfassung und des Aufstiegs Roms zur Herrschaft über die gesamte Mittelmeerwelt. Von den Schriften des Poseidonios ist wenig geblieben, man findet nur einige Fragmente hier und dort. Umfangreichere Teile sind von den *Büchern der Geschichte* erhalten; es handelt sich dabei um eine gewaltige Universalgeschichte in vierzig Büchern, die von Diodor von Sizilien zur Zeit des Zusammenbruchs der Republik geschrieben wurde. Eine Generation später verfasste der Geograph Strabon, der aus Pontus stammte, dem früheren Königreich des Mithridates, eine umfassende Beschreibung der römischen Welt unter Einschluss von Italien und Rom selbst. Diese Arbeit wurde durch die Bemühungen des Dionys von Halikarnaß ergänzt, dessen *Römische Altertümer* als eine Einführung zu Polybios geschrieben waren und unschätzbare von den frühesten römischen Annalisten stammende Informationen enthalten.

In gewissem Sinne kann man die gesamte Literatur der augusteischen Zeit als einen Kommentar zum Fall der Republik betrachten. Auf jeweils grundlegend unterschiedliche Weise durchzieht dieses Thema die Dichtungen von Vergil, Horaz und Ovid, und das gilt ebenfalls für das große Geschichtswerk des Livius. Obwohl die das Ende der Republik betreffenden Bücher aus dem Werk des Livius verloren gegangen sind, hat doch wenigstens eine verkürzte Zusammenfassung seiner Geschichte aus der Feder des Dichters Florus aus dem späten 1. Jahrhundert n. Chr. überlebt. Dann ist da noch das Zeugnis des Octavian selbst in Form des *Tatenberichts des Divus Augustus* (auch *Res Gestae* oder *Monumentum Ancyranum* genannt), bei dem es sich um eine umfangreiche Selbstrechtfertigung und ein Meisterwerk der Propaganda handelt, das überall im Reich an öffentlichen Plätzen als Inschrift angebracht wurde.

Selbst nach dem Tode des Augustus kamen die Schriftsteller häufig und immer wieder auf die heroischen letzten Jahre der Republik zurück. Einzelheiten aus dieser Zeit füllten die Seiten der Kompilation über *Denkwürdige Taten und Aussprüche* des Valerius Maximus oder die *Römische Geschichte* des Velleius Paterculus, beide in der Zeit des Tiberius, des Nachfolgers des Augustus, verfasst. Der Philosoph Seneca, Lehrer und Berater Neros, grübelte über die Lehren nach, die aus dem Verrat an der Freiheit zu ziehen waren. Dasselbe taten Senecas Neffe Lukan in seinem epischen Gedicht über die Bürgerkriege, der *Pharsalia*, und Petron in seinem wesentlich weniger anspruchsvollen und in Prosa geschrieben *Satyricon*. Alle drei zuletzt genannten Autoren begingen am Ende Selbstmord: Das war die einzige einem römischen Adligen unter den Caesaren noch gestattete Geste republikanischer Herausforderung. Als eintönige Abfolge von Zeichen des Niedergangs bezeichnete Tacitus, der zu Beginn des 2. Jahrhunderts n. Chr. schrieb, die Justizmorde, mit denen man die jüngste Geschichte seiner Heimat befleckt hatte. Roms altehrwürdiges Erbe der Freiheit schien auf ewig dahin und in Strömen von Blut ertränkt. Bei Tacitus, dem am meisten ernüchterten aller Geschichtsschreiber, schwebt der Geist der Republik als Gespenst über der Stadt, wie sie geworden war.

Keiner seiner ungefähren Zeitgenossen konnte es an Klarheit und gnadenloser Beobachtungsgabe mit Tacitus aufnehmen. Für die meisten war die Geschichte der Republik vielmehr zu einem Steinbruch für unterhaltende Bemerkungen oder beispielhafte Anekdoten geworden. Die *Naturgeschichte* des älteren Plinius lieferte zusammen mit unzähligen spezielleren Informationen kurze Charakterbeschreibungen Caesars, des Pompeius oder Ciceros. Quintilian verwies in seiner *Schule der Beredsamkeit* häufig auf Cicero und die anderen Redner aus den letzten Jahren der Republik, und sein Werk ist eine unschätzbare Quelle von Zitaten aus Schriftstellern, die sonst gänzlich verloren sind. Dasselbe gilt von Aulus Gellius und seiner schwatzhaften Sammlung von Beobachtungen in den *Attischen Nächten.* Sueton ist der Verfasser einer lebendigen Schilderung vom *Leben der Caesaren,* und darunter befanden sich die skandalträchtigen Porträts der zwei zu Göttern erhobenen Anführer des Bürgerkriegs, Julius Caesar und Augustus. Die Spitzenposition unter den Verfassern von Biografien nimmt indes Plutarch ein, dessen Lebensbeschreibungen der großen Männer der Späten Republik am meisten Beachtung und Echo gefunden haben, weil er von allen Geschichtsschreibern der lesbarste ist. Mit ihren moralischen Bemerkungen und allem Klatsch sind sie lebendig geschrieben, und sie stellen den Zusammenbruch der Republik nicht als eine Revolution und Auflösung der Gesellschaft hin, sondern so, wie die Zeitgenossen selbst ihn zu sehen pflegten: als einen dramatischen Kampf von außerordentlich begabten und ehrgeizigen Männern.

Plutarch zeigt als griechischer Patriot, der er war, welche Faszination die Geschichte Roms immer wieder auf die unterworfenen Völker des Reiches ausübte. Vom 2. Jahrhundert n. Chr. an waren die Historiker, die sich mit dem Zusammenbruch der Republik beschäftigten, zunehmend Autoren, die auf Griechisch schrieben. Der wichtigste unter ihnen war Appian, ein Rechtsgelehrter aus Alexandria; er schrieb eine ausführliche Geschichte Roms und seines Reichs. Für die Ereignisse zwischen dem Volkstribunat des Tiberius Gracchus und dem Jahre 70 v. Chr. ist sein Buch *Die Bürgerkriege* die einzig erhaltene fortlaufende Darstellung. Für die Ereignisse ab 69 v. Chr. hingegen wird er durch den Bericht eines anderen Historikers, Cassius Dio, ergänzt, der zu einer Zeit schrieb, als die römische Welt sich zu Beginn des 3. Jahrhunderts n. Chr. von neuem in Auseinandersetzungen zerfleischte. Selbst als Rom seinem endgültigen Untergang entgegenglitt, blickten die Bürger des sterbenden Reichs weiter auf eine Epoche zurück, die inzwischen wirklich Alte Geschichte geworden war. Unter den letzten befand sich um 400 n. Chr. Macrobius, dessen *Saturnalia* voller Anekdoten und Scherzen stecken, die liebevoll aus den Quellen der Späten Republik zusammengesammelt sind. Einige Jahre später schrieb ein Freund des Augustinus mit Namen Orosius eine Weltgeschichte, die die Epoche ebenfalls einschloss, aber zu diesem Zeitpunkt hatte dann das Reich – und mit ihm seine klassische Tradition und Überlieferung – nur noch wenige Jahrzehnte zu leben. Mit dem Fall Roms ging die Geschichte der Stadt in den Bereich des Mythos über.

Moderne Literatur

Adcock, F. E., *Marcus Crassus: Millionaire*, Cambridge 1966
Badian, E., *Foreign Clientelae, 264–70 BC*, Oxford 1958
Badian, E., Waiting for Sulla, *Journal of Roman Studies* 52, 1962
Badian, E., *Roman Imperilaism in the Late Republic*, Oxford 1967
Badian, E., *Publicans and Sinners: Private Enterprise in the Service of the Roman Republic*, Oxford 1972 (dt. *Zöllner und Sünder. Unternehmer im Dienst der Römischen Republik*, Stuttgart 1996)
Balsdon, J. V. P. D., Sulla Felix, *Journal for Roman Studies* 41, 1951
Balsdon, J. V. P. D., *Julius Caesar. A Political Biography*, New York 1967
Barton, Carlin A., *The Sorrows of the Ancient Romans: The Gladiator and the Monster*, Princeton 1993
Barton, Carlin A., *Roman Honor: The Fire in the Bones*, Berkeley-Los Angeles 2001

Beard, Mary, Crawford, Michael, *Rome in the Late Republic: Problems and Interpretations*, London 1985
Beard, Mary, North, John, Price, Simon, *Religions of Rome*, Bd. 1, *A History*, Cambridge 1998
Bell, Andrew J. E., Cicero and the Spectacle of Power, *Journal of Roman Studies* 87, 1997
Broughton, T. R. S., *The Magistrates of the Roman Republic,* 2 Bde., New York 1951–1952
Brunt, P. A., Italian Aims at the Time of the Social War, *Journal of Roman Studies* 52, 1962
Brunt, P. A., *Italian Manpower, 225 BC–AD 14*, Oxford 1971
Brunt, P. A., *Social Conflicts in the Roman Republic*, London 1971
Brunt, P. A., *The Fall of the Roman Republic, and Related Essays*, Oxford 1988
Cambridge Ancient History Bd. IX, *The Last Age of the Roman Republic*, hrsg. v. J. A. Crook, A. Lintott, E. Rawson, Cambridge² 1994
Cambridge Ancient History Bd. X, *The Augustan Empire, 43 BC–AD 69*, hrsg. v. A. Bowma, E. Champlin, A. Lintott, Cambridge² 1996
Carney, Thomas F., *A Biography of C. Marius*, Assen 1961
Casson, Lionel, *Travel in the Ancient World,* Baltimore 1994 (dt. *Reisen in der Alten Welt*, München 1976)
Chauveau, Michel, *L'Égypte au temps de Cléopatre*, Paris 1997
Claridge, Amanda, *Rome: An Archaeological Guide*, Oxford 1988
Clarke, M. I., *The Noblest Roman: Marcus Brutus and his Reputation*, London 1981
Collins, J. H., Caesar and the Corruption of Power, *Historia* 4, 1955
Crawford, Michael H., *The Roman Republic*, Glasgow 1978 (dt. *Die Römische Republik*, München 1984)
Crawford, Michael H., *Coinage and Money under the Roman Republic*, London 1985
Dalby, Andrew, *Empire of Pleasures: Luxury and Indulgence in the Roman World*, London 2000
D'Arms, John H., *Romans on the Bay of Naples. A Social and Cultural Study of the Villas and Their Owners from 150 BC to AD 400*, Cambridge/Mass. 1970
D'Arms, John H., *Commerce and Social Standing in Ancient Rome*, Cambridge/Mass. 1981
Dixon, Suzanne, *The Roman Family*, Baltimore 1992
Dupont, Florence, *La vie quotidienne du citoyen Romain sous la république*, Paris 1989
Earl, D. C., *The Moral and Political Tradition of Rome*, London 1967
Edwards, Catherine, *The Politics of Immorality in Ancient Rome*, Cambridge 1993
Epstein, David F., Cicero's Testimony at the *Bona Dea* Trial, *Classical Philology* 81, 1986
Evans, John K., *War, Women and Children in Ancient Rome*, London 1991
Evans, Richard J., *Gaius Marius: A Political Biography*, Pretoria 1994
Everitt, Anthony, *Cicero: A Turbulent Life*, London 2001

Fagan, Garett G., Sergius Orata: Inventor of the Hypocaust?, *Phoenix* 50, 1996
Favro, Diane, *The Urban Image of Augustan Rome*, Cambridge 1996
Frederiksen, Martin, *Campania*, Rom 1984
Gabba, Emilio, *Esercito e società nella tarda repubblica romana*, Firenze 1973
Galinsky, Carl, *Augustan Culture*, Princeton 1996
Garnsey, Peter, Hopkins, Keith, Whittaker, C. R. (Hrsg.), *Trade in the Ancient Economy*, London 1983
Gelzer, Matthias, *Caesar*, Wiesbaden² 1960
Gelzer, Matthias, Die Nobilität der römischen Republik, in: ders., *Kleine Schriften* Bd. 1, Wiesbaden 1962
Goudineau, Christian, *César et la Gaule*, Paris 2000
Grant, Michael, *Cleopatra*, London 1972 (dt. *Kleopatra*, Herrsching 1986)
Green, Peter, *Classical Bearings: Interpreting Ancient History and Culture*, Berkeley, Los Angeles 1989
Green, Peter, *Alexander to Actium. The Historical Evolution of the Hellenistic Age*, Berkeley, Los Angeles 1990
Grennhalgh, Peter, *Pompey: The Roman Alexander*, London 1980
Greenhalgh, Peter, *Pompey: The Republican Prince*, London 1981
Griffith, R. Drew, The Eyes of Clodia Metelli, *Latomus* 55, 1996
Gruen, Erich S., *The last Generation of the Roman Republic*, Berkeley, Los Angeles 1974
Gruen, Erich S., *The Hellenistic World and the Coming of Rome*, Berkeley, Los Angeles 1984
Gruen, Erich S., *Culture and National Identity in Republican Rome*, New York 1992
Gurval, Robert Alan, *Actium and Augustus: The Politics and Emotions of Civil War*, Ann Arbor 1998
Hallett, Judith P., Skinner, Marilyn B. (Hrsg.), *Roman Sexualities*, Princeton 1997
Hanson, J. A., *Roman Theater-Temples*, Princeton 1959
Harris, William V., *War and Imperialism in Republican Rome, 327–70 BC*, Oxford 1979
Higginbotham, James, *Piscinae: Artificial Fishponds in Roman Italy*, Chapel Hill 1997
Hoff, Michael C., Rotroff, Susan I., *The Romanization of Athens* (Oxbow Monograph 94), Oxford 1992
Hopkins, Keith, *Sociological Studies in Roman History* Bd. 1, *Conquerors and Slaves*, Cambridge 1978
Hopkins, Keith, *Sociological Studies in Roman History* Bd. 2, *Death and Renewal*, Cambridge 1983
Horden, Peregrine, Purcell, Nicholas, *The Corrupting Sea: A Study of Mediterranean History*, Oxford 2000
Horsfall, Nicholas, The Ides of March: Some New Problems, *Greece & Rome* 21, 1974

Hughes, J. Donald, *Pan's Travail: Environmental Problems of the Ancient Greeks and Romans*, Baltimore 1994
Hughes-Hallett, Lucy, *Cleopatra: Histories, Dreams and Distortions*, London 1990
Jashemski, W. F., *The Origins and History of the Proconsular and Propraetorian Imperium*, Chicago 1950
Jenkyns, Richard, *Virgil's Experience: Nature and History, Times, Names and Places*, Oxford 1998
Kahn, Arthur D., *The Education of Julius Caesar*, New York 1986
Keppie, L., *The Making of the Roman Army: From Republic to Empire*, London 1984
Keveney, Arthur, *Sulla: The Last Republican*, London 1982
Keveney, Arthur, *Lucullus: A Life*, London 1992
Lacey, W. K., The Tribunate of Curio, *Historia* 10, 1961
Lacey, W. K., *Cicero and the End of the Roman Republic*, London 1978
Lintott, Andrew, *Violence in Republican Rome*, Oxford 1968 (^{2}1999)
Lintott, Andrew, Cicero and Milo, *Journal of Roman Studies* 64, 1974
Lintott, Andrew, *The Constitution of the Roman Republic*, Oxford 1999
Lo Cascio, Elio, State and Coinage in the Late Republic and Early Empire, *Journal of Roman Studies* 71, 1981
Luce, T. J., Marius and the Mithridatic Command, *Historia* 19, 1970
Marshall, B. A., *Crassus: A Political Biography*, Amsterdam 1976
Mattern, Susan, *Rome and the Enemy*, Berkeley, Los Angeles 1999
McGing, B. C., *The Foreign Policy of Mithridates VI Eupator, King of Pontus*, Leiden 1986
Meier, Christian, *Caesar*, Berlin 1982
Millar, Fergus, The Political Character of the Classical Roman Republic, 200–151 BC, *Journal of Roman Studies* 74, 1984
Millar, Fergus, *The Crowd in Rome in the Late Republic*, Ann Arbor 1998
Millar, Fergus, *The Roman Republic in Political Thought*, Hannover 2002
Mitchell, Thomas N., *Cicero: The Ascending Years*, New Haven 1979
Mitchell, Thomas N., *Cicero: The Senior Statesman*, New Haven 1991
Mouritsen, Henrik, *Plebs and Politics in the Late Roman Republic*, Cambridge 2001
Néraudau, Jean-Pierre, *Être Enfant à Rome*, Paris 1984
Nicolet, Claude, *L'ordre équestre à l'époque républicaine*, 2 Bde., Paris 1966–74
Nicolet, Claude, *Le métier de citoyen dans la Rome républicaine*, Paris 1976
Nicolet, Claude (Hrsg.), *Des ordres à Rome*, Paris 1984
North, J. A., The Development of Roman Imperialism, *Journal of Roman Studies* 71, 1981
Ormerod, Henry A., *Piracy in the Ancient World*, Liverpool 1924
Parke, H. W., *Sibyls and Sibylline Prophecy in Classical Antiquity*, London 1988
Patterson, John R., The City of Rome: From Republic to Empire, *Journal of Roman Studies* 82, 1992

Plass, Paul, *The Game of Death in Ancient Rome: Arena Sport and Political Suicide*, Madison 1995
Pomeroy, Sarah B., *Goddesses, Whores, and Slaves: Women in Classical Antiquity*, London 1994
Porter, James I., *Constructions of the Classical Body*, Ann Arbor 1999
Raaflaub, Kurt A., Toher, Mark (Hrsg.), *Between Republic and Empire*, Berkeley, Los Angeles 1990
Rathbone, D. W., The Slave Mode of Production in Italy, *Journal of Roman Studies* 71, 1983
Rawson, Elizabeth, The Eastern Clientelae of Clodius and the Claudii, *Historia* 22, 1973
Rawson, Elizabeth, *Cicero: A Portrait*, London 1975
Rawson, Elizabeth, *Intellectual Life in the Late Roman Republic*, London 1985
Richardson, J. S., The Spanish Mines and the Development of Provincial Taxation in the Second Century BC, *Journal of Roman Studies* 66, 1976
Richardson, Keith, *Daggers in the Forum: The Revolutionary Lifes and Violent Deaths of the Gracchus Brothers*, London 1976
Robinson, O. F., *Ancient Rome: City Planning and Administration*, London 1992
Rosenstein, Nathan, *Imperatores Victi: Military Defeat and Aristocratic Competition in the Middle and Late Republic*, Berkeley, Los Angeles 1990
Rousselle, Aline, The Family under the Roman Empire: Signs and Gestures, in: *A History of the Family* Bd. 1, Cambridge 1996
Sacks, Kenneth S., *Diodorus Siculus and the First Century*, Princeton 1990
Salmon, E. T., *Samnium and the Samnites*, Cambridge 1967
Salmon, E. T., *The Making of Roman Italy*, London 1982
Santosuosso, Antonio, *Storming the Heavens*, Boulder 2001
Schiavone, Aldo, *The End of the Past: Ancient Rome and the Modern West*, Cambridge/Mass. 2000
Scullard, H. H., *From the Gracchi to Nero*, London 1959
Seager, Robin J. (Hrsg.), *The Crisis of the Roman Republic*, Cambridge, New York 1969
Seager, Robin J., *Pompey: A Political Biography*, Oxford 1979
Sedley, David, The Ethics of Brutus and Cassius, *Journal of Roman Studies* 87, 1997
Shackleton-Bailey, D. R., *Cicero*, London 1971
Shatzman, Israel, *Senatorial Wealth and Roman Politics*, Brüssel 1975
Shaw, Brent D., *Spartacus and the Slave Wars*, Boston 2001
Sherwin-White, A. N., Violence in Roman Politics, *Journal of Roman Studies* 46, 1956
Sherwin-White, A. N., *The Roman Citizenship*, Oxford 1973
Skinner, Marilyn B., Pretty Lesbius, *American Philological Association* 112, 1982
Skinner, Marilyn B., Clodia Metelli, *American Philological Association* 113, 1983
Staveley, E. S., *Greek and Roman Voting and Elections*, London 1972
Stockton, David, *Cicero: A Political Biography*, Oxford 1971

Stockton, David, *The Gracchi*, Oxford 1979
Syme, Ronald, *The Roman Revolution,* Oxford 1939 ([2]1959) (dt. *Die römische Revolution,* Stuttgart[2] 1992 – Die Konsultation der Originalausgabe bleibt unerlässlich – Anm. d. Übers.)
Tarn, W. W., Alexander Helios and the Golden Age, *Journal of Roman Studies* 22, 1932
Tatum, W. Jeffrey, *The Patrician Tribune: Publius Clodius Pulcher*, Chapel Hill 1999
Taylor, Lily Ross, *The Divinity of the Roman Emperos*, Middletown 1931
Taylor, Lily Ross, *Party Politics in th Age of Caesar*, Berkeley, Los Angeles 1948
Tchernia, André, *Le Vin de l'Italie Romaine*, Paris, Rome 1986
Ulansey, David, *The Origins of the Mithraic Mysteries: Cosmology and Salvation in the Ancient World*, Oxford 1989
Walker, Susan, Higgs, Peter, *Cleopatra of Egypt: From History to Myth*, London 2001
Wiseman, T. P., The Census in the First Century BC, *Journal of Roman Studies* 61, 1969–1970
Wiseman, T. P., *Catullus and his World: A Reappraisal*, Cambridge 1985
Woolf, Greg, *Becoming Roman: The Origins of Provincial Civilization in Gaul*, Cambridge 1998
Yakobson, A., *Elections and Electioneering in Rome: A Study in the Political System of the Late Republic*, Stuttgart 1999
Yavetz, Zvi, The Living Conditions of the Urban Plebs in Republican Rome, *Latomus* 17, 1958
Yavetz, Zvi, *Plebs and Princeps*, Oxford 1969
Yavetz, Zvi, *Caesar in der öffentlichen Meinung*, Düsseldorf 1979

REGISTER